岑參集校注

[唐]岑參 著

陳鐵民 侯忠義 校注

陳鐵民 修訂

圖書在版編目(CIP)數據

岑參集校注：典藏版 /（唐）岑參著；陳鐵民，侯忠義校注. —上海：上海古籍出版社，2019. 7
（中國古典文學叢書〔典藏版〕）
ISBN 978-7-5325-9248-7

Ⅰ. ①岑… Ⅱ. ①岑… ②陳… ③侯… Ⅲ. ①唐詩—詩集②唐詩—注釋 Ⅳ. ①I222. 742

中國版本圖書館 CIP 數據核字(2019)第 104479 號

中國古典文學叢書〔典藏版〕
岑參集校注
［唐］岑 參 著
陳鐵民 侯忠義 校注
陳鐵民 修訂
上海古籍出版社出版發行
（上海瑞金二路 272 號 郵政編碼 200020）
（1）網址：www. guji. com. cn
（2）E-mail：guji1@guji. com. cn
（3）易文網網址：www. ewen. co
浙江新華數碼印務有限公司印刷
開本 890×1240 1/32 印張 21. 375 插頁 8 字數 430,000
2019 年 7 月第 1 版 2019 年 7 月第 1 次印刷
印數：1—3,100
ISBN 978-7-5325-9248-7
I·3393 定價：148. 00 元

典藏

2016 《叢書》出版達 136 種，并推出典藏版

2013 《叢書》入選首届向全國推薦優秀古籍整理圖書目録

2009 《叢書》出版達 100 種

1978 一月一日，上海古籍出版社宣告成立
《叢書》首批出版《聊齋誌異會校會注會評本》《阮籍集》《李賀詩歌集注》《樊川文集》4 種

1977 十二月二十六日，國家出版事業管理局宣佈中華書局上海編輯所獨立爲上海古籍出版社

1958 六月一日，古典文學出版社改組爲中華書局上海編輯所

1957 《韓昌黎詩繫年集釋》《人境廬詩草箋注》《稼軒詞編年箋注》（後被列入《中國古典文學叢書》）出版

1956 十一月一日，古典文學出版社成立

● 陳鐵民（一九三八— ），福建泉州人，中國社會科學院研究員，博士生導師，榮譽學部委員。

● 侯忠義（一九三六— ），遼寧大連人，北京大學教授。

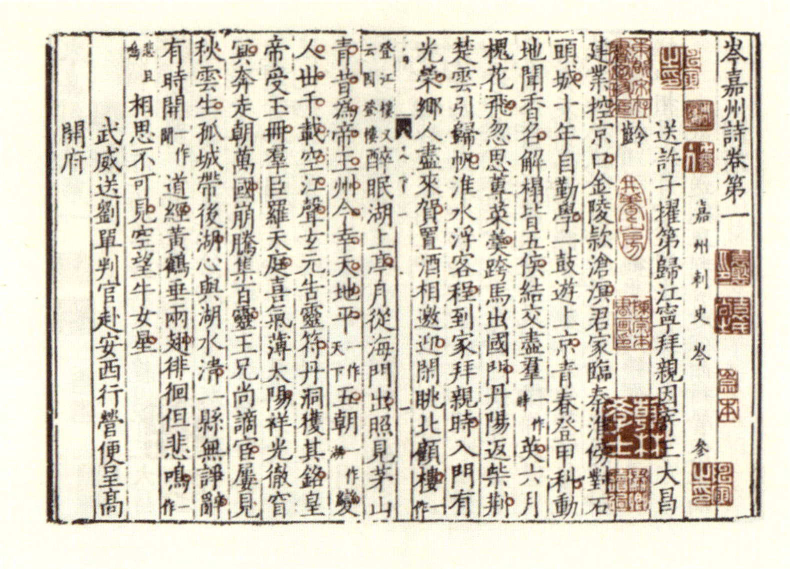
岑嘉州詩卷第一
嘉州刺史岑參
送許子擢第歸江寧拜親因寄王大昌齡
建業控京口，金陵款滄溟。君家臨秦淮，傍對石頭城。十年自勤學，一鼓遊上京。青春登甲科，動地聞香名。解褐皆五侯，結交盡羣英（一作時）。六月槐花飛，忽思蓴菜羮。跨馬出國門，丹陽返柴荊。楚雲引歸帆，淮水浮客程。到家拜親時，入門有光榮。鄉人盡來賀，置酒相邀迎。閑眺北顧樓（一作
醉眠湖上亭（登江樓又云因登樓）。月從海門出，照見茅山青。昔為帝王州，今幸天地平（一作天下）。五朝（一作漢）變人世，千載空江聲。玄元告靈符，丹洞獲其銘。皇帝受玉冊，羣臣羅天庭。喜氣薄太陽，祥光徹窅冥。奔走朝萬國，崩騰集百靈。王兄尚謫宦，屢見秋雲生。孤城帶後湖，心與湖水滯。一縣無諍辭（一作有時閑（一作開）。道經黃鶴垂，兩翅徘徊但悲鳴（一作悲且鳴）。相思不可見，空望牛女星。
武威送劉單判官赴安西行營便呈高開府

宋刻本《岑嘉州詩》書影

新刊岑嘉州詩序

岑詩故有鏤本歲漸湮滅方伯沈君仁甫學憲王君子衡謂參嘗仕于蜀以其集重授梓人匪直傳其詩兼重其人也參當天寶與杜子美並世子美數與倡詶比之謝朓猶爲詩言也又公薦之肅宗稱其識度清遠議論雅正時輩所仰可備獻替之官是其卓爾大雅絕類流輩者豈惟詩哉子美自許甚高其立朝他無所見獨薦此一人耳不知其人視其與子美所推轂其人可知矣方諸餘子豈維等伍哉唐史且傳王維而參也顧遺異哉其所取乎予故著之補史氏之遺俾觀者得論其世且終二君子雅意云

正德庚辰三月壬子新都楊慎序

《四部叢刊》影印明刻本《岑嘉州詩》書影

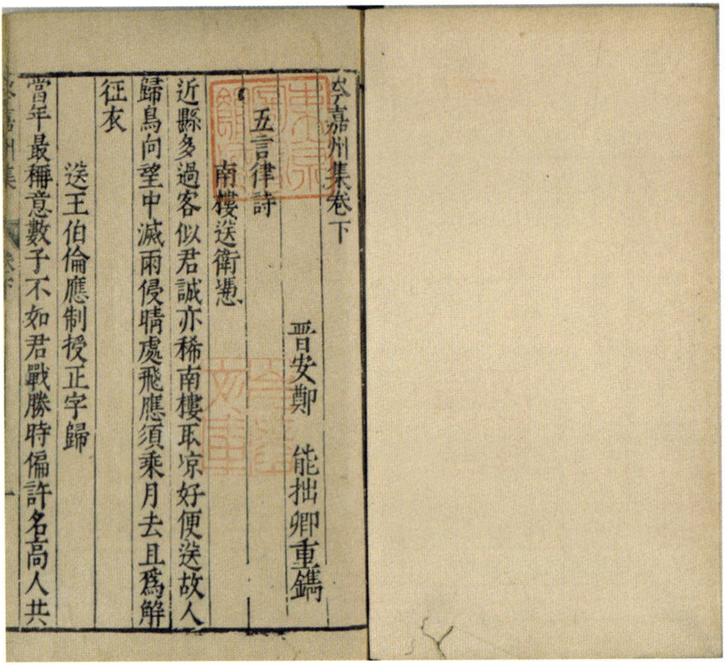
岑嘉州集卷下
晉安鄭　能拙卿重鐫
五言律詩
南樓送衛憑
近縣多過客似君誠亦稀南樓取凉好便送故人
歸鳥向望中滅雨侵晴處飛應須乘月去且爲解
征衣
送王伯倫應制授正字歸
當年最稱意數子不如君戰勝時偏許名高人共

明刻《唐十二家集》本《岑嘉州集》書影

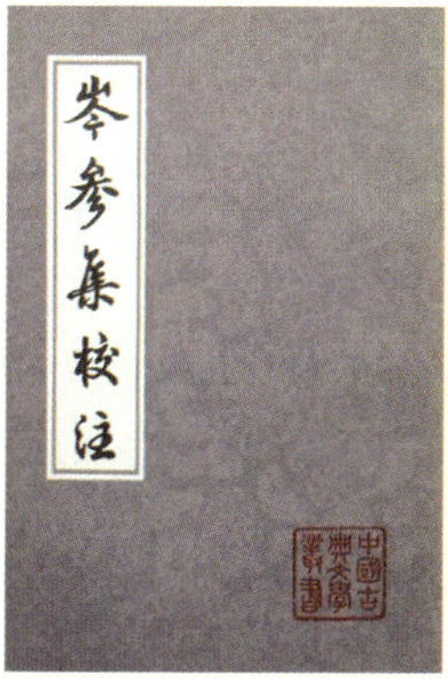

①

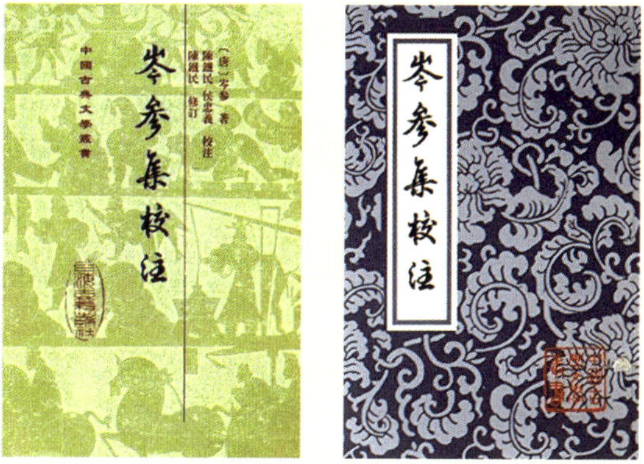

②

本社歷年諸版書影

① 一九八一年版

② 二〇〇四年版

前　言

一

在空前繁榮的盛唐詩壇中，岑參以擅長邊塞詩著稱。邊塞詩不始於盛唐，但到盛唐時期纔大量涌現。這有它的社會原因。開元、天寶年間，唐對邊境地區不斷用兵；邊境少數民族統治者對唐的侵擾也日益增多；頻繁的征戍，影響到社會生活的各個方面，所以詩歌表現征戍的主題，便成爲十分自然的事情。盛唐時文人出塞的現象比較普遍，也爲邊塞詩的發展和繁榮創造了有利條件。所謂「文人出塞」，應包括文人入幕、遊邊、使邊（包括内地的州縣官吏赴邊地送兵、送衣糧等）三個方面。尤其是入幕，已成爲當時文人進身的途徑之一。唐代制度規定，邊帥可以自辟佐吏[一]，所以那些官職低微和在科舉考場上失利的文士，通過入幕而進身便有了可能。特别是玄宗重武功，邊帥「功名著者往往入爲宰相」（《通鑒》卷二一五），且邊帥入相，其部

屬往往能獲得超越常規的昇進機會。正因爲如此，文士入幕就成爲當時的一種風氣。岑參曾兩度入西北邊幕，並在入幕期間，創作出許多具有鮮明時代特色和獨特藝術風格的邊塞詩。

岑參（約七一七——七六九），江陵（今湖北荆州）人，他的曾祖父文本、伯祖父長倩、堂伯父羲都官至宰相。岑參誕生的前四年，岑羲得罪伏誅，親族被放逐畧盡，從此家道衰落。岑參幼年喪父，從兄受書，「能自砥礪，遍覽史籍」；「十五隱於嵩陽，二十獻書闕下」，此後約十年，出入於京、洛，爲出仕而奔波，結果却一無所獲。天寶三載，岑參應舉及第，五載，授右内率府兵曹參軍；此後三年，大約一直任此職。

自十五歲至三十三歲出塞前，可説是岑參創作的早期。這個期間，他對功名的追求是强烈的，一心不忘獲取高位，重整淪落的「世業」；然而總是事與願違，他的希望一次又一次地破滅。家門昔榮今悴的巨變和個人仕途失意的遭遇，使詩人感到「世路崎嶇」，内心充滿哀怨與惆悵。總之，這個時期詩人的眼光還較多地局限在個人的狹小範圍之内。其作品的内容多爲寫景、贈答、感嘆身世、贊美隱居生活等，缺少深刻的社會意義。但在藝術上，他的寫景之作取得了一定的成功，已開始形成自己的風格。如「澗花然暮雨，潭樹暖春雲」（《高冠谷口招鄭鄠》）；「孤燈燃客夢，寒杵搗鄉愁」（《宿關西客舍寄東山嚴許二山人……》）；「澗水吞樵路，山花醉藥欄」（《初授官題高冠草堂》）；「山風吹空林，颯颯如有人」（《暮秋山行》）；「長風吹白茅，野火燒枯桑」（《至大梁却寄匡城主人》）；「崖口懸瀑流，半空白皚皚」（《終南雲際精舍尋法澄上人不

遇……》)等,都清新俊逸,顯露出「語求奇警」的特色。殷璠《河嶽英靈集》説:「岑詩語奇體峻,意亦奇造。」就是針對其早期詩歌而發的〔二〕。應該説,這樣的評定還是恰當的。

自天寶八載冬至至德二載春,岑參曾兩度出塞,他的那些最出色的詩篇,多寫於這一期間。第一次出塞是天寶八載冬至十載春赴安西,爲安西節度使高仙芝僚屬;第二次出塞是天寶十三載夏秋間至至德二載春在北庭,爲安西、北庭節度使封常清僚屬。詩人首次出塞,由於不習慣邊地的荒涼景象與艱苦生活,加上感到在塞外也和在長安一樣「寂寞不得意」(《安西館中思長安》),所以情緒不十分高昂,曾寫過較多表現自己的苦悶和思鄉愁緒的作品。第二次出塞時情況有所不同。首先,詩人已經歷過邊塞生活的磨煉;其次,這時的主帥封常清,原是詩人在安西幕府任職時的同僚〔三〕,從岑參獻給他的若干詩歌來看,他們彼此的關係是諧和的。因此這次出塞,詩人的情緒比較開朗和昂揚,他的那些豪氣橫溢的七言歌行,大都創作於這個期間。

戎馬風塵的戰鬥生活,大大開拓了岑參的詩境。他出塞期間的作品,有的抒發爲國安邊的豪情壯志,如《初過隴山途中呈宇文判官》的「萬里奉王事,一身無所求。也知塞垣苦,豈爲妻子謀」;有的歌頌邊防將士的英雄氣概,如《走馬川行奉送出師西征》、《輪臺歌奉送封大夫出師西征》,寫得激昂高亢、氣勢雄壯,能給人以鼓舞力量;有的描繪祖國邊疆的奇異風光,如寫火山、熱海、雪海、沙漠、白草等景物,不僅爲過去的詩歌所未曾寫過,也爲「古今傳記所不載」(許顗《彦周詩話》)。詩人還常常於寫景中寄寓豪情壯志,傾注自己熱愛邊疆的深厚感情。請看茫茫

的沙漠、無邊的積雪在詩人筆下是何等壯麗奇偉：「君不見走馬川行雪海邊，平沙莽莽黃入天！」「北風卷地白草折，胡天八月即飛雪。忽如一夜春風來，千樹萬樹梨花開。」有的描寫邊地的生活和風習，如《玉門關蓋將軍歌》反映了邊將生活的奢華，《趙將軍歌》、《胡歌》等描寫「蕃王」和漢將共同娛樂，關係融洽，《田使君美人如蓮花舞北旋歌》等描寫了邊疆優美的音樂和舞蹈，等等。此外，還有不少懷鄉詩，如《逢入京使》、《西過渭州見渭水思秦川》、《憶長安曲二章寄龐㴶》等，感情真摯動人，都是值得一讀的佳篇。

岑參早期詩歌所顯露出來的語奇、意奇的特色，在邊塞之作中有了進一步的發展、變化。首先，邊塞之作更加奇特峭拔，「度越常情」，像「都護寶刀凍欲斷」、「馬汗踏成泥，朝馳幾萬蹄」等，想像的奇特，令人驚異。其次，早期詩歌由於「情不足」，往往奇得有點「巧」，邊塞之作則不然，它感情飽滿，奇得扎實、有力，善於在真切的生活體驗的基礎上發揮想像力。如「容鬢老胡塵，衣裘脆邊風」、「還家劍鋒盡，出塞馬蹄穿」、「白草磨天涯，胡沙莽茫茫」、「看君走馬去，直上天山雲」等，都能從實中求奇。第三，邊塞之作除「奇」之外，更有「壯」的一面，歷來人們常常用「壯」、「悲壯」、「雄渾」來評岑詩，就是指他的邊塞詩說的。可以說，岑詩發展變化的趨向是由「奇」轉向「奇壯」，並在第二次出塞時，最終完全形成「奇壯」的獨特風格。

岑參在兩次出塞的間隔時間內，繼續在長安任微官，其時他常僻居終南，過一種亦官亦隱的生活。這一期間的創作和早期大體相同，這裏就不多介紹了。

岑參大約於至德二載春、夏間自北庭東歸，在安史之亂平息以前，先後在鳳翔、長安、虢州、潼關等地爲官。初任右補闕，他盡心諫職，「頻上封章，指述權佞」，然而「諫書人莫窺」，他的意見絲毫不被統治者看重。乾元二年夏，出爲虢州長史，懷抱不得施展，更加鬱鬱寡歡。這期間，詩人的情緒較爲低沉。在創作上，岑參曾寫有一些直接反映現實的詩篇，如《行軍二首》、《行軍九日思長安故園》，抒發了詩人傷時憫亂的感慨；《潼關鎮國軍句覆使院早春寄王同州》揭露朝廷用非其人，「承恩」「諸將」尋歡作樂，不事征戰，而「儒生有長策」，却「閉口不敢言」。此外，總的情況同早期作品没有太大差異。他居虢州時，曾創作了一些比較好的寫景詩，如《西亭子送李司馬》：「使君五馬天半嘶，絲繩玉壺爲君提。坐來一望無端倪，紅花緑柳鶯亂啼，千家萬井連迴溪。」

安史之亂平息後，岑參曾入爲郎官；大曆元年赴蜀，初爲劍南西川節度使杜鴻漸僚屬，後轉嘉州刺史，秩滿罷官後卒於蜀中。這一時期詩人的思想及創作和上一階段大致相同。除寫過少數有一定社會意義的作品（如《送張秘書充劉相公通汴河判官……》等）外，其餘值得注意的仍是寫景之作。岑參在蜀中的寫景詩，着力刻畫巴山蜀水的奇異，如寫劍門山勢的險峻：「速駕畏巖傾，單行愁路窄。」寫曲折江岸的奇峯：「江迴兩岸鬥，日隱羣峯攢。」寫水的浩渺：「殆知宇宙闊，下看三江流。天晴見峨眉，如向波上浮。」寫江的澄澈：「峨眉煙翠新，昨夜秋雨洗。分明峯頭樹，倒插秋江底。」等等，都清新而奇特，富有審美價值。

在盛唐時代，岑參是寫作邊塞詩數量最多、成就也最爲突出的一位詩人。可以説，他的邊塞詩富於創造性，已形成對邊塞詩發展的又一次新開拓。首先，詩人出塞之地是安西、北庭，這就使邊塞詩反映的地域，由局限於長城内外，擴展到了天山南北；使西域荒漠的奇異風光和人情風習，首次引人注目地出現於詩中，並成爲抒寫出塞的英雄氣概和豪邁精神的有力襯托。其次，他的邊塞詩突破了傳統征戍詩多寫邊地苦寒、士卒辛勞的格局，大大地拓展了邊塞詩的描寫題材與内容範圍；透過他的詩，讀者不難感受到文質彬彬與英雄氣概結合的嶄新的軍幕文士形象。再次，他的邊塞詩多採用舒捲自如的七言歌行體裁，不再沿用樂府舊題而自立新題，已接近杜甫等人的新題樂府。他的七言歌行音節流暢，用韻靈活多變，韻調與詩歌内容十分協調。這些，均顯示出詩人富有創新精神。岑參在西域近五年，邊塞生活的體驗極爲豐富和充實，加以是懷着爲國安邊的慷慨豪情赴邊從戎的，又「用心良苦」（《唐才子傳》），努力下過藝術上的提煉功夫，所以能够在邊塞詩的創作上取得突出成就。

岑參同唐代另一位以擅長邊塞詩著稱的詩人高適齊名，向來被並稱爲「高岑」。宋人嚴羽説：「高岑之詩悲壯，讀之使人感慨。」（《滄浪詩話・詩評》）元代辛文房説岑參「與高適風骨頗同，讀之令人慷慨懷感」（《唐才子傳》）。高岑邊塞詩在風格上確有豪邁雄壯的共同特徵，所以將兩人相提並論是有道理的。然而，兩人的詩歌又存在一些明顯的差别。就邊塞詩而言，高詩的情調或悲壯，或豪壯，而岑詩則以奇壯爲主要特色，兩者不盡相同；高詩多夾叙夾議，直抒胸

臆，岑詩則長於描寫，多寓情於景；高詩渾樸質實，多採用寫實手法，岑詩瑰奇峭拔，有濃郁的浪漫主義色彩；高詩豪邁中給人以深沉之感，岑詩雄壯裏有俊逸的一面。在接受文學遺産的影響方面，高詩直追漢魏的特點比較顯明，岑詩則較多地融會了六朝以來近體詩的成就。總的説來，高岑各具特色，「一時不易上下」。就詩歌的思想價值而言，大抵高勝於岑；而從藝術上看，則岑的創造性要比高突出。這主要表現在他的作品想像豐富，充滿奇情異采，更富有藝術個性方面。岑參的詩在當時就已産生廣泛的影響，杜確《岑嘉州詩集序》説：「每一篇絶筆，則人人傳寫，雖閭里士庶，戎夷蠻貊，莫不諷誦吟習焉。」其對後世的影響也較大；如宋代大詩人陸游，不僅對岑詩稱賞備至，而且創作上也受了它明顯的影響。

二

下面就本書的體例作一些説明。

先談談本書收入的作品篇目。今存岑參詩歌的各種本子所收載的岑詩篇目不十分一致。《四部叢刊》影印明刊七卷本收入岑詩三九〇首、銘二篇，其中《送鄭侍御謫閩中》、《奉和春日幸望春宫應制》是僞詩，本書不收，其餘各篇則都收入；北京圖書館藏明抄八卷本較《四部叢刊》本多收詩四首：《送楊子》、《送人赴安西》、《送蕭李二郎中兼中丞充京西京北覆糧使》、《同羣公

題張處士菜園》，前三首本書收入，第四首《全唐詩》編入高適集中，不收；《全唐詩》除比明抄八卷本少收《送蕭李二郎中……》一首外，又增收詩九首：《漢上題韋氏莊》、《西河郡太原守張夫人輓歌》、《南溪別業》、《酬暢當嵩山尋麻道士見寄》、《送陶銑棄舉荆南覲省》、《送史司馬赴崔相公幕》、《失題》、《過磧》、《冬夕》，其中一、四兩首係僞詩，七、九兩首爲重出詩，均不收，其他各首則都收入〔四〕。此外，又據聞一多、李嘉言説，自敦煌唐寫殘卷照片中收入《冀國夫人歌詞》七首；自《文苑英華》中收入岑參的賦、文各一篇。另，郭沫若同志提出杜甫集中《狂歌行贈四兄》一詩爲岑參所作，根據不足〔五〕，故不收入。合計本書凡收詩三八一目四〇三首，賦、文各一篇，銘二首。

本書打破原集本序次，重加排比。詩歌凡作年可考或大致可考者，都依時間先後爲序。詩的編年，是參考李嘉言《岑詩繫年》編排的。全書共分五卷，卷一至卷四爲編年詩，卷一起玄宗開元十七年，訖天寶八載秋，是早期之作，共收詩六十一目六十一首；卷二起天寶八載冬，訖肅宗至德二載春，是兩度出塞期間作品，凡收詩一〇三目一〇八首；卷三起至德二載夏，訖代宗寶應元年，是安史之亂期間在鳳翔、長安、虢州、潼關等地的作品，共有詩六十六目六十七首；卷四起廣德元年，訖大曆四年，是晚期作品，凡收詩九十五目一〇五首；卷五爲未編年詩、賦、文、銘，凡收詩五十六目六十二首，賦、文各一篇，銘二首。未編年詩分體排列，其中大部分作於長安，實際上也有個大體年代。

書中對收編的作品都作了校勘。岑參詩集現存明以前的本子僅北京圖書館和北大圖書館所藏，就有十餘種（見本書附録《岑嘉州詩版本源流考》），我們選擇《四部叢刊》影印七卷本爲底本，宋刊殘本（校記中簡稱「宋本」）、明抄八卷本（簡稱「明抄本」）、《全唐詩》爲主要校本。間有疑字，也參校其他本子。又，北京圖書館藏明刊八卷本《岑嘉州集》有吴慈培的校（簡稱「吴校」），我們校勘時也加以利用。此外，還參校了敦煌唐寫殘卷、《唐人選唐詩》、《文苑英華》、《唐文粹》、《唐詩紀事》、《唐百家詩選》、《萬首唐人絶句》中的有關資料。收入的賦、文等，也利用有關資料作了校勘。校勘一般不輕易改動底本文字，衹有在有版本依據的情況下纔改動，並在校勘記中加以説明。但明顯的筆誤，則徑行改正，不再一一出校。校勘異文，凡具有一定參考價值的，都在校記中加以反映。校記和注釋放在一起。

本書的注釋，力求詳明。典故及脱意前人的語句，盡可能注明出處。作品中的名物，凡一般工具書可以查到的，不再説明注釋的依據；查不到的，則盡量説明注釋的依據。重出的詞語，根據不同的情況，有的參見前注，有的畧注，有的不復作注。

岑參兩《唐書》無傳，唐杜確所著《岑嘉州詩集序》，是今存研究岑參生平的唯一重要資料，因此收入附録，供參考。又，附録中的《岑參年譜》，是在聞一多《岑嘉州繫年考證》（見《聞一多全集》）的基礎之上編定的。《年譜》着重敘述岑參歷年的行事，不可能一一涉及岑詩的編年，凡某詩的編年，《年譜》中已涉及者，注中不復詳細説明，未涉及者，則在注中説明編年的根據和

理由。

十多年前，陳鐵民曾和幾個同志共同編注了一本《高岑詩選》（稿本），選入高詩五十多首，岑詩七十多首，岑詩部分是由陳鐵民、何雙生注釋的；這次整理岑集，我們曾參考舊稿，汲取了其中的一些成果。又，在本書的校勘上，北京圖書館冀淑英、林小安兩同志曾給以很多幫助，謹在此表示感謝。由於我們水平低，加上岑詩歷來無注，可供參考的東西極少，本書不可避免地會有很多錯誤，敬希讀者不吝賜教。

陳鐵民　侯忠義

【注釋】

〔一〕《通典》卷三二說，唐採訪使有判官等僚佐，「皆使自辟召，然後上聞，其未奏報者稱攝。其節度、防禦等使僚佐，辟奏之例亦如之」。

〔二〕《河嶽英靈集》選的是天寶十二載以前諸家的作品，那時岑參的邊塞詩尚未大量創作和流傳，集中也一首未録，所以這一評語主要應是針對岑參的早期詩作而發的。

〔三〕封常清在高仙芝任安西節度使期間（天寶六載十二月至十載七月）爲安西節度判官，參見《舊唐書·封常清傳》。

〔四〕關於岑集中的僞詩及重出詩，李嘉言《岑詩繫年》（載《文學遺産增刊》三輯）已作了詳細考證，可參看。

〔五〕郭沫若同志認爲，「四兄」是岑參的從兄，即李白詩中的岑徵君（參見《李白與杜甫》第二二八——二三二頁）。按，《狂歌行贈四兄》説：「與兄行年校一歲，賢者是兄愚是弟。兄將富貴等浮雲，弟竊功名好權勢。」知「四兄」衹長作者一歲。杜甫有《寄彭州高三十五使君適虢州岑二十七長史參三十韻》詩，知岑參排行二十七，行四與行二十七之間衹相差一歲是不可能的。又，岑詩中從未提到「四兄」，也未見有「弟竊功名好權勢」一類話，且岑徵君行四，並無材料可以證實，故郭説似不可信。

修訂說明

《岑參集校注》一九八一年八月由上海古籍出版社出版，至今已過去了二十二年。今年春，出版社通知我們擬重印此書，我當即建議，最好出一個修訂重排本，出版社經研究後表示贊同。於是，我同是書之合作者侯忠義同志商議，他很支持此事，但表示不再參預修訂工作，所以我便獨自將修訂工作承擔了下來。

《岑參集》的校注工作，始於「四人幫」垮臺後，完成於一九七九年五月。那時，停頓多年的古典文學研究剛剛恢復，有關唐詩的研究成果還很少；而自《校注》出版到現在，唐詩研究的成果已極爲豐碩，我覺得如果不能將其中的有益成果吸收到新印行的《校注》中，不免令人遺憾。同時，自《校注》出版至今，自己始終從事着唐詩的研究與整理，對唐詩的熟悉程度與認知水平不能說没有提高，現今自己閱讀《校注》，已能不費力地看出其若干不足與錯誤。而如果明知有問題却仍原封不動地印行，我總覺得對讀者不是一種負責態度。以上就是我決定對《校注》進

行修訂的原因，以及能够將它修訂好的條件。

我所理解的「修訂」，首先是肯定正確的成果，然後正其訛誤，補其不足，而不是另起爐灶。依此原則，《校注》修訂的重點是注釋、詩歌的編年和附録中的《岑參年譜》。現將《校注》修訂的具體情況縷述於下：

一　所收詩歌的增删

《校注》原收詩三八一目四〇三首，修訂本删除其中《送蕭李二郎中兼中丞充京西京北覆糧使》、《送史司馬赴崔相公幕》、《冀國夫人歌詞》（七首），增補進《江行遇梅花之作》一詩，合計共收詩三七九目、三九五首。

《校注》原從李嘉言《岑詩繫年》之説，斷《江行遇梅花之作》爲僞詩，現在考慮李説之根據並不充分，故仍將此詩收入，詳情可參見該詩注釋。

《送蕭李二郎中兼中丞充京西京北覆糧使》一詩僅見於明抄本岑集，《校注》即據之收録。現在發現，此詩見載於《全唐詩》卷三五七劉禹錫詩中，題作《送工部蕭郎中刑部李郎中並以本官兼中丞分命充京西京北覆糧使》，又見於《劉夢得文集》卷六，顯係明抄本誤收，故予删除。

《送史司馬赴崔相公幕》一詩原本歸屬難定，一作李白詩，一作岑參詩，一作無名氏詩。《滄

浪詩話・考證》云：「《文苑英華》有《送史司馬赴崔相公幕》一首（按，載二一六九卷）云云，此或太白之逸詩也。不然，亦是盛唐人之作。」《唐音統籤》卷一七一則附載於李白集末僞作中，注云：「今考白繫尋陽嘗上崔相涣求釋，此云『珍禽在羅網』，又云『願託周南羽』，似又望史爲之地也，宜其以爲白詩。但岑參集亦有之，未知孰是。」而王琦輯注《李太白全集》則收入詩文拾遺，云：「末二聯或是太白在尋陽獄中之作，所謂崔相公者即是崔涣，似亦近之。而岑參集中亦載此詩。一云無名氏詩。」以前《校注》將此詩收入，根據是「崔涣至德元載七月爲門下侍郎、同中書門下平章事；李白繫尋陽獄時，『涣充江淮宣諭選補使』（參見《舊唐書・崔涣傳》及《通鑒》）。宣諭選補使掌宣諭王命、平反獄訟等事，並知選舉，非軍職，似不得稱『幕』。另，李白當時既在獄中，亦似不得爲此送行之詩。又，此詩太白集諸本多不載，故疑非白作。玩詩意，此詩是否屬岑參，亦難確斷，姑收入」，所述此詩「疑非白作」的理由，現在看來並不確切。據《舊唐書・肅宗紀》、《新唐書・宰相表》及兩《唐書》本傳載，崔涣於至德元載十一月爲江淮宣諭選補使，《全唐文》卷七八四穆員《崔涣墓誌銘》説：「是時也，中原有羿浞之亂，東南有吴濞之釁，乃三分天下之一，以八柄付公，俾公仗節督護河南、山南、江南、淮南之地。凡受賑專征者，由公以律；二千石以降，唯所遷置。公於是度用均賦，息人繕兵，外攘四封，内叙多士。望高寄重，怙寵者排之，降左常侍，領杭州刺史。」知崔涣當時實際上擁有總攬江淮地區各種軍政事務的職權，其宣諭選補使府當可稱「幕」。崔涣左遷左常侍、杭州刺史在至德二載八月，《舊唐書・肅宗紀》：「（至德二

載）八月甲申，以黄門侍郎崔涣爲餘杭（郡名，即杭州）太守，江東採訪、防禦使。」則二載八月之後，涣之府署仍可稱「幕」（防禦使爲軍職）。又，李白有《送張秀才謁高中丞》詩，其序曰：「余時繫尋陽獄中，正讀《留侯傳》，秀才張孟熊蘊滅胡之策，將之廣陵謁高中丞。余喜子房之風，感激於斯人，因作是詩以送之。」則送行詩非必作於送行場合，在獄中亦可作。另外，岑集今存的宋、明刻本和抄本，俱未收此詩（唯《全唐詩》將其重收入李白和岑參集中），因此當非岑參所作。

關於《冀國夫人歌詞》，《岑詩繫年》曰：「聞一多先生曰：『燉煌唐寫殘卷影片此六（應爲七）首（第五首全缺）不著名氏，在岑參《江行遇梅花之作》後，又格調視餘篇較高，疑亦岑詩。』案，裴冕於兩京平後封冀國公，則此詩當作於乾元元年或廣德二年前後公居長安時。」《校注》即據以收入《歌詞》。按，《歌詞》第六首云：「甲士千羣若陣雲，一身能出定三軍。仍將玉指調金鏃，漢北已東誰不聞！」所寫乃與崔寧妾任氏之事跡相合，《舊唐書·崔寧傳》：「初，寧入朝（事在大曆三年四月，見《通鑒》），留弟寬守成都。瀘州楊子琳乘間以精騎數千突入成都，據城守之。寬屢戰力屈，子琳威聲頗盛。寧妾任氏魁偉果幹，乃出其家財十萬募勇士，信宿間得千人。設隊伍將校，手自麾兵，以逼子琳。子琳懼，城内糧盡，乃拔城自潰。」又宋任正一《遊浣花記》亦曰：「每歲孟夏十有九日，都人士女麗服靚粧，南出錦官門……大梵安寺，羅拜冀國夫人祠下。……冀國姓任，本漢（溪）上小家女。……會崔寧節度西川，微服行民間，見女，心悦之，賂其家，納以爲妾。寧妻死，遂爲繼室。累封至冀國。」（《成都文類》卷四六）則「冀國夫人」當爲崔

寧妾任氏無疑，李説誤。唐制，國公之妻例封國夫人，任氏之封冀國夫人，當在崔寧封冀國公之後。《全唐文》卷三四四顔真卿《杜濟神道碑》云：「今司空、冀國公崔寧既誅（郭）英乂，請知使事，公堅卧不起。」碑文作於大曆十二年十一月二十四日杜濟下葬之前，其時崔寧已封冀國公，但其始封之時間，難以確知。國公是唐九等爵位中的第三等（第一等曰王，第二等曰嗣王、郡王），多用以封功臣；史載大曆十一年正月「西川節度使崔寧奏破吐蕃四節度及突厥、吐谷渾、氐、羌羣蠻二十餘萬，斬首萬餘級。」（《通鑑》卷二二五）又大曆十二年四月「丁酉，吐蕃寇黎、雅州，西川節度使崔寧擊破之」，十月「乙酉，西川節度使崔寧奏大破吐蕃於望漢城」（同上）。疑崔寧之封冀國公，即由於上述十一年或十二年的破吐蕃之功。另《歌詞》第七首云：「自憐丞相歌鍾貴，却笑陽臺雲雨寒。」「丞相」指崔寧。據《通鑑》大曆十四年六月：「西川節度使崔寧、永平節度使李勉並同平章事。」則崔寧之封冀國公和爲丞相，皆在岑參卒後，因此《歌詞》當非岑參所作。此外，《歌詞》見載於《敦煌遺書》伯二五五五卷，據徐俊《敦煌詩集殘卷輯考》，此卷共録詩二〇六首，其中署作者姓名者僅六首，在未署名的二〇〇首中，作者可考者衹有二〇首，則此卷所録，近百分之九十爲無名氏詩，《歌詞》既「不著名氏」，自然亦屬無名氏詩；因爲其前一詩署岑參名，即斷定此詩也是岑參所作，就此卷的具體情況看，並不合宜。

二　詩歌編年的更定

修訂本對詩歌編年作了較多改動。首先，對卷五未編年詩中的十六首詩重新作了編年；

其次，對卷一至卷四編年詩中的五十多首詩的編年作了更改。在編年方面，本書曾參考過學界同仁的不少研究成果。修訂本仍分爲五卷，各卷收詩的起訖時間也未更動，但因爲對不少詩歌的編年作了改動，所以各卷的收詩數目也相應發生了變化：卷一原收詩六十一目六十一首，現收詩七十二目七十八首；卷二原收詩一〇三目一〇八首，現收詩一〇〇目一〇五首；卷三原收詩六十六目六十七首，現收詩六十七目六十八首；卷四原收詩九十五目一〇五首，現收詩九十六目九十八首；卷五原收詩五十六目六十二首，現收詩四十四目四十六首，其餘所收賦、文、銘等未變。

三　注釋的訂補

修訂本對全書所收作品的注釋，作了一次全面的檢查與修改。發現有誤者，予以訂正；感到不够準確者，加以修改；發覺有缺漏者，亦盡可能予以增補。此外，删去了原書中的一些易懂詞語的注釋。至於注釋體例，則仍保持原書之舊。在全書的整個修訂過程中，本項工作是所費時間最長、所花精力最多的部分。

四　年譜的修改

修訂本對附録中的年譜，也作了若干改動。首先，對岑參的生年作了新的考證，將其移後

兩年；隨着生年的更動，整個年譜也相應地作了調整。其他改動較大的地方還有：岑參登第後釋褐的時間、遊絳晉及遊淇上的時間。年譜原稱永泰元年岑參曾任屯田郎中，現發現有誤，修訂本已删除了有關的論述。

五 其他

修訂本基本上保留了原書的校勘，但個别地方在對異文是非的判斷上作了更正。附録中的《詩評》，是這次修訂時新編的。另外，對原書《前言》的第一部分、附録中的《岑嘉州詩版本源流考》，也作了某些修改。

本書的修訂工作始於今年四月，前後歷時八個月纔完成；應該説工作是認真的，至於成效如何，衹有等待讀者的評判了。

最後，向上海古籍出版社的同志們表示衷心的謝意，如果没有他們的大力支持，這個修訂本是難以同讀者見面的。

陳鐵民

二〇〇三年十一月於中國社會科學院文學研究所

目録

卷二　編年詩

起天寶八載冬，訖肅宗至德二載春

卷三 編年詩

起至德二載夏，訖代宗寶應元年

卷四　編年詩

起廣德元年，訖大曆四年

卷五　未編年詩、賦、文、銘

附録

卷一　編年詩

起玄宗開元十七年，訖天寶八載秋

丘中春卧寄王子〔一〕

田中開白室，林下閉玄關〔二〕。卷跡人方處〔三〕，無心雲自閑〔四〕。竹深喧暮鳥，花缺露春山。勝事那能説〔五〕，王孫去未還〔六〕。

【校注】

〔一〕作者十五歲至二十歲之間「隱於嵩陽」（《感舊賦》序）時所作。丘中：山中。作者時住嵩山少室。子：古時對男子的尊稱。

〔二〕開：開設、開建之意。白室：即「白屋」，謂房屋未經彩畫雕飾，露出木料的本色。玄關：泛指門户。兩句言築室田中，閉門隱居。

〔三〕卷跡：猶「藏跡」，形跡藏而不露。處：止息，這裏指隱居。

〔四〕「無心」句：意本陶淵明《歸去來兮辭》：「雲無心以出岫。」

〔五〕勝事：佳事。
〔六〕「王孫」句：意本《楚辭·招隱士》：「王孫遊兮不歸，春草生兮萋萋。」

南溪别業〔一〕

結宇依青嶂〔二〕，開軒對翠疇〔三〕。樹交花兩色，溪合水重流。竹徑春來掃，蘭樽夜不收〔四〕。逍遥自得意，鼓腹醉中遊〔五〕。

【校注】

〔一〕本詩岑參集諸本不載，《全唐詩》重見岑參及蔣洌詩中。按，《國秀集》卷中、《文苑英華》卷三一八俱作蔣洌（一作冽），宋周弼《三體唐詩》卷六作岑參；又，日本藏唐抄本《新撰類林抄》卷四録崔顥逸詩《和黄三安仁山莊五首》，本詩即其第二首。南溪：在少室山，《元和郡縣志》卷五河南府登封縣：「潁水有三源，右水出陽乾山之潁谷，中水導源少室通阜，左水出少室南溪，東合潁水。」據此，本詩或爲岑早年居嵩山少室時所作。
〔二〕結：構築。宇：屋宇。青嶂：指少室山。
〔三〕軒：窗。疇：田地，田野。
〔四〕蘭樽：猶「芳樽」。

〔五〕鼓腹：謂飽食而閑暇無事。《莊子・馬蹄》稱太古之民無憂無慮，「鼓腹而遊」。此用其意，寫隱居生活的逍遥自在。

尋鞏縣南李處士別居〔一〕

先生近南郭〔二〕，茅屋臨東川〔三〕。桑葉隱村户，蘆花映釣船。有時著書暇，盡日窗中眠。且喜閭井近〔四〕，灌田同一泉。

【校注】

〔一〕疑早年居嵩山少室時所作。鞏縣：唐縣名，屬河南府，在今河南鞏義市。處士：古時用以稱有道德、學問而隱居不仕的人。居：《全唐詩》作「業」。

〔二〕郭：外城。

〔三〕東川：與「南郭」相對，疑泛指城東河流，而非實際水名。

〔四〕閭井：鄉里，指所居之地。鞏縣南郊鄰近嵩山，故曰「且喜閭井近」。

自潘陵尖還少室居止秋夕憑眺〔一〕

草堂近少室，夜静聞風松。月出潘陵尖，照見十六峯〔二〕。九月山葉赤，溪雲淡

秋容。火點伊陽村〔三〕，煙深嵩角鐘〔四〕。尚子不可見〔五〕，蔣生難再逢〔六〕。勝愜祇自知〔七〕，佳趣爲誰濃？昨詣山僧期〔八〕，上到天壇東〔九〕。向下望雷雨，雲間見回龍〔一〇〕。久與人羣疏，轉愛丘壑中〔一一〕。心淡水木會，興幽魚鳥通。稀微了自釋〔一二〕，出處乃不同〔一三〕。況本無宦情，誓將依道風。

【校注】

〔一〕早年居嵩山少室時作。潘陵尖：地名，在少室山附近（見《古今圖書集成·方輿彙編·山川典》卷五十六）。少室：山名。嵩山東爲太室，西爲少室，統稱嵩高，東西綿延一百多里，在今河南省登封市北。居止：住處。憑眺：居高遠望。

〔二〕十六峯：少室山有三十六峯，此「十六峯」未詳所指。

〔三〕伊陽：唐縣名，在今河南嵩縣。

〔四〕嵩角：指嵩山的尖峯。

〔五〕尚子：指尚長，一作「向長」，字子平，詩文中又多稱作「尚平」或「向平」，東漢隱士，「建武中……與同好北海禽慶俱遊五嶽名山，竟不知所終」。參見《後漢書·逸民列傳》。

〔六〕蔣生：蔣詡，字元卿，漢哀帝時任兗州刺史，王莽代漢後，托病辭歸，足不出户，惟於房前竹下開三徑，同故人求仲、羊仲往來，事見趙岐《三輔決録》、嵇康《高士傳》（《太平御覽》卷五一

〇引）。

〔七〕勝愜：指隱居生活的美妙暢快。

〔八〕昨：猶昔。詣：往，赴。期：約會。

〔九〕天壇：山名，「即王屋山絶頂軒轅祈天之所，故名。東曰日精峯，西曰月華峯」（《大清一統志》卷二〇三）。

〔一〇〕回龍：形容雨天山間雲霧繚繞，狀如回龍。

〔一一〕丘壑：猶山林，謂隱者居所。

〔一二〕了：畢，盡。

〔一三〕出處：進退，語出《易・繫辭上》：「君子之道，或出或處。」引申指行爲或行動。

尋少室張山人聞與偃師周明府同入都〔一〕

中峯鍊金客〔二〕，昨日遊人間〔三〕。葉縣鳧共去〔四〕，葛陂龍暫還〔五〕。春雲湊深水〔六〕，秋雨懸空山。寂寞清溪上〔七〕，空餘丹竈閑〔八〕。

【校注】

〔一〕早年居少室時作。山人：舊時用以稱隱士。偃師：唐縣名，屬河南府，即今河南省偃師市。

明府：唐時指縣令。都：東都洛陽，天寶元年（七四二）改名東京。

〔二〕中峯：指少室中峯。鍊金客：煉金丹以求長生的人，此指張山人。

〔三〕遊人間：指「入都」。

〔四〕葉縣：縣名，始置於漢，在今河南省葉縣南。鳧（fú扶）：野鴨。據《後漢書・方術列傳上》載，王喬爲葉縣縣令，有神術，每月初一、十五，常從縣中入都朝見皇帝，「帝怪其來數而不見車騎，密令太史（官名）伺望之，言其臨至，輒有雙鳧從東南飛來。於是候鳧至，舉羅張之，但得一隻舃（一種鞋）焉」。句謂周明府入都。

〔五〕葛陂：池塘名，在今河南省新蔡縣西北。按，東漢費長房隨一仙翁入深山十餘年，後辭歸，「翁與一竹杖，曰：『騎此任所之，則自至矣。既至，可以杖投葛陂中也。』」長房乘竹杖歸家後，「即以杖投陂，顧視則龍也」。事見《後漢書・方術列傳下》。句指張山人暫還人間。

〔六〕「春雲」句：寫春日潭上雲霧繚繞情狀。

〔七〕寂寞：《全唐詩》作「寂寂」。

〔八〕丹竈：煉丹藥的竈。

宿東溪懷王屋李隱者〔一〕

山店不鑿井，百家同一泉。晚來南村黑，雨氣和人煙〔二〕。霜畦吐寒菜，沙雁噪

河田〔三〕。隱者不可見，天壇飛鳥邊〔四〕。

【校注】

〔一〕據《自潘陵尖還少室居止秋夕憑眺》詩，作者早年居少室時，一度往遊王屋，並曾在那裏定居（《南池夜宿思王屋青蘿舊齋》「早年家王屋」），此詩約作於是時。宿：底本誤作「宋」，據明抄本、吴校、《全唐詩》改。東溪：泛指王屋山東邊的溪流。王屋：山名。主峯在今河南省濟源市西王屋鎮北。

〔二〕「雨氣」句：謂傍晚山間的雲氣同炊煙和合在一起。氣，明抄本、吴校均作「色」。

〔三〕沙雁：指河邊沙洲上的雁。

〔四〕天壇：當爲「隱者」所居之地，參見《自潘陵尖……》注〔九〕。飛鳥邊：形容天壇山極高。兩句帶入「懷王屋李隱者」之意。

鞏北秋興寄崔明允〔一〕

白露披梧桐〔二〕，玄蟬晝夜號〔三〕。秋風萬里動，日暮黄雲高。君子佐休明〔四〕，小人事蓬蒿〔五〕。所適在魚鳥，鳥能徇錐刀〔六〕？孤舟向廣武〔七〕，一鳥歸成臯〔八〕。勝概日相與〔九〕，思君心鬱陶。

【校注】

〔一〕鞏：指鞏縣。崔明允：博陵人。開元十八年進士（參見《登科記考》卷七），天寶元年中制舉文辭秀逸科（《唐會要》卷七十六），二年官左拾遺内供奉（見《金石萃編》卷八六《慶唐觀金籙齋頌》），位終禮部員外郎（《新唐書》卷七二下《宰相世系表》）。玩詩意，作者作此詩時猶隱於少室。

〔二〕拔：指覆蓋。

〔三〕玄蟬：即寒蟬，身黑，故名。

〔四〕君子：指崔明允。佐休明：輔佐休美昌明之世，意謂崔明允在朝爲官。休，美。

〔五〕小人：自謙之詞。事蓬蒿：指隱居。後漢張仲蔚與同郡魏景卿隱居不仕，住地蓬蒿没人，事見趙岐《三輔決録》、皇甫謐《高士傳》卷中。

〔六〕烏：疑問詞，何，哪。徇：從，曲從。錐刀：即「錐刀之末」，喻微細之利。《左傳・昭公六年》：「錐刀之末，將盡争之。」杜預注：「錐刀末，喻小事。」「徇錐刀」，意指出仕。

〔七〕廣武：山名，在今河南滎陽市東北。此指崔明允乘船沿黄河向廣武方向而去。

〔八〕成皋：在今滎陽汜水鎮。汜水在鞏縣東北。成，底本原作「城」，據明銅活字本、《全唐詩》改。

〔九〕勝概：美景。欝陶（yáo 摇）：欝悶憂愁。

緱山西峯草堂作〔一〕

結廬對中嶽〔二〕，青翠常在門。遂耽水木興，盡作漁樵言〔三〕。頃來闕章句〔四〕，但欲閑心魂。日色隱空谷，蟬聲喧暮村。曩聞道士語，偶見清浄源〔五〕。隱几閲吹葉〔六〕，乘秋眺歸根〔七〕。獨遊念求仲，開徑招王孫〔八〕。片雨下南澗〔九〕，孤峯出東原。棲遲慮益澹，脱略道彌敦〔一〇〕。野靄晴拂枕〔一一〕，客帆遥入軒。尚平今何在〔一二〕，此意誰與論〔一三〕？佇立雲去盡，蒼蒼月開園〔一四〕。

【校注】

〔一〕玩詩意，作者早年居少室時曾一度移居緱山，詩即作於是時。緱（gōu鈎）山：即緱氏山，在今河南省偃師市南緱氏鎮東南。《初學記》卷五：「緱氏山近在嵩山之西也。」故下文曰：「結廬對中嶽。」

〔二〕結廬：建造房舍。中嶽：五嶽之一，即嵩山。

〔三〕「遂耽」兩句：意謂沉溺於退隱林泉的趣味之中，講的全是打魚砍柴之類的話。

〔四〕頃來：近來。闕：廢缺。章句：分析古書章節句讀的著述。這裏指代書籍。

〔五〕清浄：亦作「清静」，即道家所講的「清静無爲」。源：本源。

〔六〕隱：倚，靠着。几：古代一種小矮桌。吹葉：指風吹樹葉。

〔七〕歸根：指葉落歸根。意以葉落歸根比喻事物各歸於其根本，與上「偶見清浄源」句相應。

〔八〕「獨遊」兩句：以蔣詡自比，言己「獨遊」寂寞，想招人一同隱居。參見《自潘陵尖還少室居止秋夕憑眺》注〔六〕及《丘中春卧寄王子》注〔六〕。

〔九〕片雨：陣雨。南澗：泛指隱居地的澗谷。《詩·召南·采蘋》：「于以采蘋，南澗之濱。」陸機《招隱》：「朝采南澗藻，夕宿西山足。」

〔一〇〕棲遲：遊息。澹：恬静。脱略：放任不拘。道：指「清静無爲」。兩句言遊息山林，思想愈加恬淡；自由放任，悟道更爲深厚。

〔一一〕靄：雲氣。

〔一二〕尚平：參見《自潘陵尖還少室居止秋夕憑眺》注〔五〕。

〔一三〕此意：指隱居生活的閑逸。

〔一四〕「蒼蒼」句：指蒼蒼月色已把園林照亮。

還東山洛上作〔一〕

春流急不淺，歸楫去何遲〔二〕！愁客葉舟裏〔三〕，夕陽花水時。雲晴開螮蝀〔四〕，

棹發起鸕鷀〔五〕。莫道東山遠，衡門在夢思〔六〕。

【校注】

〔一〕作者二十歲至約三十歲時「出入二郡」（《感舊賦》序），往返於京洛間，詩即作於此時。東山：東晉謝安隱居處，在浙江上虞市西南。此借指作者早年隱居地嵩山少室。洛：洛水，源出陝西洛南縣冢嶺山，流經河南盧氏、洛寧、宜陽、洛陽、偃師，至鞏義入黄河。這是作者乘船沿洛水東歸途中所作。

〔二〕栧（yì曳）：同「枻」，楫，划船的用具。這裏指船。

〔三〕葉舟：形容船又輕又小。

〔四〕螮蝀（dì dōng帝東）：虹。

〔五〕棹：划船的一種用具，形狀和槳差不多。鸕鷀：水鳥名，俗稱「魚鷹」，漁人常用它捕魚。

〔六〕衡門：横木爲門之意，語出《詩經·陳風·衡門》：「衡門之下，可以棲遲。」意謂衡門雖然簡陋，却可以棲息。此指隱居之所。

東歸晚次潼關懷古〔一〕

暮春别鄉樹，晚景低津樓〔二〕。伯夷在首陽〔三〕，欲往無輕舟。遂登關城望，下見

洪河流〔四〕。自從巨靈開〔五〕，流血千萬秋〔六〕。行行潘生賦〔七〕，赫赫曹公謀〔八〕。川上多往事〔九〕，淒涼滿空洲。

【校注】

〔一〕「出入二郡」期間所作。東歸：指從長安東行歸嵩山少室。次：出外遠行途中留宿。潼關：古關名，在今陝西省潼關縣，地當陝西、河南、山西三省交界處。關城依山臨水，形勢素稱險要。

〔二〕津：渡口。此指黄河北岸的風陵渡，與潼關隔河相望，舊置關，名風陵關。津樓：指風陵關樓。兩句寫春末黄昏時節在潼關所見。

〔三〕伯夷：商末孤竹君的兒子。周武王率兵討伐商紂王，他曾攔馬諫阻。周滅商後，他隱居首陽，不食周粟，採薇而食，不久餓死。事見《史記·伯夷列傳》。首陽：山名，所在之地，歷來說法不一。此指雷首山，在今山西省永濟市南，地近潼關。

〔四〕洪河：指黄河。

〔五〕巨靈開：《文選》張衡《西京賦》：「綴以二華，巨靈贔屓，高掌遠蹠，以流河曲，厥跡猶存。」薛綜注：「華，山名也。巨靈，河神也。巨，大也。古語云：此本一山，當河，水過之而曲行，河之神以手擘開其上，足蹋離其下，中分爲二，以通河流，手足之跡，于今尚在。贔屓，作力之

貌也。」（李）善曰：「綴，連也。《山海經》曰：『太華之西，少華之山。』」晉・郭緣生《述征記》（近人葉昌熾輯本）謂華山、首陽本爲一山，河神巨靈掰而爲二，以通河流，其説稍異。

〔六〕「流血」句：謂潼關爲兵家必争之地，自古以來征戰不已。血，底本校語作「盡」。

〔七〕潘生：潘岳，字安仁，西晉中牟（今河南中牟東）人。少有才名，文學史上以善於寫哀傷詩文著稱，《晉書》有傳。元康二年（二九二），潘岳爲長安令，由當時的京都洛陽西行赴任，一路上「眄（視）山川以懷古」，「停余車而不進」，因作《西征賦》紀行。其中寫及潼關有云：「眺華嶽之陰崖，覿（見）高掌之遺蹤。」「愠韓馬（韓遂、馬超）之大憝（惡），阻關谷（潼關、函谷）以稱亂，魏武（曹操）赫以霆震，奉義辭以伐叛，彼雖衆其焉用，故制勝於廟算（作戰前預先訂下的計劃）。」

〔八〕赫赫：顯明盛大的樣子。曹公：曹操，字孟德，沛國譙（今安徽亳州）人，東漢末年著名的政治家和軍事家。據《三國志・魏志・武帝紀》，建安十六年（二一一），馬超、韓遂等叛，屯兵潼關，曹操自領兵西征，「與超等夾關而軍」，他秘密派遣一支軍隊夜渡蒲阪津（在今山西永濟西，過河接陝西大荔縣朝邑鎮東境），占據河西，又設計離間韓遂、馬超，於是在軍事上獲得大勝。這次戰争，顯示了曹操傑出的用兵才能。

〔九〕川：指黄河。

戲題關門〔一〕

來亦一布衣，去亦一布衣，羞見關城吏，還從舊道歸〔二〕。

【校注】

〔一〕「出入二郡」期間所作。關：指潼關。據《後漢書・郭丹傳》：郭丹，南陽人，買符入函谷關，慨然嘆曰：「丹不乘使者車，終不出關。」更始二年，三公舉丹賢能，徵爲諫議大夫，持節使歸南陽，果乘高車出關，如其志焉。此暗用其事。

〔二〕道：《河嶽英靈集》、《全唐詩》作「路」。

滻水東店送唐子歸嵩陽〔一〕

野店臨官路，重城壓御堤。山開灞水北，雨過杜陵西〔二〕。歸夢秋能作〔三〕，鄉書醉懶題〔四〕。橋迴忽不見〔五〕，征馬尚聞嘶。

【校注】

〔一〕本詩作年同上篇。滻水：源出陝西藍田縣西南秦嶺山中，西北流經西安東郊，合灞水入渭河。嵩陽：唐縣名，屬河南府，武后時改名登封，在今河南登封市。

〔二〕臨：宋本注：「一作居。」官路：官府修築的大路。重城：唐長安東外郭城有内外兩層，稱夾城。壓：臨。御堤：指長安御溝（指龍首渠）的堤岸。開：張布的意思。灞水：源出藍田縣東，西北流至西安東郊合滻水入渭河。灞水北邊有驪山。杜陵：又稱樂遊原。秦置杜縣，漢宣帝築陵葬

此，因曰杜陵，在今西安市東南。以上四句寫長安近郊送別地（滻水東店）附近景物。

〔三〕秋：明抄本、吴校作「愁」。

〔四〕鄉書句：作者早年隱於嵩陽（即隱于嵩山少室），疑此時其家尚在嵩陽，故云。

〔五〕橋：指灞橋，在唐長安城東灞水上，唐時長安送別多至此，故又稱銷魂橋。

夜過磐豆隔河望永樂寄閨中效齊梁體〔一〕

盈盈一水隔〔二〕，寂寂二更初。波上思羅襪，魚邊憶素書〔三〕。月如眉已畫，雲似鬢新梳。春物知人意〔四〕，桃花笑索居〔五〕。

【校注】

〔一〕「出入二郡」期間所作。玩詩意，時作者似新婚未久。磐豆：即盤豆，城名。《讀史方輿紀要》卷四八：「盤豆城，在（閿鄉）縣西南二十里。」即今河南靈寶市西盤豆鎮，位於黄河南岸，與北岸永樂相對。《新唐書・地理志》載，河中府有永樂縣，故地在今山西芮城縣西南永樂鎮一帶。磐，明抄本、吴校、《全唐詩》作「盤」。豆，底本原作「石」，據宋本改。閨中：指閨中的妻子。齊梁體：一種有別於唐代律詩的齊梁格律體詩，與永明體相近。《小清華園詩談》卷下：「（唐人律詩）至有全不拘律者……此體在五言中，謂之齊梁體。」此兼指詩歌内容的靡麗、纏綿。

〔二〕盈盈：水清淺貌。水：即詩題中的（黄）河。《古詩十九首·迢迢牽牛星》：「盈盈一水間，脈脈不得語。」此用其意。

〔三〕羅襪：借指妻子。曹植《洛神賦》：「體迅飛凫，飄忽若神，陵波微步，羅襪生塵。」素書：寫在白絹上的書信，長約一尺，又稱尺素書。古樂府《飲馬長城窟行》：「客從遠方來，遺我雙鯉魚。呼兒烹鯉魚，中有尺素書。」古時尺素書結成雙魚形，故詩詞中常以雙魚或鯉魚作爲書信的代稱。一説，雙鯉魚指藏書信的函，即刻作魚形之兩塊木板，一底一蓋，將書信夾於其間。作者臨河，故曰「魚邊」。以上兩句寫對妻子的懷念。

〔四〕春物：即下文「桃花」之類。

〔五〕索居：獨居。

晚過磐石寺禮鄭和尚〔一〕

暫詣高僧話〔二〕，來尋野寺孤。岸花藏水碓，溪竹映風爐〔三〕。頂上巢新鵲〔四〕，衣中帶舊珠〔五〕。談禪未得去〔六〕，輟棹且踟躕〔七〕。

【校注】

〔一〕本詩作年同上篇。磐石：疑當作「磐豆」，上篇「磐豆」各本多誤爲「磐石」，此同。磐，明抄

本、吴校、《全唐詩》均作「盤」。禮：敬禮之意。

〔二〕詣：到。話：談話。

〔三〕水碓（duì 對）：用水力搗米的器具。竹：《全唐詩》作「水」。風爐：一種煮茶器具，以銅鐵鑄成，形如古鼎。參見唐陸羽《茶經》卷中。兩句寫佛寺景物。

〔四〕「頂上」句：謂坐禪而身不動，至鳥築巢於其頭頂。《觀音玄記》卷下：「尚闍梨，得第四禪出入息斷，鳥謂爲木，於髻生卵。定起欲行，恐鳥母不來，即更入禪。」鵲，底本作「鶴」，據明抄本、《文苑英華》、《全唐詩》等改。

〔五〕「衣中」句：《楞嚴經》卷四：「譬如有人於自衣中，繫如意珠，不自覺知，窮露他方，乞食馳走。」佛書以自衣中之寶珠，喻人自身固有的佛性，參見《法華經·五百授記品》。帶，底本作「得」，據明抄本、《文苑英華》、《全唐詩》改。

〔六〕禪：佛家語，梵語「禪那」的省稱，意爲靜思。

〔七〕輟棹：停船。踟躕：猶豫徘徊貌。時作者乘船沿黃河而行，故云。

題永樂韋少府廳壁〔一〕

大河南郭外〔二〕，終日氣昏昏〔三〕。白鳥下公府〔四〕，青山當縣門〔五〕。故人是邑

尉〔六〕，過客駐征軒〔七〕。不憚煙波闊〔八〕，思君一笑言。

【校注】

〔一〕本詩作年同上篇。永樂：見《夜過磐豆隔河……》注〔一〕。少府：縣尉別稱。按，縣尉職掌一縣治安。

〔二〕大河：指黄河。黄河在永樂縣南二里，見《元和郡縣志》卷三。

〔三〕昏昏：形容大河上水氣迷漫。

〔四〕白鳥：即白鷺，水鳥名。公府：謂縣署。

〔五〕當：正對。縣門：縣城之門。

〔六〕邑尉：即縣尉。

〔七〕征：遠行。軒：車。

〔八〕「不憚」句：當時作者由黄河南岸的磐豆横渡黄河至永樂探望韋少府，故云。

函谷關歌送劉評事使關西〔一〕

君不見函谷關，崩城毀壁至今在；樹根草蔓遮古道，空谷千年長不改。寂寞無人空舊山，聖朝無事不須關〔二〕。白馬公孫何處去〔三〕，青牛老子更不還〔四〕。蒼苔白

骨空滿地，月與古時長相似。野花不省見行人，山鳥何曾識關吏。故人方乘使者車〔五〕，吾知郭丹却不如〔六〕。請君時憶關外客〔七〕，行到關西多致書。

【校注】

〔一〕疑「出入二郡」期間所作。函谷關：亦稱崤函，在今河南省靈寶市。《元和郡縣志》卷六：「函谷故城，在(靈寶)縣南十里，秦函谷關城，漢宏農縣也。《西征記》曰：函谷關城，路在谷中，深險如函，故以爲名。其中劣通，東西十五里，絶岸壁立，崖上柏林蔭谷中，殆不見日，關去長安四百里，日入則閉，鷄鳴則開，秦法也。東自崤山，西至潼津，通名函谷，號曰天險，所謂秦得百二也。」評事：大理寺屬官，掌出使推勘案情。關西：指函谷關以西之地。

〔二〕聖朝：指唐朝。事：《全唐詩》作「外」。關：指設關守衛。據此兩句，本詩當作於安史亂前。

〔三〕白馬公孫：即指公孫龍，戰國末期趙國人，名家學派的主要代表人物之一。其著名論點有「白馬非馬論」(見《公孫龍子・白馬論》)。傳説有一天公孫龍騎白馬過關，關吏攔阻説：「此關不許過馬。」他答説：「白馬不是馬。」(參見《呂氏春秋・審應覽・淫辭》高誘注。)

〔四〕青牛老子：老子，姓李名耳，字聃，春秋楚人。《史記・老莊申韓列傳》及三家注説他西遊，乘青牛過函谷關，爲關令尹喜著《道德經》上下篇五千餘言而去。後莫知所終。

〔五〕故人：指劉評事。

〔六〕郭丹：見《戲題關門》注〔一〕。

〔七〕關外客：作者自稱。時岑參尚未移家長安，故云。

送胡象落第歸王屋别業〔一〕

看君尚年少〔二〕，不第莫悽然。可即疲獻賦〔三〕，山村歸種田。野花迎短褐〔四〕，河柳拂長鞭。置酒聊相送，青門一醉眠〔五〕。

【校注】

〔一〕胡象：《唐代墓誌彙編》有《姚處璡墓誌銘》，署「進士胡象文」，謂姚氏葬于開元二十五年十月廿七日（文即下葬前作），則知是時胡象已應進士試而尚未登第。玩「看君」二句之意，疑本詩即作於開元二十五年（七三七）前後。落：《文苑英華》作「下」。王屋：見《宿東溪懷王屋李隱者》注〔一〕。

〔二〕年少：《全唐詩》作「少年」。

〔三〕疲：底本、明抄本、吴校俱空缺，據《文苑英華》、《全唐詩》補。獻賦：見《送孟孺卿落第歸濟陽》注〔二〕。「疲獻賦」謂倦於求仕進。

〔四〕短褐：粗麻布短褂，爲貧賤者所服。
〔五〕青門：見後《送宇文南金放後歸太原寓居……》注〔七〕。

春尋河陽聞處士別業〔一〕

風暖日暾暾〔二〕，黃鸝飛近村。花明潘子縣〔三〕，柳暗陶公門〔四〕。藥碗搖山影，魚竿帶水痕〔五〕。南橋車馬客〔六〕，何事苦喧喧〔七〕？

【校注】

〔一〕疑開元二十七年（七三九）往遊河朔途中所作。河陽：縣名，漢始置，在今河南孟州市西，隋唐移今孟州南。聞：明抄本、吴校、《全唐詩》作「陶」。
〔二〕暾（tūn吞）暾：明亮。
〔三〕潘子：潘岳，參見《東歸晚次潼關懷古》注〔七〕。據《白氏六帖事類集》卷二十一：「潘岳爲河陽令，樹（種植）桃李花，人號曰河陽一縣花。」庾信《春賦》：「河陽一縣併是花。」
〔四〕陶公：陶淵明，字元亮，一説名潛字淵明，號靖節先生，潯陽柴桑（今江西九江西南）人。東晉傑出詩人，一生大部分時間過着隱居躬耕的生活。事見梁蕭統《陶淵明傳》。按，陶淵明曾作《五柳先生傳》以自況，文云：「宅邊有五柳樹，因以爲號焉。……環堵（房屋四壁）蕭然

（空寂貌），不蔽風日……晏如（安然自在）也。」詩以陶淵明宅居喻聞處士之别墅。

〔五〕「藥碗」兩句：寫聞處士持竿釣魚、服藥養身之隱居生活。

〔六〕南橋：即河陽南橋，《通鑒》武德三年八月：黄君漢以舟師襲破迴洛城，「斷河陽南橋而還」。橋在唐河陽縣西南孟津，「架黄河爲之，以船爲脚，竹簹亘之」。即黄河浮橋，晉杜預始造。參見《晉書·杜預傳》及《元和郡縣志》卷五。

〔七〕苦喧喧：爲車馬混雜之聲所苦。

登古鄴城〔一〕

下馬登鄴城，城空復何見？東風吹野火〔二〕，暮入飛雲殿〔三〕。城隅南對望陵臺〔四〕，漳水東流不復回〔五〕。武帝宫中人去盡，年年春色爲誰來〔六〕？

【校注】

〔一〕開元二十七年（七三九）春，岑參自長安往遊河朔（黄河以北），本詩即此行經古鄴城時所作。鄴城：故址在今河北臨漳縣西，爲漳河流經地。本戰國時魏國都邑，建安十八年（二一三）曹操爲魏王，定都于此，長期爲中原地區最繁盛的都市。北周大象二年（五八〇），相州總管尉遲迥在此與楊堅大戰，城遂被焚毁。

〔二〕野火：指燐火，也稱鬼火。

〔三〕飛雲殿：疑爲鄴都宫殿之一。《鄴中記》：「（後趙）石虎於魏武故臺築太武殿，牕户宛轉畫作雲氣。」飛雲殿或即此。「暮入」句：《唐百家詩選》作「日暮飛雲電」。

〔四〕望陵臺：即銅爵（雀）臺。建安十五年冬曹操於鄴城築銅雀臺，臨終遺命諸子曰：「吾死之後，葬於鄴之西崗上……妾與伎人皆著銅雀臺……汝等時登臺，望吾西陵墓田。」（《樂府詩集》卷三一引《鄴都故事》）《鄴中記》：「銅爵、金鳳、冰井三臺皆在鄴都北城西北隅，因城爲基址。」又謂：「銅爵臺高一十丈，有屋一百二十間，周圍彌覆。」

〔五〕漳水：即今漳河，分清漳河、濁漳河兩源，均出山西東南部，在河北合漳鎮會合後稱漳河。

〔六〕武帝：延康元年（二二〇）曹操卒，同年十月被追尊爲武帝。兩句慨嘆人事俱非，春色依然。

邯鄲客舍歌〔一〕

客從長安來，驅馬邯鄲道。傷心叢臺下，一旦生蔓草〔二〕。客舍門臨漳水邊，垂楊下繫釣魚船。邯鄲女兒夜沽酒，對客挑燈誇數錢〔三〕。酩酊醉時月正午〔四〕，一曲狂歌壚上眠〔五〕。

【校注】

〔一〕往遊河朔，由古鄴城西北行抵邯鄲時所作。邯鄲：唐縣名。原戰國時趙都，故地在今河北省邯鄲市。

〔二〕叢臺：戰國趙都邯鄲的臺觀之一，東漢時猶存。《漢書·高后紀》顔師古注：「連聚非一，故名叢臺，蓋本六國時趙王故臺也，在邯鄲城中。」旦：《全唐詩》作「帶」。兩句言叢臺荒蕪，令人傷懷。

〔三〕沽：賣。誇：大。數錢：《後漢書·五行志》載桓帝時京都童謡曰：「河間姹女工數錢，以錢爲室金作堂。」

〔四〕月正午：月正行至天中。月，各本均作「日」，底本注：「本作月。」按，作「月」是，《與獨孤漸道别長句……》亦有「月未午」語。

〔五〕壚：酒店裏安放酒甕的土臺子。據《晉書·阮籍傳》載，阮籍「鄰家少婦有美色，當壚沽酒。籍嘗詣飲，醉便卧其側」。此暗用其事。

韓員外夫人清河縣君崔氏輓歌〔一〕

其一

令德當時重〔二〕，高門舉世推〔三〕。從夫榮已絶，封邑寵難追〔四〕。陌上人皆惜，花間鳥亦悲〔五〕。仙郎看隴月〔六〕，猶憶畫眉時〔七〕。

【校注】

〔一〕疑作於北遊河朔時，説見後。員外：即員外郎。清河：唐縣名，屬貝州，在今河北清河縣西。縣君：唐代婦人的封號。《唐六典》卷二：「五品若勳官三品有封，母、妻爲縣君。散官並同職事。」「輓歌」下明抄本、《全唐詩》有「二首」二字。

〔二〕令德：美德。

〔三〕高門：出身的門第高貴。清河崔氏世爲望族，據崔氏之封號，或即屬清河崔氏。

〔四〕夫：指韓員外。絶：到頂。封邑：指被封爲縣君。唐時縣君實不食邑（僅有封號，無封户）。兩句寫崔氏生時的榮寵。

〔五〕亦：底本作「自」，據明抄本、《全唐詩》改。

〔六〕仙郎：指韓員外。參見《送顔平原》注〔八〕。隴：通「壟」，墳墓。

〔七〕畫眉：用青黑色的顔料畫眉毛。《漢書·張敞傳》：「然敞無威儀……又爲婦畫眉，長安中傳張京兆眉憮（嫵媚）。有司以奏敞。上問之，對曰：『臣聞閨房之内，夫婦之私，有過於畫眉者。』」

其二

遽聞傷別劍〔一〕，忽復嘆藏舟〔二〕。燈冷泉中夜，衣寒地下秋〔三〕。青松弔客思〔四〕，丹旐路人愁〔五〕。徒有清河在〔六〕，空悲逝水流〔七〕。

【校注】

〔一〕別劍：喻夫婦別離，意本鮑照《贈故人馬子喬六首》其六：「雙劍將離別，先在匣中鳴；煙雨交將夕，從此遂分形。雌沈吴江裏，雄飛入楚城；吴江深無底，楚闕有崇扃。一爲天地別，豈直限幽明！」

〔二〕藏舟：即藏壑，用《莊子·大宗師》「藏舟於壑」意。參見《西河太守杜公輓歌》其一注〔二〕。

〔三〕「燈冷」兩句：寫崔氏死後獨居泉下的淒涼景象。泉，謂黄泉。

〔四〕青松：指墳上所植青松。思：《全唐詩》作「淚」。

〔五〕丹旐：即銘旌，參見《盛王輓歌》注〔五〕。

〔六〕徒：但。清河：唐貝州爲漢清河郡地，「以郡臨清河水，故號清河」（《元和郡縣志》卷一六）。隋以後清河被導爲永濟渠，《元和郡縣志》卷一六《貝州·清河縣》：「永濟渠，東南去縣十里。」玩此句之意，詩蓋岑參北遊河朔時所作。

〔七〕逝水：《論語·子罕》：「子在川上曰：『逝者如斯夫，不舍晝夜。』」

冀州客舍酒酣貽王綺寄題南樓 時王子應制舉欲西上〔一〕

夫子傲常調，詔書下徵求〔二〕；知君欲謁帝，秣馬趨西周〔三〕。逸足何騤騤〔四〕，美聲實風流〔五〕；富學贍清詞〔六〕，下筆不能休〔七〕。君家一何盛，赫奕難爲儔〔八〕；伯父四五人，同時爲諸侯〔九〕。憶昨始相值，值君客貝丘〔一〇〕；相看復乘興，攜手到冀州。前日在南縣〔一一〕，與君上北樓；野曠不見山，白日落草頭。客舍梨花繁，深花隱鳴鳩〔一二〕；南鄰新酒熟，有女彈箜篌〔一三〕。醉後或狂歌，酒醒滿離憂；主人不相識，此地難淹留〔一四〕。吾廬終南下〔一五〕，堪與王孫遊〔一六〕；何當肯相尋，澧上一孤舟〔一七〕。

【校注】

〔一〕往遊河朔抵冀州時作。冀州：唐州名，天寶元年改名信都郡，治所在今河北冀州市。貽：

贈給。王綺：蘭州刺史王景之子，曾任越州倉曹參軍（州刺史屬官）。參見《新唐書》卷七二中《宰相世系表》。又，《南部新書》丙：「至德三年，始置鹽鐵使，王綺首爲也。」寄：托。南樓：冀州南門城樓。制舉：唐代科舉分制舉和常舉，制舉的科目和考試時間都不固定，何時設何種科目，由皇帝臨時下詔公佈，一般士人和現任官吏都可應試。《新唐書·選舉志上》：「其天子自詔者曰制舉，所以待非常之才焉。」據《册府元龜》卷六八及六四五載，開元二十七年「正月，令諸州刺史舉德行尤異不求聞達者，許乘傳赴京」。「二月，制草野間有殊才異行文堪經國者，所由長官以禮徵送」。

〔二〕常調：常舉。唐代科舉中的常舉有科目多種，最主要的是進士及明經兩科。「傲常調」，意謂輕視常舉。下句言皇帝下詔設制科徵求賢才。

〔三〕秣：底本誤作「扶」，明抄本作「抹」，此據底本注語及《全唐詩》改。周：底本作「州」，據明抄本、吴校、《全唐詩》改。「西周」指唐都長安。西周都城鎬京，唐時大抵屬長安之地，故云。

〔四〕逸足：疾足，言脚步迅疾。何：底本、明抄本、吴校並注：「一作方。」駸（qīn侵）駸：快貌。句謂王捷足先登，走在前面。

〔五〕風流：光彩之意。

〔六〕富學：《全唐詩》作「學富」。贍清詞：文詞清麗而繁富。

〔七〕「下筆」句：曹丕《典論論文》：「傅毅（字武仲，東漢詩賦家）之于班固，伯仲之間耳，而固小

之，與弟超書曰：『武仲以能屬文爲蘭臺令史，下筆不能自休。』」這裏則稱贊王綺能寫極長的文章。

〔八〕赫奕：光顯。儔：匹。

〔九〕諸侯：古代地方封國的君主；西漢中期以後，封國越分越小，其地位大抵和郡相當，後因稱郡守爲諸侯。此指州刺史（州的最高行政長官）。據《宰相世系表》載，王綺家係大族，其叔、伯父輩在朝爲官者甚多，但見於表中記載任刺史者只王晞一人。

〔一〇〕值：上句的「值」是「遇到」的意思，下句的「值」是「正當」的意思。貝丘：地名，在今山東高唐縣西南清平鎮附近。

〔一一〕南縣：作者由貝丘到冀州，經貝、冀二州之地，二州所轄，均無「南縣」。疑「南縣」指南宫縣，唐時爲冀州屬縣，位於冀州治所之南，故城在今河北南宫市西北。

〔一二〕花：明抄本、吴校作「苑」。鳩：鴿子一類鳥，常見者有斑鳩、山鳩等。

〔一三〕彈：敦煌唐寫殘卷作「能」。箜篌：古代樂器，似瑟而小。

〔一四〕淹留：久留。

〔一五〕終南：山名，即秦嶺，又稱南山、地肺山，横貫陝西南部，主峯在長安縣南。作者天寶三載（七四四）登第前數年内曾在此隱居。

〔一六〕王孫：見《丘中春卧寄王子》注〔六〕。此指王綺。

〔一七〕灃：諸本作「澧」，據明刊《唐十二家詩》本校改。「灃」即灃水，源出陝西寧陝縣東北秦嶺，北流至西安市西北入渭水。兩句設想王綺乘舟沿灃水南下至終南山相尋。

題井陘雙溪李道士所居〔一〕

五粒松花酒〔二〕，雙溪道士家。唯求縮却地〔三〕，鄉路莫教賒〔四〕。

【校注】

〔一〕往遊河朔抵井陘時作。井陘：唐縣名，在今河北井陘縣北。雙溪：井陘地名。

〔二〕五粒松：即五鬣（liè列）松，又稱五釵松，松的一種。葉針形，如鬣，五葉叢生，故名。《太平御覽》卷九五三引《廬山記》：「又葉五粒者，名五粒松，服之長生。」

〔三〕縮却地：晉葛洪《神仙傳》卷五《壺公》：「（費長）房有神術，能縮地脈，千里存在目前宛然，放之復舒如舊也。」却，與「去」、「掉」用法相近。

〔四〕賒：遠。句言只求讓自己快些回家。

暮秋山行〔一〕

疲馬卧長坂〔二〕，夕陽下通津〔三〕。山風吹空林〔四〕，颯颯如有人〔五〕。蒼旻霽涼

雨〔六〕，石路無飛塵。千念集暮節〔七〕，萬籟悲蕭辰〔八〕。鶗鴂昨夜鳴〔九〕，蕙草色已陳〔一○〕。況在遠行客，自然多苦辛。

【校注】

〔一〕唐殷璠《河嶽英靈集》曾評此詩曰：「又『山風吹空林，颯颯如有人』，宜稱幽致也。」詩當作於開元、天寶年間，細玩詩意，疑是遊河朔途中所作。

〔二〕坂：《全唐詩》作「坡」。

〔三〕通津：四通八達的渡口。

〔四〕空：《全唐詩》注：「一作長。」

〔五〕颯颯：風聲。

〔六〕蒼旻（mín 民）：蒼天。霽：雨初止。

〔七〕暮節：農曆九月九日重陽節。謝靈運《九日從宋公戲馬臺集送孔令》：「良辰感聖心，雲旗興暮節。」

〔八〕萬籟：大自然的一切聲響。蕭辰：秋風蕭瑟之時。辰，《全唐詩》作「晨」。

〔九〕鶗鴂（tí jué 題決）：亦作鵜鴂，即伯勞鳥，仲夏始鳴。

〔一○〕蕙草：一種香草，初秋開紅花。兩句語本屈原《離騷》：「及年歲之未晏兮，時亦猶其未央。

恐鶗鴂之先鳴兮，使夫百草爲之不芳。」蓋以鶗鴂已鳴，蕙草色老不芳，喻己求仕無成，蹉跎失時。

臨河客舍呈狄明府兄留題縣南樓〔一〕

黎陽城南雪正飛〔二〕，黎陽渡頭人未歸〔三〕。河邊酒家堪寄宿，主人小女能縫衣。故人高卧黎陽縣〔四〕，一别三年不相見。邑中雨雪偏着時〔五〕，隔河東郡人遥羨〔六〕。鄴都唯見古時丘〔七〕，漳水還如舊日流〔八〕。城上望鄉應不見，朝來好是懶登樓〔九〕！

【校注】

〔一〕開元二十七年冬自河朔歸長安途經黎陽縣時所作。臨河客舍：即詩中之「河邊酒家」。河，指黄河。明府：縣令别稱。狄當時蓋任黎陽縣縣令。

〔二〕黎陽：唐縣名，在今河南浚縣東，唐時古黄河流經其東南。黎，宋本、明抄本、底本等均作「鳳」，此從《全唐詩》。

〔三〕黎陽渡：古津渡名，即黎陽津，故址在唐黎陽縣境，今浚縣東南，位於古黄河北岸。《元和郡縣志》卷十六：「白馬故關在（黎陽）縣東一里五步。酈食其説高祖曰『杜白馬之津』，即此地也，後更名黎陽津。」按古黄河流經今河南浚縣與滑縣之間，金時方改道南徙。人未歸：作

者自指。宋本、底本句下並注：「一作黎陽渡口人渡稀。」

〔四〕故人：指狄明府。

〔五〕邑：指黎陽縣。偏着時：猶言獨下時。

〔六〕東郡：隋東郡，唐改爲滑州，治滑臺城（今河南滑縣東滑縣舊治），與黎陽縣隔河相望。

〔七〕鄴都：見《登古鄴城》注〔一〕。

〔八〕漳水：見《登古鄴城》注〔五〕。

〔九〕好是：猶言「很是」。樓：即題中的「縣南樓」。東漢末年王粲客居荆州，登樓望鄉，作《登樓賦》以抒懷。此二句即隱用其意。

題新鄉王釜廳壁〔一〕

憐君守一尉〔二〕，家計復清貧。禄米常不足〔三〕，俸錢供與人。城頭蘇門樹〔四〕，陌上黎陽塵〔五〕。不是舊相識，聲同心自親〔六〕。

【校注】

〔一〕自河朔歸長安途中作。新鄉：唐縣名，屬河北道衛州，在今河南新鄉市。王釜：生平未詳；疑即「王崟」，因形近而致誤，參見《餞王崟判官赴襄陽道》注〔一〕。

〔二〕尉：縣尉。
〔三〕常：明抄本、《全唐詩》作「嘗」。
〔四〕蘇門：山名，又稱蘇嶺、百門山，在今河南輝縣西北，地近新鄉。
〔五〕陌：路。黎陽：見前詩注〔二〕。
〔六〕聲：聲氣，意氣。《易·乾》：「同聲相應，同氣相求。」

送郭乂雜言〔一〕

地上青草出，經冬方始歸〔二〕。博陵無近信，猶未換春衣〔三〕。憐汝不忍別，送汝上酒樓。初行莫早發，且宿灞橋頭〔四〕。功名須及早，歲月莫虛擲。早年已工詩〔五〕，近日兼注《易》〔六〕。何時過東洛，早晚渡盟津。朝歌城邊柳嚲地，邯鄲道上花撲人〔七〕。去年四月初，我正在河朔〔八〕。曾上君家縣北樓，樓上分明見恒嶽〔九〕。中山明府待君來〔一〇〕，須計行程及早回。到家速覓長安使〔一一〕，待汝書封我自開。

【校注】

〔一〕開元二十八年（七四〇）春作於長安。郭乂（yì義）：生平未詳。當時郭自長安歸河朔，作者

寫此詩送别。

〔二〕方：明抄本、吴校、《全唐詩》作「今」。兩句指郭乂自長安歸博陵。

〔三〕博陵：隋郡名，唐改爲定州，天寶元年又改名博陵郡，治所在今河北定州市。博陵當是郭乂的家鄉。兩句言家鄉近無信使，未送來春衣，衹好仍著冬裝。

〔四〕灞橋：見《滻水東店……》注〔五〕。底本原作「灞陵」，據明抄本、吴校、《全唐詩》改。

〔五〕工：善於，長於。

〔六〕《易》：《周易》，殷周時代的卜筮之書，後來成爲儒家經典之一。

〔七〕東洛：指東都洛陽。盟津：即孟津，古黄河津渡名，在今河南孟州西南。相傳周武王伐紂，與諸侯盟會于此。朝歌：地名，即沬邑，商代帝乙、帝辛（紂）的别都，在今河南淇縣。嚲（duǒ 多）：垂下。以上四句寫郭歸河朔途中經行之地。

〔八〕河朔：黄河之北。唐置河北道，有今河北省及河南、山東部分地區。

〔九〕恒嶽：恒山，五嶽中的北嶽，主峯在今河北省曲陽縣西北。山西渾源縣東南恒山，明以後纔定爲北嶽。

〔一〇〕中山：借指唐安喜縣（唐定州治所，今河北定州）。戰國時中山國，活動中心在今定州；漢景帝置中山國，北魏置中山郡，治所都在今定州。明府：縣令。作者之叔父官至安喜縣令，參見《唐博陵郡安喜縣令岑府君墓銘》。

〔一二〕覓長安使：尋找上長安的使者，托其帶信。

送王大昌齡赴江寧〔一〕

對酒寂不語，悵然悲送君〔二〕；明時未得用，白首徒攻文〔三〕。澤國從一官〔四〕，滄波幾千里；羣公滿天闕〔五〕，獨去過淮水〔六〕。舊家富春渚〔七〕，嘗憶臥江樓〔八〕；自聞君欲行，頻望南徐州〔九〕。窮巷獨閉門，寒燈靜深屋；北風吹微雪，抱被肯同宿〔一〇〕。君行到京口〔一一〕，正是桃花時；舟中饒孤興，湖上多新詩。潛虬且深蟠〔一二〕，黄鶴飛未晚〔一三〕；惜君青雲器〔一四〕，努力加餐飯〔一五〕！

【校注】

〔一〕王昌齡：字少伯，行大，京兆長安人，著名詩人。開元十五年進士及第，二十二年又中博學宏詞科，新、舊《唐書》有傳。開元二十八年（七四〇）冬，王謫官江寧縣丞，岑參在長安置酒送別，遂有此作。王昌齡也寫了《留別岑參兄弟》詩相答，昌齡此行經洛陽時，李頎還寫了《送王昌齡》詩贈行。江寧：唐縣名，至德元載以前屬潤州，在今江蘇南京市。

〔二〕悲：《文苑英華》、《唐百家詩選》作「愁」。

〔三〕攻：《文苑英華》作「工」。

〔四〕澤國：泛指近水之地。江寧瀕長江，故稱。從：爲，任。

〔五〕天闕：指朝廷。

〔六〕淮水：即淮河。王赴江寧需渡淮水。

〔七〕富春：今浙江省富陽市，其地臨富春江（浙江的一段）。渚：水邊。按岑參父植曾任衢州司倉參軍，唐時衢州屬江南東道，治所在西安（今浙江衢縣）。衢州臨浙江之一源衢江。此處即以富春泛指浙江。

〔八〕江樓：指浙江畔之樓。

〔九〕望：《文苑英華》作「夢」。南徐州：東晉南渡，在京口僑置徐州，稱南徐州。轄今江蘇長江以南、太湖以北一帶地方。按岑植又曾任江南東道潤州句容縣令，其地正屬東晉南徐州轄境。

〔一〇〕窮巷：僻巷。以上四句寫兩人深摯的友情。

〔一一〕京口：今江蘇鎮江市。

〔一二〕虬：古代傳説中有角的龍。蟠：盤屈而伏。《周易・乾》：「潛龍勿用。」孔穎達疏：「潛者，隱伏之名。……言於此潛龍之時，小人道盛，聖人雖有龍德，於此時唯宜潛藏勿可施用。」

〔一三〕黃鶴：古人常把「黃鶴」與「黃鵠」混而爲一，相傳黃鵠是一種極善於高飛的大鳥。《全唐詩》

作「黄鵠」。飛：《文苑英華》、《唐文粹》、《全唐詩》作「舉」。未：底本原作「來」，據《文苑英華》、《唐文粹》、《全唐詩》改。這裏以「潛虬」「黄鶴」喻王昌齡，謂其有大才，姑且隱伏待時，日後飛騰，亦不爲晚。

〔一四〕青雲器：謂必致高位的才器。

〔一五〕「努力」句：保重身體之意，《古詩十九首·行行重行行》：「棄捐勿復道，努力加餐飯。」

送崔全被放歸都覲省〔一〕

夫子不自衒〔二〕，世人知者稀。來傾阮氏酒，去著老萊衣〔三〕。渭北草新出〔四〕，關東花欲飛〔五〕。楚王猶自惑〔六〕，宋玉且將歸〔七〕。

【校注】

〔一〕疑天寶元年（七四二）以前作於長安。崔全：生平未詳。放：指罷職。據《新唐書·選舉志》載，唐代吏部銓選官吏，「得者爲留，不得者爲放」。都：東都洛陽，天寶元年改名東京。覲省（jìn xǐng 晉醒）：看望父母或尊親。

〔二〕衒：炫耀。

〔三〕阮氏：阮籍，字嗣宗，尉氏（今河南尉氏縣）人，魏晉之際著名文學家。他生活的時代，統

治階級内部争奪政權的鬥争激烈而殘酷，社會政治環境十分險惡。爲保全性命，他「遺落世事」，「酣飲爲常」，每以沉醉遠禍。事見《晉書·阮籍傳》。老萊：老萊子，春秋時代楚國人，性至孝，年七十，常穿「五彩斑斕」之衣，仿效小兒動作，以娱其雙親。事見《孝子傳》(《太平御覽》卷四一三引)。兩句意謂像阮籍在朝酣醉避禍，學老萊子回家行孝娱親。

〔四〕渭北：今陝西渭水以北地區。

〔五〕關東：指潼關以東地區。

〔六〕楚王：指楚頃襄王，名横，公元前二九八至二六三年在位。

〔七〕宋玉：戰國末期楚國著名辭賦家，出身低微，仕途上不得志。《文選·對楚王問》載，楚頃襄王問宋玉：「先生其有遺行(失檢行爲)與？何士民衆庶不譽之甚也？」宋玉引用「曲高和寡」故事，説自己有「瑰意琦行」，不能爲「世俗之民」所理解。此用以喻崔全。宋，底本誤作「片」，據《全唐詩》改。

送蒲秀才擢第歸蜀〔一〕

去馬疾如飛，看君戰勝歸〔二〕。新登郄詵第〔三〕，更着老萊衣〔四〕。漢水行人

少〔五〕，巴山客舍稀〔六〕。向南風候暖〔七〕，臘月見春暉。

【校注】

〔一〕本詩與上篇語句多雷同，疑作年相去未遠。秀才：唐代進士（唐時凡應進士試者，皆曰進士）的通稱。唐李肇《國史補》卷下：「進士爲時所尚久矣……其都會謂之舉場，通稱謂之秀才。……得第謂之前進士。」

〔二〕戰勝：指科舉考試獲勝。

〔三〕郄（同「郤」）詵：字廣基，晉人，史稱「博學多才」。一次，晉武帝問他：「卿自以爲何如？」答曰：「臣舉賢良對策爲天下第一，猶桂林之一枝，崑山之片玉。」事見《晉書·郤詵傳》。

〔四〕「更着」句：詳見上篇注〔三〕。

〔五〕漢水：源出陝西寧强縣北嶓冢山，迂迴東流入湖北省，折而南，在武漢入長江。蒲秀才由長安南行入蜀需過漢水。

〔六〕巴山：指大巴山脈，又名巴嶺山脈，綿亘於陝西、四川兩省的邊境，爲由陝入蜀需經之地。

〔七〕風候：氣候。

送許子擢第歸江寧拜親因寄王大昌齡〔一〕

建業控京口，金陵款滄溟。君家臨秦淮，傍對石頭城〔二〕。十年自勤學，一鼓遊

上京〔三〕。青春登甲科〔四〕，動地聞香名〔五〕。解榻皆五侯〔六〕，結交盡羣英〔七〕。六月槐花飛，忽思蓴菜羹〔八〕。跨馬出國門〔九〕，丹陽返柴荆〔一〇〕。楚雲引歸帆〔一一〕，淮水浮客程〔一二〕。到家拜親時，入門有光榮。鄉人盡來賀，置酒相邀迎。閑眺北顧樓，醉眠湖上亭。月從海門出，照見茅山青〔一三〕。昔爲帝王州〔一四〕，今幸天地平〔一五〕。五朝變人世〔一六〕，千載空江聲。玄元告靈符〔一七〕，丹洞獲其銘〔一八〕。皇帝受玉册〔一九〕，羣臣羅天庭〔二〇〕。喜氣薄太陽〔二一〕，祥光徹窅冥〔二二〕。奔走朝萬國〔二三〕，崩騰集百靈〔二四〕。王兄尚謫宦，屢見秋雲生。孤城帶後湖〔二五〕，心與湖水清。一縣無諍辭〔二六〕，有時開道經〔二七〕。黄鶴垂兩翅〔二八〕，徘徊但悲鳴〔二九〕。相思不可見，空望牛女星〔三〇〕。

【校注】

〔一〕作於天寶元年六月。許子：即《送許拾遺恩歸江寧拜親》詩中的「許拾遺」，名登，詳見《送許拾遺……》詩注〔一〕。王大昌齡：見《送王大昌齡赴江寧》注〔一〕。

〔二〕建業：三國吴孫權定都於此，晉改名建康，東晉、宋、齊、梁、陳均以它爲都城，在今江蘇南京市。京口：孫權於此置縣，唐爲潤州治所，在今江蘇鎮江市。金陵：戰國楚置金陵邑，因金陵山（即鍾山，又名紫金山）而得名，即今南京市。款：款留。滄溟：水暗緑色。此指長江水。秦淮：河名，源出江蘇溧水市，西北流經南京市入長江。石頭城：又稱石首城、石城。

孫權定都建業，作石頭城，故址在今南京市西石頭山後。以上四句寫江寧形勢。

〔三〕一鼓：喻精神振作，一氣幹成。《左傳·莊公十年》：「夫戰，勇氣也。一鼓作氣，再而衰，三而竭。」上京：京都之通稱。

〔四〕甲科：唐代科舉，明經有甲乙丙丁四科，進士有甲乙兩科，但「自武德（唐高祖年號）以來，明經唯有丁第，進士唯乙科而已。」這裏的「甲科」，當指進士甲第。唐進士科，需試帖經、詩賦、策，「三試皆通者爲第」，其中又以成績的高下分甲第、乙第。參見《通典》卷十五。

〔五〕動地：形容名聲很大。

〔六〕榻：一種矮而小的床，也可用作坐具。「解榻」乃禮賢的意思。《後漢書·徐穉傳》：「徐穉恭儉義讓，所居服其德。……時陳蕃爲太守……在郡不接賓客，唯穉來特設一榻，去則懸之。」五侯：漢成帝河平二年（前二十七），封外戚王譚爲平阿侯，王商爲成都侯，王立爲紅陽侯，王根爲曲陽侯，王逢時爲高平侯，五人同日受封，世謂之五侯，事見《漢書·元后傳》。此泛指權貴。

〔七〕羣：宋本、《全唐詩》並注：「一作時。」

〔八〕蓴菜：多年生水草，生南方湖澤中，葉子橢圓形，開暗紅色小花，莖和葉表面都有黏液，可以做湯吃。據《晉書·張翰傳》：晉張翰，字季鷹，吳郡吳人，到京師洛陽做官，見秋風起，思念吳地的菰菜、蓴羹、鱸魚膾，嘆道：「人生貴得適志，何能羈宦數千里，以要名爵乎！」於是返

駕回鄉。

〔九〕國門：京都的城門。

〔一〇〕丹陽：隋置丹陽郡，唐廢，治所在今南京市。柴荆：猶言柴門荆户，指簡陋的居室。

〔一一〕楚：周代諸侯國名，戰國時疆域擴展到今江、浙一帶。

〔一二〕淮水：淮河。這句指許子乘舟經淮水南歸。

〔一三〕北顧：即北固，山名，在今鎮江市北，凸入長江中，三面臨水。梁武帝曾登望，因改名北顧。底本、宋本、明抄本及《全唐詩》均注：「一作登江，一作因登。」海門：山名，一名松寥山，又稱爲夷山，在鎮江市東北長江中，是焦山的餘脈。茅山：山名，又叫句曲山，在今江蘇句容市東南。以上四句寫許歸鄉後遊觀江寧附近山水的樂趣。

〔一四〕帝王州：帝都。

〔一五〕地：底本、宋本、明抄本及《全唐詩》均注：「一作下。」

〔一六〕五朝：當指定都建康前後相承的五個朝代：東晉、宋、齊、梁、陳。

〔一七〕玄元：玄元皇帝。唐代信奉道教，追尊道教的始祖老子爲玄元皇帝。靈符：神符。符，符籙，一種道士用以傳道和驅使鬼神的秘文。

〔一八〕丹洞：未詳，當爲獲銘處洞穴。銘：銘文，文體之一種。此指「靈符」。據《資治通鑒》卷二一五載，天寶元年正月，「陳王府（玄宗子陳王李珪府）參軍田同秀上言：『見玄元皇帝

於丹鳳門（唐代長安大明宮的南門）之空中，告以『我藏靈符，在尹喜故宅』。』上（皇上）遣使於故函谷關（在今河南靈寶市）尹喜臺旁求得之。」實際所謂「靈符」，不過是田同秀的僞造。

〔一九〕玉册：玉制的簡册，古代帝王上尊號或祀天時用之。據《通鑑》卷二一五載，唐玄宗獲玄元靈符後，羣臣上表，「請以尊號加天寶字（在皇帝原來的尊號「開元聖文神武皇帝」上加「天寶」二字）」，「受玉册」即指加尊號事。

〔二〇〕天庭：指皇庭。

〔二一〕薄：迫近。

〔二二〕窅冥：又作「窈冥」，指幽遠之地。

〔二三〕朝萬國：使萬國來朝。

〔二四〕崩騰：聯緜詞，騰躍之義。指衆神自空中騰躍而下。

〔二五〕孤城：指江寧。後湖：玄武湖的别稱，亦名練湖。南朝時常爲操練水師之地，在今南京市東北。

〔二六〕静辭：訟辭。

〔二七〕道經：道教經典。唐以《老子》、《莊子》、《文子》、《列子》等書爲道經，玄宗曾「下詔搜求明老、莊、文、列四經學者」（《册府元龜》卷六五〇），並規定四經爲道舉必試内容。

〔二八〕黄鶴：參見《送王大昌齡赴江寧》注〔一三〕。此用以喻王昌齡。
〔二九〕但悲：底本、宋本、明抄本及《全唐詩》均注：「一作悲且。」
〔三〇〕牛女星：牽牛、織女兩星。

宿關西客舍寄東山嚴許二山人時天寶初七月初三日在内學見有高道舉徵〔一〕

雲送關西雨，風傳渭北秋〔二〕。孤燈然客夢〔三〕，寒杵搗鄉愁〔四〕。灘上思嚴子〔五〕，山中憶許由〔六〕。蒼生今有望，飛詔下林丘〔七〕。

【校注】

〔一〕天寶元年（七四二）七月自長安東行途中作。關西：潼關之西。東山：見《還東山洛上作》注〔一〕。這裏泛指歸隱之所。山人：舊時用以稱隱士。内學：道家以道學爲内學。《晉書·葛洪傳》：「（洪）尤好神仙導養之法。……後師事南海太守上黨鮑玄。玄亦内學，逆占將來，見洪深重之。」這裏指崇玄學。高道舉徵：疑即道舉。玄宗時崇奉道教，開元二十九年（七四一）始於兩京及諸郡玄元皇帝（老子）廟立崇玄學（後改稱崇玄館），置崇玄博士（後改稱學士）、助教（後改稱直學士）等，令生徒習《道德經》、《莊子》、《文子》、《列

子》，學成後準明經例考試，謂之道舉。據載，天寶元年五月，中書門下奏，「今冬崇玄學人，望且准開元二十九年正月制考試」，從之。是則天寶元年有道舉。事見《唐會要》卷五十、六十四、七十七。又，也可能指高道不仕舉，屬制舉。《職官分紀》卷一五引韋述《集賢記注》：「天寶二年，樊端應高道不仕試。」詩題宋本、明抄本作「七月三日在内學見有高道舉徵宿關西客舍寄東山嚴許二山人」，宋本「近」下注：「一無近字。」底本作「宿關西客舍寄山東嚴許二山人時天寶高道舉徵」。此從《全唐詩》。《文苑英華》同《全唐詩》，唯缺「内」字。

〔二〕北：《文苑英華》作「水」。

〔三〕然：「燃」本字。客：作者自稱。

〔四〕寒杵：指秋天的擣衣聲。

〔五〕嚴子：東漢初隱士嚴光，字子陵。本姓莊，避漢明帝諱改。會稽餘姚（今浙江餘姚市）人。少與劉秀同遊學，秀即帝位後，光改名隱居，披裘垂釣於富春江畔，釣處有「嚴陵瀨」之稱。事見《後漢書·逸民列傳》、《高士傳》。

〔六〕許由：傳爲堯時隱者。相傳堯到沛澤，要把君位讓給他，許辭謝，逃至箕山（在今河南登封市）下，躬耕而食。堯又請他做九州長官，他認爲這話玷污了他的耳朵，就跑到潁水邊去洗耳。事見《史記·伯夷列傳》、《高士傳》。

〔七〕林丘：樹林山丘，指嚴、許隱居處。語含希望故人應試出仕之意。

醉題匡城周少府廳壁〔一〕

婦姑城南風雨秋〔二〕，婦姑城中人獨愁。愁雲遮却望鄉處，數日不上西南樓。故人薄暮公事閑，玉壺美酒琥珀殷〔三〕。潁陽秋草今黄盡〔四〕，醉卧君家猶未還。

【校注】

〔一〕天寶元年（七四二）八月東行抵匡城時作。匡城：唐縣名，屬滑州，在今河南長垣縣西南。少府：縣尉。廳壁：底本無，據《全唐詩》補；明抄本、吴校作「壁」，無「廳」字。

〔二〕婦姑城：即指匡城。《大清一統志》卷三十五：「《寰宇記》（卷二）：隋於婦姑城置匡城縣，謂縣南有古匡城爲名。」又云：「婦姑城，在長垣縣南十里，縣舊治於此，故墟猶存。舊有婦姑廟，今移南廂關。」

〔三〕琥珀殷：形容酒的顔色如深紅色的琥珀一般。琥珀，礦物名，黄褐色或赤褐色透明體，可做香料及裝飾品。

〔四〕潁陽：唐縣名，即今河南登封市西南潁陽鎮。此指「少室居止」。説見《年譜》。

至大梁却寄匡城主人〔一〕

一從棄魚釣〔二〕，十載干明王〔三〕。無由謁天階〔四〕，却欲歸滄浪〔五〕。仲秋至東郡〔六〕，遂見天雨霜〔七〕。昨夜夢故山〔八〕，蕙草色已黄〔九〕。平明辭鐵丘〔一〇〕，薄暮遊大梁。仲秋蕭條景，拔刺飛鵝鶬〔一一〕。四郊陰氣閉〔一二〕，萬里無晶光。長風吹白茅〔一三〕，野火燒枯桑。故人南燕吏〔一四〕，籍籍名更香〔一五〕。聊以玉壺贈〔一六〕，置之君子堂〔一七〕。

【校注】

〔一〕天寶元年八月東行抵大梁時作。大梁：戰國魏都，唐時爲汴州治所，在今河南開封市。却寄：回寄。匡城主人：即前詩的「周少府」。

〔二〕魚釣：指隱居生涯。

〔三〕干：指求取職位俸禄。自開元二十四年（七三六）作者「獻書闕下」（《感舊賦》序），至天寶元年作此詩，歷時七載，「十載」是舉其成數。

〔四〕謁天階：謁見皇帝。

〔五〕歸滄浪：歸隱林泉。滄浪，形容水的青緑色，一説是水名（其地衆説不一）。《楚辭·漁父》：「漁父莞爾而笑，鼓枻而去，乃歌曰：『滄浪之水清兮，可以濯我纓（繫帽的絲帶）；滄

浪之水濁兮，可以濯我足。』」此歌又見於《孟子·離婁上》。

〔六〕仲秋：農曆八月。東郡：隋郡名，唐代改爲滑州，天寶元年又改名靈昌郡，治所在今河南滑縣東。岑參此行，大約沿黄河先至滑州，再到匡城，復由匡城至鐵丘，由鐵丘到大梁。

〔七〕雨霜：下霜。

〔八〕夜：《全唐詩》作「日」。故山：指少室山。

〔九〕蕙草：底本作「蕙帳」，《唐詩紀事》作「芳蕙」，此據宋本、明抄本、《全唐詩》校改。

〔一〇〕平明：天剛亮。鐵丘：地名，在唐滑州衛南縣東南十里，今河南濮陽縣西南。

〔一一〕拔剌：象聲詞，像鳥飛聲。鶬鴰：雁之别稱。

〔一二〕閉：閉合，籠罩。

〔一三〕白茅：茅草的一種。

〔一四〕南燕：漢縣名，唐爲滑州胙城縣，其地在今河南延津縣東，緊挨匡城。這裏即用以代指匡城。

〔一五〕籍籍：形容聲名甚盛。更：《唐詩紀事》作「皆」。

〔一六〕玉壺：取高潔之意。鮑照《代白頭吟》：「直如朱絲繩，清如玉壺冰。」

〔一七〕君子：指匡城主人。

偃師東與韓樽同詣景雲暉上人即事〔一〕

山陰老僧解《楞伽》〔二〕，潁陽歸客遠相過〔三〕。煙深草濕昨夜雨，雨後秋風渡漕河〔四〕。空山終日塵事少，平郊遠見行人小〔五〕。尚書磧上黄昏鐘，別駕渡頭一歸鳥〔六〕。

【校注】

〔一〕天寶元年秋由大梁歸潁陽途中作。偃師：在今河南偃師市。韓樽：作者的摯友，生平未詳。作者又有《喜韓樽相過》、《寄韓樽》詩。景雲：佛寺名。據《古今圖書集成·方輿彙編·職方典》卷四三四載，河南鞏縣（今鞏義市）西南羅口堡有景雲寺，其地在偃師之東。《唐詩紀事》卷七六録此詩無「暉」字，以「景雲」爲僧人名。上人：和尚的別稱。即事：就眼前之事作詩。

〔二〕山陰：山北。楞伽：佛經名，全稱《楞伽阿跋多羅寶經》。

〔三〕過：訪。

〔四〕漕河：漕運之河。古時稱以水道轉運糧食爲「漕運」。這裏當指洛河。唐代由江南運米到東都洛陽，由洛陽運米到京師長安，都走洛河。

〔五〕平：《文苑英華》作「出」。行人小：《文苑英華》作「人行渺」。

〔六〕尚書磧、別駕渡：地名，疑在洛水上。羅隱《送鄭州嚴員外》：「尚書磧冷鴻聲晚，僕射陂寒樹影秋。」白居易《欲到東洛得楊使君書因以此報》：「使君灘上久分手，別駕渡頭先得書。」歸鳥：歸林的鳥，作者自喻。

郊行寄杜位〔一〕

嶠崒空城煙〔二〕，淒清寒山景〔三〕。秋風引歸夢，昨夜到汝潁〔四〕。近寺聞鐘聲，映陂見樹影〔五〕。所思何由見，東北徒引領〔六〕。

【校注】

〔一〕玩詩意，疑亦天寶元年秋歸潁陽途中作。杜位：父希望，弟佑，襄陽（今湖北襄樊市）人。杜甫從弟，曾任右補闕。他是李林甫的女婿，天寶十一載（七五二）李林甫死後被貶官（參見《新唐書·李林甫傳》）。後曾和杜甫一起在嚴武幕府中任職。官終考功郎中、湖州刺史。參見《元和姓纂》卷六、《新唐書》卷七二上《宰相世系表》。

〔二〕嶠崒：高峻的樣子。

〔三〕清：宋本、明抄本、吳校並注：「一作涼。」

〔四〕汝：古汝水。上游即今河南北汝河。潁：潁水，有三源，均在河南登封市西境，東南流經禹

州、臨潁、西華、商水等縣市，在安徽境内入淮河。「汝潁」指潁陽。潁陽臨潁水，位於潁水、汝水之間，故云。

〔五〕陂：池塘。底本注：「一作波。」

〔六〕引領：伸頸遠望。

宿華陰東郭客舍憶閻防〔一〕

次舍山郭近〔二〕，解鞍鳴鐘時〔三〕。主人炊新粒〔四〕，行子充夜飢。關月生首陽〔五〕，照見華陰祠〔六〕。蒼茫秋山晦，蕭瑟寒松悲。久從園廬别〔七〕，遂與朋知辭。舊壑蘭杜晚〔八〕，歸軒今已遲。

【校注】

〔一〕約作於開元末或天寶初。華陰：唐縣名，在今陝西省華陰市。閻防：河中（府名，府治在今山西永濟西）人，開元、天寶間有文名。開元二十二年（七三四）進士及第，約二十五年前後，曾謫爲湘中某州司户。後官至大理評事。參見《元和姓纂》卷五、《唐詩紀事》卷二十六、《唐才子傳》卷二。

〔二〕次舍：住旅店。山郭近：山城近處。山郭，山城，指華陰，城在華山之北。

〔三〕鳴鐘時：言佛寺中報時的暮鐘正響着。

〔四〕新粒：新熟的粟米。

〔五〕關：潼關。華陰地近潼關。首陽：參見《東歸晚次潼關懷古》注〔三〕。

〔六〕華陰祠：即西嶽廟，又叫華陰廟，舊時祭祀華山神的處所，在華陰市華山北麓，始置於漢武帝，歷代又加重修。

〔七〕園廬：田園廬舍。

〔八〕舊壑：故山，似指終南山高冠草堂，參見《初授官題高冠草堂》注〔一〕。蘭杜：蘭草、杜若，都是香草。杜，明抄本、吴校均作「桂」。

秋夜宿仙遊寺南涼堂呈謙道人〔一〕

太乙連太白，兩山知幾重〔二〕。路盤石門窄，匹馬行才通〔三〕。日西到山寺，林下逢支公〔四〕。昨夜山北時，星星聞此鐘〔五〕。秦女去已久〔六〕，仙臺在中峯〔七〕。簫聲不可聞，此地留遺蹤〔八〕。石潭積黛色〔九〕，每歲投金龍〔一〇〕。亂流争迅湍，噴薄如雷風〔一一〕。夜來聞清磬〔一二〕，月出蒼山空。空山滿清光，水樹相玲瓏〔一三〕。迴廊映密竹，秋殿隱深松。燈影落前溪，夜宿水聲中。愛此林巒好，結宇向溪東〔一四〕。相識唯山

僧，鄰家一釣翁。林晚栗初拆，枝寒梨已紅〔一五〕。物幽興易愜，事勝趣彌濃。願謝區中緣〔一六〕，永依金人宮〔一七〕。寄報乘輦客〔一八〕，簪裾爾何容〔一九〕！

【校注】

〔一〕據末兩句詩意及語氣，疑爲天寶三載登第前隱居終南山時所作。詩題首二字各本多作「秋夜」；《全唐詩》作「冬夜」，據詩中所寫景物，當以作「秋夜」爲是。仙遊寺：在陝西周至（盩厔）縣東南。《長安志》卷十八：「仙遊寺在盩厔縣東南三十五里。」道人：晉宋以後稱和尚爲道人，意爲修道之人。

〔二〕太乙：山名，即終南山，主峯在西安市南。《白孔六帖·事類集》卷二：「中南（終南）一名太一。」太白：山名，即今陝西眉縣南太白山。自太乙山至太白山數百里，均爲秦嶺山脈之峯巒，故云「知幾重」。

〔三〕「路盤」兩句：謂山徑盤曲，險仄難行。

〔四〕支公：東晉高僧支遁（字道林）。後常以支公、支郎代指僧徒，此處指謙道人。

〔五〕星星：猶點點。

〔六〕秦女：即弄玉。《列仙傳》卷上：「蕭史得道好吹簫……秦穆公以女弄玉妻之，遂教弄玉吹簫，作鳳鳴，有鳳來止其屋。公爲作鳳臺，後弄玉乘鳳，蕭史乘龍，共升天去。」

〔七〕仙臺：即鳳臺，相傳故址在太白山中。

〔八〕遺蹤：疑指弄玉祠而言。李華《仙遊寺》詩原注：「有龍潭穴、弄玉祠。」

〔九〕石潭：指仙遊潭，又名黑水潭。潭在仙遊寺北。《陝西名勝志》卷二：「望仙澤在盩厔縣東南三十里……又五里，即長楊宫，故址稍南爲仙遊潭，闊二丈，其水深黑，號五龍潭。唐時每歲降中使投金龍於此。」

〔一〇〕金龍：銅龍。投金龍入潭，是唐朝廷祈雨的一種儀式。

〔一一〕噴薄：水相激盪而騰湧。如雷風：底本、吴校均注：「一作來如風。」

〔一二〕清磬：清越的磬聲。

〔一三〕玲瓏：空明貌。

〔一四〕結宇：構建廬舍。兩句寫自己的願望。

〔一五〕拆：裂開。兩句底本注：「一作『晚栗枝初折，寒梨葉已紅』。」

〔一六〕謝：辭。區中緣：人世的塵緣。

〔一七〕依：皈依。底本誤爲「作」，據明抄本、《全唐詩》等改。金人宫：指佛寺。金人，指佛或佛像。《漢書·霍去病傳》：「收休屠祭天金人。」顔師古注：「今之佛像是也。」

〔一八〕乘輦客：指在朝爲官的人。

〔一九〕簪裾：顯貴者之服飾。何容：怎能容受。《漢書·東方朔傳》：「談何容易。」

宿太白東溪李老舍寄弟姪〔一〕

渭上秋雨過，北風正騷騷〔二〕。天晴諸山出，太白峯最高。主人東溪老，兩耳生長毫〔三〕。遠近知百歲，子孫皆二毛〔四〕。中庭井欄上，一架獮猴桃〔五〕。石泉飯香粳，酒甕開新糟〔六〕。愛兹田中趣，始悟世上勞〔七〕。我行有勝事，書此寄爾曹〔八〕。

【校注】

〔一〕疑天寶三載登第前隱居終南山時所作。詩題《文苑英華》、《唐文粹》、《全唐詩》並作「太白東溪張老舍即事寄弟姪等」。

〔二〕正：《全唐詩》作「何」，《文苑英華》、《唐文粹》作「暮」。騷騷：風勁貌。

〔三〕毫：長毛。

〔四〕二毛：謂頭髮花白。《左傳》魯僖公二十二年：「君子不重傷，不禽（擒）二毛。」

〔五〕獮猴桃：落葉藤本植物，開黄花，其果實甘美，因獮猴喜食而得名。

〔六〕新糟：指新釀製尚未漉過的酒。

〔七〕上：吴校作「人」。

〔八〕爾曹：指弟姪。

題樓觀〔一〕

荒樓荒井閉空山，關令乘雲去不還〔二〕。羽蓋霓旌何處在〔三〕，空餘藥臼向人間〔四〕。

【校注】

〔一〕疑登第前隱居終南期間所作。樓觀：底本作「觀樓」，據明抄本改。指尹喜故宅。在今陝西周至縣東。《西安府志》卷六十：「《玉海》：《關令尹喜傳》曰，尹喜結草爲樓，精思至道，周康王聞之，拜爲大夫；以其樓可觀望，號此爲關令草樓觀，即觀之始也。」《元和郡縣志》卷二：「樓觀在（京兆府盩厔）縣東三十七里，本周康王大夫尹喜宅也。穆王爲召幽逸之人，置爲道院，相承至秦、漢，皆有道士居之，晉惠帝時重置。其地舊有尹先生樓，因名樓觀，武德初，改名宗聖觀。」《通鑑》開元二十九年正月：「上夢玄元皇帝告云：『吾有像在京城西南百餘里，汝遣人求之，吾當與汝興慶宮相見。』上遣使求得之於盩厔樓觀山間。」胡三省注：「蘇軾曰：樓觀山，今爲崇聖觀，乃尹喜舊宅，山脚有授經臺，尚在。」

〔二〕關令：即尹喜，周人，爲函谷關令。《史記·老莊申韓列傳》裴駰《集解》：「駰案，《列仙傳》曰：『關令尹喜者，周大夫也。善内學星宿，服精華，隱德行仁，時人莫知。老子西遊，喜先見其氣，知

真人當過，候物色而跡之，果得老子，老子亦知其奇，爲著書。與老子俱之流沙之西，服具勝實，莫知其所終。』亦著書九篇，名《關尹子》。」乘雲：駕雲，謂成仙。《關令尹喜内傳》有尹喜從老子西遊，登崑崙山，上天帝所居金臺玉樓的記載（參見《太平御覽》卷八一一及九六七引）。

〔三〕羽蓋霓旌：指仙人尹喜的車駕儀仗。《文選》張衡《東京賦》：「羽蓋威蕤。」薛綜注：「羽蓋，以翠羽覆車蓋也。」《漢書·司馬相如傳》：「拖蜺旌。」顔師古注：「張揖曰：『析羽毛染以五采，綴以縷爲旌，有似虹蜺之氣也。』」霓旌，同「蜺旌」。

〔四〕餘：明抄本、《全唐詩》作「留」。藥臼：搗藥的石臼，爲尹喜宅中舊物。

還高冠潭口留别舍弟〔一〕

昨日山有信，祗今耕種時。遥傳杜陵叟〔二〕，怪我還山遲。獨向潭上釣〔三〕，無人林下期〔四〕。東溪憶汝處〔五〕，閑卧對鸕鷀〔六〕。

【校注】

〔一〕約作於天寶三載登第前隱於高冠谷時。高冠潭：在終南山高冠谷口，參見《初授官題高冠草堂》注〔一〕。《長安縣志》卷十三：「（灃水）又北高冠谷水自西南來注之，水出南山，高冠谷内有石潭，名高冠潭。」又，《類編長安志》卷九：「高冠（或作觀）潭……（高冠）谷口瀑布千

丈，落深潭，人望之心驚股慄，不敢逼視，謂之煎油潭。」舍弟：據《新唐書》卷七二中《宰相世系表》，岑參有弟二，名岑秉、岑亞，當時大概都在長安。

〔二〕杜陵叟：當指同岑一起隱居的隱者。杜陵，見《滻水東店送唐子歸嵩陽》注〔一〕。

〔三〕釣：《全唐詩》作「酌」。

〔四〕期：邀約，會合；明抄本、吴校、《全唐詩》作「棋」。

〔五〕東溪：指高冠谷東的溪流，疑即高冠谷水，參見《初授官題高冠草堂》注〔五〕。

〔六〕鸕鷀：即魚鷹。以上四句想像自己別弟還高冠潭後的生活及對弟之思念。或謂乃轉述杜陵叟語，亦通。

終南雲際精舍尋法澄上人不遇歸高冠東潭石淙望秦嶺微雨作貽友人〔一〕

昨夜雲際宿，旦從西峯回〔二〕。不見林中僧，微雨潭上來。諸峯皆青翠〔三〕，秦嶺獨不開。石鼓有時鳴〔四〕，秦王安在哉〔五〕？東南雲開處，突兀獼猴臺〔六〕。崖口懸瀑流，半空白皚皚〔七〕。噴壁四時雨〔八〕，傍邨終日雷。北瞻長安道，日夕多塵埃〔九〕。若訪張仲蔚〔一〇〕，衡門滿蒿萊〔一一〕。

【校注】

〔一〕作於天寶三載登第前隱居高冠時。終南：即終南山。雲際精舍：雲際爲終南之一山，在陝西鄠（今作「户」）縣東南，上有大定寺。《長安志》卷十五：「雲際山大定寺，在（鄠）縣東南六十里，隋仁壽元年置，爲居賢捧日寺，本朝太平興國三年改。」杜甫《渼陂行》：「船舷暝戛雲際寺。」即此。法澄：生平未詳。上人：和尚别稱。高冠東潭：見前詩注〔一〕。石淙：當爲高冠谷内地名。秦嶺：即終南山。詩題：原作「潭石淙望秦嶺微雨貽友人」，《文苑英華》作「終南雲際精舍尋法澄上人」，此從《河嶽英靈集》、《全唐詩》。

〔二〕旦：《河嶽英靈集》、《又玄集》、《文苑英華》作「適」。峯：《河嶽英靈集》作「嶺」。

〔三〕青：底本原作「晴」，據《全唐詩》改。

〔四〕石鼓：一種鼓形的大石。舊時迷信説法，石鼓發出聲響，是有戰事的徵兆。《漢書・五行志上》：「成帝鴻嘉三年五月乙亥，天水冀南山大石鳴，……石長丈三尺，廣厚略等，……民俗名曰石鼓。石鼓鳴，有兵。」《水經・湘水注》：「（臨承）縣有石鼓，高六尺，湘水所逕，鼓鳴則土有兵革之事。」據《通鑒》記載，開元、天寶之際，唐同吐蕃、奚、契丹等多次發生戰争，此句即指其事。

〔五〕秦王：唐太宗李世民即位前的封號。按，疑終南山有石鼓，故作者想及邊境戰事，並慨嘆秦王已去，未能使四境安定。

〔六〕突兀：高峻貌。獼猴臺：疑爲終南山峯名。《河嶽英靈集》、《又玄集》、《文苑英華》無以上兩句。

〔七〕「崖口」兩句：《河嶽英靈集》、《又玄集》、《文苑英華》作「水深（《英靈集》作「水潨」，《又玄集》作「潨潨」）斷山口，吼沫相喧豗」。

〔八〕雨：《又玄集》作「雪」。句謂瀑流噴射四周石壁，像四季都下着雨。

〔九〕多：《又玄集》、《文苑英華》、《全唐詩》作「生」。

〔一〇〕張仲蔚：東漢隱士，見《鞏北秋興寄崔明允》注〔五〕。此以張自喻。

〔一一〕滿：《河嶽英靈集》、《又玄集》、《文苑英華》均作「映」。蒿萊：泛指野草。

題雲際南峯眼上人讀經堂 眼公不下此堂十五年矣〔一〕

結宇題三藏〔二〕，焚香老一峯。雲間獨坐卧，衹是對杉松〔三〕。

【校注】

〔一〕本詩作年同前篇。雲際：參見上篇注〔一〕。眼上人：底本作「演上人」，此從《全唐詩》。題下注語底本無，據《全唐詩》補。

〔二〕「結宇」句：《萬首唐人絶句》作「結室開三藏」。三藏，佛教經典分「經」、「律」、「論」三部分，合稱「三藏」。

〔三〕杉：《全唐詩》作「山」。

灃頭送蔣侯〔一〕

君住灃水北，我家灃水西。兩邨辨喬木〔二〕，五里聞鳴鷄〔三〕。飲酒溪雨過，彈棋山月低〔四〕。徒開蔣生逕〔五〕，爾去誰相攜？

【校注】

〔一〕疑爲登第前隱居長安近郊時所作。灃頭：灃水頭。灃水，又稱豐水，源出陝西寧陝縣東北秦嶺，北流至西安市西北入渭河。侯：對友人的敬稱。

〔二〕辨：《唐百家詩選》作「見」。喬木：高大的樹木。

〔三〕「五里」句：陶淵明《桃花源記》：「阡陌交通，鷄犬相聞。」

〔四〕彈棋：古代的一種博戲，兩人對局，其術至宋代已失傳。

〔五〕開：《全唐詩》作「聞」。蔣生逕：參見《自潘陵尖還少室居止秋夕憑眺》注〔六〕。逕，同「徑」。

漁　父〔一〕

扁舟滄浪叟〔二〕，心與滄浪清。不自道鄉里，無人知姓名。朝從灘上飯，暮向蘆

中宿。歌竟還復歌，手持一竿竹。竿頭釣絲長丈餘，鼓栧乘流無定居〔三〕。世人那得識深意〔四〕，此翁取適非取魚〔五〕。

【校注】

〔一〕此詩《河嶽英靈集》選入，詩題作「觀釣翁」。或爲早期之作，姑繫此。漁父：見《至大梁却寄匡城主人》注〔五〕。

〔二〕扁舟：小船。滄浪叟：指漁父。

〔三〕鼓栧：摇動船槳。

〔四〕識：《河嶽英靈集》作「解」。意：底本注：「一作趣。」

〔五〕適：適意，指逍遥自在，不受拘束。

僕射裴公輓歌〔一〕

其一

盛德資邦傑〔二〕，嘉謨作世程〔三〕。門瞻駟馬貴〔四〕，時仰八裴名〔五〕。罷市秦人

送〔六〕，還鄉絳老迎〔七〕。莫埋丞相印，留着付玄成〔八〕。

【校注】

〔一〕作於天寶二年（七四三）十月。僕射裴公：即裴耀卿，字焕之，絳州稷山（今屬山西）人。八歲神童科擢第。歷任考功員外郎，濟州、宣州刺史，京兆尹，開元二十一年拜同中書門下平章事，尋遷侍中。二十四年，罷爲尚書左丞相，封趙城侯。天寶初，改爲尚書左僕射，俄改右僕射。天寶二年七月卒，十月歸葬絳州稷山縣。參見兩《唐書》本傳等。僕射，尚書省長官，從二品。詩題明抄本、吴校、《全唐詩》作「故僕射裴公輓歌三首」。

〔二〕資：資助。邦傑：國家的傑出人才。

〔三〕嘉謨：美好、完善的謀畫。謨，《文苑英華》作「謀」。世程：猶「世法」，世人應遵循的軌範。

〔四〕駟馬：一輛車套四匹馬。

〔五〕八裴名：《文苑英華》作「八裴榮」，《全唐詩》作「八龍名」，底本、明抄本、吴校並注：「一作兖龍榮。」《晉書·裴秀傳》：「初，裴、王二族，盛於魏晉之時，時人以爲八裴，方八王，徽比王祥，楷比王衍，康比王綏，綽比王澄，瓚比王敦，遐比王導，頠比王戎，邈比王玄雲。」按，許孟容撰神道碑謂耀卿「有子八人」，「綜、皋最知名」。

〔六〕秦人：指長安之人。

〔七〕絳老：絳地的老人。絳指絳州，治所在今山西新絳縣。

〔八〕玄成：即韋玄成。據《漢書・韋賢傳》載，賢昭帝時「代蔡義爲丞相，封扶陽侯」；賢少子玄成，元帝時「復以明經歷位至丞相」。

其二

五府瞻高位〔一〕，三台喪大賢〔二〕。禮容還故絳〔三〕，寵贈冠新田〔四〕。氣歇汾陰鼎，魂歸京兆天〔五〕。先時劍已没〔六〕，壠樹久蒼然〔七〕。

【校注】

〔一〕五府：東漢稱太尉（掌兵）、司徒（掌民事）、司空（掌監察）爲三公，是中央的最高官吏；三公與太傅（位在三公之上而無固定職守，不常置）、大將軍（將軍中位最高者，掌征伐等事，不常置）合稱五府（皆置官屬，建府署，故曰「府」）。這裏借指唐代最高官職。五，《文苑英華》作「二」。疑「五」缺壞誤而爲「二」。瞻：仰望。句言裴占據五府高位，爲人們所仰望。

〔二〕三台：星名，即上台、中台、下台，《晉書・天文志》：「在人曰三公，在天曰三台。」古代迷信説法，以爲天上的星宿和地上的官位相應，三公上應三台。秦、西漢以丞相、太尉、御史大夫爲三公。

〔三〕禮容：禮節法度，這裏指喪事依禮而行。故絳：春秋晉都。穆侯遷都於絳，孝侯改絳曰翼，

景公徙都新田，命新田爲絳，而稱翼爲故絳。其地唐隸絳州，《元和郡縣志》卷十二：「故翼城在（絳州翼城）縣東南十五里，晉故絳都也。」唐翼城即今山西翼城縣。

〔四〕寵贈：指死後天子的賜贈。許孟容謂耀卿卒「贈太子太傅」。《文苑英華》作「增寵」。冠：位居第一。明抄本、吴校、《全唐詩》注：「一作過。」新田：在今山西省曲沃縣西南，其地唐屬絳州，《元和郡縣志》卷十二：「漢絳縣，本春秋晉都新田也。在（絳州曲沃）縣南二里。……今號絳邑故城。」此借指絳州。

〔五〕氣歇：言人死。汾陰：地名，在今山西河津市西南寶鼎鎮。《元和郡縣志》卷十二：「（河中府）寶鼎縣，本漢汾陰縣也，屬河東郡。劉元海時，廢汾陰縣入蒲坂縣。後魏孝文帝復置汾陰縣。開元十一年，改爲寶鼎縣。」相傳漢時嘗於汾陰獲寶鼎。《史記·封禪書》：「（新垣）平言曰：『周鼎亡於泗水之中，今河溢通泗，臣望東北汾陰直有金寶氣，意周鼎其出乎？兆見不迎則不至。』於是上（漢文帝）使治廟汾陰南，臨河，欲祠出周鼎。」裴駰《集解》：「徐廣曰：是後三十七年鼎出汾陰。」《漢書·武帝紀》：「（元鼎）四年……十一月甲子，立后土祠於汾陰脽上。……六月，得寶鼎后土祠旁。」上句指裴死後歸葬故鄉。歸：《文苑英華》作「飛」。京兆：京兆府，治所在長安。天：《全唐詩》作「阡」。

〔六〕「先時」句：指裴公之妻已先亡。鮑照《贈故人馬子喬六首》其六：「雙劍將離別，先在匣中鳴。煙雨交將夕，從此遂分形。雌沈吴江裏，雄飛入楚城。吴江深無底，楚闕有崇扃。一爲

天地別，豈直限幽明。」參見後《西河太守杜公輓歌》其二注〔三〕。

〔七〕壠：墳墓。蒼然：發青的樣子。

其三

富貴徒言久，鄉閭没後歸〔一〕。錦衣都未著〔二〕，丹旐忽先飛〔三〕。哀輓辭秦塞〔四〕，悲笳出帝畿〔五〕。遥知九原上〔六〕，漸遠弔人稀〔七〕。

【校注】

〔一〕没：通「殁」。

〔二〕錦衣：《漢書·項籍傳》：「富貴不歸故鄉，如衣錦夜行。」未著：底本作「欲未」，據明抄本、《文苑英華》、吴校、《全唐詩》改。

〔三〕丹旐：即銘旌。喪具之一，形如幡，上書死者官號、姓名。

〔四〕哀輓：悲哀的輓歌。古代出殯時輓柩者所唱。

〔五〕悲笳：指出殯時所奏哀樂。帝畿：京城及其附近地區。

〔六〕九原：春秋晉國卿大夫墓地，在今山西省絳縣北境。後世因謂墓地爲「九原」。裴公葬地恰在九原附近。

〔七〕遠：明抄本、《全唐詩》作「覺」。

攜琴酒尋閻防崇濟寺所居僧院 得濃字〔一〕

相訪但尋鐘，門寒古殿松。彈琴醒暮酒〔二〕，捲幔引諸峯〔三〕。事愜林中語〔四〕，人幽物外蹤〔五〕。吾廬幸相近〔六〕，兹地興偏濃〔七〕。

【校注】

〔一〕疑天寶三載（七四四）登第前作於長安。閻防：參見《宿華陰東郭客舍憶閻防》注〔一〕。崇濟寺：長安寺名。《長安志》卷八：「（昭國坊）西南隅，崇濟寺，本隋慈恩寺，開皇三年魯郡夫人孫氏立。」得濃字：拈得濃字韻。古人相約賦詩，規定一些字作韻，各人分拈韻字，依韻而賦。

〔二〕酒：底本作「雨」，注：「本作酒。」明抄本、吴校、《全唐詩》均作「酒」。

〔三〕幔：帷幔。

〔四〕愜：暢快。

〔五〕物外：等於説「世外」。

〔六〕相：《全唐詩》作「接」。近：底本注：「一作接。」

〔七〕偏：特别。濃：《全唐詩》作「慵」。

楊固店〔一〕

客舍梨葉赤，鄰家聞擣衣。夜來常有夢〔二〕，墜淚緣思歸。洛水行欲盡，緱山看漸微〔三〕。長安衹千里，何事信音稀！

【校注】

〔一〕玩詩意，疑爲天寶三載移家長安後所作，姑繫此。楊固：地名，據「洛水」二句，當在今河南偃師或鞏義市境内。作者此行，大約自長安出發，至洛陽，再沿洛水東行。

〔二〕常：《全唐詩》作「嘗」。

〔三〕緱山：見《緱山西峯草堂作》注〔一〕。

驪姬墓下作 夷吾、重耳墓隔河相去十三里〔一〕

驪姬北原上，閉骨已千秋〔二〕。澮水日東注，惡名終不流〔三〕。獻公恣耽惑〔四〕，視子如仇讎。此事成蔓草〔五〕，我來逢古丘。蛾眉山月落，蟬鬢野雲愁〔六〕。欲弔二

公子〔七〕，橫汾無輕舟〔八〕。

【校注】

〔一〕疑天寶三、四載間遊絳（州）、晉（州）時作。詩題：底本作「驪姬墓」，無注語，此從《文苑英華》、《全唐詩》。驪姬：春秋驪戎（古國名，所居之地即今陝西臨潼縣東南驪山）人，晉獻公伐驪戎，驪戎將驪姬獻給晉獻公，受到寵愛，立爲夫人，生子奚齊。驪姬欲立奚齊爲太子，向晉獻公進讒言，陷害太子申生，逼得申生自縊而死，羣公子如重耳、夷吾等相繼出亡。晉獻公死後，奚齊和驪姬均被大夫里克所殺。事見《左傳》莊公二十八年，僖公四年、九年。據《元和郡縣志》卷十二載，絳州正平縣（今山西新絳縣）有驪姬墓，「在縣南八里」。夷吾：晉獻公的兒子。里克殺驪姬母子後，夷吾厚賂秦穆公，穆公送他回晉，立爲晉惠公。公元前六五〇——六三七年在位。重耳：晉獻公的兒子，有賢名。出亡十九年，後因秦穆公之力回國即位，是爲晉文公。公元前六三六——六二八年在位。河：指汾水，源出山西省寧武縣管涔山，西南流至河津市入黄河。

〔二〕閉骨：埋骨。

〔三〕澮水：即今澮河，源出山西翼城縣澮山，西流至新絳縣入汾河。東注：當爲「西注」之誤。《左傳》成公六年：「（郇、瑕）不如新田（今山西侯馬市），土厚水深，居之不疾，有汾、澮以流其惡。」下句即用其語，「流」猶言冲刷、冲走。

〔四〕獻公：姬姓，名詭諸，公元前六七六——六五一年在位。恣耽惑：恣意沈溺於迷亂。指獻

公爲驪姬的讒言所惑。

〔五〕「此事」句：《左傳・隱公元年》：「（祭仲）對曰：『……無使滋蔓。蔓，難圖也。蔓草猶不可除，況君之寵弟乎？』」蓋以草爲喻，謂草之滋長引蔓，則難以芟除。此用其意，言驪姬亂晉事已載入史册，很難消除。

〔六〕蛾眉：女子彎曲而細長的眉毛。蛾，底本誤作「峨」，據《文苑英華》、《全唐詩》改。落：《文苑英華》、《全唐詩》作「苦」。蟬鬢：晉崔豹《古今注》卷下載：魏文帝寵愛的宫人莫瓊樹，「乃製蟬鬢，縹緲如蟬翼，故曰蟬鬢。……一時冠絶。」這兩句言新月已落，薄雲瀰野，惹人愁思。

〔七〕二公子：指夷吾、重耳。

〔八〕横汾：横渡汾河。

題平陽郡汾橋邊柳樹　參曾居此郡八九年〔一〕

此地曾居住〔二〕，今來宛似歸。可憐汾上柳，相見也依依〔三〕！

【校注】

〔一〕本詩作年同上篇。平陽郡：即晉州，天寶元年改名，治所在今山西臨汾。底本無此三字。據明抄本、吴校、《全唐詩》增。汾：汾水。「參曾」句：約開元十年（七二二），參之父植爲晉

州刺史，參隨其客居晉州，至開元十九年（七三一）十五歲時，方移居少室，故云。此句底本作「曾客居平陽郡八九年」，此從《全唐詩》；明抄本、吳校同《全唐詩》，唯「曾」作「客」。

〔二〕住：底本注：「一作慣。」

〔三〕依依：輕柔貌。《詩經·小雅·采薇》：「昔我往矣，楊柳依依。」

宿蒲關東店憶杜陵別業〔一〕

關門鎖歸路〔二〕，一夜夢還家。月落河上曉，遥聞春樹鴉〔三〕。長安二月歸正好，

杜陵樹邊純是花。

【校注】

〔一〕自絳、晉歸長安途中所作。蒲關：即蒲津關。《新唐書·地理志》載，河中府河西縣有蒲津關。始置於戰國魏，在今陝西大荔縣東黄河西岸，爲秦、晉間黄河重要渡口。杜陵：參見《滻水東店送唐子歸嵩陽》注〔二〕。

〔二〕路：《全唐詩》作「客」。

〔三〕春：明抄本、吳校、《全唐詩》作「秦」。

入蒲關先寄秦中故人〔一〕

秦山數點似青黛〔二〕，渭水一條如白練。京師故人不可見，寄將兩眼看飛燕。

【校注】

〔一〕本詩作年同上篇。蒲：底本無，據明抄本、《全唐詩》補。秦中：猶關中，即今陝西省地。

〔二〕青黛：一種青黑色顏料。此指婦女用青黛畫的眉。

敬酬杜華淇上見贈兼呈熊曜〔一〕

杜侯實才子〔二〕，盛名不可及，祇曾效一官〔三〕，今已年四十。是君同時者〔四〕，已有尚書郎〔五〕，憐君獨未遇，淹泊在他鄉〔六〕。我從京師來，到此喜相見，共論窮途事，不覺淚滿面！憶昨癸未歲〔七〕，吾兄自江東〔八〕，得君江湖詩，骨氣淩謝公〔九〕。熊生尉淇上〔一〇〕，開館常待客，喜我二人來，歡笑復朝夕〔一一〕。縣樓壓春岸〔一二〕，戴勝鳴花枝〔一三〕，吾徒在舟中，縱酒兼彈棋〔一四〕。三月猶未還，客愁滿春草〔一五〕，賴蒙瑶華贈〔一六〕，諷詠慰懷抱。

【校注】

〔一〕約作於天寶四載，時作者遊淇上。酬：作詩酬答。杜華：據《元和姓纂》卷六、《新唐書·宰相世系表》，杜華是濮陽杜氏族人，杜鴻漸的遠房姪子。父希晏（一作彦），右補闕、太子洗馬。又《舊唐書·王澣傳》謂澣出爲汝州長史（約在開元十五年後），改仙州别駕。「至郡，日聚英豪，從禽擊鼓，恣爲歡賞，文士祖詠、杜華常在座。」淇上：淇水之上。古淇水源出今河南林州市，東南流，至衛輝市東北入黄河。今則在淇縣南入衛河。熊曜：洪州（今江西南昌市）人，開元中進士，開元年間曾任臨清尉、貝州參軍。參見《元和姓纂》卷一、《元和姓纂四校記》。有詩文傳世（參見《全唐詩》、《全唐文》）。底本作「熊耀」，此從宋本、明抄本、《全唐詩》。

〔二〕杜侯：對杜華的敬稱。

〔三〕效：授予。底本、宋本、明抄本、《全唐詩》並注：「一作爲。」

〔四〕同時：指同時及第。

〔五〕尚書郎：唐時尚書省下統六部（吏、兵、户、刑、禮、工部），每部下設四司，每司各置郎中一至二人，分掌各司事務，員外郎一至二人，爲郎中的輔佐之官；又尚書省左右司各置郎中一人、員外郎一人。凡此統稱尚書郎。

〔六〕淹泊：滯留。

〔七〕癸未歲：天寶二年（七四三）。

〔八〕吾兄：指岑況。曾任湖州別駕（參見《新唐書·宰相世系表》）、單父令（參見《梁園歌送河南王說判官》），去官後於至德年間（七五六——七五七）閑居丹陽。江東：指長江下遊以南地區。湖州恰在江東，疑天寶二年岑況正居湖州別駕之任。

〔九〕骨氣：指詩歌的風格、筆力。謝公：即謝靈運（三八五——四三三），祖籍陳郡陽夏（今河南太康附近），世居會稽（今浙江紹興），南朝宋著名山水詩人。《宋書》有傳。

〔一〇〕尉淇上：在淇上任縣尉。

〔一一〕復朝夕：非止一日之意。

〔一二〕壓：臨。

〔一三〕戴勝：鳥名，體長尺許，色黃褐或紅灰，嘴細而長，頭頂上有金黃色的大羽冠。

〔一四〕彈棋：古代的一種博戲。

〔一五〕客：《全唐詩》作「寒」。

〔一六〕瑤華：謂美玉，喻指杜華的贈詩。

送裴校書從大夫淄川郡覲省〔一〕

尚書東出守〔二〕，愛子向青州〔三〕。一路通關樹，孤城近海樓。懷中江橘熟〔四〕，

倚處戟門秋〔五〕。更奉輕軒去〔六〕，知君無客愁。

【校注】

〔一〕天寶四載（七四五）五月作於長安。裴校書：裴敦復的兒子。「校書」即校書郎，是掌讎校典籍的官。大夫：即詩中的「尚書」，指裴敦復。天寶三載，裴以河南尹率兵破「海賊」吳令光，以功陞任刑部尚書（參見《新唐書·玄宗紀》及《通鑑》）。《通鑑》天寶四載三月：「以刑部尚書裴敦復充嶺南五府經畧等使。五月，壬申，敦復坐逗留不之官，貶淄川太守。」大夫：指御史大夫，敦復任河南尹時，「兼攝御史大夫」（《裴鎬墓志銘》，見《唐代墓志彙編》一五六七頁），故云。淄川：即淄州，天寶元年改名淄川郡，治所在今山東省淄博市淄川區。

〔二〕尚書：指刑部尚書，刑部（六部之一，掌刑法、訟獄等事）的最高長官。出守：出任郡太守。

〔三〕青州：天寶元年改名北海郡，治所在今山東青州市。青、淄二州相鄰，疑敦復之家眷時居青州。

〔四〕「懷中」句：《三國志·吳志·陸績傳》：「績年六歲，於九江（今安徽鳳陽南）見袁術。術出橘，績懷三枚去，拜辭墮地，術謂曰：『陸郎作賓客而懷橘乎？』績跪答曰：『欲歸遺母。』術大奇之。」此用其意。指裴校書孝順母親，攜帶禮物歸家省母。

〔五〕戟門：唐開元、天寶時規定，職事三品以上官，允許私第門旁立戟（後雖轉爲四品官，非貶削者，亦不奪戟），故又稱顯貴家之門爲戟門。參見《唐會要》卷三二。這裏指裴家之門。《戰

國策・齊策六》：「王孫賈年十五，事閔王；王出走，失王之處。其母曰：『女（汝）朝出而晚來，則吾倚門而望；女暮出而不還，則吾倚閭而望。女今事王，王出走，女不知其處，女尚何歸？』」此用其意，想像裴母倚門而望，急切盼子歸來。

〔六〕輕軒：輕快的車。

登千福寺楚金禪師法華院多寶塔〔一〕

多寶滅已久，蓮華付吾師〔二〕。寶塔淩太虛，忽如湧出時〔三〕。數年功不成〔四〕，一志堅自持。明主親夢見〔五〕，世人今始知。千家獻黃金〔六〕，萬匠磨琉璃〔七〕。既空秦山木〔八〕，亦罄天府貲〔九〕。焚香如雲屯，幡蓋珊珊垂〔一〇〕。窸窣神繞護〔一一〕，衆魔不敢窺。作禮覩靈境〔一二〕，焚香方證疑〔一三〕。庶割區中緣〔一四〕，脱身恒在兹。

【校注】

〔一〕作於天寶四載多寶塔建成後。千福寺：《長安志》卷十：「（安定坊）東南隅，千福寺，本章懷太子宅，咸亨四年（六七三）捨宅爲寺。」《大清一統志》卷二三〇：「在長安縣西二里，唐建，內有多寶塔，今名鐵塔寺。」楚金禪師：《全唐文》卷三七九岑勳《西京千福寺多寶塔感應碑》：「有禪師法號楚金，姓程，廣平（唐郡名，即洺州，治所在今河北省永年縣）人也。」原爲

長安龍興寺僧人，曾主持興建多寶塔。乾元二年（七五九）卒，年六十二。《宋高僧傳》卷二十四有傳。

〔二〕多寶：指多寶塔，相傳多寶是東方寶净國的佛，生前曾立下誓願，言己成佛後，遇十方國土有説《法華經》者，放置自己全身舍利的寶塔（即多寶塔）必湧現其前，爲作證明。據説釋迦牟尼於靈鷲山説《法華經》，就有多寶塔從地湧出，塔中發聲贊嘆釋迦，謂其所説，皆是真實。事見《妙法蓮華經·見寶塔品》。據《感應碑》載，楚金「因静夜持誦，至《多寶塔品》，身心泊然，如入禪定，忽見寶塔，宛在目前」，後遂立志於千福寺擇址建多寶塔。蓮華：即《妙法蓮華經》，簡稱《法華經》，佛教經典之一。底本、明抄本、吴校「華」下並注：「一作經。」兩句言多寶塔久已不出現，《法華經》却傳給了楚金禪師。

〔三〕虚：明抄本、吴校、《全唐詩》作「空」。兩句言楚金建之寶塔高入雲霄，一如釋迦説法時多寶塔自地湧出一般。

〔四〕「數年」句：據《西京千福寺多寶塔感應碑》載，多寶塔於天寶元年前動工興建，天寶四載建成。

〔五〕「明主」句：據《感應碑》載，多寶塔「至天寶元年，創構材木，肇安相輪（即輪相，又名承露盤，爲塔頂之輪蓋，通常有九層，故也稱爲九輪），禪師理會佛心，感通帝夢，七月十三日敕内侍趙思偘求諸寶坊（佛寺），驗以所夢，入寺見塔，禮問禪師……其日賜錢五十萬，絹千匹，助建

修也。」親：底本注：「一作先。」

〔六〕「千家」句：指自皇帝賜錢後，捐資助修建的人很多，即《感應碑》所云「檀施（施捨）山積」。

〔七〕琉璃：又作流離、瑠璃，指天然的有光寶石。

〔八〕秦山：即秦嶺，《全唐詩》誤作「泰山」。

〔九〕天府：指朝廷的府庫。貲：財物。

〔一〇〕幡：旌旗儀仗。蓋：傘蓋。皆貴人出行時所用。珊珊：象聲辭。

〔一一〕窸窣：象聲詞。此言神靈圍護寶塔，在空中往來巡行，似有窸窣之聲。

〔一二〕作禮：行禮。

〔一三〕焚：底本、明抄本、吴校作「聞」，並注：「一作焚。」《全唐詩》作「焚」，此從之。證疑：使疑事得到證明。用佛説《法華》，有塔涌出，證其所説皆真實一事。

〔一四〕庶：庶幾，希望的意思。割：割棄，捨棄。區中緣：人世的塵緣。

春日醴泉杜明府承恩五品宴席上賦詩〔一〕

鳧舄舊稱仙，鴻私降自天〔二〕。青袍移草色〔三〕，朱綬奪花然〔四〕。邑裏雷仍震〔五〕，臺中星欲懸〔六〕。吾兄此棲棘〔七〕，因得賀初筵〔八〕。

【校注】

〔一〕岑參於天寶三至五載嘗至醴泉，本詩即作於此時。參見後《夏初醴泉南樓送太康顔少府》注〔一〕。醴泉：唐縣名，屬京兆府，故城在今陝西禮泉縣東北。《岑詩繫年》：「《舊書・肅宗紀》（按，應作「玄宗紀」），天寶十三載二月，令丞各陞一階。《新書・百官志》，京縣令正五品上，畿縣令正六品上。《新書・地理志》，京兆府醴泉縣爲次赤縣。此詩云杜明府承恩五品，蓋原只六品，天寶十三載春始陞一階而爲五品也。」按，此説可商。唐代官制，分爲職事官、散官、爵、勳四項，凡任職事官者，皆帶散位，謂之本品。唐代官吏的服色，依散官品級而定，不依職事官的品級而定，且職事官的升降與散官的升降各爲一途，職事官階與散官官階往往不相合，説見岑仲勉《金石論叢》。故本詩所寫，與「令丞各陞一階」事無涉，詩亦非作於天寶十三載。明府：縣令別稱。承恩五品：指散位蒙恩陞爲五品，可着緋服。

〔二〕鳧舄：參見《尋少室張山人……》注〔四〕。此指縣令。鴻私：鴻大之恩，指皇恩。唐沈既濟《枕中記》：「臣本山東諸生……過蒙殊獎，特秩鴻私，出擁節旌，入昇台輔。」私，謂特有的恩厚，參見《儀禮・燕禮》鄭玄注。兩句謂杜正任縣令，皇帝的恩寵自天而降。

〔三〕「青袍」句：唐制，散官四品、五品服緋，六品、七品服緑，八品、九品服青，見《舊唐書・輿服志》。移，改易。此言官服改變了原來的草緑顔色。即已服緋之意。

〔四〕朱：大紅色。奪：取代，壓過。花然：是説花紅得像要燃燒起來一般。然，通「燃」。按，據

《舊唐書・輿服志》：五品以上官員有綬，親王纁朱綬，一品緑綟綬，二品三品紫綬，四品青綬，五品黑綬。漢晉時，朱綬也均諸王、公主所服。故「綬」疑爲「紱」字之誤。《漢書・韋賢傳》：「黼衣朱紱。」顔師古注：「朱紱，爲朱裳畫爲亞文也。亞，古『弗』字也，故因謂之紱，字又作黻，其音同聲（當爲「耳」字之誤）。」杜甫《寄高三十五書記》：「聞君已朱紱，且得慰蹉跎。」白居易《初除尚書郎脱刺史緋》：「便留朱紱還鈴閣，却着青袍侍玉除。」「朱紱」皆謂緋服也。句言官服紅過鮮豔的紅花。

〔五〕邑：縣。雷仍震：相傳「雷震百里」，百里約爲一縣之地，因稱縣令爲「象雷」或「雷封」。《白氏六帖・事類集》卷二十一：「雷震百里，縣令象之，分土百里。」

〔六〕臺：指尚書省，又稱中臺。星：指尚書郎，舊説郎官「上應列宿」，參見《送顔平原》注〔一四〕。這兩句説，杜雖仍任縣令，却可望到中臺爲郎。（《唐會要》卷六十九：「天寶九載三月十二日勅：『自今已後，郎官御史，先於縣令中三考以上有政績者取，仍永爲常式。』」）

〔七〕吾兄：可能指岑參的哥哥岑況。棲棘：棲息、棲留的意思。《詩經・秦風・黄鳥》：「交交黄鳥，止於棘（酸棗樹）。」《後漢書・仇覽傳》：「枳棘非鸞鳳所棲，百里豈大賢之路？」

〔八〕初筵：初入席，語出《詩經・小雅・賓之初筵》。此泛指宴飲。

醴泉東溪送程皓元鏡微入蜀　得寒字〔一〕

蜀郡路漫漫〔二〕，梁州過七盤〔三〕。二人來信宿〔四〕，一縣醉衣冠〔五〕。溪逼春衫

冷〔六〕，林交宴席寒〔七〕。西南如噀酒，遥向雨中看〔八〕。

【校注】

〔一〕本詩作年同上篇。東溪：泛指醴泉縣東的溪流。程皓：唐代宗永泰元年（七六五）任太常博士，見兩《唐書·韋陟傳》。大曆中任刑部郎中，見《封氏聞見記》卷八、卷九。著有《駁顔真卿論韋陟不得謚忠孝議》（參見《全唐文》卷四四〇）。元鏡微：生平未詳。

〔二〕蜀郡：即益州，天寶元年改爲蜀郡，至德二載（七五七）十月改名成都府，治所在今四川成都市。

〔三〕梁州：唐州名，後陞爲興元府，治所在今陜西漢中市。七盤：即七盤嶺，又名五盤嶺，在今四川廣元縣東北一百七十里，與陜西省寧强縣接界，上有七盤關，是自陜入蜀的通道。

〔四〕信宿：住兩日。再宿爲信。

〔五〕衣冠：指搢紳之家。句謂一縣搢紳之家均設宴款待之。

〔六〕逼：近。

〔七〕交：接合。

〔八〕「西南」兩句：《後漢書·欒巴傳》李賢注引《神仙傳》：「（欒）巴，蜀郡人也，少而學道，不修俗事。」「巴爲尚書，正朝大會（夏曆元旦朝賀之會），巴獨後到，又飲酒西南噀（xùn 訓，噴水）之。有司奏巴不敬，有詔問巴，巴頓首謝曰：『臣本縣成都市失火，臣故因酒爲雨以滅火，臣

不敢不敬。』詔即以驛書問成都，成都答言：『正旦（夏曆元旦）大失火，食時，有雨從東北來，火乃熄，雨皆酒臭。』」此因飲酒而聯想到欒巴噀酒滅火典故，意謂程、元二人會像欒巴一樣，爲蜀郡消除災害。噀：原作「噴」，底本注：「一作噀。」此據改。

夏初醴泉南樓送太康顔少府〔一〕

何地堪相餞？南樓出萬家。可憐高處送，遠見故人車。野果新成子，庭槐欲作花。愛君兄弟好，書向潁中誇〔二〕。

【校注】

〔一〕太康：唐縣名，屬陳州淮陽郡，在今河南太康縣。顔少府：顔允臧。顔真卿《顔允臧神道碑銘》：「解褐太康尉，太守張倚、採訪使韋陟皆器其清嚴，與之均禮。天寶十載，制舉縣令對策及第，授延昌令。」據《唐刺史考》卷六〇及卷五五，張倚天寶二年貶淮陽太守，韋陟天寶五載爲河南採訪使，則允臧爲太康尉當在天寶二年至五載。又唐殷亮《顔魯公行狀》：「天寶元年秋……授京兆府醴泉縣尉。黜陟使、户部侍郎王珙（鉷）以清白名聞，授通直郎、長安尉。六載，遷監察御史。」按，允臧爲真卿之弟，其至醴泉，蓋因真卿官醴泉尉之故；又據《舊唐書・王鉷傳》載，鉷天寶五載爲京畿關内道黜陟使，真卿自醴泉尉陞任長安尉，亦當在此

年。另，天寶二年岑參之兄岑況在湖州（見《敬酬杜華淇上見贈》詩），不得至醴泉（參見《春日醴泉杜明府……》詩），故繫此詩於天寶三至五載。

〔二〕書：書法。潁中：今河南潁水流域一帶。此指唐淮陽郡（潁水流經淮陽郡）。按，允臧之兄允南、真卿，均工書法，參見顔真卿《顔允南神道碑銘》。

南樓送衛憑　分得歸字〔一〕

近縣多過客〔二〕，似君誠亦稀。南樓取涼好，便送故人歸。鳥向望中滅〔三〕，雨侵晴處飛〔四〕。應須乘月去〔五〕，且爲解征衣〔六〕。

【校注】

〔一〕本詩作年同上篇。南樓：即上篇之「醴泉南樓」。衛憑（六九二——七五三）：字佳祖，河東安邑人。策賢良登科，拜秘書省校書郎。轉越州剡縣尉、左威衛録事參軍。遷彭城郡蘄縣令，秩滿去職。事見唐趙向《衛憑墓志銘》（載《唐代墓志彙編》）。又《寶刻叢編》卷五《孟州》：「《唐貞一先生廟碣》，唐左威衛録事參軍衛憑撰。」據《金石録》卷七，碣立於天寶六載七月。據此，則憑之去職，當在天寶十載或十一載。憑，底本誤作「馮」，據明抄本、吴校、《全唐詩》改。

〔二〕近縣：京師附近的縣，指醴泉。過：《全唐詩》注：「一作來。」
〔三〕向：明抄本作「去」。
〔四〕侵：漸近。以上兩句寫在樓上所見。
〔五〕乘月：趁着月光明亮出外閑遊。
〔六〕「且爲」句：意謂暫且不要上路。

西河太守杜公輓歌〔一〕

其一

蒙叟悲藏壑〔二〕，殷宗惜濟川〔三〕。長安非舊日，京兆是新阡〔四〕。黄霸官猶屈〔五〕，蒼生望已愆〔六〕。唯餘卿月在〔七〕，留向杜陵懸〔八〕。

【校注】

〔一〕西河：唐郡名。據《舊唐書·地理志》，河東道汾州，天寶元年改爲西河郡，治所在西河縣（今山西汾陽市）。太守杜公：指杜佑之父希望。希望京兆萬年人。《舊唐書·杜佑傳》：「父希望，歷鴻臚卿、恒州刺史、西河太守，贈右僕射。」據《通鑑》卷二一四載，開元二十六年

正月，希望爲鄯州都督、隴右節度留後，六月，爲隴右節度使。二十七年六月以前，因宦者誣「奏希望不職，下遷恒州刺史」（《新唐書・杜佑傳》）。約天寶初，徙西河太守，並卒於任。又，《金石録》卷七：「《唐西河太守杜公遺愛碑》，書、撰人姓名殘缺。……天寶五載。」知希望之卒，當在天寶四、五載，本詩亦即作於是時。參見《唐刺史考》卷八四。歌：明抄本、《全唐詩》下有「四首」二字。

〔二〕蒙叟：指莊周，周爲蒙人，故稱。藏壑：《莊子・大宗師》：「故善吾生者，乃所以善吾死也。夫藏舟於壑，藏山於澤，謂之固矣。然而夜半有力者負之而走，昧者不知也。」謂世間之物難以固藏，逃不脱生死變化。後多用爲哀挽死者之語。

〔三〕殷宗：指殷高宗武丁。《魏書・世祖太武皇帝紀》：「雖殷宗之夢版築，無以加也。」又，《尚書・説命上》：「（殷）高宗夢得（傅）説，使百工營求諸野，得諸傅巖」，立爲相，「命之曰：『朝夕納誨，以輔台德。……若濟巨川，用汝作舟楫；若歲大旱，用汝作霖雨。』」這句説，天子也痛惜渡河失去了舟楫（指爲失去國家棟梁而痛惜）。

〔四〕京兆：京兆府，治所在長安。阡：謂墓道。明鈔本作「天」。《漢書・原涉傳》：「初武帝時，京兆尹曹氏葬茂陵，民謂其道爲京兆仟（同「阡」）。」這兩句説，長安不同舊日，已新立杜公之墓。

〔五〕黄霸：西漢有名的循吏。宣帝時任揚州刺史、潁川太守，爲政寬和，治績時稱天下第一。後

陸任御史大夫、丞相。事見《漢書・循吏傳》。

〔六〕蒼生望：百姓的期望。謝安隱居東山，朝命屢降而不起，時人語曰：「安石（謝安之字）不肯出，將如蒼生何？」見《世説新語・排調》。愆：喪失。

〔七〕卿月：隱指杜曾任卿職。《書・洪範》：「卿士惟月。」孔注：「卿士各有所掌，如月之有别。」後因謂列卿爲卿月或月卿。

〔八〕杜陵：見《滻水東店送唐子歸嵩陽》注〔一一〕。杜公之墓當在此。

其二

鼓角城中出〔一〕，墳塋郭外新。雨隨思太守，雲從送夫人〔二〕。蒿里埋雙劍〔三〕，松門閉萬春〔四〕。回瞻北堂上〔五〕，金印已生塵〔六〕。

【校注】

〔一〕鼓角：指出殯時奏樂。角，《全唐詩》注：「一作吹。」

〔二〕「雨隨」兩句：形容送葬的人很多。《詩經・齊風・敝笱》：「其從如雨。」「其從如雲。」毛傳：「如雨，言多也。」「如雲，言盛也。」夫人，謂杜公夫人。蓋杜公與夫人合祔同葬，故云。

〔三〕蒿里：傳爲人死後魂魄聚居的地方。《漢書・武帝紀》顔師古注：「死人之里，謂之蒿里，或

呼爲下里。」此指墳墓。雙劍：借指杜公夫婦。相傳春秋時吴人干將及其妻莫邪，曾鑄雌雄二劍，雄劍名干將，雌劍名莫邪。《晉書·張華傳》載，雷焕爲豐城令，掘地得雙劍，遣一劍與張華，一劍自佩。華與焕書曰：「詳觀劍文，乃『干將』也，『莫邪』何復不至？」

〔四〕松門：此指墓門。舊時墓上多植松柏，故云。萬春：萬年。

〔五〕北堂：北面的正房。

〔六〕金印：太守的官印。王維《故西河郡杜太守輓歌三首》曰：「太守留金印，夫人罷錦軒。」

其　三〔一〕

憶昨明光殿〔二〕，新承天子恩。剖符移北地〔三〕，受鉞領西門〔四〕。塞草迎軍幕，邊雲拂使軒〔五〕。至今聞隴外〔六〕，戎虜尚亡魂〔七〕。

【校注】

〔一〕其三：底本作「其四」，此從明抄本、吴校、《全唐詩》。

〔二〕明光殿：借指唐宫殿，參見後《省中即事》注〔五〕。

〔三〕剖符：符是古代的一種憑證，以竹、木、玉、銅等製成，上刻字，用時剖爲兩半；朝廷任命外官，付給半符，另一半留於朝廷，有事則遣使者持半符而至，和外官的半符相合，以驗真僞。

移北地：指希望官代州（治今山西代縣）都督，其時在開元二十五年以前。參見《新唐書·杜佑傳》。

〔四〕受鉞：指受命爲將。西門：謂西方之門户。意指希望爲隴右節度使。

〔五〕使軒：使者所乘車。開元中，杜希望嘗爲和親判官，出使突騎施。參見《新唐書·杜佑傳》。

〔六〕隴外：指陝西隴山以西地區。

〔七〕亡魂：喪魂落魄，言懼怕杜希望的威名。

其四〔一〕

漫漫澄波闊，沈沈大廈深〔二〕。秉心常匪席〔三〕，行義每揮金〔四〕。汲引窺蘭室〔五〕，招攜入翰林〔六〕。多君有令子〔七〕，猶注世人心。

【校注】

〔一〕其四：底本作「其三」，此從明抄本、吴校、《全唐詩》。

〔二〕「漫漫」兩句謂杜公心胸像清波一樣寬廣澄澈，像大厦一樣深邃。

〔三〕匪席：《詩經·邶風·柏舟》：「我心匪石，不可轉也。我心匪席，不可卷也。」席，《全唐詩》注：「一作石。」此句言杜公守志不移。

〔四〕行義：爲仁義之事。

〔五〕汲引：薦引人才。蘭室：芳香高雅之室，指貴者所居。

〔六〕翰林：《文選》揚雄《長楊賦》李善注：「翰林，文翰之多若林也。」謂文苑。以上兩句指杜公引薦、提攜後輩，使其成名。《新唐書·杜佑傳》：「希望愛重文學，門下所引如崔顥等皆名重當時。」

〔七〕多：稱贊。君：指杜公。令：善。

西河郡太守張夫人輓歌〔一〕

鵲印慶仍傳，魚軒寵莫先〔二〕。從夫元凱貴〔三〕，訓子孟軻賢〔四〕。龍是雙歸日，鸞非獨舞年〔五〕。哀容今共盡〔六〕，悽愴杜陵田〔七〕。

【校注】

〔一〕本詩底本不載，此據《全唐詩》補。太守：原作「太原守」，今改。《岑詩繫年》：「此詩重見《全唐詩》李岑、李峯二人集中，俱失注。……《杜公輓歌》云『雨隨思太守，雲從送夫人。蒿里埋雙劍，松門閉萬春』。此詩云『龍是雙歸日，鸞非獨舞年。哀容今共盡，悽愴杜陵田』。是杜公與夫人並亡，此詩之『夫人』即杜公之夫人。然則『太原守』之『原』字當係衍文，此詩

亦當作岑參。作李岑李峯者，傳寫之誤耳。」

〔二〕鵲印：張顥爲梁相，「有鳥如山鵲，飛翔入市，忽然墜地，人争取之，化爲圓石。顥椎破之，得一金印，文曰：『忠孝侯印。』……後議郎汝南樊衡夷上言：『堯舜時舊有此官，今天降印，宜可復置。』顥後官至太尉」。事見《搜神記》卷九。此指官印。慶：福，有福。魚軒：貴婦所乘車。《左傳》閔公二年：「歸夫人魚軒。」杜注：「魚軒，夫人車，以魚皮爲飾。」兩句謂杜公得高位，張夫人榮寵無比。

〔三〕元凱：晉杜預字，預京兆杜陵人，「初，其父與宣帝不相能，遂以幽死，故預久不得調。文帝嗣立，預尚帝妹高陸公主，起家拜尚書郎，襲祖爵豐樂亭侯」（《晉書·杜預傳》）。後官鎮南大將軍，都督荆州諸軍事。預博學多才，善用兵，有平吴之功。此藉指杜公，説言張夫人跟從杜公後，杜便得到了高位。

〔四〕「訓子」句：相傳孟軻的母親爲了管教兒子，曾三遷其居，又曾「斷織」，終於使孟軻「旦夕勤學不息」，成爲「天下之名儒」。事見《列女傳·鄒孟軻母》、《韓詩外傳》卷九。此言張夫人教子有方。

〔五〕龍、鸞：以喻俊傑，這裏指杜公夫婦。兩句指杜公與夫人合祔同葬。

〔六〕「哀容」句：謂人們共同哀悼死者，容貌憂傷，達於極點。按，《全唐詩》卷二五八李岑、李峯詩「容」作「榮」。

〔七〕杜陵：當是杜公夫婦的葬所。

初授官題高冠草堂〔一〕

三十始一命〔二〕，宦情都欲闌〔三〕。自憐無舊業〔四〕，不敢耻微官。澗水吞樵路〔五〕，山花醉藥欄〔六〕。衹緣五斗米〔七〕，孤負一漁竿〔八〕。

【校注】

〔一〕天寶三載（七四四），岑參應進士試及第，但並未立即授官，他釋褐右内率府兵曹參軍，當在天寶五載春，説詳《年譜》。本詩作於授職後不久。高冠草堂：岑參的隱居處，在終南山高冠（亦作觀）谷。谷在陝西户縣（鄠縣）東南三十里。《長安縣志》卷十三：「終南山自鄠縣東南圭峯入（長安）縣西南界，東爲高冠谷，高冠谷水出焉。谷口有鐵鎖橋，爲長安、鄠縣分界。」

〔二〕一命：周代官秩的最低一級（下士），此指初釋褐授低微之職。右内率府兵曹參軍正九品下。是時岑參三十歲。

〔三〕宦情：做官的念頭。都：《全唐詩》作「多」。闌：殘、盡。

〔四〕舊業：祖上遺留的産業。

〔五〕澗水：指高冠谷水。《長安志》卷十五：「高觀（冠）谷水在（鄠）縣東南三十里，闊三步，深一尺，其底並碎砂石。」

〔六〕醉：指山花發紅，猶如人酒後面泛紅暈。藥欄：即圍欄，「藥」音義同「篽」（籞）。《漢書·宣帝紀》：「又詔池籞未御幸者假與貧民。」注：「蘇林曰：折竹以繩緜連禁禦，使人不得往來，律名爲籞。」李匡乂《資暇集》卷上：「今園亭中藥欄，藥即欄，猶言圍援，非花藥之欄也。」

〔七〕五斗米：指微薄的官俸。蕭統《陶淵明傳》載，淵明爲彭澤令，「會郡遣督郵至，縣吏請曰：『應束帶見之。』淵明嘆曰：『我豈能爲五斗米折腰向鄉里小兒！』即日解綬去職，賦《歸去來》」。

〔八〕漁竿：指隱居生活。孤，明抄本、《全唐詩》作「辜」，意同。

高冠谷口招鄭鄠〔一〕

谷口來相訪，空齋不見君。澗花然暮雨〔二〕，潭樹暖春雲〔三〕。門徑稀人跡，簷峯下鹿羣〔四〕。衣裳與枕席，山靄碧氛氲〔五〕。

【校注】

〔一〕本詩似初授官離高冠後偶回訪故人鄭鄠之作，年代當稍後於《初授官題高冠草堂》。冠：底

本作「宫」，據《全唐詩》改。招：《文苑英華》作「贈」。

〔二〕澗：指高冠谷水。然：同「燃」。

〔三〕潭：指高冠潭。見《還高冠潭口留别舍弟》注〔一〕。

〔四〕簷峯：指如房簷般向外延伸的山峯。

〔五〕山靄：山間雲氣。碧：《文苑英華》作「緑」。氛氲：雲氣瀰漫的樣子。

田假歸白閣西草堂〔一〕

雷聲傍太白，雨在八九峯。東望白閣雲，半入紫閣松〔二〕。勝概紛滿目〔三〕，衡門趣彌濃〔四〕。幸有數畝田，得延二仲蹤〔五〕。早聞達士語〔六〕，偶與心相通〔七〕。誤徇一微官〔八〕，還山愧塵容〔九〕。釣竿不復把，野碓無人舂。惆悵飛鳥盡，南溪聞夜鐘〔一〇〕。

【校注】

〔一〕初授官後作。田假：唐代官吏假期名。《唐六典》卷二：「内外官吏則有假寧之節。」注：「五月給田假，九月給授衣假，爲兩番，各十五日。」白閣：終南山的一個山峯，在陝西鄠（今改作「户」）縣東南。

〔二〕太白：山名，在陝西郿（今作「眉」）縣南。紫閣：終南山山峯之一。《大清一統志》卷二二

七：「峯在（鄠）縣東南三十里，迤東有白閣、黄閣峯，三峯相距不甚遠。」四句寫山中遇雨奇觀。

〔三〕勝概：佳妙的景象。

〔四〕衡門：這裏指白閣西草堂。

〔五〕延：延接。二仲：求仲、羊仲，參見《自潘陵尖還少室居止秋夕憑眺》注〔六〕。句謂得以和二仲往來，即得以隱居之意。

〔六〕達士：達觀一切、不爲世俗的名利所囿的人。嵇康《與山巨源絶交書》：「柳下惠、東方朔，達人也，安乎卑位。」

〔七〕偶：適；恰。

〔八〕徇：從；曲從。

〔九〕塵容：俗容；俗態。

〔一〇〕南溪：泛指白閣西草堂南邊的溪澗。

喜韓樽相過〔一〕

三月灞陵春已老〔二〕，故人相逢耐醉倒〔三〕。甕頭春酒黄花脂〔四〕，禄米只充沽酒

資〔五〕。長安城中足年少〔六〕，獨共韓侯開口笑〔七〕。桃花點地紅斑斑〔八〕，有酒留君且莫還。與君兄弟日攜手，世上虚名好是閑〔九〕。

【校注】

〔一〕玩詩意，疑初授官後作。韓樽：明抄本作「韓尊」，當誤。參見《偃師東與韓樽同詣景雲暉上人即事》。過：訪。

〔二〕灞陵：即霸陵，地居霸水之上，本名霸上，漢文帝築陵葬此，因稱霸陵，在今陝西西安市東。

〔三〕耐：宜。

〔四〕甕頭春：初熟的酒，亦省稱「甕頭」。黄花脂：酒面上的黄白色浮沫。

〔五〕禄米：舊時官吏的俸禄用米計算，故稱。

〔六〕足：多。

〔七〕韓侯：對韓樽的敬稱。

〔八〕紅斑：底本、明抄本、《全唐詩》並注：「一作如錦。」

〔九〕虚：底本及《全唐詩》注：「一作浮。」好是：猶「真是」。閑：等閑，平常。

胡笳歌送顔真卿使赴河隴〔一〕

君不聞胡笳聲最悲，紫髯緑眼胡人吹〔二〕。吹之一曲猶未了，愁煞樓蘭征戍

兒〔三〕。涼秋八月蕭關道〔四〕，北風吹斷天山草〔五〕。崑崙山南月欲斜〔六〕，胡人向月吹胡笳。胡笳怨兮將送君，秦山遥望隴山雲〔七〕。邊城夜夜多愁夢，向月胡笳誰喜聞〔八〕！

【校注】

〔一〕天寶七載（七四八）作，時顏真卿出使河隴，岑參在長安作此詩贈別。胡笳：古代北方少數民族的管樂器，木製，有孔，兩端彎曲，漢時即流行於塞北和西域一帶。顏真卿（七〇九——七八四），字清臣，京兆長安（今陝西西安市）人。開元二十二年（七三四）登進士第，天寶元年（七四二）中文詞秀逸科。官至太子太師，封魯郡公，世稱顏魯公。兩《唐書》有傳。河隴：河西、隴右。唐殷亮《顏魯公行狀》：「（天寶）七載，又充河西隴右軍試覆屯交兵使。」河西，即河西節度，景雲元年（七一〇）始置，治所在涼州（今甘肅武威市）；隴右，即隴右節度，開元元年（七一三）始置，治所在鄯州（今青海樂都縣）。底本題中無「使」字，此從宋本、明抄本、《全唐詩》。

〔二〕髯：頰毛。緑：《全唐詩》注：「一作碧。」

〔三〕樓蘭：漢時西域國名，故地在今新疆維吾爾自治區若羌縣一帶。此藉指唐西域之地。

〔四〕蕭關：古關名，故址在今寧夏固原市東南，爲自關中至塞北的交通要道。

〔五〕天山：橫貫新疆中部的山脈。

〔六〕崑崙山：《元和郡縣志》卷四〇《肅州·酒泉縣》：「崑崙山，在縣西南八十里。」月欲斜：月亮升到中天，將要下落，指夜深。以上四句寫西北邊地月夜笳聲之悲。

〔七〕秦山：即終南山，又名秦嶺。隴山：或稱隴坂，在今陝西隴縣，西北綿延至甘肅清水縣，爲赴河、隴必經之地。此言分别後，作者從秦山遥望隴山，無限思念故人。

〔八〕「月」下底本、宋本、明抄本、吴校均注：「一作夜。」

送宇文南金放後歸太原寓居因呈太原郝主簿〔一〕

歸去不得意，北京關路賒〔二〕。却投晉山老〔三〕，愁見汾陰花〔四〕。翻作灞陵客，憐君丞相家〔五〕。夜眠旅舍雨，曉辭春城鴉〔六〕。送君繫馬青門口〔七〕，胡姬壚頭勸君酒〔八〕。爲問太原賢主人〔九〕，春來更有新詩否？

【校注】

〔一〕約作於天寶元年至八載間居長安時。宇文南金：大約是唐玄宗時曾任丞相的宇文融的族人，參見注〔五〕。放：指罷職，參見《送崔全被放歸都覲省》注〔一〕。太原：唐府名，又稱北都，治所在今山西太原市西南。主簿：官名。此指府主簿，掌府署簿書，是府尹的佐吏。

〔二〕北京：據《新唐書·地理志》，北都天寶元年改名北京，至德元年（七五六）復爲北都。賒：遠。
〔三〕晉山：泛指太原府的山。
〔四〕汾陰：汾水之南，即太原府附近地區。《全唐詩》作「汾陽」。
〔五〕灞陵：見《喜韓樽相過》注〔一一〕。上有灞橋，爲唐代長安送别之地。丞相家：據《新唐書·宰相世系表》等載，唐代宇文氏族中，有士及、節、融三人曾任丞相，其中宇文融開元十七年爲相，同年被貶爲汝州刺史。這兩句説，君家曾有人任丞相，君却反而去職，成爲被送别的行客。
〔六〕辭：底本作「醉」，此從《全唐詩》。
〔七〕青門：漢長安東面三門中的一個城門。《三輔黄圖》卷一：「長安城東出南頭第一門曰霸城門，民見門色青，名曰青城門，或曰青門。」此藉指長安東門。
〔八〕胡：指當時西北少數民族。姬：古代對婦女的美稱。壚：酒店裏放酒甕的土臺子。辛延年《羽林郎》：「胡姬年十五，春日獨當壚。」
〔九〕賢主人：指郝主簿。

送薛彦偉擢第東都覲省〔一〕

時輩似君稀，青春戰勝歸〔二〕。名登郄詵第〔三〕，身着老萊衣〔四〕。稱意人皆羡，

還家馬若飛。一枝誰不折〔五〕？棣萼獨相輝〔六〕。

【校注】

〔一〕作於天寶八載春之前。薛彥偉：薛播的堂兄弟。據《舊唐書·薛播傳》載，薛播的伯父元曖死後，其子彥輔、彥國、彥偉、彥雲及薛播的哥哥薛據、薛總在元曖之妻林氏的訓育下，「咸致文學之名，開元、天寶中二十年間，彥輔、據等七人並舉進士，連中科名，衣冠榮之」。又據《新唐書》卷七三下《宰相世系表》：「（薛）彥偉，監察御史。」又《舊唐書·穆寧傳》：「廣德初……沔州別駕薛彥偉坐事忤旨，寧（時任鄂岳沔都團練使）杖之致死。」《容齋三筆》卷一二：「饒州紫極宮有唐鐘一口……刻銘其上，曰：『天寶九載……前鄉貢進士薛彥偉述。』」知時彥偉已登第，未授官。考岑於天寶八載冬赴安西，其後不得在長安作此詩，是彥偉之登第，應在天寶八載春之前。東都覲省：《全唐詩》作「東歸」。

〔二〕戰勝：指應試得中。

〔三〕「名登」句：參見《送蒲秀才擢第歸蜀》注〔三〕。

〔四〕「身着」句：參見《送崔全被放歸都覲省》注〔三〕。

〔五〕「一枝」句：因郤詵有「桂林一枝」語，唐後，遂稱登第爲折桂。

〔六〕棣：常棣，又作「常棣」，《本草綱目》認爲就是郁李。萼：花瓣下部的一圈緑色小片。《詩經·小雅·常棣》：「常棣之華，鄂（同「萼」）不（通「柎」，鄂足）韡韡（光明貌）；凡今之人，莫

如兄弟。」詩中以花同萼的交相輝映，比喻兄弟間相輔相佐、相親相厚之關係。因薛彥偉登第之前，其兄弟大抵已有數人登第，如薛據開元十九年登第（見《唐才子傳・薛據傳》），薛總開元十八年登第（見五百家注《韓昌黎集・國子助教河東薛君墓誌銘》）。

送費子歸武昌〔一〕

漢陽歸客悲秋草〔二〕，旅舍葉飛愁不掃；秋來倍憶武昌魚〔三〕，夢著祇在巴陵道〔四〕。曾隨上將過祁連〔五〕，離家十年恒在邊〔六〕；劍鋒可惜虛用盡〔七〕，馬蹄無事今已穿〔八〕。知君開館常愛客〔九〕，樗蒲百金每一擲〔一〇〕；平生有錢將與人〔一一〕，江上故園空四壁〔一二〕。吾觀費子毛骨奇〔一三〕，廣眉大口仍赤髭〔一四〕；看君失路尚如此〔一五〕，人生貴賤那得知！高秋八月歸南楚〔一六〕，東門一壺聊出祖〔一七〕；路指鳳凰山北雲〔一八〕，衣沾鸚鵡洲邊雨〔一九〕。莫嘆蹉跎白髮新，應須守道勿羞貧〔二〇〕；男兒何必戀妻子，莫向江邨老却人〔二一〕！

【校注】

〔一〕《岑詩繫年》：「玩詩意，當作於天寶八載以前。」武昌：唐縣名，屬鄂州，在今湖北鄂州市。

〔一〕漢陽：唐縣名，屬沔州，與鄂州相鄰，在今武漢市漢陽。費子歸武昌需經其地。

〔三〕武昌魚：三國時吴主孫皓自建業（今南京）遷都武昌，大臣陸凱上疏反對，疏中引童謡説：「寧飲建業水，不食武昌魚；寧還建業死，不止武昌居。」事見《三國志·吴志·陸凱傳》。相傳武昌魚味美。

〔四〕著：同「着」。巴陵：即岳州，天寶元年改爲巴陵郡，治所在今湖南岳陽市。費子此行，蓋自長安南行至長江，復沿江東下經巴陵回武昌。

〔五〕祁連：山名，即今新疆境内的天山。匈奴呼天爲祁連。

〔六〕恒：明抄本、吴校作「常」。

〔七〕劍鋒：梁吴均《詠懷》其一：「野戰劍鋒盡，攻城才智貧。」

〔八〕馬蹄：盧照鄰《早度分水嶺》：「馬蹄穿欲盡，貂裘敝轉寒。」兩句言費子長期在邊庭服役，劍鋒用盡，馬蹄踏穿，可惜如今去職無事，一切都成枉然。

〔九〕常：底本作「恒」，此從明抄本、吴校、《全唐詩》。

〔一〇〕樗蒲：又作「樗蒱」，古代的一種博戲。金：一種貨幣數量單位，漢以黄金一斤（約合今半斤）爲一金。「百金」言錢多，非確指。

〔一一〕將：送。

〔一三〕江上故園：指費子在武昌的家。空四壁：《史記·司馬相如列傳》：「家居徒四壁立。」《索

隱》：「徒，空也。家空無資儲，但有四壁而已。」

〔一三〕毛骨：謂相貌。

〔一四〕髭：鬍子。

〔一五〕失路：意與「當路（居要地）」反，指不得志。

〔一六〕南楚：楚國在中原之南，故稱其地爲南楚。

〔一七〕出祖：《詩・大雅・韓奕》：「韓侯出祖。」孔穎達疏：「言韓侯出京師之門爲祖道之祭。」古代出行時祭路神並宴飲，謂之「祖道」。此指餞行。

〔一八〕鳳凰山：《大清一統志》卷三三五：「鳳凰山，在江夏縣（今武漢市武昌）北二里。《輿地紀勝》：吴黄龍元年，夏口言鳳凰見，因以名山。」

〔一九〕鸚鵡洲：地名，在今武漢市漢陽鎮西南長江中。鳳凰山、鸚鵡洲均費子此行需經之地。

〔二〇〕「應須」句：意本《論語・衛靈公》：「君子憂道不憂貧。」

〔二一〕却：和「掉」、「了」用法相近。

送鄭甚歸東京汜水別業　分得閑字〔一〕

客舍見春草，忽聞思舊山。看君灞陵去〔二〕，匹馬成皋還〔三〕。對酒風與雪，向家

河復關。因悲宦遊子，終歲無時閑。

【校注】

〔一〕天寶年間作於長安，姑繫此。鄭甚：生平未詳；《全唐詩》作「鄭堪」，明抄本、吴校「鄭」作「郭」，「甚」字空缺。東京：即東都洛陽，《元和郡縣志》卷五：「天寶元年改東都爲東京，至德元年復爲東都。」汜水：縣名，唐屬河南府，故地即今河南滎陽市汜水鎮。

〔二〕灞陵：見《喜韓樽相過》注〔二〕。

〔三〕成皋：舊縣名，秦始置，在今汜水鎮。《元和郡縣志》卷五：「汜水縣……漢之成皋縣，一名虎牢。……隋開皇十八年，改成皋爲汜水縣。」

送陶銑棄舉荆南覲省〔一〕

明時不愛璧〔二〕，浪跡東南遊。何必世人識，知君輕五侯〔三〕。採蘭度漢水，問絹過荆州〔四〕。異國有歸興〔五〕，去鄉無客愁。天寒楚塞雨，月浄襄陽秋〔六〕。坐見吾道遠〔七〕，令人看白頭〔八〕。

【校注】

〔一〕本詩底本、明抄本、吴校均不載，此據《文苑英華》、《全唐詩》補。陶銑：《嚴州圖經》卷一《刺

史題名》：「陶銑，大曆四年□月□日自江州刺史拜。」此言「陶銑棄舉」，疑作於天寶中。具體時間不詳，姑繫此。《文苑英華》作「陶鋭」。荊南：指荊州之南。《舊唐書・地理志》：「荊州江陵府……自至德後，中原多故，襄鄧百姓、兩京衣冠盡投江湘，故荊南井邑，十倍其初。」

〔二〕明時：政治清明之時。不愛璧：指不愛賢才。隱用卞和獻璧於楚王而遭拒事（見《韓非子・和氏》）。宋之問《送趙司馬赴蜀州》：「定知和氏璧，遥掩玉輪輝。」璧，平圓形中間有孔的玉。

〔三〕五侯：見《送許子擢第歸江寧拜親……》注〔六〕。

〔四〕採蘭：指省視父母。《文選》束晳《補亡詩・南陔》：「循彼南陔，言採其蘭。」李善注：「循陔以採香草者，將以供養其父母，喻人求珍異以歸。」問絹：《三國志・胡質傳》裴注引孫盛《晉陽秋》：「（胡）威，字伯虎，少有志尚，厲操清白。質（胡威之父）之爲荊州也，威自京都省之。家貧，無車馬僮僕，威自驅驢單行。拜見父，停厩中十餘日，告歸。臨辭，質賜其絹一匹，爲道路糧。威跪曰：『大人清白，不審於何得此絹？』質曰：『是吾俸禄之餘，故以爲汝糧也。』威受之，辭歸。」兩句一指陶赴荊南覲省，一謂其品行清白高潔。

〔五〕異國：異鄉。指荊南。

〔六〕襄陽：唐縣名，屬襄州，在今湖北襄樊市。陶赴荊南需經襄陽。兩句寫旅途中景物。

〔七〕坐：頓，忽。見：猶「覺」。

〔八〕看：估量之辭，料想。

送王伯倫應制授正字歸〔一〕

當年最稱意〔二〕，數子不如君。戰勝時偏許〔三〕，名高人共聞〔四〕。半天城北雨，斜日灞西雲〔五〕。科斗皆成字，無令錯古文〔六〕。

【校注】

〔一〕王伯倫：《唐代墓誌彙編·張貞晉墓誌銘》，署「秘書省正字王伯倫撰」，文謂張葬於天寶九載十一月十七日。又《舊唐書·肅宗紀》：至德二載（七五七）「閏八月辛未，賊將遽寇鳳翔，崔光遠行軍司馬王伯倫、判官李椿率衆捍賊。賊退，乘勝至中渭橋，殺賊守橋衆千人，追擊入苑中。時賊大軍屯武功，聞之燒營而去。伯倫與賊血戰而死。」應制：指應制舉。按，天寶八載有制舉有道科，六載有風雅古調科（參見《登科記考》卷九），本詩當作於天寶八載赴安西之前。正字：官名。唐祕書省置正字六人，正九品下，掌刊正文字。

〔二〕當（dàng 宕）年：本年。

〔三〕偏：獨。句言科舉場上獲勝受到時人稱許。

〔四〕共：底本作「總」，此從《全唐詩》。

〔五〕灞西：灞水之西。灞，底本改作「嶺」，注：「本作灞。」宋本、明抄本等均作「灞」。兩句寫送別時長安近郊午後半雨半晴景象。

〔六〕科斗：指科斗文，我國古代的一種文字，以頭粗尾細如科斗而得名。漢孔安國《尚書序》：「(魯共王)壞孔子舊宅，以廣其居，於壁中得先人所藏古文虞、夏、商、周之書及傳《論語》、《孝經》，皆科斗文字。……科斗書廢已久，時人無能知者。」錯：弄錯。古文：即指科斗文。兩句就王任正字而言。

卷二　編年詩　起天寶八載冬，訖肅宗至德二載春

初過隴山途中呈宇文判官〔一〕

一驛過一驛，驛騎如星流。平明發咸陽〔二〕，暮到隴山頭〔三〕。隴水不可聽，嗚咽令人愁〔四〕。沙塵撲馬汗，霧露凝貂裘。西來誰家子〔五〕，自道新封侯〔六〕。前月發安西〔七〕，路上無停留。都護猶未到〔八〕，來時在西州〔九〕。十日過沙磧〔一〇〕，終朝風不休。馬走碎石中，四蹄皆血流。萬里奉王事，一身無所求。也知塞垣苦〔一一〕，豈爲妻子謀！山口月欲出，光照關城樓〔一二〕。溪流與松風，静夜相颼飀〔一三〕。別家賴歸夢〔一四〕，山塞多離憂〔一五〕。與子且攜手，不愁前路修〔一六〕。

【校注】

〔一〕天寶八載（七四九）赴安西途中作。隴山：見《胡笳歌送顏真卿使赴河隴》注〔八〕。宇文判官：據本篇及《武威春暮聞宇文判官西使還已到晉昌》、《寄宇文判官》，知宇文氏時爲安西

四鎮節度使高仙芝屬下判官。判官，節度使僚佐。

〔二〕咸陽：秦朝都城，在今陝西咸陽市東北，此處借指唐都長安。

〔三〕到：《全唐詩》作「及」。

〔四〕隴水：《元和郡縣志》卷三十九：「隴山有水，東西分流。」北朝樂府《隴頭歌辭》：「隴頭流水，鳴聲嗚咽，遥望秦川，肝腸斷絶。」這兩句即用其意。

〔五〕誰家子：指宇文判官。

〔六〕侯：爵位名。漢時用以封功臣貴戚，唐代封爵有縣侯。此處泛指獲得官爵。大約宇文氏時新任判官。

〔七〕安西：指安西節度使治所龜兹鎮，在今新疆維吾爾自治區庫車縣。

〔八〕都護：官名。此指安西節度使高仙芝。唐高宗時於龜兹置安西都護府，府設都護一人，總領府事。又唐玄宗時，更置安西節度使，治所在安西都護府，節度使例兼安西都護，故稱安西節度使爲都護。據《舊唐書·高仙芝傳》，仙芝於天寶八載（七四九）曾入朝。

〔九〕西州：唐州名，天寶元年更名交河郡，轄今新疆吐魯番盆地一帶。治所在今吐魯番東南哈剌和卓城。

〔一〇〕沙磧：指沙漠、戈壁。按，出玉門關至伊州（今新疆哈密）、西州，出陽關西北行至鄯善、西州，均有沙磧。《通典》卷一九二：「（焉耆）東去交河城（西州）九百里，西至龜兹九百里，皆沙磧。」

〔一〕塞垣：沿邊塞所築用以防禦的牆垣，此泛指邊塞。
〔二〕光：《全唐詩》作「先」。關：隴山下有隴關，又名大震關。在今甘肅清水縣東隴山東坡。
〔三〕颼飀：風聲。
〔四〕家：《全唐詩》注：「一作來。」句謂離家後祇能依靠夢中歸家獲得慰藉。
〔五〕塞，底本注：「一作色。」
〔六〕愁：底本作「肯」，據明抄本、《全唐詩》改。修：長。

經隴頭分水〔一〕

隴水何年有，潺潺逼路傍〔二〕？東西流不歇，曾斷幾人腸！

【校注】

〔一〕本詩作年同上篇。隴頭分水：見上篇注〔四〕。
〔二〕潺潺：水聲。

西過渭州見渭水思秦川〔一〕

渭水東流去，何時到雍州〔二〕？憑添兩行淚，寄向故園流。

【校注】

〔一〕渭州：唐州名，治所在襄武（今甘肅隴西縣西南），渭水流經這裏。秦川：猶關中，指今陝西省中部地區。此詩爲離京西行途中所作。

〔二〕雍州：唐初置雍州，治所在長安。開元元年（七一三）改爲京兆府。

過燕支寄杜位〔一〕

燕支山西酒泉道〔二〕，北風吹沙卷白草〔三〕。長安遥在日光邊〔四〕，憶君不見令人老。

【校注】

〔一〕赴安西途中作。燕支：山名，又作「焉支山」，在甘肅山丹縣東南。杜位：見《郊行寄杜位》注〔一〕。

〔二〕酒泉：唐郡名，即肅州，治所在今甘肅酒泉市。

〔三〕白草：西域所産牧草。《漢書·西域傳》顔師古注：「白草，似莠而細，無芒，其乾熟時正白色，牛馬所嗜也。」

〔四〕日光邊：猶日邊。形容長安在很遠的地方。《初學記》卷一引劉劭《幼童傳》曰：「晉明帝諱

昭，元帝太子也。初，元帝爲江東都督鎮揚州時，中原喪亂，有人從長安來，元帝問洛下消息，潸然流涕。（明）帝年數歲，問泣故，具以東渡意告之。因問（明）帝曰：『汝意謂長安何如日遠？』答曰：『不聞人從日邊來，祇聞人從長安來。』居然可知，元帝念之。明日集羣臣宴會，設以此問，明帝又以爲日近。元帝動容，問何以異昨日之言，答曰：『舉頭不見長安，祇見日，是以知近。』帝大悦。」

過酒泉憶杜陵别業〔一〕

昨夜宿祁連〔二〕，今朝過酒泉。黄沙西際海〔三〕，白草北連天。愁裏難消日〔四〕，歸期尚隔年。陽關萬里夢〔五〕，知處杜陵田〔六〕。

【校注】

〔一〕赴安西途中作。杜陵别業：岑參在長安的别業，參見《宿蒲關東店憶杜陵别業》注〔一〕。

〔二〕祁連：即祁連戍。《元和郡縣志》卷四〇《肅州·福禄縣》：「祁連戍，在縣東南一百二十里。」

〔三〕際：接。海：指瀚海（大沙漠）。

〔四〕消日：消磨時日。

〔五〕陽關：古關名，在今甘肅敦煌市西南，和玉門關同是我國古時通往西域的要隘。
〔六〕處：居於。

逢入京使〔一〕

故園東望路漫漫，雙袖龍鍾淚不乾〔二〕。馬上相逢無紙筆，憑君傳語報平安〔三〕。

【校注】

〔一〕天寶八載離京西行途中作。
〔二〕龍鍾：沾濡濕潤貌。明方以智《通雅》謂，「龍鍾」轉爲「瀧涷」，《廣韻·一東》：「涷，瀧涷，沾漬。」
〔三〕憑：煩，請。

燉煌太守後庭歌〔一〕

燉煌太守才且賢，郡中無事高枕眠〔二〕。太守到來山出泉，黄沙磧裏人種田。燉煌耆舊鬢皓然〔三〕，願留太守更五年〔四〕。城頭月出星滿天〔五〕，曲房置酒張錦筵〔六〕。

美人紅妝色正鮮，側垂高髻插金鈿〔七〕。醉坐藏鈎紅燭前〔八〕，不知鈎在若箇邊〔九〕。爲君手把珊瑚鞭，射得半段黄金錢，此中樂事亦已偏〔一〇〕。

【校注】

〔一〕赴安西或自安西還京途經敦煌時作，姑繫此。燉煌：同「敦煌」，唐郡名，即沙州，治所在今甘肅敦煌市西。後庭：郡府後庭，爲太守私宅。

〔二〕高枕眠：謂無憂無慮。這裏指將政事治理得很好。

〔三〕耆舊：年高而素有重望的人。皓：潔白。

〔四〕更五年：唐代郡守，一歲爲一考，四考待替爲滿，若無替，則五歲而罷，故云。參見《唐會要》卷六八、卷八一。此三字下明抄本、吴校均注：「一作五三年。」

〔五〕月出：底本原作「出月」，此從明抄本、吴校、《全唐詩》。

〔六〕曲房：密室。張錦筵：鋪設精緻華美的筵席。古人席地而坐，故云。筵，竹席。

〔七〕美人：當指太守家妓或侍妾。側：指頭頂兩側。金鈿：古代一種嵌金花的首飾。兩句寫美人侍宴。

〔八〕藏鈎：古代的一種遊戲，又作「藏彄」（環一類東西）。晉周處《風土記》：「義陽（今河南新野）臘日飲祭之後，叟嫗兒童爲藏鈎之戲，分爲二曹，以校勝負。若人偶（偶數）即敵對，人奇

（奇數）則使一人爲遊附，或屬上曹，或屬下曹，名爲『飛鳥』，以齊二曹人數。一鈎藏在數手中，曹人當射知所在。一藏爲一籌，三籌爲一都。」（《説郛》）

〔九〕若箇：那箇。

〔一〇〕珊瑚鞭：一種飾以珊瑚的貴重馬鞭。珊瑚，一種腔腸動物所分泌的石灰質物，形狀像樹枝，多爲紅色，可以做裝飾品。射：猜度。半段黄金錢：指金鈎。半段錢形如半輪殘月，也如鈎，故云。沈括《夢溪筆談》卷十四載毘陵郡士人家女子《拾得破錢詩》曰：「半輪殘月掩塵埃，依稀猶有『開元』字。」偏：猶言多。三句寫藏鈎之戲，頭一句語意不詳，疑指鈎藏好後，主猜者持鞭以爲標志；後兩句謂猜中藏鈎，此中樂趣不少。

歲暮磧外寄元撝〔一〕

西風傳戍鼓，南望見前軍。沙磧人愁月〔二〕，山城犬吠雲〔三〕。別家逢逼歲〔四〕，出塞獨離羣。髮到陽關白，書今遠報君〔五〕。

【校注】

〔一〕作於天寶八載（七四九）赴安西途中。磧外：猶言沙漠中。元撝：李林甫之婿，曾任水陸轉運使判官、監察御史、京兆府户曹參軍，天寶十一載（七五二）李林甫死後遭貶，位終太常博

士。事見《舊唐書·韋堅傳》、兩《唐書·李林甫傳》、《新唐書·宰相世系表》、《元和姓纂》卷四。

〔二〕沙磧：沙漠。

〔三〕「山城」句：續寫邊地風物，言邊塞地勢很高，狗像在雲中吠叫。

〔四〕逼歲：臨近歲除（除夕）。

〔五〕今：明抄本、吴校作「令」。

經火山〔一〕

火山今始見，突兀蒲昌東〔二〕。赤焰燒虜雲〔三〕，炎氛蒸塞空。不知陰陽炭〔四〕，何獨燃此中？我來嚴冬時，山下多炎風。人馬盡汗流，孰知造化功〔五〕！

【校注】

〔一〕赴安西途中作。火山：又稱火焰山，自新疆吐魯番向東斷續延伸至鄯善縣以南，山爲紅砂岩所構成，加上其地氣候乾熱，故名。

〔二〕蒲昌：縣名，在今新疆鄯善縣，唐時屬西州交河郡。

〔三〕虜：此指西北邊地。

〔四〕陰陽炭：語出賈誼《鵩鳥賦》：「且夫天地爲爐兮，造化爲工(冶匠)；陰陽爲炭兮，萬物爲銅。」賦以冶鑄爲喻，説明萬物之生成變化。

〔五〕造化功：大自然的功能。

銀山磧西館〔一〕

銀山峽口風似箭〔二〕，鐵門關西月如練〔三〕。雙雙愁淚沾馬毛，颯颯胡沙迸人面。丈夫三十未富貴〔四〕，安能終日守筆硯〔五〕！

【校注】

〔一〕赴安西途中作。銀山磧：又稱「銀山」，在今新疆托克遜縣治西南，地處自西州通往焉耆、安西的唯一要道上。據《新唐書・地理志》：由西州交河郡西南行，「百二十里至天山(縣)，西南入谷，經礌石磧，二百二十里至銀山磧」。館：驛館。銀山磧西有呂光館，見《新唐書・地理志》。

〔二〕峽：《全唐詩》作「磧」。

〔三〕鐵門關：《新唐書・地理志》：「自焉耆西五十里，過鐵門關。」關在今新疆庫爾勒市北。練：白色的熟絹。

〔四〕三十：約舉成數，岑參時年已三十三歲。

〔五〕守筆硯：《後漢書·班超傳》：超「家貧，常爲官傭書以供養。久勞苦，嘗輟業投筆嘆曰：『大丈夫無他志略，猶當效傅介子、張騫（李賢注：「傅介子，北地人，元帝時使西域，刺殺樓蘭王，封義陽侯。張騫，漢中人，武帝時鑿空開西域，封博望侯。」）立功異域，以取封侯，安能久事筆研（李賢注：「研音硯。」）間乎！』」後從軍，以功封定遠侯。

題鐵門關樓〔一〕

鐵關天西涯〔二〕，極目少行客。關門一小吏，終日對石壁。橋跨千仞危，路盤兩崖窄〔三〕。試登西樓望，一望頭欲白。

【校注】

〔一〕赴安西途中作。鐵門關：見《銀山磧西館》注〔三〕。

〔二〕關：底本作「門」，此從《全唐詩》。

〔三〕橋：指峭壁間的旱橋。仞：古以周尺七尺（或八尺）爲一仞。盤：曲。兩崖：指對峙的山崖。

宿鐵關西館〔一〕

馬汗踏成泥，朝馳幾萬蹄〔二〕。雪中行地角，火處宿天倪〔三〕。塞迥心常怯〔四〕，鄉遥夢亦迷〔五〕。那知故園月，也到鐵關西〔六〕。

【校注】

〔一〕赴安西途中作。鐵關：參見《銀山磧西館》注〔三〕。

〔二〕「馬汗」兩句：意謂從清晨起，馬已奔馳了好長路程，馬汗把地淌濕，馬蹄又將濕地踏成泥。

〔三〕倪：端，邊際。句謂夜裏寄宿在天邊有燈火的地方，即指鐵關西館。

〔四〕迥：遠。

〔五〕「鄉遥」句：謂故鄉遥遠，夢中歸去也會迷路。意本《楚辭·九章·抽思》：「惟郢路之遼遠兮，魂一夕而九逝。曾不知路之曲直兮，南指月與列星。願徑逝而未得兮，魂識路之營營。」

〔六〕「那知」兩句：形容月似有情，伴隨詩人。

磧中作〔一〕

走馬西來欲到天，辭家見月兩回圓〔二〕。今夜不知何處宿，平沙萬里絶人煙。

【校注】

〔一〕赴安西途中作。磧：參見《初過隴山途中呈宇文判官》注〔一〇〕。

〔二〕「走馬」兩句：謂西行已遠，離家已久。

過磧〔一〕

黃沙磧裏客行迷，四望雲天直下低。爲言地盡天還盡，行到安西更向西。

【校注】

〔一〕天寶八載（七四九）初至安西（今新疆庫車）時作。此詩底本不載，今據《文苑英華》、《全唐詩》補。過：《文苑英華》作「度」。

安西館中思長安〔一〕

家在日出處〔二〕，朝來喜東風〔三〕；風從帝鄉來〔四〕，不異家信通〔五〕。絶域地欲盡，孤城天遂窮〔六〕。彌年但走馬〔七〕，終日隨飄蓬〔八〕。寂寞不得意，辛勤方在公〔九〕。胡塵淨古塞〔一〇〕，兵氣屯邊空〔一一〕。鄉路眇天外〔一二〕，歸期如夢中。遥憑長房術〔一三〕，爲

縮天山東〔一四〕。

【校注】

〔一〕天寶九載（七五〇）作於安西。

〔二〕日出處：形容東方極遠之地，指長安。

〔三〕喜：《全唐詩》作「起」。

〔四〕帝鄉：謂京師。

〔五〕異：底本原作「與」，據《全唐詩》改。信：信使。

〔六〕絶域：絶遠之地。窮：底本作「穹」，注：「本作窮。」《全唐詩》亦作「窮」。

〔七〕彌年：整年。

〔八〕蓬：又稱飛蓬，多年生草本植物，開白花，葉子似柳，子實有毛，根細，常被風拔起飛旋。

〔九〕在公：在官府任事的意思。

〔一〇〕胡塵：謂胡兵來犯。蓋兵馬所至，塵土飛揚，故云。浄：潔浄無塵。

〔一一〕兵氣：言戰争氣氛。屯：底本作「宅」，此從《全唐詩》。

〔一二〕眇天外：遠在天外。

〔一三〕長房術：參見《題井陘雙溪李道士所居》注〔一二〕。

〔一四〕「爲縮」句：把天山縮向東方。意謂得以回鄉。

早發焉耆懷終南別業〔一〕

曉笛引鄉淚，秋冰鳴馬蹄。一身虜雲外〔二〕，萬里胡天西。終日見征戰，連年聞鼓鼙〔三〕。故山在何處，昨日夢清溪。

【校注】

〔一〕天寶九載秋作於安西。焉耆：唐安西四鎮之一，屬安西節度使轄領，故地在今新疆焉耆西南。終南別業：參見《初授官題高冠草堂》注〔一〕。

〔二〕虜雲：猶胡雲。

〔三〕聞鼓鼙：指有戰事。鼙，古代軍中用的一種鼓。

寄宇文判官〔一〕

西行殊未已〔二〕，東望何時還？終日風與雪，連天沙復山。二年領公事，兩度過陽關〔三〕。相憶不可見，別來頭已斑！

【校注】

〔一〕天寶九載（七五〇）作於安西。宇文判官：見《初過隴山途中呈宇文判官》注〔一〕。

〔二〕殊：甚。

〔三〕陽關：見《過酒泉憶杜陵別業》注〔五〕。

憶長安曲二章寄龐㴶〔一〕

東望望長安，正值日初出；長安不可見，喜見長安日〔二〕。

長安何處在？衹在馬蹄下。明日歸長安，爲君急走馬。

【校注】

〔一〕疑天寶九、十載居安西時作。憶長安：曲名。章：指樂章。龐㴶：生平未詳。

〔二〕「長安」二句：見《過燕支寄杜位》注〔四〕。

贈酒泉韓太守〔一〕

太守有能政，遥聞如古人。俸錢盡供客，家計亦清貧。酒泉西望玉關道〔二〕，千

山萬磧皆白草。辭君走馬歸長安，思君倏忽令人老〔三〕。

【校注】

〔一〕作於天寶十載（七五一）自安西東歸途中。酒泉：今甘肅酒泉市。

〔二〕玉關：玉門關，漢置，在今甘肅敦煌市西北，是漢時通往西域的要道；唐代關址東移至晉昌城（今甘肅安西縣雙塔堡附近）。《元和郡縣志》卷四十《瓜州・晉昌縣》：「玉門關在縣東二十步。」同卷《沙州・壽昌縣》（今甘肅敦煌西）：「玉門故關在縣西北一十八里。」

〔三〕思：《全唐詩》作「憶」。《古詩十九首・行行重行行》：「思君令人老，歲月忽已晚。」

登涼州尹臺寺 是沮渠蒙尹夫人臺〔一〕

胡地三月半，梨花今始開。因從老僧飯〔二〕，更上夫人臺。清唱雲不去，彈弦風颯來〔三〕。應須一倒載，還似山公回〔四〕。

【校注】

〔一〕天寶十載春作於武威。涼州：唐州名，天寶元年改爲武威郡，治所在今甘肅武威市。題下注語底本無，據明抄本、吴校補。沮渠蒙：應爲「沮渠蒙遜」，晉北涼君主，公元四〇一年自立爲

張掖公，四一二年佔姑臧（今甘肅武威），即河西王位，四二〇年滅西涼，四三三年卒。《晉書》卷一百二十九有傳。尹夫人：晉西涼君主李暠妻尹氏，四一七年李暠死，子李歆繼位，尊爲太后。李歆將攻沮渠蒙遜，尹氏諫止，歆不從；沮渠蒙遜滅西涼後，「尹氏至姑臧，蒙遜引見勞之，……不誅，爲子茂虔聘其女爲妻。」事見《晉書》卷九十六《涼武昭王李玄盛后尹氏傳》。

〔二〕從：就，往。

〔三〕「清唱」句：《列子·湯問》載：「薛譚學謳於秦青，未窮青之技，自謂盡之，遂辭歸。秦青弗止，餞於郊衢，撫節悲歌，聲振林木，響遏行雲。」彈弦：彈奏弦樂器。風颯來：形容樂聲似清風颯然而至。兩句寫席上音樂之美妙。

〔四〕山公：《晉書·山簡傳》載：山簡鎮襄陽時，「諸習氏荊土豪族有佳園池，簡每出遊嬉多之（往）池上，置酒輒醉，名之曰『高陽池（池在今湖北襄樊市）』。時有童兒歌曰：『山公出何許？往至高陽池。日夕倒載歸，酩酊無所知。時時能騎馬，倒著白接䍦（一種頭巾）。』」

戲問花門酒家翁　在涼州〔一〕

老人七十仍沽酒〔二〕，千壺百甕花門口。道傍榆莢仍似錢〔三〕，摘來沽酒君肯否？

【校注】

〔一〕天寶十載春作於武威。題注底本無，據明抄本、吴校補。花門：即《涼州館中與諸判官夜集》詩中的「花門樓」，爲涼州客舍之名。

〔二〕沽：買或賣，此作賣。末句「沽」乃買也。

〔三〕榆莢：榆樹果實，外有膜質的翅，形扁圓似錢，也叫榆錢（漢初即有榆莢錢）。莢仍：底本原作「葉青」，此從明抄本、吴校、《全唐詩》。

武威春暮聞宇文判官西使還已到晉昌〔一〕

片雲過城頭〔二〕，黄鸝上戍樓〔三〕。塞花飄客淚，邊柳挂鄉愁〔四〕。白髮悲明鏡，青春換敝裘〔五〕。君從萬里使〔六〕，聞已到瓜州。

【校注】

〔一〕天寶十載（七五一）春在武威作。宇文判官：參見《初過隴山途中呈宇文判官》注〔一〕。按，宇文判官天寶八載曾隨高仙芝入朝；天寶十載正月高仙芝再次入朝，宇文氏大約又隨往，故得受命，出使安西。晉昌：即瓜州，天寶元年改爲晉昌郡，治所在今甘肅安西縣東南。

〔二〕片雲：宋本、《文苑英華》、明抄本作「片雨」，《全唐詩》作「岸雨」。

〔三〕戍樓：士卒駐守的城樓。
〔四〕柳：底本作「樹」，此從《文苑英華》、《全唐詩》。挂：《文苑英華》作「送」。
〔五〕青春：春季。敝裘：蘇秦西入秦，以連横説秦惠王，「書十上而説不行。黑貂之裘敝，黄金百斤盡」。見《戰國策・秦策一》。
〔六〕從：猶「向」。使：底本注：「一作戍。」當誤。

河西春暮憶秦中〔一〕

渭北春已老〔二〕，河西人未歸。邊城細草出，客館梨花飛。别後鄉夢數〔三〕，昨來家信稀。涼州三月半，猶未脱寒衣。

【校注】

〔一〕本詩作年同上篇。河西：指河西節度使治所涼州（今甘肅武威市）。秦中：猶關中，今陝西省中部地區。
〔二〕渭北：指今陝西渭水以北地區。
〔三〕數：頻。

武威送劉單判官赴安西行營便呈高開府〔一〕

熱海亘鐵門，火山赫金方〔二〕。白草磨天涯〔三〕，胡沙莽茫茫〔四〕。夫子佐戎幕〔五〕，其鋒利如霜〔六〕。中歲學兵符〔七〕，不能守文章。功業須及時，立身有行藏〔八〕。男兒感忠義，萬里忘越鄉〔九〕。孟夏邊候遲〔一〇〕，胡國草木長。馬疾過飛鳥，天窮超夕陽〔一一〕。都護新出師〔一二〕，五月發軍裝。甲兵二百萬〔一三〕，錯落黃金光〔一四〕。揚旗拂崑崙，伐鼓震蒲昌〔一五〕。太白引官軍〔一六〕，天威臨大荒〔一七〕。西望雲似蛇〔一八〕，戎夷知喪亡。渾驅大宛馬，繫取樓蘭王〔一九〕。曾到交河城〔二〇〕，風土斷人腸。塞驛遠如點，邊烽互相望。赤亭多飄風〔二一〕，鼓怒不可當〔二二〕。有時無人行，沙石亂飄揚。夜静天蕭條，鬼哭夾道旁。地上多髑髏，皆是古戰場。置酒高館夕，邊城月蒼蒼。軍中宰肥牛，堂上羅羽觴〔二三〕。紅淚金燭盤〔二四〕，嬌歌豔新妝。望君仰青冥〔二五〕，短翮難可翔〔二六〕。蒼然西郊道，握手何慨慷！

【校注】

〔一〕劉單：天寶二年登第（見《登科記考》卷九）。天寶六載九月，高仙芝討小勃律還，嘗令劉單

草告捷書（《舊唐書·高仙芝傳》）。岑參作此詩時，劉單正爲安西節度使高仙芝屬下判官，後嘗官司勳郎中。大曆五年，遷禮部侍郎，六年卒（見《唐僕尚丞郎表》卷一六）。行營：軍將出征時駐紮的兵營。營隨時遷，無固定處所。便：《唐詩紀事》作「使」。高開府：指高仙芝。開府，開府儀同三司的省稱。開府儀同三司之名始於魏，意思是得開建府署，儀制同三公。唐代襲用其名，以爲文散官一品。史載天寶十載（七五一）正月，高仙芝以邊功加開府儀同三司。仙芝爲高麗人，事蹟見兩《唐書》本傳。此詩天寶十載五月作於武威。

〔二〕熱海：即伊塞克湖，在今吉爾吉斯斯坦東部。亘：連接。鐵門：參見《銀山磧西館》注〔三〕。按，熱海與鐵門關相去頗遠，岑參邊塞詩中的地名往往用得不嚴密，此處不必拘泥。赫：赤色鮮明貌。金方：西方。古人把五行（金、木、水、火、土）配於方位（四方及中央）之上，西方屬金，故稱。詩從劉單欲往之地寫起。

〔三〕磨：磨擦、接觸。意謂白草茫茫，與天相連。

〔四〕莽茫茫：曠遠無際貌。莽，底本作「奔」，此從《全唐詩》。

〔五〕戎幕：猶言軍府。

〔六〕利如霜：形容兵刃鋒利雪白。這句以兵器比人，喻劉判官才能出衆，鋒芒鋭利。

〔七〕兵符：指兵書。《史記·五帝本紀》《正義》引《龍魚河圖》：「天遣玄女下，授黄帝兵符。」

〔八〕行藏：謂出仕即行其所學之道，否則退隱藏道以待時。《論語·述而》：「子謂顔淵曰：『用

之則行，舍之則藏。』」

〔九〕越鄉：遠離鄉土。

〔一〇〕孟夏：夏季的首月，即陰曆四月。邊候：邊地節候。

〔一一〕超夕陽：即「更在夕陽西」之意。句謂將走往西方極遠之地。

〔一二〕都護：指高仙芝。出師：據《通鑑》載，天寶十載四月，諸胡「潛引大食（西域國名，在今伊朗）欲共攻四鎮。仙芝聞之，將蕃、漢三萬衆擊大食」。又，《新唐書·玄宗紀》：「（天寶十載）七月，高仙芝及大食戰於恒（當作「怛」）羅斯城（今哈薩克斯坦江布爾城），敗績。」

〔一三〕二百萬：乃誇張之詞。按，此次出征，《通鑑》稱用兵三萬，新、舊《唐書》皆云二萬。

〔一四〕錯落：參互紛雜，形容甲兵之盛。黄金光：《唐詩紀事》作「金光揚」。

〔一五〕揚：宋本注：「一作揭。」《唐詩紀事》作「揭」。伐鼓：擊鼓。蒲昌：蒲昌海，即今新疆羅布泊。兩句極言軍勢壯盛。

〔一六〕太白：即金星。《漢書·天文志》：「太白，兵象也。……出則兵出，入則兵入，象太白吉，反之凶。」《史記·天官書》：「用兵象太白：太白行疾，疾行；遲，遲行……。」太白星引領官軍前進，是一種吉兆。

〔一七〕天威：指皇帝的威嚴。大荒：指西方極遠之地。

〔一八〕雲似蛇：《初學記》卷一引《兵書》：「有雲如丹蛇隨星後，大戰殺將。」這是古代一種迷信的

占天術。

〔一九〕渾：盡，全。大宛：漢代西域國名，在今中亞費爾干納盆地。其地以産馬著稱。《漢書・西域傳》：「大宛多善馬，馬汗血。」樓蘭：漢代西域國名，在今新疆若羌縣。武帝欲通大宛諸國，樓蘭當道，屢攻刼漢使者，於是漢發兵擊之，俘其王。事見《漢書・西域傳》。兩句寫官軍一定得勝。

〔二〇〕交河城：漢車師前王治交河城，唐爲西州交河縣，在今新疆吐魯番市西。

〔二一〕赤亭：據《新唐書・地理志》，伊州（治今新疆哈密市）納職縣（在哈密市西南）「西經……三百九十里有羅護守捉，又西南經達匪草堆百九十里至赤亭守捉，與伊（州）、西（州）路合」。其地即今新疆鄯善縣東北之七克臺。飄風：旋風。

〔二二〕鼓怒：動怒，指風。

〔二三〕羽觴：酒器，即耳杯。兩旁有耳似翼，故名。

〔二四〕紅淚：指紅燭淚。

〔二五〕仰青冥：直上雲天之意。仰，舉。

〔二六〕翮：羽莖，即羽毛上的翎管。鮑照《贈傅都曹别》：「短翮難可翔，徘徊煙霧裏。」

武威送劉判官赴磧西行軍〔一〕

火山五月人行少〔二〕，看君馬去疾如鳥。都護行營太白西〔三〕，角聲一動胡

天曉〔四〕。

【校注】

〔一〕本詩作年同前篇。武威：底本誤作「武軍」，據宋本、明抄本、《全唐詩》改。劉判官：疑即前篇之劉單判官。磧西：岑詩中「磧西」有二義，一指沙磧之西，參見《磧西頭送李判官入京》注〔一〕；一指安西，《唐會要》卷七十八：「（開元）十二年（七二四）以後，或稱磧西節度，或稱（安西）四鎮節度，至二十一年十二月，王斛斯除安西四鎮節度使，遂爲定額。」此後「磧西節度」雖不爲正式名稱，而其名亦未嘗廢止，如《通鑒》開元二十七年就有「磧西節度使蓋嘉運擒突騎施可汗吐火仙」之語，天寶十二載又有「北庭都護程千里追阿布思至磧西」的記載。此「磧西」爲後一義。行軍：出行（征）之軍，猶「行營」，岑詩《鳳翔府行軍送程使君赴成州》、《行軍二首》及本詩第三句，皆可證。

〔二〕火山：見《經火山》注〔一〕。人行：《全唐詩》作「行人」。

〔三〕都護行營：指安西節度使高仙芝的行營，參見前篇注〔一〕。太白西：意謂西方極遠之地。太白，金星。古時以太白爲西方之星，也是西方之神。《淮南子·天文訓》：「何謂五星，東方木也……西方金也，其帝少昊，其佐蓐收，執矩而治秋，其神爲太白。」

〔四〕角：軍中樂器，吹奏以報時間，其作用略相當於今天的軍號。

送李副使赴磧西官軍〔一〕

火山六月應更熱，赤亭道口行人絶。知君慣度祁連城〔二〕，豈能愁見輪臺月〔三〕？脱鞍暫入酒家壚〔四〕，送君萬里西擊胡。功名祇向馬上取，真是英雄一丈夫！

【校注】

〔一〕天寶十載（七五一）六月作於武威。李副使：當是安西節度副使，其人未詳。按，節度副使掌協助節度使處理軍中事務。磧西：參見《武威送劉判官赴磧西行軍》注〔一〕。西，底本作「石」，此從《全唐詩》。

〔二〕祁連城：十六國時前涼置，在今甘肅張掖市西南。

〔三〕輪臺：唐代庭州有輪臺縣，此指古輪臺（漢輪臺在今新疆輪臺縣），因李副使赴磧西須經過古輪臺，而不經過唐輪臺。

〔四〕鞍：《全唐詩》注：「一作衣。」

送韋侍御先歸京 得寬字〔一〕

聞欲朝龍闕〔二〕，應須拂豸冠〔三〕。風霜隨馬去〔四〕，炎暑爲君寒。客淚題書落，

鄉愁對酒寬。先憑報親友〔五〕，後月到長安。

【校注】

〔一〕天寶十載夏作於武威。侍御：指監察御史，掌分察百官，巡按州縣。唐御史臺置殿中侍御史、監察侍御史（又稱監察御史）各若干員，均通稱爲「侍御」。參見《因話録》卷五。得寬字：拈得寬字韻。

〔二〕龍闕：皇宫。

〔三〕豸冠：即獬豸冠，又叫法冠，御史戴的一種帽子。《後漢書・輿服志》：「法冠，執法者服之，或謂之獬豸冠。」《舊唐書・輿服志》：「御史司隸二臺（隋置司隸臺，專掌京師及東都的監察之事，唐罷司隸臺，設京畿採訪使，職事同司隸臺一樣），法冠，一名獬豸冠。」獬豸一名解廌，相傳是一種能別曲直、決訟事的神獸，因此稱御史的帽子爲獬豸冠。

〔四〕風霜：喻峻厲嚴肅。《通典》卷二十四：「御史爲風霜之任，彈糾不法，百僚震恐，官之雄峻，莫之比焉。」

〔五〕憑：煩，請。報親友：底本作「親友報」，此從《文苑英華》、宋本、明抄本、《全唐詩》。

田使君美人如蓮花舞北旋歌　此曲本出北同城〔一〕

如蓮花，舞北旋〔二〕，世人有眼應未見。高堂滿地紅氍毹〔三〕，試舞一曲天下無。

此曲胡人傳入漢，諸客見之驚且嘆。曼臉嬌娥纖復穠〔四〕，輕羅金縷花葱蘢〔五〕。回裙轉袖若飛雪〔六〕，左旋右旋生旋風〔七〕。琵琶横笛和未匝〔八〕，花門山頭黄雲合〔九〕。忽作出塞入塞聲〔一〇〕，白草胡沙寒颯颯〔一一〕。翻身入破如有神〔一二〕，前見後見回回新〔一三〕。始知諸曲不可比，《採蓮》《落梅》徒聒耳〔一四〕。世人學舞祇是舞，姿態豈能得如此！

【校注】

〔一〕此詩爲往返於西域途中所作，具體時間不詳，姑繫於此。使君：對州郡長官的稱呼。美人：疑爲田使君家歌妓。如蓮花：指穿着鮮豔的舞衣旋舞起來猶如一朵蓮花。旋：底本作「鋋」，明抄本、《全唐詩》作「鋋」，《唐百家詩選》作「錠」，《唐詩紀事》作「旋」（無此字，當爲「旋」之形誤），因據以校改（題亦改爲「旋」）。北旋：舞名。由詩中的描寫所寫看來，此舞當與胡旋舞相類。胡旋舞出自康國（在今烏茲别克斯坦撒馬爾罕一帶），唐玄宗開元、天寶時傳入中國。《通典》卷一四六：「（康國）舞二人……舞急轉如風，俗謂之胡旋。」白居易《胡旋女》詩曰：「弦鼓一聲雙袖舉，迴雪飄颻轉蓬舞。左旋右轉不知疲，千匝萬周無已時。人間物類無可比，奔車輪緩旋風遲。」大約此舞多旋轉動作，又出自「北同城」，故名「北旋」。北同城：故址在今内蒙古額濟納旗北。陳子昂《爲喬補闕論突厥表》：「臣比在同城，接居延海

西，逼近河南口。」（疑當作「磧南口」。陳子昂《上西番邊州安危事》：「臣伏見今年五月勑，以同城權置安北府，此地逼磧南口。」可證。）又《新唐書・地理志》云，自甘州（今甘肅張掖）西北行，出合黎山峽口，「傍河（弱水）東壖屈曲東北行千里，有寧寇軍，故同城守捉也，天寶二載爲軍。軍東北有居延海」。

〔二〕「如蓮花」兩句：底本作「美人舞如蓮花旋」，此從《唐詩紀事》、《唐百家詩選》。

〔三〕高堂：底本作「高臺」，據《唐百家詩選》、《全唐詩》改。紅：《唐詩紀事》作「鋪」。氍毹：毛織的地毯。氍，明抄本、吴校作「氈」。

〔四〕曼：《唐詩三集合編》作「嫚」，注：「一作曼。」曼，美。岑參《梁園歌送河南王説判官》：「嬌娥曼臉成草蔓。」嬌娥：美女。纖復穠：即曹植《洛神賦》所謂「穠纖得衷」意，指身材匀稱，胖瘦適度。穠，花木繁盛，這裏用以形容體態豐滿。

〔五〕金縷：金綫。葱蘢：形容花木青翠茂盛。句謂輕羅衣用金綫刺綉花卉圖案。

〔六〕回：旋，轉。裙：《全唐詩》作「裾」。

〔七〕左旋右旋：二旋字底本俱作「鋋」，《全唐詩》俱作「鋋」，《唐詩紀事》并作「旋」，今據以校改爲「旋」。

〔八〕横笛：横吹之笛。和未匝：伴奏還不到一遍曲子。

〔九〕花門山：參見後《與獨孤漸道別長句兼呈嚴八侍御》注〔一〕。黄雲合：暗用「響遏行雲」典，

謂樂曲美妙。《列子·湯問》載，秦青餞送薛譚於郊衢，「撫節悲歌，聲振林木，響遏行雲」。

〔一〇〕出塞、入塞：皆漢橫吹曲名，見《樂府詩集》卷二一。此指樂曲旋律像《出塞曲》、《入塞曲》那樣蒼涼悲壯。

〔一一〕颯颯：風聲。句寫聽音樂後的感受。

〔一二〕翻身入破：謂旋舞至音樂演奏入破一段的時候。入破，唐大曲十二徧(段)之一。大曲每套可分爲三大段：散序、中序、破。破即破碎之意，指音調急促。《新唐書·五行志》：「至其曲徧繁聲，皆謂之入破。……破者，蓋破碎云。」三大段又細分爲十二徧，入破爲第六徧。此徧是「破」的開始，故稱「入破」。如有神：指動作輕捷，如有神助。

〔一三〕「前見」句：指舞技高超，變化多端，前後回回不同。

〔一四〕《採蓮》：曲名。樂府清商曲辭《江南弄》七曲之一。《落梅》：曲名。即漢橫吹曲《梅花落》。聒耳：聲音噪雜刺耳。《唐詩紀事》作「聒人」。

臨洮客舍留別祁四〔一〕

無事向邊外，至今仍不歸。三年絶鄉信〔二〕，六月未春衣。客舍洮水聒〔三〕，孤城胡雁飛。心知別君後，開口笑應稀。

【校注】

〔一〕天寶十載自武威歸長安途中作。臨洮：即洮州，天寶元年改爲臨洮郡，治所在今甘肅臨潭西南。祁四：即祁樂（説詳《年譜》）。《送祁樂歸河東》曰：「往年詣驪山，獻賦温泉宫。天子不召見，揮鞭遂從戎。前月還長安，囊中金已空。」疑此時祁在臨洮軍中，參見《送祁樂歸河東》注〔一〕。

〔二〕鄉信：家鄉來的信使。許渾《塞下》：「朝來有鄉信，猶自寄征衣。」

〔三〕洮水：即今洮河，源出甘肅青海兩省邊境之西傾山。《元和郡縣志》卷三九謂洮州治所臨潭縣，「其城東西北三面並枕洮水」。聒：聲音吵鬧。

臨洮龍興寺玄上人院同詠青木香叢〔一〕

移根自遠方，種得在僧房。六月花新吐，三春葉已長〔二〕。抽莖高錫杖〔三〕，引影到繩牀〔四〕。祇爲能除病〔五〕，傾心向藥王〔六〕。

【校注】

〔一〕本詩作年同上篇。龍興寺：《唐會要》卷四八載，中宗神龍元年，右補闕張景源上疏曰：「伏見天下諸州，各置一大唐中興寺觀……竊有未安，芻言是獻。」上納之，因降勅曰：「其天下

大唐中興寺觀，宜改爲龍興寺觀。」上人：和尚的別稱。青木香：菊科草本藥用植物木香的別名。葉形如羊蹄，花像菊花，結黄黑色果實。木，底本誤爲「本」，據明抄本、《全唐詩》改。

〔二〕三春：暮春三月。

〔三〕錫杖：又稱禪杖。僧人所持之杖。

〔四〕引影：伸影。繩牀：即胡牀，又名交椅，一種坐具。

〔五〕病：明抄本、《全唐詩》作「疾」。

〔六〕藥王：指青木香。

懷葉縣關操姚曠韓涉李叔齊〔一〕

數子皆故人，一時吏宛葉〔二〕。經年總不見，書札徒滿篋。斜日半空庭〔三〕，旋風走梨葉。去君千里地，言笑何時接！

【校注】

〔一〕約天寶十載或十一載作於長安。葉縣：唐縣名，故城在今河南葉縣南。關操：《書史會要》卷五：「關操，善真行草書，吕總謂如淵月沈珠，露花濯錦。」姚曠：獨孤及《宋州送姚曠之江東劉冉之河北序》：「春，葉尉吴興姚曠至自洛陽……凡旬有五日，而姚適吴，……余歸梁。」

《全唐文》卷三八八）梁肅《獨孤及行狀》：「二十餘以文章遊梁宋間，……天寶十三載應詔至京師。」（《全唐文》卷五二二）獨孤及《阮公嘯臺頌》：「歲在玄黓，余登大梁之墟。」（《全唐文》卷三八四）玄黓（壬年）蓋指天寶十一載壬辰，時獨孤及在梁宋；而姚曠爲葉縣尉，亦當在是時或稍前，即天寶十載或十一載。曠，底本原作「擴」，據宋本、明抄本、《全唐詩》改。韓涉：永泰二年（七六六）爲御史，見顏真卿《靖居寺題名》（《全唐文》卷三三九）。

〔二〕宛：舊縣名，隋以後改名南陽，即今河南省南陽市。

〔三〕半空：底本作「空半」，注：「一作早空。」此從宋本、明抄本、《全唐詩》。

送薛播擢第歸河東〔一〕

歸去新戰勝，盛名人共聞〔二〕。鄉連渭川樹〔三〕，家近條山雲〔四〕。夫子能好學〔五〕，聖朝全用文。弟兄負世譽〔六〕，詞賦超人羣。雨氣醒別酒，城陰低暮曛〔七〕。遥知出關後，更有一終軍〔八〕！

【校注】

〔一〕天寶十一載（七五二）作於長安。薛播：河東郡寶鼎縣（今山西萬榮縣西南榮河鎮）人，薛據的弟弟。天寶十一載進士（《舊唐書·薛播傳》云「天寶中舉進士」，此據宋五百家注《韓昌黎

集·國子助教河東薛君墓志銘》），歷任校書郎、殿中侍御史、萬年令、尚書左丞、禮部侍郎等官，貞元三年（七八七）卒。事見兩《唐書》本傳。河東：唐郡名，治所在今山西永濟市西蒲州鎮，乾元三年（七六〇）改爲河中府。

〔二〕盛：底本原作「成」，此從宋本、明抄本、《全唐詩》。

〔三〕渭川：即渭水。按，自渭水乘船入黄河，對岸即薛播家鄉河東郡。

〔四〕條山：即中條山，在山西省永濟市南。《元和郡縣志》卷一二：「雷首山，一名中條山，在縣（河東郡治所河東縣）南十五里。」

〔五〕好：底本空缺，據宋本、明抄本、《全唐詩》補。

〔六〕負：具有。餘參《送薛彦偉擢第東都覲省》注〔一〕及注〔四〕。

〔七〕曛：日没時的餘光。

〔八〕關：指潼關。「後」下宋本、明抄本、吴校均注：「一作去。」一：底本空缺，據宋本、明抄本、《全唐詩》補。終軍：西漢武帝時人。少好學，十八歲被選爲博士弟子，由故鄉濟南（今山東濟南市東）西入長安，過函谷關，關吏發給他符信，告訴他返回時以此爲出關的憑證，終軍回答説：「大丈夫西遊，終不復傳（符信）還！」於是扔掉符信而去。後來終軍做了官，巡行郡國，東出函谷關，關吏認得他，説：「此使者迺前棄繻（一種符信）生也！」事見《漢書·終軍傳》。兩句以終軍喻薛播，言其入關時還是書生，出關時已登第。

與高適薛據同登慈恩寺浮圖〔一〕

塔勢如湧出〔二〕，孤高聳天宮。登臨出世界〔三〕，磴道盤虛空。突兀壓神州，崢嶸如鬼工〔四〕。四角礙白日〔五〕，七層摩蒼穹。下窺指高鳥，俯聽聞驚風〔六〕。連山若波濤〔七〕，奔湊似朝東〔八〕。青槐夾馳道〔九〕，宮館何玲瓏〔一〇〕。秋色從西來，蒼然滿關中〔一一〕。五陵北原上〔一二〕，萬古青濛濛。淨理了可悟〔一三〕，勝因夙所宗〔一四〕。誓將掛冠去〔一五〕，覺道資無窮〔一六〕。

【校注】

〔一〕天寶十一載（七五二）秋作於長安。高適（約七〇三——七六五）：唐代詩人。字達夫，祖籍渤海蓨（今河北景縣南）。天寶八載（七四九）舉有道科中第，授封丘尉。曾入河西哥舒翰幕爲掌書記，官至淮南、劍南節度使，散騎常侍，封渤海縣侯。他寫的邊塞詩與岑參齊名，風格亦近，並稱「高岑」。事見兩《唐書》本傳。薛據：唐代詩人。河東郡寶鼎縣人，薛播的哥哥。開元十九年登進士第，「天寶六年又中風雅古調科第一人」（《唐才子傳·薛據傳》）。歷任涉縣令、大理司直、太子司議郎，終水部郎中。慈恩寺：當時京都長安的名勝，在今西安市南郊。本隋無漏寺故址，唐太宗貞觀二十二年（六四八）太子李治爲追薦死去的母親文德皇后

所建，故名。寺西院有大雁塔，係永徽三年（六五二）玄奘所建。塔本五層，武則天時重修，增高爲十層，後經兵火，祇存七層。浮圖：塔。按，唐人稱大雁塔爲慈恩寺浮圖，天寶十一載秋，高適、岑參、薛據、儲光羲、杜甫同登此塔，共賦詩。除薛詩外，四詩均流傳至今。詩題《全唐詩》無「同」字，底本「寺」下無「浮圖」二字，此據《全唐詩》補。杜甫《同諸公登慈恩寺塔》題下注：「時高適薛據先有此作。」知岑詩亦奉和高、薛之作。

〔二〕湧出：形容突地而起。《妙法蓮華經·見寶塔品第十一》：「爾時佛前有七寶塔，高五百由旬，縱廣二百五十由旬，從地湧出。」

〔三〕世界：佛家語。世指時間，界指空間，猶言宇宙。此言世間。

〔四〕如鬼工：言工程神妙，像是鬼神所作。

〔五〕角：底本注：「一作方。」

〔六〕驚風：疾風。

〔七〕「連山」句：木華《海賦》：「波若連山。」

〔八〕奔湊：奔聚。

〔九〕馳道：可馳御輦的大道。

〔一〇〕玲瓏：明麗貌。

〔一一〕蒼然：形容秋色蒼茫的樣子。關中：即今陝西省中部地區。

〔一二〕五陵：漢高祖葬長陵，惠帝葬安陵，景帝葬陽陵，武帝葬茂陵，昭帝葬平陵，都在渭水北岸今咸陽市、興平縣一帶，合稱五陵。

〔一三〕浄理：佛教的清浄之理。佛教以遠離一切惡行、心不受塵俗垢染爲清浄。了可悟：完全可悟。

〔一四〕勝因：佛家語。佛教認爲物生有因，善因得善果，惡因得惡果，勝因是一種殊妙的善因。夙：早。宗：尊崇，信仰。底本、明抄本、吴校均注：「一作崇。」

〔一五〕掛冠：指棄官隱居。《後漢書·逸民傳》：「逢萌，字子慶……遂去之長安，學通《春秋》經，時王莽殺其子宇，萌謂友人曰：『三綱絶矣，不去禍將及人。』即解冠掛東都城門（注：「長安東都城北頭第一門。」），歸將家屬浮海，客於遼東。」

〔一六〕覺道：佛教所謂寂滅無相的「大覺之道」。資：憑藉。即以佛理爲永遠憑藉，亦以佛教爲歸宿之意。無：底本作「與」，據明抄本、吴校、《全唐詩》校改。句下底本、明抄本、吴校並注：「一作學道兹無窮。」

題李士曹廳壁畫度雨雲歌〔一〕

似出棟梁裏，如和風雨飛。掾曹有時不敢歸〔二〕，謂言雨過濕人衣。

【校注】

〔一〕士曹：官名，即士曹參軍。唐於府置士曹參軍，是府尹的佐吏，正七品下，掌營造橋梁、官廨等事。李士曹：即李翥，行九。高適有《同李九士曹觀壁畫雲作》，和岑參這首詩同爲五、七言各二句，當係同賦。高適又有《觀李九少府翥樹宓子賤神祠碑》、《同崔員外綦毋拾遺九日宴京兆府李士曹》詩，知李九即李翥，當時任京兆府士曹參軍，參見下篇注〔一〕。天寶十一載岑參與高適同在長安，本詩即是時所作。士，底本誤作「氏」，此從明抄本、吴校、《全唐詩》。度雨雲：謂致雨之飛雲。歌：底本無，據明抄本、吴校、《全唐詩》補。

〔二〕掾曹：義同「掾屬」，古代官府的屬員，這裏指李士曹。

送李翥遊江外〔一〕

相識應十載，見君只一官〔二〕。家貧禄尚薄，霜降衣仍單。惆悵秋草死，蕭條芳歲闌〔三〕。且尋滄洲路，遥指吴雲端〔四〕。匹馬關塞遠，孤舟江海寬。夜眠楚煙濕，曉飯湖山寒〔五〕。砧净紅鱠落，袖香朱橘團〔六〕。帆前見禹廟，枕底聞嚴灘〔七〕。便獲賞心趣，豈歌《行路難》〔八〕。青門須醉别〔九〕，少爲解征鞍〔一〇〕。

【校注】

〔一〕天寶十一載秋末作於長安。李翥：據高適《宓公琴臺詩》：「甲申歲，適登子賤（宓不齊，字子賤，春秋魯人，孔丘的弟子，曾任單父邑宰）琴臺，賦詩三首。」知高於天寶三載往遊單父（今山東單縣南）；在單父時，高又有《觀李九少府翥樹宓子賤神祠碑》詩，詩中説：「吾友吏兹邑，亦嘗懷宓公。」知當時李翥任單父縣尉。後又任京兆府士曹參軍。參見前詩注〔一〕。江外：指長江以南之地。高適有同賦之作《秦中送李九赴越》，可參看。

〔二〕只一官：指官職卑微，未嘗陞遷。行前李任士曹參軍，職位不高。

〔三〕闌：盡，殘。

〔四〕滄洲：用以稱隱者所居之地。指：宋本、《全唐詩》並注：「一作望。」吴：指今江、浙一帶地區。兩句寫李翥將退隱吴地。

〔五〕楚：江、浙一帶戰國時屬楚地，故云。兩句寫秋末冬初李遊江南之旅途生活。

〔六〕砧：切肉或魚時墊在底下的砧板。鱠：細切的魚肉。紅鱠：指帶血的鮮魚鱠。兩句寫江南之食物。

〔七〕禹廟：相傳大禹東巡，至會稽山（在浙江紹興東南）而亡。據載，會稽山有禹的陵墓（又稱禹穴），還有禹廟。《史記·夏本紀》張守節《正義》引《括地志》曰：「禹陵在越州會稽縣（今紹

興)南十三里,廟在縣東南十一里。」嚴灘:即嚴陵瀨,東漢隱士嚴光垂釣的地方,在今浙江桐廬縣富春江畔。參見《宿關西客舍寄東山嚴許二山人……》注〔四〕。兩句寫李遊江南即將經行之祠廟古跡。

〔八〕《行路難》:樂府雜曲歌名,多述世路艱難及離别悲傷之意。

〔九〕青門:指唐長安東門。

〔一〇〕少:短時間。征鞍:旅人的馬鞍。

送張郎中赴隴右覲省卿公　時張卿公亦充節度留後〔一〕

中郎鳳一毛〔二〕,世上獨賢豪。弱冠已銀印〔三〕,出身惟寶刀〔四〕。還家卿月迥,度隴將星高〔五〕。幕下多相識〔六〕,邊書醉懶操〔七〕。

【校注】

〔一〕郎中:官名。唐尚書省左右司、六部諸司(每部下設四司,凡二十四司)均置郎中,爲五品文官。然玩詩意,張當爲武官,「郎中」應從首句作「中郎」。隴右:指隴右節度,治鄯州(今青海樂都)。覲省:看望父母或尊親。卿公:指張中郎之父,時兼任卿職,故尊稱爲「卿公」;底本無此二字及注語,據《文苑英華》、宋本、明抄本、吴校、《全唐詩》校補。節度留後:唐

時，節度使因故離職，暫擇將吏代領其事，號爲留後。此指隴右節度留後。玩詩末兩句之意，本詩似作於作者自邊地東歸後不久。《舊唐書・金梁鳳傳》云：「金梁鳳……天寶十三載，客於河西。……時哥舒翰爲節度使，詔入京師，裴冕爲祠部郎中，知河西留後，在武威。」又據《通鑒》記載，天寶十一載十二月隴右節度使哥舒翰入朝，疑張卿公即於此時知隴右節度留後，詩亦當爲天寶十一載十二月或十二載初於長安作。

〔二〕中郎：即中郎將。武官名，正四品下（東宫十率府中郎將從四品上）。鳳一毛：譬人子有文采，不弱於其父。《世説新語・容止》：「王敬倫風姿似父，……公服從大門入，桓公望之曰：『大奴固自有鳳毛！』」

〔三〕弱冠：二十歲左右。銀印：漢五官、左、右中郎將秩比二千石，用銀印（唐代官員一律用銅印）。見《漢書・百官公卿表》。

〔四〕出身：謂出仕之途。這句言張以武藝入仕。

〔五〕卿月：見《西河太守杜公輓歌》其一注〔六〕。卿：底本作「鄉」，此從《文苑英華》、宋本、明抄本、吴校、《全唐詩》。迥：遠。隴：隴山，由長安赴鄯州，需經隴山。將星：星名。《隋書・天文志上》：「天將軍十二星，在婁（二十八宿之一）北，主武兵。中央大星，天之大將也；外小星，吏士也。」兩句寫張中郎歸家時連夜趕路情景，並以「卿月」、「將星」隱指張中郎之父任卿爲將。

〔六〕「幕下」句：岑未到過鄯州，但天寶十載三至五月間曾留居武威，大約在此時同隴右節度使幕府之人有交往。

〔七〕操：持，提筆。

送顔平原 并序〔一〕

十二年春，有詔補尚書十數公爲郡守〔二〕，上親賦詩，觴羣公〔三〕，宴於蓬萊前殿〔四〕，仍錫以繒帛〔五〕，寵餞加等。參美顔公是行〔六〕，爲寵別章句。

天子念黎庶，詔書換諸侯〔七〕。仙郎授剖符，華省輟分憂〔八〕。置酒會前殿，賜錢若山丘。天章降三光〔九〕，聖澤該九州〔一〇〕。吾兄鎮河朔〔一一〕，拜命宣皇猷〔一二〕。駟馬辭國門〔一三〕，一星東北流〔一四〕。夏雲照銀印〔一五〕，暑雨隨行輈〔一六〕。赤筆仍存篋〔一七〕，鑪香惹衣裘〔一八〕。此地鄰東溟〔一九〕，孤城帶滄洲〔二〇〕。海風掣金戟〔二一〕，導吏呼鳴騶〔二二〕。郊原北連燕〔二三〕，剽劫風未休〔二四〕。魚鹽隘里巷〔二五〕，桑柘盈田疇〔二六〕。爲郡豈淹旬〔二七〕，政成應未秋〔二八〕。易俗去猛虎〔二九〕，化人似馴鷗〔三〇〕。蒼生已望君，黃霸寧久留〔三一〕！

【校注】

〔一〕天寶十二載（七五三）夏作於長安。顔平原：平原郡太守顔真卿。據《舊唐書·顔真卿傳》及宋留元剛《顔魯公年譜》載，天寶十一載，顔任武部（即兵部）員外郎（尚書省諸曹郎官之一）；十二載，「六月，詔補尚書十數人爲郡守，宰相楊國忠怒公不附己，謬稱精擇，以公出守平原郡」。平原，唐郡名，治所在今山東陵縣。

〔二〕補：官位有缺，選員補充。尚書：即尚書省，唐官署名。下統六部，最高長官爲左、右僕射。郡守：唐天寶元年改州爲郡，改刺史爲太守。

〔三〕觴：酒器。此用爲動詞，宴飲。

〔四〕蓬萊前殿：蓬萊殿之前殿。唐長安大明宫有蓬萊殿，在紫宸殿後。

〔五〕錫：賜。《全唐詩》作「贈」。

〔六〕顔：底本無，據宋本、《全唐詩》補。

〔七〕諸侯：指郡守。漢時郡與國（諸侯王國）地位大致相當，後世因稱郡守爲諸侯。

〔八〕仙郎：唐時稱尚書省諸曹郎官爲仙郎。剖符：見《西河太守杜公輓歌》其三注〔三〕。華省：同畫省（文彩畫飾爲「華」），即尚書省。後漢尚書臺官員於明光殿省奏事，省中用胡粉（即鉛粉）塗壁，畫古賢、烈女像，後世因稱尚書省爲畫省。參見《通典》卷二十二。輟：止。分憂：指爲天子分憂。兩句謂顔由尚書郎出任郡守，不復在畫省任職。

〔九〕天章：天子的詞章。三光：日、月、星三辰之光，這裏用以形容唐玄宗所賦之詩極有輝光。
〔一〇〕聖澤：皇帝的恩澤。該：同「晐」，徧。九州：謂天下。古分天下爲九州。
〔一一〕吾兄：指顔真卿。河朔：河北（黄河之北）。平原郡唐屬河北道。
〔一二〕拜命：拜受君命。猷：謀畧，打算。此指天子「换諸侯」的謀劃。
〔一三〕駟馬：套四匹馬的車。國門：國都的城門。
〔一四〕一星：隱指一個星郎。古人迷信，認爲朝廷官位和天上星宿相應，《後漢書·明帝紀》：「館陶公主（光武帝劉秀之女）爲子求郎（求郎官的職位），（明帝）不許，而賜錢千萬，謂羣臣曰：『郎官上應列宿，出宰百里，苟非其人，則民受其殃。』」《晉書·天文志》：「郎位十五星在帝座東北。」故稱郎官爲星郎。句謂顔往長安東北方向急馳而去。
〔一五〕銀印：指郡太守印。漢代太守用銀印，參見《漢書·百官公卿表》。
〔一六〕軥：車轅，這裏指車。此句用鄭弘事。東漢時，鄭弘爲淮陽太守，有仁政，「行春天旱，隨車致雨」。見《後漢書·鄭弘傳》注引謝承《後漢書》。
〔一七〕赤筆：指郎官之筆。東漢尚書郎掌起草文書，每月賜給赤管大筆一雙。參見《通典》卷二十二。存：宋本、《全唐詩》作「在」。篋：箱子一類盛具。
〔一八〕「鑪香」句：東漢尚書郎值班時，官家給「侍史（官奴婢）一人，女侍史二人，皆選端正妖麗，執香鑪香囊護衣服」（《通典》卷二十二）。《後漢書·鍾離意傳》注引蔡質《漢官儀》曰：「女侍

史絜被服，執香爐燒燻，從入臺中給使護衣服也。」惹：附著。

〔一九〕東溟：東海。

〔二〇〕孤城：指平原郡城。帶：連着。滄洲：謂濱水之地。古黄河流經平原郡，故曰「帶滄洲」。《元和郡縣志》卷十七：「黄河南去縣（指平原郡治所安德縣）十八里。」

〔二一〕掔：牽曳。戟：此指官員出行時，吏卒持戟以爲儀仗。

〔二二〕導吏：官員出行時前驅的小吏。鳴騶：指吆喝開道的騎馬隨從。騶，騶從，即官僚貴族出行時所帶的騎馬侍從。兩句寫顔到任後出行情狀。

〔二三〕燕：今河北省北部地區，唐時和我國東北方的少數民族奚、契丹接壤。

〔二四〕剽劫：搶劫。

〔二五〕隘：阻塞。

〔二六〕柘：樹名，落葉灌木或喬木，葉可喂蠶，皮可染黄色。疇：田地。

〔二七〕淹：遲延。旬：指十年。《三國志・魏志・劉廙傳》：「殿下可高枕於廣夏，潛思於治國，廣農桑，事從節約，修之旬年，則國富民安矣。」

〔二八〕未秋：不到一年。《論語・子路》：「子曰：『苟有用我者，期月（一周年）而已可也。』」兩句言治理一郡政事，豈能遲延至於十年，應不到一年就能有政績。

〔二九〕猛虎：指苛政。《禮記・檀弓》：「夫子（孔子）曰：『小子識之，苛政猛於虎也。』」

〔三〇〕化：教化。馴鷗：《列子·黄帝》：「海上之人，有好漚鳥（同鷗鳥，即海鷗）者，每旦之海上，從漚鳥遊，漚鳥之至者，百住（「百住」即「百數」）而不止。其父曰：『吾聞漚鳥皆從汝遊，汝取來吾玩之。』明日之海上，漚鳥舞而不下也。」

〔三一〕黄霸：西漢著名循吏，參見《西河太守杜公輓歌》其一注〔五〕。這裏用以比擬顔真卿。

送祁樂歸河東〔一〕

祁樂後來秀〔二〕，挺身出河東。往年詣驪山〔三〕，獻賦温泉宫〔四〕。天子不召見，揮鞭遂從戎。前月還長安〔五〕，囊中金已空。有時忽乘興，畫出江上峯。牀頭蒼梧雲，簾下天台松〔六〕。忽如高堂上，颯颯生清風〔七〕。五月火雲屯〔八〕，氣燒天地紅。鳥且不敢飛，子行如轉蓬〔九〕。少華與首陽〔一〇〕，隔河勢争雄〔一一〕。新月河上出，清光滿關中。置酒灞亭别〔一二〕，高歌披心胸。君到故山時，爲謝五老翁〔一三〕。

【校注】

〔一〕《岑詩繫年》：「案天寶十載公在臨洮有『留别祁四』詩，祁四即祁樂，此謂祁樂從戎，疑即指在臨洮之事。祁樂蓋繼公之後東歸，故詩曰『前月還長安』。然則此詩當作於天寶十一二年

間。」祁樂：即畫家祁岳。杜甫《奉先劉少府新畫山水障歌》：「豈但祁岳與鄭虔，筆跡遠過楊契丹。」唐朱景玄《唐朝名畫録》載「空有其名，不見蹤跡」的畫家二十五人，其中有祁岳。又，《圖繪寶鑒・補遺》謂岳：「工山水。」

〔二〕後來秀：後起之秀。《晉書・王忱傳》：「范寧謂曰：『卿風流儁望，真後來之秀。』」

〔三〕驪山：在今陝西臨潼縣東南，山麓有温泉。

〔四〕獻賦：漢代賦家多因向皇帝獻賦而得官，唐代亦有進獻文章拜官之例，如杜甫獻《三大禮賦》等。温泉宫：唐别宫名。《元和郡縣志》卷一：「華清宫在驪山上，開元十一年初置温泉宫，天寶六年改爲華清宫。」温：底本注：「一作甘。」

〔五〕還：底本注：「一作達。」

〔六〕蒼梧：山名，又稱九疑，在今湖南寧遠縣南。相傳舜死後葬於此。據載蒼梧多雲，《太平御覽》卷四十一引盛弘之《荆州記》曰：「九疑山……含霞卷霧，分天隔日。」天台：山名，在今浙江天台縣北。孫綽《遊天台山賦》：「蔭落落之長松。」這兩句説，祁樂善畫，牀頭畫雲，簾下描松。

〔七〕生清風：底本、明抄本、吴校並注：「一作開江風。」宋本、《全唐詩》注：「一作聞江風。」

〔八〕火雲：夏日的紅雲。

〔九〕轉蓬：蓬草隨風轉徙，故云。句指祁樂歸河東。

〔一〇〕少華：山名，在陝西華縣東南，位於華山之西。首陽：即雷首山，在山西永濟市南。

〔一一〕河：黄河。

〔一二〕灞亭：即灞陵亭。亭在今西安市東，唐代京都人送别多至此。李白《灞陵行送别詩》：「送君灞陵亭，灞水流浩浩。」

〔一三〕謝：告，致意。五老翁：傳説在五老山上升天的五位老人。《元和郡縣志》卷十二《河中府·永樂縣》：「五老山在縣（今山西芮城縣西永樂鎮）東北十三里，堯升首山觀河渚，有五老人飛爲流星上入昴，因號其山爲五老山。」全句宋本作「爲君謝老翁」，底本、明抄本作「爲吾謝老翁」，疑後人不解五老翁之意而誤改。今據《全唐詩》及宋本、底本、明抄本注語校正。

春　夢〔一〕

洞房昨夜春風起〔二〕，遥憶美人湘江水〔三〕。枕上片時春夢中，行盡江南數千里。

【校注】

〔一〕此詩載于《河嶽英靈集》，當爲天寶十二載（七五三）以前所作。《文苑英華》題作「春夜所思」。

〔二〕洞房：深邃的房屋。明抄本、吴校作「洞庭」。

〔三〕遥憶美人：明抄本、吴校、《全唐詩》作「故人尚隔」。宋范成大《湘陰橋口市别游子明》詩：「遥憶美人湘水夢，側身西望劍門詩。」即脱胎於此。美人，指所思念的故人。

蜀葵花歌〔一〕

昨日一花開，今日一花開。今日花正好，昨日花已老。人生不得恒少年〔二〕，莫惜牀頭沽酒錢。請君有錢向酒家，君不見，蜀葵花。

【校注】

〔一〕此詩亦載《河嶽英靈集》，當作於天寶十二載前。此詩《文苑英華》云劉慎虚作，並注云：「附見岑參詩。」按《河嶽英靈集》、《全唐詩》於「昨日花已老」下，有「始知人老不如花，可惜落花君莫（《河嶽英靈集》作「未」）掃」二句，此二句又見於岑詩《韋員外家花樹歌》中，據此，詩似應爲岑參所作。《河嶽英靈集》亦以此詩屬岑參。蜀葵：又名茙（或作「戎」）葵、胡葵、吴葵。多年生草本植物，莖直立，高六、七尺，葉頗大，互生，畧似心臟形，花五瓣，有紅、紫、黄、白等顔色，根可入藥。蜀，《河嶽英靈集》作「戎」，《文苑英華》作「茙」。下同。

〔二〕恒：《河嶽英靈集》作「常」，《文苑英華》、《全唐詩》作「長」。

送魏升卿擢第歸東都因懷魏校書陸渾喬潭〔一〕

井上桐葉雨〔二〕，灞亭卷秋風〔三〕。故人適戰勝〔四〕，匹馬歸山東〔五〕。問君今年三十幾，能使香名滿人耳？君不見三峯直上五千仞〔六〕，見君文章亦如此。如君兄弟天下稀，雄辭健筆皆若飛〔七〕。將軍金印嚲紫綬〔八〕，御史鐵冠重綉衣〔九〕。喬生作尉別來久，因君爲問平安否〔一〇〕？魏侯校理復何如〔一一〕，前日人來不得書。陸渾山水佳可賞〔一二〕，蓬閣閒時亦應往〔一三〕。自料青雲未有期〔一四〕，誰知白髮偏能長。壚頭青絲白玉瓶〔一五〕，別時相顧酒如傾〔一六〕。摇鞭舉袂忽不見〔一七〕，千樹萬樹空蟬鳴〔一八〕。

【校注】

〔一〕約作於天寶十二載秋。《岑詩繫年》：「《摭言》曰：『喬潭天寶十三年及第，任陸渾尉。』《新書》一九四《元德秀傳》曰：『南遊陸渾，喬潭等皆號門弟子。天寶十三載卒，潭時爲陸渾尉，庀其葬。』案公十三載後已赴北庭，此詩明寫秋景，必十三載秋公赴北庭之前所作。」按，《唐摭言》的記載有誤，喬潭《霜鐘賦》曰：「潭忝預少宗伯（即禮部侍郎）達奚公特達之遇，擢秀才甲科。」（見《全唐文》卷四五一）《唐語林》卷八稱累爲主司者：「達奚珣四：天寶二年、三年、四年、五年。」可知喬潭擢第必在此數年間。又喬潭《會昌主簿廳壁記》曰：「潭忝以詞賦

見知春官……乙酉歲（天寶四載）抄志於南軒之東壁。」明謂潭天寶四載已登第。既然《唐摭言》所載有誤，則喬潭始任陸渾尉的時間就不一定是十三載，而可能在十一載或十二載。本詩作於秋日，十三載秋岑大約已赴北庭，故繫此詩於十二載。魏升卿：「升卿」底本、宋本、明抄本、《全唐詩》均注：「一作叔虹。」《元和姓纂》卷八《巨鹿魏氏西祖房》：「綽生孟馴、叔敖、仲犀、叔虬、季龍。孟馴，右武將軍。……叔虬，京兆户曹。」岑仲勉《元和姓纂四校記》卷八：「岑嘉州詩有進士魏叔虹……以彼昆仲——仲犀、季龍——等名觀之，則作『虬』者近是。」東都：《唐百家詩選》作「東京」。魏校書：疑是叔虬之弟季龍。校書，官名，即校書郎。唐祕書省置校書郎八人，掌讎校典籍。陸渾：唐縣名，屬河南府，在今河南嵩縣東北。喬潭：李華《三賢論》曰：「梁國（今河南商丘一帶）喬潭德源，昂昂有古風……是皆慕於元（元德秀）者也。」（《全唐文》卷三一七）

〔二〕桐葉：底本原作「梧桐」，此從宋本、明抄本、吴校、《全唐詩》。雨：下雨。《全唐詩》注：「一作赤。」

〔三〕灞亭：指灞陵亭。

〔四〕戰勝：指擢第。

〔五〕山東：指崤山（在今河南洛寧縣北，西北接陝縣界）、函谷關（在今河南靈寶市）以東地區。

〔六〕三峯：指華嶽特別高峻的三峯：蓮花峯、落雁峯、仙掌峯（或爲玉女峯）。華山爲魏歸洛陽

必經之地，故借以爲喻。仞：古時以八尺或七尺爲一仞。

〔七〕若飛：形容文筆迅捷、高超。

〔八〕將軍：指魏孟馴，官右武衛將軍。金印紫綬：漢代將軍用金印、紫綬，參見《漢書·百官公卿表》。嚲（duǒ 多）：下垂的樣子。

〔九〕御史：指魏仲犀，仲犀天寶十一載十月遷殿中侍御史，見《通鑒》卷二一六、《新唐書·楊國忠傳》。鐵冠：即法冠，以鐵爲冠柱，故稱。參見《送韋侍御先歸京》注〔三〕。

〔一〇〕因：依托。

〔一一〕校理：謂校理古籍。

〔一二〕陸渾山：《元和郡縣志》卷五：「陸渾山，俗名方山。」「在嵩縣東四十里」（《河南通志》卷七）。

〔一三〕蓬閣：指祕書省。東觀爲後漢宫中著述及藏書之所。華嶠《後漢書》：「學者稱東觀爲老氏藏書室，道家蓬萊山。」（《太平御覽》卷二三三引）因又稱東觀爲蓬觀、蓬閣或蓬萊閣。又歷代祕書省是掌圖書的官署，相當於後漢的東觀，因亦稱祕書省爲蓬閣或蓬萊閣。唐東都亦有祕書省，在東都皇城。亦：《全唐詩》作「日」。

〔一四〕青雲：比喻高位。

〔一五〕青絲白玉瓶：謂盛酒的白玉壺上繫着青絲繩。

〔一六〕如傾：底本、宋本、明抄本並注：「一作初醒。」如，當。傾，盡。

〔一七〕袂：衣袖。忽：底本、宋本、明抄本、吴校均注：「一作去。」

〔一八〕空：只。

梁園歌送河南王説判官〔一〕

君不見梁孝王修竹園〔二〕，頹牆隱轔勢仍存〔三〕；嫦娥曼臉成草蔓，羅帷珠簾空竹根〔四〕。大梁一旦人代改〔五〕，秋月春風不相待〔六〕；池中幾度雁新來，洲上千年鶴應在。梁園中有雁池、鶴洲〔七〕。梁園二月梨花飛，却似梁王雪下時〔八〕；當時置酒延枚叟〔九〕，肯料平臺狐兔走〔一〇〕！萬事翻覆如浮雲，昔人空在今人口〔一一〕。單父古來稱宓生〔一二〕，祇今爲政有吾兄〔一三〕，家兄時宰單父。輶軒若過梁園道〔一四〕，應傍琴臺聞政聲〔一五〕。

【校注】

〔一〕梁園：又名兔園，漢梁孝王劉武所建，園内有樓臺山水之勝。故址在今河南商丘市東南，唐時已成廢墟。河南：唐道（監察區）名，治汴州（今河南開封市）。王説：生平未詳。判官：唐河南道採訪處置使僚屬有判官，參見《餞王崟判官赴襄陽道》注〔一〕。《岑嘉州繫年考證》

注〔八〕曰：「劉長卿有《曲阿對月別岑況徐説》詩，又有《旅次丹陽郡遇康侍御宣慰兼別岑單父》詩。以公《梁園歌送河南王説判官》原注『時家兄宰單父』，及《送楚丘麴少府赴官》詩『單父聞相近，家書早爲傳』之句證之，此岑單父即公兄況無疑也。曲阿縣屬丹陽郡。天寶元年正月改潤州爲丹陽郡，同年八月二十日改曲阿縣爲丹陽縣。長卿二詩於郡稱新名，縣稱舊名，疑作於天寶元年正月至八月之間。」《岑詩繫年》沿用聞説，謂此詩及《送楚丘麴少府赴官》「並當作於天寶元年以前。因無確年可考，姑繫開元二十九年」。按，此説有誤。曲阿雖改新名，詩文中却往往沿用舊稱，很難説因用了舊稱就必定是改名前的作品。《曲阿對月……》云：「金陵已蕪没，函谷復煙塵。」《旅次丹陽郡……》云：「羈人懷上國，驕虜窺中原。胡馬暫爲害，漢臣多負恩。羽書晝夜飛，海内風塵昏。……綉衣從北來，汗馬宣王言。憂憤激忠勇，悲歡動黎元。南徐争赴難，發卒如雲屯。」二詩明爲長卿旅居丹陽，有感於安史亂起而作的，當是至德年間的作品。又《旅次丹陽郡……》曰：「故人亦滄洲。」知岑況時去官閑居丹陽，其官單父，當在此前。又至德年間，汴州陷落；天寶十三載夏秋之後岑赴北庭，都不可能作這首詩，故此詩當作於天寶十三載岑赴北庭前居長安時，姑繫於天寶十二載。

〔二〕梁孝王：漢文帝第二子，漢景帝同母弟，很受竇太后寵愛，「賞賜不可勝道」，遂於國中大治宫室苑囿，「招延四方豪傑」。事見《史記·梁孝王世家》。修竹園：即梁園。《史記·梁孝

王世家》：「於是孝王築東苑（按，即梁園），方三百餘里。」張守節《正義》：「葛洪《西京雜記》云：梁孝王苑中……諸宫觀相連，奇果佳樹，瑰禽異獸，靡不畢備，俗人言梁孝王竹園也。」蓋園中多竹，枚乘《梁王兔園賦》即有「修竹檀欒，夾池水旋」之句。

〔三〕隱轔：不平狀。

〔四〕嫦娥：美女。此指梁王宫女。曼：美。空：只，僅。兩句謂梁王宫中一切都已不復存在，僅餘野草和竹根。

〔五〕大梁：戰國魏都（今河南開封），此藉指漢梁都城睢陽（今河南商丘南）。人代：即人世，避唐諱改稱「人代」。

〔六〕「秋月」句：言時光很快，歲月不等人。

〔七〕雁池、鶴洲：《西京雜記》卷二云：「梁孝王好營宫室苑囿之樂，作曜華之宫，築兔園。園中有百靈山……又有雁池，池間有鶴洲、鳧渚。」

〔八〕梁王雪下：謝惠連《雪賦》：「歲將暮，時既昏，寒風積，愁雲繁，梁王不悦，遊於兔園。迺置旨酒，命賓友，召鄒生，延枚叟，相如末至，居客之右。俄而微霰，零密雪下……」

〔九〕延：請。枚叟：枚乘，字叔，西漢著名辭賦家。先爲吴王濞郎中，吴王謀作亂，枚乘上書諫止，吴王不納，遂去而遊梁，被梁孝王奉爲上賓。事見《漢書·枚乘傳》。

〔一〇〕肯：豈。平臺：《史記·梁孝王世家》：「於是孝王……大治宫室，爲複道，自宫連屬於平臺

五十餘里。」裴駰《集解》曰：「徐廣曰：睢陽有平臺里。駰案，如淳曰：在梁東北，離宫所在也。晉灼曰：或説在城中東北角。」司馬貞《索隱》：「今城東二十里臨新河，有故臺址，不甚高，俗云平臺，又一名修竹院。」狐兔走：言平臺荒蕪，狐兔出没。

〔二〕昔人：指梁孝王。句謂昔人不復存在，徒然被今人談説。

〔三〕單（shàn善）父：春秋魯邑，唐於其地置單父縣，屬宋州，故城在今山東單縣南。宓生：宓不齊，字子賤，春秋魯人，孔子學生；曾任單父宰（邑長），鳴琴而治，受到孔子稱贊。參見《史記·仲尼弟子列傳》及《吕氏春秋·察賢》。

〔三〕吾兄：指岑況。

〔四〕輶軒：輕車，古天子使臣乘之。「輶軒」句，按，梁地唐置睢陽郡（治所在今河南商丘），屬河南道，王説任河南道採訪處置使判官，掌考察州縣官吏，極有可能到睢陽去，故云。

〔五〕琴臺：又稱琴堂，在單父，相傳是宓子賤彈琴的地方，高適《宓公琴臺詩三首》：「宓子昔爲政，鳴琴登此臺。」唐時曾重建，高適《琴臺詩》序曰：「甲申歲（七四四），適登子賤琴臺，賦詩三首。首章懷宓公之德，千秋不朽；次章美太守李公，能嗣子賤之政，再造琴臺……」

送楚丘麴少府赴官〔一〕

青袍美少年〔二〕，黄綬一神仙〔三〕。微子城東面，梁王苑北邊〔四〕。桃花色似

馬〔五〕，榆莢小於錢。單父聞相近，家書早爲傳。

【校注】

〔一〕本詩作年同上篇。詳參上篇注〔一〕。楚丘：唐縣名，屬宋州，在今山東曹縣東南，東與單父縣相鄰。少府：縣尉。

〔二〕青袍：唐代官吏「八品服深青，九品服淺青」（《舊唐書·輿服志》）。這一服色皆依散官官階而定。諸州之縣尉職事官階爲從九品，其散階大抵亦爲九品。

〔三〕黄綬：漢代縣尉用黄綬，《漢書·百官公卿表》：「秩比六百石以上，皆銅印墨綬。……比二百石以上，皆銅印黄綬。」又曰：「縣令、長，皆秦官，掌治其縣。……皆有丞、尉，秩四百石至二百石。」一神仙：對縣尉的美稱。用西漢南昌縣尉梅福成仙故實，參見《送江陵泉少府……》注〔二〕。

〔四〕微子城：指商丘城。微子，名啓，殷紂王庶兄。周公平定紂子武庚叛亂後，封微子於商丘（今河南商丘），國號宋。梁王苑：即梁園。兩句寫楚丘地理位置。

〔五〕「桃花」句：古稱黄白雜毛的馬爲桃花馬，故云。《爾雅·釋畜》：「黄白雜毛，駓。」郭璞注：「今之桃華馬。」此句及下句寫送別的時間。

崔倉曹席上送殷寅充右相判官赴淮南〔一〕

清淮無底緑江深，宿處津亭楓樹林〔二〕。駟馬欲辭丞相府，一樽須盡故人心。

【校注】

〔一〕約作於天寶十二載（七五三）。倉曹：即倉曹參軍。唐京兆尹佐吏有倉曹參軍二人，正七品下。殷寅：陳郡長平（今河南西華東北）人。天寶四載（七四五）進士及第，後又舉博學宏辭科。歷任太子校書、永寧尉、澄城丞。有文名於當世，與顔真卿、蕭穎士、李華等友善。事見顔真卿《殷踐猷墓碣銘》、李華《三賢論》、《元和姓纂》卷四、《新唐書・殷踐猷傳》等。右：底本、《全唐詩》均作「石」，據明抄本改。《岑詩繫年》：「案石相疑當作元相，謂元載也。元載上元二年拜相，領度支轉運使如故。殷寅充判官赴淮南，蓋即爲支調之事。上元二年及寶應元年公不在長安，且其時東京阻兵，汴路未通，詩蓋廣德元年所作。」岑仲勉《讀全唐詩札記》曰：「按淮南節度無石姓，石相乃右相之訛。右相即中書令，崔圓曾爲之，罷相後出鎮淮南，寅蓋充圓之判官。」按，據顔真卿《殷踐猷墓碣銘》，知寅母蕭氏卒於乾元元年（七五九）三月，而寅之卒更在其母前，故知以上二説皆非是。考岑於天寶十三載夏離京赴北庭，至至德二載（七五八）方還抵鳳翔，故是詩當作於岑赴北庭之前。右相：即中書令。天寶元年改爲

右相，至德二載十二月復舊。此指楊國忠。《通鑒》天寶十一載十一月：「庚申，以楊國忠爲右相……凡領四十餘使。」按，國忠所領，有度支、轉運、租庸、鑄錢等使，其屬吏均有判官。淮南：唐置淮南道採訪處置使，治所在揚州（今江蘇省揚州市）。

〔二〕「清淮」兩句：寫殷赴淮南旅途環境。

送魏四落第還鄉〔一〕

東歸不稱意，客舍戴勝鳴〔二〕。臘酒飲未盡〔三〕，春衫縫已成。長安柳枝春欲來，洛陽梨花在前開。魏侯池館今尚在，猶有太師歌舞臺〔四〕。君家盛德豈徒然，時人注意在吾賢。莫令别後無佳句，祇向壚頭空醉眠〔五〕。

【校注】

〔一〕此詩疑作於作者天寶十三載赴北庭之前，姑繫此。魏四：生平未詳。

〔二〕戴勝：即戴鵟，候鳥。春夏北來，秋冬南飛。唐代科舉考試的放榜時間爲春二、三月間，岑送魏四落第還鄉也應在這個時候。

〔三〕臘酒：十二月釀製的酒。臘，唐時以大寒後的辰日爲臘日，於此日合祭諸神並宴飲。

〔四〕太師：魏四當是魏徵的後代子孫，「太師」即指魏徵；魏徵唐太宗時曾任太子太師（輔導太

子的官），參見《新唐書・魏徵傳》。徐松《唐兩京城坊考》卷五：洛陽勸善坊東北隅有「太子太師鄭公魏徵宅，《太平御覽》：魏徵宅山池院，有進士鄭光乂畫山水，爲時所重。」

〔五〕「衹向」句：《晉書・阮籍傳》載，阮籍「鄰家少婦有美色，當壚沽酒。籍嘗詣飲，醉便臥其側」。這兩句説，别後應多寫詩，不要衹是縱酒。

終南雙峯草堂作〔一〕

斂跡歸山田〔二〕，息心謝時輩〔三〕。晝還草堂臥〔四〕，但見雙峯對〔五〕。興來恣佳游，事愜符勝概〔六〕。著書高窗下，日夕見城内〔七〕。曩爲世人誤，遂負平生愛〔八〕。久與林壑辭，及來松杉大。偶兹精廬近〔九〕，數預名僧會〔一〇〕。有時逐樵漁〔一一〕，盡日不冠帶〔一二〕。崖口上新月〔一三〕，石門破蒼靄〔一四〕。色向羣木深，光摇一潭碎〔一五〕。緬懷鄭生谷〔一六〕，頗憶嚴子瀨〔一七〕。勝事猶可追〔一八〕，斯人邈千載〔一九〕！

【校注】

〔一〕天寶十載（七五一）岑參自邊地歸京後至十三載赴北庭前，常僻居終南山，過一種亦官亦隱的生活，本詩即作於是時。雙峯草堂：詩人在終南山的别業。詩題底本、明抄本、吳校作

「終南兩峯草堂」，《全唐詩》作「終南山雙峯草堂作」，此從《河嶽英靈集》。

〔二〕斂跡：收斂形跡。

〔三〕息心：排除雜念。謝：辭别。

〔四〕還：倘若。

〔五〕見：《河嶽英靈集》、《全唐詩》作「與」。

〔六〕勝概：佳景。

〔七〕日夕：近黄昏時。

〔八〕曩：從前。平生：底本作「生平」，此從《河嶽英靈集》、《全唐詩》。這兩句説，以往受世俗影響，誤入仕途，以致違背平生山林之好。

〔九〕偶兹：值此。精廬近：《河嶽英靈集》、《全唐詩》作「近精廬」。精廬，精舍。此指佛寺。

〔一〇〕數預：《全唐詩》作「屢得」。預，參與。

〔一一〕逐：追隨。樵漁：砍柴打魚的人。

〔一二〕冠帶：戴帽束帶。

〔一三〕崖：疑指石鱉崖（谷），即太乙谷，在終南山高冠谷之東。《陝西通志》卷九：「石鱉谷在（咸寧）縣西南五十五里，谷口大石如鱉，咸（寧）、長（安）以此分界（咸、長二縣民國時合併爲長安縣），内有景陽川、梅花洞、九女潭、仙人跡。」谷中有水，名石鱉谷水。

〔一四〕石門：當指石門谷，在終南山中。《陝西通志》卷九：「石門谷在（藍田）縣西南四十里，即唐昭宗所幸處。」破：底本注：「一作斂。」

〔一五〕潭：疑指九女潭。這兩句説，在朦朧的月光下，樹林顯得更深更密，水潭盪漾着細碎的波紋。

〔一六〕鄭生：鄭樸，西漢時人。《三輔決録》：「鄭樸字子真，谷口（在今陝西涇陽縣西北、禮泉縣東北）人也。修道静默，世伏其清高。成帝時元舅大將軍王鳳以禮聘之，遂不屈。揚雄盛稱其德曰：『谷口鄭子真，耕於巖石之下，名振京師。』」

〔一七〕嚴子瀨：又稱嚴陵瀨。參見《宿關西客舍寄……》注〔四〕。

〔一八〕勝事：佳妙之事，指鄭、嚴的歸隱。

〔一九〕斯人：指鄭子真、嚴子陵等隱士。邈：遠。

太一石鱉崖口潭舊廬招王學士〔一〕

驟雨鳴淅瀝，颼飀溪谷寒〔二〕。碧潭千餘尺，下見蛟龍蟠〔三〕。石門吞衆流〔四〕，絶岸呀層巒〔五〕。幽趣倏萬變〔六〕，奇觀非一端。偶逐干禄徒〔七〕，十年皆小官。抱板尋舊圃〔八〕，弊廬臨迅湍。君子滿清朝〔九〕，小人思挂冠。釀酒漉松子〔一〇〕，引泉通竹

竿。何必濯滄浪，不能釣嚴灘〔一一〕。此地可遺老〔一二〕，勸君來考槃〔一三〕。

【校注】

〔一〕天寶十二、三載作於長安。太一：終南山。石鱉崖：見上篇注〔一三〕。潭：即指九女潭。學士：官名。唐集賢殿書院、翰林院、弘文館、崇文館並置學士、直學士，皆以他官兼任。

〔二〕颼飀：象風聲。

〔三〕蟠：屈伏。

〔四〕石門：見上篇注〔一四〕。也可能指石鱉谷兩崖山石對峙如門。

〔五〕呀：張口。

〔六〕倏：忽然。

〔七〕干禄：求禄位，求官。

〔八〕抱板：抱木板行走。因「弊廬臨迅湍」，又逢「驟雨」，故抱板而行，以防滑入迅湍中溺沒。《山堂肆考》卷二〇「抱板泛海」條云：「（封）德彝討遼東，舟沒，衆謂必死……封因抱一板泛海中……衆救得免。」圃：園。

〔九〕清朝：清明的朝廷。

〔一〇〕漉：水慢慢地滲下。這句說，用山中的松子釀酒，先把松子洗浄漉乾。

〔一一〕濯滄浪：見《至大梁却寄匡城主人》注〔五〕。這兩句說，此地即可隱居，不必非上滄浪江和

嚴陵灘。

〔二二〕遺老：留下終老之意。

〔二三〕考槃：《詩經·衛風·考槃》：「考槃在澗，碩人之寬。」毛傳：「考，成。槃，樂也。」孔疏：「此經言『考槃』，文連『在澗』，明碩人成樂在於此澗，謂成此樂而不去，所謂終處也。」這裏是隱居的意思。

題華嚴寺環公禪房〔一〕

寺南幾十峯〔二〕，峯翠晴可掬〔三〕。朝從老僧飯，昨日崖口宿〔四〕。錫仗倚枯松，繩牀映深竹〔五〕。東溪草堂路〔六〕，來往行自熟。生事在雲山，誰能復羈束〔七〕。

【校注】

〔一〕本詩作年同上篇。華嚴寺：在樊川。《類編長安志》卷五：「華嚴寺，在樊川孫邨之西。有華嚴塔，有東閣，爲登眺遊勝之所。」樊川爲潏水（源出陝西長安縣南秦嶺）支流，在今長安縣南；其經行之處，爲唐代長安之山水勝地。環：《全唐詩》作「瓌」。

〔二〕「寺南」句：《類編長安志》卷九謂華嚴寺「瞰南山之勝，霧檐、玉案、紫閣、圭峯，舉在目前，不待脚歷而盡也」。

〔三〕掬：雙手捧取。
〔四〕崖：指石鱉崖。
〔五〕錫仗、繩牀：見《臨洮龍興寺玄上人院……》注〔三〕、〔四〕。
〔六〕東溪：疑指石鱉谷水，水在唐京兆府長安縣東。草堂：指石鱉崖口潭舊廬。
〔七〕羈束：受約束。此指爲官。

終南東溪口作〔一〕

溪水碧於草，潺潺花底流。沙平堪濯足，石淺不勝舟〔二〕。洗藥朝與暮，釣魚春復秋。興來從所適〔三〕，還欲向滄洲〔四〕。

【校注】
〔一〕本詩作年疑與上兩篇同。口：《全唐詩》作「中」。
〔二〕石淺：是説溪水多石而淺。勝：能擔負，能承受。
〔三〕從：聽任。
〔四〕向滄洲：指歸隱。

青門歌送東臺張判官〔一〕

青門金鎖平旦開〔二〕，城頭日出使車回〔三〕。青門柳枝正堪折〔四〕，路傍一日幾人別。東出青門路不窮，驛樓官樹灞陵東〔五〕。花撲征衣看似綉〔六〕，雲隨去馬色疑驄〔七〕。胡姬酒壚日未午〔八〕，絲繩玉缸酒如乳〔九〕。灞頭落花没馬蹄，昨夜微雨花成泥〔一〇〕。黄鸝翅濕飛屢低〔一一〕，關東尺書醉懶題〔一二〕。須臾望君不可見，揚鞭飛鞚疾於箭〔一三〕。借問使乎何時來〔一四〕？莫作東飛伯勞西飛燕〔一五〕！

【校注】

〔一〕青門：藉指唐長安東門。東臺：即東都留臺，官署名。宋程大昌《演繁露》卷七：「唐都長安，於洛陽爲西，而洛陽亦有留臺，故御史長安名西臺，而洛陽爲東臺也。」唐制，除在京師長安有御史臺（統臺、殿、察三院）的設置外，洛陽又有東都留臺，設御史中丞、侍御史各一人，殿中侍御史二人，監察御史三人。按，東都陷後，東臺亦廢，安史亂平後方有可能重新恢復。《唐會要》卷六十謂天寶十四載安禄山殺留臺御史中丞盧奕，大曆十年以何運、蔣沇「兼御史中丞，仍東都留臺」。是否至大曆十年留臺纔重新設置，不甚清楚，然既非急務，亦似無在亂平後立即設置之必要。故疑此詩當作於安史之亂前岑居長安時，姑繫於天寶十二三載。據

載，東臺僚屬無判官，然唐留臺御史中丞每兼任都畿採訪處置使（也是管監察的官），其僚屬有判官。此「張判官」當係東臺御史兼都畿道採訪處置使判官。

〔二〕金鎖：謂銅鎖。平旦：天剛亮。

〔三〕使車回：指張判官奉使來長安，復乘車東返洛陽。

〔四〕「青門」句：古人有折柳贈别習俗，柳諧「留」音，表示挽留惜别之意。

〔五〕驛樓：驛站。官樹：官道兩旁的樹。古大路爲官府所建，故稱官道。

〔六〕征衣：遠行者所穿的衣服。

〔七〕驄：淺青色馬。按，「綉衣」、「驄馬」均含雙關之意。漢時派遣侍御史爲「直指使」，到各地審理重大案件，穿綉衣，以示尊寵，稱「綉衣直指」（見《漢書・百官公卿表》）。此處隱指張判官在御史臺供職。「驄馬」隱指「驄馬御史」。《後漢書・桓榮傳》載，桓典「舉高第，拜侍御史，是時宦官秉權，典執政無所回避，常乘驄馬，京師畏憚，爲之語曰：『行行且止，避驄馬御史。』」

〔八〕姬：古時婦女的美稱。唐長安西市、青門及曲江一帶，多有「胡人」開設的酒肆，且有「胡姬」侍酒。

〔九〕絲繩：指繫在酒罈兩旁作提攜用的絲繩。玉缸：指酒罈。酒如乳：唐時之酒爲米酒，濃者色白如乳。辛延年《羽林郎》：「胡姬年十五，春日獨當壚。……就我求清酒，絲繩提玉壺。」

〔一〇〕灞頭：即霸上，又曰灞陵。在唐長安東郊。這兩句寫酒後登程景象。

〔一一〕屢：《全唐詩》作「轉」。

〔一二〕關東：潼關以東，此指洛陽。尺書：書信。

〔一三〕飛鞚：猶言飛馬。鞚，馬籠頭。

〔一四〕使乎：對使者的贊美之稱，語出《論語·憲問》。此指張判官。

〔一五〕伯勞：又名博勞，鳴禽，背色灰褐，尾長，喜單棲。古樂府辭《東飛伯勞歌》：「東飛伯勞西飛燕，黄姑（即河鼓，牽牛也）織女時相見。」

趙少尹南亭送鄭侍御歸東臺　得長字〔一〕

江亭酒甕香〔二〕，白面綉衣郎〔三〕。砌冷蟲喧坐〔四〕，簾疏月到牀〔五〕。鐘催離思急，絃逐醉歌長〔六〕。關樹應皆落〔七〕，隨君滿路霜〔八〕。

【校注】

〔一〕本詩作年同上篇。少尹：官名。唐京兆、河南等府各置少尹二人，掌協助尹處理府中政務。此指京兆少尹。侍御：見《送韋侍御先歸京》注〔一〕。東臺：見上篇注〔一〕。底本無「歸東臺得長字」六字，今據明抄本、吴校、《全唐詩》校補。

〔二〕江：明抄本、吴校、《全唐詩》作「紅」。

〔三〕綉衣：指御史。見上篇注〔六〕。

〔四〕砌：臺階。坐：同「座」。

〔五〕月：《全唐詩》作「雨」。牀：此處當指坐具。

〔六〕鐘：樂器名。思：明抄本、《全唐詩》作「興」。絃：絃樂器。逐：《全唐詩》注：「一作綬。」此兩句寫離别宴上奏樂的景象。

〔七〕關樹：指潼關的樹木。皆：明抄本、吴校、《全唐詩》作「先」。

〔八〕路：《全唐詩》作「鬢」。

送宇文舍人出宰元城 分得陽字〔一〕

雙鳧出未央〔二〕，千里過河陽〔三〕。馬帶新行色，衣聞舊御香〔四〕。縣花迎墨綬，關柳拂銅章〔五〕。别後能爲政〔六〕，相思淇水長〔七〕。

【校注】

〔一〕約作於天寶十一載至十三載居長安時，説見下篇。舍人：官名。唐中書省置起居舍人二人、通事舍人十六人，並從六品上。宰元城：任元城縣令。元城在今河北省大名縣。

〔二〕雙鳧：指縣令。見《尋少室張山人……》注〔四〕。未央：漢宮殿名，這裏藉指唐在長安的宮殿。

〔三〕河陽：見《春尋河陽聞處士别業》注〔一〕。

〔四〕「衣聞」句：舍人之職得以接近天子，故云。

〔五〕縣花：指河陽縣之花，參見《春尋河陽聞處士别業》注〔三〕。關：指潼關。銅章、墨綬：指縣令的印綬。漢縣令用銅印黑綬，見《漢書·百官公卿表》。兩句寫宇文氏赴任途中經行之地。

〔六〕爲政：治理政事。

〔七〕淇水：見《敬酬杜華淇上見贈……》注〔一〕。

崔駙馬山池重送宇文明府 分得苗字〔一〕

竹裏過紅橋，花間藉緑苗〔二〕。池涼醒别酒，山翠拂行鑣〔三〕。鳳去妝樓閉，鳧飛葉縣遥。不逢秦女在，何處聽吹簫〔四〕？

【校注】

〔一〕宇文明府（唐稱縣令爲明府）即上篇之「宇文舍人」，此篇與上篇當是同時所作。崔駙馬：即

崔惠童。《新唐書・諸公主列傳》：「（玄宗女）晉國公主始封高都，下嫁崔惠童。」按，崔駙馬山池在長安城東。據《舊唐書・哥舒翰傳》：「（天寶）十一載……禄山、思順、翰並來朝，上使内侍高力士及中貴人於京城東駙馬崔惠童池亭宴會。」《岑詩繫年》謂：「杜甫天寶十三載有《崔駙馬山亭宴集》詩，蓋與此篇同時所作。」然杜詩曰：「客醉揮金碗，詩成得綉袍。清秋多宴會，終日困香醪。」既非爲送別，又作於秋日，而十三載秋岑已赴北庭，因此兩詩不可能是同時所作。但據杜詩和《哥舒翰傳》所載，本詩約作於天寶十一載至十三載作者居長安時。

〔二〕藉緑苗：指坐臥於緑草地上。兩句寫遊觀崔駙馬山池的情景。

〔三〕行鑣（biāo 標）：出行之騎。鑣，馬嚼子。

〔四〕「鳳去」四句：第二句用王喬典，是説宇文明府往遥遠的元城赴任，參見《尋少室張山人……》注〔四〕；第一、三、四句用秦穆公女弄玉典，以弄玉喻玄宗女晉國公主，意思是説當時公主不在家中，參見《秋夜宿仙遊寺……》注〔六〕。

送嚴維下第還江東〔一〕

勿嘆今不第，似君殊未遲〔二〕。且歸滄洲去〔三〕，相送青門時。望鳥指鄉遠，問人

愁路疑。敝裘沾暮雪，歸櫂帶流澌〔四〕。嚴子灘復在〔五〕，謝公文可追〔六〕。江皋如有信〔七〕，莫不寄新詩。

【校注】

〔一〕嚴維：字正文，越州山陰（今浙江紹興）人。大約生於開元初年。至德二載（七五七）進士及第，授諸暨尉。大曆末入河南尹嚴郢幕府，兼河南縣尉。官終祕書郎。事見《新唐書·藝文志四》、《唐詩紀事》卷四十七、《唐才子傳》卷三。江東：長江下游以南地區。參岑參歷年的行蹤，此詩最晚應作於天寶十三載（七五四）春。

〔二〕殊：猶。

〔三〕滄洲：指隱者所居之處。

〔四〕櫂：划船的一種用具，又用以指船。流澌：流冰。此兩句寫嚴初春落第還鄉，行途的困頓和艱難。

〔五〕嚴子灘：見《宿關西客舍……》注〔四〕。

〔六〕謝公：指謝靈運，晉、宋之際著名山水詩人。宋少帝時，謝靈運出爲永嘉太守，不久辭歸，隱居會稽（今浙江紹興），修營別墅，作《山居賦》以明志。參見《宋書·謝靈運傳》。追：追隨。兩句勸説嚴維回故鄉山陰隱居。

〔七〕江皋：江邊。皋，水邊之地。信：信使。

與鄠縣羣官泛渼陂〔一〕

萬頃浸天色，千尋窮地根〔二〕。舟移城入樹，岸闊水浮邨。閑鷺驚簫管，潛虯傍酒樽〔三〕。暝來呼小吏〔四〕，列火儼歸軒〔五〕。

【校注】

〔一〕《岑詩繫年》：「天寶十三載杜甫有《渼陂行》曰：『岑參兄弟皆好奇，攜我遠來遊渼陂。』知公此篇爲同賦之作。」鄠縣：唐縣名，屬京兆府，在今陝西户縣。羣：底本原作「郡」，此從《全唐詩》。渼陂：池名，在户縣西南，見《首春渭西郊行……》注〔四〕。

〔二〕地根：地底。

〔三〕虯（qiú求）：傳説中的一種龍。《文苑英華》作「蛇」。這兩句説，在船中置酒張樂，惹動水鳥驚飛，却引得潛龍向船邊靠近。

〔四〕呼：底本原作「喧」，據《全唐詩》及底本、明抄本注語改。

〔五〕儼：整齊。

與鄠縣源少府泛渼陂　得人字〔一〕

載酒入天色〔二〕，水涼難醉人〔三〕。清搖縣郭動，碧洗雲山新。吹笛驚白鷺，垂竿跳紫鱗〔四〕。憐君公事後，陂上日娱賓〔五〕。

【校注】

〔一〕本詩作年同上篇。杜甫有同賦之作《與鄠縣源大少府宴渼陂》，可參。

〔二〕入天色：指入陂。因天色倒映陂中，故云。

〔三〕這句説，陂中清涼，不易喝醉。

〔四〕紫鱗：指魚，語出左思《蜀都賦》。

〔五〕日：底本、明抄本、吴校均注：「一作自。」

送人赴安西〔一〕

上馬帶吴鉤〔二〕，翩翩度隴頭〔三〕。小來思報國〔四〕，不是愛封侯〔五〕。萬里鄉爲夢，三邊月作愁〔六〕。早須清黠虜，無事莫經秋〔七〕。

【校注】

〔一〕疑天寶十三載（七五四）赴北庭之前作於長安。此詩底本不載，今據《文苑英華》卷三〇〇、《全唐詩》補。

〔二〕吴鉤：一種吴地所産「似劍而曲」的兵器。《吴越春秋》卷二：吴王闔閭得干將、莫邪二劍後，「復命於國中作金鈎，令曰：『能爲善鈎者賞之百金。』吴作鈎者甚衆。」後因以稱名貴的兵器。

〔三〕翩翩：形容走馬輕疾如飛的樣子。隴頭：隴山頭。

〔四〕小來：少時。

〔五〕封侯：參見《初過隴山途中呈宇文判官》注〔六〕。

〔六〕三邊：北、西、南三處邊境，亦用爲邊地的通稱。

〔七〕經秋：猶言經年。

寄韓樽〔一〕

夫子素多疾〔二〕，别來未得書。北庭苦寒地〔三〕，體内今何如？

【校注】

〔一〕本詩作於韓樽出使北庭幕府之時。按，作者也曾遠赴北庭，時在天寶十三載（七五四），但較韓樽爲遲。因此詩並非作於北庭，而天寶十四載安史之亂後，西域之兵奉命内調以靖國難，這時由内地往赴北庭者已寥寥。韓樽：岑之摯友。岑别有《偃師東與韓樽同詣景雲暉上人即事》、《喜韓樽相過》之詩。據《萬首唐人絶句》，詩題一作「寄韓樽使北」。宋本題下注曰：「韓時使在北庭以詩代書干時使」；明抄本、吴校同，惟「時」、「干時」三字空缺。

〔二〕夫子：指韓樽。

〔三〕北庭：見後《赴北庭度隴思家》注〔一〕。

餞王崟判官赴襄陽道〔一〕

故人漢陽使〔二〕，走馬向南荆〔三〕。不厭楚山路，祇憐襄水清〔四〕。津頭習氏宅〔五〕，江上夫人城〔六〕。夜入橘花宿，朝穿桐葉行〔七〕。害羣應自懾〔八〕，持法固須平〔九〕。暫得青門醉，斜光速去程〔一〇〕。

【校注】

〔一〕疑天寶十三載赴北庭之前作於長安。王崟：安州都督王仁忠之子（見李邕《贈安州都督王

仁忠神道碑》），曾任渭南縣尉（見獨孤及《海上懷華中舊遊寄鄭縣劉少府造渭南王少府崟》詩），左司、户部、度支、吏部等員外郎（見《郎官石柱題名》），大曆中官夔州刺史（見杜甫《奉送王信州崟北歸》詩）、懷州刺史（見《唐刺史考》卷五二），官至禮部侍郎（見岑仲勉《郎官石柱題名新考訂》）。《奉送王信州崟北歸》作於大曆初年，詩曰：「下詔選郎署，傳聲能典州。」知王由郎官轉任夔州刺史，而任判官大約更在任郎官之前。崟：《全唐詩》作「岑」，當誤。判官：唐開元二年置十道按察採訪處置使，二十年改置十五道採訪處置使，掌考察州縣官吏，僚屬中有判官。玩詩意，王當爲山南東道採訪處置使判官。襄陽道：指山南東道。山南東道採訪處置使治所在襄陽（今湖北襄樊市）。

〔二〕漢陽：漢水之陽（水北叫陽），這裏即指襄陽。使：往漢陽去的使臣。

〔三〕南荆：南楚。

〔四〕憐：愛。襄水：漢水流經襄陽的一段，俗稱襄水或襄河。

〔五〕津頭：渡頭。習氏宅：晉代襄陽豪族習氏的住宅，内有風景優美的園林池塘。參見《登涼州尹臺寺》注〔四〕。

〔六〕夫人城：《晉書·朱序傳》載：朱序鎮襄陽時，前秦苻堅遣其將苻丕引兵來攻，「序母韓自登城履行（行走，巡視），謂西北角當先受弊，遂領百餘婢并城中女丁，於其角斜築城二十餘丈，賊攻西北角，果潰，衆便固新築城，丕遂引退，襄陽人謂此城爲夫人城。」

〔七〕桐：即泡桐，落葉喬木，開白色或紫色花，木材可做琴、船、箱等物。宋本、明抄本、吳校並注：「一作楓。」這兩句寫王赴襄陽的旅途生活。

〔八〕害羣：謂害羣之馬。《莊子·徐無鬼》：「夫爲天下者，亦奚以異乎牧馬者哉，亦去其害馬者而已矣！」懾：害怕。

〔九〕持法：執法。平：不偏不倚。

〔一〇〕斜光：偏西的陽光。速去程：迅速趕路。

赴北庭度隴思家〔一〕

西向輪臺萬里餘〔二〕，也知鄉信日應疏〔三〕；隴山鸚鵡能言語，爲報家人數寄書〔四〕。

【校注】

〔一〕天寶十三載（七五四）赴北庭途中作。北庭：唐北庭節度使治庭州金滿縣，在今新疆維吾爾自治區吉木薩爾北。隴：隴山。此詩又見於《全唐詩》卷二十七「雜曲歌辭」，題作《簇拍陸州》；並兩見於《萬首唐人絶句》卷十八及卷五十八，卷五十八題作《捉拍陸州》，均無作者姓名。各處文字畧有異同。

〔二〕輪臺：唐代庭州有輪臺縣（不同於漢輪臺），治所在今新疆烏魯木齊。
〔三〕鄉信：家鄉的消息。疏：稀少。
〔四〕「隴山」兩句：東漢禰衡《鸚鵡賦》：「命虞人於隴坻（即隴山），詔伯益於流沙。跨崑崙而播弋，冠雲霓而張羅。」《元和郡縣志》卷三十九亦稱隴山「上多鸚鵡」。詩人理性上「也知鄉信日應疏」，感情上却希望「家人數寄書」，這兩句即表現了這種矛盾心情。

發臨洮將赴北庭留別 得飛字〔一〕

聞説輪臺路〔二〕，連年見雪飛〔三〕。春風不曾到〔四〕，漢使亦應稀〔五〕。白草通疏勒〔六〕，青山過武威〔七〕。勤王敢道遠〔八〕，私向夢中歸〔九〕。

【校注】

〔一〕天寶十三載（七五四）赴北庭途中作。臨洮：見《臨洮客舍留別祁四》注〔一〕。
〔二〕輪臺：見《赴北庭度隴思家》注〔二〕。
〔三〕連：《文苑英華》作「年」。
〔四〕不曾到：《全唐詩》作「曾不到」，「曾」下並注：「一作長。」
〔五〕應：《文苑英華》作「來」。

〔六〕白草：見《過燕支寄杜位》注〔三〕。疏勒：《通鑒》卷四五：「（後漢）耿恭以疏勒城傍有澗水可固，引兵據之。」胡注：「此疏勒城在車師後部，非疏勒國城也。」按，漢車師後部治唐庭州金滿縣（北庭節度使治所），疏勒城當在其附近。

〔七〕武威：今甘肅武威市。

〔八〕勤王：盡力王事。敢道遠：豈敢言遠。《文苑英華》作「不敢道」。

〔九〕私向：《文苑英華》作「遠思」，並注：「一作思向。」

臨洮泛舟趙仙舟自北庭罷使還京　得城字〔一〕

白髪輪臺使，邊功竟不成。雲沙萬里地，孤負一書生〔二〕。池上風迴舫，橋西雨過城〔三〕。醉眠鄉夢罷，東望羡歸程。

【校注】

〔一〕本詩作年同上篇。趙仙舟：生平未詳。王維有《淇上送趙仙舟》詩，約作於開元十五六年。罷使：謂去職。得城字：底本無，據明抄本、吴校補。

〔二〕孤負：同「辜負」。此兩句謂趙仙舟未能在邊地建功立業。

〔三〕風迴舫：言風把船刮得旋轉起來。兩句以泛舟時的風雨交加，襯托趙的失意。

題金城臨河驛樓〔一〕

古戍依重險〔二〕，高樓見五涼〔三〕。山根盤驛道〔四〕，河水浸城牆。庭樹巢鸚鵡，園花隱麝香〔五〕。忽如江浦上〔六〕，憶作捕魚郎〔七〕。

【校注】

〔一〕天寶十三載赴北庭途中作。金城：唐蘭州，天寶元年改爲金城郡，治所在今甘肅蘭州市。河：黄河。此詩重見《全唐詩》卷一九七張謂集中，題作「登金陵臨江驛樓」。據詩中前四句所云，當以作「金城臨河」爲是。岑參天寶十三載赴北庭，張謂天寶十三四載亦在安西、北庭節度使封常清幕中任職，金城係兩人嘗經行之地，故此詩究爲何人所作，尚難確斷。今姑作岑參詩收入集中。

〔二〕古戍：古代軍隊設防的關塞。《新唐書・地理志》云金城郡治「北有金城關」。

〔三〕五涼：前涼、後涼、南涼、北涼、西涼，是公元三一七至四三九年間北方建立的地方政權，轄區在今甘肅一帶，後因沿稱這一帶地方爲五涼。

〔四〕山根：山脚。驛道：驛使傳遞文書使用的道路。

〔五〕麝香：雄麝臍部香腺的分泌物，含有濃烈香味，可做香料或藥材。

〔六〕江：長江。浦：水邊。

〔七〕「憶作」句：意謂頗想在這裏歸隱，作一個捕魚郎。

涼州館中與諸判官夜集〔一〕

彎彎月出掛城頭〔二〕，城頭月出照涼州。涼州七里十萬家〔三〕，胡人半解彈琵琶。琵琶一曲腸堪斷，風蕭蕭兮夜漫漫。河西幕中多故人〔四〕，故人别來三五春〔五〕。花門樓前見秋草〔六〕，豈能貧賤相看老。一生大笑能幾回〔七〕，斗酒相逢須醉倒。

【校注】

〔一〕天寶十三載赴北庭途經武威時所作。涼州：即武威郡；諸本均作「梁州」，係音近而誤，今據《全唐詩》改正。詩句同。館：客舍。判官：節度使僚屬。

〔二〕出：底本注：「一作子。」

〔三〕七里：《元和郡縣志》卷四十：「（涼）州城本匈奴新築，漢置爲縣。城不方，有頭、尾、兩翅，名爲鳥城，南北七里，東西三里。」里，《全唐詩》注：「一作城。」亦通。《通鑒》卷二一九：「武威大城之中，小城有七。」

〔四〕河西：見《河西春暮憶秦中》注〔一〕。幕：指幕府。

〔五〕三五春：岑參天寶十載曾短期居留武威，故云。
〔六〕花門樓：當爲涼州客舍之名，參見《戲問花門酒家翁》注〔一〕；底本作「花樓門」，此從《全唐詩》。
〔七〕生：底本、明抄本、吴校並注：「一作年。」

日没賀延磧作〔一〕

沙上見日出，沙上見日没，悔向萬里來，功名是何物！

【校注】

〔一〕天寶十三載赴北庭途中作。賀延磧：地名，即莫賀延沙磧，又名莫賀磧，在伊州（今新疆哈密）東南。《元和郡縣志》卷四十：伊州「東南取莫賀磧路至瓜州九百里」。詩題《萬首唐人絶句》無「日没」二字。

磧西頭送李判官入京〔一〕

一身從遠使，萬里向安西〔二〕。漢月垂鄉淚，胡沙費馬蹄〔三〕。尋河愁地盡〔四〕，

過磧覺天低。送子軍中飲〔五〕，家書醉裏題。

【校注】

〔一〕本詩作於天寶十三載作者赴北庭途中。磧西頭：當指伊州（今新疆哈密）、西州（今吐魯番東南）一帶沙漠地區。李判官：李栖筠，字貞一，李德裕之祖父。天寶七載進士及第。天寶十二三載，受辟爲封常清安西節度使府判官，十三載三月常清兼任北庭節度使後，任安西、北庭節度判官。事見《新唐書·李栖筠傳》、權德輿《李栖筠文集序》。岑參另有《敬酬李判官使院即事見呈》、《使院中新栽柏樹子呈李十五栖筠》詩，可參。

〔二〕從遠使：追隨遠方的節度使。這兩句點出李判官在安西的任職經歷。

〔三〕沙：底本注：「一作塵。」費：《文苑英華》作「損」。

〔四〕尋河：當指尋求（黄）河之源。用漢代通西域窮河源故事：「漢使窮河源，其山多玉石，采來，天子案古圖書，名河所出山曰崑崙云。」（《漢書·張騫傳》）

〔五〕子：對李判官的敬稱。

輪臺歌奉送封大夫出師西征〔一〕

輪臺城頭夜吹角，輪臺城北旄頭落〔二〕。羽書昨夜過渠黎〔三〕，單于已在金山

西〔四〕。戍樓西望煙塵黑〔五〕，漢兵屯在輪臺北。上將擁旄西出征〔六〕，平明吹笛大軍行〔七〕。四邊伐鼓雪海湧，三軍大呼陰山動〔八〕。虜塞兵氣連雲屯〔九〕，戰場白骨纏草根。劍河風急雪片闊，沙口石凍馬蹄脱〔一〇〕。亞相勤王甘苦辛〔一一〕，誓將報主静邊塵〔一二〕。古來青史誰不見，今見功名勝古人。

【校注】

〔一〕輪臺：見《赴北庭度隴思家》注〔一〕。據是詩，北庭瀚海軍或駐此。封大夫：即封常清，蒲州猗氏人，有才學，曾任高仙芝安西節度使府判官。天寶十一載（七五二）十二月，爲安西四鎮節度使，十三載春入朝，加御史大夫，同年三月，兼任北庭節度使。參見《舊唐書·封常清傳》、《玄宗紀》。大夫，即御史大夫，御史臺最高長官。此詩與《走馬川行奉送出師西征》皆天寶十三載或十四載九月作於輪臺。兩詩之「西征」無考。《考證》謂即征播仙，征播仙史亦失載。但與岑詩《獻封大夫破播仙凱歌六章》比較，則知非指一事。其一，「輪臺歌」二詩與《北庭西郊候封大夫受降回軍獻上》同述一事，前者作於出征時，後者作於回師時。由「回軍獻上」詩知此次「西征」未曾接戰，受降而還，這就與「凱歌六章」所寫戰況不合。其二，播仙在輪臺之南，與此詩「戍樓西望煙塵黑」等語不合。其三，「輪臺歌」二詩所述地名與「凱歌六章」無一相合。

〔二〕旄頭：星名，二十八宿之一。《史記・天官書》：「昴曰旄頭，胡星也。」後因以爲胡人象徵。「旄頭落」預示胡兵將要覆滅。

〔三〕羽書：緊急軍事文書。渠黎：即渠犂，漢西域諸國之一，在今新疆輪臺縣和尉犂縣之間。《漢書・西域傳》：「輪臺（漢輪臺，在今新疆輪臺）與渠犂地皆相連也。」

〔四〕單于：漢時匈奴稱其君主爲單于，這裏借指唐西域少數民族首領。金山：金嶺，又稱金娑嶺，今新疆北部之博格達山。

〔五〕煙塵黑：謂胡兵來犯。

〔六〕上將：指封常清。擁：持。旄：即旄節，古代使臣所持信物，形如幡旗，上以旄（氂牛尾，後改用羽毛）爲飾。唐制，節度使賜雙旌雙節，出行時使開路者雙持於馬上，所謂「雙節夾路馳」（岑參《北庭西郊候封大夫受降回軍獻上》）。

〔七〕平明：天剛亮。

〔八〕伐鼓：擊鼓。雪海：當指輪臺北準噶爾盆地的浩瀚雪原。陰山：烏魯木齊以東的天山東段，古亦稱陰山，參見元李志常《長春真人西遊記》。兩句形容軍威的壯盛。

〔九〕虜塞：敵塞。連雲屯：形容「兵氣」瀰漫，聚如連雲。

〔一〇〕「劍河」兩句：形容天氣嚴寒。劍河，水名。據《新唐書・回鶻傳》載，黠戛斯（今稱柯爾克孜）境内有劍河，即今俄羅斯西伯利亞南部葉尼塞河上游烏魯克穆河。此處疑另有所指。

雪，底本作「雲」，此從《唐詩紀事》、《全唐詩》。沙口，未詳。沙，《全唐詩》注：「一作河。」「河」或指劍河。

〔二〕亞相：御史大夫的别稱。漢御史大夫爲三公（丞相、太尉、御史大夫）之一，位僅次於丞相，故稱。此處指封常清。勤王：盡力王事。

〔三〕報主：報效君主。静邊塵：平息邊患。

走馬川行奉送出師西征〔一〕

君不見走馬川行雪海邊〔二〕，平沙莽莽黄入天！輪臺九月風夜吼，一川碎石大如斗〔三〕，隨風滿地石亂走。匈奴草黄馬正肥〔四〕，金山西見煙塵飛，漢家大將西出師〔五〕。將軍金甲夜不脱，半夜軍行戈相撥，風頭如刀面如割。馬毛帶雪汗氣蒸，五花連錢旋作冰〔六〕，幕中草檄硯水凝〔七〕。虜騎聞之應膽懾，料知短兵不敢接，車師西門佇獻捷〔八〕。

【校注】

〔一〕走馬川：據詩中所言，其地應在唐輪臺附近。柴劍虹《岑參邊塞詩地名考辨》（《學林漫録》

七集)謂即輪臺以西的著名水道瑪納斯河。清徐松《西域水道記》稱此河「冬則盡涸」,故詩有「一川碎石」語。征:《全唐詩》注:「一作行。」

〔二〕行:疑涉詩題行字而衍。雪海:參見《輪臺歌》注〔八〕。這句《唐詩紀事》作「君不見走馬滄海邊」。

〔三〕碎:底本注:「一作破。」

〔四〕「匈奴」句:匈奴借指當時西域的少數民族。西域産馬,作戰以騎兵爲主,「草黄馬正肥」,正是發動戰争的好時機。

〔五〕漢家大將:指封常清。

〔六〕五花:把馬鬣剪成花瓣樣式,剪成三瓣的叫三花馬,剪成五瓣的稱五花馬。連錢:馬名。其毛色斑駁,淺深不一,紋絡呈魚鱗狀。旋作冰:指馬毛上的雪受馬汗熏蒸融化,立即又結成冰塊。

〔七〕草檄:起草聲討敵人的文書。

〔八〕短兵:指刀、劍一類兵器,對弓箭一類長兵器而言。車師:指北庭節度使治所庭州,其地本東漢車師後王庭,見《舊唐書·地理志》。末兩句説,料定敵人不敢面對面地衝殺肉搏,預祝封常清凱旋而歸,在庭州的西門等待勝利後所獻戰利品。

北庭西郊候封大夫受降回軍獻上〔一〕

胡地苜蓿美〔二〕，輪臺征馬肥。大夫討匈奴，前月西出師。甲兵未得戰，降虜來如歸〔三〕；橐駝何連連，穹帳亦纍纍〔四〕。陰山烽火滅，劍水羽書稀〔五〕；却笑霍嫖姚，區區徒爾爲〔六〕！西郊候中軍〔七〕，平沙懸落暉。驛馬從西來，雙節夾路馳〔八〕；喜鵲捧金印，蛟龍盤畫旗〔九〕。如公未四十，富貴能及時；直上排青雲〔一〇〕，傍看疾若飛〔一一〕。前年斬樓蘭，去歲平月支〔一二〕；天子日殊寵，朝廷方見推〔一三〕。何幸一書生，忽蒙國士知〔一四〕；側身佐戎幕〔一五〕，斂衽事邊陲〔一六〕。自逐定遠侯〔一七〕，亦著短後衣〔一八〕；近來能走馬，不弱并州兒〔一九〕。

【校注】

〔一〕此詩與《輪臺歌》、《走馬川行》同述一事，一作於出師時，一作於回師時。

〔二〕苜蓿：多年生草本植物，葉子長圓形，花紫色，多用爲牲口飼料。

〔三〕如歸：形容敵人心甘情願投降。

〔四〕橐駝：即駱駝。連連：接連不斷。穹（qióng 窮）帳：即穹廬，一種氈做的尖頂圓帳篷。這兩句說，得到的戰利品很多。

〔五〕「陰山」兩句：是說此後邊地就安定了。參見「輪臺歌」注文。

〔六〕霍嫖姚：即霍去病，西漢名將，武帝時拜嫖姚（或作「剽姚」、「票姚」）校尉、驃騎將軍，曾六次率兵遠涉沙漠，往擊匈奴，前後斬獲匈奴十餘萬人，立下赫赫戰功。事見《漢書・霍去病傳》。區區：微小貌。徒：僅，只是。爾：如此。爲：感歎詞。這兩句說，却笑霍去病功效微小，不過如此，不如封常清未曾接戰，就使敵人歸降。

〔七〕中軍：指主帥。古制，分兵爲左、中、右三軍，中軍主帥親自統領，是發號施令的地方。

〔八〕雙節：唐節度使賜雙節，參見「輪臺歌」注〔五〕。

〔九〕金印：漢將軍用金印。上句隱用鵲印典，參見《西河郡太守張夫人挽歌》注〔一一〕。下句謂旗上畫蛟龍爲飾。

〔一〇〕排：排開。

〔一一〕傍看：局外人觀看。

〔一二〕斬樓蘭：樓蘭見《武威送劉單判官……》注〔一九〕。漢昭帝時，樓蘭王叛，屢遮殺漢使。元鳳四年，大將軍霍光遣傅介子刺殺其王。事見《漢書・西域傳上》。月支：古部落名。秦、漢之際，遊牧於敦煌、祁連間，後爲匈奴所攻，一部分西遷至今伊犁河上遊，稱大月支；其餘進入祁連山區與羌族雜居，稱小月支。兩句言封常清連年征戰得勝。據《通鑒》，天寶十二載「安西節度使封常清擊大勃律（唐西域國名，在今克什米爾東北部）……大破之，受降

而還。」

〔一三〕見推：受到推舉、尊奉。

〔一四〕國士：舉國推重的人，指封常清。

〔一五〕側身：不敢安身，即戒懼惶恐之意。《詩·大雅·雲漢》序：「遇裁（災）而懼，側身修行，欲銷去之。」

〔一六〕斂衽：整斂衣襟，以示肅敬。

〔一七〕逐：追隨。明抄本、吴校作「隨」。定遠侯：即班超，東漢班固的弟弟。年輕時家貧，靠爲官府謄抄謀生，後投筆從戎。明帝時，奉命出使西域，前後經營西域三十一年，使西域五十餘國全部内附，以功封定遠侯。事見《後漢書·班超傳》。這裏借指封常清。

〔一八〕短後衣：一種前長後短、便於騎馬的衣服，語出《莊子·説劍》：「吾王所見劍士，皆蓬頭突鬢垂冠，曼胡之纓，短後之衣，瞋目而語難，王乃説之。」

〔一九〕并州兒：漢并州在今山西省一帶，戰國時大抵屬趙地，「其民鄙樸，少禮文而好射獵」（《漢書·地理志》）。鮑照《擬古八首》其三：「幽并重騎射，少年好馳逐。」底本、明抄本、吴校并注：「一作幽并兒。」

使交河郡郡在火山脚其地苦熱無雨雪獻封大夫〔一〕

奉使按胡俗〔二〕，平明發輪臺。暮投交河城，火山赤崔嵬〔三〕。九月尚流汗，炎風

吹沙埃。何事陰陽工〔四〕，不遺雨雪來？吾君方憂邊，分閫資大才〔五〕。昨者新破胡，安西兵馬回〔六〕。鐵關控天涯〔七〕，萬里何遼哉。煙塵不敢飛，白草空皚皚〔八〕。軍中日無事，醉舞傾金罍〔九〕。漢代李將軍，微功今可咍〔一〇〕！

【校注】

〔一〕作於天寶十三載或十四載秋末。交河郡：原西州，天寶元年改郡。參見《初過隴山途中呈宇文判官》注〔九〕。火山：參見《經火山》注〔一〕。底本「脚」上有「東」字，此從《全唐詩》删。

〔二〕奉使：奉命出使。按：考察。

〔三〕崔嵬：山高峻不平。嵬，《全唐詩》作「巍」。

〔四〕陰陽工：參見《經火山》注〔四〕。

〔五〕分閫（kǔn 捆）：謂天子委任將帥。《史記·張釋之馮唐列傳》：「（馮）唐對曰：『臣聞上古王者之遣將也，跪而推轂曰：「閫以内者，寡人制之；閫以外者，將軍制之。」軍功爵賞，皆決於外，歸而奏之。』」張守節《正義》：「閫，謂門限也。」裴駰《集解》：「韋昭曰：此郭門之閫也。」資：依託。大才：此指封常清。

〔六〕「安西」句：謂安西四鎮兵馬又還回原地。按，當時封常清任安西節度使，權知北庭節度幕府設在北庭。

〔七〕鐵關：即鐵門關，參見《銀山磧西館》注〔三〕。涯：底本原作「崖」，此從《全唐詩》。

〔八〕白草：見《過燕支寄杜位》注〔三〕。空：自。皚皚：形容白。

〔九〕金罍（léi雷）：一種用黃金綴飾的酒器，上有雲雷的形象。《詩經·周南·卷耳》：「我姑酌彼金罍，維以不永傷。」

〔一〇〕李將軍：李廣，西漢著名將領。與匈奴大小七十餘戰，多所斬獲，匈奴畏之，號曰「飛將軍」。事見《史記·李將軍列傳》。今：《全唐詩》作「合」。咍（hāi孩）：笑。兩句意謂封常清之功超過漢代的李廣。

獻封大夫破播仙凱歌六章〔一〕

漢將承恩西破戎〔二〕，捷書先奏未央宮〔三〕。天子預開麟閣待〔四〕，衹今誰數貳師功〔五〕！

官軍西出過樓蘭〔六〕，營幕傍臨月窟寒〔七〕。蒲海曉霜凝馬尾〔八〕，葱山夜雪撲旗竿〔九〕。

鳴笳疊鼓擁回軍〔一〇〕，破國平蕃昔未聞。丈夫鵲印摇邊月〔一一〕，大將龍旗掣海雲〔一二〕。

日落轅門鼓角鳴〔一三〕，千羣面縛出蕃城〔一四〕。洗兵魚海雲迎陣〔一五〕，秣馬龍堆月照營〔一六〕。

蕃軍遥見漢家營，滿谷連山遍哭聲。萬箭千刀一夜殺，平明流血浸空城。

暮雨旌旗濕未乾，胡煙白草日光寒。昨夜將軍連曉戰，蕃軍祇見馬空鞍。

【校注】

〔一〕據《吐魯番出土文書》第十册的有關記載，封常清破播仙大致發生在天寶十三載（七五四）十一月至十二月間，説見王素《吐魯番文書中有關岑參的一些資料》（《文史》三十六輯）。岑參此詩，應作於封常清回到北庭的同年十二月下旬。播仙：《新唐書·地理志》：「播仙鎮，故且末城也，高宗上元中更名。」其地在今新疆且末縣附近。封常清破播仙事，史傳失載。凱歌：《樂府詩集》卷二十謂唐凱樂「用鐃吹二部」，「迭奏《破陣樂》等四曲」；又於岑參《唐凱歌六首》下云：「岑參《送封大夫出師西征》序曰：『天寶中，匈奴回紇寇邊，踰花門，畧金山，煙塵相連，侵軼海濱。天子於是授鉞常清，出師征之。』及破播仙，奏捷獻凱，參乃作凱歌云。」似謂「西征」與「破播仙」乃同一抵御回紇寇邊之事。然「西征」與「破播仙」發生的地域，相去甚遠，史書中也没有説天寶時回紇曾入寇安西、北庭。且據史書所載，回紇與大唐是長期和好的。又序文内容，亦頗多費解之處。如常清乃岑參上司，岑詩皆尊稱之爲「封大夫」

或「封公」，未嘗直呼其名。另今存岑集各本，《輪臺歌》或《走馬川行》題下俱無此序。故序文是否出自岑參之手，值得懷疑。

〔二〕戎：舊指西方或西北邊域之少數民族。

〔三〕未央宮：漢宮名，此借指唐長安的宮殿。

〔四〕麟閣：即麒麟閣，西漢長安殿閣名，漢宣帝曾畫霍光、蘇武等十一位功臣之像於閣上，以示褒揚。事見《漢書·蘇武傳》。

〔五〕誰數：猶「那數」。貳師：漢貳師將軍李廣利。公元前一〇四年，漢武帝派他率兵擊大宛（漢西域國名），獲勝，得良馬三千餘匹。事見《漢書·李廣利傳》。這句意思説，如今封常清立下大功，李廣利怎麽比得上呢！

〔六〕樓蘭：見《武威送劉單判官……》注〔一九〕。

〔七〕月窟：同「月蝟」，月亮所生之地，言極西方。《漢書·揚雄傳》：「西厭月蝟。」顏師古注引服虔曰：「蝟，音窟穴之窟；月蝟，月所生也。」

〔八〕蒲海：即蒲昌海，今新疆羅布泊。馬：《萬首唐人絶句》作「劍」。

〔九〕葱山：即葱嶺，帕米爾高原和喀喇崑崙山脈諸山的總稱。

〔一〇〕疊鼓：擊鼓。疊，《全唐詩》注：「一作擂。」擁：羣聚而行。

〔一一〕丈：《萬首唐人絶句》作「大」。鵲印：指金印。見《西河郡太守張夫人挽歌》注〔一一〕。摇：

底本作「迎」，此從明抄本、《萬首唐人絶句》、《全唐詩》。

〔二〕大：《萬首唐人絶句》作「天」。龍旗：旗上畫龍爲飾。海：《元和郡縣志》卷四十：「方俗之間……塞外有水，便名爲海。」此指蒲昌海。

〔三〕轅門：古時行軍住宿時，圍車成營，以車轅相向爲門，名轅門。後亦稱一般軍營之門爲轅門。

〔四〕面縛：《左傳》僖公六年：「許男面縛銜璧。」杜注：「縛手於後，唯見其面。」此指敵兵投降。

〔五〕洗兵：洗净兵器，收藏起來。指停止戰争。魚海：泛指湖泊。

〔六〕秣馬：喂馬。龍堆：即白龍堆，今新疆南部庫姆塔格沙漠。其地沙崗起伏，形如臥龍。

題苜蓿烽寄家人〔一〕

苜蓿烽邊逢立春，胡蘆河上淚沾巾〔二〕。閨中祇是空思想〔三〕，不見沙場愁殺人！

【校注】

〔一〕本詩作於北庭任職期間，時爲天寶十四載或十五載初春。詩題《才調集》、《萬首唐人絶句》無「題」字。烽：《才調集》、明抄本、《萬首唐人絶句》、《全唐詩》作「峯」，誤。苜蓿烽：黄文弼《吐魯番考古記》載《伊吾軍屯田殘籍》中有「苜蓿烽」，按伊吾軍在伊州（治所在今新疆哈密）西北三百里天山北甘露川（見《元和郡縣志》卷四〇），則苜蓿烽大抵亦當在伊州境内。

參見程喜霖《從吐魯番出土文書中所見的唐代烽堠制度之一》（載《敦煌吐魯番文書初探》）。

〔二〕胡蘆河：當在伊州附近。柴劍虹謂即《大慈恩寺三藏法師傳》卷一所記玉門關附近之「瓠蘆河」（《胡蘆河考》，載《新疆師大學報》一九八一年一期）。按，伊州距玉門關九百里，疑非是。

〔三〕思想：《才調集》、《萬首唐人絶句》、《全唐詩》作「相憶」。

北庭作〔一〕

雁塞通鹽澤，龍堆接醋溝。孤城天北畔，絶域海西頭〔二〕。秋雪春仍下，朝風夜不休。可知年四十，猶自未封侯！

【校注】

〔一〕天寶十四載（七五五）春作於北庭，時年三十九歲。

〔二〕雁塞：此指險塞。劉宋盛弘之《荊州記》：「雁塞北接梁州汶陽郡，其間東西嶺屬（連）天無際，雲飛風翥，望崖迴翼。（此下缺六字）雁達塞，矯（舉）翼裁（才，僅）度，故名雁塞，同於雁門也。」（《太平御覽》卷九一七引）鹽澤：《漢書·西域傳》：「蒲昌海，一名鹽澤者也。去玉門、陽關三百餘里，廣袤（長）三百里。」即今新疆羅布泊。龍堆：見「凱歌六章」注〔一六〕。醋溝：其地未詳。或謂在白龍堆沙漠北緣，又名酸水。海：疑指蒲類海（今新疆巴里坤

湖）。庭州在蒲類海之西。四句寫庭州的地理形勢。

輪臺即事〔一〕

輪臺風物異，地是古單于〔二〕。三月無青草，千家盡白榆〔三〕。蕃書文字別，胡俗語音殊。愁見流沙北〔四〕，天西海一隅〔五〕。

【校注】

〔一〕作於天寶十四載（七五五）春。

〔二〕古單于：謂古匈奴。《漢書·陳湯傳》：「西域本屬匈奴。」漢初匈奴勢力大盛，天山一帶都歸它統治。

〔三〕白榆：白皮榆樹，又名枌。

〔四〕流沙：沙漠。沙每因風而流動轉移，故稱。

〔五〕這句指輪臺在西方極遠之地。

北庭貽宗學士道別〔一〕

萬事不可料，嘆君在軍中。讀書破萬卷〔二〕，何事來從戎？曾逐李輕車〔三〕，西征

出太蒙〔四〕。荷戈月窟外，擐甲崑崙東〔五〕。兩度皆破胡，朝庭輕戰功。十年祗一命，萬里如飄蓬〔六〕。容鬢老胡塵，衣裘脆邊風。忽來輪臺下〔七〕，相見披心胸。飲酒對春草，彈棋聞夜鐘〔八〕。今且還龜茲〔九〕，臂上懸角弓〔一〇〕。平沙向旅館，匹馬隨飛鴻。孤城倚大磧〔一一〕，海氣迎邊空〔一二〕。四月猶自寒，天山雪濛濛。君有賢主將〔一三〕，何謂泣途窮〔一四〕？時來整六翮〔一五〕，一舉淩蒼穹〔一六〕。

【校注】

〔一〕學士：見《太一石鱉崖口潭舊廬招王學士》注〔一〕。學士當是宗氏從軍前曾任的職務。此詩天寶十四載（七五五）四月作於北庭。

〔二〕「讀書」句：杜甫《奉贈韋左丞丈二十二韻》：「讀書破萬卷，下筆如有神。」杜詩作於天寶七載，在岑詩前。破，過，盡。杜甫《絶句漫興九首》：「二月已破三月來。」此句形容讀書之多。一說，謂熟讀而書卷磨破也。

〔三〕李輕車：漢李廣從弟李蔡爲輕車將軍，擊匈奴右賢王有功，封樂安侯。事見《漢書·李廣傳》。鮑照《代東武吟》：「始隨張校尉，占募到河源；後逐李輕車，追虜窮塞垣。」據下文「十年祗一命」句，知宗學士從軍安西已有很長時間。在封常清前任安西節度使的有高仙芝、王正見，仙芝曾幾度西征，此李輕車可能借指高仙芝。

〔四〕出太蒙：形容極西。太蒙，日入之所。《爾雅·釋地》：「西至日所入爲太蒙。」

〔五〕月窟：見「凱歌六章」注〔七〕。擐甲：着衣甲。兩句言其曾轉戰東西。

〔六〕一命：見《初授官題高冠草堂》注〔二〕。這兩句説，宗學士仍居卑位，未曾升遷，像飄蓬一樣流寓在萬里之外的邊地上。

〔七〕輪臺：參見《赴北庭度隴思家》注〔二〕。

〔八〕彈棋：見《澧頭送蔣侯》注〔三〕。

〔九〕龜兹：安西節度使治所，今新疆庫車。

〔一〇〕角弓：飾似獸角的弓。

〔一一〕孤城：指北庭節度治所，在新疆吉木薩爾北。大磧：大沙漠。

〔一二〕海氣：指海市蜃樓。虞世南《賦得吴都》：「江濤如素蓋，海氣似朱樓。」海市蜃樓常出現於海上或沙漠中，是因光綫折射而産生的一種自然現象。

〔一三〕賢主將：指安西、北庭節度使封常清。

〔一四〕泣途窮：《世説新語·棲逸》注引《魏氏春秋》：「阮籍常率意獨駕，不由徑路，車跡所窮，輒慟哭而反。」

〔一五〕六翮：指善飛之鳥的健羽。《韓詩外傳》卷六：「夫鴻鵠一舉千里，所恃者六翮耳。」又，《古詩十九首·明月皎夜光》：「高舉振六翮。」翮，羽莖，即羽毛上的翎管。

〔一六〕蒼穹：蒼天。

陪封大夫宴瀚海亭納涼 得時字〔一〕

細管雜青絲，千杯倒接羅〔二〕。軍中乘興出，海上納涼時〔三〕。日没鳥飛急，山高雲過遲。吾從大夫後，歸路擁旌旗〔四〕。

【校注】

〔一〕天寶十四載夏作於北庭。瀚海亭：其地未詳。北庭有瀚海軍，或亭因瀚海軍而得名。

〔二〕細管：指管樂器。青絲：青弦，指弦樂器。倒接羅：倒著接羅之意。參見《登涼州尹臺寺》注〔四〕。兩句寫在亭上宴飲奏樂。

〔三〕「海上」句：疑亭近湖泊，故云。

〔四〕擁：持。

登北庭北樓呈幕中諸公〔一〕

嘗讀《西域傳》，漢家得輪臺〔二〕。古塞千年空〔三〕，陰山獨崔嵬〔四〕。二庭近西

海〔五〕，六月秋風來。日暮上北樓，殺氣凝不開〔六〕。大荒無鳥飛〔七〕，但見白龍䭔〔八〕。舊國眇天末〔九〕，歸心日悠哉。上將新破胡〔一〇〕，西郊絶煙埃〔一一〕。邊城寂無事，撫劍空徘徊。幸得趨幕中，託身厠羣才〔一二〕。早知安邊計，未盡平生懷。

【校注】

〔一〕天寶十四載六月作於北庭。

〔二〕「嘗讀」兩句：《西域傳》：指《漢書·西域傳》。據《漢書·李廣利傳》載，武帝遣李廣利攻大宛（漢西域國名），軍過輪臺（漢西域國名，今新疆輪臺縣），破之。又據《漢書·西域傳》載，李廣利破大宛後，「西域震懼」，多遣使入貢，漢於是在輪臺等地置卒屯田，「以給使外國者」，昭帝時亦曾遣屯田卒至輪臺。

〔三〕古塞：指古輪臺。

〔四〕陰山：見《輪臺歌……》注〔八〕。崔嵬：高峻貌。

〔五〕二庭：指漢車師前王庭及後王庭。車師前王庭在交河城（唐西州交河縣治，在今新疆吐魯番西），後王庭在北庭節度使治所庭州金滿縣（今新疆吉木薩爾北）。西海：今新疆博斯騰湖，古稱西海。

〔六〕殺氣：秋日蕭瑟之氣。《禮記·月令》：「仲秋之月……殺氣浸盛，陽氣日衰。」

〔七〕大荒：指西域荒遠之地。

〔八〕白龍堆：即白龍堆，參見《凱歌六章》注〔一六〕。此處泛指沙漠。

〔九〕舊國：指故鄉。眇天末：遠在天邊。

〔一〇〕上將：指封常清。

〔一一〕煙埃：同「煙塵」，此指胡兵來犯。

〔一二〕厕羣才：忝列羣才之中。

滅胡曲〔一〕

都護新滅胡〔二〕，士馬氣亦粗。蕭條虜塵净〔三〕，突兀天山孤〔四〕。

【校注】

〔一〕據詩意，本詩作年當同上篇。

〔二〕都護：參見《初過隴山途中呈宇文判官》注〔八〕。這裏指封常清。

〔三〕虜塵净：指没有敵兵來犯。

〔四〕突兀：高貌。

奉陪封大夫宴 得征字，時封公兼鴻臚卿。〔一〕

西邊虜盡平，何處更專征〔二〕？幕下人無事〔三〕，軍中政已成。座參殊俗語，樂雜異方聲〔四〕。醉裏東樓月，偏能照列卿〔五〕。

【校注】

〔一〕天寶十四載作於北庭。鴻臚卿：鴻臚寺正長官，從三品。掌賓客朝賀、吉凶弔祭及册封諸蕃等事。封常清何時兼鴻臚卿，史傳失載。

〔二〕專征：將帥經特許得自行出兵征伐。

〔三〕幕：幕府。

〔四〕俗語、方聲：指各民族的不同語言和樂曲。

〔五〕列卿：唐太常、光禄、衛尉、宗正、太僕、大理、鴻臚、司農、太府等寺各置卿一人，合稱九卿。這裏指封常清。兩句暗用月卿典故，參見《西河太守杜公輓歌》其一注〔七〕。

敬酬李判官使院即事見呈〔一〕

公府日無事，吾徒只是閑〔二〕。草根侵柱礎，苔色上門關〔三〕。飲硯時見鳥〔四〕，

卷簾晴對山。新詩吟未足，昨夜夢東還。

【校注】

〔一〕天寶十四載作於北庭。李判官：即李栖筠，參見《磧西頭送李判官入京》注〔一〕。使院即事：李判官原詩詩題。使院，節度使官署。

〔二〕吾徒：我輩。

〔三〕門關：門閂。兩句寫使院中門庭冷落景象。

〔四〕飲硯：是説衙中無人，鳥兒常飛進來飲硯池中的水。飲，底本作「映」，此據宋本、明抄本、吴校、《全唐詩》改。

使院中新栽柏樹子呈李十五栖筠〔一〕

愛爾青青色，移根此地來。不曾臺上種〔二〕，留向磧中栽。脆葉欺門柳，狂花笑院梅。不須愁歲晚，霜露豈能摧！

【校注】

〔一〕約天寶十四載作於北庭。中：底本無，從明抄本、吴校、《全唐詩》補。李栖筠：見《磧西頭

送李判官入京》注〔一〕。明抄本、吴校題下注曰：「栖筠者吉甫之父德裕之祖。」顯非作者原注。

〔二〕臺：指御史臺。漢御史府多植柏樹，世因稱御史臺爲柏臺或柏府。《漢書·朱博傳》：「是時御史府吏舍百餘區……中列柏樹，常有野烏數千棲宿其上。」

白雪歌送武判官歸京〔一〕

北風捲地白草折〔二〕，胡天八月即飛雪。忽如一夜春風來〔三〕，千樹萬樹梨花開〔四〕。散入珠簾濕羅幕，狐裘不暖錦衾薄。將軍角弓不得控〔五〕，都護鐵衣冷難着〔六〕。瀚海闌干百丈冰〔七〕，愁雲慘淡萬里凝〔八〕。中軍置酒飲歸客〔九〕，胡琴琵琶與羌笛〔一〇〕。紛紛暮雪下轅門〔一一〕，風掣紅旗凍不翻〔一二〕。輪臺東門送君去，去時雪滿天山路。山迴路轉不見君，雪上空留馬行處。

【校注】

〔一〕天寶十四載八月作於輪臺。據《吐魯番出土文書》，天寶十三載八月武判官在安西，故此詩當作於天寶十四載八月。説詳王素《吐魯番文書中有關岑參的一些資料》（《文史》三十六輯）。

〔二〕白草：西域所産牧草，其莖堅韌。「白草折」形容風極猛烈。
〔三〕如：《唐詩紀事》、《全唐詩》作「然」。
〔四〕梨花：指雪。
〔五〕角弓：飾以獸角的弓。《唐詩紀事》作「雕弓」。控：拉開。
〔六〕都護：見《初過隴山途中呈宇文判官》注〔八〕。
〔七〕瀚海：大沙漠。闌干：縱橫。百丈：底本作「百尺」，此從《全唐詩》；底本、《全唐詩》並注：「一作千尺。」
〔八〕慘淡：陰暗貌。
〔九〕中軍：此借指主帥所居營帳。
〔一〇〕胡琴：泛指西域之琴，非即今日之胡琴。
〔一一〕轅門：見《獻封大夫破播仙凱歌六章》注〔一三〕。
〔一二〕掣：牽曳。《唐詩紀事》作「擊」。翻：飄動。隋虞世基《出塞二首》其二：「霧烽黯無色，霜旗凍不翻。」爲此詩所本。

奉陪封大夫九日登高〔一〕

九日黄花酒〔二〕，登高會昔聞〔三〕。霜威逐亞相〔四〕，殺氣傍中軍〔五〕。横笛驚征

雁，嬌歌落塞雲〔六〕。邊頭幸無事，醉舞荷吾君〔七〕。

【校注】

〔一〕天寶十四載秋作於北庭。九日：陰曆九月九日重陽節，舊時有在此日登高、飲菊花酒的習俗。

〔二〕黃花：菊花。

〔三〕會：合。

〔四〕霜威：喻御史的威風，參見《送韋侍御先歸京》注〔四〕。逐：隨。底本注：「一作從。」亞相：御史大夫，時封常清帶御史大夫銜。參見《輪臺歌奉送封大夫出師西征》注〔一〕、〔一一〕。

〔五〕殺氣：《詩品序》：「或負戈外戍，殺氣雄邊。」殺，底本、明抄本作「煞」，此從《全唐詩》。傍：依附。中軍：謂主帥，此指封常清。軍，底本誤作「原」，此據《全唐詩》改。這兩句説，封有御史的威風和將軍的殺氣。

〔六〕「嬌歌」句：化用秦青撫節歌而「響遏行雲」典故，參見《登涼州尹臺寺》注〔三〕。兩句寫登高後宴飲奏樂情景。

〔七〕醉舞：語出《詩經·魯頌·有駜》：「鼓咽咽，醉言（助詞）舞，於胥（相）樂兮。」荷：蒙受恩惠。吾君：猶「吾子」，對人親熱和尊敬的稱呼。此用以稱呼封常清。

玉門關蓋將軍歌〔一〕

蓋將軍，真丈夫，行年三十執金吾〔二〕，身長七尺頗有鬚。玉門關城迥且孤〔三〕，黄沙萬里百草枯〔四〕，南鄰犬戎北接胡〔五〕。將軍到來備不虞，五千甲兵膽力粗〔六〕，軍中無事但歡娛。暖屋繡簾紅地爐，織成壁衣花氍毹〔七〕。燈前侍婢瀉玉壺〔八〕，金鐺亂點野酡酥〔九〕。紫紱金章左右趨，問着祇是蒼頭奴〔一〇〕。美人一雙閑且都〔一一〕，朱唇翠眉映明矑〔一二〕。清歌一曲世所無，今日喜聞《鳳將雛》〔一三〕。可憐絶勝秦羅敷，使君五馬謾踟躕〔一四〕。野草繡窠紫羅襦，紅牙鏤馬對樗蒲〔一五〕。玉盤纖手撒作盧，衆中誇道不曾輸〔一六〕。櫪上昂昂皆駿駒〔一七〕，桃花叱撥價最殊〔一八〕。騎將獵向城南隅，臘日射殺千年狐〔一九〕。我來塞外按邊儲〔二〇〕，爲君取醉酒剩沽〔二一〕。醉争酒盞相喧呼，忽憶咸陽舊酒徒〔二二〕。

【校注】

〔一〕疑天寶十四載行役經玉門關時所作。玉門關：在今甘肅安西縣東雙塔堡附近，參見《贈酒泉韓太守》注〔二〕。蓋將軍：疑爲河西玉門軍使，名姓與生平未詳；聞一多先生以爲即河

西兵馬使蓋庭倫，疑非是，説見《年譜》。

〔二〕執金吾：漢官名，掌統率禁軍的一部，巡守京師。唐置左右金吾衛將軍，約相當於漢代的執金吾。《舊唐書·職官志》：「秦曰中尉……（漢）武帝改名執金吾，魏復爲中尉……（唐高宗）龍朔二年改爲左右金吾衛，採古名也。」

〔三〕迥：遠。

〔四〕百：明抄本、吴校、《全唐詩》作「白」。

〔五〕「南鄰」句：犬戎，古西戎别名。唐玉門關南鄰吐蕃，北有突厥，故云。

〔六〕兵：《唐詩紀事》作「士」。力：明抄本、吴校作「氣」。

〔七〕壁衣：壁毯。氍毹（qúshū 渠書）：毛織的地毯一類東西。這句寫屋裏擺設奢華，牆上掛着花壁毯。

〔八〕瀉玉壺：用玉壺斟酒。

〔九〕鐺（chēng 撑）：一種平底淺鍋。點：燃火，燒。酡：疑當作「駝」，蓋涉下「酥」字偏旁而致誤；「野駝」一語又見於《酒泉太守席上醉後作》，謂野駱駝。野駝酥：當指一種用野駝峯烹製的松脆食品。

〔一〇〕紫紱金章：紫綬金印。漢代將軍用金印紫綬。這裏借指華貴的服飾。衹：底本、明抄本、吴校作「即」，并注：「一作盡。」此從《全唐詩》。蒼頭：奴僕的别稱。兩句寫奴僕們穿着也極華貴。

〔一一〕閑：通「嫻」，文雅。都：美。

〔一二〕矑（lú盧）：瞳子，眼珠。底本作「眸」，明抄本、吴校作「珠」，此從《唐詩紀事》、《全唐詩》。

〔一三〕《鳳將雛》：古曲名。《樂府詩集》卷四十四引《古今樂録》曰：「吴聲十曲……三曰《鳳將雛》……古有歌，自漢至梁不改，今不傳。」

〔一四〕「可憐」兩句：漢樂府《陌上桑》：「日出東南隅，照我秦氏樓。秦氏有好女，自名爲羅敷。羅敷喜蠶桑，採桑城南隅。……使君從南來，五馬立踟躕。」使君，對太守的稱呼。五馬，漢太守駕車用五匹馬。謾，聊且；空。踟躕，來回走動不願離去。

〔一五〕野草繡窠：有界格的綵繡草紋圖案。唐崔令欽《教坊記》：「《聖壽樂舞》，衣襟皆各繡一大窠，皆隨其衣本色，製純縵（没有彩色花紋的帛）衫，下才及帶，若短汗衫者以籠（罩）之，所以藏繡窠也。舞人初出樂次，皆是縵衣，舞至第二疊，相聚場中，即於衆中從領上抽去籠衫，各納袖中，觀者忽見衆女咸文繡炳焕，莫不驚異。」襦：短襖。紅牙鏤馬：「馬」是古樗蒱戲具之名，用象牙或獸骨製成，上刻有染成紅色的圖紋，故云。唐李肇《國史補》卷下：「洛陽令崔師本，又好爲古之樗蒱，其法三分其子三百六十，限以二關，人執六馬，其骰五枚。」樗蒱（chū初pú葡）：古博戲名，今失傳，其法諸書所載不一，已難詳考。上句寫「美人」衣着，下句言「美人」爲樗蒱之戲。

〔一六〕玉盤：指擲骰用的盤子。撒作盧：據《國史補》卷下等載，樗蒱博具中有骰子五枚（又名五

木），每枚都有上下兩面，一面塗黑，畫犢，一面塗白，畫雉，擲骰後，五個都是黑的，稱爲「盧」，得最高的采，所以下句説「不曾輸」。撒，《全唐詩》注：「一作撥。」這兩句也寫樗蒱之戲。

〔一七〕昂昂：高大貌。

〔一八〕桃花叱撥：良馬名。宋秦再思《紀異録》：「天寶中大宛國進汗血馬六匹，一曰紅叱撥，二曰紫叱撥，……六曰桃花叱撥。」

〔一九〕臘日：古時歲終祭百神之日，漢以冬至後的第三個戌日爲「臘」，唐以大寒後的辰日爲「臘」。

〔二〇〕按：查驗。邊儲：邊地糧草軍械的儲備。疑其時岑任支度判官（協助支度使掌管軍資糧仗的官，位在支度副使之下），故云，説見《年譜》。

〔二一〕剩沽：多買。

〔二二〕忽：《唐詩紀事》作「却」。咸陽：秦都咸陽，這裏借指唐都長安。酒徒：指酒友。

玉關寄長安李主簿〔一〕

東去長安萬里餘，故人何惜一行書。玉關西望堪腸斷〔二〕，況復明朝是歲除。

【校注】

〔一〕本詩作年同上篇。玉關：即玉門關。長安：京兆府長安縣。主簿：指縣主簿，掌縣衙簿書，是縣令的佐吏。

〔二〕堪腸：《萬首唐人絶句》作「腸堪」。

天山雪歌送蕭沼歸京〔一〕

天山雪雲常不開〔二〕，千峯萬嶺雪崔嵬〔三〕。北風夜捲赤亭口〔四〕，一夜天山雪更厚。能兼漢月照銀山〔五〕，復逐胡風過鐵關〔六〕。交河城邊鳥飛絶〔七〕，輪臺路上馬蹄滑。晻靄寒氛萬里凝〔八〕，闌干陰崖千丈冰〔九〕。將軍狐裘臥不暖，都護寶刀凍欲斷。正是天山雪下時，送君走馬歸京師。雪中何以贈君別〔一〇〕，惟有青青松樹枝。

【校注】

〔一〕居北庭期間作。蕭沼：底本原作「蕭治」，據《唐詩紀事》改。按，敦煌寫本伯三六一九有蕭沼缺題邊塞詩一首（參見《全唐詩補編》一五九三頁），可證作「沼」是。

〔二〕雪雲：《唐詩紀事》、《全唐詩》作「有雪」。

〔三〕崔嵬：高峻貌。
〔四〕赤亭口：參見《武威送劉單判官赴安西行營便呈高開府》注〔一一〕。
〔五〕銀山：參見《銀山磧西館》注〔一〕。
〔六〕鐵關：參見《銀山磧西館》注〔三〕。
〔七〕交河城：漢車師前王治交河城，唐爲西州交河縣，在今新疆吐魯番西。鳥飛：《唐詩紀事》、《全唐詩》作「飛鳥」。
〔八〕晻靄：昏暗的樣子。《唐詩紀事》作「晻澹」。
〔九〕闌干：縱横。
〔一〇〕雪：底本、宋本、明抄本、吴校均注：「一作客。」

熱海行送崔侍御還京〔一〕

側聞陰山胡兒語〔二〕，西頭熱海水如煑。海上衆鳥不敢飛，中有鯉魚長且肥。海中有赤鯉。岸旁青草常不歇〔三〕，空中白雪遥旋滅。蒸沙爍石燃虜雲，沸浪炎波煎漢月〔四〕。陰火潛燒天地爐〔五〕，何事偏烘西一隅？勢吞月窟侵太白〔六〕，氣連赤坂通單于〔七〕。送君一醉天山郭〔八〕，正見夕陽海邊落。柏臺霜威寒逼人〔九〕，熱海炎氣爲之薄〔一〇〕。

【校注】

〔一〕居北庭期間作。熱海：見《武威送劉單判官……》注〔二〕。侍御：見《送韋侍御先歸京》注〔一〕。

〔二〕側聞：從旁聽到。陰山：見《輪臺歌》注〔八〕。

〔三〕歇：凋枯。

〔四〕爍石：使石頭融化。虜雲：邊地之雲。兩句形容熱海炎氣之盛。

〔五〕天地爐：參見《經火山》注〔四〕。此以冶鑄喻萬物的生成。

〔六〕勢吞：宋本、明抄本、吴校均注：「一作熱入。」月窟：參見「凱歌六章」注〔七〕。太白：即金星。

〔七〕赤坂：即赤山，指西段火山，在唐西州交河縣，今新疆吐魯番西。説見王素《吐魯番文書中有關岑參的一些資料》（《文史》三十六輯）。單于：指單于都護府。唐高宗麟德元年（六六四）置，轄境在今内蒙古陰山、河套一帶。此兩句謂熱海炎氣極盛，向周圍擴散到極遠之地。

〔八〕天山郭：天山城，當指西州交河縣。縣北有天山，故云。

〔九〕柏臺：御史臺。霜威：形容御史的威嚴。參見《送韋侍御先歸京》注〔四〕。

〔一〇〕之：《唐百家詩選》作「君」，宋本、明抄本、《全唐詩》均注：「一作君。」薄：減弱。

送崔子還京〔一〕

匹馬西從天外歸，揚鞭祇共鳥争飛〔二〕。送君九月交河北〔三〕，雪裏題詩淚滿衣。

【校注】

〔一〕此詩作於西州交河縣，作年同上詩，「崔子」疑即上詩之「崔侍御」。

〔二〕揚鞭：宋刻本、明抄本、吴校均注：「一作翩翩。」兩句寫崔子獲歸喜悦之情和作者欣慕之意。

〔三〕交河：見《天山雪歌送蕭治歸京》注〔七〕。其地有交河，經城北流。

火山雲歌送别〔一〕

火山突兀赤亭口〔二〕，火山五月火雲厚。火雲滿山凝未開，飛鳥千里不敢來。平明乍逐胡風斷，薄暮渾隨塞雨回〔三〕。繚繞斜吞鐵關樹，氛氲半掩交河戍〔四〕。迢迢征路火山東，山上孤雲隨馬去。

【校注】

〔一〕任職北庭期間所作。火山：見《經火山》注〔一〕。

〔二〕突兀：高貌。赤亭口：見《武威送劉單判官赴安西行營便呈高開府》注〔三〕。
〔三〕渾：還。
〔四〕繚繞：迴環旋轉。氛氲：氣盛的樣子。戍：戍所，即駐防地的營壘、城堡。兩句形容雲氣之盛。

胡　歌〔一〕

黑姓蕃王貂鼠裘〔二〕，葡萄宫錦醉纏頭〔三〕。關西老將能苦戰，七十行兵仍未休〔四〕。

【校注】

〔一〕任職北庭期間所作。
〔二〕黑姓：突騎施（西突厥别部，居今哈薩克、吉爾吉斯斯坦一帶）蘇禄部。唐玄宗開元、天寶時，突騎施分爲黄姓（娑葛部）、黑姓二部，互相猜忌、攻擊。參見《新唐書·突厥傳下》。蕃王：底本作「賢王」，此從明抄本、吴校、《全唐詩》。「黑姓蕃王」不一定是實指。
〔三〕葡萄宫錦：宫中特製的織有葡萄花紋的錦緞。纏頭：《通鑒》卷二二三胡三省注：「唐人宴集，酒酣爲人舞，當此禮者以綵物爲贈，謂之纏頭。倡伎當筵舞者亦有纏頭喝賜，杜甫詩所謂『舞罷錦纏頭』者也。」

〔四〕關西老將：《後漢書·虞詡傳》：「諺曰：『關西出將，關東出相。』」關西，指函谷關以西之地。行兵：用兵。此兩句言邊地上蕃王生活逸樂，而關西老將七十歲仍轉戰疆場。

趙將軍歌〔一〕

九月天山風似刀，城南獵馬縮寒毛〔二〕。將軍縱博場場勝〔三〕，賭得單于貂鼠袍〔四〕。

【校注】

〔一〕任職北庭期間所作。趙將軍：疑即「趙節度」，參見後《送郭司馬赴伊吾郡請示李明府》注〔一〕。

〔二〕獵馬：出獵的馬。

〔三〕縱博：指與單于以射獵爲賭。

〔四〕單于：見《輪臺歌》注〔四〕。底本誤作「將軍」，今據明抄本、吴校、《全唐詩》改。

送李別將攝伊吾令充使赴武威便寄崔員外〔一〕

詞賦滿書囊，胡爲在戰場〔二〕。行間脱寶劍，邑裏掛銅章〔三〕。馬疾行千里，鳬飛向五涼〔四〕。遥知竹林下，星使對星郎〔五〕。

【校注】

〔一〕居北庭期間作。别將：武官名，唐行府兵制，諸府各置别將一人。攝：代理。底本作「還」，此從明抄本、吴校、《全唐詩》。伊吾：縣名，唐伊州治所設此，故地在今新疆哈密。員外：即員外郎。

〔二〕「胡爲」句：意謂爲何從戎邊庭。

〔三〕銅章：指縣令之印。漢縣令用銅印。兩句謂李暫時卸去别將和縣令的職務而充任使者。

〔四〕梟飛：謂縣令出行，見《尋少室張山人……》注〔四〕。五涼：參見《題金城臨河驛樓》注〔三〕。

〔五〕星使：使臣之稱，又稱使星，詳見後《送張獻心充副使歸河西雜句》注〔一〇〕。這裏指李别將。星郎：即郎官，參見《送顔平原》注〔一四〕。這裏指崔員外。

送張都尉東歸　時封大夫初得罪〔一〕

白羽緑弓弦〔二〕，年年祗在邊。還家劍鋒盡，出塞馬蹄穿〔三〕。逐虜西踰海〔四〕，平胡北到天。封侯應不遠，燕頷豈徒然〔五〕。

【校注】

〔一〕張都尉王素《吐魯番文書中有關岑參的一些資料》（《文史》三十六輯）謂，《吐魯番出土文書》第十册有「折衝張子奇」，於天寶十三載十一月十五日新任此職，「張都尉」或即此人。都尉，唐行府兵制，每府置折衝都尉一人，左、右果毅都尉各一人，爲統兵官。見《新唐書·兵志》。底本無「張」字，今據宋刻本、明抄本、《全唐詩》補。據《舊唐書·封常清傳》及《通鑑》載，天寶十四載（七五五）十一月，安西、北庭節度使封常清入朝，適值安禄山反於范陽，玄宗遂以常清爲范陽、平盧節度使，赴東都募兵禦賊，十二月，常清兵敗，退守潼關，玄宗大怒，將其處死。所謂「初得罪」即指此事。據此，本詩當爲天寶十五載（七五六）春作於北庭。

〔二〕白羽：箭名。司馬相如《上林賦》：「彎蕃弱（古弓名），滿白羽。」蓋以白色羽毛爲箭羽，故名。緑弓弦：疑即緑沉弓之類。《唐音癸籤》卷十九：「《續齊諧記》云：……命婢取酒，提一緑沉漆盒。王羲之《筆經》：有人以緑沉漆竹管見遺，亦可愛翫。蕭子雲詩云：『緑沉弓項縱，紫艾刀横拔。』恐緑沉如今以漆調雌黄之類，若調緑漆之，其色深沉，故謂之緑沉，非精鐵也。」

〔三〕「還家」兩句：謂張都尉常年轉戰塞上，劍鋒耗盡，馬蹄踏穿，勞苦功高。

〔四〕虜：敵人。西踰海：謂至西方極遠之地。

〔五〕封侯：參見《初過隴山途中呈宇文判官》注〔六〕。頷：口。燕口闊大，「燕頷」即大口。《後

漢書·班超傳》：「相者指曰：『生燕頷虎頸，飛而食肉，此萬里侯相也。』」

送四鎮薛侍御東歸〔一〕

相送淚沾衣，天涯獨未歸。將軍初得罪，門客復何依〔二〕。夢去湖山闊，書停隴雁稀〔三〕。園林幸接近，一爲到柴扉〔四〕。

【校注】

〔一〕四鎮：指安西四鎮龜兹、焉耆、于闐、疏勒。按，《岑詩繫年》斷此詩爲天寶十載所作，然詩曰「將軍初得罪」，而天寶十載安西節度使高仙芝雖兵敗還京，却仍在朝供職，算不上「得罪」，此「得罪」應指天寶十四載十二月封常清兵敗被處斬事。常清兼安西、北庭節度使，四鎮薛侍御亦常清屬下。故此詩當與《送張都尉東歸》同時，而非作於天寶十載。

〔二〕「將軍」兩句：參見《送張都尉東歸》注〔一〕。

〔三〕隴雁：謂飛越隴山傳送書信的雁。相傳雁能傳書，《漢書·蘇武傳》：「昭帝即位數年，匈奴與漢和親。漢求武等，匈奴詭言武死。後漢使復至匈奴，常惠請其守者與俱，得夜見漢使，具自陳道。教使者謂單于：『言「天子射上林中，得雁，足有繫帛書，言武等在某澤中。」』使者大喜，如惠語以讓單于。單于視左右而驚，謝漢使曰：『武等實在。』」

〔四〕柴扉：柴門，指岑在長安的家。

與獨孤漸道别長句兼呈嚴八侍御〔一〕

輪臺客舍春草滿，潁陽歸客腸堪斷〔二〕。窮荒絶漠鳥不飛，萬磧千山夢猶懶〔三〕。憐君白面一書生，讀書千卷未成名。五侯貴門脚不到〔四〕，數畝山田身自耕。興來浪跡無遠近，及至辭家憶鄉信。無事垂鞭信馬頭〔五〕，西南幾欲窮天盡〔六〕。奉使三年獨未歸〔七〕，邊頭詞客舊來稀〔八〕。借問君來得幾日，到家不覺换春衣。高齋清晝卷羅幕〔九〕，紗帽接䍦慵不着〔一〇〕。中酒朝眠日色高〔一一〕，彈棋夜半燈花落〔一二〕。冰片高堆金錯盤〔一三〕，滿堂凛凛五月寒〔一四〕。桂林蒲萄新吐蔓，武城刺蜜未可餐〔一五〕。軍中置酒夜撾鼓〔一六〕，錦筵紅燭月未午〔一七〕。花門將軍善胡歌〔一八〕，葉河蕃王能漢語〔一九〕。知爾園林壓渭濱〔二〇〕，夫人堂上泣紅裙〔二一〕。魚龍川北盤溪雨，鳥鼠山西洮水雲〔二二〕。臺中嚴公於我厚〔二三〕，别後新詩滿人口。自憐棄置天西頭，因君爲問相思否？

【校注】

〔一〕天寶十五載（七五六）春作於輪臺。獨孤漸：生平未詳。長句：唐人稱七言古詩爲長句。

嚴八侍御：謂嚴武。杜甫有《奉贈嚴八閣老》詩，嚴八即嚴武，武字季鷹，華陰（今陝西華陰市）人，時任殿中侍御史（別稱侍御），後官至劍南節度使、黄門侍郎。《新唐書・嚴武傳》：「累遷殿中侍御史，從玄宗入蜀，擢諫議大夫，至德初赴肅宗行在。」玄宗入蜀在天寶十五載六月，此詩當作於嚴武從玄宗入蜀前。

〔二〕潁陽：唐縣名，在今河南登封市西南潁陽鎮。岑參早年曾居潁陽，有少室別業，故以「潁陽歸客」自稱。

〔三〕窮荒：極荒遠之地。絶漠：僻遠的沙漠。夢猶懶：言夢中亦畏路遠懶得歸去。以上四句自述。

〔四〕五侯：參見《送許子擢第歸江寧拜親……》注〔六〕。

〔五〕信馬頭：任馬隨意而行。

〔六〕以上八句寫獨孤漸。

〔七〕奉使：奉命爲使，乃詩人自指，意謂在邊地供職。三年：岑天寶十三載（七五四）赴北庭，至天寶十五載（七五六）春，時近三年。

〔八〕詞客：猶言「文人」。舊：同「久」。

〔九〕羅：《全唐詩》作「帷」。

〔一〇〕紗帽：夏季的涼帽，以紗製成。接䍦：即白接䍦，一種頭巾。慵：懶散。

〔一一〕中酒：醉酒。

〔一二〕彈棋：古代的一種博戲。
〔一三〕冰片：古人冬季以窖藏冰，夏日取置盤中，用來降温。金錯盤：鑲有金色花紋圖案的盤子。
〔一四〕凛凛：寒冷貌。以上六句乃預想獨孤漸歸去後的生活。
〔一五〕桂林：當爲西域地名。柴劍虹謂即「洿林」之誤（《桂林武城考》，載《武漢師院學報》一九八一年第二期）。據《吐魯番出土文書》第七册三一八頁，洿林爲西州交河縣（在今新疆吐魯番市西）下屬城名。武城：西州高昌縣下屬城名（見《吐魯番出土文書》第三册二一六頁）。馮承鈞《西域地名》增訂本謂其在哈剌和卓城（在今吐魯番市東南）西五里。刺蜜：一種草。《元和郡縣志》卷四十謂：西州前庭縣（原高昌縣，治今哈剌和卓城）「澤間有草，名爲羊刺，其上生蜜，食之與蜂蜜不異，名曰刺蜜。」兩句轉寫當時西域的氣候特徵，與首句「輪臺客舍春草滿」相應，且引起下文，表明置酒飲宴的時間。
〔一六〕撾：擊。
〔一七〕錦筵：華美的筵席。月未午：指從月亮的位置看，還不到午夜時分。
〔一八〕花門：據《新唐書·地理志》載，居延海（在今内蒙古額濟納旗北境）「又北三百里有花門山堡」。其地本唐置，天寶時爲回紇所據。杜甫《留花門》，以花門稱回紇，此以花門借指西域少數民族。
〔一九〕葉河：《新唐書·地理志》：「又渡葉葉河（今錫爾河）七十里有葉河守捉。」葉河守捉屬北庭節度使領轄，地在今新疆烏蘇市境（參見馮承鈞《西域地名》）。

〔二〇〕壓：臨。渭：渭水。

〔二一〕夫人：當指太夫人，故云「堂上」。紅：宋本、明抄本、吴校、《全唐詩》作「羅」。

〔二二〕魚龍川：即龍魚川（《水經注》作「龍魚川」，《太平御覽》卷六十五引作「魚龍川」），汧水的一段。據《水經注·渭水》，汧水（今名千河，源出甘肅六盤山南麓，東南流入渭水）有二源，「一水出縣（指汧縣，今陝西隴縣南）西山，世謂之小隴山……其水東北流歷澗，注以成淵，潭漲不測，出五色魚，俗以爲靈，而莫敢採捕，因謂是水爲龍魚水，自下亦通謂之龍魚川。」又一源出縣西汧山，二源相會，「自水會上下，咸謂之龍魚川。」盤溪：未詳。劉滿《唐詩兩地名考辨》（載《學林漫録》第十集）以爲指涇州潘原縣（在今甘肅平涼市東）之潘谷水。盤，宋刻本作「磐」。鳥鼠山：在甘肅渭源縣西，渭水源出於此。洮水：今甘肅洮河，在鳥鼠山之西。兩句寫渭水附近風物，與上「知爾園林壓渭濱」句相呼應。

〔二三〕臺：指御史臺，中央掌監察的官署。

優鉢羅花歌 并序〔一〕

參嘗讀佛經，聞有優鉢羅花，目所未見。天寶景申歲〔二〕，參忝大理評事〔三〕，攝監察御史〔四〕，領伊西北庭支度副使〔五〕。自公多暇〔六〕，乃於府庭内栽樹種藥，爲山

鑿池〔七〕，婆娑乎其間〔八〕，足以寄傲〔九〕。交河小吏有獻此花者，云得之於天山之南。其狀異於衆草，勢巃嵸如冠弁；嶷然上聳，生不傍引〔一〇〕；攢花中拆〔一一〕，駢葉外包〔一二〕；異香騰風〔一三〕，秀色媚景〔一四〕。因賞而嘆曰：「爾不生於中土，僻在遐裔〔一五〕，使牡丹價重，芙蓉譽高〔一六〕，惜哉！」夫天地無私，陰陽無偏〔一七〕，各遂其生，自物厥性〔一八〕，豈以偏地而不生乎？豈以無人而不芳乎？適此花不遭小吏〔一九〕，終委諸山谷〔二〇〕，亦何異懷才之士，未會明主，擯於林藪耶〔二一〕？因感而爲歌。歌曰：

白山南〔二二〕，赤山北〔二三〕，其間有花人不識，緑莖碧葉好顔色。葉六瓣，花九房〔二四〕，夜掩朝開多異香，何不生彼中國兮生西方〔二五〕？移根在庭，媚我公堂〔二六〕。耻與衆草之爲伍，何亭亭而獨芳〔二七〕！何不爲人之所賞兮，深山窮谷委嚴霜。吾竊悲陽關道路長〔二八〕，曾不得獻於君王〔二九〕。

【校注】

〔一〕天寶十五載（七五六）作於北庭。優鉢羅花：花名。梵語的音譯，意譯稱青蓮花、紅蓮花等。唐慧苑《華嚴經音義》卷上：「優鉢羅……花號也。其葉狹長，近下小圓，向上漸尖。佛眼似之，經多爲喻。其花莖似藕稍有刺也。」按，此花中國稱「雪蓮」，葉子長橢圓形，花多深紅色，

花瓣薄而狹長，外有葉狀包片。生長於新疆、西藏、雲南等地高山中。

〔二〕景申：即丙申，天寶十五載，唐人避唐高祖李淵父李昞之諱，改「丙」爲「景」。明抄本、吴校、《全唐詩》作「庚申」，係不明唐諱而妄改。

〔三〕忝：謙詞，愧居。大理評事：官名，唐大理寺（掌刑獄的官署）置評事十二人，從八品下，掌出外推求、審察案情。

〔四〕攝：代理。監察御史：唐御史臺置監察御史十員，正八品上，掌糾察内外官吏、監諸軍等事。

〔五〕伊西：伊州、西州，隸北庭節度。據《新唐書·方鎮表》，開元十五年「分伊西、北庭置二節度使」。十九年「合伊西、北庭二節度爲安西四鎮北庭經畧、節度使。」二十九年「復分置安西四鎮節度，治安西都護府；北庭伊西節度，治北庭都護府」。北庭伊西節度又稱北庭節度或伊西節度。支度副使：節度使僚屬。唐制，節度使兼支度、營田等使，則各置副使（參見《新唐書·百官志》），支度副使是協助支度使管理軍資糧仗的官。支度，各本原作「度支」，聞一多《岑嘉州繫年考證》：「户部郎官稱度支，各道節度使屬僚之判官當稱支度，二名各不相混，説詳錢大昕《十駕齋養新録》十。岑集《優鉢羅花歌》序稱『度支副使』，必傳寫誤倒。」今從其説校改。

〔六〕公：公門，官府。《詩經·召南·羔羊》：「退食自公。」毛傳：「公，公門也。」

〔七〕爲：整治，修造。

〔八〕婆娑：盤桓，停留。

〔九〕寄傲：寄託傲世之情。陶淵明《歸去來兮辭》：「倚南窗以寄傲，審容膝之易安。」

〔一〇〕巃嵸：聚集貌。弁：古代的一種帽子。嶷然：高貌。引：伸。以上三句寫優鉢羅的花葉集中長在莖的上端，不往旁邊生發。

〔一一〕攢：聚集。拆：開。

〔一二〕駢葉：并生葉。

〔一三〕騰風：底本缺，據明抄本、吴校、《全唐詩》補。

〔一四〕景：日光。句謂秀麗之色在日光下更顯得可愛。

〔一五〕遐裔：遥遠的邊地。

〔一六〕芙蓉：荷花。

〔一七〕陰陽：陰陽二氣，古人認爲萬物由它們生成。

〔一八〕遂：順。《莊子·在宥》：「吾又欲官陰陽，以遂羣生。」王先謙《莊子集解》：「成云：欲象陰陽，設官分職。遂，順也。」物：用如動詞，形成。此兩句言天地、陰陽順從萬物的生成，使它們各具有自己的質性。

〔一九〕適：若，如果。

〔二〇〕委：棄。

〔二一〕擯：棄。林藪：山林草澤。

〔二三〕白山：即天山。《元和郡縣志》卷四〇：「天山，一名白山。」
〔二三〕赤山：指西段火山。見《熱海行送崔侍御還京》注〔六〕。
〔二四〕房：指花冠、花瓣。
〔二五〕中國：同「中土」，猶内地。
〔二六〕公堂：官署。
〔二七〕亭亭：孤峻高潔貌。
〔二八〕陽關：參見《過酒泉憶杜陵别業》注〔五〕。
〔二九〕曾：乃。

首秋輪臺〔一〕

異域陰山外，孤城雪海邊〔二〕。秋來唯有雁，夏盡不聞蟬。雨拂氊牆濕，風摇毳幕羶〔三〕。輪臺萬里地，無事歷三年。

【校注】

〔一〕至德元載（七五六）秋作於輪臺。首秋：陰曆七月。
〔二〕陰山、雪海：見《輪臺歌》注〔八〕。

〔三〕毳幕：氈帳。羶：羊膻氣。

送郭司馬赴伊吾郡請示李明府 郭子是趙節度同好〔一〕

安西美少年，脱劍卸弓弦〔二〕。不倚將軍勢〔三〕，皆稱司馬賢。秋山城北面，古治郡東邊〔四〕。江上舟中月，遥思李郭仙〔五〕。

【校注】

〔一〕至德元載秋作於北庭。司馬：即行軍司馬，唐節度使僚屬，掌輔佐節度使處理軍政事務。《通鑑》卷二一六胡三省注：「唐制，行軍司馬位節度副使之上，天寶以後，節鎮以爲儲帥。」伊吾郡：即伊州，天寶元年改名伊吾郡，治所在今新疆哈密。請示：猶告示，以事曉告於人，這裏指傳達政、軍令或公事。李明府：唐稱縣令爲明府。「李明府」即《送李別將攝伊吾令充使赴武威便寄崔員外》詩中的「李别將」，當時兼任伊吾縣令。趙節度：據《舊唐書·封常清傳》及《玄宗紀》載，天寶十四載十一月封常清入朝，值安禄山反，朝廷命常清赴東都募兵討賊；趙節度當即繼常清之後任北庭節度使者，生平未詳，聞一多認爲可能就是《舊唐書·高仙芝傳》中的「疏勒守捉使趙崇玭」。參見後《送劉郎將歸河東》注〔五〕。同好：愛好相同者。此注文底本無，據宋本、明抄本、吴校、《全唐詩》校補。

〔二〕「脱劍」句：謂郭暫時卸去軍職，充任赴伊吾的使者，意近前《送李别將……》一詩中的「行間脱寶劍，邑里掛銅章」。

〔三〕將軍：指趙節度。

〔四〕山：指天山。城：指伊吾郡城。據《元和郡縣志》卷四十，天山在「（伊）州北百二十里」。古治：指伊州治所伊吾縣，其地「本後漢伊吾屯」（見《元和志》卷四十）。兩句寫伊吾地勢。

〔五〕江：宋本、明抄本、吴校作「池」。李郭仙：「李」指李膺，東漢末年「黨人」首領，反對宦官專權，在「黨錮之禍」中被殺；「郭」即郭泰，東漢名士，《後漢書·郭泰傳》：「（泰）遊於洛陽，始見河南尹李膺。膺大奇之，遂相友善，於是名震京師。後歸鄉里，衣冠諸儒，送至河上，車數千輛。林宗（郭泰字）唯與李膺同舟而濟，衆賓望之以爲神仙焉。」這裏用以喻李明府、郭司馬。

醉裏送裴子赴鎮西〔一〕

醉後未能别，醒時方送君〔二〕。看君走馬去，直上天山雲〔三〕。

【校注】

〔一〕鎮西：據《新唐書·地理志》，安西至德元載（《新唐書·方鎮表》作「二載」）更名鎮西。據詩題及詩中「直上天山雲」句，此詩當爲至德二載東歸前作於北庭。

〔二〕醒時：《全唐詩》作「待醒」。
〔三〕由北庭至安西須翻越天山，兩句正寫走馬將越天山的奇特景象。

酒泉太守席上醉後作〔一〕

酒泉太守能劍舞，高堂置酒夜擊鼓。胡笳一曲斷人腸〔二〕，座上相看淚如雨。琵琶長笛曲相和，羌兒胡雛齊唱歌〔三〕。渾炙犂牛烹野駝〔四〕，交河美酒金叵羅〔五〕。三更醉後軍中寢，無奈秦山歸夢何〔六〕！

【校注】

〔一〕疑至德二載（七五七）春東歸途中所作。酒泉：即肅州，天寶元年改爲酒泉郡，治所在今甘肅酒泉。
〔二〕胡笳：參見《胡笳歌送顔真卿使赴河隴》注〔一〕。
〔三〕胡雛：胡兒。
〔四〕渾炙：整烤。犂牛：毛色黄黑相雜的牛。野駝：野駝峯，古人以爲食物中的珍品。
〔五〕交河：見《初過隴山途中呈宇文判官》注〔九〕。其地盛産葡萄酒。叵羅：古代酒器。
〔六〕秦山：即終南山。

卷三　編年詩　起至德二載夏，訖代宗寶應元年

行軍二首　時扈從在鳳翔〔一〕

吾竊悲此生，四十幸未老〔二〕。一朝逢世亂〔三〕，終日不自保。胡兵奪長安〔四〕，宮殿生野草。傷心五陵樹〔五〕，不見二京道〔六〕。我皇在行軍〔七〕，兵馬日浩浩。胡雛尚未滅〔八〕，諸將懇征討〔九〕。昨聞咸陽敗〔一〇〕，殺戮盡如掃〔一一〕。積屍若丘山，流血漲豐鎬〔一二〕。干戈礙鄉國〔一三〕，豺虎滿城堡〔一四〕。邨落皆無人，蕭條空桑棗〔一五〕。儒生有長策〔一六〕，無處豁懷抱〔一七〕。塊然傷時人〔一八〕，舉首哭蒼昊〔一九〕！

【校注】

〔一〕行軍：猶行營。指隨肅宗駐扎在鳳翔的軍隊（御營）。天寶十五載（七五六）六月，安禄山攻陷長安。七月，李亨在靈武即位，改元至德，是爲肅宗。至德二載（七五七）二月，肅宗從靈武進至鳳翔（今陝西鳳翔）。同年六月前，作者自北庭歸抵鳳翔。六月，經杜甫、裴薦等舉

薦，任右補闕諫官職，此詩即作於授職後。扈從：隨從天子車駕的人。《全唐詩》題作「行軍詩二首」。

〔二〕四十：係約舉成數，岑參時年四十有一。

〔三〕世亂：指安史之亂。

〔四〕胡兵：安史軍中多奚、契丹、突厥、同羅、室韋等族人，故稱。

〔五〕五陵：見《與高適薛據同登慈恩寺浮圖》注〔一二〕。時長安失陷，故有此語。

〔六〕二京：唐以長安爲西京，洛陽爲東京，合稱「二京」。東京於天寶十四載十二月陷落。

〔七〕我皇：指肅宗。

〔八〕胡雛：猶「胡兒」，指安史叛軍。

〔九〕懇：請求。

〔一〇〕咸陽：秦朝建都咸陽，地在今陝西咸陽市東，此借指長安。至德元載十月，宰相房琯自請爲持節、招討西京兼防禦蒲、潼兩關兵馬、節度等使，率軍恢復長安。官軍分爲南、中、北三軍，十二月一日，中、北兩軍在陳陶澤（一名陳濤斜，在咸陽市東）與安禄山部將安守忠遭遇，大戰慘敗，士卒死者四萬餘。琯自率南軍戰，又敗。事見《通鑑》卷二一九。

〔一一〕盡如掃：形容殺戮皆盡。盡，《全唐詩》作「浄」，底本、明抄本、吴校並注：「一作浄。」

〔一二〕豐鎬：豐（灃）水和鎬水。豐水，見《灃頭送蔣侯》注〔一〕。鎬水，《類編長安志》卷六：「鎬

水，按《長安圖》，本南山石鱉谷水……西北入石巷口，灌昆明池。北入古鎬京，謂之鎬水。又北經滮池，西北合於豐。」豐，底本誤作「澧」，今從明抄本、吴校、《全唐詩》校改。

〔一三〕礙：遮蔽。鄉國：家鄉。

〔一四〕豺虎：喻安史叛軍。

〔一五〕條：底本作「然」，此從明抄本、吴校、《全唐詩》。

〔一六〕儒生：作者自指。長策：良策。

〔一七〕豁：敞開。據杜確《〈岑嘉州詩集〉序》稱，時岑參「入爲右補闕，頻上封章，指述權佞」，遭受朝廷一些權貴的排擠，雖屢有奏策而不爲肅宗所用，故有此語。

〔一八〕塊然：孤獨之狀。

〔一九〕蒼昊：蒼天。底本此兩句前空十字，明缺二句待補；明抄本、吴校、《全唐詩》等不空。

早知逢世亂，少小謾讀書〔一〕。悔不學彎弓〔二〕，向東射狂胡。偶從諫官列，謬向丹墀趨〔三〕。未能匡吾君〔四〕，虚作一丈夫。撫劍傷世路〔五〕，哀歌泣良圖〔六〕。功業今已遲，覽鏡悲白鬚。平生抱忠義，不敢私微軀〔七〕。

【校注】

〔一〕謾：通「莫」。

〔二〕彎弓：拉弓，此指代武藝。

〔三〕從：加入，跟隨。謬：妄。丹墀：古時皇宫前的石階塗成紅色，故名。此兩句意謂自己本來不配做諫官，向丹墀朝覲皇帝。

〔四〕匡：輔助。

〔五〕撫劍：以手按劍，表示激昂。傷世路：哀世途多艱，指國家遭遇危難。

〔六〕泣良圖：哀傷自己空有良謀而不得施用。泣，底本注：「一作乏。」

〔七〕私：愛惜。

鳳翔府行軍送程使君赴成州〔一〕

程侯新出守〔二〕，好日發行軍。拜命時人羨〔三〕，能官聖主聞。江樓黑塞雨〔四〕，
山郭冷秋雲〔五〕。竹馬諸童子〔六〕，朝朝待使君〔七〕。

【校注】

〔一〕作於至德二載秋。鳳翔府：據《元和郡縣志》卷二，扶風郡「至德元年改爲鳳翔郡，乾元元年改爲鳳翔府」。《新唐書·地理志》則稱：「至德元載更郡曰鳳翔，二載復郡故名，號西京，爲府。」使君：州郡長官之稱。成州：《新唐書·地理志》：成州同谷郡「本漢陽郡，治上禄，天

寶元年更名，寶應元年没吐蕃」。上禄即今甘肅成縣。

〔二〕出守：指出任成州刺史。

〔三〕拜命：拜受君命。

〔四〕江樓：泛言江邊之樓，上禄南臨嘉陵江支流西漢水，故云。塞：指上禄地勢險要。《元和郡縣志》卷二十二：上禄「有山曰仇池，地方百頃，其地險固」。山上「有自然樓櫓却敵，分置均調，有如人功。上有數萬人家，一人守道，萬夫莫向」。

〔五〕山郭：指上禄縣城。

〔六〕竹馬：兒童遊戲之具，截竹爲之。據《後漢書・郭伋傳》載，伋於漢光武帝時任并州刺史，「始至行部（漢刺史巡行所轄郡縣謂之「行部」），到西河（漢郡名）美稷（漢縣名），有童兒數百，各騎竹馬，於道次迎拜，伋問『兒曹（兒輩）何自遠來？』對曰：『聞使君到，喜，故來奉迎。』」

〔七〕使君：指郭伋。此用以喻程使君。

宿岐州北郭嚴給事别業〔一〕

郭外山色暝，主人林館秋。疏鐘入臥内〔二〕，片月到牀頭。遥夜惜已半〔三〕，清言殊未休〔四〕。君雖在青瑣〔五〕，心不忘滄洲〔六〕。

【校注】

〔一〕至德二載（七五七）秋作於鳳翔。岐州：唐州名，天寶元年改名扶風郡，至德元年改爲鳳翔郡。此用舊稱。嚴給事：即嚴武。給事，給事中。唐代門下省置給事中四員，掌審讀朝廷文書，駁正違失等事。《新唐書·嚴武傳》：「至德初赴肅宗行在，房琯以其名臣子，薦爲給事中。」明抄本、吴校「事」下有「中」字。

〔二〕疏鐘：稀疏的鐘聲。

〔三〕遥夜：長夜。

〔四〕清言：清談。殊：猶。

〔五〕青瑣：指朝廷。

〔六〕滄洲：謂隱者所居。

行軍九日思長安故園　時未收長安〔一〕

强欲登高去〔二〕，無人送酒來〔三〕。遥憐故園菊，應傍戰場開！

【校注】

〔一〕至德二載（七五七）重陽節作於鳳翔。行軍：行營。九日：陰曆九月九日重陽節。據《舊唐

書・肅宗紀》載，唐軍於至德二載九月癸卯（二十八日）收復長安。隋江總《於長安歸還揚州九月九日行薇山亭賦韻》曰：「心逐南雲逝，形隨北雁來。故鄉籬下菊，今日幾花開？」本詩即步其原韻而作。

〔二〕登高：古人在重陽節有登高飲菊花酒的習俗。《續齊諧記》：「汝南桓景，隨費長房遊學累年，長房謂曰：『九月九日，汝家當有災，宜急去令家人各作絳囊，盛茱萸以繫臂，登高飲菊花酒，此禍可除。』景如言，齊家登山。夕還，見鷄犬牛羊一時暴死。長房聞之，曰：『此可代也。』今世人登高飲酒，婦人帶茱萸囊，蓋始於此。」按，重九飲菊花酒事又見《列仙傳》、《西京雜記》，所説不同。

〔三〕送酒：用晉江州刺史王弘給陶淵明送酒的故事。《藝文類聚》卷四引《續晉陽秋》：「陶潛嘗九月九日無酒，出宅邊菊叢中，摘菊盈把，坐其側。久之，望見白衣人至，乃王弘送酒也，即便就酌，醉而後歸。」

送王著赴淮西幕府作〔一〕

燕子與伯勞，一西復一東〔二〕。天空信寥廓〔三〕，翔集何時同。知己悵難遇，良朋非易逢。憐君心相親，與我家又通〔四〕。言笑日無度〔五〕，書劄凡幾封。湛湛萬頃陂，

森森千丈松〔六〕。不知有機巧，無事干心胸〔七〕。滿堂皆酒徒，豈復羨王公。早年抱將略，累歲依幕中。昨者從淮西，歸來奏邊功〔八〕。承恩長樂殿〔九〕，醉出明光宮〔一〇〕。逆旅悲寒蟬〔一一〕，客夢驚飛鴻。發家見春草，却去聞秋風〔一二〕。月色冷楚城，淮光透霜空〔一三〕。各自務功業，當須激深衷〔一四〕。別後能相思，何嗟山萬重〔一五〕。

【校注】

〔一〕至德二載（七五七）秋作於鳳翔，説見注〔八〕及注〔一二〕。王著：生平未詳。淮西幕府：指淮南西道節度使幕。《通鑑》至德元載：「十二月，置淮南節度使，領廣陵等十二郡，以（高）適爲之；置淮南西道節度使，領汝南等五郡，以來瑱爲之；使與江東節度使韋陟共圖（永王）璘。」胡三省注：「淮南西道節度使，領蔡州汝南郡、鄭州滎陽郡、許州潁川郡、光州弋陽郡、申州義陽郡。」詩題：《全唐詩》作「送王著作赴淮西幕府」。

〔二〕「燕子」兩句：比喻即將與王別離，各自東西。語本古樂府《東飛伯勞歌》：「東飛伯勞西飛燕。」

〔三〕信：誠。

〔四〕家又通：謂通家，即世交。

〔五〕無度：無節制。

〔六〕湛湛（chén 臣）：深貌。陂：池塘。東漢郭太贊譽黄憲（字叔度）曰：「叔度汪汪如萬頃之陂，澄之不清，擾之不濁，其器深廣，難測量也。」見《世説新語·德行》。森森：形容樹木茂盛繁密。千丈松：《世説新語·賞譽》：「庾子嵩目和嶠森森如千丈松，雖磊砢有節目，施之大厦有棟梁之用。」兩句贊美王的器量、才幹不凡。

〔七〕「不知」兩句：意謂王心地純净，不知機變巧詐，胸中不受塵事干犯。

〔八〕奏邊功：據《通鑒》，當指至德二載二月奏報永王璘敗死事。

〔九〕承：底本作「乘」，據《全唐詩》改。長樂殿：漢宫殿名，本秦興樂宫，高帝五年重修，改名長樂宫，故址在今陝西省西安市北。

〔一〇〕明光宫：漢宫殿名。二殿均至德二載二月至十月肅宗在鳳翔時居處。

〔一一〕逆旅：客舍。

〔一二〕發家：指從淮西任所出發來鳳翔的時候。却：返，回。兩句言來時正值春日（至德二載二月），歸去已是秋天。據此，本詩當作於至德二載秋。

〔一三〕楚城：淮西節度的一部分轄地戰國末期屬楚，故云。淮光：指淮水反射的月光。霜空：秋空。兩句寫淮西秋夜之景，點出王所要去的地方。

〔一四〕激深衷：激發起深藏於内心的感情。

〔一五〕萬：《全唐詩》作「水」。

行軍雪後月夜宴王卿家 得初字〔一〕

子夜雪華餘〔二〕，卿家月影初。酒香薰枕席，爐氣暖軒除〔三〕。晚歲宦情薄〔四〕，行軍歡宴疏。相逢剩取醉〔五〕，身外盡空虛。

【校注】

〔一〕至德二載初冬作於鳳翔。行軍：猶行營。卿：官名，參見《奉陪封大夫宴》注〔五〕。底本無題下注語，今據明抄本、吴校補。

〔二〕子夜：即子時，指夜半十一時至一時。華：同「花」。

〔三〕軒除：「軒」是樓板或檻板，「除」是臺階，這裏指居室。

〔四〕宦情：做官的念頭。

〔五〕剩：儘；儘量。

送弘文李校書往漢南拜親〔一〕

未識先已聞〔二〕，清辭果出羣。如逢禰處士〔三〕，似見鮑參軍〔四〕。夢暗巴山

雨〔五〕，家連漢水雲。慈親思愛子，幾度泣沾裙。

【校注】

〔一〕乾元元年（七五八）春作於長安。弘文：弘文館，屬門下省，掌詳正圖籍，教授生徒。官屬有校書郎二人，從九品上。李校書：李舟。杜甫《送李校書二十六韻》：「李舟名父子，清峻流輩伯。……十九授校書，二十聲輝赫。……乾元元年春，萬姓始安宅。舟也衣彩衣，告我欲遠適。倚門固有望，斂衽就行役。……長雲濕褒斜，漢水饒巨石。」詩即與岑同送之作。說詳陶敏《杜甫交遊續考》（《杜甫研究學刊》一九八九年二期）。舟字公受，隴西成紀人。十六歲登第，歷任監察御史、殿中侍御史，金部、吏部員外郎，陝州、虔州刺史，賜爵隴西縣公。年四十八卒。事見梁肅《李舟墓誌銘》。漢南：指今陝西漢中地區漢水以南之地。

〔二〕先已：《全唐詩》作「已先」。

〔三〕禰處士：即禰衡，字正平，東漢平原般（今山東陵縣東北德平鎮）人，年少有才辯。《後漢書》有傳。

〔四〕鮑參軍：即鮑照，字明遠，東海（今江蘇漣水縣北）人。宋、齊間著名詩人，有《鮑參軍集》十卷傳世。

〔五〕巴山：指綿亘於川陝兩省邊境的大巴山脈。巴山在漢水之南，李父疑居今陝西南部巴山、漢水之間。

奉和中書賈至舍人早朝大明宮〔一〕

鷄鳴紫陌曙光寒，鶯囀皇州春色闌〔二〕。金闕曉鐘開萬户，玉階仙仗擁千官〔三〕。花迎劍珮星初落，柳拂旌旗露未乾〔四〕。獨有鳳凰池上客〔五〕，《陽春》一曲和皆難〔六〕。

【校注】

〔一〕作於乾元元年（七五八）春末，時岑參在長安任右補闕。奉和：隨他人詩題作詩（可按或不按原詩韻），謂之「和」（也叫「酬」）。賈至：字幼鄰，一作幼幾，洛陽人。天寶元年擢明經第。肅宗至德元載至乾元元年春，任中書舍人（唐時中書省置中書舍人六人，掌參議表章、制誥等），兩《唐書》有傳。賈至原賦題作《早朝大明宮呈兩省僚友》。杜甫有《奉和賈至舍人早朝大明宮》，王維有《和賈舍人早朝大明宮之作》，皆同和之作。大明宮：即東内，原名永安宮，貞觀八年（六三四）置，九年改名大明宮，高宗時改名蓬萊宮，後又改爲大明宮。有含元、宣政、紫宸三殿，爲朝會行儀之處。詩題《全唐詩》作「奉和中書舍人賈至早朝大明宮」；《文苑英華》作「和早朝大明宮」，並注：「崔顥，一作岑參。」作崔顥者誤。

〔二〕紫陌：指京師的街路。曙，《文苑英華》作「曉」。皇州：謂帝都。闌：盡，晚。上句言上朝

時間之早，下句點出春深時令。色，《文苑英華》作「欲」。

〔三〕金闕：即宮闕。闕，宋本作「鏁（鎖）」。曉：《文苑英華》作「曙」。萬户：指皇宮的千門萬户。玉階：指皇宮的臺階。仙仗：皇帝的儀仗。據《新唐書・儀衛志》，朝會之仗有五，以諸衛爲之，「皆帶刀捉仗，列坐於東西廊（宣政殿東西廊）下。」擁：聚。兩句寫早朝時盛況。

〔四〕劍珮：《舊唐書・輿服志》：「朝服，冠，幘，纓……劍，珮，綬，一品已下，五品以上，陪祭、朝饗、拜表大事則服之。七品已上，去劍，珮，綬，餘并同。」珮，玉佩。星初落：天剛亮。落，《文苑英華》作「没」。兩句中，花、柳寫春景，星初落、露未乾寫時間之早。

〔五〕獨：《文苑英華》作「别」。鳳凰池：指中書省。本義爲御花園中的池沼。魏晉以後，中央政府設中書省，多以公卿爲中書令。中書省執掌機要，接近皇帝，易受寵任，故稱爲鳳凰池。《晉書・荀勖傳》：「勖自中書監除尚書令，人賀之。勖曰：『奪我鳳凰池，諸君何賀邪？』」客：指賈至。《文苑英華》作「閣」。

〔六〕《陽春》：即古樂曲名，屬於高級曲調。宋玉《對楚王問》：「客有歌於郢中者，其始曰《下里》、《巴人》，國中屬而和者數千人；其爲《陽阿》、《薤露》，國中屬而和者數百人；其爲《陽春》、《白雪》，國中屬而和者不過數十人……是其曲彌高，其和彌寡。」皆：《文苑英華》作「仍」。

西掖省即事〔一〕

西掖重雲開曙輝，北山疏雨點朝衣〔二〕。千門柳色連青瑣，三殿花香入紫微〔三〕。

平明端笏陪鵷列〔四〕，薄暮垂鞭信馬歸〔五〕。官拙自悲頭白盡，不如巖下偃荆扉〔六〕。

【校注】

〔一〕本詩作年同上篇。西掖省：唐門下、中書兩省在禁中左右掖，稱掖省。西掖省即中書省，又稱西省，詳見下《寄左省杜拾遺》注〔一〕。

〔二〕北山：指龍首山，在唐長安北；頭臨渭水，尾達樊川，大明宫即建在山原上。朝衣：上朝穿的禮服。

〔三〕千門：謂宫殿之千門萬户。《漢書・東方朔傳》：「今陛下以城中爲小，圖起建章，左鳳闕，右神明，號稱千門萬户。」青瑣：古時宫門上鏤刻的青色圖案。《漢書・元后傳》顔師古注：「孟康曰：『以青畫户邊鏤中，天子制也。』師古曰：『青瑣者，刻爲連環文而以青塗之也。』」瑣，底本作「鎖」，此從《全唐詩》。三殿：《玉海》卷一六〇引《兩京記》：「三殿者，麟德殿也。一殿而有三面，故名。」徐松《唐兩京城坊考》卷一：唐大明宫有麟德殿，「殿有三面，南有閤，東西有樓，故曰三殿。……凡内宴多於此。」紫微：指朝會時皇帝所在的宫殿，詳見《寄左省杜拾遺》注〔二〕。兩句寫宫殿景色。

〔四〕端笏：用雙手拿着上朝的手板。鵷列：喻朝官的行列。

〔五〕信：任隨，聽任。

〔六〕偃荆扉：偃息於柴門之中，指代隱居。偃，明抄本、吴校作「掩」。

寄左省杜拾遺〔一〕

聯步趨丹陛，分曹限紫微〔二〕。曉隨天仗入，暮惹御香歸〔三〕。白髮悲花落，青雲羨鳥飛〔四〕。聖朝無闕事，自覺諫書稀〔五〕。

【校注】

〔一〕本詩作年同《奉和中書賈至舍人早朝大明宮》。左省：又稱左曹、東省，即門下省。大明宮宣政殿東廊名日華門，門外東上閤爲門下省所在地，因地處宣政殿左，故名（西廊月華門外西上閤爲中書省所在地，因地處殿右，稱右省、右曹、西省）。杜拾遺：即杜甫。時杜甫在門下省任左拾遺（從八品上），岑參爲中書省右補闕（從七品上）。唐代門下省置左補闕、左拾遺各二人，中書省置右補闕、右拾遺各二人，均爲諫官之職，掌供奉諷諫。杜甫有《奉答岑補闕見贈》詩，可參。詩題《文苑英華》作「寄左省杜拾遺甫」。

〔二〕聯步：謂同行。分曹：古時官府分科治事，稱爲曹，分曹猶言分部門。限：隔。紫微：星座名。借指皇宮。《晉書·天文志》：「一曰紫微，大帝之座也，天子之常居也，主命主度也。」《文選》謝莊《宋孝武宣貴妃誄》：「收華紫禁。」李善注：「王者之宮以象紫微，故謂宮中爲紫禁。」此指朝會時皇帝所在的宣政殿。門下省在殿東，中書省在殿西，兩省中隔着宣政

殿，故曰「分曹限紫微」。微，底本作「薇」，今從《文苑英華》、明抄本、《全唐詩》。兩句一言同朝，一謂不同署。

〔三〕天仗：即仙仗。唐制，朝會時門下、中書省官員由東西閤儀衛依次引入殿中，分東西班相對而立。暮：《文苑英華》作「夕」。惹：沾染。御香：朝會時殿中設爐燃香。《新唐書·儀衛志》：「朝日殿上設黼扆、躡席、熏爐、香案。」兩句一寫入朝，一寫退朝。

〔四〕雲：底本作「春」，據《文苑英華》、明抄本、《全唐詩》改。兩句意謂自己衰老髮白，仍不被重用。

〔五〕闕：同「缺」，指錯失。諫書：進諫的奏章。兩句表面上説朝廷無錯失可以進諫，實則是説自己的意見不被朝廷所重視，故而進諫的奏章少了（當時國亂未定，所謂「無闕事」，不是真實情況）。

送人歸江寧〔一〕

楚客憶鄉信〔二〕，向家湖水長〔三〕。住愁春草緑〔四〕，去喜桂枝香〔五〕。海月迎歸楚，江雲引到鄉。吾兄應借問，爲報鬢毛霜。

【校注】

〔一〕江寧：唐縣名，上元二年（七六一）改爲上元（見《元和郡縣志》卷二五），在今南京市。據劉

長卿《曲阿對月别岑況徐説》、《旅次丹陽郡遇康侍御宣慰兼别岑單父》二詩，知岑參的哥哥岑況至德年間閒居丹陽(今江蘇丹陽市)，説詳《梁園歌送河南王説判官》注〔一〕；江寧與丹陽相距不遠，詩中「吾兄應借問」云云，蓋就況居丹陽而言，然則此詩當作於至德年間或稍後，姑繫於乾元元年(七五八)。

〔二〕楚客：即詩題中「歸江寧」之「人」。江寧戰國時屬楚地，故云。鄉信：故鄉的信息。

〔三〕湖水長：指「楚客」取水路而行。

〔四〕「住愁」句：謂見春草緑而思歸。《楚辭·招隱士》：「王孫遊兮不歸，春草生兮萋萋。」

〔五〕「去喜」句：桂産於南方，故云。

送揚州王司馬〔一〕

君家舊淮水，水上到揚州〔二〕。海樹青官舍，江雲黑郡樓。東南隨去馬，人吏待行舟〔三〕。爲報吾兄道，如今已白頭。

【校注】

〔一〕據詩末兩句，本詩作年當同上篇。揚州：唐州名，治所在今江蘇揚州市。司馬：州刺史佐吏，掌輔佐刺史處理政事。

〔二〕「水上」句：唐時淮水和揚州之間有邗溝相通，故云。

〔三〕行：宋本、明抄本、吴校、《全唐詩》並注：「一作歸。」

送許拾遺恩歸江寧拜親〔一〕

詔書下青瑣〔二〕，駟馬還吴洲〔三〕。束帛仍賜衣〔四〕，恩波漲滄流〔五〕。微禄將及親，向家非遠遊。看君五斗米〔六〕，不謝萬户侯〔七〕。適出西掖垣〔八〕，如到南徐州〔九〕。歸心望海日，鄉夢登江樓。大江盤金陵〔一〇〕，諸山横石頭〔一一〕。楓樹隱茅屋，橘林繫漁舟。種藥疏故畦，釣魚垂舊鈎。對月京口夕，觀濤海門秋〔一二〕。天子憐諫官，論事不可休〔一三〕。早來丹墀下〔一四〕，高駕無淹留〔一五〕。

【校注】

〔一〕乾元元年（七五八）春作於長安。許拾遺：即許登。賈至《授韋少遊祠部員外郎等制》：「守監門衛胄曹參軍許登……可右拾遺。」此制當作於至德元載至乾元元年春賈至爲中書舍人時。登有《潤州上元縣福興寺碑》（《全唐文》卷四四一），據此可知登爲江寧人。參見陶敏《〈唐人行第録〉正補》（《文史》第三十一輯）。杜甫有同送之作《送許八拾遺歸江寧覲

省……》，《杜詩詳注》繫於乾元元年春。恩歸：蒙受皇恩獲假而歸。恩，底本作「思」，據《全唐詩》改。

〔二〕青瑣：指皇宮。

〔三〕駟馬：套着四匹馬的車。吴洲：指江寧。水中可居之地叫「洲」，江寧臨江，古屬吴地，故稱。

〔四〕束帛：古時聘問之禮物，《周禮·春官·大宗伯》賈公彦疏：「束者十端，每端丈八尺，皆兩端合卷，總爲五匹，故云束帛也。」此指天子賞賜的禮物。

〔五〕恩波：猶恩澤。漲滄流：形容恩澤浩蕩。

〔六〕五斗米：言俸禄微薄。見《初授官題高冠草堂》注〔七〕。

〔七〕謝：猶慚。萬户侯：指權貴。侯，爵位名，漢時用以封功臣貴族。漢制，列侯大者食邑萬户，稱萬户侯。

〔八〕西掖垣：「掖省」又稱「掖垣」，參見《西掖省即事》注〔一〕。

〔九〕南徐州：參見《送王大昌齡赴江寧》注〔九〕。江寧東晉時屬南徐州。

〔一〇〕盤：通「蟠」，屈曲，環繞。

〔一一〕諸山：江寧有紫金山、石頭山等。石頭：石頭城。

〔一二〕疏：治理。海門：參見《送許子擢第……》注〔一三〕。六句寫江寧之風物和許歸鄉後的生活。

〔一三〕論：評議。「論事」是諫官的職責。可：宋本、《全唐詩》並注：「一作肯。」

〔一四〕丹墀：古時皇宫前的臺階漆成紅色，故名。

〔一五〕淹留：久留。

過緱山王處士黑石谷隱居〔一〕

舊居緱山下〔二〕，偏識緱山雲。處士久不還，見雲如見君。别來逾十秋〔三〕，兵馬日紛紛。青溪開戰場，黑谷屯行軍〔四〕。遂令巢由輩〔五〕，遠逐麋鹿羣〔六〕。獨有南澗水〔七〕，潺潺如昔聞〔八〕。

【校注】

〔一〕緱山：見《緱山西峯草堂作》注〔一〕。處士：有道德學問而隱居不仕的人。黑石谷：據《古今圖書集成·方輿彙編·山川典》卷六十三及卷五十六載，緱山是嵩山的一個分支，黑石谷在嵩山少室之北。據「兵馬日紛紛」等句，此詩當作於安史之亂期間。據《通鑑》載，至德二載十月唐軍收復東京，乾元二年（七五九）九月又失之，至寶應元年（七六二）十月方收復；緱山在河南府緱氏縣，當東京陷落之時，岑不可能到緱山去，故此詩當作於至德二載十月至乾元二年九月之間。

〔二〕「舊居」句：參見《緱山西峯草堂作》注〔一〕。
〔三〕「别來」句：作者早年一度隱居緱山，大約自天寶三載由潁陽移家長安後，不曾到過緱山。自天寶三載至乾元元、二年，已逾十年。
〔四〕行軍：行營。
〔五〕巢由：巢父和許由，相傳兩人都是唐堯時的隱士，堯想把天下讓給他們，兩人都不接受。
〔六〕麇：野獸名，也叫駝鹿或犴。
〔七〕南澗：參見《緱山西峯草堂作》注〔八〕。
〔八〕潺潺：原作「潺湲」，底本、明抄本、吴校「湲」下均注：「一作潺。」今從之。

送劉郎將歸河東　同用邊字〔一〕

借問虎賁將〔二〕，從軍凡幾年？殺人寶劍缺〔三〕，走馬貂裘穿。山雨醒别酒，關雲迎渡船〔四〕。謝君賢主將〔五〕，豈忘輪臺邊〔六〕。參曾北庭事趙中丞，故有下句〔七〕。

【校注】

〔一〕疑作於乾元元年九月至乾元二年四月之間，説見本詩注〔五〕。送：底本作「同」，此從宋本、明抄本、《全唐詩》。郎將：官名。唐十六衛、左右羽林軍（皆禁軍）之屬官均有郎將，正五品

上。劉郎將當爲右羽林大將軍趙玭麾下將官，説見本詩注〔五〕。河東：蒲州治所河東縣（今山西永濟西）。

〔二〕虎賁將：猛將。虎賁，勇士之稱。《尚書·牧誓》序：「虎賁三百人。」孔穎達疏：「若虎之賁（同「奔」）走逐獸，言其猛也。」

〔三〕劍：宋本、明抄本、《全唐詩》作「刀」。

〔四〕關：指潼關。兩句寫劉將離長安東行，經潼關渡河赴蒲州的情景。

〔五〕賢主將：即下文所引注語中的「趙中丞」，也即「趙節度」，參見《送郭司馬赴伊吾郡……》注〔一〕。據《岑嘉州繫年考證》注〔二六〕：「《送劉郎將歸河東》詩原注曰『參曾北庭事趙中丞』，《送郭司馬赴伊吾郡請示李明府》詩原注曰『郭子與趙節度同好』，集中又有《趙將軍歌》，似即一人。《方鎮表》，北庭節度無姓趙者。《舊（書）·高仙芝傳》，討小勃律時，『使疏勒守捉使趙崇玭三千騎趣吐蕃連雲堡，自北谷入，使撥換守捉使賈崇瓘自赤佛堂路入。』（《通鑑》乾元元年九月以右羽林大將軍趙玭（《方鎮表》作泚）爲同、蒲、虢三州節度使。疑趙崇玭當作趙玭，崇字舊傳誤涉下賈崇瓘而衍。）趙本安西將領，或天寶十四載封常清被召入朝後，代爲北庭節度者。」按，《舊唐書·肅宗紀》載，乾元元年九月，「右羽林大將軍趙泚爲蒲州刺史，蒲、同、虢三州節度使」；「泚」《通鑑》卷二二〇胡注作「玭」。詩中寫劉歸蒲州，故其主將極有可能就是蒲、同、虢三州節度使趙玭。又，自乾元元年九月至二年四月趙在蒲、同、

號節度使任上時，岑適在長安，得以爲此詩。所以本詩可能作於乾元元年九月以後、二年四月作者赴虢州之前。另據《吐魯番出土文書》第十册載，天寶十三載四月至十一月，有號爲「趙都護」者屢往返於安西北庭之間，這個「趙都護」應是封常清的副手、安西、北庭副都護，在封常清入朝後，他暫代任安西北庭都護、節度使，也有可能。説詳王素《吐魯番文書中有關岑參的一些資料》。

〔六〕豈忘：宋本、明抄本、吴校均注：「一作曾在。」

〔七〕事：侍奉。中丞：御史中丞，御史臺副長官，這是趙節度兼任的職務。兩句底本無，據宋本、明抄本、吴校、《全唐詩》校補。

送張獻心充副使歸河西雜句〔一〕

將門子弟君獨賢，一從受命常在邊〔二〕。未年三十已高位〔三〕，腰間金印色赭然〔四〕。前日承恩白虎殿〔五〕，歸來見者誰不羨。篋中賜衣十重餘〔六〕，案上軍書十二卷。看君謀智若有神〔七〕，愛君詞句皆清新。澄湖萬頃深見底〔八〕，清冰一片光照人〔九〕。雲中昨夜使星動〔一〇〕，西門驛樓出相送。玉瓶素蟻臘酒香，金鞍白馬紫遊韁〔一一〕。花門南，燕支北，張掖城頭磧雲黑〔一二〕，送君一去天外憶。

【校注】

〔一〕張獻心：生平未詳。據兩《唐書》載，幽州節度使張守珪之子獻誠（參見《過梁州奉贈張尚書大夫公》注〔一〕）有從弟獻恭、獻甫，疑獻心亦獻誠從兄弟，故詩謂「將門子弟」。副使：節度副使，唐制，節度使下置副使一人，掌輔佐節度使處理軍政事務。河西：指河西節度，治所在涼州（今甘肅武威）。雜句：雜言詩。《岑詩繫年》：「《舊書·肅宗紀》，至德二載十月吐蕃寇陷西平郡。此詩曰『張掖城頭雲正黑』，疑即指吐蕃寇邊之事。『雲正黑』謂兵氣也。」按，「雲正黑」底本、宋本、明抄本、吴校均作「磧雲黑」，似非謂兵氣。且西平屬隴右節度，離張掖遠甚，當非即指其事。據詩中「前日」兩句，本詩蓋作於長安；《通鑑》廣德元年（七六三）七月：「吐蕃入大震關，陷蘭、廓、河、鄯、洮、岷、秦、成、渭等州，盡取河西、隴右之地。」胡三省注：「蘭、廓、秦、渭等州，即河西、隴右之地也，先已爲吐蕃所陷，史因其入大震關而備言之。」則此詩當作於河西陷落前作者居長安之時，今姑繫於此。

〔二〕常：底本注：「一作恒。」

〔三〕年：《全唐詩》作「至」。

〔四〕金印：指將軍印。

〔五〕承恩：蒙恩，指被任爲節度副使。白虎殿：《三輔黄圖》：「未央宫（漢宫名）有白虎殿。」此借指唐在長安的宫殿。

〔六〕十重餘：十幾件。十重，底本、宋本、明抄本、吴校均注：「一作千萬。」

〔七〕若：底本注：「一作却。」

〔八〕「澄湖」句：見《送王著赴淮西幕府作》注〔六〕。

〔九〕「清冰」句：形容張心地純净，如清冰一片，光潔照人。

〔一〇〕使星動：迷信説法，表示有使臣出行，此指張獻心赴河西節度副使之任。《後漢書·李郃傳》：「和帝即位，分遣使者，皆微服單行，各至州縣，觀採風謠。使者二人當到益部，投郃候（候吏，小吏名）舍。時夏夕露坐，郃因仰觀問曰：『二君發京師時，寧知朝廷遣二使邪？』二人默然，驚相視曰：『不聞也。』問：『何以知之？』郃指星示云：『有二使星向益州分野，故知之耳。』」

〔一一〕素蟻：酒面的白色浮沫，又稱浮蟻。臘酒：見《送魏四落第還鄉》注〔三〕。紫遊韁：用紫絲編織的馬韁繩。《晉書·五行志中》：「海西公太和（三六六——三七一）中，百姓歌曰：『青青御路楊，白馬紫遊韁。』」上句寫送別時飲酒，下句寫張所用馬匹鞍轡的精美華貴。

〔一二〕花門：花門山堡，參見《與獨孤漸道別長句……》注〔一八〕。燕支：參見《過燕支寄杜位》注〔一〕。張掖：唐甘州，天寶時曾改名張掖郡，治所在今甘肅張掖市。甘州屬河西節度，其地正在花門山堡南、燕支山西北方。磧雲黑：甘州北境鄰大沙磧（今巴丹吉林沙漠），故云。據《新唐書·方鎮表》，河西節度副使「治甘州，領都知河西兵馬使」。此三句點出張所要去的地方。

首春渭西郊行呈藍田張主簿〔一〕

迴風度雨渭城西，細草新花踏作泥〔二〕。秦女峯頭雪未盡〔三〕，胡公陂上日初低〔四〕。愁窺白髮羞微禄，悔别青山憶舊溪〔五〕。聞道輞川多勝事，玉壺春酒正堪攜〔六〕。

【校注】

〔一〕據「愁窺白髮羞微禄」語，姑繫於乾元二年（七五九）初春。首春：初春。渭西：指渭城西。藍田：唐縣名，在今陝西藍田縣。《全唐詩》「張」下有「二」字。主簿：指縣主簿，掌縣衙簿書，是縣令的佐吏。

〔二〕迴風：旋風。度：過。渭城：地名。漢改秦咸陽縣爲新城縣，旋改爲渭城縣，其地唐屬京兆府咸陽縣，在今陝西咸陽市東。兩句寫初春雨後郊行景象。

〔三〕秦女峯：據《古今圖書集成·方輿彙編·職方典》卷四九四，陝西渭南市龍尾坡西有秦女峯。

〔四〕胡公陂：疑指渼陂，胡公泉（在陝西户縣西南十里）水流注入渼陂，故名。《長安志》卷十五：「渼陂，在鄠縣西五里，出終南諸谷，合胡公泉爲陂。」日初低：指太陽剛要落山。

〔五〕溪：明抄本、吴校作「棲」。

〔六〕輞川：地名，在陝西藍田縣南輞谷内，是沿輞水（又稱輞谷水）形成的一道山中平川，故稱輞川。其地景色優美，是唐代長安附近的一個山水勝地。此兩句言張在藍田，正可攜酒往遊輞川。

出關經華嶽寺訪法華雲公〔一〕

野寺聊解鞍，偶見法華僧。開門對西嶽，石壁青稜層〔二〕。竹徑厚蒼苔，松門盤紫藤。長廊列古畫，高殿懸孤燈。五月山雨熱，三峯火雲蒸〔三〕。側聞樵人言，深谷猶積冰。久願尋此山〔四〕，至今嗟未能。謫宦忽東走〔五〕，王程苦相仍〔六〕。欲去戀雙樹〔七〕，何由窮一乘〔八〕。月輪吐山郭，夜色空清澄。

【校注】

〔一〕乾元二年（七五九）五月岑參出爲虢州長史，此詩即赴任途中所作。關：潼關。華嶽寺：指華山之佛寺，也即詩首句之「野寺」。法華：指法華宗，又稱天台宗，唐時很興盛的一個佛教宗派。它以《法華經》爲主要經典，故名。

〔二〕稜層：高聳的樣子。

〔三〕三峯：華嶽三峯，見《送魏升卿擢第歸東都……》注〔六〕。

〔四〕尋：義同「都盧尋橦」（張衡《西京賦》）之「尋」，爬、登之意。

〔五〕宦：明抄本、《全唐詩》作「官」。忽：底本注：「一作嚮。」

〔六〕王程：官府規定的期限。相仍：相因，相承，言一日挨一日，無有空隙。

〔七〕雙樹：娑羅雙樹的省稱。娑羅是龍腦香科喬木，高十丈餘，産於印度。相傳釋迦佛於拘尸那城阿利羅跋提河邊的娑羅樹下入滅（入於涅槃，也即成佛之意），樹有八株，四方各兩株雙生，故稱爲娑羅雙樹。這裏指佛寺。

〔八〕窮：推究到極點。一乘：佛家語，意思是「唯一的成佛之教」。「乘」是乘載的意思，譬喻此教能載人達於涅槃的彼岸。《法華經》專説一乘之理，謂之一乘經；法華之教義，又稱爲一乘法。

初至西虢官舍南池呈左右省及南宫諸故人〔一〕

黜官自西掖〔二〕，待罪臨下陽〔三〕。空積犬馬戀〔四〕，豈思鵷鷺行〔五〕。素多江湖意〔六〕，偶佐山水鄉〔七〕。滿院池月静，捲簾溪雨涼。軒窗竹翠濕，案牘荷花香。白鳥上衣桁〔八〕，青苔生筆牀〔九〕。數公不可見，一別盡相忘。敢恨青瑣客，無情華省郎〔一〇〕。早年迷進退，晚節悟行藏〔一一〕。他日能相訪，嵩南舊草堂〔一二〕。

【校注】

〔一〕乾元二年夏作於虢州。西虢：周代諸侯國名，原在今陝西寶鷄，周平王東遷後徙於上陽（今河南三門峽）。西虢之地唐時分隸陝、虢二州，這裏以西虢借指虢州。左右省：參見《寄左省杜拾遺》注〔一〕。南宮：指尚書省。南宮爲星宿名，舊謂尚書省象列宿之南宮，遂稱尚書省爲南宮。

〔二〕西掖：中書省。岑出爲虢州長史前任起居舍人，此職唐時隸屬中書省，故云「自西掖」。

〔三〕待罪：等待處分，是「爲官」的謙稱。下陽：春秋虢地，在今山西平陸北。其地唐時屬陝州，但臨近虢州。

〔四〕犬馬戀：犬馬戀主之情，此以犬馬自比，而以主人喻君。

〔五〕鵷鷺行：謂朝官之行列。鵷（鵷鶵，一種像鳳凰的鳥）鷺飛而有序，故用以喻朝官之行列。

〔六〕江湖意：退隱江湖之意。《南史·隱逸傳》：「或遁跡江湖之上。」

〔七〕偶：偶然，意外地。佐：輔佐，爲佐吏。時作者官虢州長史，長史爲州刺史佐吏。山水鄉：指虢州。

〔八〕衣桁：衣架。

〔九〕筆牀：筆架。

〔一〇〕敢：猶可。青瑣客：指能够出入宮禁、接近皇帝的人，唐左、右省都有這一類官員。華省

郎：尚書省諸曹郎官（郎中、員外郎）。兩句埋怨左右省及南宫諸故人别後不給自己寫信。

〔二〕悟行藏：領悟「用則行，舍則藏」的道理。行藏，《論語·述而》：「子謂顏淵曰：『用之則行，舍之則藏，惟我與爾有是夫！』」

〔三〕嵩南：嵩山之南，岑參早年曾隱居嵩山。這句説，自己準備回嵩山隱居。

衙郡守還〔一〕

世事何反覆，一身難可料。頭白翻折腰〔二〕，歸家還自笑〔三〕。所嗟無産業，妻子嫌不調〔四〕。五斗米留人〔五〕，東溪憶垂釣〔六〕。

【校注】

〔一〕本詩作年同上篇。衙：僚屬參謁官長，請示公事。有早衙、晚衙之分。郡守：指虢州刺史王奇光。《岑嘉州繫年考證》：「《太平御覽》九五七，『乾元中虢州刺史王奇光奏閿鄉縣界女媧墳，天寶十三載大雨晦暝，失所在，今河上側近忽聞雷風聲，曉見墳踴出……』二史《五行志》並載此事在乾元二年六月，則公爲長史時，虢州刺史乃王奇光也。」還：底本作「邊」，據《全唐詩》校改。

〔二〕折腰：謂鞠躬下拜。

〔三〕歸：《全唐詩》作「還」。還：《全唐詩》作「私」，底本注：「一作惟。」
〔四〕不調：不升遷，落魄潦倒。
〔五〕五斗米：參見《初授官題高冠草堂》注〔七〕。
〔六〕東溪：參見《還高冠潭口留别舍弟》注〔三〕。句謂自己想念在高冠的隱居生活。

佐郡思舊遊 并序〔一〕

己亥歲春三月〔二〕，參自補闕轉起居舍人〔三〕。夏四月，署虢州長史〔四〕。適見秋草，涼風復來，昔桓譚出爲六安丞〔五〕，常忽忽不樂〔六〕，今知之矣。悲州縣瑣屑，思掖垣清閑〔七〕，因呈左右省舊遊〔八〕。

幸得趨紫殿〔九〕，却憶侍丹墀。史筆衆推直〔一〇〕，諫書人莫窺〔一一〕。平生恒自負，垂老此安卑〔一二〕。同類皆先達，非才獨後時〔一三〕。庭槐宿鳥亂，階草夜蟲悲。白髮今無數，青雲未有期〔一四〕！

【校注】

〔一〕乾元二年秋作於虢州。舊遊：舊交。

〔二〕己亥：乾元二年。歲：底本無，據明抄本、吴校、《全唐詩》補。

〔三〕補闕：諫官名。唐門下省置左補闕二人，中書省置右補闕二人，掌供奉諷諫。起居舍人：官名。唐制，中書省置起居舍人二人，門下省置起居郎二人，共同負責修《起居注》（記載天子言行的書）；朝會時，對立於殿前，天子行幸，則侍從出入，以記其言行。

〔四〕署：官吏出缺，以他官暫攝其職，别於正式任命而言。虢州：唐州名，治所在今河南靈寶市南。長史：州刺史佐吏，掌協助州刺史處理政事。

〔五〕昔：底本誤作「晉」，據明抄本、吴校、《全唐詩》改。桓譚：字君山，東漢古文經學家。漢光武帝崇信讖緯，桓譚極言讖緯妖妄，「帝大怒，曰：『桓譚非聖無法。』將下斬之，譚叩頭流血，良久乃得解。出爲六安郡丞，意忽忽不樂，道病卒。」（《後漢書·桓譚傳》）李賢注：「六安郡故城在今壽州安豐縣（今安徽壽縣西南）南。」丞：指郡丞，漢郡守佐吏，相當於唐代的長史。

〔六〕忽忽：失意貌。

〔七〕瑣屑：公務煩細。掖垣：即掖省，參見《西掖省即事》注〔一〕。

〔八〕因：《全唐詩》無。左右省：參見《寄左省杜拾遺》注〔一〕。

〔九〕紫殿：猶紫宫，指帝王宫禁。

〔一〇〕史筆：指撰《起居注》。唐起居郎、起居舍人相當於周代的左、右史，其所撰《起居注》是後世

修史的基礎材料。直：謂據事直書。

〔二〕諫書：指任右補闕時所上諫章。

〔三〕安卑：居於卑位。

〔三〕非才：不才。後時：落後於時人。

〔四〕青雲：喻高位。

早秋與諸子登虢州西亭觀眺 得低字〔一〕

亭高出鳥外，客到與雲齊。樹點千家小，天圍萬嶺低。殘虹挂陝北〔二〕，急雨過關西〔三〕。酒榼緣青壁〔四〕，瓜田傍緑溪。微官何足道，愛客且相攜〔五〕。唯有鄉園處〔六〕，依依望不迷〔七〕。

【校注】

〔一〕作於在虢州任職期間。西亭：又名西山亭子，在虢州城西，岑虢州詩中屢見。《全唐詩》無題下注語。

〔二〕陝北：陝州（今河南陝縣）以北。

〔三〕關西：指古函谷關（在今河南靈寶市西）以西。

〔四〕榼：酒器。緣青壁：指依山崖擺酒。
〔五〕愛客：好友。此言與好友攜手同遊。
〔六〕鄉園：指長安。
〔七〕不迷：指不爲其他景物所迷。

西亭送蔣侍御還京 分得來字〔一〕

忽聞驄馬至〔二〕，喜見故人來。欲語多時别，先愁計日回。山河宜晚眺，雲霧待君開〔三〕。爲報烏臺客〔四〕，須憐白髮催。

【校注】

〔一〕居虢州時作。侍御：見《送韋侍御先歸京》注〔一〕。
〔二〕驄馬：見《青門歌送東臺張判官》注〔七〕。
〔三〕待：宋本、明抄本、吴校、《全唐詩》均注：「一作賴。」
〔四〕烏臺客：指蔣侍御。烏臺，謂御史臺。「烏」指烏鴉，漢御史臺種植柏樹，常有野烏數千棲宿其上，故世稱御史臺爲烏臺。事見《漢書·朱博傳》。

郡齋閑坐〔一〕

負郭無良田〔二〕，屈身徇微禄〔三〕。平生好疏曠〔四〕，何事就羈束？幸曾趨丹墀〔五〕，數得侍黄屋〔六〕。故人盡榮達〔七〕，誰念此幽獨〔八〕？州縣非宿心，雲山忻滿目〔九〕。頃來廢章句〔一〇〕，終日披案牘〔一一〕。佐郡竟何成〔一二〕，自悲徒碌碌！

【校注】

〔一〕作於在虢州任職期間。

〔二〕「負郭」句：語本《史記・蘇秦列傳》：「蘇秦喟然嘆曰：『……且使我有雒陽負郭田二頃，吾豈能佩六國相印乎！』」司馬貞《索隱》：「負，背也，枕也。近城之地，沃潤流澤，最爲膏腴，故曰負郭。」蘇秦「東周雒陽（今河南洛陽市）人」，故云「雒陽負郭」。

〔三〕徇：從，曲從，《漢書・賈誼傳》顔師古注：「以身從物曰徇。」

〔四〕疏曠：閒散。

〔五〕趨丹墀：指在中央任職。

〔六〕侍黄屋：言天子行幸，侍從出入。岑曾任起居舍人，故云。參見《佐郡思舊遊》注〔三〕。黄屋，古時天子乘坐的車，用黄繒做車蓋裏，稱黄屋車。

〔七〕達：明抄本、吴校、《全唐詩》作「寵」。
〔八〕幽獨：寂寞孤獨之人，作者自指。
〔九〕「州縣」兩句：意謂當州縣官不是自己平素的心願，但此地雲山滿目，景色宜人，使自己很高興。
〔一〇〕廢章句：見《緱山西峯草堂作》注〔四〕。
〔一一〕披案牘：披閱文書。
〔一二〕佐郡：爲州郡佐吏。

送裴判官自賊中再歸河陽幕府〔一〕

東郊未解圍〔二〕，忠義似君稀。誤落胡塵裏，能持漢節歸〔三〕。卷簾山對酒，上馬雪沾衣。却向嫖姚幕〔四〕，翩翩去若飛。

【校注】

〔一〕《岑詩繫年》：「案《新書·地理志》：『武德四年析懷州之河陽、集城、温，於河陽宫置盟州。八年州廢，省集城入河陽、温，隸懷州。』此知河陽曾隸懷州。又案《舊唐書·肅宗紀》，上元元年十一月乙巳李光弼奏收懷州，次年二月又失。此詩既送裴某再歸河陽，則當作於上元

元年冬既收懷州之後。詩曰『上馬雪沾衣』，是其證。」按，河陽高宗顯慶二年以後隸洛州（見《新唐書・地理志》），此時已與懷州無涉。據《舊唐書・肅宗紀》及《通鑑》，乾元二年九月洛陽陷落後，李光弼據守河陽，史思明屢攻不下。上元元年十一月，光弼自河陽攻懷州，拔之。二年二月，光弼屢被朝廷催迫，不得已出師洛陽，大敗，河陽、懷州皆陷落。所謂「河陽幕府」即指河陽李光弼幕府，詩當作於上元二年二月河陽陷落之前。又詩寫冬景，且曰「東郊未解圍」（指史思明引兵攻河陽而言），故當作於乾元二年冬，時岑在虢州。自賊中：指洛陽陷落後淪於賊中，後逃歸。河陽：在今河南孟州市。

〔二〕東郊：指洛陽東郊。河陽在洛陽東北，時史思明自洛陽引兵圍攻河陽，故云「未解圍」。

〔三〕「能持」句：用漢蘇武矢志不降匈奴事。《漢書・蘇武傳》載，蘇武出使匈奴，被扣留，不屈，匈奴令其於北海上牧羊。「武既至海上，廩食不至，掘野鼠去草實而食之，杖漢節牧羊，臥起操持，節旄盡落」。

〔四〕嫖姚：即霍嫖姚（霍去病），這裏借指李光弼。

題虢州西樓〔一〕

錯料一生事，蹉跎今白頭〔二〕。縱橫皆失計，妻子也堪羞。明主雖然棄，丹心亦

未休。愁來無去處，祇上郡西樓〔三〕。

【校注】

〔一〕作於任虢州長史期間，姑繫於此。西樓：虢州西城樓。《古今圖書集成·方輿彙編·職方典》卷四三八：「西樓，在（陝）州城西，古虢時建，唐·岑參詩『秋來無覓處，直上郡西樓』即此。」按，唐陝州治所在陝縣（今河南陝縣），虢州治所在宏農縣（今河南靈寶市南），《元和郡縣志》卷六：陝州「西南至虢州一百三里」，疑其說非是。

〔二〕蹉跎：把時光白耽誤過去。

〔三〕上：底本作「在」，此從《全唐詩》。

春興思南山舊廬招柳建正字〔一〕

終歲不得意，春風今復來。自憐蓬鬢改〔二〕，羞見梨花開。西掖誠可戀〔三〕，南山思早回。園廬幸接近，相與歸蒿萊〔四〕。

【校注】

〔一〕玩詩意，當作於上元元年（七六〇）春，時在虢州。南山：終南山。岑登第前曾隱於終南，出

仕後在終南有别業。柳建：延州司馬柳初之子，曾官金部郎中，見《新唐書》卷七三《宰相世系表》上。正字：官名。見《送王伯倫應制授正字歸》注〔一〕。

〔二〕蓬鬢改：指添了白髮。

〔三〕西掖：見《西掖省即事》注〔一〕。岑出爲虢州長史前在中書省任起居舍人。

〔四〕歸蒿萊：歸隱之意。參見《鞏北秋興寄崔明允》注〔五〕。

陪使君早春東郊遊眺 得春字〔一〕

太守擁朱輪〔二〕，東郊物候新〔三〕。鶯聲隨坐嘯〔四〕，柳色唤行春〔五〕。谷口雲迎馬，溪邊水照人。郡中叨佐理〔六〕，何幸接芳塵〔七〕。

【校注】

〔一〕上元元年或二年春作於虢州。使君：指虢州刺史。得春字：底本無，據《全唐詩》補。

〔二〕擁朱輪：乘朱輪車。漢制，列侯及二千石（郡太守）以上官員得乘朱輪車，後因稱貴顯者所乘車爲朱輪。

〔三〕物候：衆物隨節候而變異，謂之物候。

〔四〕坐嘯：閑坐嘯詠。《後漢書·黨錮傳》載，成瑨爲南陽太守，委政事於功曹岑晊（字公孝），郡

中大治，時人謡曰：「南陽太守岑公孝，弘農成瑨但坐嘯。」此以成瑨比擬使君。

〔五〕喚：召喚。行春：漢制，太守於春季巡視所轄縣，勸人農桑。此指春日出遊。

〔六〕叨佐理：謂忝居佐治之職，指任長史。叨，忝。舊時謙詞。

〔七〕芳塵：芳跡，指賢者的行跡。這句説，得以接觸太守的高風，多麽幸運。

陪使君早春西亭送王贊府赴選 分得歸字〔一〕

西亭繫五馬〔二〕，爲送故人歸。客舍草新出，關門花欲飛〔三〕。到來逢歲酒〔四〕，

却去换春衣〔五〕。吏部應相待〔六〕，如君才調稀〔七〕。

【校注】

〔一〕上元元年或二年春作於虢州。西亭：在虢州城西。王贊府：參見《送永壽王贊府徑歸縣》注〔一〕。贊府，唐代縣丞（縣令佐吏）的别稱。洪邁《容齋四筆》卷十五《官稱别名》：「唐人好以它名標牓官稱……縣令曰明府，丞曰贊府、贊公。」赴選：言赴京參加銓選。唐代六品以下官吏的銓選，每年舉行一次，時間在頭年十月至第二年三月，文官由吏部負責，武官由兵部負責。吏部對參選文官，經過試其書判，察其身言，觀其德才，考其資勞，而後決定留放（棄取），和擬定應選授的官職。

〔二〕五馬：漢太守駕車用五匹馬，後因稱太守駕車的馬爲「五馬」。
〔三〕門：底本注：「一作外。」
〔四〕歲酒：歲除之酒。
〔五〕却去：指離虢州赴京。
〔六〕吏部：尚書省所轄六部之一，掌文官的銓選等事。
〔七〕才調：才氣。

春半與羣公同遊元處士別業〔一〕

郭南處士宅，門外羅羣峯。勝概忽相引〔二〕，春華今正濃。山廚竹裏爨〔三〕，野碓藤間舂〔四〕。對酒雲數片，捲簾花萬重。巖泉嗟到晚，州縣欲歸慵〔五〕。草色帶朝雨，灘聲兼夜鐘。愛兹清俗慮〔六〕，何事老塵容〔七〕？况有林下約〔八〕，轉懷方外蹤〔九〕。

【校注】

〔一〕上元元年或二年春作於虢州。
〔二〕勝概：佳景。
〔三〕爨：燒火做飯。

〔四〕碓：搗米的器具。
〔五〕歸慵：指退隱。句謂爲州縣官吏，職位卑微，故行將歸隱。
〔六〕清：清除，驅除。
〔七〕老塵容：老於面帶塵俗之容狀（指出仕）。
〔八〕林下約：退隱林下之約。
〔九〕方外：世外。

暮春虢州東亭送李司馬歸扶風別廬〔一〕

柳嚲鶯嬌花復殷〔二〕，紅亭緑酒送君還。到來函谷愁中月〔三〕，歸去磻溪夢裏山〔四〕。簾前春色應須惜，世上浮名好是閑〔五〕。西望鄉關腸欲斷〔六〕，對君衫袖淚痕斑。

【校注】

〔一〕作於上元元年或二年春。李司馬：時任虢州司馬。司馬，州刺史佐吏。扶風：唐縣名，屬鳳翔府，在今陝西扶風縣。別廬：猶別墅。
〔二〕嚲：下垂。殷：深紅色。

〔三〕函谷：函谷關，見《函谷關歌……》注〔一〕。

〔四〕磻溪：一名璜河，在陝西寶鷄東南，源出秦嶺，北流入渭河。溪中有泉，名茲泉，相傳吕尚在此垂釣，周文王出獵，遇之，拜爲師，遂興周滅殷。見《韓詩外傳》卷八、《水經注》卷十七。磻溪地近扶風，因借以指李司馬在扶風的隱居處。

〔五〕好是：真是。閑：等閑，平常。

〔六〕鄉關：家鄉，指長安。李司馬歸扶風需經長安，因而引發作者對長安的思念。

西亭子送李司馬〔一〕

高高亭子郡城西，直上千尺與雲齊〔二〕。盤崖緣壁試攀躋〔三〕，羣山向下飛鳥低。使君五馬天半嘶〔四〕，絲繩玉壺爲君提〔五〕。坐來一望無端倪〔六〕，紅花緑柳鶯亂啼〔七〕，千家萬井連迴溪。酒行未醉聞暮鷄〔八〕，點筆操紙爲君題〔九〕。爲君題〔一〇〕，惜解攜〔一一〕；草萋萋〔一二〕，没馬蹄。

【校注】

〔一〕此爲再送李司馬之作，作年同上篇。西亭子：參見《早秋與諸子登虢州西亭觀眺》注〔一〕。

〔二〕上：底本作「下」，注：「本作上。」按，諸本均作「上」，無作「下」者。

〔三〕盤：繞。躋：登。
〔四〕使君：指虢州刺史。五馬：指虢州刺史駕車用的馬。天半嘶：此從側面寫亭之高。
〔五〕「絲繩」句：見《青門歌……》注〔九〕。絲繩，宋本、明抄本、吴校均注：「一作青絲。」
〔六〕無端倪：無邊無涯之意。
〔七〕柳：底本、宋本並注：「一作錦。」
〔八〕酒行：巡行酌酒勸飲。
〔九〕點筆：落筆。句謂臨别作詩以贈。
〔一〇〕爲君題：底本無，今從宋本、明抄本、《全唐詩》增補。
〔一一〕解攜：離别，分手。
〔一二〕萋萋：草茂盛貌。

虢中酬陝西甄判官見贈〔一〕

微才棄散地〔二〕，拙宦慚清時〔三〕。白髮徒自負〔四〕，青雲難可期。胡塵暗東洛〔五〕，亞相方出師〔六〕。分陝振鼓鼙〔七〕，二崤滿旌旗〔八〕。夫子廊廟器〔九〕，迥然青冥姿〔一〇〕。閫外佐戎律〔一一〕，幕中吐兵奇〔一二〕。前者驛使來〔一三〕，忽枉行軍詩。晝吟庭花

落，夜諷山月移〔一四〕。昔君隱蘇門〔一五〕，浪跡不可羈。詔書自徵用，令譽天下知〔一六〕。別來春草長，東望轉相思。寂寞山城暮〔一七〕，空聞畫角悲〔一八〕。

【校注】

〔一〕上元元年春作於虢州。酬：和。陝西：陝西節度，領陝、虢、華三州，治陝州（今河南陝縣）。《新唐書·方鎮表》：上元元年，「改陝、虢、華節度爲陝西節度，兼神策軍使。」甄判官：即甄濟。字孟威，家衛州，居青岩山十餘年，「諸府五辟，詔十至，堅卧不起」。天寶末被召，授范陽掌書記。後「來瑱辟爲陝西、襄陽參謀」。事見兩《唐書·甄濟傳》。見：底本無，據《全唐詩》補。

〔二〕散地：閑散之地。

〔三〕清時：政治清明之時。

〔四〕自負：深自期許。

〔五〕「胡塵」句：指乾元二年（七五九）九月之後東京洛陽被史思明佔據。

〔六〕亞相：御史大夫，這裏指來瑱。瑱至德二載（七五七）兩京收復後兼御史大夫，乾元二年三月爲陝、虢、華節度使，上元元年（七六〇）陝、虢、華節度改名後任陝西節度使。《通鑑》上元元年四月：「以陝西節度使來瑱爲山南東道節度使。」參見《舊唐書·來瑱傳》。

〔七〕分陝：周成王時，周公旦、召公奭分陝而治，「自陝而東者，周公主之；自陝而西者，召公主之」（《公羊傳》隱公五年）。陝，今河南陝縣。句謂當時駐陝州的軍隊不祇來瑱一支。如《通鑑》載，乾元二年十一月，「發安西、北庭兵屯陝，以備史思明」。十二月，以神策兵馬使衛伯玉爲鎮西、四鎮行營節度使，留屯陝州。振鼓鼙：謂擊鼓進軍。

〔八〕二崤：即崤山，又名嶔崟山，在河南洛寧縣北，東連澠池縣，西北接陝縣，分東、西二崤，《元和郡縣志》卷六：「自東崤至西崤三十五里。」

〔九〕夫子：指甄判官。廊廟器：言其才器足可擔當國家重任。廊廟，朝廷。

〔一〇〕迥然：高遠貌。青冥姿：有直上雲天（喻得高位）的風姿。

〔一一〕閫外：指軍中，詳見《使交河郡……》注〔五〕。佐戎律：輔佐軍事。

〔一二〕吐兵：談兵。

〔一三〕驛使：負責傳遞官府文書的人。

〔一四〕諷：誦。兩句形容甄的贈詩極佳。

〔一五〕蘇門：山名，一名蘇嶺，俗名五巖山，在唐衛州衛縣西（《太平寰宇記》卷五六），今河南輝縣西北七里。晉孫登曾隱居於此（見《晉書·孫登傳》）。

〔一六〕令譽：美名。

〔一七〕山城：指虢州。

〔一八〕畫角：見《武威送劉判官赴磧西行軍》注〔四〕。

送永壽王贊府逕歸縣 得蟬字〔一〕

當官接閑暇，暫得歸林泉〔二〕。百里路不宿，兩鄉山復連。夜深露濕簟〔三〕，月出風驚蟬。且盡主人酒，爲君從醉眠〔四〕。

【校注】

〔一〕永壽：唐縣名，在今陝西永壽縣治（監軍鎮）西北永壽城南。逕：直。《全唐詩》注：「一作遥。」題下注語底本原無，據宋本、吴校、《全唐詩》補。《岑詩繫年》：「案上元二年在虢州有《送王贊府赴選》詩，此曰『當官接閑暇，暫得歸林泉』。蓋當寶應元年王某落選後公送之還鄉也。」按，王贊府上元元年或二年初春經虢州赴京參加吏部銓選，當年三月選事即畢（參見《送王贊府赴選》注〔一〕），不得延至寶應元年方落選也。此詩寫夏景（「夜深露濕簟，月出風驚蟬」），疑王三月落選後即回原任職地（王由任所經虢州入京參選，則原任職地當在虢州以東或虢州附近）。夏，復由原任職地經虢州歸故鄉永壽。故本詩當上元元年或二年夏居虢州時所作。

〔二〕歸林泉：去職退隱之謂。

〔三〕簟：竹蓆。
〔四〕從：任。

喜華陰王少府使到南池宴集〔一〕

有客至鈴下〔二〕，自言身姓梅〔三〕。仙人掌裏使〔四〕，黄帝鼎邊來〔五〕。竹影拂棋局，荷香隨酒杯。池前堪醉卧，待月未須回〔六〕。

【校注】

〔一〕華陰：唐縣名，在今陝西華陰市。使：出使。南池：在虢州郡齋。《岑詩繫年》：「《新唐書·地理志》，華州華陰，垂拱元年更名仙掌，神龍元年復曰華陰，上元二年曰太陰。此詩稱華陰，或作於上元元年。」王少府：與《送王録事却歸華陰》詩之「王録事」爲同一人。少府，縣尉。

〔二〕鈴下：指虢州刺史官署。《晉書·羊祜傳》：「鈴閣之下，侍衛者不過十數人。」明王志堅《表異録》卷十二：「唐稱太守曰節下，又云鈴下。」

〔三〕「自言」句：用西漢梅福爲縣尉事，詳見《送江陵泉少府赴任便呈衛荆州》注〔一〕。

〔四〕仙人掌：華山（在華陰縣）東峯曰仙人掌。句謂王少府是華陰來的使者。

〔五〕「黄帝」句：《史記·封禪書》：「黄帝鑄鼎於荆山下，鼎成，乘龍上仙，後人因名其處曰鼎

湖。」《元和郡縣志》卷六謂，虢州湖城縣南荆山即黄帝鑄鼎之處，湖城在虢州治所西北五十二里，自華陰至虢州治所須經過湖城，故云。

〔六〕待月：等待月出，以便賞玩。

五月四日送王少府歸華陰 得留字〔一〕

仙掌分明引馬頭〔二〕，西看一點是關樓〔三〕。五日也須應到舍〔四〕，知君不肯更淹留。

【校注】

〔一〕本詩作年同上篇。題下注語底本無，據宋本、明抄本、吴校、《全唐詩》補。

〔二〕仙掌：即仙人掌，見上篇注〔四〕。

〔三〕關：指潼關。

〔四〕五日：指五月五日，從虢州到華陰一百餘里，馬行一日可到。

六月三十日水亭送華陰王少府還縣 得潭字〔一〕

亭晚人將别，池涼酒未酣。關門勞夕夢〔二〕，仙掌引歸驂〔三〕。荷葉藏魚艇，藤花

罥客簪〔四〕。殘雲收夏暑，新雨帶秋嵐〔五〕。失路情無適〔六〕，離懷思不堪。賴兹庭户裏，别有小江潭〔七〕。

【校注】

〔一〕本詩作年同上篇。三十：底本、宋本作「十三」，均注：「一作三十。」《全唐詩》作「三十」。據「殘雲」兩句，似以「三十」爲是。水亭：疑在虢州郡齋南池畔。

〔二〕關：指潼關。句謂關門難通，夢中過關也覺辛勞。

〔三〕仙掌：見上篇注〔二〕。歸驂：歸駕，歸車。驂，駕在車前兩側的馬。

〔四〕罥：挂住。

〔五〕秋嵐：秋氣。

〔六〕失路：言不得志。無適：不專注，無所適從。

〔七〕小江潭：疑指南池。這兩句説，賴有南池，聊可消憂。

送王録事却歸華陰

王録事自華陰尉授虢州録事參軍，旬日即復舊官〔一〕

相送欲狂歌，其如此别何〔二〕？攀轅人共惜〔三〕，解印日無多〔四〕。仙掌雲重

見〔五〕，關門路再過。雙魚莫不寄〔六〕，縣外是黄河〔七〕。

【校注】

〔一〕上元元年作於虢州。參見《喜華陰王少府使到南池宴集》注〔一〕。王録事：即上詩之「王少府」。録事，録事參軍，州刺史佐吏。却：仍。即：明抄本、吴校、《全唐詩》作「却」。

〔二〕如：奈。

〔三〕攀轅：拉住車轅，不讓離去。《白氏六帖事類集》卷二十一：「侯霸（《後漢書》有傳）字君房，臨淮太守，被徵，百姓攀轅卧轍，不許去。」共惜：底本作「亦惜」，此從明抄本、吴校、《全唐詩》。

〔四〕解印：指去職。

〔五〕仙掌：華山東峯。句言其復歸華陰。

〔六〕雙魚：指書信。

〔七〕「縣外」句：謂有魚，承上句「雙魚」而言。縣，指華陰。

虢州西亭陪端公宴集〔一〕

紅亭出鳥外，驄馬繫雲端〔二〕。萬嶺窗前睥〔三〕，千家肘底看。開瓶酒色嫩〔四〕，

踏地葉聲乾。爲逼霜臺使，重裘也覺寒〔五〕。

【校注】

〔一〕作於任虢州長史期間。西亭：見《早秋與諸子登西亭觀眺》注〔一〕。端公：即侍御史。唐御史臺置侍御史四人，掌糾察不法，分判臺事。《唐語林》卷八：「御史臺三院。一曰臺院，其僚曰侍御史，衆呼爲端公。」此「端公」即下篇之「范端公」，也即《范公叢竹歌》中的「范公」，參見後《范公叢竹歌》注〔一〕。

〔二〕外：猶「上」。驄馬：指御史的馬。參見《青門歌送東臺張判官》注〔六〕。驄，明抄本、吴校、《全唐詩》作「駿」。兩句形容西亭之高。

〔三〕睥：眼睛斜看。

〔四〕嫩：淺，淡。

〔五〕霜臺：御史臺。「霜臺使」指范端公。這兩句説，爲御史的霜威所逼，穿着雙重皮衣也覺寒冷。參見《送韋侍御先歸京》注〔四〕。

虢州西山亭子送范端公　得濃字〔一〕

百尺紅亭對萬峯，平明相送到齋鐘〔二〕。驄馬勸君皆卸却〔三〕，使君家醖舊

來濃〔四〕。

【校注】

〔一〕本詩作年同上篇。西山亭子：即西亭。范端公：參見後《范公叢竹歌》注〔一〕。得濃字：底本無此三字，據宋本、明抄本、吴校、《全唐詩》補。

〔二〕平明：天剛亮。齋鐘：佛家語。佛家戒律規定，正午以後不宜進食，午前或午中進食稱「齋」。齋鐘是寺廟報齋時的鐘聲，打三十六下。

〔三〕皆：《萬首唐人絶句》作「教」。

〔四〕使君：指虢州刺史。舊來：素來。濃：濃烈。

原頭送范侍御 得山字〔一〕

百尺原頭酒色殷，路傍驄馬汗斑斑〔二〕。別君祇有相思夢，遮莫千山與萬山〔三〕。

【校注】

〔一〕本詩作年同前篇。原：指西原，參見《虢州後亭……》注〔二〕。范侍御：即前兩篇之「范端公」，也即下篇《范公叢竹歌》中的「范公」。侍御：侍御史之省稱。得山字：底本無，據宋

本、明抄本、吴校、《全唐詩》補。

〔二〕驄馬：指御史的馬。

〔三〕遮莫：不論，不問。

范公叢竹歌 并序〔一〕

職方郎中兼侍御史范公迺於陝西使院内種竹〔二〕，新製叢竹詩以見示，美范公之清致雅操〔三〕，遂爲歌以和之。

世人見竹不解愛，知君種竹府庭内〔四〕。此君託根幸得所〔五〕，種來幾時聞已大。盛夏脩脩叢色寒〔六〕，閑宵摵摵葉聲乾〔七〕。能清案牘簾下見〔八〕，宜對琴書窗外看。爲君成陰將蔽日，迸筍穿階踏還出。守節偏凌御史霜〔九〕，虚心願比郎官筆〔一〇〕。君莫愛南山松樹枝〔一一〕，竹色四時也不移。寒天草木黄落盡，猶自青青君始知。

【校注】

〔一〕范公：范季明。《元和姓纂》卷七：「職方郎中范季明，代居懷州，云自敦煌徙焉。」《岑詩繫年》：「杜甫有《泛舟送魏十八倉曹還京因寄岑中允參范郎中季明》詩，范季明當即此詩之范

公。岑公改太子中允在寶應元年，此詩蓋亦是年作。」按，岑改太子中允雖在寶應元年，却不能以此證明范始任「職方郎中兼侍御史」亦在是年。據詩序，范當時在陝西節度使衙門任職；《新唐書·方鎮表》載，上元元年改陝、虢、華節度爲陝西節度。虢州屬陝西節度，與陝西節度使治所陝州地近，岑在虢州任職期間，與范屢有酬贈。據《虢州西亭陪端公宴集》、《虢州西山亭子送范端公》、《原頭送范侍御》等詩，知范當時已任侍御史，故此詩亦當爲上元元年或二年岑居虢州時所作。

〔二〕職方郎中：官名。尚書省兵部職方司（兵部四司之一）長官，掌天下地圖及城隍、堡寨、烽堠之事。陝西使院：陝西節度使衙門。

〔三〕清致：清高的意趣。雅操：風雅的舉動。

〔四〕庭：《全唐詩》作「城」。

〔五〕此君：指竹。《世説新語·任誕》：「王子猷嘗暫寄人空宅住，便令種竹。或問：『暫住，何煩爾？』王嘯詠良久，直指竹曰：『何可一日無此君！』」所：《全唐詩》作「地」。

〔六〕夏：明抄本、吴校、《全唐詩》作「暑」。翛翛：象聲辭，像風吹叢竹之聲。叢色寒：謂叢竹的顔色給人陰冷的感覺。

〔七〕摵摵：同「瑟瑟」，像風吹竹葉發出的聲音。明抄本、吴校、《全唐詩》作「槭槭」。

〔八〕案牘：官府文書。句謂簾下望竹，能驅除案牘之煩勞。

〔九〕凌：高出，壓過。句謂竹子能保持自己的節操，不畏懼似御史嚴威一般的峻厲風霜。

〔一〇〕虛心：竹心空，故云。比：並列。郎官筆：參見《送顔平原》注〔一七〕。竹可以製筆，故云。兩句寫竹，又隱指范任郎官兼御史。

〔一一〕南山：終南山。

郡齋南池招楊轔〔一〕

郡僻人事少，雲山遮眼前〔二〕。偶從池上醉，便向舟中眠。與子居最近，同官情又偏〔三〕。閑時耐相訪〔四〕，正有牀頭錢〔五〕。

【校注】

〔一〕作於任虢州長史期間。楊轔：《寶刻叢編》卷十《陝州》：「《唐立傅説廟碑》，唐侍御史內供奉楊轔撰。……大曆四年立，在夏縣（《集古録目》）。」

〔二〕遮：《全唐詩》作「常」，宋本注：「一作常。」

〔三〕偏：多，深。

〔四〕耐：表願望之辭，猶云值得。

〔五〕牀頭錢：言可沽酒。鮑照《擬行路難十八首》其五：「且願得志數相就，牀頭恒有沽酒錢。」

題山寺僧房〔一〕

窗影摇羣木，牆陰戴一峯〔二〕。野爐風自爇〔三〕，山碓水能舂〔四〕。勤學翻知誤〔五〕，爲官好欲慵〔六〕。高僧瞑不見〔七〕，月出但聞鐘。

【校注】

〔一〕虢州多山，此詩寫山景，又云「爲官好欲慵」，與「州縣欲歸慵」（《春半與羣公同遊元處士别業》）意近，疑亦作於居虢州時。

〔二〕戴：加於其上。明抄本、《全唐詩》作「載」。句謂寺牆的陰影，灑落在山峯上。

〔三〕爇：燃燒。

〔四〕水能舂：指用水力舂米。

〔五〕翻：反過來。

〔六〕官：底本作「君」，此從明抄本、吴校、《全唐詩》。好：猶「真」。欲：猶「已」。説見王鍈《詩詞曲語辭例釋》。慵：懶。

〔七〕瞑：黄昏。

林卧〔一〕

偶得魚鳥趣〔二〕，復兹水木涼。遠峯帶雨色，落日摇川光〔三〕。臼中西山藥，袖裏淮南方〔四〕。唯愛隱几時〔五〕，獨遊無何鄉〔六〕。

【校注】

〔一〕疑居虢州時作，姑繫於此。

〔二〕魚鳥趣：指在林中與魚鳥周旋的樂趣。

〔三〕摇川光：言夕陽的餘輝映照流動的河水閃閃發光。

〔四〕西山藥：指仙藥。曹丕《折楊柳行》謂西山之上有兩仙童，「與我一丸藥」，服之即羽化登仙。淮南：指漢淮南王劉安。方：藥方。淮南王好服丹藥，求長生，詳見《盛王輓歌》注〔七〕。兩句言服藥養生。

〔五〕唯愛：底本、明抄本注：「一作誰見。」隱几：憑靠着桌子。此指「隱几而卧」（《孟子·公孫丑下》）。

〔六〕無何鄉：無何有之鄉，即虚無之鄉。《莊子·逍遥遊》：「今子有大樹，患其無用，何不樹之於無何有之鄉，廣莫之野，彷徨乎無爲其側，逍遥乎寢卧其下。」

虢州卧疾喜劉判官相過水亭〔一〕

卧疾嘗晏起，朝來頭未梳。見君勝服藥，清話病能除〔二〕。低柳供繫馬〔三〕，小池堪釣魚。觀棋不覺暝，月出水亭初。

【校注】

〔一〕居虢州時作。劉判官：當即下篇之劉顒，時任節度判官。水亭：在虢州郡齋南池畔。

〔二〕清話：清談。

〔三〕供：明抄本、吴校、《全唐詩》作「共」。

水亭送劉顒使還歸節度 分得低字〔一〕

無計留君住，應須絆馬蹄。紅亭莫惜醉〔二〕，白日眼看低〔三〕。解帶憐高柳，移牀愛小溪〔四〕。此來相見少，王事各東西〔五〕。

【校注】

〔一〕本詩作年同上篇。劉顒：曾官殿中侍御史，見《元和姓纂》卷五、《新唐書》卷七一上《宰相世

系表》。顯是時爲節度判官，使還經虢州而歸。

〔二〕紅亭：謂水亭漆成紅色。惜醉：捨不得一醉。

〔三〕「白日」句：隱喻已到遲暮之年。

〔四〕「解帶」兩句：意謂酒後寬衣解帶，移牀（指坐具）於高柳下、小溪旁。

〔五〕王事：指公事。

虢州後亭送李判官使赴晉絳　得秋字〔一〕

西原驛路挂城頭〔二〕，客散紅亭雨未休〔三〕。君去試看汾水上〔四〕，白雲猶似漢時秋〔五〕。

【校注】

〔一〕居虢州時作。晉絳：即晉州、絳州，唐時同屬河東道。晉州治所在白馬城（今山西臨汾市），絳州治所在正平（今山西新絳縣），二地均臨汾河。得秋字：底本無，今從宋本、明抄本、吴校、《全唐詩》補。

〔二〕西原：地名，即「靈寶西原」（《舊唐書・玄宗紀》）。在河南靈寶縣城（今已改縣爲市）西南，見《古今圖書集成・方輿彙編・職方典》卷四三八。挂城頭：形容驛路之高。

〔三〕紅亭：據岑參詩，虢州西亭、東亭、水亭、後亭等皆有「紅亭」之稱，又蜀中詩《早春陪崔中丞泛浣花溪宴》亦有「紅亭」，知「紅亭」當指亭漆成紅色。紅，明抄本、吴校、《唐百家詩選》均作「江」，疑誤。休：明抄本、吴校、《全唐詩》作「收」。

〔四〕汾水：源出山西寧武縣管涔山，流經山西中部。

〔五〕「白雲」句：武帝曾於元鼎四年（前一一三）秋到河東汾陰（今山西萬榮縣寶鼎鎮）祭祀后土（土神），在汾河上與羣臣宴飲，興酣作《秋風辭》曰：「秋風起兮白雲飛，草木黄落兮雁南歸……泛樓舡兮濟汾河，横中流兮揚素波。……歡樂極兮哀情多，少壯幾時兮奈老何！」事見《文選》卷四五及《漢武故事》等。

虢州南池候嚴中丞不至〔一〕

池上日相待，知君殊未回〔二〕。徒教柳葉長，謾使梨花開〔三〕。駟馬去不見〔四〕，雙魚空復來〔五〕。相思不解説〔六〕，孤負舟中杯〔七〕。

【校注】

〔一〕上元二年（七六一）春作於虢州。南池：在虢州郡齋。《岑詩繫年》：「嚴中丞謂嚴武。《舊唐書》一一七《嚴武傳》曰：『既收長安，以武爲京兆少尹，兼御史中丞。時年三十二。

以史思明阻兵，不之官（優遊京師）。』案，至德二載九月收復長安，乾元二年九月史思明陷洛陽，同年夏公方至虢州，此詩既寫春景，當作於乾元三年即上元元年。下二篇（指《使君席夜送嚴河南赴長水》、《稠桑驛喜逢嚴河南中丞便别》）同。」按，《舊唐書·嚴武傳》曰：「永泰元年（七六五）四月以疾終，時年四十。」以此逆推，則「年三十二」，爲至德二載（七五七），是年九月，收復長安，十月，收復洛陽。嚴武若爲京兆少尹，根本不存在「史思明阻兵，不之官，優遊京師」的問題，所以嚴武應是「之官」了，《新唐書·嚴武傳》：「已收長安，拜京兆少尹，坐（房）琯事，貶巴州刺史。」《通鑒》乾元元年（七五八）六月：「前祭酒劉秩貶閬州刺史，京兆尹嚴武貶巴州刺史，皆琯黨也。」明謂武於乾元元年六月自京兆少尹貶爲巴州刺史。又據嚴武《巴州古佛龕記》（《唐文拾遺》卷二二），知其在乾元三年（七六〇）四月，已「辭」巴州「馳赴闕庭」，其官河南尹，當即在此後。武官河南尹事，兩《唐書》本傳俱未言及，但據下兩篇及王維《河南嚴尹弟見宿弊廬訪别人賦十韻》，還有《歷代名畫記》卷十：「陳曇……河南尹嚴武薦爲參軍。」可知武曾任此職。據《通鑒》載，乾元二年九月李若幽在河南尹任，後劉晏繼其任，且於上元元年（七六〇）五月癸丑之前不久入爲京兆尹；又《舊唐書·李光弼傳》：「光弼自河中入朝……遂加開府儀同三司、侍中、河南尹、行營節度使。」《通鑒》上元二年：「五月，己丑，李光弼自河中入朝。」則光弼加河南尹，當在上元二年五月之後。綜上所述，武爲河南尹，當在劉晏之後、李光弼之前，即上元

元年閏四月之後、上元二年五月以前。又本詩乃寫春景，當作於上元二年春。是時武已官河南尹，蓋因事入京，復欲回長水任所而途經虢州。御史中丞是武任河南尹時的兼職。《舊唐書·劉晏傳》曰：「（晏）遷河南尹，時史朝義盜據東都，寄理長水。」說明當時河南府治暫時設在長水。

〔二〕殊：猶。回：指回長水。嚴由長安回長水任所需經虢州。

〔三〕謾：徒，空。字亦通「漫」或「慢」。

〔四〕「駟馬」句：指嚴自長水任所驅車入京。

〔五〕雙魚：指書信。見《夜過磐豆隔河望永樂……》注〔三〕。復：明抄本、吴校、《全唐詩》作「往」。

〔六〕相思：《全唐詩》作「思想」。解說：會說，能說。

〔七〕孤負：同「辜負」。

稠桑驛喜逢嚴河南中丞便別 得時字〔一〕

駟馬映花枝，人人夾路窺。離心且莫問，春草自應知〔二〕。不謂青雲客〔三〕，猶思紫禁時〔四〕。參忝西掖曾聯接〔五〕。別君能幾日，看取鬢成絲〔六〕！

【校注】

〔一〕本詩作年同上篇。稠桑驛：在虢州治所西北。《元和郡縣志》卷六：「稠桑驛在（陝州靈寶）縣西十里，虢公敗戎於桑田，即是也。」《古今圖書集成·方輿彙編·職方典》卷四三八曰：「稠桑，在（靈寶）縣西二十里，春秋虢公敗戎於桑田，唐屈突通與劉文静相距，皆此地也。」唐陝州靈寶縣在今河南靈寶市北，虢州治所弘農縣在今靈寶市南。嚴河南中丞：見上篇注〔一〕。底本無題下注語，據宋本、明抄本、吴校、《全唐詩》補。

〔二〕「離心」兩句：意本《楚辭·招隱士》：「王孫遊兮不歸，春草生兮萋萋。」

〔三〕不謂：不料。青雲客：指居高位的嚴武。

〔四〕紫禁：謂皇宫。

〔五〕忝：辱列。西掖：中書省。岑參在中書省任右補闕時，嚴武在門下省任給事中（參見《宿岐州北郭嚴給事别業》注〔一〕），兩人曾一起出入宫禁。「參忝」以下七字底本無，從宋本、明抄本、吴校、《全唐詩》補。

〔六〕取：語助辭，猶「着」。

使君席夜送嚴河南赴長水 得時字〔一〕

嬌歌急管雜青絲〔二〕，銀燭金杯映翠眉〔三〕。使君地主能相送〔四〕，河尹天明坐莫

辭〔五〕。春城月出人皆醉，野戍花深馬去遲〔六〕。寄聲報爾山翁道〔七〕，今日河南勝昔時〔八〕。

【校注】

〔一〕本詩作年同上兩篇。使君：指虢州刺史。長水：唐縣名，屬河南府，在今河南洛寧縣西南四十五里。當時河南府的治所暫設在長水，參見《虢州南池候嚴中丞不至》注〔一〕。明抄本、吴校無「赴長水」三字。題下注語底本無，從宋本、《全唐詩》補。

〔二〕急管：急促的管樂聲。青絲：猶青絃，指絃樂聲。

〔三〕翠眉：古時女子用青緑色顔料畫眉，故稱。此寫席上的歌妓。

〔四〕地主：相聚之地的主人。

〔五〕河尹：謂河南尹嚴武。坐：且。

〔六〕戍：當時洛陽爲叛軍所據，陝、虢一帶有重兵戍守。

〔七〕山翁：謂山簡，參見《登涼州尹臺寺》注〔四〕。此借指醉中的嚴武。

〔八〕河南：指黄河之南。虢州在黄河之南，唐屬河南道。

虢州送天平何丞入京市馬〔一〕

關樹晚蒼蒼〔二〕，長安近夕陽〔三〕。回風醒别酒〔四〕，細雨濕行裝。習戰邊塵

黑〔五〕，防秋塞草黃〔六〕。知君市駿馬，不是學燕王〔七〕。

【校注】

〔一〕天平：即虢州湖城縣（在今河南靈寶市西北），乾元三年（七六〇）更名天平，大曆四年（七六九）復舊（見《新唐書·地理志》）。據此，本詩當作於乾元三年或上元二年（七六一）。丞：縣丞，掌輔佐縣令處理政事。市：買。

〔二〕關：潼關。

〔三〕近夕陽：長安在虢州之西，故云。

〔四〕回風：旋風。

〔五〕邊塵黑：謂邊地發生戰爭。塵：明抄本、吴校作「城」。

〔六〕防秋：唐時，突厥、吐蕃等常在秋日（即草黄馬肥之時）入寇，故稱調兵守邊爲「防秋」，《舊唐書·陸贄傳》：「西北邊常以重兵守備，謂之防秋。」塞草黄：參見「走馬川行」注〔四〕。安史之亂爆發後，吐蕃乘唐之危，經常入寇。

〔七〕燕王：指燕昭王，名職（《史記》作「平」，誤），戰國時燕國國君。《戰國策·燕策一》載，燕昭王欲招賢者，問於郭隗，「郭隗先生曰：『臣聞古之君人，有以千金求千里馬者，三年不能得。涓人（國君的近侍）言於君曰：「請求之。」君遣之，三月得千里馬；馬已死，買其首五百金，反以報君。君大怒曰：「所求者生馬，安事死馬？而捐五百金！」涓人對曰：「死馬且買之

五百金，況生馬乎？天下必以王爲能市馬。馬今至矣！」於是不能期年，千里之馬至者三。今王誠欲致士，先從隗始。隗且見事，況賢於隗者乎？』」唐駱賓王《與程將軍書》：「燕昭爲市駿之資，郭隗居禮賢之始。」兩句意謂何丞買馬乃爲禦敵而非求賢。

虢州酬辛侍御見贈〔一〕

門柳葉已大，春花今復闌〔二〕。鬢毛方二色〔三〕，愁緒日千端。夫子履新命〔四〕，鄙夫仍舊官。相思難見面，時展尺書看〔五〕。

【校注】

〔一〕據「鄙夫」句，似岑在虢州有年矣，姑繫於上元二年。侍御：見《送韋侍御先歸京》注〔一〕。

〔二〕闌：晚，盡。

〔三〕方：猶「已」。二色：指黑白二色。

〔四〕履新命：意指官職多次陞遷。

〔五〕尺書：即書信。

南池宴餞辛子賦得科斗子〔一〕

臨池見科斗，羡爾樂有餘。不憂網與釣，幸得免爲魚。且願充文字，登君尺素書〔二〕。

【校注】

〔一〕作於任虢州長史期間。《岑詩繫年》：「此詩重見《全唐詩》卷七（按，當爲卷一九五）《韋應物集》中，題作『南池宴錢子辛賦得科斗』，俱失注。案公虢州詩多有『南池』字，此『南池』蓋亦謂虢州南池。作韋應物者疑誤。」按，此詩項氏影宋本《韋蘇州集》不載，似非應物所作。辛子：疑即上詩之辛侍御。賦得：舊時凡是指定、限定的詩題，例在題目上加「賦得」兩字。科斗：即蝌蚪。子：底本作「字」，據《全唐詩》改。

〔二〕文字：指科斗文。其名始見於漢孔安國《尚書序》。魏三體石經中之古文，筆畫頭粗末細，後人認爲即所謂科斗文。尺素書：寫在白絹上的書信。兩句含有請辛子别後給自己寫信之意。

虢州郡齋南池幽興因與閻二侍御道別 時任虢州長史〔一〕

池色淨天碧，水涼雨淒淒〔二〕。快風從東南，荷葉翻向西。性本愛魚鳥，未能返巖溪。中歲徇微官〔三〕，遂令心賞睽〔四〕。及兹佐山郡〔五〕，不異尋幽棲〔六〕。小吏趨竹徑，訟庭侵藥畦〔七〕。胡塵暗河洛〔八〕，二陜震鼓鼙〔九〕。故人佐戎軒〔一〇〕，逸翮凌雲霓〔一一〕。行軍在函谷〔一二〕，兩度聞鶯啼。相看紅旗下，飲酒白日低。聞君欲朝天〔一三〕，駟馬臨道嘶。仰望浮與沉〔一四〕，忽如雲與泥〔一五〕。夜眠驛樓月，曉發關城鷄〔一六〕。惆悵西郊暮，鄉書對君題。

【校注】

〔一〕疑作於上元二年三月，説見本篇注〔八〕。閻二侍御：疑爲閻寀。獨孤及《唐故左金吾衛將軍河南閻公（用之）墓志銘》：「有四子：寧、寀、宰、宣。……廣德中，寀以監察御史領高陵令。」上元間，寀蓋以監察御史爲軍帥佐吏。説詳陶敏《〈唐人行第録〉續正補》（《文史》第三十四輯）因與：底本無，據《全唐詩》補。題下注語《全唐詩》無。

〔二〕淒淒：寒涼。

〔三〕中歲：中年。徇：從，曲從。

〔四〕心賞：心所愛樂。睽：違離。

〔五〕佐山郡：指任虢州長史。虢州多山，故云。

〔六〕幽棲：棲隱山林。

〔七〕訟庭：受理獄訟的場所。侵：近。

〔八〕河洛：黄河、洛水之間，今河南洛陽一帶地區。自乾元二年九月之後，洛陽爲史思明所據，此即指其事。

〔九〕二陝：謂陝東與陝西。參見《虢中酬陝西甄判官見贈》注〔七〕。又，據《通鑑》載，上元二年三月河陽、懷州陷落後，史思明遣其子史朝義引兵襲陝州，衛伯玉擊破之，此句殆即指其事。

〔一〇〕佐戎軒：爲軍帥佐吏。戎軒，兵車。

〔一一〕逸翮：健羽。喻才能出衆。

〔一二〕行軍：猶行營。函谷：函谷關。

〔一三〕朝天：朝見天子。

〔一四〕浮與沉：比喻得意和失意。

〔一五〕雲與泥：比喻高下懸殊。

〔一六〕關：指潼關。古時關門鷄鳴則開。

送陝縣王主簿赴襄陽成親〔一〕

六月襄山道〔二〕，三星漢水邊〔三〕。求凰應不遠〔四〕，去馬賸須鞭〔五〕。野店愁中雨，江城夢裏蟬〔六〕。襄陽多故事〔七〕，爲我訪先賢。

【校注】

〔一〕居虢州時作。《岑詩繫年》：「此蓋王主簿赴襄陽，道出虢州，公送之而作。乾元二年及上元元年襄州阻兵，不得是此二年間事，故繫上元二年。」按，《通鑑》乾元二年載：「八月，乙巳，襄州將康楚元、張嘉延據州作亂」，十一月，「商州刺史充荆、襄等道租庸使韋倫發兵討之……生擒楚元，其衆遂潰。」上元元年載：「夏，四月，……襄州將張維瑾、曹玠殺節度使史翽，據州反。……己未，以陝西節度使來瑱爲山南東道節度使。瑱至襄州，張維瑾等皆降。」此詩明言作於六月，而乾元二年六月康楚元尚未作亂，上元元年六月張維瑾之亂已平息，故此詩作於乾元二年及上元元年的可能並非不存在，《繫年》之説似未確。陝縣：唐縣名，爲陝州治所，在今河南陝縣。主簿：見《玉關寄長安李主簿》注〔一〕。襄陽：唐縣名，在今湖北襄樊市。底本作「襄城」，此從明抄本、吴校、《全唐詩》。

〔二〕襄山：在襄樊市西五里。底本作「襄陽」，此從明抄本、吴校、《全唐詩》。

〔三〕三星：漢鄭玄以爲即心宿（二十八宿之一），亦名火星，因其星有三，又謂之三星。此星夏曆六月的黄昏出現在正南方，漢水在虢州之南，故云「三星漢水邊」。又《詩經・唐風・綢繆》：「綢繆束薪，三星在天，今夕何夕，見此良人。」毛傳：「三星在天，可以嫁娶矣。」孔穎達疏：「三星在天，始見東方，於禮可以婚矣。」襄陽瀕漢水，這裏隱指王即將赴襄陽成親。

〔四〕求凰：言鳳求凰。相傳鳳凰雄的叫「鳳」，雌的叫「凰」。《史記・司馬相如列傳》：「是時卓王孫有女文君新寡，好音，故相如繆與令（臨邛令）相重，而以琴心挑之。」司馬貞《索隱》引張揖云：「其詩曰：『鳳兮鳳兮歸故鄉，遊遨四海求其凰。』」

〔五〕賸：真，頗。鞭：動詞，言鞭馬令其速行。

〔六〕江城：指襄陽。此言王歸家心切，夢裏也似乎聽到六月襄陽的蟬聲。蟬：明抄本作「禪」，疑誤。

〔七〕故事：舊事。

南池夜宿思王屋青蘿舊齋〔一〕

池上卧煩暑〔二〕，不櫛復不巾〔三〕。有時清風來，自謂羲皇人〔四〕。天晴雲歸盡，雨洗月色新。公事常不閑，道書日生塵〔五〕。早年家王屋，五别青蘿春〔六〕。安得還

舊山，東溪垂釣綸〔七〕。

【校注】

〔一〕居虢州時作。南池：在虢州郡齋。王屋：見《宿東溪懷王屋李隱者》注〔一〕。青蘿舊齋：《大清一統志》卷二〇三：「青蘿齋，在（河南）濟源縣西王屋山下，唐岑參別業也。……今廢。」

〔二〕煩暑：悶熱。

〔三〕不櫛：不梳頭，指將髮髻打開。不巾：不戴頭巾。

〔四〕羲皇：即伏羲羲皇人，上古時代的人。陶淵明《與子儼等疏》：「嘗言五六月中，北窗下卧，遇涼風暫至，自謂是羲皇上人。」羲皇，伏皇氏，傳説中的上古帝王。

〔五〕道書：道家書籍。

〔六〕「五別」句：作者早年曾隱居王屋山，二十歲至三十歲時大概又曾幾次去過，詳情已無從考知。

〔七〕東溪：見《宿東溪懷王屋李隱者》注〔一〕。綸：釣魚用的綫。

虢州送鄭興宗弟歸扶風別廬〔一〕

佐郡已三載，豈能長後時〔二〕？出關少親友，賴汝常相隨。今旦忽言別〔三〕，愴然

俱淚垂。平生滄洲意〔四〕，獨有青山知。州縣不敢說，雲霄誰敢期〔五〕？因懷東溪老，最憶南峯緇〔六〕。爲我多種藥〔七〕，還山應未遲。

【校注】

〔一〕據「佐郡已三載」句，此詩當作於上元二年。鄭興宗：父君嶷，爲湘源令。見《新唐書》卷七五上《宰相世系表》。扶風：唐縣名，即今陝西省扶風縣。

〔二〕佐郡：指爲虢州長史。後時：落後於時人。

〔三〕旦：底本作「且」，此從明抄本、吴校、《全唐詩》。

〔四〕滄洲意：歸隱的志向。

〔五〕敢：猶「可」。雲霄：喻高位。此兩句意謂在州縣爲吏，官職卑微，其情難言，而高的職位，又焉能期望？

〔六〕東溪：在終南山。參見《還高冠潭口留别舍弟》注〔三〕。東，底本、明抄本作「陳」，底本注：「本作東。」《全唐詩》亦作「東」，因從之。南峯：即雲際南峯，參見《題雲際南峯眼上人讀經堂》注〔一〕。緇：和尚。舊時僧人服緇（黑色）衣，故以「緇」指和尚。作者曾一度隱居終南。此兩句言自己懷念終南的隱者和僧人。

〔七〕爲我：底本作「我爲」，此從《全唐詩》。

九日使君席奉餞衛中丞赴長水〔一〕

節使横行東出師〔二〕，鳴弓擐甲羽林兒〔三〕。臺上霜威淩草木〔四〕，軍中殺氣傍旌旗〔五〕。預知漢將宣威日〔六〕，正是胡塵欲滅時。爲報使君多泛菊〔七〕，更將絃管醉東籬〔八〕。

【校注】

〔一〕九日：九月九日重陽節。日：底本作「月」，據宋本、明抄本、《全唐詩》改。使君：指虢州刺史。衛中丞：即衛伯玉。中丞，御史中丞。三原（今屬陝西）人。原爲安西將領，肅宗興師靖難，伯玉遂歸長安，初領神策兵馬使出鎮陝州（今河南陝縣）行營，乾元二年十二月破賊於陝東彊子坂，以功封右羽林大將軍，四鎮、北庭行營節度使。上元元年，轉神策軍節度使。代宗時拜荆南節度使。事見兩《唐書》本傳。長水：參見《使君席夜送嚴河南赴長水》注〔一〕。《岑詩繫年》據《舊唐書·肅宗紀》：「乾元二年十二月癸巳朔，神策將軍衛伯玉破賊於陝東彊子坂」的記載，斷此詩作於乾元二年九月。按，《通鑒》乾元二年十二月：「史思明遣其將李歸仁將鐵騎五千寇陝州，神策兵馬使衛伯玉以數百騎擊破之於礓子阪，……以伯玉爲鎮西、四鎮行營節度使。」胡三省注：「礓子阪，在河南永寧縣（今河南洛寧縣）西。」詩中

既曰「節使」，又曰「羽林」，當作於伯玉以功封右羽林大將軍，四鎮、北庭行營節度使之後，即上元元年九月或二年九月。又，衛伯玉何時兼御史中丞，史並失載，據《通鑑》卷二二一載，荔非元禮「知鎮西、北庭行營節度使」時，嘗兼任御史中丞，疑衛伯玉兼御史中丞亦在任四鎮、北庭行營節度使時。《通鑑》上元二年建子月（十一月）：「神策軍節度使衛伯玉攻史朝義，拔永寧，破澠池、福昌、長水等縣。」疑此詩當作於上元二年九月，蓋伯玉九月出師赴長水，十一月即攻拔長水等縣也。

〔二〕節使：即節度使，安史之亂前祇在邊地設置，安史亂後內地也設置。東：諸本作「西」，并注：「一作東。」按，長水在虢州之東，作「東」是。

〔三〕擐甲：身着鎧甲。羽林：禁軍名，唐置左右羽林軍，後改軍爲衛，設大將軍、將軍等官。

〔四〕臺：御史臺。霜威：比喻御史的威嚴。威，《全唐詩》作「風」。句謂伯玉任御史中丞。

〔五〕傍旌旗：瀰漫於旌旗周圍，言殺氣之盛。

〔六〕預：《全唐詩》注：「一作須。」

〔七〕泛菊：把菊花放到酒裏，使花瓣飄浮酒上。古時重陽節有喝菊花酒的習俗。

〔八〕將：帶。絃管：絃樂器和管樂器。東籬：陶淵明《飲酒·結廬在人境》：「採菊東籬下，悠然見南山。」蕭統《陶淵明傳》：「嘗九月九日出宅邊菊叢中坐，久之，滿手把菊，忽值弘（江州刺史王弘）送酒至，即便就酌，醉而歸。」

衛節度赤驃馬歌〔一〕

君家赤驃畫不得，一團旋風桃花色〔二〕。紅纓紫韁珊瑚鞭，玉鞍錦韉黄金勒〔三〕。請君鞴出看君騎〔四〕，尾長窣地如紅絲〔五〕。自矜諸馬皆不及，却憶百金初買時〔六〕。香街紫陌鳳城内〔七〕，滿城見者誰不愛〔八〕？揚鞭驟急白汗流〔九〕，弄影行驕碧蹄碎〔一〇〕。紫髯胡雛金翦刀〔一一〕，平明翦出三騣高〔一二〕。櫪上看時獨意氣〔一三〕，衆中牽出偏雄豪〔一四〕。騎將獵向南山口，城南狐兔不復有〔一五〕。草頭一點疾如飛〔一六〕，却使蒼鷹翻向後〔一七〕。憶昨看君朝未央〔一八〕，鳴珂擁蓋滿路香〔一九〕。始知邊將真富貴〔二〇〕，可憐人馬相輝光。男兒稱意得如此〔二一〕，駿馬長鳴北風起。待君東去掃胡塵〔二二〕，爲君一日行千里。

【校注】

〔一〕衛節度：即衛伯玉，參見上篇注〔一〕。《岑詩繫年》謂此詩作於乾元元年，又謂必作於長安。按，衛伯玉乾元二年十二月始爲四鎮、北庭行營節度使，次年轉神策軍節度使，此詩既稱「節度」，又曰「東去掃胡塵」，當作於衛任節度使之後、廣德元年正月史朝義敗死之前。又，詩

曰：「香街紫陌鳳城内，滿城見者誰不愛？」「憶昨看君朝未央，鳴珂擁蓋滿路香。」係追憶之辭，不能成爲本詩作於長安的證據。赤驃馬：有白色斑點的紅馬。詩題明抄本無「赤」字，《唐詩紀事》、《唐百家詩選》作「衛尚書赤驃馬歌」。按，據《舊唐書・代宗紀》，衛伯玉加檢校工部尚書職在大曆元年（七六六）六月，時岑已在蜀中，雙方無從相遇，且與詩中「東去掃胡塵」之語不合，故作「尚書」者非是。

〔二〕「君家」兩句：意謂馬行如旋風一般迅捷，使畫家也把握不住，描摹不出。

〔三〕紅纓：繫在馬頭上的紅色穗狀飾物。韁：同「繮」，馬繮繩。底本、《全唐詩》作「鞚」，此從明抄本、吴校。珊瑚鞭：指馬鞭的柄上用珊瑚鑲嵌。「珊瑚」下底本注：「一作玳瑁。」韉：馬鞍墊。勒：帶嚼子的馬籠頭。兩句極言馬具之華貴精美。

〔四〕鞴：同「鞁」，配置馬具。「君騎」，底本誤作「馬騎」，據各本校改。

〔五〕窣：垂，拂。底本誤作「窣」，據明抄本、《全唐詩》改。

〔六〕初：《唐詩紀事》、《唐百家詩選》、明抄本、《全唐詩》作「新」。

〔七〕香街紫陌：指京城繁華的街道。鳳城：即京城。傳説春秋時秦穆公女弄玉吹簫引鳳，鳳降秦都咸陽，因號丹鳳城，其後遂稱京都之城曰丹鳳城或鳳城。

〔八〕滿城：《唐百家詩選》作「行人」。

〔九〕白汗：指馬汗。《戰國策・楚策》：「夫驥之齒（年齡）至矣，服鹽車而上太行，蹄申膝折，尾

湛胕潰，漉汁灑地，白汗交流。」高誘注：「不緣暑而汗也。」一説白指汗色。謂馬汗曰「白汗」，本此。

〔一〇〕弄影：指馬在日光下行走。碧蹄：顔色如碧玉般的馬蹄。碎：指碎步。

〔一一〕紫髯胡雛：指馬夫爲胡兒。髯，頰毛。

〔一二〕平明：天剛亮。騣馬頸鬃毛。三騣：指把馬鬃修翦成三瓣的式樣，即所謂「三花」。

〔一三〕獨意氣：特别有氣概。

〔一四〕偏：猶「甚」。

〔一五〕南山：長安城南終南山。此兩句意謂馬行神速，騎上射獵，狐兔便無法逃脱。

〔一六〕「草頭」句：謂馬在草地上奔馳如飛，彷彿蹄不沾地，衹點着草梢一般。

〔一七〕翻：反，明抄本作「飛」。

〔一八〕昨：昔。未央：漢長安宫殿名，故址在今西安市西北，此借指唐宫殿。

〔一九〕珂：馬籠頭上的玉飾，馬行時作聲，故稱「鳴珂」。擁：持。蓋：繖蓋，古時貴官出行時儀仗。依唐代車服制度，五品以上官員有珂、蓋。路：底本注：「一作邑。」

〔二〇〕邊將：伯玉原爲安西將領，故云。

〔二一〕稱意：《唐百家詩選》作「意氣」。

〔二二〕胡塵：指史思明、史朝義叛軍。

秦箏歌送外甥蕭正歸京〔一〕

汝不聞秦箏聲最苦，五色纏弦十三柱〔二〕；怨調慢聲如欲語〔三〕，一曲未終日移午。紅亭水木不知暑〔四〕，忽彈《黄鐘》和《白紵》〔五〕；清風颯來雲不去〔六〕，聞之酒醒淚如雨。汝歸秦兮彈秦聲，秦聲悲兮聊送汝〔七〕。

【校注】

〔一〕疑居虢州時作。秦箏：秦人善彈箏，或謂秦蒙恬所造，故稱。李斯《諫逐客書》：「夫擊甕叩缶，彈箏搏髀，而歌呼嗚嗚快耳目者，真秦之聲也。」蕭正：生平未詳。

〔二〕五色：指弦染成各種顏色。纏弦：弦的一端纏繞於箏上，故云。柱：弦的支柱，箏上的弦枕木。每弦有一柱。「十三柱」即十三弦。《玉篇》：「箏似瑟，十三弦。」《隋書·樂志》：「箏十三弦，所謂秦聲，蒙恬所作者也。」唐顏師古《急就篇》注：「箏亦瑟類也，本十二弦，今則十三。」蓋十三弦始於唐代。

〔三〕「怨調」句：謂秦箏所彈曲子調長聲緩，如怨如訴。

〔四〕紅亭：岑虢州詩「紅亭」之稱凡五見（本詩除外），此「紅亭」疑指虢州水亭。不知暑：言紅亭有水有木，雖在中午，也不覺得熱。

〔五〕《黄鐘》：曲名，即《黄鐘樂》，參見唐崔令欽《教坊記》。《白紵》：舞曲名。《舊唐書·音樂志》曰：「清樂（清商樂）者，南朝舊樂也。……遭梁、陳亡亂，所存蓋鮮。隋室以來，日益淪缺。武太后之時，猶有六十三曲，今其辭存者，惟有《白雪》……《白紵》……等三十二曲。」又曰：「《白紵》，沈約云：『紵本吴地所出，疑是吴舞也。』（沈約的話載《宋書·樂志》）梁帝又令約改其辭，其《四時白紵》之歌，約集所載是也。今中原有《白紵曲》，辭旨與此全殊。」

〔六〕「清風」句：形容樂聲美妙動聽，參見《登涼州尹臺寺》注〔三〕。

〔七〕歸秦：指歸長安。據此兩句，可證岑參時居虢州。

送顏韶 分得飛字〔一〕

遷客猶未老〔二〕，聖朝今復歸。一從襄陽住〔三〕，幾度梨花飛。世事了可見，憐君人亦稀。相逢貪醉臥，未得作春衣〔四〕。

【校注】

〔一〕顏韶：《全唐文》卷三三九顏真卿《顏含碑》：「十五代孫……韶，有才氣，工詩策，進士，濮陽尉。」韶爲真卿從姪。分：宋本、明抄本等無。

〔二〕遷客：貶謫在外者，此指顏韶。從以下各句之意看，顏韶蓋自京師謫居襄陽，幾年後又歸

長安。

〔三〕襄陽：唐縣名，在今湖北襄樊市。往：明抄本作「往」。

〔四〕春衣：指代行裝。此詩應是顔由襄陽歸長安，途中與岑相遇時岑之贈作。疑其時岑居虢州或潼關，今姑繫於此。

潼關鎮國軍句覆使院早春寄王同州〔一〕

胡寇尚未盡〔二〕，大軍鎮關門。旗旌遍草木〔三〕，兵馬如雲屯。聖朝正用武，諸將皆承恩。不見征戰功，但聞歌吹喧〔四〕。儒生有長策，閉口不敢言。昨從關東來〔五〕，思與故人論〔六〕。何爲廊廟器〔七〕，至今居外藩〔八〕。黄霸寧淹留〔九〕，蒼生望騰騫〔一〇〕。捲簾見西嶽，仙掌明朝暾〔一一〕。昨夜聞春風，戴勝過後園〔一二〕。各自限官守，何由叙涼温〔一三〕。離憂不可忘，襟背思樹萱〔一四〕。

【校注】

〔一〕作於寶應元年（七六二）春，時作者改任太子中允兼殿中侍御史，充關西節度判官。鎮國軍：鎮國節度屬軍，駐守潼關。《新唐書·方鎮表》載，上元二年（七六一）以華州（今陝西華

縣）置鎮國節度，又稱同華節度，廣德元年（七六三）罷。因華州在潼關之西，又稱關西節度（《表》作「關東節度」，當誤）。因其有鎮國軍，亦稱鎮國軍節度。鎮國節度兼掌潼關防禦。句覆：句檢覆按，即稽查、審察之意。院：官署。王同州：指同州刺史王政。説見郁賢皓《唐刺史考》卷四。同州隸屬同華節度，治所在今陝西大荔縣。

〔二〕胡寇：指安史餘黨史朝義的軍隊。

〔三〕旗旍：明抄本、《全唐詩》作「旍旗」。

〔四〕歌吹：唱歌和吹奏竽、笙等樂器。

〔五〕關東：指在潼關之東的虢州。

〔六〕故人：謂王同州。從：底本注：「一作夜。」

〔七〕廊廟器：能擔當朝廷重任的人才。此指王同州。廊廟，底本作「廟廊」，此從明抄本、《全唐詩》。

〔八〕居外藩：指在地方任職。唐人做官重内輕外，一般認爲京職纔可以施展抱負。

〔九〕黄霸：參見《西河太守杜公輓歌》其一注〔五〕。淹留：久留。

〔一〇〕騰騫：飛騰升遷。騫，振翼而飛。

〔一一〕仙掌：即華山東峯仙人掌，爲華嶽三峯之一。暾：初升的太陽。

〔一二〕戴勝：即戴鵀。一種候鳥，春夏飛回北方，秋冬飛往南方。《禮記・月令》：「（季春之月）鳴

鳩拂其羽，戴勝降于桑。」

〔一三〕「各自」兩句：謂各爲官職所拘，不能互相叙問起居冷暖。

〔一四〕襟：堂前。背：堂後。萱：亦作諼，植物名，又稱「忘憂草」。《文選》陸機《贈從兄車騎》：「安得忘歸草，言樹背與襟。」李善注：「韓詩（《衛風・伯兮》）曰：『焉得諠草，言樹之背。』然襟猶前也。」

潼關使院懷王七季友〔一〕

王生今才子〔二〕，時輩咸所仰〔三〕。何當見顏色，終日勞夢想〔四〕。驅車到關下，欲往阻河廣〔五〕。滿目徒春華，思君罷心賞〔六〕。開門見太華〔七〕，朝日映高掌〔八〕。忽覺蓮花峯〔九〕，别來更如長〔一〇〕。無心顧微禄，有意在獨往〔一一〕。不負林中期〔一二〕，終當出塵網。

【校注】

〔一〕本詩作年同上篇。潼關使院：潼關鎮國軍使的官署。王七季友：王季友。因排行第七，故稱。河南（今洛陽市）人。玄宗天寶年間，隱居滑州（今河南滑縣）山中。上元元年（七六〇）至寶應元年（七六二），客居華陰、渭南一帶。廣德元年（七六三）爲太子司議郎；二年初入

江西觀察使李勉幕，爲副使，兼監察御史。工詩，與元結、杜甫、岑參、于邵、郎士元、錢起等往返唱酬。事見于邵《送王司議季友赴洪州序》、《唐詩紀事》卷二六、《唐才子傳》卷四等。

〔二〕子：底本作「人」，注：「一作子。」宋本、明抄本同。《全唐詩》作「子」，今從之。

〔三〕咸所仰：猶「咸仰」。所字是指事之辭，即指敬仰之事，與今之用法微異。

〔四〕夢：底本、宋本、明抄本均注：「一作憂。」

〔五〕阻河廣：泛指道路阻隔。《詩經·秦風·蒹葭》：「所謂伊人（指所懷想的人），在水一方。遡洄從之，道阻且長。」此暗用其意。

〔六〕罷心賞：停止對所愛春花的玩賞。

〔七〕太華：即華山。

〔八〕高掌：指華山東峯仙人掌，又稱仙掌。

〔九〕蓮花峯：華山中峯。

〔一〇〕更：猶「絶」。

〔一一〕獨往：言辭官歸隱，不復顧世。《文選》謝靈運《入華子崗是麻源第三谷》：「且申獨往意，乘月弄潺湲。」李善注：「淮南王《莊子略要》曰：『江海之士，山谷之人，輕天下細萬物而獨往者也。』司馬彪曰：『獨往任自然，不復顧世也。』」底本注：「獨，一作長。」

〔一二〕林中期：退隱林下之約。

閿鄉送上官秀才歸關西別業〔一〕

風塵奈汝何〔二〕，終日獨波波〔三〕。親老無官養〔四〕，家貧在外多。醉眼輕白髮〔五〕，春夢渡黄河。相去關城近〔六〕，何時更肯過〔七〕。

【校注】

〔一〕閿鄉：唐縣名，屬虢州，在今河南靈寶市西閿鄉鎮。閿鄉西接潼關，又詩曰：「相去關城近，何時更肯過。」詩當是寶應元年岑在潼關任職時所作。秀才：見《送蒲秀才擢第歸蜀》注〔一〕。

〔二〕汝：宋本、明抄本、吴校、《全唐詩》并注：「一作爾。」

〔三〕波波：奔波忙碌的樣子。上「波」字底本空缺，據宋本、《全唐詩》補。

〔四〕親：父母。官養：相傳夏、商、周三代有「養老」之禮，對國中年老有德之人，官家按時享以酒食。參見《禮記·王制》。此指上官氏無俸禄以供養老親。

〔五〕眼：底本作「眠」，此從《全唐詩》。

〔六〕「城」下宋本、明抄本、吴校均注：「一作山。」句謂上官秀才的别業距潼關不遠。

〔七〕過：拜訪。

敷水歌送竇漸入京〔一〕

羅敷昔時秦氏女〔二〕，千載無人空處所。昔時流水至今流，萬事皆逐東流去〔三〕。此水東流無盡期，水聲還似舊來時〔四〕。岸花仍自羞紅臉，堤柳猶能學翠眉〔五〕。春去秋來不相待，水中月色長不改。羅敷養蠶空耳聞，使君五馬今何在〔六〕？九月霜天水正寒，故人西去度征鞍〔七〕。水底鯉魚幸無數，願君別後垂尺素〔八〕。

【校注】

〔一〕敷水：水名，在陝西華陰縣西敷水鎮附近，水出敷谷，北流注入渭河。《岑詩繫年》：「此詩蓋公充關西節度判官居華州時作。」竇漸：生平未詳。

〔二〕「羅敷」句：漢樂府《陌上桑》：「日出東南隅，照我秦氏樓。秦氏有好女，自名爲羅敷。」按，羅敷非實有其人，其事和敷水也無關係，然後人附會，可能產生過一些關於羅敷居於敷水的傳説。

〔三〕逐：隨。

〔四〕舊來：素來。

〔五〕翠眉：古時婦女用青緑色的顔料畫眉，稱爲翠眉。句謂柳葉像婦女的眉毛一樣。

〔六〕「羅敷」兩句：《陌上桑》：「羅敷喜蠶桑，採桑城南隅。……使君從南來，五馬立踟躕。」使君，對郡太守的稱呼。五馬，漢太守駕車用五匹馬。

〔七〕征鞍：出行的馬。句謂竇西去由此而過。

〔八〕鯉魚、尺素：參見《夜過磐豆隔河望永樂……》注〔三〕。垂：上施於下，敬詞。

陝州月城樓送辛判官入奏〔一〕

送客飛鳥外〔二〕，樓頭城最高〔三〕。樽前遇風雨〔四〕，窗裏動波濤〔五〕。謁帝向金殿〔六〕，隨身唯寶刀。相思灞陵月〔七〕，祇有夢偏勞。

【校注】

〔一〕寶應元年冬作於陝州。陝州：治所在今河南陝縣。月城：大城外用以障蔽城門的半圓形小城。《通鑑》卷一八四：「餘衆東走月城。」胡三省注：「月城，蓋臨洛水築偃月城。」辛判官：時雍王會諸道節度使於陝州，進討史朝義（參見《年譜》），辛應是會聚於陝州的某節度使判官。入奏：入朝言事。

〔二〕飛鳥外：言樓高。外，猶「上」。

〔三〕「樓頭」句：明抄本、吴校、《全唐詩》作「城頭樓最高」。

〔四〕樽：古代的盛酒器具。

〔五〕「窗裏」句：陝州治所北臨黃河，此言居於樓中，從窗裏可以望見黃河翻動着波濤。

〔六〕金殿：天子所居宮殿。

〔七〕灞陵：在唐長安東郊。月：底本作「後」，注：「一作月。」明抄本、吴校、《全唐詩》均作「月」，今從之。

卷四　編年詩

起廣德元年，訖大曆四年

尹相公京兆府中棠樹降甘露詩[一]

相公尹京兆[二]，政成人不欺[三]。甘露降府庭，上天表無私。非無他人家，豈少羣木枝？被兹甘棠樹[四]，美掩召伯詩[五]。團團甜如蜜[六]，晶晶凝若脂[七]。千柯玉光碎[八]，萬葉珠顆垂。崑崙何時來[九]，慶雲相逐飛[一〇]。魏宫銅盤貯[一一]，漢帝金掌持[一二]。玉澤布人和[一三]，精心動靈祇[一四]。君臣日同德，禎瑞方潛施[一五]。何術令大臣，感通能及兹？忽驚政化理[一六]，暗與神物期[一七]。却笑趙張輩[一八]，徒稱今古稀！爲君下天酒[一九]，麴蘖將用時[二〇]。

【校注】

〔一〕廣德元年（七六三）正月作於長安。《岑詩繫年》：「案《舊書·代宗紀》，廣德元年正月國子祭酒兼御史大夫京兆尹劉晏爲吏部尚書同中書門下平章事。此詩曰『相國尹京兆』，知詩題

之尹相公即謂劉晏。」劉晏生平，見下篇注〔一〕。尹：官名，唐京兆（西京）、河南（東京）、太原（北京）等府皆置尹一人，掌總理府中政務。相公：對宰相的稱呼。棠樹：即棠梨，又稱甘棠，落葉喬木，果實圓而小，味澀可食，俗名杜梨。甘露：古時以爲瑞徵。

〔二〕公：明抄本、吴校、《全唐詩》作「國」。尹京兆：於京兆府爲尹。

〔三〕人不欺：民不欺詐。

〔四〕被：覆蓋。兹：明抄本、吴校作「此」。

〔五〕召伯詩：即《詩經·召南·甘棠》。《詩序》曰：「甘棠，美召伯也；召伯之教，明於南國。」鄭箋：「召伯姬姓，名奭，食采於召，作上公，爲二伯，後封於燕，此美其爲伯之功。」孔穎達疏：「謂武王之時，召公爲西伯，行政於南土，決訟於小棠之下，其教著明於南國，愛結於民心，故作是詩以美之。經三章，皆言國人愛召伯而敬其樹（即甘棠，相傳召公曾止息其下），是爲美之也。」

〔六〕團團：圓貌。

〔七〕晶晶：明潔貌；底本原作「晶晶」，此從《全唐詩》。

〔八〕柯：樹枝。玉光碎：形容露珠像顆顆碎玉閃閃發光。

〔九〕崑崙：山名。張華《博物志》卷一：「有崑崙山，廣萬里，高萬一千里，神物之所生，聖人仙人之所集也。出五色雲氣，五色流水。」《太平御覽》卷八引王子年《拾遺記》曰：「崑崙者，……山九層，其第七層有景雲出。」

〔一〇〕慶雲：又稱卿雲或景雲，即五色瑞雲，相傳和甘露一樣是「太平之應」。《漢書·禮樂志》：「甘露降，慶雲集。」《太平御覽》卷八引孫氏《瑞應圖》：「非氣非煙，五色氛氳，謂之慶雲。」

〔一一〕魏宫銅盤：指魏明帝承露盤，以銅製成。曹植《承露盤銘》序曰：「帝（魏明帝）乃詔有司鑄銅建承露盤，在芳林園中，莖長十二丈，大十圍……自立於芳林園，甘露乃降。」

〔一二〕漢帝金掌：謂漢武帝所作承露盤，盤下承以銅製仙人巨掌，故曰「金掌」。《漢書·郊祀志》：「其後（武帝）又作柏梁銅柱、承露仙人掌之屬矣。」師古注：「蘇林曰：『仙人以手掌擎盤承甘露。』師古曰：《三輔故事》云：『建章宫承露盤高二十丈，大七圍，以銅爲之，上有仙人掌，承露和玉屑飲之。』蓋張衡《西京賦》所云『立修莖之仙掌，承雲表之清露……』也。」持：保持，保存。

〔一三〕玉澤：意同上文的「玉光」。明抄本、吴校、《全唐詩》作「王澤」，意亦通。人和：人與人之間和諧一致。《孟子·公孫丑下》：「天時不如地利，地利不如人和。」

〔一四〕靈：神。祇：地神。

〔一五〕禎瑞：祥瑞，吉兆。底本原作「貞瑞」，此從明抄本、吴校、《全唐詩》。潛施：暗中施設。

〔一六〕政化：政治與教化。理：治。

〔一七〕神物：神異之物。期：會，合。

〔一八〕趙張：趙廣漢、張敞。趙廣漢字子都，漢昭帝、宣帝時，任京兆尹。「其發姦擿伏如神」，「京

兆政清，吏民稱之不容口，長老傳以爲自漢興以來，治京兆者莫能及」。後因觸犯貴戚下獄，「吏民守闕號泣者數萬人」（見《漢書》本傳）。張敞，字子高，漢宣帝時人。自趙廣漢被殺後，頻易京兆尹，皆不得其人，後帝詔敞爲京兆尹。「敞爲人敏疾，賞罰分明。……其治京兆，略循趙廣漢之跡」。《漢書·趙尹韓張兩王傳贊》曰：「自孝武置左馮翊、右扶風、京兆尹，而吏民爲之語曰：『前有趙張，後有三王。』」

〔一九〕天酒：甘露一名天酒。

〔二〇〕麴蘗：酒母。此用以喻宰相。《尚書·説命下》：殷高宗立傅説爲相，同他説：「爾惟訓於朕志，若作酒醴，爾惟麴蘗。」孔傳：「酒醴須麴蘗以成，亦言我須汝以成。」蘗，底本作「蘖」，據《全唐詩》改。用：指被皇帝信用。

劉相公中書江山畫障〔一〕

相府徵墨妙〔二〕，揮毫天地窮〔三〕。始知丹青筆〔四〕，能奪造化功〔五〕。瀟湘在簾間〔六〕，廬壑横座中〔七〕。忽疑鳳凰池〔八〕，暗與江海通。粉白湖上雲，黛青天際峯〔九〕。晝日恒見月，孤帆如有風。巖花不飛落，澗草無春冬。擔錫香爐緇〔一〇〕，釣魚滄浪翁〔一一〕。如何平津意〔一二〕，尚想塵外蹤〔一三〕。富貴心獨輕，山林興彌濃。喧幽趣頗

異〔一四〕，出處事不同〔一五〕。請君爲蒼生〔一六〕，未可追赤松〔一七〕。

【校注】

〔一〕廣德元年（七六三）作於長安。劉相公：即劉晏。字士安，曹州南華（今山東東明縣）人。累官至御史中丞、京兆尹，自上元元年（七六〇）起，屢充度支、鑄錢、鹽鐵等使，以善於理財著稱。廣德元年正月，同中書門下平章事（宰相），兼領度支等使如故。廣德二年正月罷相，任太子賓客。德宗建中元年（七八〇）爲楊炎構陷而死。事見兩《唐書》本傳。中書：指中書省。畫障：畫屏。底本作「畫帳」，明抄本、吴校作「畫幛」，此從《全唐詩》。

〔二〕徵墨妙：謂徵求善畫者。

〔三〕天地窮：窮盡天地之景致。

〔四〕丹青：繪畫所用顔料，又用以指畫。

〔五〕奪：奪占，取代。造化：創造化育萬物者，指天、自然。

〔六〕瀟湘：瀟水源出湖南寧遠縣南九嶷山，北流至永州市西北入湘水，世稱瀟湘。

〔七〕廬壑：廬山的溝壑。底本注：「壑，疑作霍。」「廬霍」謂廬山、霍山（南嶽衡山）。

〔八〕鳳凰池：即中書省。唐於中書省設政事堂，爲宰相議事之地，畫障當置於此。

〔九〕黛青：深青色。

〔一〇〕錫：僧人所用錫杖，又名禪杖。香爐：廬山北峯，在江西九江市西南。緇：僧人。

〔一一〕滄浪翁：唱《滄浪歌》的漁父。參見《至大梁却寄匡城主人》注〔五〕。
〔一二〕平津：指丞相。漢武帝封丞相公孫弘爲平津侯。事見《史記·平津侯列傳》。
〔一三〕塵外：塵世之外。底本注：「一作丘壑。」
〔一四〕喧幽：喧鬧和幽静。
〔一五〕出處：猶進退，參見《自潘陵尖還少室……》注〔一一〕。此指出仕和退隱。
〔一六〕爲蒼生：用謝安事，見《西河太守杜公輓歌》其一注〔五〕。
〔一七〕赤松：赤松子，古仙人。《漢書·張良傳》：「願棄人間事，欲從赤松子遊耳。」師古注：「赤松子，仙人號也，神農時爲雨師。」

秋夕讀書幽興獻兵部李侍郎〔一〕

年紀蹉跎四十強〔二〕，自憐頭白始爲郎〔三〕。雨滋苔蘚侵階緑〔四〕，秋颯梧桐覆井黄〔五〕。驚蟬也解求高樹，旅雁還應厭後行〔六〕。覽卷試穿鄰舍壁，明燈何惜借餘光〔七〕。

【校注】

〔一〕兵部李侍郎：即李進。進爲李暠之姪，寶應元年（七六二）冬，由給事中遷工部侍郎，署雍王元

帥府行軍司馬。廣德元年（七六三），遷兵部侍郎（兵部副長官）。説見《唐僕尚丞郎表》卷二二。詩作於廣德元年秋，時岑參官拜祠部員外郎。作者寶應元年爲雍王元帥府掌書記，故與李進有舊。

〔二〕四十強：廣德元年作者四十七歲。

〔三〕郎：郎官，又稱尚書郎。

〔四〕侵：漸進，逐漸爬上。

〔五〕颯：凋零。

〔六〕厭後行：嫌惡列居行末。《通典》卷二十三：「尚書六曹，吏部、兵部爲前行，户、刑爲中行，禮、工爲後行，其官屬自後行遷入二部者以爲美。」岑時任祠部員外郎，祠部爲禮部四司之一，是「後行」。句含不願在禮部爲郎意。

〔七〕「覽卷」二句：《西京雜記》卷二：「匡衡（西漢人，《漢書》有傳）字稚圭，勤學而無燭，鄰舍有燭而不逮，衡乃穿壁引其光，以書映光而讀之。」兩句含有希望李提攜之意。

和刑部成員外秋夜寓直寄臺省知己〔一〕

列宿光三署〔二〕，仙郎直五宵〔三〕。時衣天子賜〔四〕，廚膳大官調〔五〕。長樂鐘應

近，明光漏不遥〔六〕。黄門持被覆〔七〕，侍女捧香燒〔八〕。筆爲題詩點〔九〕，燈緣起草挑〔一〇〕。竹喧交砌葉，柳彈拂窗條〔一一〕。粉署榮新命〔一二〕，霜臺憶舊僚〔一三〕。名香播蘭蕙〔一四〕，重價藴瓊瑶〔一五〕。擊水翻滄海，摶風透赤霄〔一六〕。微才喜同舍〔一七〕，何幸忽聞《韶》〔一八〕。

【校注】

〔一〕《岑詩繫年》：「成員外謂成賁。《郎官石柱題名》左司員外郎有成賁。獨孤及《送成都成少尹赴蜀序》曰：『歲次乙巳（案即永泰元年）定襄郡王英乂出鎮庸蜀，謀亞相（應爲「亞尹」），僉曰左司郎中成公可。』案成賁官員外郎當在爲郎中之前，其爲郎中既在永泰元年，則爲員外郎當在廣德元二年之間。」按，《郎官石柱題名》曰「左司員外郎」，此曰「刑部成員外」，若「成員外」確爲成賁，則其官刑部員外郎當更在官左司員外郎之前。玩詩意，此詩當作於廣德元年，與《秋夕讀書幽興獻兵部李侍郎》同時。刑部：指刑部司。刑部（尚書省六部之一）下設刑部、都官、比部、司門四司，刑部司掌刑罰獄訟之事。員外：員外郎，唐六部諸司各置員外郎一至二人，掌協助本司郎中（司長）處理政事。寓直：值班。臺：御史臺。省：指尚書、中書、門下省。詩題底本作「和刑部成員外秋寓直臺省寄知己」，明抄本、吴校作「和刑部成員外秋寓直寄臺省知己」，此從《全唐詩》。

〔二〕列宿：衆星。三署：漢郎官掌宿衛侍從，有五官、左、右三署，稱三署郎。

〔三〕仙郎：見《送顔平原》注〔八〕。直五宵：應劭《漢官儀》卷上：「尚書郎主作文書起草，夜更直（輪值）五日於建禮門内。」（孫星衍輯本）

〔四〕時衣：四時之衣。《後漢書·鍾離意傳》曰：「藥崧者，河内人，天性樸忠，家貧爲郎，常獨直臺（尚書臺）上，無被，枕杫，食糟糠。帝每夜入臺，輒見崧，問其故，甚嘉之。自此詔太官賜尚書以下朝夕餐，給帷、被、皂袍。」

〔五〕「廚膳」句：《通典》卷二十二載後漢尚書郎入直時，「太官供食物，湯官供餅餌及五熟果實之屬，五日一美食，下天子一等。」大官，即「太官」，掌官中飲食的官署，屬少府。《漢書·百官公卿表》：「少府……屬官有尚書、符節、太醫、太官、湯官……十六官令、丞。」師古注：「太官主膳食，湯官主餅餌。」《後漢書·百官志》：「太官令一人……掌御飲食。」

〔六〕長樂：漢宮殿名，在漢長安城東。長樂宮有鐘室，見《三輔黄圖》卷六。明光：漢宮殿名，詳後《省中即事》注〔五〕。漏：古計時器具，以銅製成。底本原作「路」，此從明抄本、吴校、《全唐詩》。長樂、明光均借指唐宮殿，兩句意謂寓直地離宮中不遠。

〔七〕黄門：宦者之稱。東漢黄門令、中黄門諸官皆由宦者充任，故稱。持被覆：《初學記》卷十一引摯虞《三輔決録》：「馮豹爲尚書郎，每奏事未報，常伏省闥（禁闥，宮禁）下，或自昏至明，天子默使人持被覆之。」

〔八〕「侍女」句：見《送顔平原》注〔一八〕。

〔九〕點：指落筆。

〔一〇〕起草：東漢尚書郎掌起草文書，故云。以上十句聯繫歷史舊事，描寫郎官生活。

〔一一〕砌：臺階。嚲：垂下。兩句寫寓直地之景物。

〔一二〕粉署：後漢尚書臺官員於明光殿省奏事，「省中皆胡粉塗壁，故曰粉署」（應劭《漢官儀》卷上）。後世沿稱尚書省爲粉署。

〔一三〕霜臺：御史臺。廣德元年岑以御史臺屬官遷爲祠部員外郎，「唐御史以擢省郎爲美遷」（《唐音癸籤》卷十七），故曰「榮新命」。

〔一四〕名香：指蘭蕙。蘭、蕙均香草，屈原《離騷》：「余既滋（培植）蘭之九畹（三十畝曰「畹」）兮，又樹（種）蕙之百畝。」此以播種香草比喻培植美德。

〔一五〕藴：積聚。瓊瑶：美玉。《詩經·衛風·木瓜》：「投我以木桃，報之以瓊瑶；非報也，永以爲好也。」此喻華美的詩文。

〔一六〕擊水、摶風：《莊子·逍遥遊》：「鵬之徙於南冥也，水擊三千里，摶扶摇而上者九萬里。」摶，聚。扶摇，風名。滄，宋本、明抄本作「蒼」。

〔一七〕微才：作者自指。同舍：同在一舍。謂同爲郎官。《漢書·直不疑傳》：「直不疑……爲郎，事文帝。其同舍有告歸，誤將其同舍郎金去。」

〔一八〕聞《韶》：《論語·述而》：「子在齊聞《韶》，三月不知肉味，曰：『不圖爲樂之至於斯也。』」《八佾》：「子謂《韶》：『盡美矣，又盡善也。』」《韶》，相傳爲舜時樂曲，這裏借指「秋夜寓直」詩，謂其盡善盡美。

送任郎中出守明州〔一〕

罷起郎官草，初分刺史符〔二〕。城邊樓枕海，郭裏樹侵湖〔三〕。郡政傍連楚，朝恩獨借吴〔四〕。觀濤秋正好，莫不上姑蘇〔五〕。

【校注】

〔一〕郎中：尚書省左右司及六部諸司正長官曰「郎中」。出守：出任太守。明州：唐開元二十六年始置，治所在今浙江寧波市南。《岑詩繫年》：「此詩疑亦廣德元年公爲郎時作。」

〔二〕「罷起」句：後漢尚書郎「主作文書起草」（《後漢書·百官志》），故云。「初分」句：參見《西河太守杜公輓歌》其三注〔二〕。分：《全唐詩》作「封」。史：底本誤作「吏」，據明抄本、吴校、《全唐詩》改。兩句謂任出爲州刺史，不復任郎官。

〔三〕「城邊」二句：寫明州風物。

〔四〕傍：通「旁」。顧，照顧。吴：指明州，春秋時屬吴地，故云。上句謂明州地近故楚地，政事

與故楚地相關連；下句言出任明州刺史是朝廷對明州的特別關照。

〔五〕姑蘇：山名，在江蘇吴縣西南。登姑蘇，可望太湖。

暮秋會嚴京兆後廳竹齋〔一〕

京尹小齋寬〔二〕，公庭半藥欄〔三〕。甌香茶色嫩〔四〕，窗冷竹聲乾。盛德中朝貴〔五〕，清風畫省寒〔六〕。能將吏部鏡〔七〕，照取寸心看〔八〕。

【校注】

〔一〕作於廣德元年（七六三）秋。《岑嘉州繫年考證》：「《舊書·代宗紀》，廣德元年十月，以京兆尹兼吏部侍郎嚴武爲黄門侍郎。公有《暮秋會嚴京兆後廳竹齋》詩曰『能將吏部鏡，照取寸心知（「看」字之誤）』，則此嚴京兆即武也。去年六月以劉晏爲京兆尹，本年正月晏同中書門下平章事，武代爲京兆尹。武以本年正月爲京兆尹，十月遷黄門，則公詩題曰『暮秋會嚴京兆後廳竹齋』者，正謂本年暮秋。」按，《新唐書·劉晏傳》曰：「代宗立，復爲京兆尹……又以京兆讓嚴武，即拜吏部尚書、同中書門下平章事。」可證聞説不誤。廳：明抄本、吴校作「亭」。

〔二〕京尹：《全唐詩》作「京兆」。

〔三〕藥欄：種藥草的小園。

〔四〕甌：杯。嫩：淡，淺。
〔五〕中朝：朝内。
〔六〕畫省：尚書省。句謂嚴武兼任吏部侍郎，其風清正，令人畏憚。
〔七〕吏部鏡：又稱衡鏡、藻鏡，都是衡量、品藻、鑒别人才的意思。
〔八〕「照取」句：唐開元以後，吏部尚書多由宰相兼領，吏部銓選之事，實際由侍郎主管，故云。

冬宵家會餞李郎司兵赴同州〔一〕

急管雜青絲，玉瓶金屈卮〔二〕。寒天高堂夜〔三〕，撲地飛雪時。賀君關西掾〔四〕，新綬腰下垂〔五〕。白面皇家郎〔六〕，逸翮青雲姿〔七〕。明旦之官去〔八〕，他辰良會稀。惜别冬夜短，務歡杯行遲〔九〕。季女猶自小〔一〇〕，老夫未令歸〔一一〕。且看匹馬行，不得鳴鳳飛〔一二〕。昔歲到馮翊〔一三〕，人煙接京師。曾上月樓頭〔一四〕，遥見西嶽祠〔一五〕。沙苑逼官舍〔一六〕，蓮峯壓城池〔一七〕。多暇或自公〔一八〕，讀書復彈棋〔一九〕。州縣信徒勞〔二〇〕，雲霄亦可期。應須力爲政〔二一〕，聊慰此相思。

【校注】

〔一〕司兵：司兵參軍，爲郡守屬吏，掌軍防、烽候、驛傳等事。同州：治所在今陝西大荔縣。《岑

詩繫年》：「詩曰『州縣信徒勞』，當爲虢州長史以後所作，姑繫寶應元年。」按，「州縣」云云，蓋一般經驗之談，非必任虢州長史後方可道出，此説根據不足。據詩中「季女」四句，知李爲岑之未婚女婿，詩題曰「家會」，理當作於長安家中；又岑以「老夫」自稱，則此詩若非作於乾元元年（七五八），必作於廣德元年（七六三）至永泰元年（七六五）間，姑繫廣德元年。

〔二〕「急管」句：參見《使君席夜送嚴河南赴長水》注〔二〕。玉瓶：盛酒器皿。屈卮：酒器名，孟元老《東京夢華録》卷九：「御筵酒盞皆屈卮，如菜盌樣，而有手把子。殿上純金，廊下純銀。」金屈：底本誤作「屈金」，據《全唐詩》改。上句寫宴會奏樂，下句寫酒器華美。

〔三〕堂：正房。

〔四〕關西：同州在潼關之西，故云。掾：古代官署屬員的通稱。

〔五〕「新綬」句：按，唐制，六品以下官吏無綬（繫官印的絲帶），這裏衹是説李榮任新職，而非實指。

〔六〕皇家郎：謂李爲皇族。

〔七〕逸翮：健羽。句謂李有才幹，能自致青雲之上。

〔八〕之官：赴任。

〔九〕務歡：求歡。杯行遲：酒喝得很慢。

〔一〇〕季女：少女，小女。猶：底本作「由」，此從明抄本、吴校、《全唐詩》。

〔一一〕歸：出嫁。

〔一二〕鳴鳳飛：《左傳》莊公二十二年：「初，懿氏（陳國大夫）卜妻（以女嫁人）敬仲（陳公子完），其妻（懿氏妻）占之，曰：『吉，是謂鳳皇于飛，和鳴鏘鏘。』」杜預注：「雄曰鳳，雌曰皇，雄雌俱飛，相和而鳴，鏘鏘然，猶敬仲夫妻相隨適齊，有聲譽。」句謂李匹馬獨去，未能夫妻同行。

〔一三〕馮翊：唐郡名，即同州，治所在馮翊縣。岑參寶應元年曾任同華節度判官，「到馮翊」即在此時。

〔一四〕月樓：即月城樓。

〔一五〕西嶽祠：見《宿華陰東郭客舍憶閻防》注〔六〕。

〔一六〕沙苑：地名，又稱沙海、沙澤，在今陝西大荔縣南。其地多沙，不宜耕種，唐於此置沙苑監養馬。逼：近。

〔一七〕蓮峯：即蓮花峯，爲華山中峯。壓：臨。

〔一八〕自公：指辦完公務自公門（官府）下班，《詩經·召南·羔羊》：「退食自公。」

〔一九〕彈棋：古代的一種博戲。

〔二〇〕州縣：指任州縣官吏。信：誠然。

〔二一〕爲政：治理政事。

送嚴黄門拜御史大夫再鎮蜀川兼覲省〔一〕

授鉞辭金殿〔二〕，承恩戀玉墀〔三〕。登壇漢主用〔四〕，講德蜀人思〔五〕。副相韓安國，黄門向子期〔六〕。刀州重入夢〔七〕，劍閣再題詞〔八〕。春草連青綬〔九〕，晴花間赤旗〔一〇〕。山鶯朝送酒〔一一〕，江月夜供詩。許國分憂日〔一二〕，榮親色養時〔一三〕。蒼生望已久〔一四〕，來去不應遲〔一五〕。

【校注】

〔一〕廣德二年（七六四）正月作於長安。嚴黄門：即嚴武。《通鑒》廣德二年正月：「癸卯，合劍南東、西川爲一道，以黄門侍郎嚴武爲節度使。」按，唐門下省置黄門侍郎二人，爲門下省副長官。御史大夫：是嚴武任劍南節度使時的兼職，見《舊唐書·嚴武傳》。蜀川：猶蜀地。《通鑒》寶應元年六月：「以兵部侍郎嚴武爲西川節度使。」廣德二年，嚴已是第二次到蜀中任職，故曰「再鎮」。據新、舊《唐書·嚴武傳》，嚴曾三度在劍南任節度使。覲省：探望父母或尊親。

〔二〕鉞：大斧。授鉞：古時命將出征，須擇日於太廟舉行授兵（兵器）典禮，由天子親自授給斧鉞，作爲征伐誅殺大權的信物。此指受命爲將。

〔三〕玉墀：玉階，皇宮的臺階。

〔四〕登壇：壇是古時舉行祭祀、盟誓等大典用的土臺。劉邦曾設壇拜韓信爲大將，這是一種表示特殊恩遇的隆重儀式。此以韓信喻嚴武。

〔五〕「講德」句：以王褒喻嚴武。《漢書·王褒傳》：「益州刺史王襄，欲宣風化於衆庶……使褒作《中和樂職宣布》詩。」《文選》卷五一王褒《四子講德論》序曰：「褒既爲益州刺史，王襄作《中和樂職宣布》之詩，又作傳，名曰《四子講德》，以明其意焉。」按，此論假設微斯文學、虛儀夫子、浮游先生、陳丘子四子互爲問答，借以歌頌美政。

〔六〕副相：即御史大夫。韓安國：字長孺，漢武帝時任御史大夫，「爲人多大畧，知足以當世取捨，而出於忠厚。」（《漢書·韓安國傳》）向子期：向秀，字子期，晉人。好老、莊之學，與嵇康相善，爲「竹林七賢」之一。官至黄門侍郎。兩句意謂嚴武任御史大夫和黄門侍郎。

〔七〕「刀州」句：謂嚴武即將重到蜀中任職。《晉書·王濬傳》：「濬夜夢懸三刀於臥屋梁上，須臾又益一刀，濬驚覺，意甚惡之。主簿李毅再拜賀曰：『三刀爲州字，又益一者，明府（郡守之稱，謂王濬）其臨益州乎？』……果遷濬爲益州刺史。」益州在今四川省。晉時州刺史掌數郡之地，統兵，地位畧相當於唐代的節度使。

〔八〕劍閣：即劍門關。晉張載博學有文章，道經劍閣，作《劍閣銘》。

〔九〕青綬：漢御史大夫服青綬（見《漢書·百官公卿表》）；唐御史大夫是從三品官（會昌二年升

爲正三品），用紫綬（參見《舊唐書·輿服志》）。按，此非實指。

〔一〇〕赤旗：指節度使出行的儀仗。

〔一一〕「山鶯」句，暗用南朝宋戴顒春日攜酒往聽黃鸝（黃鶯）鳴的典故（詳後《送盧郎中除杭州赴任》注〔六〕）。

〔一二〕許國：言以身許國。分憂：爲天子分憂。

〔一三〕色養：和顔悦色地奉養父母。《文選》潘岳《閑居賦》序：「太夫人在堂，有羸老之疾，尚何能違膝下色養而屑屑從斗筲之役乎？」李善注：「《論語》：『子夏問孝，子曰：「色難。」』」按，這段話出自《論語·爲政》。「色難」，意謂最難的是對父母和顔悦色。

〔一四〕蒼生望：用謝安事，見《西河太守杜公輓歌》其一注〔六〕。

〔一五〕來去：複詞偏義，實指「去」。

奉送李太保兼御史大夫充渭北節度使 即太尉光弼弟〔一〕

詔出未央宫〔二〕，登壇近總戎〔三〕。上公周太保，副相漢司空〔四〕。弓抱關西月〔五〕，旗翻渭北風。弟兄皆許國〔六〕，天地荷成功〔七〕。

【校注】

〔一〕廣德二年（七六四）正月作於長安。底本題作「送李太保充渭北節度」，今從《唐百家詩選》、明抄本、《全唐詩》。李太保：《舊唐書·李光弼傳》載，「代宗還京二年（即廣德二年）正月，……以（光弼弟）光進爲太子太保兼御史大夫、涼國公、渭北節度使。」太保，即太子太保，從一品，是輔佐太子的官。渭北節度使：據《通鑑》及《新唐書·方鎮表》，乾元三年（七六〇）正月始置鄜（鄜州，今陝西富縣）、坊（坊州，今陝西黄陵縣）、丹（丹州，今陝西宜川縣）、延（延州，今陝西安塞縣西）節度，亦稱渭北節度，治所在坊州。光弼：姓李，唐代名將，平定安史之亂的功臣。太尉：秦漢爲三公之一，掌管軍事。唐代的太尉爲正一品官，位尊而無具體職守，不常置。據《舊唐書》本傳，李光弼曾封太尉。

〔二〕未央宫：漢宫名，在今陝西西安市西北漢長安故城中。此借指唐皇宫。

〔三〕登壇：見《送嚴黄門拜御史大夫……》注〔四〕。總戎：統帥。句指李光進被任爲渭北節度使。

〔四〕上公：周以太師、太傅、太保爲三公，三公有德行者加封一伯，即爲上公（見《周禮·春官·典命》鄭玄注）。副相：即御史大夫。《漢書·百官公卿表》謂御史大夫「掌副丞相」。司空：西漢末年改丞相、太尉、御史大夫（三公）爲大司徒、大司馬、大司空，東漢又改大司空爲司空。兩句謂李光進爲太子太保兼御史大夫。

〔五〕抱：弓形如兩臂合圍，故曰「抱」；《全唐詩》注：「一作挽。」關西：潼關以西地區。駱賓王

《從軍行》：「弓弦抱漢月，馬足踐胡塵。」

〔六〕許國：許身於國。

〔七〕荷成功：謂蒙受其成就功業之惠。

省中即事〔一〕

華省謬爲郎〔二〕，蹉跎鬢已蒼。到來恒襆被，隨例且含香〔三〕。竹影遮窗暗，花陰拂簟涼〔四〕。君王親賜筆〔五〕，草奏向明光〔六〕。

【校注】

〔一〕省：指尚書省。玩詩意，當是廣德元年（七六三）秋升任尚書郎以後所作，姑繫於廣德二年（七六四）春。

〔二〕華省：即尚書省。謬：妄。

〔三〕恒：明抄本、吴校作「還」。襆被：以巾束被。《晉書·魏舒傳》：「入爲尚書郎。時沙汰郎官，非其才者罷之。舒曰：『吾即其人也。』襆被而出。」含香：東漢「尚書郎口含鷄舌香（香名），以其奏事答對，欲使氣息芬芳也。」（《通典》卷二十二）兩句言自己到省中爲郎，常感不稱職，姑且隨例而爲。

〔四〕簟：竹席。

〔五〕賜筆：參見《送顔平原》注〔一七〕。

〔六〕草奏：起草奏章。明光：漢宫殿名。程大昌《雍録》卷二：「漢有明光宫三：一在北宫，南與長樂相聯者，武帝太初四年起。……别有明光宫，在甘泉宫中，亦武帝所起。……至尚書郎主作文書起草，更直於建禮門内，則近明光殿矣。建禮門内得神仙門，神仙門内得明光殿省，省中皆胡粉塗壁……此之明光殿，約其方鄉必在未央正宫殿中。……至歷代宫名之書，則於後漢門名有建禮門，豈此之所載明光殿者，東都之殿耶？」據《通典》卷二十二，後漢尚書臺官員於明光殿省奏事，然則明光殿省應在東都洛陽。此借指唐尚書郎奏事之地（疑爲尚書省都堂）。

送許員外江外置常平倉〔一〕

詔置海陵倉〔二〕，朝推畫省郎〔三〕。還家錦服貴〔四〕，出使綉衣香〔五〕。水驛風催舫〔六〕，江樓月透牀。仍懷陸氏橘〔七〕，歸獻老親嘗。

【校注】

〔一〕作於廣德二年（七六四）。許員外：即許登。登有父母在江寧，故詩云：「仍懷陸氏橘，歸獻

老親嘗。」登乾元元年爲拾遺時曾歸省，見《送許拾遺恩歸江寧拜親》注〔一〕。又岑仲勉《郎官石柱題名新著録》司勳員外郎有許登。江外：指長江以南地區。常平倉：官府立倉，於穀賤時增價糴入，貴時減價糶出，使穀價常平，稱爲常平倉，漢時已曾設置。《舊唐書·代宗紀》：「（廣德二年正月）甲子……第五琦奏諸道置常平倉，使司量置本錢和糴，許之。」《唐會要》卷八十八：「廣德二年正月二十五日，第五琦奏：每州置常平倉及庫使，自商量置本錢，隨當處米物時價，賤則加價收糴，貴則減價糶賣。」

〔二〕海陵：在今江蘇泰州市東。西漢吴王劉濞曾在此置倉儲糧（見《漢書·枚乘傳》）。

〔三〕晝省郎：尚書郎，指許員外。

〔四〕「還家」句：《史記·項羽本紀》：「富貴不歸故鄉，如衣綉夜行，誰知之者？」

〔五〕綉衣：疑許是時兼任御史，參見《青門歌……》注〔六〕。

〔六〕水驛：在水路設置的驛站。水驛備有船隻，供過往官吏、差役使用。句寫許旅途生活。

〔七〕陸氏橘：見《送裴校書從大夫……》注〔四〕。

送張祕書充劉相公通汴河判官便赴江外覲省〔一〕

前年見君時，見君正泥蟠〔二〕。去年見君處，見君已風摶〔三〕。朝趨赤墀前〔四〕，

高視青雲端。新登麒麟閣，適脱獬豸冠〔五〕。劉公領舟楫〔六〕，汴水揚波瀾。萬里江海通，九州天地寬〔七〕。昨夜動使星〔八〕，今旦送征鞍。老親在吴郡〔九〕，令弟雙同官。鱸鱠剩堪憶，蓴羹殊可餐〔一〇〕。既參幕中畫〔一一〕，復展膝下歡〔一二〕。因送故人行，試歌行路難〔一三〕。何處路最難？最難在長安！長安多權貴，珂珮聲珊珊〔一四〕。儒生直如弦〔一五〕，權貴不須干〔一六〕。斗酒取一醉〔一七〕，孤瑟爲君彈。臨歧欲有贈〔一八〕，持以握中蘭〔一九〕。

【校注】

〔一〕廣德二年（七六四）三月作於長安。祕書：官名，唐祕書省（掌圖書的官署）屬官中有祕書丞及祕書郎，均可省稱爲「祕書」。劉相公：劉晏，參見《劉相公中書江山畫障》注〔一〕。是時晏已罷相，此曰「劉相公」，蓋襲稱舊銜以尊之。汴河：即唐之廣濟渠，爲南北大運河的一段，溝通了黄河與淮河間的水路。江外：指長江以南地區。《通鑒》卷二二三：「自喪亂以來，汴水堙廢，漕運者自江、漢抵梁、洋，迂險勞費，（廣德二年）三月己酉，以太子賓客劉晏爲河南、江、淮以來轉運使，議開汴水。……晏乃疏浚汴水，遺元載（時爲相）書，具陳漕運利病，令中外相應。」判官：轉運使僚屬有判官。

〔二〕泥蟠：原指龍盤伏於泥中。《法言・問神》：「龍蟠於泥。」此言張有才幹而不得志。

〔三〕風摶：《見和刑部成員外……》注〔一四〕。此言張已得志，像大鵬一樣扶摇直上。
〔四〕赤墀：即丹墀。
〔五〕麒麟閣：漢代閣名，這裏指祕書省。《三輔黄圖》卷六：「《漢宫殿疏》云：天禄、麒麟閣，蕭何造，以藏祕書、處賢才也。」麒麟閣（又稱麟閣）爲漢宫中藏書處，祕書省是掌圖書的官署，故以麒麟閣借指祕書省。唐天授初改祕書省爲麟臺，即因斯意。獬豸冠：參見《送韋侍御先歸京》注〔三〕。兩句意謂張由御史轉至祕書省任職。
〔六〕領舟楫：指爲轉運使。
〔七〕江海通：汴水西北與黄河、洛水相接，東南與淮河以南的邗溝相接，由汴水可通長江并入海，故有此語。九州：古分天下爲九州，此指全國。兩句寫汴河疏浚後景况。
〔八〕動使星：表示有使臣出行。見《送張獻心充副使歸河西雜句》注〔一〇〕。
〔九〕吴郡：即蘇州，治所在今江蘇省蘇州市。
〔一〇〕「鱸鱠」兩句：參見《送許子擢第歸江寧拜親……》注〔八〕。剩堪：真可。
〔一一〕畫：謀畫。指張作劉晏判官。
〔一二〕膝下歡：指回鄉與父母相聚之樂。
〔一三〕行路難：古樂府雜曲歌辭篇名，内容多寫世路艱難及離愁别緒。
〔一四〕珂：馬籠頭上的玉飾。珮：玉佩。唐制，五品以上官員有珮。見《舊唐書·輿服志》。珊

珊：象聲辭。
〔一五〕直如弦：指鯁直。《後漢書・五行志》：「順帝之末，京都童謡曰：『直如弦，死道邊；曲如鈎，反封侯。』」
〔一六〕干：求，干謁。
〔一七〕斗：古時酒具。瑟：《全唐詩》作「琴」。
〔一八〕歧：岔路。此指要分手的地方。
〔一九〕蘭：香草名，菊科植物，不同於今之蘭花。古代有以香草贈人風俗，是結恩情的表示。

送周子落第遊荊南〔一〕

足下復不第，家貧尋故人。且傾湘南酒〔二〕，羞對關西春〔三〕。山店橘花發，江城楓葉新。若從巫峽過〔四〕，應見楚王神〔五〕。

【校注】

〔一〕姑繫於廣德二年（七六四）。荊南：指荊南節度。據《新唐書・方鎮表》，至德二載（七五七）置荊南節度，「領荊、澧、朗、郢、復、夔、峽、忠、萬、歸十州，治荊州。」上元二年（七六一），「荊南節度增領涪、衡、潭、岳、郴、邵、永、道、連九州。」轄地在今重慶市、湖北南部及湖南省一

帶。荆，底本、宋本作「京」，此從《全唐詩》。

〔二〕湘南：湘水之南。荆南節度所領各州中，有郴、永、道、連四州在湘水之南。「湘南」爲周子將遊之地，據此一句及詩題，本詩當爲上元二年之後居長安時所作。

〔三〕關西：潼關以西，即指長安。時周子應試落第，故曰「羞對」。春：宋本、明抄本、吳校作「城」，《全唐詩》作「塵」。

〔四〕巫峽：長江三峽之一，在重慶市巫山縣東南。

〔五〕楚王神：即指楚王所會巫山神女。參後《送江陵泉少府赴任……》注〔三〕。周子此遊蓋欲自長安南行至蜀地之長江，復沿江東下過三峽赴荆南。

送崔主簿赴夏陽〔一〕

常愛夏陽縣，往年曾再過。縣中饒白鳥，郭外是黄河。地近行程少，家貧酒債多。知君新稱意，好得奈春何〔二〕。

【校注】

〔一〕《岑詩繫年》：「詩曰『知君新稱意』，蓋謂崔某擢第後即授爲夏陽主簿也。《新書・地理志》，同州夏陽縣本河西，乾元三年更名。則此詩當作於乾元三年以後。又案送人及第出仕詩，

例當作於長安；長安去同州爲近，故詩又曰『地近行程少』。乾元三年以後至廣德初，公方由虢州至長安，此詩殆即廣德年間所作。」主簿：縣令佐吏，掌縣衙簿書。夏陽：在今陝西省合陽縣東南。

〔二〕好：正，恰。奈春何：猶云對付春光。即遊賞春景之意。

送蜀郡李掾〔一〕

飲酒俱未醉，一言聊贈君。功曹善爲政〔二〕，明主還應聞。夜宿劍門月〔三〕，朝行巴水雲〔四〕。江城菊花發〔五〕，滿道香氛氳。

【校注】

〔一〕《岑詩繫年》：「案此詩作訓誨語，蓋公爲考功員外郎時詩。」岑爲考功員外郎在廣德二年。蜀郡：即益州，天寶元年改爲蜀郡，至德二載（七五七）十月改名成都府。《新唐書·地理志》：「至德二載曰南京，爲府；上元元年罷京。」治所在今四川成都市。掾：佐治的官吏。

〔二〕功曹：即功曹參軍。唐府、郡屬吏，有六參軍，功曹參軍（在郡名司功參軍）即其中之一，掌官園、祭祀、禮樂、學校、選舉、考課等事。參見《通典》卷三十三。按，此稱李任功曹，則詩當作於至德二載十月蜀郡「爲府」之後（詩題中「蜀郡」係沿用舊稱）。

〔三〕劍門：指大、小劍山，在今四川劍閣縣東北，是由陝入蜀的必經咽喉之地。其山峯巒連綿，下有隘路若門，故又名劍門山。
〔四〕巴水：指巴江。即今嘉陵江，見《太平寰宇記》卷一三六。
〔五〕江城：指成都府。

盛王輓歌〔一〕

幽山悲舊桂〔二〕，長坂愴餘蘭。地底孤燈冷〔三〕，泉中一鏡寒〔四〕。銘旌門客送〔五〕，騎吹路人看〔六〕。漫作琉璃碗〔七〕，淮王誤合丹〔八〕。

【校注】

〔一〕作於廣德二年秋。盛王：即李琦，唐玄宗第二十一子。開元十三年封爲盛王，十五年領揚州大都督；天寶十五載玄宗入蜀，詔充廣陵大都督，未赴鎮。兩《唐書》有傳。《新唐書·代宗紀》及《通鑒》並稱盛王琦廣德二年三月薨，《舊唐書》本傳則云四月薨。詩蓋作於盛王下葬時。盛：原作「成」，明抄本、吴校均注：「一作晟。」《岑嘉州繫年考證》改作「盛」，注曰：「諸本咸誤作成王。成王乃代宗居藩邸時封號。」今從其説校正。
〔二〕「幽山」句：意本《楚辭·招隱士》：「桂樹叢生兮山之幽。」

〔三〕孤燈：指墓穴中的長明燈。

〔四〕泉：黄泉。鏡：指陪葬的青銅鏡，往往置於墓室頂部正中位。宋周密《癸辛雜識》續集下：「今世有大殮而用鏡懸於棺蓋以照屍者，往往取光明破暗之意。按《漢書・霍光傳》：『光之喪，賜東園温明。』服虔注：『東園處此器，以鏡置其中，以懸屍上。』然則其來尚矣。」以鏡作陪葬，一般每墓一枚，然亦有多達一二十枚者。

〔五〕銘旌：即明旌，又徑稱爲銘，喪具之一，形如幡，上書死者官號姓名。

〔六〕騎吹：鼓吹樂騎於馬上奏之者。唐段安節《樂府雜録》：「鼓吹部，即有鹵簿、鉦鼓及角樂，用絃鼗笳簫……已上樂人，皆騎馬樂，即謂之騎吹，俗樂亦有騎吹也。」唐時自天子至於貴戚顯宦遇吉凶之禮皆用之。

〔七〕漫：徒，空。琉璃碗：即玻璃碗。法門寺出土文物中，即有多種玻璃器皿。

〔八〕淮王：謂淮南王劉安。劉安好黄老之言，「招致賓客方術之士數千人，作爲内書二十一篇，外書甚衆，又有中篇八卷，言神仙黄白之術（即世傳道家燒煉丹藥化爲金銀之術），亦二十餘萬言」（《漢書・淮南衡山濟北王傳》）。丹：丹藥，道徒以爲服之可以長生。鮑照《代淮南王》：「淮南王，好長生，服食鍊氣讀仙經。琉璃作碗牙作盤，金鼎玉匕合神丹。」兩句隱指盛王好服丹藥而不得長生。按，唐代道教流行，統治者（包括皇帝）服丹藥求長生的風氣很盛，不少人還因此中毒喪命。

祁四再赴江南別詩〔一〕

萬里來又去，三湘東復西〔二〕。別多人換鬢，行遠馬穿蹄。山驛秋雲冷，江帆暮雨低。憐君不解説〔三〕，相憶在書題〔四〕。

【校注】

〔一〕廣德二年（七六四）任虞部郎中時作。于邵《送家令祁丞》序曰：「去年八月，閩越納貢，而吾子實董斯役，水陸萬里，寒暄（謂酬應）浹年（周年）。三江五湖，夐（遠）然復遊。遠與爲別，故人何情？虞部郎中岑公贈詩一篇，情言兼至，當時之絶也。」「家令祁丞」即祁岳，「岑公贈詩」即本篇，説見《年譜》。祁四：即祁岳。參見《送祁樂歸河東》注〔一〕。

〔二〕三湘：湘水源出廣西省興安縣海陽山，與灕水同源合流（至興安縣東二水分離），稱爲灕湘；東北流至湖南零陵縣，合瀟水，稱爲瀟湘；再經衡陽市北，會蒸水，稱蒸湘，是爲三湘。

〔三〕不解説：不能説或不會説。

〔四〕書：信。題：寫上。

和祠部王員外雪後早朝即事〔一〕

長安雪後似春歸，積素凝華連曙輝〔二〕。色借玉珂迷曉騎〔三〕，光添銀燭晃朝衣〔四〕。西山落月臨天仗，北闕晴雪捧禁闈〔五〕。聞道仙郎歌《白雪》〔六〕，由來此曲和人稀。

【校注】

〔一〕《岑詩繫年》：「王員外謂王紞。《郎官石柱題名》祠部員外郎王紞名在公後，則此詩當作於廣德元年以後大曆元年以前。」按，岑任祠部員外郎在廣德元年秋，王名在岑後，則其任祠部員外郎之年宜晚於岑，姑繫於廣德二年。祠部：禮部四司之一，掌祠祀、天文、卜祝、醫藥等事。王紞是王維的弟弟，官至太常少卿（參見《新唐書》卷七二中《宰相世系表》）。

〔二〕積素凝華：謂雪花堆積大地、凝聚枝頭。連曙輝：言雪光與曙光交相輝映。

〔三〕借：助。玉珂：馬籠頭上的玉飾。句謂雪色玉光互相映照，使坐騎眼花繚亂，不辨路徑。

〔四〕晃：照耀。

〔五〕天仗：皇帝的儀仗。北闕：泛指宫門，詳後《與鮮于庶子自梓州……》注〔四〕。禁闈：宫禁，皇宫。

〔六〕仙郎：參見《送顏平原》注〔八〕。此指王員外。《白雪》：即《陽春》、《白雪》，參見《奉和中書賈至舍人早朝大明宮》注〔六〕。此借指王員外「雪後早朝即事」之作。

河南尹岐國公贈工部尚書蘇公輓歌〔一〕

其一

河尹恩榮舊，尚書寵賜新。一門傳畫戟〔二〕，幾世駕朱輪〔三〕。夜色何時曉，泉臺不復春〔四〕。惟餘朝服在，金印已生塵〔五〕。

【校注】

〔一〕永泰元年（七六五）正月作於長安。河南尹：指河南尹蘇震。《舊唐書·代宗紀》載，廣德二年十月，「河南尹蘇震卒」。詩當作於三個月後震下葬時（參見王勳成《岑參挽歌考》，載《文學遺産》一九九〇年二期）。震，武功（今陝西武功縣）人。「二京平，封岐陽縣公，改河南尹。九節度兵敗相州，與留守崔圓奔襄、鄧，貶濟王府長史。起爲絳州刺史，進户部侍郎，判度支。……以勞封岐國公，拜太常卿。代宗將幸東都，復以震爲河南尹，未行卒，贈禮部尚書。」（《新唐書·蘇瓌傳》附）國公：唐九等爵位中之第三等，多用以封功臣。工部尚書：工

部（尚書省六部之一）正長官，總領公共工程、屯田等事。《新唐書》作「禮部尚書」，疑誤。明抄本、吴校、《全唐詩》「河南」上有「故」字，「輓歌」下有「二首」二字。

〔二〕晝戟：戟上加晝飾者。此指私第門旁所立之戟。參見《送裴校書從大夫……》注〔五〕。句謂蘇門累代爲貴官。

〔三〕朱輪：貴顯者所乘之車，以朱紅漆輪。漢制，二千石以上官員得乘朱輪。據《新唐書·蘇瓌傳》載，震父詵爲徐州刺史，伯父頲、祖父瓌均官至宰相，瓌之曾祖父威任隋尚書僕射。

〔四〕泉臺：泉下。此指墳墓。

〔五〕金印：指國公之印。按，漢爵祇有王、侯二等，魏晉後爵級增多，始有「公」之爵名。凡爵爲「公」者，皆金印。參見《通典》卷三十一。

其二

白日扃泉户，青春掩夜臺〔一〕。舊堂階草長，空院砌花開〔二〕。山晚銘旌去，郊寒騎吹回〔三〕。三川難可見〔四〕，應惜庾公才〔五〕。

【校注】

〔一〕扃：作動詞用，關閉。泉户、夜臺：均謂墓穴。青春：春天。兩句謂白日、青春被鎖閉於墓

穴之外，意近上首五、六二句。

〔二〕空：底本作「新」，此從明抄本、吴校、《全唐詩》。砌：臺階。

〔三〕銘旌、騎吹：參見《盛王輓歌》注〔五〕、〔六〕。兩句寫出殯。

〔四〕三川：郡名，秦置，以境内有河、洛、伊三川得名。漢高帝時改爲河南郡。其轄地與唐河南府大致相當。蘇復被任爲河南尹，未行而卒，故曰「難可見」。

〔五〕庾公：指庾信，字子山，南陽新野（今河南新野縣）人，南北朝時著名文學家。曾任北周洛州（其地相當於唐之河南府）刺史，「爲政簡静，吏人安之」。事見《周書》、《北史》本傳。此用以喻蘇震。

送江陵泉少府赴任便呈衛荆州〔一〕

神仙吏姓梅〔二〕，人吏待君來。渭北草新出，江南花已開。城邊宋玉宅〔三〕，峽口楚王臺〔四〕。不畏無知己，荆州甚愛才。

【校注】

〔一〕江陵：唐荆州治所江陵縣，春秋時爲楚郢都，故地在今湖北荆州市荆州區。衛荆州：即衛伯玉。參見《衛節度赤驃馬歌》注〔一〕。《舊唐書·衛伯玉傳》：「廣德元年冬，吐蕃寇京師，乘輿

幸陝。以伯玉有幹畧，可當重寄，乃拜江陵尹，兼御史大夫，充荆南節度、觀察等使。」直至大曆十一年，伯玉皆任此職（見《舊唐書》本傳）。又，《通鑒》上元元年九月：「甲午，置南都於荆州，以荆州爲江陵府。」府置尹一人，掌總理府中事務。按，詩寫春景，當作於廣德二年春或永泰元年春。

〔二〕「神仙」句：西漢梅福，字子真，嘗爲南昌尉，後去職。漢成帝時，屢上書言事，刺譏擅權的外戚王鳳，均不被成帝採納，於是「以讀書養性爲事。至元始中，王莽顓（專）政，福一朝棄妻子，去（離開）九江，至今傳以爲仙。其後人有見福於會稽者，變名姓，爲吴市門卒云。」（《漢書·梅福傳》）此以梅福喻泉，謂其任縣尉。

〔三〕宋玉宅：在江陵。唐余知古《渚宫舊事》：「庾信因侯景之亂，自建康遁歸江陵，居宋玉故宅，宅在城北三里。」《古今圖書集成·方輿彙編·職方典》卷一一九五云宋玉宅「在渚宫（春秋楚别宫名，故址在今荆州市荆州區）内。」

〔四〕楚王臺：指陽雲臺，又名陽臺。《文選》司馬相如《子虛賦》：「於是楚王乃登陽雲之臺。」李善注引孟康曰：「雲夢中高唐之臺，宋玉所賦者。」宋玉《高唐賦》：「昔者楚襄王與宋玉遊於雲夢之臺，望高唐之觀，其上獨有雲氣……王問玉曰：『此何氣也？』玉對曰：『所謂朝雲者也。』王曰：『何謂朝雲？』玉曰：『昔者先王嘗遊高唐，怠而晝寝，夢見一婦人曰：「妾巫山之女也，爲高唐之客，聞君遊高唐，願薦枕席。」王因幸之，去而辭曰：「妾在巫山之陽，高丘

之阻，旦爲朝雲，暮爲行雨，朝朝暮暮，陽臺之下。」』」臺在巫山之下。巫山在雲夢澤（楚大澤名，方圓八、九百里，今湖北東南部大江兩岸皆其地）中，今湖北漢陽縣境内，然作者以爲在夔州巫山縣（今重慶市巫山縣），故曰「峽（指巫峽而言）口」。以上兩句寫楚地古跡。

裴將軍宅蘆管歌〔一〕

遼東九月蘆葉斷〔二〕，遼東小兒採蘆管。可憐新管清且悲〔三〕，一曲風飄海頭滿。海樹蕭索天雨霜，管聲寥亮月蒼蒼〔四〕。白狼河北堪愁恨〔五〕，玄兔城南皆斷腸〔六〕。遼東將軍長安宅〔七〕，美人蘆管會佳客。弄調啾颼勝洞簫〔八〕，發聲窈窕欺横笛〔九〕。夜半高堂客未回，衹將蘆管送君杯〔一〇〕。巧能陌上驚楊柳〔一一〕，復向園中誤落梅〔一二〕。諸客愛之聽未足，高捲珠簾列紅燭。將軍醉舞不肯休，更使美人吹一曲！

【校注】

〔一〕《岑詩繫年》：「玩詩意，疑永泰前數年間在長安爲郎時作。」具體時間未詳，姑繫此。蘆管：又名塞管，截蘆管製成，管面開孔，吹奏時以手指啓閉音孔，是當時北方少數民族地區傳入的一種管樂器。《文獻通考》卷一三八：「蘆管，胡人截蘆爲之，大概與觱篥相類，出於

北國。」

〔二〕遼東：郡名，秦置，有今遼寧東南部遼河以東之地，治所在今遼寧遼陽市西北（唐時曰遼東城）。唐太宗嘗於其地置遼州，尋廢爲安東都護府轄地。蘆：指蘆竹，其杆直立粗壯，可製作管樂器。

〔三〕可憐：可愛。清且悲：指蘆管聲音清越而悲涼。

〔四〕索：底本注：「本作條。」雨：降下，用作動詞。寥亮：同「嘹亮」。兩句以北方秋夜蕭條淒涼景色襯托管聲之「清且悲」。

〔五〕白狼河：今遼寧大凌河，漢唐時稱白狼水。

〔六〕玄兔城：即東漢玄菟郡城，在今瀋陽市東。與前「白狼河北」均泛指今遼寧中部一帶地區。兔：底本注：「一作武。」以上兩句謂秋夜蘆管淒涼，觸發邊地戍卒的思歸之恨。

〔七〕遼東將軍：指裴將軍。以下四句寫其在長安宅第置酒宴客，使人於席間吹奏蘆管助興之情景。

〔八〕弄調：演奏曲調。啾颼：象聲詞，狀蘆管之聲。洞簫：一名參差，即排簫，古管樂器，由若干長短不等的竹管編組而成，不同於今之單管洞簫。

〔九〕欺：壓倒，勝過。

〔一〇〕送君杯：言以蘆管勸酒。

〔二〕楊柳：隱指《折楊柳》，屬樂府横吹曲辭。

〔三〕落梅：隱指《梅花落》，亦屬樂府横吹曲辭。此言蘆管所奏之曲美妙動聽，勝過古曲。誤：迷惑。

韋員外家花樹歌〔一〕

今年花似去年好，去年人到今年老。始知人老不如花〔二〕，可惜落花君莫掃。君家兄弟不可當〔三〕，列卿御史尚書郎〔四〕。朝回花底恒會客〔五〕，花撲玉缸春酒香〔六〕。

【校注】

〔一〕作於永泰元年（七六五）春。《岑嘉州繫年考證》：「獨孤及有《同岑郎中屯田韋員外花樹歌》，公原唱《韋員外家花樹歌》今在集中。《新書》一六二《獨孤及傳》：『天寶末以道舉高第，補華陰尉，辟江淮都統李垣府掌書記。代宗以左拾遺召，既至，上疏陳政。』《通鑒》載上疏事在永泰元年三月。李嘉祐《送獨孤拾遺先輩先赴上都》詩曰『行春日已曉，桂檝逐寒煙』，又曰『入京當獻賦，封事又（當爲「更」）聞天』。據此，及入京在春日，則是永泰元年春，甫至京師，即上疏也。既知獨孤及本年春始至長安，而明年春，公又已入蜀，則《花樹歌》之作斷在本年春矣。」

〔二〕如：底本、明抄本、吴校均注：「一作及。」

〔三〕當：匹敵。

〔四〕列卿：唐太常、光禄等九寺之正長官曰卿。尚書郎：見《敬酬杜華淇上見贈……》注〔五〕。

〔五〕朝：上朝。

〔六〕缸：底本、明抄本、吴校均注：「一作甌。」

送羽林長孫將軍赴歙州〔一〕

剖竹向江濆〔二〕，能名計日聞〔三〕。隼旗新刺史〔四〕，虎劍舊將軍〔五〕。驛舫宿湖月，州城浸海雲〔六〕。青門酒樓上，欲別醉醺醺。

【校注】

〔一〕羽林：禁軍名，唐有左、右羽林軍，各置大將軍一人（正三品），將軍二人（從三品）。歙州：唐州名，治所在今安徽歙縣。《岑詩繫年》：「長孫將軍謂長孫全緒。《通鑑》二二三：『廣德元年十月子儀使左羽林大將軍長孫全緒將二百騎出藍田觀虜勢。』知全緒爲羽林將軍在廣德元年，而此詩送之出刺歙州當在其後，姑繫永泰元年。」按，《新唐書·代宗紀》：永泰元年正月，「歙州人殺其刺史龐濬」。《元和郡縣志》卷二八《歙州·祁門縣》：「永泰元年草賊方

清於此僞置昌門縣，以爲守備，刺史長孫全緒討平之。」又《績溪縣》：「大曆二年，刺史長孫全緒奏分歙縣置。」知全緒於永泰元年春至大曆二年爲歙州刺史，本詩送其之任，當作於永泰元年（七六五）春。獨孤及有《送長孫將軍拜歙州之任》，與本詩爲同時之作。

〔二〕剖竹：即剖符、分符。參見《西河太守杜公輓歌》其三注〔三〕。瀆：水邊。歙州臨新安江，故云「向江瀆」。

〔三〕計日：見後《送郭僕射……》注〔九〕。

〔四〕隼旗：即隼旟，參見後《酬成少尹駱谷行見呈》注〔一〇〕。底本注：「隼，一作龍。」當誤。

〔五〕虎劍：柄上刻有虎形的劍。

〔六〕浸：沾潤。底本注：「一作侵。」

送懷州吴别駕〔一〕

灞上柳枝黄〔二〕，壚頭酒正香〔三〕。春流飲去馬，暮雨濕行裝。驛路通函谷〔四〕，州城接太行〔五〕。覃懷人總喜〔六〕，别駕得王祥〔七〕。

【校注】

〔一〕懷州：治所在今河南沁陽市。别駕：官名，州刺史之佐吏。《岑詩繫年》：「《新書·百官

志》「高宗即位，改别駕皆爲長史，上元二年諸州復置别駕」。案上元二年及寶應元年公不在長安，且其時東京未復，懷州路恐不通，此詩殆廣德元年春所作。」按，《新唐書·百官志》曰：「……上元（唐高宗年號）二年，諸州復置别駕，以諸王子爲之。……景雲二年，始參用庶姓。……（天寶）八載，諸郡廢别駕，下郡置長史一員。上元（唐肅宗年號）二年，諸州復置别駕，德宗時復省。」唐天寶元年改州爲郡，至德二載復舊。此曰「州」，又曰「别駕」，當作於開元年間或廣德元年至永泰元年岑居長安時。

〔二〕灞上：見《喜韓樽相過》注〔二〕。

〔三〕壚頭：酒店裏安放酒瓮的土臺子。

〔四〕函谷：見「函谷關歌」注〔一〕。

〔五〕太行：山名，起自河南省濟源市，綿延於河南西北部、山西東部及河北西部。

〔六〕覃懷：古地名。《尚書·禹貢》：「覃懷厎績。」孔氏傳：「覃懷，近河地名。」《元和郡縣志》卷一六：「懷州……《禹貢》冀州之域，覃懷之地。」總：都；底本空缺，據明抄本、《全唐詩》補。

〔七〕王祥：字休徵，晉人。事繼母有孝行，「徐州刺史吕虔檄爲别駕，……委以州事。於時寇盜充斥，祥率勵兵士，頻討破之，州界清静，政化大行，時人歌之曰：『海沂之康，實賴王祥；邦國不空，别駕之功。』」（《晉書·王祥傳》）此藉以喻吴别駕。

送盧郎中除杭州赴任〔一〕

罷起郎官草，初分刺史符〔二〕。海雲迎過楚〔三〕，江月引歸吴。城底濤聲震〔四〕，樓端蜃氣孤〔五〕。千家窺驛舫，五馬飲春湖〔六〕。柳色供詩用，鶯聲送酒須〔七〕。知君望鄉處，枉道上姑蘇〔八〕。

【校注】

〔一〕作於永泰元年三月。《岑嘉州繫年考證》：「公又有《送盧郎中除杭州赴任》詩。案李華《杭州刺史廳壁記》：『詔以兵部郎中范陽盧公幼平爲（此下脱一「之」字），麾幢戾止，未逾三月，降者遷忠義，歸者喜生育。』末云：『永泰元年七月二十五日記。』公詩之盧郎中當即幼平。詩曰『千家窺驛舫，五馬飲春湖，柳色供詩用，鶯聲送酒須』，此所紀幼平出京時物候，明爲暮春，李記作於七月，而曰『麾幢戾止，未逾三月』，是幼平至杭州時爲四月。三月出京，四月到杭，詩與記紀時正合，則作於永泰元年矣。」除杭州：授爲杭州刺史。

〔二〕「罷起」兩句：參見《送任郎中出守明州》注〔二〕。

〔三〕雲：底本注：「一作山。」

〔四〕震：底本注：「一作壯。」

〔五〕蜃氣：即海市蜃樓，一種因光綫折射而産生的自然現象。《史記·天官書》：「海旁蜃氣象樓臺。」

〔六〕五馬：指郡太守駕車用的馬。以上兩句寫盧之旅途生活。

〔七〕「鶯聲」句：南朝宋戴顒春日攜斗酒，往聽黄鸝（黄鶯）聲，曰：「此俗耳針砭，詩腸鼓吹。」見《雲仙雜記》卷二。此隱用其事。

〔八〕枉道：繞路。姑蘇：參見《送任郎中出守明州》注〔五〕。據《杭州刺史廳壁記》，盧爲范陽（今河北涿縣）人。

送郭僕射節制劍南〔一〕

鐵馬擐紅纓〔二〕，幡旗出禁城〔三〕。明主親授鉞〔四〕，丞相欲專征〔五〕。玉饌天廚送，金杯御酒傾〔六〕。劍門乘嶮過〔七〕，閣道踏空行〔八〕。山鳥驚吹笛，江猿看洗兵〔九〕。曉雲隨去陣，夜月逐行營。南仲今時往〔一〇〕，西戎計日平〔一一〕。將心感知己，萬里寄懸旌〔一二〕。

【校注】

〔一〕永泰元年五月作於長安。郭僕射：即郭英乂。《通鑒》永泰元年：「五月，癸丑，以右僕射郭

英乂爲劍南節度使。」英乂字元武，瓜州晉昌（今甘肅安西東）人。「廣德元年……徵拜尚書右僕射，封定襄郡王。……與宰臣元載交結，以久其權，會劍南節度使嚴武卒，載以英乂代之。」（《舊唐書・郭英乂傳》）僕射，見下篇注〔一〕。節制劍南：指任劍南節度使。

〔二〕鐵馬：披甲之戰馬。擐：穿，戴。

〔三〕幡旗：指節度使的儀仗。

〔四〕授鉞：參見《送嚴黄門拜御史大夫……》注〔一〕。

〔五〕丞相：指郭英乂。專征：古代將帥或諸侯得天子特許，可自行征伐，稱專征。此指專掌某方軍事。

〔六〕玉饌：精美的肴饌。天廚：皇宫的廚房。兩句寫天子賜宴。

〔七〕劍門：見《送蜀郡李掾》注〔三〕。嶮：同「險」。

〔八〕閣道：即棧道，在懸崖絶壁上鑿孔架木修成的道路。劍門山勢險峻，多棧道。

〔九〕洗兵：洗濯兵器。

〔一〇〕南仲：《詩經・大雅・常武》：「南仲大祖。」鄭箋：「南仲，文王時武臣也。」《詩經・小雅・出車》：「赫赫南仲，薄（語助詞）伐西戎。……赫赫南仲，玁狁（古種族名，即秦漢時的匈奴）於夷（平）。」此用以喻郭。

〔一一〕西戎：古時稱西方的民族，此指吐蕃。計日：可計時日，謂時間不長。計，底本注：「一

作刻。」

〔一二〕懸旌：比喻因掛念而心神不定。《戰國策·楚策一》：「楚王曰：『……寡人臥不安席，食不甘味，心摇摇如懸旌而無所終薄（泊，止）。』」懸，底本作「旗」，注：「本作懸。」宋本、明抄本、吴校、《全唐詩》均作「懸」。

左僕射相國冀公東齋幽居同黎拾遺所獻〔一〕

丞相百僚長，兩朝居此官〔二〕。成功雲雷際〔三〕，翊聖天地安〔四〕。不矜南宫貴〔五〕，祇向東山看〔六〕。宅占鳳城勝〔七〕，窗中雲嶺寬。午時松軒夕〔八〕，六月藤齋寒。玉佩罥女蘿〔九〕，金印耀牡丹〔一〇〕。山蟬上衣桁〔一一〕，野鼠緣藥盤。有時披道書，竟日不着冠。幸得趨省闥〔一二〕，常欣在門闌〔一三〕。何當復持衡〔一四〕，短翮期風摶〔一五〕。

【校注】

〔一〕左僕射：唐尚書省置左、右僕射各一人，本是尚書省副長官，自尚書令廢缺（唐太宗即位前曾任尚書令，其後人臣莫敢復任此職，遂廢）後，遂成爲實際上的正長官。唐初任僕射者，必加同中書門下平章事；開元以後，僕射多不加同平章事，實際已非宰相，但習慣上還稱爲宰相。相國：即丞相。冀公：即冀國公（爵位名）裴冕。字章甫，河中府河東縣（今山西永濟

西）人。「肅宗即位，以定策功，遷中書侍郎、同中書門下平章事，倚以爲政」（《舊唐書》本傳）。至德二載三月，罷爲右僕射（《通鑑》）。「兩京平，以功封冀國公」（《舊唐書》本傳）。寶應元年九月爲山陵使，尋貶施州刺史（《通鑑》），「數月，移澧州刺史」（《舊唐書》本傳）。廣德二年二月，「爲左僕射」（《舊唐書·代宗紀》），至大曆四年仍任此職（同上）。此詩云「左僕射相國冀公」，當作於廣德二年六月（詩云「六月藤齋寒」）或永泰元年六月。同：猶「和」。黎拾遺：疑即黎昕。《元和姓纂》卷三：「宋城唐右拾遺犁昕。」岑仲勉《元和姓纂四校記》卷三曰：「《備要》（《合璧事類備要》）、《類稿》（《賢氏族言行類稿》）均作黎，又右作左。」拾遺，諫官名，左屬門下省，右隸中書省。王維有《黎拾遺昕裴秀才迪見過秋夜對雨之作》詩。所：《全唐詩》作「賦」。「同黎」以下六字《全唐詩》作題下注語。

〔二〕兩朝：指唐肅宗、代宗之朝。

〔三〕成功：成就功業。雲雷際：喻社會動亂之時。

〔四〕翊聖：輔佐天子。

〔五〕南宮：謂尚書省。

〔六〕東山：泛指隱者所居之地。

〔七〕鳳城：指京城。勝：名勝之地。

〔八〕「午時」句：意謂軒（小室）外松樹茂密，中午時分也見不到陽光。

〔九〕罥（juàn 倦）：掛，被掛。女蘿：即松蘿，地衣類植物。

〔一〇〕金印：漢丞相用金印，參見《漢書·百官公卿表》。

〔一一〕衣桁：衣架。

〔一二〕省闈：猶禁闈，禁中。

〔一三〕門闌：即門框，指門內。時岑爲尚書郎，爲裴冕下屬，故云。

〔一四〕持衡：喻掌握權柄。指爲相。《北齊書·文宣帝紀》：「重華握曆，持衡擁璇。」衡，玉衡，北斗七星之一。《史記·天官書》索隱引《文耀鈎》云：「玉衡屬杓（斗柄）。」

〔一五〕短翮：翮是鳥羽的莖（翎管），翮短則鳥不得高飛，這是自謙之辭，意謂自己没有多大才幹。期風搏：期望自己能像大鵬一樣扶摇直上。

苗侍中輓歌〔一〕

其一

攝政朝章重〔二〕，持衡國相尊〔三〕。筆端通造化〔四〕，掌內運乾坤。青史遺芳滿，黄樞故事存〔五〕。空悲渭橋路〔六〕，誰對漢皇言！

【校注】

〔一〕永泰元年七月作於長安。苗侍中：即苗晉卿。字元輔，上黨壺關（今山西壺關縣）人。開元二十九年拜吏部侍郎，前後典吏部選五年。至德二載爲左相，兩京平，以功封韓國公，改任侍中。乾元二年罷爲太子太傅，上元元年復爲侍中；廣德元年十二月復罷爲太子太保，後以太保致仕。永泰元年四月卒，七月下葬。事見李華《苗晉卿墓誌銘》、兩《唐書·苗晉卿傳》、《新唐書·宰相表》。侍中：門下省正長官，唐時是宰相。

〔二〕攝政：代天子治理政事。指苗爲宰相。

〔三〕持衡：見《左僕射相國……》注〔一四〕。衡，底本作「行」，此從明抄本、吴校、《全唐詩》。

〔四〕造化：創造化育萬物者。

〔五〕黄樞：猶黄門（樞是門上的轉軸），指門下省。門下省在漢爲黄門（官署名），唐開元間嘗改門下省爲黄門省，故云。

〔六〕空：只。渭橋：唐長安附近渭水上有三橋：中渭橋、西渭橋、東渭橋。此當指東渭橋，故址在今西安市東北灞水、涇水合渭處東側。《唐代墓誌彙編·苗弘本墓誌銘》曰：「苗氏自公五代祖已下（弘本爲晉卿之孫），咸葬於洛陽，獨太師（晉卿卒贈太師）以勳籍高，詔留葬於長安城東。」可證。

其二

天子悲元老〔一〕，都人惜上公〔二〕。優賢几杖在〔三〕，會葬市朝空。丹旐翻斜日，清笳怨暮風〔四〕。平生門下客〔五〕，繼美廟堂中〔六〕。

【校注】

〔一〕元老：晉卿歷仕玄、肅、代三朝，享年七十有七（據李華所撰墓誌）；另唐時又稱宰相爲元老，見《唐國史補》卷下。

〔二〕上公：指苗晉卿。苗以太保致仕，卒「贈太師」（《新唐書》本傳）；太師、太傅、太保，古稱三師，三師漢時位在三公（漢以丞相、太尉、御史大夫爲三公）之上，是爲上公。唐時三師是一種位尊而無具體職守的官，不常置。

〔三〕几杖：《禮記·曲禮上》：「謀於長者，必操几杖以從之。」孔穎達疏：「操，執持也。杖可以策身，几可以扶己，俱是養尊者之物。」古時天子對老臣，常賜几杖，以示優寵。《禮記·曲禮上》：「大夫七十而致事（即「致仕」），若不得謝，則必賜之几杖。」

〔四〕旐：出喪時爲棺柩引路的旗。《文選》潘岳《寡婦賦》：「龍輴（喪車）儼其星駕兮，飛旐翩以啓路。」李善注：「旐，喪柩之旌也。」翻：《全唐詩》作「飛」。兩句寫出殯情景。

〔五〕門下客：指元載。《新唐書·苗晉卿傳》：「元載未顯時，爲晉卿所遇。」《舊唐書·苗晉卿傳》：晉卿死，「太常議謚曰懿獻。初晉卿東都留守，引用大理評事元載爲推官，至是載爲中書侍郎、平章事，懷舊恩，諷有司改謚曰文貞。」

〔六〕繼美：謂繼承苗的美行。廟堂：指朝廷。

送襄州任别駕〔一〕

别乘向襄州〔二〕，蕭條楚地秋。江聲官舍裏，山色郡城頭〔三〕。莫羡黄公蓋〔四〕，須乘彦伯舟〔五〕。高陽諸醉客〔六〕，唯見古時丘〔七〕。

【校注】

〔一〕作於開元年間或廣德元年至永泰元年間，説見《送懷州吴别駕》注〔一〕。襄州：治所在今湖北襄樊市。

〔二〕别乘：即指别駕。漢置别駕從事史，爲州（漢爲監察區）刺史佐吏，刺史巡行郡國，别駕「别乘傳車」從行，故謂之别駕。參見《通典》卷三十二。

〔三〕頭：底本作「樓」，注：「本作頭。」明抄本、吴校、《全唐詩》均作「頭」。兩句寫襄州風物。

〔四〕黄公蓋：黄公，黄霸，西漢著名循吏；蓋，車蓋，古高級官員出行時用爲儀飾。《漢書·黄霸

傳》：「上擢霸爲揚州刺史。三歲，宣帝下詔曰：『……其以賢良高第揚州刺史霸爲潁川太守，秩比二千石，居官賜車蓋，特高一丈，……以章有德。』」

〔五〕彦伯舟：《晉書·袁宏傳》：「袁宏字彦伯……父勖，臨汝令。宏有逸才，文章絶美，曾爲詠史詩，是其風情所寄。少孤貧，以運租自業。謝尚時鎮牛渚，秋夜乘月，率爾與左右微服泛江，會宏在舫中諷詠，聲既清會，辭又藻拔，遂駐聽久之，遣問焉。答云：『是袁臨汝郎誦詩。』即其詠史之作也。尚傾率有勝致，即迎升舟，與之譚論，申旦不寐，自此名譽日茂。」

〔六〕高陽：指高陽池。參見《登涼州尹臺寺》注〔四〕。

〔七〕丘：墳墓。

送韓巽入都覲省便赴舉〔一〕

槐葉蒼蒼柳葉黄，秋高八月天欲霜。青門百壺送韓侯〔二〕，白雲千里連嵩丘〔三〕。北堂倚門望君憶〔四〕，東歸扇枕後秋色〔五〕。洛陽才子能幾人〔六〕，明年桂枝是君得〔七〕！

【校注】

〔一〕韓巽：名見《新唐書》卷七三上《宰相世系表》，但未著明曾任何職。都：指洛陽。《岑詩繫

年》：「案《舊書·代宗紀》，廣德二年九月『尚書左丞楊綰知東京選，禮部侍郎賈至知東都舉，兩都分舉選自此始也』。此詩送韓入東都赴舉，又在八月，則當作於永泰元年八月。其後公即赴蜀，永别長安矣。」

〔二〕青門：見《送宇文南金放後歸太原……》注〔七〕。百壺：《詩·大雅·韓奕》：「韓侯出祖，出宿於屠。顯父餞之，清酒百壺。」

〔三〕嵩丘：嵩山，在河南府。底本注：「丘一作岡。」

〔四〕北堂：俗稱母親爲北堂。倚門：見《送裴校書從大夫……》注〔五〕。

〔五〕扇枕：《東觀漢記》卷十九《黄香傳》：「黄香字文彊，江夏安陸人。父況……貧無奴僕，香躬執勤苦，盡心供養。……暑即扇牀枕，寒即以身温席。」

〔六〕洛陽才子：《史記·賈生傳》：「賈生名誼，雒陽人也。」潘岳《西征賦》：「賈生，洛陽之才子。」

〔七〕「明年」句：參見《送薛彦偉擢第東都覲省》注〔四〕。

送王七録事赴虢州〔一〕

早歲即相知，嗟君最後時〔二〕。青雲仍未達〔三〕，白髮欲成絲。小店關門樹，長河

華嶽祠〔四〕。弘農人吏待〔五〕，莫使馬行遲。

【校注】

〔一〕王七録事：即王季友。參見《潼關使院懷王七季友》注〔一〕。録事，録事參軍，州刺史之佐吏。按，獨孤及有《送虢州王録事之任》詩，與本詩爲同時之作。考獨孤及廣德二年（七六四）夏秋間在江西，永泰元年（七六五）二月方至京爲左拾遺，則此二詩當作於永泰元年兩人皆在長安時。參見陶敏《全唐詩人名考證》。

〔二〕後時：落後於時輩。

〔三〕青雲：喻高位。

〔四〕關：指潼關。河：黄河。華嶽祠：即西嶽廟，見《宿華陰東郭客舍憶閻防》注〔六〕。兩句描寫華陰、潼關景物。

〔五〕弘農：唐縣名，在今河南靈寶市，唐虢州治所設於此。

送江陵黎少府〔一〕

悔繫腰間綬〔二〕，翻爲膝下愁〔三〕。那堪漢水遠，更值楚山秋。新橘香官舍，征帆拂縣樓。王程不敢住〔四〕，豈是愛荆州！

【校注】

〔一〕江陵：參見《送江陵泉少府赴任便呈衛荆州》注〔一〕。黎少府：陶敏《全唐詩人名考證》謂即黎燧（黎幹之子），詩作於永泰元年（七六五）秋。《唐代墓誌彙編·黎燧墓誌銘》曰：「公諱燧，字炎明。……少以門第解褐授左千牛衛兵曹參軍以代養，特恩授江陵縣尉。轉長寧丞，歷本府兵曹，蒞職有聲。當宰相劉公晏之任僕射兼轉運使也，辟公充水陸運判官。……貞元十五年歲次己卯，終於烏程縣之旅舍，享齡五十有三。」按，獨孤及有《送江陵全少府之任》詩，亦寫秋景，當與本詩爲同時之作，「全」蓋即「黎」之殘訛字。考永泰元年（七六五）岑、獨孤皆在京，得共賦此送別之作；而大曆元年（七六六）春之後，岑已入蜀，不得在長安作此詩；廣德二年（七六四）以前，獨孤在南方，亦不得在長安作此詩，且據墓誌，永泰元年黎燧年僅十九，故其始任江陵尉之時間也不大可能早於此年。

〔二〕綬：繫官印的絲帶。句謂懊悔接受官職。

〔三〕膝下愁：遠離父母之愁。時燧父幹在長安爲官。《舊唐書·代宗紀》：「（永泰元年）閏十月辛卯，以京兆少尹黎幹爲京兆尹。」

〔四〕王程：指官府規定的赴任期限。

送青龍招提歸一上人遠遊吴楚別詩〔一〕

久交應真侶〔二〕，最嘆青龍僧〔三〕。棄官向二年，削髮歸一乘〔四〕。了然瑩心身〔五〕，潔念樂空寂〔六〕。名香泛窗户，幽磬清曉夕〔七〕。往年杖一劍〔八〕，由是佐二庭〔九〕。於焉久從戎〔一〇〕，兼復解論兵〔一一〕。世人猶未知，天子願相見。朝從青蓮宇〔一二〕，暮入白虎殿〔一三〕。宫女擎錫杖，御筵出香爐〔一四〕。説法開藏經〔一五〕，論邊窮陣圖〔一六〕。忘機厭塵喧〔一七〕，浪跡向江海〔一八〕。思師石可訪〔一九〕，惠遠峯猶在〔二〇〕。今旦飛錫去〔二一〕，何時持鉢還。湖煙泠吴門〔二二〕，淮月銜楚山〔二三〕。一身如浮雲，萬里過江水。相思眇天外〔二四〕，南望無窮已。

【校注】

〔一〕青龍招提：即青龍寺，招提，佛寺的別稱。《長安志》卷九：長安新昌坊「南門之東，青龍寺。本隋靈感寺，開皇二年立。……景雲二年改爲青龍寺。北枕高原，南望爽塏，爲登眺之美。」歸一：張謂有《送青龍一公》詩，與本詩爲同送一人之作。岑參與張謂曾於玄宗天寶末同入北庭封常清幕府，故同與「佐二庭」之歸一上人相識。玩詩意，歸一之棄官削髮，當在肅宗朝。而自代宗廣德元年（七六三）秋至永泰元年（七六五）歲末，岑與張同在長安爲尚書郎，

本詩蓋即是時所作。上人：和尚的别稱。吴楚：指春秋時吴、楚所轄之地。

〔二〕應真侣：指和尚。應真，孫綽《遊天台山賦》：「王喬控鶴以冲天，應真飛錫以躡虚。」李善注：「應真，謂羅漢也。」阿羅漢舊譯「應真」，意爲應受人天供養之真人，也即佛教所認爲徹悟的聖者。

〔三〕嘆：贊嘆之意。青龍僧：即歸一上人。

〔四〕歸一乘：歸依佛教。參見《出關經華嶽寺訪法華雲公》注〔八〕。

〔五〕了然：指了悟佛教之理。瑩心身：言根絶塵念，使心身明潔。

〔六〕樂：底本注：「一作落。」空寂：佛家語。諸法（諸物）虚幻不實曰「空」，不生不滅曰「寂」。

〔七〕磬：底本注：「一作境。」

〔八〕杖：持。《全唐詩》作「仗」，通「杖」。

〔九〕二庭：參見《登北庭北樓呈幕中諸公》注〔五〕。

〔一〇〕于焉：于此，于二庭。

〔一一〕解論兵：指懂得軍事韜畧、兵法。

〔一二〕青蓮宇：即佛寺。青蓮，梵語即「優鉢羅」，參見《優鉢羅花歌》注〔一〕。

〔一三〕白虎殿：在漢長安未央宫中，見《類編長安志》卷二。此借指唐宫殿。以上兩句言歸一被天子召見。

〔一四〕擎：舉。錫杖：僧人所持之杖，又稱禪杖。筵：坐席。出：擺出。兩句寫天子召見情景。

〔一五〕法：指佛法。藏經：佛教經書的總稱。

〔一六〕論邊：談論邊塞防務之事。陣圖：軍陣之形。

〔一七〕忘機：無機巧變詐之心。

〔一八〕向江海：指遠遊吴、楚之地。

〔一九〕思師：即慧思，亦稱思禪師，南朝齊、陳間高僧。俗姓李，武津（今河南上蔡東）人。居衡山傳道十年，世稱南嶽尊者。《續高僧傳》有傳。按，「思師石」在衡山。《神僧傳》卷五：「（思師）自大蘇山將四十餘僧徑趨南嶽。既至，……師曰：『吾前生曾居此處領徒。』陟嶺見一所林泉勝異，曰：『古寺也，吾昔居之。』掘地果得僧用器皿、殿宇基址。又指兩石下得遺骸，乃建塔，今三生塔是也。」

〔二〇〕惠遠：即慧遠，東晉高僧，俗姓賈，雁門樓煩（今山西寧武一帶）人。居廬山東林寺三十餘年。事見《高僧傳》卷六。按，「惠遠峯」指廬山。以上兩句言到吴、楚後，可前去訪求慧思、慧遠遺跡。

〔二一〕飛錫：僧徒遊方的美稱。錫，指錫杖。

〔二二〕吴門：古吴縣城（今蘇州市）的別稱。其地瀕臨太湖，故有「湖煙」之語。

〔二三〕淮：淮水。銜楚山：寫月亮剛從山中升起或即將隱入山中的景象。

〔二四〕眇：遠。外：《全唐詩》作「末」，宋本亦注：「一作末。」

送李賓客荆南迎親〔一〕

迎親辭望苑〔二〕，恩詔下儲闈〔三〕。昨見雙魚去〔四〕，今看駟馬歸。驛帆湘水闊〔五〕，客舍楚山稀。手把黄香扇，身披萊子衣〔六〕。鵲隨金印喜〔七〕，烏傍板輿飛〔八〕。勝作東征賦〔九〕，還家滿路輝。

【校注】

〔一〕賓客：太子賓客，正三品，掌輔佐太子。荆南：參見《送周子落第遊荆南》注〔一〕。本詩獨孤及有同題詩，係同時作。《岑詩繫年》：「李賓客謂李之芳。《舊書·蔣王惲傳》『廣德元年……遣之芳兼御史大夫，使吐蕃（按，《通鑑》載此事於廣德元年四月），被留境上，二年而歸（按，《舊唐書·吐蕃傳》曰：「（廣德）二年五月，放李之芳還。」），除禮部尚書，尋改太子賓客。』以此推之芳爲賓客時當在永泰元年。杜甫有《秋日夔府詠懷寄鄭監審李賓客（下脱「之芳」二字）一百韻》，作於大曆二年，蓋其時之芳猶未罷此官也。大曆元年二月公已再次首途赴蜀，則此詩當作於永泰元年或大曆元年之歲初。」按，李爲唐宗室，善五言詩，歷任右司郎中、工部侍郎、太子右庶子等職（見《舊唐書·蔣王惲傳》）。「送」上明抄本、《全唐詩》有

「奉」字。

〔二〕望苑：即博望苑。《漢書·武五子傳》：「戾太子據，元狩元年立爲皇太子，年七歲矣。……及冠就宮，上爲立博望苑，使通賓客。」《三輔黃圖》卷四：「博望苑在長安城南杜門外五里，有遺址。」唐有望苑驛，即博望苑舊址，温庭筠《題望苑驛》：「花影至今通博望。」可證。此借指太子宮苑。望，《全唐詩》作「舊」，疑不明「望苑」之意而誤改。

〔三〕儲闈：猶儲宮，即東宮。儲，底本作「慈」，此從明抄本、《全唐詩》。

〔四〕雙魚：指書信。

〔五〕驛帆：水驛置備的供過往官吏、差役使用的船隻。

〔六〕黃香扇：參見《送韓巽入都覲省便赴舉》注〔五〕。萊子衣：即老萊衣。參見《送崔全被放歸都覲省》注〔三〕。兩句謂李歸家行孝娛親。

〔七〕「鵲隨」句：用「鵲印」典，參見《西河郡太守張夫人輓歌》注〔一〕。

〔八〕板輿：見後《酬成少尹駱谷行見呈》注〔一七〕。烏，底本原作「鳥」，據明抄本、《全唐詩》改。傳説烏鴉中有一種慈烏（又叫慈鴉），體小，初生時，母哺之六十日，長則反哺其母六十日，被稱爲孝烏。相傳人孝行卓異，則有慈烏來下。句謂烏靠近板輿而飛，隱指李迎養其親是孝舉。

〔九〕勝：底本注：「一作賸。」東征賦：東漢曹大家（班昭）所作，見《文選》。李善注：「《大家集》

曰：『子穀爲陳留長，大家隨至官，作《東征賦》。』《流别論》曰：『發洛至陳留，述所經歷也。』

酬成少尹駱谷行見呈〔一〕

聞君行路難〔二〕，惆悵臨長衢〔三〕。豈不憚險艱，王程剩相拘〔四〕。憶昨蓬萊宫〔五〕，新授刺史符〔六〕。明主仍賜衣，價直千萬餘。何幸承命日，得與夫子俱。攜手出華省〔七〕，連鑣赴長途〔八〕。五馬當路嘶〔九〕，按節投蜀都〔一〇〕。千崖信縈折〔一一〕，一徑何盤紆〔一二〕。層冰滑征輪，密竹礙隼旟〔一三〕。深林迷昏旦，棧道淩空虚。飛雪縮馬尾〔一四〕，烈風擘我膚〔一五〕。峯攢望天小〔一六〕，亭午見日初〔一七〕。夜宿月近人，朝行雲滿車。泉澆石罅坼〔一八〕，火入松心枯。亞尹同心者〔一九〕，風流賢大夫。榮禄上及親，之官隨板輿〔二〇〕。高價振臺閣〔二一〕，清詞出應徐〔二二〕。成都春酒香，且用俸錢沽。浮名何足道，海上堪乘桴〔二三〕。

【校注】

〔一〕永泰元年十一月赴蜀途中作，參見《年譜》。成少尹：即成賁，參見《和刑部成員外秋夜寓直……》注〔一〕。是時成與作者同入蜀。少尹：官名，唐京兆、成都等府各置少尹二人，是

府的副長官。駱谷：即儻駱谷，陜西終南山的一個山谷。全長二百四十多公里，北口叫駱谷，在周至縣西南；南口叫儻谷，在洋縣北，總名儻駱谷，又省稱爲駱谷，是由長安赴梁州的一個通道。行見：底本誤倒，據宋本、明抄本、《全唐詩》改。

〔二〕行路難：見《送張祕書充劉相公……》注〔一三〕。此借指成賁《駱谷行》。

〔三〕衢：大路。

〔四〕王程：官府規定的期限。剩：頗。

〔五〕蓬萊宫：即大明宫。

〔六〕「新授」句：是時作者被任爲嘉州刺史。符，符信。

〔七〕華省，尚書省。岑、成除授新職前，並在尚書省任郎中（成爲左司郎中，岑爲庫部郎中），故云。

〔八〕連鑣：並駕而行。鑣，馬嚼子。

〔九〕五馬：漢時郡太守駕車用五匹馬。

〔一〇〕按節：徐行。

〔一一〕崖：《全唐詩》注：「一作巖。」信：誠。縈折：盤曲。

〔一二〕盤紆：曲折。

〔一三〕隼旟：指州刺史的儀仗。隼，一種凶猛的鳥，又稱「鶻」。旟，旗名。《周禮·春官·司常》：「鳥隼爲旟。」又曰：「州里建旟。」底本旟作「旟」，此從《全唐詩》。

〔一四〕尾：宋本、明抄本、《全唐詩》作「毛」。

〔一五〕擘：剖開。

〔一六〕攢：聚集。

〔一七〕亭午：當午。

〔一八〕罅：裂縫。坼：裂開。

〔一九〕亞尹：位次於尹者，即少尹。

〔二〇〕之官：赴任。板輿：又作「版輿」。潘岳《閑居賦》：「太夫人乃御版輿，升輕軒，遠覽王畿，近周家園。」李善注：「版輿，車名。……一名步輿，周遷《輿服雜事記》曰：『步輿，方四尺，素木爲之，以皮爲襻揭之，自天子至庶人通得乘之。』」後因以爲居官迎養其親之詞。此指攜父母赴任。

〔二一〕臺閣：指尚書省。《後漢書·仲長統傳》：「光武皇帝政不任下，雖置三公，事歸臺閣。」句言成聲價之高，振動臺閣。

〔二二〕應徐：應瑒、徐幹。瑒字德璉，汝南（今河南汝南縣東南）人；幹字偉長，北海（今山東壽光縣）人，均建安時代著名文學家，「建安七子」之一。

〔二三〕乘桴：《論語·公冶長》：「道不行，乘桴浮於海。」桴，小木筏。兩句謂虛名不足道，可乘木筏放浪於江海。

赴嘉州過城固縣尋永安超禪師房〔一〕

滿寺枇杷冬著花〔二〕，老僧相見具袈裟〔三〕。漢王城北雪初霽〔四〕，韓信壇西日欲斜〔五〕。門外不須催五馬，林中且聽演三車〔六〕。豈料巴川多勝事〔七〕，爲君書此報京華。

【校注】

〔一〕永泰元年十一月赴蜀途中作。嘉州：唐州名，治所在今四川樂山市。城固縣：唐屬梁州，在今陝西城固縣西北。永安：寺名，其寺未詳。禪師：對和尚的尊稱。

〔二〕著花：花莖上長出花來。

〔三〕袈裟：和尚披在外面的法衣。

〔四〕漢王：謂劉邦。公元前二〇六年，項羽封劉邦爲漢王，「王巴、蜀、漢中，都南鄭（唐梁州治所，今陝西漢中市）。」（《史記·高祖本紀》）「漢王城」指南鄭，城固縣在南鄭東北。《古今圖書集成·方輿彙編·職方典》卷五三二稱漢中府城固縣有「漢王城」，「在城（城固縣城）東十里。内城高十餘丈，南北二百步，東西三百步，《一統志》載在鳳縣南四十里，又褒城縣南亦有漢王城」。

〔五〕韓信壇：公元前二〇六年，漢王劉邦在南鄭築壇拜韓信爲大將，事載《史記·淮陰侯列傳》。《古今圖書集成·方輿彙編·職方典》卷五三二謂漢中府南鄭縣有「拜將壇」，「在南城下。耆老傳云：高祖拜韓信爲大將，築此壇以受命，臺址久圮，明萬曆三十年重修」。並云漢中府城固縣有「韓信臺」，「在縣東五里，韓信所築」。壇，《全唐詩》作「臺」。

〔六〕三車：佛家語，謂牛車、鹿車、羊車，比喻佛教的大、中、小三乘。「演三車」謂演説佛法。

〔七〕巴川：猶巴地，指巴嶺山脈附近地區。巴嶺山脈自秦嶺分支南向，蜿蜒東南行，經南鄭、西鄉、鎮巴諸縣，綿亙於陝、川兩省邊境。

奉和杜相公初發京城作〔一〕

按節辭黄閣〔二〕，登壇戀赤墀〔三〕。銜恩期報主〔四〕，授律遠行師〔五〕。野鵲迎金印〔六〕，郊雲拂畫旗〔七〕。叨陪幕中客〔八〕，敢和出車詩〔九〕。

【校注】

〔一〕大曆元年（七六六）春入蜀途中作。杜相公：即杜鴻漸。字之選，濮州濮陽（今河南濮陽市南）人。廣德二年正月拜兵部侍郎、同平章事。大曆元年二月，以宰相兼充山南西道、劍南東、西川副元帥，劍南西川節度使，以平蜀亂。事見新、舊《唐書·杜鴻漸傳》。相公，對宰相

的稱呼。「初」下底本原有「夏」字，從《文苑英華》、《全唐詩》删。

〔二〕按節：徐行。黄閣：漢丞相聽事閣曰黄閣。此指相府。

〔三〕登壇：謂拜將。指任節度使。

〔四〕銜恩：領受皇恩。期：《文苑英華》作「思」。

〔五〕授律：《周易·上經·師卦》：「師出以律，否臧凶。」孔穎達疏：「律，法也。……使師出之時，當須以其法制整齊之，故云師出以律也。否臧凶者，若其失律行師，無論否之與臧，皆爲凶也。否謂破敗，臧謂有功。」後因謂命將出征爲「授律」。《北史·隋煬帝紀》：「今宜授律啓行，分麾屆路。」行師：用兵。

〔六〕「野鵲」句：見《西河郡張夫人輓歌》注〔一〕。漢丞相及將軍皆用金印。

〔七〕畫旗：有畫飾的旗。

〔八〕叨：謙詞。此句自謙才不勝任，愧於伴隨杜幕府中之客。指入杜幕府中任職。時杜鴻漸「表公職方郎中兼侍御史，列於幕府」（杜確《岑嘉州詩集序》），故云。

〔九〕敢：自言冒昧之詞。出車：《詩經·小雅》篇名，此借指杜鴻漸的「初發京城作」。

過梁州奉贈張尚書大夫公〔一〕

漢中二良將〔二〕，今昔各一時。韓信此登壇〔三〕，尚書復來斯。手把銅虎符〔四〕，

身總丈人師〔五〕。錯落北斗星〔六〕，照耀黑水湄〔七〕。英雄若神授，大材濟時危。頃歲遇雷雲，精神感靈祇〔八〕。勳業振青史，恩德繼鴻私〔九〕。羌虜昔未平〔一〇〕，華陽積僵屍〔一一〕。人煙絶墟落〔一二〕，鬼火依城池。巴漢空水流〔一三〕，褒斜惟鳥飛〔一四〕。自公布德政，此地生光輝〔一五〕。百堵創里閭〔一六〕，千家恤惸嫠〔一七〕。層城重鼓角〔一八〕，甲士如熊羆。坐嘯風自調〔一九〕，行春雨仍隨〔二〇〕。芃芃麥苗長，藹藹桑葉肥〔二一〕。浮客相與來〔二二〕，羣盜不敢窺。何幸承嘉惠，小年即相知〔二三〕。富貴情易疏，相逢心不移。置酒宴高館，嬌歌雜青絲〔二四〕。錦席綉拂廬，玉盤金屈卮〔二五〕。春景透高戟〔二六〕，江雲簪長麾〔二七〕。櫪馬嘶柳陰，美人映花枝。門傳大夫印〔二八〕，世擁上將旗〔二九〕。承家令名揚〔三〇〕，許國苦節施。戎幕寧久駐，臺階不應遲〔三一〕。別有彈冠士〔三二〕，希君無見遺〔三三〕。

【校注】

〔一〕大曆元年春入蜀途經梁州時所作。梁州：唐州名，治所在今陝西漢中市。張尚書大夫：即張獻誠，陝州河北（今山西平陸縣）人，幽州節度使張守珪之子。安史亂中降禄山，受僞官，寶應元年（七六二）十月歸唐，拜汴州刺史、汴州節度使。廣德二年（七六四），遷梁州刺史，山南西道節度使。永泰元年（七六五），加檢校工部尚書。大曆元年二月，兼劍南東川節度使。事見

兩《唐書》本傳。大夫：即御史大夫，當是張獻誠帶的憲銜。又《通鑑》卷二一五胡注：「唐中世以前，率呼將帥爲大夫。」公：爵位名。《舊唐書》本傳云獻誠大曆元年正月封鄧國公。

〔二〕漢中：唐梁州天寶時嘗改名漢中郡。二良將：指韓信與張獻誠。

〔三〕「韓信」句：見《赴嘉州過城固縣……》注〔五〕。

〔四〕銅虎符：漢時發兵所用符信。《漢書・文帝紀》：「初與郡守爲銅虎符、竹使符。」師古注：「應劭曰：『銅虎符第一至第五，國家當發兵，遣使者至郡合符，符合乃聽受之。』……師古曰：『與郡守爲符者，謂各分其半，右留京師，左以與之。』」此泛指兵符。

〔五〕丈人：《易・上經・師卦》：「師貞，丈人，吉，無咎。」孔穎達疏：「貞，正也。丈人，謂嚴莊尊重之人。言爲師之正，唯得嚴莊丈人監臨主領，乃得吉，無咎。」下句謂張統領丈人之軍。丈：底本作「文」，據《全唐詩》改。

〔六〕錯落：互相交錯之意。

〔七〕黑水：水名，在梁州。《元和郡縣志》卷二十二：「黑水去縣（梁州城固縣）西北秦山，南流入漢（水）。諸葛亮牋曰：『朝發南鄭，暮宿黑水。』」湄：水濱。「黑水湄」即指梁州。

〔八〕頃歲：近年。雷雲：喻社會變故。靈祇：神靈。兩句謂張遭遇社會變故却能得到神靈護佑。意指張由賊中安然來歸。

〔九〕鴻私：鴻大之恩。指皇恩。

〔一〇〕羌虜：指吐蕃等。羌，我國古代西部少數民族之一。據《新唐書·吐蕃傳》，吐蕃祖先爲羌族。唐時，吐蕃先後征服了吐谷渾、党項等羌部，兼併了唐境内的羌族羈縻州，建成了統一的羌族國家。昔：底本注：「一作苦。」

〔一一〕華陽：指古梁州（九州之一）。《尚書·禹貢》：「華陽黑水惟梁州。」《元和郡縣志》卷二十二云唐梁州爲古梁州的一部分。此下六句指吐蕃、党項曾至梁州一帶殺掠。按，自安史之亂爆發後，吐蕃即不斷入寇，「數年間，西北數十州相繼淪没，自鳳翔以西，邠州以北，皆爲左衽矣」（《通鑑》廣德元年七月）。又，據《新唐書·西域傳上》載，上元二年（七六一），党項曾入鳳州（今陝西鳳縣），殺刺史蕭忱；寶應元年（七六二），又攻梁州，刺史李勉走；「僕固懷恩之叛（事在廣德元年），誘党項、渾、奴刺入寇，冢數萬，掠鳳翔、盩厔」。

〔一二〕墟落：邨落。

〔一三〕巴：指巴江。即今嘉陵江，見《太平寰宇記》卷一三六。漢：即漢水。空：只。

〔一四〕褒斜：即褒斜谷，陝西終南山的一個山谷。北口叫斜谷，在眉縣西南；南口叫褒谷，在原褒城縣（今漢中市北褒城鎮）北。褒斜谷是由長安赴梁州的又一通道，又稱褒斜道。

〔一五〕生光：底本原作「先生」，此從明抄本、吴校、《全唐詩》。

〔一六〕堵：土牆。《詩·小雅·鴻雁》：「百堵皆作。」

〔一七〕惸：無兄弟，孤獨。嫠：寡婦。

〔一八〕層城：高大之城。重鼓角：言重有鼓角聲。
〔一九〕坐嘯：參見《陪使君早春東郊遊眺》注〔三〕。底本作「坐笑」，此從明抄本、吴校、《全唐詩》。
〔二〇〕「行春」句：東漢鄭弘爲淮陽太守，有仁政，「行春天旱，隨車致雨」。見《後漢書·鄭弘傳》注引謝承《後漢書》。
〔二一〕芃芃、藹藹：草木茂盛貌。
〔二二〕浮客：指遊民。
〔二三〕小年：幼年。明抄本作「少年」。
〔二四〕青絲：參見《使君席夜送嚴河南赴長水》注〔二〕。
〔二五〕拂廬：吐蕃稱帳幕爲拂廬，《舊唐書·吐蕃傳》：「貴人處於大氊帳，名爲拂廬。」金屈卮：參見《冬宵家會餞李郎……》注〔二〕。兩句寫宴會擺設。
〔二六〕景：日光。戟：指張私第門旁所立之戟。參見《送裴校書從大夫……》注〔五〕。
〔二七〕篲：掃帚，這裏用作動詞，「掃」的意思。麾：旌旗。
〔二八〕「門傳」句：指張獻誠及其父張守珪都任過御史大夫。《舊唐書·張守珪傳》：「（開元）二十三年春……拜守珪爲輔國大將軍、右羽林大將軍兼御史大夫。」
〔二九〕「世擁」句：指獻誠繼其父爲節度使。
〔三〇〕承家：謂承繼家業。

〔二〕戎幕：軍府，謂節度使衙門。寧：豈。臺階：即三臺，星名。舊時以爲三公（丞相、太尉、御史大夫）上應三臺。《晉書・天文志》：「在人曰三公，在天曰三臺。」兩句言張不會久任節度使之職，很快就會入爲宰相。

〔三〕彈冠：《漢書・王吉傳》：「吉與貢禹爲友，世稱『王陽（吉字子陽，故云）在位，貢公彈冠』，言其取舍同也。」師古注：「彈冠者，言入仕也。」

〔三〕「希君」句：指希望不要遺棄自己。

尚書念舊垂賜袍衣率題絶句獻上以申感謝〔一〕

富貴情還在，相逢豈間然〔二〕。綈袍更有贈，猶荷故人憐〔三〕。

【校注】

〔一〕本詩作年同上篇。尚書：據上篇「富貴情易疏，相逢心不移」句，與本篇首兩句意近，此「尚書」蓋即上篇之「張尚書」。念舊：岑與張「小年即相知」（見上篇），故云。率：倉猝。

〔二〕間然：隔閡貌。

〔三〕「綈袍」二句：《史記・范雎列傳》載，魏中大夫須賈使齊，范雎從。賈疑范雎通齊，以告魏相，魏相使人笞之，幾死。後逃入秦國，爲相，號曰張禄，而魏不知。魏聞秦將東伐韓魏，遣

須賈使秦。范睢聞之，敝衣微行見須賈，賈憐之，取一綈（厚繒）袍賜睢。後知張禄即范睢，大恐。范睢數其罪當死，然「以綈袍戀戀有故人之意」，故赦之。

梁州陪趙行軍龍岡寺北庭泛舟宴王侍御 得長字〔一〕

誰宴霜臺使〔二〕，行軍粉署郎〔三〕。唱歌江鳥没，吹笛岸花香。酒影摇新月，灘聲聒夕陽。江鐘聞已暮，歸棹緑川長〔四〕。

【校注】

〔一〕大曆元年入蜀途中作。梁州：見《過梁州奉贈張尚書大夫公》注〔一〕。行軍：官名，即行軍司馬，唐節度使僚屬。龍岡寺：在梁州南鄭縣（今陝西漢中市）西龍岡山。《大清一統志》卷二三八：「《華陽國志》：『龍岡北臨漢水，南帶廉津。』《輿地紀勝》：『山在（南鄭）縣西十里，相傳梁天監中有龍鬥於此。』」北庭：聞一多《考證》曰：「庭字疑誤。」侍御：見《送韋侍御先歸京》注〔一〕。得長字：底本無，今據《文苑英華》、《全唐詩》校補。

〔二〕霜臺使：指王侍御。霜臺，御史臺。

〔三〕粉署郎：即尚書郎，當爲趙行軍所帶之郎官職銜。

〔四〕棹：船槳，又用以指船。緑川：指漢水，爲岑等泛舟之所。

陪羣公龍岡寺泛舟 得盤字〔一〕

漢水天一色，寺樓波底看。鐘鳴長空夕，月出孤舟寒。映酒見山火，隔簾聞夜灘。紫鱗掣芳餌〔二〕，紅燭燃金盤〔三〕。良友興正愜，勝遊情未闌〔四〕。此中堪倒載〔五〕，須盡主人歡。

【校注】

〔一〕作年同本詩上篇。

〔二〕紫鱗：指魚。掣：牽引，拉。

〔三〕金盤：金燭盤。

〔四〕未闌：未盡。

〔五〕倒載：喝醉之意。見《登涼州尹臺寺》注〔四〕。

梁州對雨懷麴二秀才便呈麴大判官時疾贈余新詩〔一〕

江上雲氣黑〔二〕，峄山昨夜雷〔三〕。水惡平明飛〔四〕，雨從嶓冢來〔五〕。濛濛隨風

過，蕭颯鳴庭槐〔六〕。隔簾濕衣巾，當暑涼幽齋。麴生住相近，言語阻且乖〔七〕。臥疾不見人，午時門始開。終日看《本草》〔八〕，藥苗滿前階。兄弟早有名〔九〕，甲科皆秀才〔一〇〕。二人事慈母，不弱古老萊。昨嘆攜手遲，未盡平生懷。愛君有佳句，一日吟幾回。

【校注】

〔一〕作於大曆元年入蜀途中。秀才：唐時應進士試者之稱。時疾：言麴大判官其時患病。

〔二〕江：指漢水。

〔三〕⿰山旱山：即旱山。據《新唐書·地理志》，梁州南鄭縣「有旱山」，在今陝西漢中市西南。⿰山旱，底本、宋本、明抄本並注：「一作歸。」

〔四〕惡：底本、宋本、明抄本並注：「一作急。」平明：天剛亮。

〔五〕嶓冢：山名，在陝西寧强縣北。《元和郡縣志》卷二十二：「嶓冢山，縣（梁州金牛縣）東二十八里，漢水所出。」

〔六〕蕭颯：象風雨之聲。

〔七〕「麴生」二句：意謂與麴大判官相距不遠，却彼此不能見面、傾談。

〔八〕本草：古時記載藥品的書。唐時流傳有《神農本草》、《唐本草》等，都通稱《本草》。

〔九〕兄弟：指麴大判官、麴二秀才。

〔一〇〕甲科：參見《送許子擢第歸江寧拜親……》注〔四〕。

與鮮于庶子泛漢江 得遲字〔一〕

急管更須吹〔二〕，杯行莫遣遲〔三〕。酒光紅琥珀〔四〕，江色碧琉璃〔五〕。日影浮歸棹，蘆花罥釣絲〔六〕。山公醉不醉〔七〕，問取葛彊知〔八〕。

【校注】

〔一〕作於大曆元年入蜀途中滯留於梁州時。鮮于庶子：即鮮于晉。鮮于，複姓；庶子，官名。唐東宮官屬有太子左、右庶子各二人，正四品下，分掌左、右春坊事；左擬侍中，右擬中書令。顏真卿《中散大夫京兆尹漢陽郡太守贈太子少保鮮于公神道碑銘》：「公（指鮮于仲通）弟晉，字叔明……永泰二年（即大曆元年），有詔自太子左庶子復拜爲邛州（今四川邛崍縣）刺史，兼御史中丞，邛南八州都防禦、觀察等使。」叔明後賜姓李，參見兩《唐書·李叔明傳》。時鮮于氏與岑同行入蜀。漢江：即漢水。

〔二〕急管：急促的管樂聲。

〔三〕杯行：巡行酌酒勸飲。《文苑英華》作「金杯」。

〔四〕紅琥珀：指酒似深紅色透明的琥珀。

〔五〕碧琉璃：綠色的天然寶石。

〔六〕罥：掛，掛住。

〔七〕山公：指山簡。

〔八〕葛彊：山簡的愛將。《晉書》卷四十三：「時有童兒歌曰：『山公出何許，往至高陽池。日夕倒載歸，茗艼無所知。時時能騎馬，倒著白接䍦。舉鞭向葛彊，何如并州兒？』彊家在并州，簡愛將也。」彊，底本作「彊」，據明抄本、吴校、《全唐詩》改。

早上五盤嶺〔一〕

平旦驅駟馬，曠然出五盤〔二〕。江迴兩岸鬥，日隱羣峯攢〔三〕。蒼翠煙景曙〔四〕，森沉雲樹寒〔五〕。松疏露孤驛，花密藏迴灘。棧道溪雨滑，畬田原草乾〔六〕。此行爲知己〔七〕，不覺行路難。

【校注】

〔一〕大曆元年（七六六）入蜀途中作。五盤嶺：一名七盤嶺，嶺上石磴盤折，故名。在今四川廣元市東北一百七十里，與陝西寧强縣接壤，自古爲秦、蜀分界處。

〔二〕曠然：空闊貌。
〔三〕攢：聚集。在嶺上遥望，兩岸互相交錯的情狀。下句寫日出之前，羣峯相連，層次莫辨，彷彿聚在一起。
〔四〕煙景：指煙靄中的山色。
〔五〕森沉：陰沉幽暗貌。雲樹：白雲繚繞的高山之樹。
〔六〕畬田：火耕之田。
〔七〕知己：指杜鴻漸。參見《奉和杜相公初發京城作》注〔一〕、〔九〕。

赴犍爲經龍閣道〔一〕

側徑轉青壁〔二〕，危橋透滄波〔三〕。汗流出鳥道，膽碎窺龍渦〔四〕。驟雨暗溪谷〔五〕，歸雲網松蘿〔六〕。屢聞羌兒笛〔七〕，厭聽巴童歌〔八〕。江路險復永，夢魂愁更多。聖朝幸典郡〔九〕，不敢嫌岷峨〔一〇〕。

【校注】

〔一〕大曆元年（七六六）入蜀途中作。犍爲：郡名，即嘉州。據《舊唐書·地理志》載，隋眉山郡，武德元年（六一八）改爲嘉州，天寶元年（七四二）改爲犍爲郡，乾元元年（七五八）復爲嘉州，

屬劍南道。此用舊稱，非指嘉州屬縣犍爲。時岑被任爲嘉州刺史，劍南西川節度使杜鴻漸「表公職方郎中，兼侍御史，列於幕府」（杜確《岑嘉州詩集序》）。龍閣：即龍門閣。在山南道利州縣谷縣（今四川廣元市）北。《元和郡縣志》卷二十二：「龍門山在（縣谷）縣東北八十二里。」《大清一統志》卷三九一：「龍門閣在廣元縣北，千佛巖側。……《方輿勝覽》（按，見卷六六）馮鈐幹云：其它閣道雖險，然在山腰，亦微有徑可以增置閣道。獨此閣石壁斗立，虛鑿石竅而架木其上，尤爲險絶。」曹學佺《蜀中名勝記》卷二十四云，廣元縣北棧道，「其最險者爲石欄橋，《方輿》云：自城北至大安軍界，營橋欄閣共萬五千三百六十一間，惟石欄、龍門二閣著名。……沈佺期《過蜀龍門閣》詩……岑參《赴犍爲經龍閣道》詩……杜甫《龍門閣》詩……本志：北十里千佛崖即古龍門閣，先是懸崖架木作棧而行，後鑿石爲千佛像，成通衢矣。」

〔二〕側徑：崖壁之側的小道。指龍門閣道。青壁：青石崖。

〔三〕橋：明抄本、《全唐詩》作「梁」。透：穿越。

〔四〕龍渦：大漩渦。龍，《全唐詩》注：「一作魚。」兩句言閣道之險。

〔五〕溪谷：《全唐詩》作「溪口」，並注：「一作溪谷。」

〔六〕歸雲：傍晚飛回山中的雲。喬潭《秋晴曲江望太乙納歸雲賦》：「時雨夕歇，歸雲晚晴。」網：籠罩。松蘿：一名女蘿，地衣類植物，多附生於松樹上。

〔七〕聞：底本作「見」，據明抄本、《文苑英華》、《全唐詩》改。羌：我國古代西部的民族。
〔八〕厭聽：飽聽。巴：古地名，周有巴國，秦置巴郡，故地在今四川東部一帶。
〔九〕朝：《文苑英華》作「主」。典郡：指作者於永泰元年（七六五）十一月被任爲嘉州刺史。典，主其事。
〔一〇〕岷峨：岷山、峨眉山。句謂不敢嫌蜀地路遠。

與鮮于庶子自梓州成都少尹自褒城同行至利州道中作〔一〕

剖竹向西蜀〔二〕，岷峨眇天涯〔三〕。空深北闕戀〔四〕，豈憚南路賒〔五〕。前日登七盤〔六〕，曠然見三巴〔七〕。漢水出嶓冢〔八〕，梁山控褒斜〔九〕。棧道籠迅湍〔一〇〕，行人貫層崖〔一一〕。巖傾劣通馬，石窄難容車。深林怯魑魅〔一二〕，洞穴防龍蛇。水種新插秧，山田正燒畬〔一三〕。夜猿嘯山雨，曙鳥鳴江花。過午方始飯，經時旋及瓜〔一四〕。數公各遊宦，千里皆辭家。言笑忘羈旅，還如在京華〔一五〕。

【校注】

〔一〕鮮于庶子：見《與鮮于庶子泛漢江》注〔一〕。梓州：唐州名，屬劍南道，治所在今四川三台

縣。成都少尹：即成賁，見《酬成少尹駱谷行見呈》注〔一〕。褒城：唐縣名，屬梁州，在今陝西漢中市北褒城鎮。利州：唐州名，屬山南道，治所在今四川廣元市。按，梓州在利州之南，自褒城至利州，並不經過梓州，疑「梓州」當爲「梁州」之誤。作者永泰元年（七六五）曾與成少尹同行入蜀，因蜀中亂，行至梁州而返。大曆元年（七六六），兩人復同行入蜀，此詩即入蜀途中所作。

〔二〕剖竹：即分符，指被任爲嘉州刺史。參見《西河太守杜公輓歌》其三注〔三〕。

〔三〕岷、峨：均爲山名。岷山主峯在今四川松潘縣西北，峨眉山在今四川峨眉山市西南。此以岷、峨二山代指西蜀。眇：遠。

〔四〕空：獨，自。北闕：漢未央宫正門之闕觀。此泛指宫門。《漢書·高帝紀》：「二月，（上）至長安。蕭何治未央宫，立東闕、北闕、前殿、武庫、太倉。」顔師古注：「未央殿雖南嚮，而上書奏事謁見之徒皆詣北闕，公車司馬亦在北焉。是則以北闕爲正門，而又有東門、東闕。至於西南兩面，無門闕矣。」

〔五〕南路：指由長安南行入蜀之路。賒：遠。

〔六〕七盤：見《早上五盤嶺》注〔一〕。

〔七〕三巴：東漢末年，益州（治今成都）牧劉璋置巴、巴東、巴西三郡，世稱「三巴」。其地相當於今四川嘉陵江、綦江流域以東的大部分地區。

〔八〕嶓冢：見《梁州對雨……》注〔五〕。
〔九〕梁山：山名，在梁州南鄭縣（今漢中市）東南。州以山名，而山又名梁州山。褒斜：即褒斜道。見《過梁州奉贈張尚書……》注〔一四〕。
〔一〇〕籠：遮蓋，罩住。底本作「寵」，據吴校、《全唐詩》改。
〔一一〕貫：穿行。層崖：重崖。
〔一二〕魑魅：傳説中山林裏能害人的怪物。
〔一三〕燒畬：火耕。
〔一四〕及瓜：《左傳》莊公八年：「齊侯使連稱、管至父戍葵丘，瓜時而往，曰：『及瓜而代。』」言今年瓜熟時往，至明年瓜熟時期滿，令人代之。句謂不用愁蜀地眇遠、道路險艱，無須多久，任期就滿了。
〔一五〕京華：京師，指長安。

奉和相公發益昌〔一〕

相國臨戎别帝京〔二〕，擁旄持節遠横行〔三〕。朝登劍閣雲隨馬〔四〕，夜渡巴江雨洗兵〔五〕。山花萬朵迎征蓋〔六〕，川柳千條拂去旌〔七〕。暫到蜀城應計日〔八〕，須知明主待

持衡〔九〕。

【校注】

〔一〕相公：即杜相公，參見《奉和杜相公初發京城作》注〔一〕。「相公」上《全唐詩》注：「一作有杜字。」益昌：利州天寶年間嘗改名益昌郡；又利州有益昌縣，「東北至州四十五里」（《元和郡縣志》卷二十二），在今四川廣元市西南昭化鎮。此詩亦作於大曆元年入蜀途中。郎士元有《奉和杜相公益昌路作》，可參閱。

〔二〕相國：即宰相，指杜鴻漸。臨戎：統兵。別：《文苑英華》作「發」。

〔三〕擁旄持節：參見《輪臺歌》注〔六〕。旄，宋本、明抄本、吳校、《全唐詩》作「麾」。

〔四〕劍閣：大、小劍山之間的棧道。《元和郡縣志》卷二十二：「小劍城去大劍戍四十里，連山絕險，飛閣通衢，故謂之劍閣，道自（益昌）縣西南踰小山入大劍口，即秦使張儀、司馬錯伐蜀所由之路也，亦謂之石牛道。」參見《送蜀郡李掾》注〔三〕。雲隨馬：形容劍閣之高。

〔五〕夜：宋本、明抄本作「曉」。巴江：即指嘉陵江，見《過梁州奉贈張尚書……》注〔一三〕。洗兵：左思《魏都賦》注引曹操《兵書接要》：「大將將行，雨濡衣冠，是謂洗兵。」

〔六〕迎：《文苑英華》作「垂」。蓋：參見《衛節度赤驃馬歌》注〔一九〕。「征蓋」及下文「去旌」，均指杜出行之儀仗。

〔七〕拂：《文苑英華》作「撥」。

〔八〕蜀城：指成都。計日：可計時日，謂時間不長。
〔九〕持衡：見《左僕射相國冀公……》注〔一四〕。指復還朝爲相。

入劍門作寄杜楊二郎中時二公並爲杜元帥判官〔一〕

不知造化初〔二〕，此山誰開坼〔三〕。雙崖倚天立〔四〕，萬仞從地劈〔五〕。雲飛不到頂，鳥去難過壁。速駕畏巖傾〔六〕，單行愁路窄〔七〕。平明地仍黑，停午日暫赤〔八〕。凛凛三伏寒〔九〕，巉巉五丁跡〔一〇〕。與時忽開閉，作固或順逆〔一一〕。磅礴跨岷峨〔一二〕，巍蟠限蠻貊〔一三〕。星當觜參分〔一四〕，地處西南僻〔一五〕。斗覺煙景殊〔一六〕，杳將華夏隔〔一七〕。劉氏昔顛覆，公孫曾敗績。始知德不修，恃此險何益〔一八〕？相公總師旅，遠近罷金革〔一九〕。杜母來何遲〔二〇〕，蜀人應更惜。暫回丹青慮，少用開濟策〔二一〕。二友華省郎〔二二〕，俱爲幕中客〔二三〕。良籌佐戎律，精理皆碩畫〔二四〕。高文出詩騷〔二五〕，奥學窮討賾〔二六〕。聖朝無外户〔二七〕，寰宇被德澤。四海今一家，徒然劍門石〔二八〕！

【校注】

〔一〕作於大曆元年（七六六）入蜀途中。劍門：參見《送蜀郡李掾》注〔三〕。杜、楊：即杜亞、楊

炎。杜亞字次公，自云本京兆人。楊炎，字公南，鳳翔天興（今陝西鳳翔縣）人。《舊唐書·杜亞傳》：「歷工、户、兵、吏四員外郎。永泰末，劍南叛亂，鴻漸以宰相出領山、劍副元帥，以亞及楊炎並爲判官。使還，授吏部郎中、諫議大夫；炎爲禮部郎中、知制誥、中書舍人。」《全唐文》卷四一〇常衮《授庾準楊炎知制誥制》：「檢校尚書兵部郎中、充山南副元帥判官、賜緋魚袋楊炎……可守尚書禮部郎中、知制誥，賜如故。」又《全唐文》卷三八七獨孤及有《送吏部杜郎中兵部楊郎中入蜀序》，即送杜、楊赴杜鴻漸幕，知二人入蜀時分别爲檢校吏部郎中及檢校兵部郎中。杜、楊兩《唐書》俱有傳，可參閲。郎中：唐尚書省左右司及六部諸司長官曰「郎中」。其上加「檢校」字樣者，即是未實授的稱謂。參見《奉和杜相公……》注〔一〕。

杜元帥：即杜鴻漸。

〔二〕造化初：天地之始。

〔三〕此山：指大小劍山。開拆：劈開。

〔四〕雙崖：大、小劍山峭壁中斷，兩崖對峙，劍門關即在兩崖間，有「一夫當關，萬夫莫開」之稱。

〔五〕仞：古以周尺七尺（或説八尺）爲一仞。

〔六〕速駕：盡快驅車通過。

〔七〕單行：指劍閣道路狹窄，車馬不能並行。

〔八〕停午：正午。此謂山高蔽日，衹有正午的短暫時刻，纔能見到太陽。

〔九〕凜凜：寒冷的樣子。三伏：據《陰陽書候》説，陰曆夏至後第三庚（第三個十天）爲初伏，第四庚爲中伏，立秋後第一庚爲末伏，合稱三伏，爲一年中最熱時期。

〔一〇〕巉巉：高峻的樣子。五丁：古力士。《水經·沔水注》：「秦惠王欲伐蜀，而不知道，作五石牛，以金置尾下，言能屎金。蜀王負力令五丁引之成道。秦使張儀、司馬錯滅蜀，因曰石牛道。」石牛道即劍閣道，參見《奉和相公發益昌》注〔四〕。五丁事又見楊雄《蜀王本紀》、《華陽國志·蜀志》，參見後《招北客文》注釋。此言劍閣高峻，有當年力士五丁的遺跡。

〔一一〕「與時」兩句：語本晉張載《劍閣銘》：「惟蜀之門，作固作鎮；是曰劍閣，壁立千仞。窮地之險，極路之峻；世濁則逆，道清斯順。閉由往漢，開自有晉。」作固，防守之意。《舊唐書·地理志》：「關所以限内外，設險作固閉邪止禁者也。」忽，明抄本、吴校均注：「一作或。」或，底本空缺，從明抄本、吴校、《全唐詩》補；明抄本、吴校並注：「一作明。」兩句言劍門關隨時勢變化忽開忽閉，防守劍門者則有順有逆（指自爲割據）。

〔一二〕磅礴：氣勢雄壯。跨：超過。岷峨：岷山、峨眉山，二山爲蜀地高山中最雄偉者。

〔一三〕巍蟠：高大盤曲。限：限止。蠻貊：指西南少數民族。

〔一四〕觜、參：星名，均爲二十八宿之一，居西方。分：指分野。古代天文學上有所謂「分野」之説，即認爲天上星辰的位置和地面上各區域相互對應。《漢書·天文志》：「觜、觽、參，益州。」

〔一五〕處：底本作「起」，此從明抄本、吴校、《全唐詩》。

〔一六〕斗：同「陡」，突然。

〔一七〕杳：遥遠。華夏：中國的古稱，此指中原地區。句言劍門將蜀與華夏遠遠隔開。

〔一八〕劉氏：指三國蜀後主劉禪。劉備於公元二二一年在成都稱帝，國號漢。備死，子禪即位。公元二六三年爲魏所滅。公孫：公孫述，字子陽，初爲王莽導江卒正（蜀郡太守），後起兵據有益州全境，自立爲帝，號成家。公元三六年爲漢軍所破，述被殺。事見《後漢書·公孫述傳》。以上四句並承張載《劍閣銘》意，銘文曰：「興實由德，險亦難恃。自古及今，天命不易。憑阻作昏，尠不敗績。公孫既没，劉氏銜璧。」

〔一九〕相公：對宰相的稱呼。時杜鴻漸以宰相充節鎮之職。總：統領。師旅：軍隊通稱。金革：原指兵器鎧甲，引申用以稱戰爭。兩句謂杜率軍入蜀，將消弭遠近一帶的戰亂。

〔二〇〕杜母：即杜詩。字君公，東漢河内汲（今河南衛輝市）人，光武帝時爲侍御史，後任南陽郡（治宛縣，今河南南陽市）太守，「性節儉而政治清平，善於計畧，省愛民役，又修治陂池，廣拓土田，郡内比室殷足。時人方於召信臣。南陽爲之語曰：『前有召父，後有杜母。』」見《後漢書·杜詩傳》。此借指杜鴻漸。

〔二一〕回：同「迴」，運用。丹青慮：炳若丹青之謀慮。丹青，紅色和青色的顔料。揚雄《法言·君子》：「或問聖人之言，炳若丹青，有諸？」少用：畧施。開濟策：輔國濟民之策。兩句指杜鴻漸治蜀而言。

〔二二〕華省郎：即尚書郎。杜入幕前爲吏部員外郎，楊入幕前爲兵部員外郎（《舊唐書》本傳）。

〔二三〕幕中客：指杜、楊二人在杜鴻漸幕府中任判官職。

〔二四〕佐戎律：輔佐軍事。精理：精粹之理，指經過深思熟慮的主意。皆：明抄本、吴校均注：「一作盡。」碩畫：遠大的計畫。兩句稱譽杜、楊的才幹。

〔二五〕詩騷：《詩經》和《離騷》。

〔二六〕奥學：深奥的學問。窮討賾：探盡深邃精微之理。兩句寫杜、楊二人文辭之美、學問造詣之深。

〔二七〕外户：指大門。劉儀鳳《劍閣記》：「梁山（大劍山）之險，蜀所恃爲外户。」此言聖朝天下一統，不必有劍門這樣的外户。

〔二八〕「四海」二句：意謂方今天下一統，不用兵革，劍門徒然險峻，也没有什麽意義了。

漢川山行呈成少尹〔一〕

西蜀方攜手，南宫憶比肩〔二〕。平生猶不淺〔三〕，羈旅轉相憐。山店雲迎客，江邨犬吠船。秋來取一醉，待倚月光眠〔四〕。

【校注】

〔一〕大曆元年（七六六）入蜀途中作。漢川：指漢州之地，漢州治所在今四川廣漢市。杜甫有《漢川王大録事宅作》，仇注：「成都無漢川之名，當是廣德元年漢州作。」成少尹：成賁，見《酬成少尹駱谷行見呈》注〔一〕。

〔二〕南宫：即尚書省，成、岑二人入蜀前，都在尚書省爲郎官，故云。

〔三〕猶不淺：謂與成之交情尚深。

〔四〕待倚：《全唐詩》作「須待」。

陪狄員外早秋登府西樓因呈院中諸公〔一〕

常愛張儀樓〔二〕，西山正相當〔三〕。千峯帶積雪，百里臨城牆。煙氛掃晴空，草樹映朝光。車馬隘百井〔四〕，里閈盤二江〔五〕。亞相自登壇〔六〕，時危安此方〔七〕。威聲振蠻貊，惠化鍾華陽〔八〕。旌節羅廣庭〔九〕，戈鋋凜秋霜〔一〇〕。階下貔虎士〔一一〕，幕中鴛鷺行〔一二〕。今我忽登臨，顧恩不望鄉〔一三〕。知己猶未報〔一四〕，鬢毛颯已蒼。時命難自知，功業豈暫忘。蟬鳴秋城夕，鳥去江天長。兵馬休戰爭，風塵尚蒼茫〔一五〕。誰當共攜手〔一六〕，賴有冬官郎〔一七〕。

【校注】

〔一〕大曆元年（七六六）七月抵成都後所作。狄員外：生平未詳。詩稱「冬官郎」，知其時狄當帶工部員外郎銜。時兩人同在杜鴻漸幕中。府：指成都府。院：指杜鴻漸官署。

〔二〕張儀樓：在成都。《元和郡縣志》卷三十一：「（成都府）州城，秦惠王二十七年張儀所築。……城西南樓百有餘尺，名張儀樓，臨山瞰江，蜀中近望之佳處也。」

〔三〕西山：指劍南西山，屬岷山山脈，綿延於四川中部岷江以西地區。《通鑑》卷二三四胡注：「自彭州導江縣（今四川都江堰市東）西出蠶崖關（在導江西北四十七里），歷維（今四川理縣東北）、茂（今四川茂縣）至當、悉（二州俱在今四川松潘一帶）諸州，皆西山也。」相當：相值，相對。以下六句均言登樓所見景物。

〔四〕馬：底本、明抄本注：「一作牛。」隘：同「阨」，阻塞。

〔五〕里閈：里閭。二江：左思《蜀都賦》：「帶二江之雙流。」按，秦蜀郡太守李冰興修都江堰時，在今四川都江堰市西北，分岷江爲二支，北稱郫江，南曰流江，二支分流經成都城北與城南，然後合而南流。兩句寫從樓上下視成都城之景象。

〔六〕亞相：御史大夫，指杜鴻漸。聞一多曰：「鴻漸本已爲宰相，而此曰亞相者，專指其御史大夫之職而言。」（《岑嘉州繫年考證》注〔四二〕）御史大夫係杜所帶憲銜。登壇：拜將，指杜鴻漸任山南西道、劍南東西川副元帥，劍南西川節度使，以平蜀亂。

〔七〕時危：指蜀中軍閥内亂，參見《年譜》。
〔八〕鍾：集中。華陽：見《過梁州奉贈張尚書……》注〔一一〕。蜀地古屬《禹貢》梁州之域，故此處以華陽指蜀。
〔九〕旌節：唐制，節度使賜雙旌雙節，見《新唐書·百官志四》。
〔一〇〕鋋：鐵把短矛。
〔一一〕貔虎士：謂勇猛之士。貔，猛獸，豹屬。
〔一二〕鴛鷺行：鴛（或作「鵷」）、鷺飛行有序，以喻朝官行列。此指杜幕府中官員排列成行。
〔一三〕顧恩：指眷念杜鴻漸的知己之恩。此句底本作「顧思不忘鄉」，注：「思一作恩。」此從《全唐詩》。
〔一四〕知己：指杜鴻漸。
〔一五〕「兵馬」句：指言杜入蜀後，蜀亂平息。參見《年譜》。風塵，喻世事擾攘。蒼茫，迷茫貌。兩句言戰爭雖然平息，但世事變遷，仍難預料。
〔一六〕當：底本注：「一作人。」
〔一七〕冬官：指工部。《周禮》載，周置六官，冬官爲司空，「掌營城郭，建都邑，立社稷宗廟，造宫室車服器械，監百工者。」（《周禮》鄭氏注）唐武后光宅元年（六八四）曾改工部爲冬官。

送顔評事入京〔一〕

顔子人嘆屈，宦遊今未遲。佇聞明主用〔二〕，豈負青雲姿〔三〕。江柳秋吐葉，山花寒滿枝。知君客愁處，月滿巴川時〔四〕。

【校注】

〔一〕大曆元年秋作於成都。評事：大理評事，從八品下。

〔二〕佇聞：待聞。明主：指唐代宗李豫。

〔三〕青雲姿：能自致青雲（喻得高位）的英姿。

〔四〕巴川：巴水，參見《過梁州奉贈張尚書大夫公》注〔一三〕。宋本、明鈔本、吴校、《全唐詩》「客」下並注：「一作窮。」「滿」下並注：「一作落，一作出。」兩句想像顔入京途中，看到月光灑滿巴水，觸發羈旅之愁。

尋楊七郎中宅即事〔一〕

萬事信蒼蒼〔二〕，機心久已忘〔三〕。無端來出守〔四〕，不是厭爲郎〔五〕。雨滴芭蕉

赤，霜催橘子黄。逢君開口笑，何處有他鄉。

【校注】

〔一〕大曆元年（七六六）秋末冬初作於成都。楊七郎中：即楊炎。炎行七，説見陶敏《〈唐人行第録〉續正補》（《文史》三十四輯）。炎時爲成都杜鴻漸幕府判官，檢校兵部郎中，參見《入劍門作寄杜楊二郎中……》注〔一〕。底本作「楊郎中」，《全唐詩》作「陽七郎中」，此從明鈔本、吴校。詩題下明鈔本、吴校注曰：「在成都。」

〔二〕蒼蒼：猶茫茫。

〔三〕機心：智巧變詐之心。

〔四〕出守：指出爲嘉州刺史。岑永泰元年（七六五）十一月除嘉州刺史，因爲杜鴻漸表置幕府，尚未之任。

〔五〕爲郎：岑出爲嘉州刺史前任庫部郎中。

送狄員外巡按西山軍 得霽字〔一〕

兵馬守西山，中國非得計。不知何代策，空使蜀人弊〔二〕。八州崖谷深〔三〕，千里雲雪閉。泉澆閣道滑〔四〕，水凍繩橋脆〔五〕。戰士常苦飢，糗糧不相繼〔六〕。胡兵猶不

歸〔七〕，空山積年歲〔八〕。儒生識損益〔九〕，言事皆審諦〔一〇〕。狄子幕府郎，有謀必康濟〔一一〕。胸中懸明鏡，照耀無巨細。莫辭冒險艱，可以裨節制〔一二〕。相思江樓夕〔一三〕，愁見月澄霽〔一四〕！

【校注】

〔一〕大曆元年冬作於成都。狄員外：見《陪狄員外早秋登府西樓因呈院中諸公》注〔一〕。巡按：巡視考察。西山：見《陪狄員外早秋登府西樓……》注〔二〕。唐時在此地駐重兵防備吐蕃，置西山防禦使（屬劍南西川節度）以領之。

〔二〕弊：疲困。

〔三〕八州：當指西山所在的維、茂、當、悉、真、翼、静、柘等州。

〔四〕閣道：棧道。

〔五〕繩橋：古時用竹索架設的橋。《元和郡縣志》卷三十二：「繩橋在茂州（汶川）縣西北，架大江水，篾笮四條，以葛藤緯絡，布板其上。」在今四川茂縣薛城鎮西，當時地接吐蕃，爲蜀西門户。此處疑非實指。以上四句寫西山氣候寒冷，生活艱苦。

〔六〕糗：炒熟的米麥粉。

〔七〕胡兵：指吐蕃兵。

〔八〕積年歲：積年累月。
〔九〕損益：得失。
〔一〇〕審諦：審慎。
〔一一〕康濟：謂安民濟衆。
〔一二〕裨節制：有助於對軍隊的指揮和管轄。
〔一三〕江樓：或指張儀樓。
〔一四〕澄霽：指月色清澈明淨。

送裴侍御赴歲入京 得陽字〔一〕

羨他驄馬郎〔二〕，元日謁明光〔三〕。立處聞天語，朝回惹御香〔四〕。臺寒柏樹緑〔五〕，江暖柳條黄。惜别津亭暮，揮戈憶魯陽〔六〕。

【校注】

〔一〕大曆元年（七六六）冬作於成都。侍御：見《送韋侍御先歸京》注〔一〕。赴歲入京：《文苑英華》作「趁歲赴京」。「歲」指謂「歲除」。得陽字：三字底本無，據宋本、明鈔本、《全唐詩》補。
〔二〕驄馬郎：指裴侍御。參見《青門歌送東臺張判官》注〔七〕。

〔三〕元日：正月初一。唐制，王侯百官元日集於含元殿朝賀獻壽。明光：漢宫殿名，此借指唐宫殿。

〔四〕天語：天子説的話。惹御香：參見《寄左省杜拾遺》注〔三〕。兩句寫裴侍御入京朝見天子情景。

〔五〕臺：指御史臺。漢御史府多植柏樹，故世稱御史臺爲「柏臺」。

〔六〕「揮戈」句：《淮南子·覽冥訓》：「魯陽公與韓搆難，戰酣日暮，援戈而撝（揮）之，日爲之反三舍。」高誘注：「魯陽，楚之縣公，楚平王之孫，司馬子期之子，《國語》所稱魯陽文子也。楚僭號稱王，其守、縣大夫皆稱公，故曰魯陽公，今南陽魯陽是也。」句言盼魯陽揮戈，使太陽重新返回。

江上春嘆〔一〕

臘月江上暖，南橋新柳枝。春風觸處到，憶得故園時。終日不如意〔二〕，出門何所之〔三〕。從人覓顔色〔四〕，自笑弱男兒〔五〕。

【校注】

〔一〕大曆元年十二月作於成都。蜀地春早，十二月已有春天氣息。江：指岷江。何宇度《益部

談資》卷上：「（蜀之）水出於岷（山）者皆謂之江。」

〔二〕如：底本作「得」，據明鈔本、吴校、《全唐詩》改。

〔三〕何所之：何所往。底本、明鈔本、吴校並注：「一作知告誰。」

〔四〕「從人」句：岑參時在杜鴻漸幕府爲屬吏，故云。顔色，臉色。

〔五〕自：底本、明鈔本、吴校並注：「一作可。」

寄青城龍溪奐道人 青城即丈人，奐公有篇〔一〕

五岳之丈人〔二〕，西望青瞢瞢〔三〕。雲開露崖嶠〔四〕，百里見石稜。龍溪盤中峯，上有蓮華僧〔五〕。絶頂小蘭若〔六〕，四時嵐氣凝〔七〕。身同雲虛無，心與溪清澄。誦戒龍每聽〔八〕，賦詩人則稱。杉風吹袈裟〔九〕，石壁冷孤燈〔一〇〕。久欲謝微禄，誓將歸大乘〔一一〕。願聞開士説〔一二〕，庶以心相應。

【校注】

〔一〕大曆元年（七六六）或二年居成都時作。青城：青城山，在四川都江堰市西南，爲岷山第一峯。《元和郡縣志》卷三十一：「青城山在（蜀州青城）縣西北三十二里。《仙經》云，此是第五洞天，上有流泉懸澍（注），一日三時灑落，謂之潮泉。」龍溪：《太平御覽》卷四十四引《李

膺記》云：「入（青城）山七里，至赤石城……上五里至瀑布水，澗二百步，有二石梯……東北有二石室，名龍宮……從龍宮過石室，至石梯，名龍橋。」龍溪疑即瀑布水。奂：《文苑英華》作「爲」。道人：和尚之稱。丈人：青城又名丈人山。《全唐詩》無題下注語。

〔二〕「五岳」句：指代青城山。《太平御覽》卷四十四引《玉匱經》：「黄帝封（青城山）爲五岳丈人，乃岳瀆之上司……一名赤城，一名青城都，一名天谷山，亦爲第五大洞寶仙九室之天，對郡之西北，在岷山之南，羣峯掩映，互相聯接，靈仙所宅，祥異則多。」

〔三〕瞢瞢：迷濛貌。《文苑英華》作「懵懵」。

〔四〕嶠：山尖而高。

〔五〕蓮華僧：指奂道人。佛教以蓮花爲棲身之浄土，故稱和尚爲蓮華（花）僧。

〔六〕蘭若：梵語「阿蘭若」之省稱，意指僧人居所。

〔七〕嵐氣：山上的水蒸氣。氣，《文苑英華》作「翠」。

〔八〕「誦戒」句：眉州青神縣（今屬四川）有垂拱寺，「相傳巖下龍聽僧講經於此」，見《方輿勝覽》卷五三。句謂奂公法力高超，講誦佛家戒律能令溪龍出聽。

〔九〕杉：《文苑英華》作「衫」，底本注：「一作冷。」吹：《文苑英華》作「泠」。袈裟：僧人法衣。

〔一〇〕泠：《文苑英華》、《全唐詩》作「懸」。

〔一一〕歸大乘：言歸依佛門。大乘，梵語「摩訶衍那」的意譯，是公元一世紀左右形成的佛教派别。

自稱能運載無量衆生到達菩提涅槃的彼岸，而貶稱原始佛教和部派佛教爲「小乘」。

〔三〕開士：以佛法開導他人之士，指菩薩，亦用爲和尚的尊稱。此指奂道人。説：指説法。

早春陪崔中丞泛浣花溪宴 得暄字〔一〕

旌節臨溪口〔二〕，寒郊陡覺暄〔三〕。紅亭移酒席，畫舸逗江邨。雲帶歌聲颺，風飄舞袖翻。花間摧秉燭，川上欲黄昏。

【校注】

〔一〕大曆二年（七六七）春作於成都。崔中丞：即崔寧，原名旰，衛州（今河南衛輝市）人。永泰元年閏十月，旰殺劍南節度使郭英乂，蜀中大亂。杜鴻漸入蜀後，薦旰於朝廷，授成都尹兼西川節度行軍司馬。御史中丞當是崔是時所帶憲銜。大曆二年四月，杜入朝奏事，以崔旰知西川留後。大曆二年七月，爲劍南西川節度使。見兩《唐書》本傳。浣花溪：在成都西，一名百花潭，又名濯錦江。此詩重見《全唐詩·張謂集》，聞一多曰：「此首亦見《全唐詩·張謂集》内。據見存關於張謂之記載，無入蜀事，而浣花溪在成都，則此詩不得爲張謂作矣。且崔寧加御史中丞，宜在大曆改元後，然大曆三年張謂方自禮部侍郎出刺潭州（《唐詩紀事》引《長沙風土記》云：「巨唐八葉，元聖六載，謂待罪江東」，正爲大曆三年。）是寧爲御史中丞

時，謂在京師，在潭州，二人安得有同泛浣花溪之事？據此，詩非謂所作益無疑矣。」（《岑嘉州繫年考證》注〔四三〕）按，永泰元年至大曆二年，張謂在潭州刺史任，參見《唐刺史考》卷一六六。明鈔本、吴校、《全唐詩》「泛」上並有「同」字。底本無題下注語，據明鈔本、吴校補。

〔二〕旌節：指崔中丞的儀仗。

〔三〕暄：温，日暖。

送崔員外入奏因訪故園〔一〕

欲謁明光殿，先趨建禮門〔二〕。仙郎去得意〔三〕，亞相正承恩〔四〕。竹裏巴山道〔五〕，花間漢水源〔六〕。憑將兩行淚〔七〕，爲訪邵平園〔八〕。

【校注】

〔一〕大曆二年（七六七）春作於成都。入奏：指爲杜鴻漸入朝奏事。奏，《全唐詩》作「秦」。

〔二〕明光殿、建禮門：東漢尚書郎奏事、寓直之地。明光殿在建禮門内。參見《和刑部成員外秋夜寓直……》注〔三〕、《省中即事》注〔六〕。先：《文苑英華》作「應」。兩句指崔爲郎官，欲入朝奏事。

〔三〕仙郎：即郎官，指崔員外。

〔四〕亞相：指杜鴻漸。見《陪狄員外早秋登府西樓……》注〔六〕。

〔五〕巴山：即大巴山脈，自秦嶺分支南向，綿亙於秦、蜀兩省邊境。

〔六〕漢水源：漢水發源於陝西寧强縣北嶓冢山。以上兩句寫崔入朝途中所經之地。

〔七〕憑：煩，請。將：攜帶。

〔八〕邵平園：即邵平瓜園。《三輔黄圖》卷一：「長安城東，出南頭第一門曰霸城門。民見門色青，名曰『青城門』，或曰『青門』。門外舊有佳瓜，廣陵人邵平爲秦東陵侯，秦破，爲布衣，種瓜青門外，瓜美，故時人謂之『東陵瓜』。」其事又載於《史記·蕭相國世家》。此借指作者在長安之「故園」。

送趙侍御歸上都〔一〕

驄馬五花毛〔二〕，青雲歸處高。霜隨祛夏暑，風逐振江濤〔三〕。執簡皆推直〔四〕，勤王豈告勞。帝城誰不戀，回望動離騷〔五〕。

【校注】

〔一〕大曆二年（七六七）夏作於成都。上都：長安。《新唐書·地理志》：「上都，初曰京城，天寶元年曰西京……肅宗元年（七六二）曰上都。」

〔二〕驄馬：指御史的馬，參見「青門歌」注〔七〕。五花：馬鬣剪成花瓣樣式以爲裝飾，剪成五瓣稱爲「五花」。

〔三〕霜、風：喻御史之峻厲、威嚴，參見《送韋侍御先歸京》注〔四〕。祛：除去；明鈔本、《全唐詩》作「驅」。

〔四〕執簡：《左傳》襄公二十五年：「（齊崔杼弑其君）大史書曰：『崔杼弑其君。』崔子殺之；其弟嗣書，而死者二人；其弟又書，乃捨之。南史氏聞大史盡死，執簡以往，聞既書矣，乃還。」杜注：「傳言齊有直史，崔杼之罪所以聞。」此指御史外出巡察，持簡記事，上奏天子。

〔五〕動：引發。離騷：指離憂，別愁。《史記·屈原列傳》：「離騷者，猶離憂也。」王逸《楚辭章句》：「離，別也；騷，愁也。」

過王判官西津所居〔一〕

勝跡不在遠〔二〕，愛君池館幽。素懷巖中諾，宛得塵外遊〔三〕。何必到清溪〔四〕，忽來見滄洲〔五〕。潛移岷山石，暗引巴江流〔六〕。樹密晝先夜，竹深夏已秋。沙鳥上筆牀〔七〕，溪花篲簾鉤〔八〕。夫子賤簪冕〔九〕，注心向林丘〔一〇〕。落日出公堂〔一一〕，垂綸乘釣舟〔一二〕。賦詩憶楚老〔一三〕，載酒隨江鷗。倏然一傲吏〔一四〕，獨在西津頭。

【校注】

〔一〕大曆二年夏作於成都。王判官：生平未詳，當爲杜鴻漸節度使幕府判官。西津：曹學佺《蜀中名勝記》卷十一「嘉定州（即唐之嘉州）」下曰：「《方輿勝覽》云：梨花山，過西津橋五里，有梨花百餘樹，岑參《過西津王判官所居》詩云……」按，判官爲節度使僚屬，詩曰：「落日出公堂，垂綸乘釣舟。」知王其時仍居判官之職，則西津不當在嘉州，而應在成都。

〔二〕勝跡：名勝之地，即指王判官西津所居。

〔三〕「素懷」兩句：意謂自己素有退隱山中的諾言，到這裏後，感到彷彿置身世外。

〔四〕清溪：泛指隱居地的溪流。《早發焉耆懷終南别業》：「故山在何處，昨日夢清溪。」

〔五〕滄洲：隱者所居之地。

〔六〕巴江：見《過梁州奉贈張尚書……》注〔一三〕。兩句言池館水、石來自名山、大川。

〔七〕沙鳥：沙灘上的飛鳥。筆牀：筆架。

〔八〕篲：同「彗」，掃。

〔九〕夫子：指王判官。簪冕：貴官之服飾。冕，古代大夫以上官員戴的禮帽。

〔一〇〕注心：猶傾心。

〔一一〕公堂：指節度使衙門。

〔一二〕「垂綸」句：底本、明鈔本、吴校並注：「一作垂釣登孤舟。」綸，釣絲。
〔一三〕楚老：楚地老人，指《楚辭》之「漁父」，參見《至大梁却寄匡城主人》注〔五〕。
〔一四〕倏然：無拘無束的樣子。傲吏：傲世之吏。此指王判官。郭璞《遊仙詩七首》其一：「漆園有傲吏，萊氏有逸妻。」

送李司諫歸京 得長字〔一〕

別酒爲誰香，春官駁正郎〔二〕。醉輕秦樹遠，夢怯漢川長〔三〕。雨過風頭黑〔四〕，雲開日脚黄〔五〕。知君解起草，早去入文昌〔六〕。

【校注】

〔一〕作於在成都任職期間。司諫：疑爲「司議」之誤。得長字：底本無，據明鈔本、《全唐詩》補。
〔二〕春宫：當爲「春宫」之誤。春宫即太子東宫。駁正郎：指太子司議郎，正六品上。《唐六典》卷二六：「司議郎掌侍從規諫，駁正啓奏。」
〔三〕輕：底本作「經」，據明鈔本改。漢川：指漢水。李自成都歸長安需經漢水。兩句謂醉中不以秦地爲遠，夢裏却畏怯歸路漫長。
〔四〕風：底本注：「疑作峯。」

〔五〕日脚黄：日光昏黄。

〔六〕解：懂得。起草：後漢「尚書郎主作文書起草」（應劭《漢官儀》卷上）。文昌：即文昌臺，唐尚書省的别稱。武后時嘗改尚書省爲文昌臺，又稱爲文昌都省（參見《新唐書·百官志》）。兩句指李即將入爲尚書郎。

酬崔十三侍御登玉壘山思故園見寄〔一〕

玉壘天晴望，諸峯盡覺低。故園江樹北〔二〕，斜日嶺雲西。曠野看人小，長空共鳥齊〔三〕。高山徒仰止〔四〕，不得日攀躋。

【校注】

〔一〕作於在成都任職期間。崔十三侍御：疑爲崔侁或崔倜。敦煌本《歷代法寶記》所列永泰二年（七六六）十月一日隨從杜相公（杜鴻漸）到成都空惠寺拜見無住和尚的官員名單中，有「侍御狄博濟、崔侁、崔倜」。二崔當時都應在成都杜鴻漸幕府中任事。《新唐書》卷七二下《宰相世系表》云：「（崔）倜，沁州刺史。」侍御：見《送韋侍御先歸京》注〔一〕。玉壘山：《元和郡縣志》卷三十一：「玉壘山在（彭州導江）縣西北二十九里。《蜀都賦》曰：『包玉壘而爲宇。』」導江縣在今四川都江堰市西北。

〔二〕江：見《江上春嘆》注〔一〕。
〔三〕「長空」句：意謂山在長空中和高飛的鳥一樣高。
〔四〕高山：指玉壘山。仰：仰慕。止：語末助詞。《詩經·小雅·車舝》：「高山仰止，景行行止。」

聞崔十二侍御灌口夜宿報恩寺〔一〕

聞君尋野寺，便宿支公房〔二〕。溪月冷深殿，江雲擁迴廊。燃燈松林静，煑茗柴門香。勝事不可接〔三〕，相思幽興長。

【校注】

〔一〕聞：《文苑英華》作「同」。崔十二：見上篇注〔一〕。《文苑英華》作「崔三十」。灌口：地名，《元和郡縣志》卷三十一：「灌口山在（彭州導江）縣西北二十六里。漢蜀文翁穿湔江溉灌，故以灌口名山。」「灌口鎮在（導江）縣西二十六里」。參讀前詩，可知登玉壘山與夜宿灌口報恩寺當屬發生於同一時間之事，兩詩之崔侍御應爲一人。疑此詩之「十二」爲「十三」之訛；作「三十」則又「十三」之誤倒。
〔二〕便：《文苑英華》作「夜」。支公房：僧房。參見《秋夜宿仙遊寺南涼堂……》注〔四〕。

〔三〕勝事：佳事，指登玉壘山之事。不可接：指自己不能參加。

送柳録事赴梁州〔一〕

英掾柳家郎〔二〕，離亭酒甕香。折腰思漢北，隨傳過巴陽〔三〕。江樹連官舍，山雲到臥牀。知君歸夢積〔四〕，來去劍川長〔五〕。

【校注】

〔一〕作於在成都任職期間。録事：官名，見《送王七録事赴虢州》注〔一〕。梁州：治所在今陝西漢中市。

〔二〕掾：佐治的官吏。録事爲州刺史屬官，故稱。

〔三〕折腰：鞠躬下拜，指任州縣官吏。陶潛爲彭澤令，嘗嘆曰：「我不能爲五斗米折腰向鄉里小人。」見《宋書》本傳。漢北：漢水以北之地，梁州治所在漢北。傳：指驛車。巴陽：即巴山之南。兩句指柳由蜀地赴梁州任録事參軍。

〔四〕積：多。

〔五〕來：《全唐詩》作「去」。劍川：指劍水，在唐劍州（治今四川劍閣縣）。《元和郡縣志》卷三十三：「大劍水出縣（劍州普安縣，今劍閣縣）西四十九里空冢山下。」又有小劍水，源出小劍

山，南流與大劍水合。按，劍水爲柳録事自成都赴梁州必經之地。

先主武侯廟〔一〕

先主與武侯，相逢雲雷際〔二〕。感通君臣分〔三〕，義激魚水契〔四〕。遺廟空蕭然，英靈貫千歲。

【校注】

〔一〕作於在成都任職期間。先主武侯廟：今名武侯祠，在今成都市南門外。爲祀劉備及諸葛亮而建，乃李雄於成都稱王時所建。《元和郡縣志》卷三十一：「先主廟在（成都）縣南一十里。」《大清一統志》卷三八五：「《寰宇記》（按，見卷七二）：武侯廟，在先主廟西。」

〔二〕雲雷際：喻社會動蕩不安之時。

〔三〕「感通」句：言諸葛亮同劉備兩人精神相互感通，建立了君臣的職分。諸葛亮《出師表》：「臣本布衣……。先帝不以臣卑鄙，猥自枉屈，三顧臣於草廬之中，咨臣以當世之事，由是感激，遂許先帝以驅馳。」

〔四〕「義激」句：言兩人激於義氣，如魚水般投契。《三國志·蜀志·諸葛亮傳》：「於是（先主）與亮情好日密。關羽、張飛等不悦，先主解之，曰：『孤之有孔明，猶魚之有水也，願諸君勿

復言。』羽、飛乃止。」

文公講堂〔一〕

文公不可見，空使蜀人傳。講席何時散，高堂豈復全〔二〕。豐碑文字滅，冥寞不知年〔三〕。

【校注】

〔一〕本詩作年同上篇。文公：即文翁，西漢人。「景帝末，爲蜀郡守，仁愛好教化。……修起學官於成都市中，招下縣子弟以爲學官弟子，爲除更繇（徭），高者以補郡縣吏，次爲孝弟力田。」（《漢書·循吏傳》）講堂：指文翁所立學堂。《漢書·循吏傳》顔師古注：「學官，學之官舍也。文翁學堂於今猶在益州城内。」《元和郡縣志》卷三十一：「（成都）南外城中有文翁學堂，一名周公禮殿。《華陽國志》云：『文翁立學，精舍講堂作石室，一曰玉室。』」

〔二〕堂：《全唐詩》作「臺」。句言時過境遷，講堂已經殘破。

〔三〕冥寞：冥寂，静默無聲。寞：《全唐詩》作「漠」。

揚雄草玄臺〔一〕

吾悲子雲居，寂寞人已去。娟娟西江月〔二〕，猶照草玄處。精怪憙無人，睢盱藏古樹〔三〕。

【校注】

〔一〕本詩作年同上篇。揚雄（前五八——一八）：西漢文學家、哲學家、語言學家。字子雲，蜀郡成都人。成帝時官給事中，王莽時校書天禄閣。爲人淡於勢利，不求聞達。早年好辭賦，後轉而研討學術，仿《論語》作《法言》，仿《易經》作《太玄經》，並寫了記敍西漢各地方言的語言學著作《方言》。事見《漢書》本傳。草玄臺：指揚雄在成都的舊居。《太平寰宇記》卷七十二：「子雲宅在（成都）少城（按：一曰小城，在成都縣西南一里二百步）西南角，一名草玄堂。」按，雄草《太玄》時，實居於京師。

〔二〕娟娟：美好貌。西江：指流江。成都有郫、流二江（皆岷江之分支），郫江繞成都東北，流江經成都西南。

〔三〕憙：悦。《全唐詩》作「喜」。睢盱：喜悦的樣子。《易·豫》：「盱豫悔。」孔穎達疏：「盱謂睢盱。睢盱者，喜説之貌。」古：明鈔本、吴校、《全唐詩》作「老」。兩句謂草玄臺極爲荒涼，

成了精怪的天下。

司馬相如琴臺〔一〕

相如琴臺古，人去臺亦空。臺上寒蕭瑟〔二〕，至今多悲風。荒臺漢時月，色與舊時同。

【校注】

〔一〕本詩作年同上篇。司馬相如（前一七九——前一一七）：西漢辭賦家，字長卿，蜀郡成都人。景帝時爲武騎常侍，以病免官。武帝召爲郎，後嘗拜中郎將，出使西南夷。著有《子虛賦》、《上林賦》等。《史記·司馬相如列傳》載，相如擅長鼓琴：「酒酣，臨邛令前奏琴曰：『竊聞長卿好之，願以自娛。』相如辭謝，爲鼓一再行。是時卓王孫有女文君新寡，好音，故相如繆與令相重，而以琴心挑之。」琴臺：在成都司馬相如宅中。司馬相如宅「在成都縣西南。《寰宇記》（按，見卷七二）：『在益州西四里。《蜀記》云：相如宅在市橋西。《益都耆舊傳》云：宅在少城中窄橋下百步許。琴臺在焉，今爲金花寺。』」（《大清一統志》卷三八五）

〔二〕瑟：《全唐詩》作「條」。

嚴君平卜肆〔一〕

君平曾賣卜，卜肆荒已久〔二〕。至今杖頭錢〔三〕，時時地上有。不知支機石〔四〕，還在人間否？

【校注】

〔一〕本詩作年同上篇。嚴君平：西漢隱士。名遵，蜀人。《漢書》卷七十二：「君平卜筮於成都市，以爲『卜筮者賤業，而可以惠衆人。有邪惡非正之問，則依蓍龜爲言利害。與人子言依於孝，與人弟言依於順，與人臣言依於忠，各因勢導之以善。從吾言者，已過半矣。』裁日閱數人，得百錢足自養，則閉肆下簾而授《老子》。博覽而無不通，依老子、嚴（莊）周之指著書一萬餘言。……君平年九十餘，遂以其業終，蜀人愛敬，至今稱焉。」卜肆：賣卜的舖子。《太平寰宇記》卷七二：「君平宅，在益州西一里。」《方輿勝覽》卷五一：「君平宅，在府城西，今爲嚴真觀，一名君平宅（卜）肆。」《蜀中名勝記》卷一：「《錦里耆舊傳》曰：嚴君平卜肆之井猶存，今爲嚴真觀。」

〔二〕荒：明鈔本、《全唐詩》作「蕪」。

〔三〕杖頭錢：即買酒錢。《晉書·阮修傳》：「（修）簡任，不修人事。絶不喜見俗人，遇便捨

去。……常步行，以百錢掛杖頭，至酒店，便獨酣暢。雖當世富貴而不肯顧，家無儋石之儲，晏如也。與兄弟同志，常自得於林皐之間。」此疑指榆錢。

〔四〕支機石：傳説織女支織機的石頭。《太平御覽》卷八引劉義慶《集林》：「昔有一人尋河源，見婦人浣紗，以問之，曰：『此天河（銀河）也。』乃與一石而歸，問嚴君平，云：『此支機石也。』」宋之問《明河篇》：「更將織女支機石，還問成都賣卜人。」陸深《蜀都雜鈔》：「支機石在蜀城西南隅石牛寺之側，出土而立，高可五尺餘，石色微紫，近土有一窩，傍刻『支機石』三篆文，似是唐人書跡。……此石蓋出傅會，然亦舊物也。」

張儀樓〔一〕

傳是秦時樓，巍巍至今在。樓南兩江水〔二〕，千古長不改。曾聞昔時人，歲月不相待〔三〕。

【校注】

〔一〕本詩作年同上篇。張儀樓：見《陪狄員外早秋登府西樓因呈院中諸公》注〔二〕。張儀（？——前三一〇）：戰國趙人，著名縱横家。秦惠文王十年（前三二八）任秦相。《史記》有傳。

〔二〕兩江：即二江，見《陪狄員外早秋登府西樓……》注〔五〕。二江在唐成都城南會合，故云。

〔三〕「曾聞」兩句：陶淵明《雜詩》其一：「盛年不重來，一日難再晨。及時當勉勵，歲月不待人。」兩句意謂江水不改，高樓依然，而昔時築樓者，已成古人。

昇遷橋〔一〕

長橋題柱去，猶是未達時〔二〕。及乘駟馬車〔三〕，却從橋上歸。名共東流水，滔滔無盡期。

【校注】

〔一〕本詩作年同上篇。昇遷橋：橋名。《史記·司馬相如列傳》司馬貞《索隱》：「《華陽國志》云：蜀大城北十里，有昇仙橋、送客觀，相如初入長安，題其門云：不乘赤車駟馬，不過汝下也。」《元和郡縣志》卷三十一：「昇仙橋在（成都）縣北九里。相如初入長安，題其門：不乘高車駟馬，不過汝下。」張駒賢《考證》：「《水經注》仙作遷，趙一清作僊，顧祖禹兩名並存，《華陽國志》亦作遷，疑形近僊，轉訛仙。」《太平寰宇記》卷七二：「昇遷橋，在（成都）縣北十里。」遷：《全唐詩》作「仙」。

〔二〕「長橋」兩句：意謂相如在橋柱（門）上題辭之時，還没有被皇帝所賞識、任用。

〔三〕駟馬車：套着四匹馬的車。《史記·司馬相如列傳》載：相如出使西南夷，「馳四乘之

傳……至蜀，蜀太守以下郊迎，縣令負弩矢先驅，蜀人以爲寵」。

萬里橋〔一〕

成都與維揚〔二〕，相去萬里地。滄江東流疾，帆去如鳥翅。楚客過此橋，東看盡垂淚。

【校注】

〔一〕本詩作年同上篇。萬里橋：橋名。《元和郡縣志》卷三十一：「萬里橋架大江水（即流江），在（成都）縣南八里。蜀使費禕聘吴，諸葛亮祖之。禕嘆曰：『萬里之路，始於此橋。』因以爲名。」

〔二〕維揚：即揚州。《書·禹貢》：「淮海惟揚州。」「惟」通「維」。《梁溪漫志》卷九：「古今稱揚州爲惟（維）揚，蓋掇取《禹貢》『淮海惟揚州』之語。」三國吴置揚州，治建業（吴都，即今江蘇南京市）。禕聘吴，即赴建業。

石犀〔一〕

江水初蕩潏〔二〕，蜀人幾爲魚。向無爾石犀，安得有邑居。始知李太守〔三〕，伯禹

亦不如〔四〕！

【校注】

〔一〕本詩作年同上詩。石犀：《蜀王本紀》：「江水爲害，蜀守李冰作石犀五枚，二枚在府中，一枚在市橋下，二在水中，以厭水精，因曰石犀里。」（《藝文類聚》卷九五引）《水經注》卷三十三：「兩江有七橋……西南石牛門曰市橋，橋下謂之石犀淵，李冰昔作石犀五頭以厭水精，穿石犀渠於南江，命之曰犀牛里。後轉犀牛二頭，一頭在府市市橋門，一頭沉之於淵。」《元和郡縣志》卷三十一：「（成都府）犀浦縣本成都縣之界，垂拱二年（六八六）分置犀浦縣。昔蜀守李冰造五石犀，沈之於水以厭怪，因取其事爲名。」

〔二〕蕩潏：搖動湧起貌。

〔三〕李太守：即蜀郡太守李冰。戰國秦人，昭王時爲蜀郡守，以善於治水著稱。《漢書・溝洫志》：「蜀守李冰鑿離崖（堆），避沫水（大渡河）之害，穿二江成都中，此渠皆可行舟，有餘則用溉，百姓饗其利。」

〔四〕伯禹：即上古時代治水的大禹。

龍女祠〔一〕

龍女何處來，來時乘風雨。祠堂青林下，宛宛如相語〔二〕。蜀人競祈恩〔三〕，捧酒

仍擊鼓。

【校注】

〔一〕本詩爲居成都時所作。龍女祠：在成都少城西南。《方輿勝覽》卷五一云：「中興寺，《成都志》：唐高僧智浩於此寺嘗誦《法華經》，鄰有龍女祠，龍每夜聽之。」又云：「草元臺，圖經云：即今中興寺，有載酒亭及墨池。」參見《揚雄草玄臺》注〔一〕。

〔二〕宛宛：回旋屈曲貌。指祠堂裏所畫龍女像而言。

〔三〕祈恩：祈求恩賜。

江上阻風雨〔一〕

江上風欲來，泊舟未能發。氣昏雨已過〔二〕，突兀山復出。積浪成高丘，盤渦爲嵌窟〔三〕。雲低岸花掩，水漲灘草没。老樹蛇蜕皮〔四〕，崩崖龍退骨〔五〕。平生抱忠信〔六〕，艱險殊可忽〔七〕。

【校注】

〔一〕疑大曆二年（七六七）夏赴嘉州途中作。江：當指岷江。上：《文苑英華》作「山」。

〔二〕已：底本作「未」，據《文苑英華》、《全唐詩》改。
〔三〕盤渦：漩渦。嵌窟：深陷的洞穴。
〔四〕蛇蜕皮：言風雨沖刷，使老樹像蛇蜕皮一樣掉了皮。蜕，底本注：「一作脱。」
〔五〕龍退骨：傳説龍能蜕骨，晉王嘉《拾遺記》卷十：「方丈之山……東方龍場……有龍皮骨如山阜布散百頃，遇其蜕骨之時如生龍。」梁任昉《述異記》卷下：「冀州鵠山，傳龍千年則於山中蜕骨。」句言暴雨之後崖岸崩墜，如龍蜕骨一般。
〔六〕信：底本注：「一作義。」
〔七〕艱：《文苑英華》作「灘」。

晚發五溪〔一〕

客厭巴南地〔二〕，鄉鄰劍北天〔三〕。江村片雨外，野寺夕陽邊。芋葉藏山徑，蘆花雜渚田〔四〕。舟行未可住〔五〕，乘月且須牽〔六〕。

【校注】

〔一〕五溪：指五渡溪，在眉州青神縣（今四川青神縣）東。《大清一統志》卷四一〇：五渡山，「在青神縣（今屬四川）東十里，水經上下，繞流屈曲，渡處凡五，因名」。溪：《全唐詩》作「渡」。

五渡溪在嘉州之北。此詩疑大曆二年赴嘉州途中作。
〔二〕客：作者自稱。巴南：泛指今四川南部之地。
〔三〕劍北：指劍門以北之地。劍，底本、明鈔本、吴校並注：「一作漢。」
〔四〕蘆：即蘆葦。雜：《文苑英華》作「間」。渚：水中間的小塊陸地。
〔五〕住：明鈔本作「往」。
〔六〕乘月：趁月光明亮出外閒遊。牽：指拉縴。

初至犍爲作〔一〕

山色軒檻内，灘聲枕席間〔二〕。草生公府静，花落訟庭閒。雲雨連三峽，風塵接百蠻〔三〕。到來能幾日，不覺鬢毛斑！

【校注】

〔一〕大曆二年（七六七）夏作於嘉州。犍爲：即嘉州。見《赴犍爲經龍閣道》注〔一〕。
〔二〕軒檻：房前欄杆。明鈔本、吴校作「軒楹」。兩句言居處依山傍水。
〔三〕三峽：即瞿塘峽、巫峽、西陵峽，在重慶、湖北西部長江上。自嘉州沿江東下，可直抵三峽，故曰「雲雨連三峽」。百蠻：泛指西南少數民族地區。

登嘉州淩雲寺作〔一〕

寺出飛鳥外，青峯戴朱樓〔二〕。搏壁躋半空〔三〕，喜得登上頭。殆知宇宙闊，下看三江流〔四〕。天晴見峨眉〔五〕，如向波上浮。迥曠煙景豁〔六〕，陰森棕枏稠〔七〕。願割區中緣〔八〕，永從塵外遊。迴風吹虎穴〔九〕，片雨當龍湫〔一〇〕。僧房雲濛濛，夏月寒颼颼。回合俯近郭〔一一〕，寥落見遠舟〔一二〕。勝概無端倪〔一三〕，天宫可淹留〔一四〕。一官詎足道〔一五〕，欲去令人愁。

【校注】

〔一〕大曆二年（七六七）夏抵嘉州以後所作。淩雲寺：佛寺名。「在（嘉定）府城（今四川樂山市）東淩雲山，唐開元初建。有雨花臺、兜率宫、近河臺、浮玉亭諸勝。」（《大清一統志》卷四〇五）何宇度《益部談資》卷上：「淩雲山與嘉州對岸，石壁鐫千佛……寺之殿閣磴道，依山盤曲，前望峨眉三峯，下俯眉、雅諸水，真江山輻輳處也。」

〔二〕朱樓：指佛寺。句言淩雲寺在青峯之上。

〔三〕搏壁：攀援崖壁。躋：登，上升。

〔四〕三江：指岷江、青衣江、大渡河。青衣江流至樂山市會大渡河再與岷江會合。

〔五〕峨眉：峨眉山，在嘉州西南。
〔六〕迥：遠。曠：底本作「野」，據《文苑英華》、明鈔本、《全唐詩》改。煙景：美景。豁：開闊。
〔七〕椶枬：即棕楠，棕櫚樹、楠樹。
〔八〕區中緣：塵世的俗緣。
〔九〕迴風：旋風。吹：《文苑英華》作「旋」。
〔一〇〕片雨：夏日的陣雨。片，《文苑英華》作「飛」。當：值，對。虎穴、龍湫：樂山人郭沫若云：「所謂『虎穴』、『龍湫』，在淩雲山上確有其地。有一處摩巖草書一大『虎』字，殆即所謂『虎穴』。又有一處摩巖草書一大『龍』字，其下有泉，殆即所謂『龍湫』。就其字跡觀之，殆唐初人所爲；或許是後人傅會岑詩而刊刻的。」（《李白與杜甫》第二三四頁）
〔一一〕回合：環繞。
〔一二〕寥落：稀疏。
〔一三〕勝概：佳妙的景象。端倪：涯際。
〔一四〕天宮：指淩雲寺。
〔一五〕詎：豈。

上嘉州青衣山中峯題惠淨上人幽居寄兵部楊郎中

并序〔一〕

青衣之山，在大江之中，屹然迥絶，崖壁蒼峭，周廣七里，長波四匝〔二〕。有惠淨上人廬於其顛，唯繩牀竹杖而已〔三〕；恒持《蓮華經》〔四〕，十年不下山。予自公浮舟〔五〕，聊一登眺。友人夏官弘農楊侯〔六〕，清談之士也。素工爲文，獨立於世〔七〕。與余有方外之約，每多獨往之意〔八〕。今者幽躅勝概〔九〕，嘆不得與此公俱。爰命小吏刮磨石壁，以識其事，乃詩之達楊友爾。

青衣誰開鑿？獨在水中央〔一〇〕。浮舟一躋攀，側徑沿穹蒼〔一一〕。絶頂訪老僧〔一二〕，豁然登上方〔一三〕。諸嶺一何小，三江奔茫茫〔一四〕。蘭若向西開，峨眉正相當〔一五〕。猿鳥樂鐘磬〔一六〕，松蘿泛天香〔一七〕。江雲入袈裟，山月吐繩牀〔一八〕。早知清淨理〔一九〕，久乃機心忘〔二〇〕。尚以名宦拘〔二一〕，聿來夷獠鄉〔二二〕。吾友不可見，鬱爲尚書郎〔二三〕。早歲愛丹經〔二四〕，留心向青囊〔二五〕。渺渺雲智遠〔二六〕，幽幽海懷長〔二七〕。勝賞欲與俱〔二八〕，引領遥相望。爲政愧無術，分憂幸時康〔二九〕。君子滿天朝，老夫憶滄浪〔三〇〕。況值廬山遠，

抽簪歸法王〔三〕。

【校注】

〔一〕大曆二年（七六六）作於嘉州。青衣山：《古今圖書集成·方輿彙編·職方典》卷六二七：「烏尤山，在淩雲（山）之左，距州治五里，狀如伏牛，本名烏牛山，宋黄庭堅易『牛』爲『尤』。一名烏龍，一名豚巖，一名青衣山。……又總志亦載青衣山，與此不同。」曹學佺《蜀中名勝記》卷十一：「或云青衣即烏尤山，然烏尤之廣，不能以七里計也。」樂山人郭沫若曰：「青衣山，今名烏尤山。……山在淩雲山之東、青衣江北岸。」（《李白與杜甫》第二三三頁）楊郎中：即檢校兵部郎中楊炎。參見《入劍門作寄杜楊二郎中……》注〔一〕。按，杜鴻漸於大曆二年六月復知政事，其成都幕府解散；七月，崔旰爲西川節度使，楊炎之離西川節度判官任，當即在六、七月間，至其在朝爲禮部郎中、知制誥，則當在八、九月間，本詩稱楊炎爲「兵部楊郎中」，當作於楊遷任禮部郎中前。

〔二〕匝：環繞。

〔三〕繩牀：又名胡牀，即交椅。

〔四〕《蓮華經》：佛經名，即《妙法蓮華經》，又稱《法華經》。

〔五〕自公：自官府下班。

〔六〕夏官：即兵部。唐武后光宅元年（六八四）改兵部爲夏官，神龍元年（七〇五）復舊。弘農：

其郡望。郡名，治所在今河南靈寶市北。按，兩《唐書·楊炎傳》並稱炎爲鳳翔人，此曰「弘農」，蓋從

〔七〕獨立：猶特立，志行卓越之意。
〔八〕獨往：見《潼關使院懷王七季友》注〔一一〕。
〔九〕幽躅：幽跡。勝概：佳景。
〔一〇〕「青衣」兩句：郭沫若曰：「岑參的詩，一開首就問：『青衣誰開鑿？』可見作者也看出烏尤山和淩雲山舊本一體，是被人鑿開的，但他不知道開鑿者爲誰。開鑿者是秦時蜀郡太守李冰，《漢書·溝洫志》載其事，志云：『蜀守李冰鑿離堆避沬水之害』，離堆即是烏尤山。……沬水即大渡河，……估計古時河口必正對烏尤與淩雲相接之處，故鑿通之以殺水勢。夏季洪水期，烏尤四面環水，故云『獨在水中央』，但到冬季，則北面水涸而成旱田。」（《李白與杜甫》第二三三頁）離堆一説在今四川都江堰市西南。《蜀中名勝記》卷十一曰：「《紀勝》云，烏尤山一名離堆山，在九頂山（即淩雲山）之左。」
〔一一〕側徑：小徑。沿：《文苑英華》、《全唐詩》作「緣」。穹蒼：天空。
〔一二〕訪：《文苑英華》、《全唐詩》作「詣」。
〔一三〕上方：地勢最高之處。
〔一四〕三江：即岷江、青衣江、大渡河。嘉州治所地處三江匯流處。

〔一五〕蘭若：僧人居所。兩句言惠浄上人所居僧院門朝西開，正對着峨眉山。
〔一六〕鐘：《文苑英華》作「幽」。
〔一七〕松蘿：地衣類植物。泛天香：謂寺中祀佛之香浮盪於松蘿上。
〔一八〕袈裟：僧人披在外面的法衣。兩句形容惠浄上人居處之高。
〔一九〕清浄：佛教追求的一種精神境界，指心不爲塵俗之事所垢染。
〔二〇〕機心：巧詐之心計。
〔二一〕名宦拘：爲求名、宦之心所拘。
〔二二〕聿：句首助詞。夷獠鄉：指嘉州。《元和郡縣志》卷三十一：「（嘉州）《禹貢》梁州之域，秦爲蜀郡，今州即漢犍爲郡之南安縣地也。後夷獠所侵，梁武陵王蕭紀開通外徼，立青州，遥取漢青衣縣以爲名也。周宣帝二年，改爲嘉州。」夷獠，對西南少數民族的蔑稱。
〔二三〕欝：積，累。尚書郎：見《敬酬杜華淇上見贈兼呈熊曜》注〔五〕。
〔二四〕丹經：煉丹之書。葛洪《神仙傳》卷四《劉安傳》：「於是乃有八公詣門……遂授王《丹經》三十六卷，藥成，未及服……。」
〔二五〕青囊：有關天文、卜筮之書。《晉書》卷七十二《郭璞傳》：「有郭公者，客居河東，精於卜筮，璞從之受業。公以《青囊中書》九卷與之，由是遂洞五行、天文、卜筮之術，攘災轉禍，通致無方，雖京房、管輅不能過也。」

〔二六〕雲智：高遠如雲的智慧。
〔二七〕幽幽：深遠貌。海懷：寬廣似海的胸懷。
〔二八〕勝賞：猶佳遊。欲：《文苑英華》作「難」。
〔二九〕分憂：爲天子分憂。指爲州郡長官。
〔三〇〕憶滄浪：想念隱居生活。參見《至大梁却寄匡城主人》注〔五〕。
〔三一〕況：正，適。廬山：古時是佛教勝地之一，不少高僧嘗卓錫於此。抽簪：謂去職歸隱。法王：謂佛。兩句意謂正好廬山太遠，可就近在這裏歸依佛門。

峨眉東脚臨江聽猿懷二室舊廬〔一〕

峨眉煙翠新〔二〕，昨夜秋雨洗。分明峯頭樹，倒插秋江底。久別二室間〔三〕，圖他五斗米〔四〕。哀猿不可聽，北客欲流涕〔五〕。

【校注】

〔一〕作於在嘉州任職期間。峨眉：峨眉山。脚：山脚。二室：指河南登封縣北嵩山東峯太室及西峯少室二山。《元和郡縣志》卷六：「嵩高山在（登封）縣北八里，亦名方外山。又云：東曰太室，西曰少室，嵩高總名，即中嶽也。」舊廬：故居。

〔二〕煙翠：指蒼翠的山色。

〔三〕「久别」句：岑參早年曾隱於嵩山少室，故云。

〔四〕五斗米：指微薄的俸禄。參見《送柳録事赴梁州》注〔二〕。

〔五〕「哀猿」兩句：《水經·江水注》：「（巫峽）每至晴初霜旦，林寒澗肅，常有高猿長嘯，屬引淒異，空谷傳響，哀轉久絶。故漁者歌曰：『巴東三峽巫峽長，猿鳴三聲淚沾裳。』」此用其意。北客，來自北方（指中原地區）的旅居者，作者自稱。

江行夜宿龍吼灘臨眺思峨眉隱者兼寄幕中諸公〔一〕

官舍臨江口〔二〕，灘聲人慣聞〔三〕。水煙晴吐月，山火夜燒雲。且欲尋方士〔四〕，無心戀使君〔五〕。異鄉何可住〔六〕，況復久離羣！

【校注】

〔一〕在嘉州任刺史時作。龍吼灘：其地未詳。眉州洪雅縣（今四川洪雅縣）有龍吟灘，疑即此地。《大清一統志》卷四〇四：「青衣江……又東合洞溪、盧溪入夾江（今四川夾江縣），自隱蒙（山名，在洪雅縣南一里）而西，有龍吟灘、黄豆灘……皆多石梁，爲行舟患。」幕：指劍南西川節度使幕府。

〔二〕官舍：指洪雅縣官署。江：指青衣江。

〔三〕人：《文苑英華》作「已」。

〔四〕方士：有方術之士。古稱醫藥、占卜、神仙諸技爲方術。這裏指峨眉隱者。

〔五〕使君：謂州郡長官。這裏指代刺史職位。

〔六〕「異鄉」句：《文苑英華》作「思鄉那可住」。

秋夕聽羅山人彈三峽流泉〔一〕

皤皤岷山老〔二〕，抱琴鬢蒼然。衫袖拂玉徽〔三〕，爲彈三峽泉。此曲彈未半，高堂如空山〔四〕。石林何颼飀，忽在窗户間。繞指弄嗚咽，青絲激潺湲〔五〕。演漾怨楚雲〔六〕，虛徐韻秋煙〔七〕。疑兼陽臺雨〔八〕，似雜巫山猿〔九〕。幽引鬼神聽〔一〇〕，淨令耳目便〔一一〕。楚客腸欲斷，湘妃淚斑斑〔一二〕。誰裁青桐枝〔一三〕，絙以朱絲絃〔一四〕。能含古人曲〔一五〕，遞與今人傳。知音難再逢，惜君方老年。曲終月已落，惆悵東齋眠。

【校注】

〔一〕居嘉州時所作。山人：指隱士。三峽流泉：古琴曲名，《樂府詩集》卷六十「琴曲歌辭」載唐

李季蘭《三峽流泉歌》，郭茂倩曰：「《琴集》曰：三峽流泉，晉阮咸所作也。」然李季蘭詩曰：「憶昔阮公爲此曲，能使仲容聽不足。一彈既罷復一彈，願似流泉鎮相續。」阮咸字仲容，是阮籍的姪子，則不以此曲爲阮咸所作。所稱「阮公」，疑即指阮籍。

〔二〕皤皤：頭髮斑白貌。

〔三〕玉徽：玉製的琴徽。借指琴。

〔四〕「此曲」兩句：言樂曲把人引入空山之境。

〔五〕颼飅：風聲。繞指：彎曲手指。繞：《文苑英華》作「纖」。弄：彈奏。嗚咽：指琴聲低沉幽咽。青絲：指琴弦。激：激發。潺湲：流水聲。四句皆形容琴聲。

〔六〕演漾：形容琴聲飄盪不定。

〔七〕虛徐：形容琴聲舒緩輕淡。韻秋煙：如秋日的淡煙之有韻致。

〔八〕陽臺雨：參見《送江陵泉少府赴任便呈衛荆州》注〔四〕。

〔九〕巫山猿：見《峨眉東脚臨江聽猿懷二室舊廬》注〔五〕。

〔一〇〕幽：指琴聲之幽雅。

〔一一〕浄：琴聲純浄。《文苑英華》作「静」。便：安適。

〔一二〕楚客：指屈原。湘妃：湘水女神，又稱湘夫人，相傳是堯之二女，舜的二妃。兩句寫樂聲淒楚動人，承上「幽引」句而言。

〔一三〕青桐：即梧桐，落葉喬木，幹直，以其木製琴最佳。
〔一四〕搄：同「亘」，横，謂琴絃横張於琴上。《文苑英華》作「亘」，明鈔本、吴校、《全唐詩》作「組」，底本注：「一作繫。」
〔一五〕曲：底本注：「本作意。」明鈔本、吴校、《全唐詩》並作「曲」。

郡齋望江山〔一〕

客路東連楚〔二〕，人煙北接巴〔三〕。山光圍一郡〔四〕，江月照千家。庭樹純栽橘，園畦半種茶。夢魂知憶處，無夜不京華〔五〕。

【校注】

〔一〕居嘉州時作。郡齋：郡府。詩題明鈔本、吴校、《全唐詩》作「郡齋平望江山」。題下明鈔本、吴校並注：「時牧犍爲。」
〔二〕客：明鈔本、吴校、《全唐詩》作「水」。
〔三〕巴：唐置巴州，治所在今四川巴中市。此泛指今四川東北一帶。
〔四〕「山光」句：寫嘉州形勢。《古今圖書集成・方輿彙編・職方典》卷六二七：「岷江從北來，繞出郡（嘉州）背，青衣、涼山諸水自西來會之，縈迴衝激，郡宛中央，憑高矚目，豁然大觀。

九峯（按，淩雲山有九峯）秀如芙蓉屏，擁其左；三峨（指峨眉山）翠若列眉，鼎峙其右。」

〔五〕京華：京師長安。

詠郡齋壁畫片雲 得歸字〔一〕

雲片何人畫，塵侵粉色微〔二〕。未曾行雨去，不見逐風歸〔三〕。只怪偏凝壁，回看欲惹衣〔四〕。丹青忽借便，移向帝鄉飛〔五〕。

【校注】

〔一〕居嘉州時作。

〔二〕侵：底本作「清」，注：「本作浸。」明抄本、吴校、《全唐詩》並作「侵」，疑「浸」爲「侵」字之誤。

〔三〕「未曾」兩句：言畫雲静止不動。

〔四〕凝壁：凝聚於壁。惹：沾。兩句意謂雲片畫得生動逼真，似乎要從牆上飛出，沾到自己衣服上一般。

〔五〕丹青：繪畫顔料，也用以指畫。帝鄉：指長安。兩句想像畫雲忽借便向帝鄉飛去，表現了詩人想回長安的心情。

江行遇梅花之作〔一〕

江畔梅花白如雪，使我思鄉腸欲絶。摘得一枝在手中〔二〕，無人遠向金閨説。願得青鳥銜此花〔三〕，西飛直送到吾家〔四〕。胡姬正在臨窗下，獨織留黄淺碧紗〔五〕。此鳥銜花胡姬前，胡姬見花知我憐。千説萬説由不得〔六〕，一夜抱花空館眠。

【校注】

〔一〕此詩僅見於敦煌唐寫殘卷伯二五五五，署岑參名。《岑詩繫年》云：「岑參江陵人，而足跡不及江陵以東，此曰『西飛直送到我家』，其非岑作明矣。」按，江陵乃岑參祖籍，其本人實未嘗一至江陵，而久居長安等地，故《繫年》之説，尚不足以證明是詩非岑參所作。考岑詩中凡稱北方之水，皆曰「河」、「水」、「川」、「溪」；而凡言「江」者，則指長江、岷江、漢水、湘江、嘉陵江及其他南方之水，幾無例外。又岑除曾入蜀外，足跡未及其他南方之地，而梅花係南方所生，故本詩當作於岑居蜀中時，具體時間不詳，姑繫此。

〔二〕摘：通「摘」。

〔三〕青鳥：神鳥名。《山海經・大荒西經》：「有三青鳥，赤首黑目。」郭璞注：「皆西王母所使也。」《漢武故事》：「七月七日，上於承華殿齋正中，忽有一青鳥從西方來，集殿前。上問東

方朔，朔曰：『此西王母欲來也。』」（《藝文類聚》卷九一引）

〔四〕西飛：蜀地在西，「西飛」當指自西而飛。意同高適《同陳留崔司户早春宴蓬池》詩：「晴日東馳雁北飛。」然均係想像之詞，不必坐實。

〔五〕留黄：即流黄，指黄絹。樂府《相逢行》：「大婦織羅綺，中婦織流黄。」

〔六〕由不得：禁不住。

東歸發犍爲至泥溪舟中作〔一〕

前日解侯印〔二〕，泛舟歸山東〔三〕。平旦發犍爲，逍遥信回風〔四〕。七月江水大，滄波漲秋空。復有峨眉僧，誦經在舟中。夜泊防虎豹，朝行逼魚龍〔五〕。一道鳴迅湍〔六〕，兩邊走連峯。猿拂岸花落，鳥啼崖樹重〔七〕。煙靄吴楚連，溯沿湖海通〔八〕。憶昨在西掖〔九〕，復曾入南宫〔一〇〕。日出朝聖人〔一一〕，端笏陪羣公〔一二〕。不意今棄置，何由豁心胸！吾當海上去，且學乘桴翁〔一三〕。

【校注】

〔一〕作於大曆三年（七六八）七月自嘉州罷官東歸途中。東歸：指擬沿長江東行出蜀，而後經汴

河北歸。犍爲：即嘉州。泥溪：水名。東歸途中四川境内泥溪有二：一「在樂山縣（即嘉州治所）東五里，源出井研縣（今四川井研縣），西南流入大江（岷江）」（《大清一統志》卷四〇四）。《蜀中名勝記》卷十一：「嘉州東北四十里有麻平河，流出千佛崖，與泥溪合。」又今四川犍爲縣東南有泥溪。

〔二〕侯印：指州刺史印。《詩經·邶風·旄丘》序：「狄人迫逐黎侯，黎侯寓於衛。」孔穎達疏：「侯爲州牧也。」

〔三〕山東：指崤山函谷關以東地區。岑早年嘗居河南府潁陽縣、陸渾縣等地，疑此行欲先歸河南，而後回長安，説詳《年譜》。

〔四〕逍遥：底本、明抄本、吴校均注：「一作蕭條。」信：任。回風：旋風。

〔五〕「夜泊」兩句：言旅途艱險，夜宿須防虎豹侵擾，朝行又有魚龍相逼。

〔六〕迅湍：急流。

〔七〕啼：底本、明抄本、吴校均注：「一作深。」崖：《全唐詩》作「簷」，吴校作「巖」。

〔八〕溯沿：順流而下。沿，底本作「船」，據吴校、《全唐詩》改。

〔九〕昨：猶「昔」。西掖：即中書省。

〔一〇〕南宫：即尚書省。

〔一一〕聖人：指君主。

〔二〕端笏：雙手執笏。笏爲古時人臣上朝時所執之手版。羣公：指朝中同僚。

〔三〕「吾當」兩句：《論語·公冶長》：「子曰：『道不行，乘桴浮於海。』」桴，小筏子。底本作「槎」，此從《全唐詩》。言當避世隱居，漫遊江海。

巴南舟中思陸渾別業〔一〕

瀘水南州遠〔二〕，巴山北客稀〔三〕。嶺雲撩亂起〔四〕，溪鷺等閒飛〔五〕。鏡裏愁衰鬢，舟中換旅衣。夢魂知憶處，無夜不先歸〔六〕！

【校注】

〔一〕作於大曆三年（七六八）七月自嘉州東歸途中。巴南：泛指今四川南部一帶。陸渾：唐縣名，屬河南府，在今河南嵩縣北。岑參早年曾居於此。

〔二〕瀘水：古水名，也叫瀘江水，即今四川西南部金沙江與雅礱江合流後的一段金沙江。《元和郡縣志》卷三十三：「梁大通割江陽郡置瀘川，魏置瀘州，取瀘水爲名，大業二年，改爲瀘川郡，武德元年，復爲瀘州（今四川瀘州市）。」南州：猶言南方。州，《文苑英華》作「舟」。

〔三〕巴山：猶言蜀山。北客：來自北方的旅居者。

〔四〕撩亂：同「繚亂」，纏繞紛亂。

〔五〕鷺：鷺鷥。等閒：從容不迫。

〔六〕憶處：指陸渾故園。兩句謂思鄉心切，夢魂無夜不先於人而歸去。《楚辭·九章·抽思》：「惟郢路之遼遠兮，魂一夕而九逝。」

巴南舟中夜書事〔一〕

渡口欲黄昏，歸人争渡喧。近鐘清野寺，遠火點江村〔二〕。見雁思鄉信，聞猿積淚痕。孤舟萬里夜〔三〕，秋月不堪論！

【校注】

〔一〕大曆三年（七六八）七月東歸途中作。書事：記事。夜書事：《全唐詩》作「夜市」，並注：「一作夜書事。」

〔二〕點：《全唐詩》注：「一作照。」

〔三〕夜：《全唐詩》作「外」，並注：「一作夜。」

下外江舟中懷終南舊居〔一〕

杉冷曉猿悲〔二〕，楚客心欲絶〔三〕。孤舟巴山雨〔四〕，萬里陽臺月〔五〕。水宿已淹

時〔六〕，蘆花白如雪。顔容老難赭〔七〕，把鏡悲鬢髮。早年好金丹〔八〕，方士傳口訣。嶽廬終南下，久與真侶别〔九〕。道書誰更開，藥竈煙遂滅〔一〇〕。頃來厭塵網〔一一〕，安得有仙骨？巖壑歸去來〔一二〕，公卿是何物〔一三〕！

【校注】

〔一〕作於大曆三年（七六八）秋自嘉州東歸途中。外江：指岷江。《方輿勝覽》卷六十：「水自渝（今重慶市）上合州（今重慶合川）者謂之内江，自渝西戎（州）、瀘（州）上蜀者謂之外江。」終南：即終南山。中：《全唐詩》無。

〔二〕曉猿：指清晨的猿聲。

〔三〕楚客：作者自指。岑爲江陵人，故云。

〔四〕巴山：猶言蜀山。

〔五〕陽臺：見《送江陵泉少府赴任便呈衛荆州》注〔四〕。陽臺乃岑東歸途中必經之地。

〔六〕淹時：淹滯時日。

〔七〕赭：紅色。《全唐詩》作「頳」。

〔八〕金丹：「金」即用黄金煉成的「玉液」，「丹」指由丹砂等煉成的還丹，都是道士煉製和服食的「長生不老」之藥。《抱朴子・内篇・金丹》：「夫丹之爲物，燒之愈久，變化愈妙；黄金入

火，百煉不消，埋之畢天不朽。服此二物，煉人身體，故爲令人不老不死。」

〔九〕真侶：即仙侶。此藉指道士。

〔一〇〕藥竈：煉丹的爐竈。

〔一一〕厭：《全唐詩》作「壓」。塵網：塵世的束縛。

〔一二〕巖壑：猶山林，指隱居之所。

〔一三〕公卿：底本、明抄本、吴校均注：「一作微官。」

阻戎瀘間羣盜 戊申歲，余罷官東歸，屬斷江路，時淹泊戎州作〔一〕

南州林莽深〔二〕，亡命聚其間〔三〕。殺人無昏曉，屍積填江灣。餓虎銜髑髏〔四〕，飢烏啄心肝。腥裛灘草死〔五〕，血流江水殷。夜雨風蕭蕭，鬼哭連楚山〔六〕。三江行人絶〔七〕，萬里無征船〔八〕。唯有白鳥飛〔九〕，空見秋月圓。罷官自南蜀〔一〇〕，假道來兹川。瞻望陽臺雲〔一一〕，惆悵不敢前〔一二〕。帝鄉北近日〔一三〕，瀘口南連蠻〔一四〕。何當遇長房〔一五〕，縮地到京關。願得隨琴高〔一六〕，騎魚向雲煙〔一七〕。明主每憂人〔一八〕，節使恒在邊〔一九〕。兵革方禦寇〔二〇〕，爾惡胡不悛〔二一〕？吾竊悲爾徒〔二二〕，此生安得全！

【校注】

〔一〕自嘉州東歸途中作。戊申：唐代宗大曆三年（七六八）。戎：戎州，治所在僰道（今四川宜賓市），地居長江與岷江會合處。瀘：瀘州，治所在瀘川（今四川瀘州市），地處長江與沱江會合處，故詩中又稱爲「瀘口」。羣盜：指楊子琳等。大曆三年四月，西川節度使崔旰入朝，以弟寬爲留後，瀘州刺史楊子琳率精騎數千乘虚突入成都；七月，楊子琳等敗還瀘州，招聚亡命，得數千人。後沿江東下，聲言入朝。説見《年譜》。屬：適值。

〔二〕南州：猶言南方，指戎、瀘一帶。林莽：叢生的草木。

〔三〕「亡命」句：指楊子琳在瀘州招聚亡命之徒事。

〔四〕髑髏：死人頭骨。

〔五〕「腥裛」句：意指腥臭的屍體遍地，灘草被沾染而死。裛，沾染。

〔六〕楚山：楚地之山，今重慶市長江沿岸爲戰國時楚地。

〔七〕三江：今四川境内的岷江、沱江、涪江號外、中、内三江。

〔八〕征船：行船。

〔九〕白鳥：白鷺，水禽名。

〔一〇〕南蜀：岑自嘉州罷官，嘉州在四川南部，故曰「南蜀」。

〔一一〕陽臺雲：參見《送江陵泉少府赴任便呈衛荆州》注〔四〕。此指巫山（在今重慶市巫山縣）

之雲。

〔一二〕不敢前：指爲羣盜所阻。

〔一三〕「帝鄉」句：謂長安在北方極遠之地。參見《過燕支寄杜位》注〔四〕。帝鄉，謂京師。

〔一四〕蠻：泛指南方文化比較落後的地區。底本作「巒」，此從吴校、《全唐詩》。

〔一五〕何當：安得。長房：見《題井陘雙溪李道士所居》注〔三〕。

〔一六〕琴高：戰國時趙人，能鼓琴，爲宋康王舍人，事見《列仙傳》。《法苑珠林》卷四十一《潛遁篇》：「（琴高）行涓彭之術，浮遊冀州、碭郡間二百餘年，後復時入碭水中取龍子，與諸弟子期日。期日，（弟子）皆潔齋待於水傍，設星祠。（高）果乘赤鯉魚出，入坐祠中，碭中旦有萬人觀之。留一月，復入水。」事亦見《搜神記》卷一。今安徽涇縣有琴高山、琴溪，相傳爲琴高乘鯉昇天之所。

〔一七〕雲煙：指天空。

〔一八〕明主：指唐代宗。憂人：爲百姓憂慮。

〔一九〕節使：節度使。

〔二〇〕兵革：兵指兵器，革指皮製衣甲，此指代軍隊。

〔二一〕悛：悔改。

〔二二〕竊：私下。

青山峽口泊舟懷狄侍御〔一〕

峽口秋水壯，沙邊且停橈〔二〕。奔濤振石壁，峯勢如動摇。九月蘆花新〔三〕，彌令客心焦〔四〕。誰念在江島，故人滿天朝〔五〕。無處豁心胸，憂來醉能銷。往來巴山道，三見秋草彫〔六〕。狄生新相知〔七〕，才調凌雲霄〔八〕。賦詩折造化〔九〕，入幕生風飈〔一〇〕。把筆判甲兵〔一一〕，戰士不敢驕。皆云梁公後〔一二〕，遇鼎還能調〔一三〕。一别倏經時〔一四〕，音塵殊寂寥〔一五〕。何當見夫子〔一六〕，不嘆鄉關遥。

【校注】

〔一〕作於大曆三年（七六八）秋自嘉州東歸途中。青山峽口：據《宜賓縣志》卷六載，縣中岷江與金沙江之間有青山，「青山峽口」疑即指此。又據《富順縣志》卷三，富順（今四川富順縣）東南沱江上，有青山峽，峽口高峯對峙如門。狄侍御：狄博濟，時在成都西川節度使幕府任職。敦煌本《歷代法寶記》所列大曆元年（七六六）隨從西川節度使杜鴻漸往見無住和尚之官員名單，有「侍御狄博濟」（參見《酬崔十三侍御……》注〔一〕）。博濟爲梁國公狄仁傑之子光嗣之孫（見《元和姓纂》卷十），入成都幕府前曾官縣令，杜甫《寄狄明府博濟》云：「梁公曾孫我姨弟，不見十年官濟濟。……胡爲飄泊岷漢間，干謁侯王頗歷抵。」侍御（殿中侍御史或

監察御史之别稱）係博濟在幕府任職時所帶憲銜。

〔二〕橈：船槳，又用以指船。

〔三〕蘆：蘆葦，秋天莖頂抽穗開花。

〔四〕彌：愈，更。客：詩人自指。

〔五〕「誰念」兩句：意謂滿朝舊友都不思念自己這個在江上停舟的人。

〔六〕「三見」句：岑參自大曆元年隨杜鴻漸入蜀，至大曆三年秋罷官東歸，歷時三載，故云。彫，同「凋」。

〔七〕狄生：指狄侍御。

〔八〕才調：才氣。

〔九〕折：折服。底本注：「本作探。」句言狄侍御之詩才，能令造物者折服。

〔一〇〕幕：幕府。生風飈：形容御史的峻厲（就狄任侍御而言）。飈，暴風。

〔一一〕判甲兵：裁決兵士獄訟。狄任侍御，兼掌糾彈本府官吏非法行爲，故云。

〔一二〕梁公：指狄仁傑（六〇七——七〇〇）。字懷英，太原人。唐天授二年（六九一）任地官侍郎、同鳳閣鸞臺平章事；神功元年（六九七）再度爲相。卒贈文昌右相，睿宗時追贈梁國公，世稱狄梁公。兩《唐書》有傳。

〔一三〕「遇鼎」句：意謂狄有治理天下的才幹。《韓詩外傳》卷七：「伊尹……負鼎操俎調五味而立

爲相。」《史記·殷本紀》：「伊尹爲阿衡（官名）。阿衡欲干湯而無由，乃爲有莘氏（湯妃）媵臣（陪嫁奴僕），負鼎俎，以滋味説湯，致於王道。」鼎，烹飪器。《説文》：「鼎，……和五味之寶器也。」伊尹用調五味來求得湯的任用，後遂以調鼎比喻治理天下。

〔一四〕一：《全唐詩》作「離」，底本、宋本、明抄本均注：「一作離。」經時：過了一段時間。狄當時仍在成都幕府任職，岑赴嘉州之後，兩人遂分離。

〔一五〕音塵：音信。寂寥：《老子》二十五章：「寂兮寥兮。」王弼注：「寂者無音聲，寥者空無形。」

〔一六〕夫子：指狄侍御。夫：底本注：「一作天。」誤。

楚夕旅泊古興〔一〕

獨鶴唳江月，孤帆凌楚雲〔二〕。秋風冷蕭瑟，蘆荻花紛紜〔三〕。忽思湘川老〔四〕，欲訪雲中君〔五〕。騏驎息悲鳴〔六〕，愁見豺虎羣〔七〕。

【校注】

〔一〕大曆三年（七六八）秋東歸途中作。楚：聞一多曰：「當爲秋字之譌。」（《岑嘉州繫年考證》）古興：言發思古之興。

〔二〕凌楚雲：其時作者沿長江東行，欲經楚地北歸，故云。

〔三〕蘆、荻：皆生長水邊，秋天開花。蘆花色白，荻花色紫。花：《文苑英華》作「夜」。紛紜：《文苑英華》、《全唐詩》作「紛紛」。
〔四〕湘川老：指湘君，即舜。相傳舜南巡，死於蒼梧，成爲湘水之神。《楚辭·九歌》中的《湘君》，就是祭祀湘水神的樂歌。
〔五〕雲中君：雲神。《楚辭·九歌·雲中君》王逸注：「雲神豐隆也。」
〔六〕騏驎：良馬名，此用以喻賢才。息：生。
〔七〕豺虎：喻惡人。

西蜀旅舍春嘆寄朝中故人呈狄評事〔一〕

春與人相乖〔二〕，柳青頭轉白。生平未得意，覽鏡心自惜〔三〕。四海猶未安，一身無所適。自從兵戈動〔四〕，遂覺天地窄〔五〕。功業悲後時〔六〕，光陰嘆虚擲。却爲文章累，幸有開濟策〔七〕。何負當途人〔八〕，心無矜窘厄〔九〕。回瞻後來者，皆欲肆轥轢〔一〇〕。起草思南宫〔一一〕，寄言憶西掖〔一二〕。時危任舒卷〔一三〕，身退知損益。窮巷草轉深，閉門日將夕〔一四〕。橋西暮雨黑，籬外春江碧。昨者初識君〔一五〕，相看俱是客。聲華同道術〔一六〕，世業通往昔〔一七〕。早須歸天階〔一八〕，不能安孔席〔一九〕。吾先税歸鞅〔二〇〕，舊

國如咫尺〔一二〕。

【校注】

〔一〕大曆三年（七六八），岑參罷官後東歸未成，遂北返成都。詩即大曆四年（七六九）春在成都作。西蜀：指成都。評事：官名，即大理評事。「狄評事」即《青山峽口泊舟懷狄侍御》詩之「狄侍御」，參見該詩注〔一〕。評事當是狄博濟在成都幕府任職時所帶朝官銜（唐時節度使幕僚往往同時帶有兩種朝官銜，其一爲憲銜，另一爲其他朝官銜）。狄評事即狄博濟，由本詩中尚可找到一些證據，説見下。

〔二〕相乖：相違，相背。

〔三〕覽：《文苑英華》作「攬」。心：《文苑英華》、《全唐詩》作「私」。

〔四〕兵戈動：指安史之亂爆發。

〔五〕天地窄：形容自己能發揮才幹的餘地很小。

〔六〕後時：指落後於時人。

〔七〕開濟策：創業濟時的策略。

〔八〕當途：當權，執政。《孟子·公孫丑上》：「夫子當路於齊。」

〔九〕心無：《文苑英華》、《全唐詩》作「無心」。句言執政者不憐惜自己的困厄。

〔一〇〕肆：《文苑英華》作「相」。轥轢：超越。

〔一一〕南宫：指尚書省。岑嘗在尚書省爲郎官，後漢尚書郎「主作文書起草」（參見《和刑部成員外秋夜寓直……》注〔一〇〕）。

〔一二〕西掖：指中書省。岑嘗在中書省爲右補闕、起居舍人。

〔一三〕舒卷：喻屈伸、進退。《論語·衛靈公》：「邦有道，則仕；邦無道，則可卷而懷之。」「卷」指辭退官職，把主張藏到心裏；「舒」則指出來做官，施展抱負。

〔一四〕閉：《全唐詩》作「閑」。

〔一五〕初：《文苑英華》作「始」。《青山峽口泊舟懷狄侍御》所云「狄生新相知」，與此相合。

〔一六〕聲華：名聲。《文選》任昉《宣德皇后令》：「客遊梁朝，則聲華籍甚。」李善注：「《漢書》曰：『陸賈遊漢庭公卿間，名聲籍甚。』」道術：指治國之術。

〔一七〕世業：祖先的事業。按，岑參的伯祖父岑長倩、狄博濟的曾祖父狄仁傑，武后時均任宰相，都反對立武氏子爲皇太子，故云。

〔一八〕天階：猶君階，皇宫的臺階。此指朝廷。

〔一九〕能：明抄本、吴校、《全唐詩》作「得」，底本注：「一作得。」孔席：班固《答賓戲》：「孔席不暖，墨突不黔。」《文選》李善注：「《文子》曰：『墨子無黔突，孔子不暖席，非以貪禄慕位，欲起天下之利，除萬民之害也。』」句謂狄像孔子一樣存心濟世，不得安居。

〔二〇〕稅：租。鞅：馬頸革，套車時用。這裏指車。

〔三〕舊國：故鄉。咫尺：言極近。

送綿州李司馬秩滿歸京因呈李兵部〔一〕

久客厭江月，罷官思早歸。眼看春色老〔二〕，羞見梨花飛。劍北山居小〔三〕，巴南音信稀〔四〕。因君報兵部〔五〕，愁淚日沾衣。

【校注】

〔一〕大曆四年（七六九）春作於成都。綿州：唐州名，治所在今四川綿陽市東。司馬：州刺史佐吏。秩滿：任職期滿。李兵部：當指李抱玉或李涵。李抱玉自大曆二年至十二年爲兵部尚書，説見《唐僕尚丞郎表》卷一七。李涵自大曆三年正月至七年二月爲兵部侍郎，説見《唐僕尚丞郎表》卷一八。

〔二〕色：明抄本、《全唐詩》作「光」。

〔三〕劍北：劍門之北。山居：當指作者的終南山舊居。

〔四〕巴南：指嘉州。

〔五〕君：指李司馬。兵部：指李兵部。

客舍悲秋有懷兩省舊遊呈幕中諸公〔一〕

三度爲郎便白頭〔二〕，一從出守五經秋〔三〕。莫言聖主長不用〔四〕，其那蒼生應未休〔五〕！人間歲月如流水，客舍秋風今又起〔六〕。不知心事向誰論，江上蟬鳴空滿耳〔七〕！

【校注】

〔一〕大曆四年秋作於成都。兩省舊遊：指門下、中書省舊交。幕：指成都西川節度使幕府。

〔二〕三度爲郎：岑參自廣德元年（七六三）至永泰元年（七六五），曾在朝中「爲祠部、考功二員外郎，轉虞部、庫部二正郎」（杜確《岑嘉州詩集序》），入成都杜鴻漸幕府後，又帶職方郎中銜。「三度」猶言多次。

〔三〕出守：指出爲刺史。五經秋：經過五個秋天。自永泰元年（七六五）冬作者被任爲嘉州刺史，至大曆四年（七六九）作此詩時，前後歷時五年。

〔四〕長不用：時岑秩滿罷官，未得新任，暫時客寓成都。

〔五〕其那：奈何。其，語助詞。未休：未得休養安息。

〔六〕舍：《文苑英華》作「裹」。

〔七〕鳴：《文苑英華》作「聲」。空：只。

東歸留題太常徐卿草堂 在蜀〔一〕

不謝古名將〔二〕，吾知徐太常。年纔三十餘，勇冠西南方。頃曾策匹馬，獨出持兩槍〔三〕。虜騎無數來，見君不敢當。漢將小衛霍，蜀將淩關張〔四〕。卿月益清澄，將星轉光芒〔五〕。復居少城北，遥對岷山陽〔六〕。車馬日盈門，賓客常滿堂。曲池蔭高樹〔七〕，小徑穿叢篁〔八〕。江鳥飛入簾，山雲來到牀。題詩芭蕉滑，對酒棕花香〔九〕。諸將射獵時，君在翰墨場〔一〇〕。聖主賞勳業，邊城最輝光〔一一〕。與我情綢繆〔一二〕，相知久芬芳〔一三〕。忽作萬里別，東歸三峽長〔一四〕。

【校注】

〔一〕大曆四年（七六九）東歸前作於成都。東歸：參見《東歸發犍爲……》注〔一〕。太常：官署名，即太常寺，掌宗廟祭祀、禮樂儀制等事。設卿、少卿各一人。玩詩意，徐氏當在成都西川節度使幕府爲將，太常卿或少卿，則係其所帶朝官銜。

〔二〕不謝：不讓。

〔三〕頃：不久以前。兩句寫徐太常之勇武。

〔四〕小：輕視。衛霍：即衛青、霍去病，均西漢名將，曾屢敗匈奴，多樹戰功。《史記》、《漢書》有傳。凌：超越。關張：即關羽、張飛，三國時蜀漢大將。《三國志·蜀志》有傳。兩句言衛霍、關張都在徐太常之下。這是溢美之辭。

〔五〕卿月、將星：參見《送張郎中赴隴右覲省卿公》注〔五〕。轉：猶「浸」，漸，益。兩句言徐任卿爲將。

〔六〕少城：又稱小城，與太城（亦稱大城）相對而言。成都有太城又有少城。《元和郡縣志》卷三十一：「少城一曰小城，在（成都）縣西南一里二百步。《蜀都賦》云：亞以少城，接乎其西。」《文選·蜀都賦》李善注：「少城，小城也，在大城西，市在其中也。」陽：山南坡爲陽。兩句寫徐卿草堂。

〔七〕樹：底本、明抄本、吴校均注：「一作柳。」

〔八〕篁：竹。

〔九〕芭蕉：亦作「巴蕉」，多年生草本植物，葉大，長橢圓形，果實也叫芭蕉。棕花：棕櫚樹之花。花小，淡黄色。兩句寫徐平時在草堂的生活。

〔一〇〕翰墨：猶言筆墨。句言徐在草堂題詩作文。

〔一一〕邊城：指成都。

〔一二〕綢繆：纏綿。

〔一三〕芬芳：喻彼此感情極其美好。

〔一四〕三峽：瞿塘峽、巫峽、西陵峽，是東歸必經之地。

卷五　未編年詩、賦、文、銘

春遇南使貽趙知音〔一〕

端居春心醉〔二〕，襟背思樹萱〔三〕。美人在南州，爲爾歌《北門》〔四〕。北風吹煙物〔五〕，戴勝鳴中園〔六〕。枯楊長新條〔七〕，芳草滋舊根。綢絲結寶琴，塵埃被空樽〔八〕。適遇江海信〔九〕，聊與南客論〔一〇〕。

【校注】

〔一〕南使：往南方去的使者。貽：贈。趙知音：生平未詳。

〔二〕端居：平居，平時。

〔三〕「襟背」句：見《潼關鎮國軍句覆使院早春寄王同州》注〔一四〕。

〔四〕美人：指所思念的故人，即趙知音。南州：指南方。爾：你，指美人。《北門》：《詩·邶風》篇名。毛傳：「《北門》，刺士不得志也。言衛之忠臣不得其志爾。」孔穎達疏：「謂衛君

之闇，不知士有才能，不與厚禄，使之困苦，不得其志，故刺之也。經三章，皆不得志之事也。」兩句言趙不得志。

〔五〕煙物：指雲霧。

〔六〕戴勝：見《敬酬杜華淇上見贈兼呈熊曜》注〔一三〕。中園：園中。

〔七〕長：宋本、明抄本、底本均注：「一作抽。」

〔八〕「網絲」兩句：意謂故人南去，無人可與共飲、彈唱。

〔九〕江海信：江海上來的信使，即詩題中的「南使」。

〔一〇〕南客：指趙知音。時客居南方。

觀楚國寺璋上人寫一切經院南有曲池深竹〔一〕

璋公不出院，羣木閉深居〔二〕。誓寫一切經，欲向萬卷餘。揮毫散林鵲，研墨驚池魚〔三〕。音翻四句偈〔四〕，字譯五天書〔五〕。鳴鐘竹陰晚〔六〕，汲水桐花初〔七〕。雨氣濕衣鉢〔八〕，香煙泛庭除〔九〕。此地日清浄，諸天應未如〔一〇〕。不知將錫杖〔一一〕，早晚躡空虚〔一二〕。

【校注】

〔一〕楚國寺：佛寺名。《長安志》卷八：長安進昌坊「西南隅，楚國寺。本隋興道寺之地……高祖起義并州，第五子智雲在京爲隋留守陰世師等所害，後追封爲楚哀王，因此立寺。水竹幽静，類於慈恩（寺）。」璋上人：生平未詳。一切經：漢譯佛經的總名，亦稱「大藏經」。《隋書·經籍志》：「開皇元年，高祖普詔天下任聽出家，仍令計口出錢營造經像。而京師及并州、相州、洛州等諸大都邑之處，並官寫一切經，置於寺内。而又别寫，藏於秘閣。」

〔二〕閉：底本作「閑」，並注：「一作閉。」《全唐詩》作「閉」，今從之。

〔三〕驚：《全唐詩》作「警」。兩句形容寫經的規模之大、用力之勤。

〔四〕偈：梵語偈陀的省稱，亦譯「頌」，佛經的體裁之一，每首皆用四句組成。

〔五〕五天：五天竺的省稱。古印度分爲東天、西天、南天、北天及中天，故稱「五印度」或「五天竺」。「五天書」指從印度傳入的佛經。

〔六〕晚：底本注：「一作涼。」

〔七〕桐花：泡桐花。泡桐爲落葉喬木，葉圓大，花白色或紫色。兩句寫寺南「曲池深竹」的景色。

〔八〕濕：《全唐詩》作「潤」，底本注：「一作潤。」

〔九〕庭除：庭階。

〔一〇〕諸天：佛家語，佛經謂三界（欲界、色界、無色界）共三十二天，其他尚有四天、三天等，總稱諸天。

〔一一〕將：攜帶。

〔一二〕早晚：何時。躡空虚：言飛行虚空，即得道成佛之意。《文選》孫綽《遊天台山賦》：「應真飛錫以躡虚。」李周翰注：「得真道之人，執錫杖而行虚空，故云飛也。」躡，蹈。

精衛〔一〕

負劍出北門，乘桴過東溟〔二〕。一鳥海上飛，云是帝女靈〔三〕。玉顔溺水死，精衛空爲名〔四〕。怨積徒有志，力微竟不成。西山木石盡，巨壑何時平〔五〕！

【校注】

〔一〕精衛：鳥名。《山海經·北山經》：「發鳩之山，其上多柘木，有鳥焉：其狀如烏，文首，白喙，赤足，名曰『精衛』，其鳴自詨（呼叫）。是炎帝之少女，名曰女娃。女娃遊於東海，溺而不返，故爲精衛，常銜西山之木石，以堙（填塞）於東海。」

〔二〕桴：小筏子。過：明抄本、吴校、《全唐詩》並作「適」。東溟：東海。兩句非實指。

〔三〕帝女：指炎帝（相傳即教民種植五穀的神農氏）之女。

〔四〕空：自。
〔五〕巨壑：指東海。

石上藤 得上字〔一〕

石上生孤藤，弱蔓依石長。不逢高枝引，未得淩空上。何處堪託身〔二〕，爲君長萬丈。

【校注】
〔一〕藤：藤蘿，蔓生木本植物。
〔二〕堪託身：《文苑英華》作「可堪托」。

感遇二首

其一

五花驄馬七香車〔一〕，云是平陽帝子家〔二〕。鳳凰城頭日欲斜〔三〕，門前高樹鳴春

鴉〔四〕。漢家魯元君不聞〔五〕，今作城西一古墳〔六〕。昔來唯有秦王女〔七〕，獨自吹簫乘白雲〔八〕。

【校注】

〔一〕五花：馬鬣剪成花瓣式樣以爲裝飾，剪成五瓣稱爲「五花」。驄馬：青白色馬。七香車：用多種香料塗飾的車。一説，是用七種香木製成的車。

〔二〕平陽帝子：即平陽公主，唐高祖李淵之女，柴紹妻。李淵起兵時，她同柴紹發家資募兵響應。武德年間卒。帝子，即帝女。此用以借指唐公主。

〔三〕鳳凰城：亦稱鳳城，指京都長安。參見《衛節度赤驃馬歌》注〔七〕。

〔四〕春：底本及明抄本注：「一作禁。」

〔五〕魯元：魯元公主，漢高祖劉邦女，吕后所生。

〔六〕「今作」句：意謂貴如皇親之魯元公主，終不免一死。《史記・張耳陳餘列傳》張守節《正義》：「魯元公主墓在咸陽縣西北二十五里。」

〔七〕秦王女：即弄玉。參見《秋夜宿仙遊寺……》注〔六〕。

〔八〕獨：吴校作「猶」。乘：底本注：「一作騎。」

其　二

北山有芳杜〔一〕，靡靡花正發〔二〕，未及得采之，秋風忽吹殺。君不見拂雲百丈青松柯〔三〕，縱使秋風無奈何，四時長作青黛色〔四〕，可憐杜花不相識。

【校注】

〔一〕杜：杜若，草名，莖高一二尺，夏日開白花，葉有香味。

〔二〕靡靡：花盛開貌。

〔三〕柯：草木的枝莖。

〔四〕長：《全唐詩》作「常」；明抄本、吴校作「純」，注：「一作長。」

太白胡僧歌　并序〔一〕

太白中峯絶頂，有胡僧，不知幾百歲，眉長數寸，身不製繒帛〔二〕，衣以草葉。恒持《楞伽經》〔三〕，雲壁迥絶〔四〕，人跡罕到。嘗東峯有鬥虎〔五〕，弱者將死，僧杖而解之；西湫有毒龍〔六〕，久而爲患，僧器而貯之〔七〕。商山趙叟前年采茯

苓〔八〕，深入太白，偶值此僧，訪我而説〔九〕。予恒有獨往之意〔一〇〕，聞而悦之，乃爲歌曰：

聞有胡僧在太白，蘭若去天三百尺〔一一〕。一持《楞伽》入中峯，世人難見但聞鐘。窗邊錫杖解兩虎，牀下鉢盂藏一龍。草衣不針復不綫〔一二〕，兩耳垂肩眉覆面。此僧年紀那得知〔一三〕，手種青松今十圍。心將流水同清浄，身與浮雲無是非〔一四〕。商山老人已曾識，願一見之何由得。山中有僧人不知，城裏看山空黛色〔一五〕。

【校注】

〔一〕太白：山名，見《秋夜宿仙遊寺南涼堂呈謙道人》注〔二〕。

〔二〕製：裁製。繒帛：絲織物。

〔三〕《楞伽經》：佛經名。見《偃師東與韓樽同詣……》注〔二〕。

〔四〕雲壁：高聳入雲的峭壁。迥：遠。

〔五〕東：底本、明抄本作「果」，係形近而誤，此從《全唐詩》。

〔六〕湫：水池。

〔七〕器而貯之：言用鉢盂之類器物收貯毒龍。

〔八〕商山趙叟：底本作「商叟」，據明抄本、《全唐詩》改。商山，亦稱商嶺、商谷、商阪，在今陝西

省商州市東南。茯苓：菌類植物，別名松腴，皮黑褐色，肉白色或粉紅色，有藥用價值。
〔九〕而説：底本無，據《全唐詩》補。
〔一〇〕獨往之意：參見《潼關使院懷王七季友》注〔一一〕。
〔一一〕蘭若：梵語「阿蘭若」之省稱，即僧人居所。
〔一二〕復：底本、明抄本注：「一作亦。」
〔一三〕紀：《全唐詩》作「幾」。
〔一四〕將：猶「與」。
〔一五〕空黛色：言祇見其青緑之色。

醉後戲與趙歌兒

秦州歌兒歌調苦〔一〕，偏能立唱《濮陽女》〔二〕。座中醉客不得意，聞之一聲淚如雨。向使逢着漢帝憐〔三〕，董賢氣咽不能語〔四〕。

【校注】

〔一〕秦州歌兒：即趙歌兒。歌兒，以歌舞爲業之少年。秦州，唐州名，治所在今甘肅天水市。
〔二〕濮陽女：曲名，見唐崔令欽《教坊記》。

〔三〕向使：假使。漢帝：指漢哀帝，公元前六——前一年在位。

〔四〕董賢：漢哀帝寵臣。「爲人美麗自喜，哀帝望見，説其儀貌」（《漢書·佞幸傳》），由是得寵，年二十二，即由侍中、駙馬都尉升爲大司馬、衛將軍，居三公之高位。

寄西嶽山人李岡〔一〕

君隱處，當一星〔二〕，蓮花峯頭飯黄精〔三〕，仙人掌上演丹經〔四〕。鳥可到，人莫攀，隱來十年不下山。袖中短書誰爲達〔五〕，華陰道士賣藥還。

【校注】

〔一〕寄：《全唐詩》作「贈」。西嶽：即五嶽之一的華山，在今陝西華陰市南。華山西峯爲蓮花峯，東峯名仙人掌，南峯曰落雁峯，都特别高峻，世稱華嶽三峯。山人：指隱士。此詩前四句重見《全唐詩》卷八六三吴清妻《仙詩五首》之二，後五句重見《仙詩五首》之三，文字略有不同。按，此蓋後人取岑詩加以割裂改易而成所謂「仙詩」者。

〔二〕當一星：言華山上值一星。《新唐書·天文志》：「鶉首（井宿，二十八宿之一）、實沈（參宿，二十八宿之一）以負（背倚）西海，其神主於華山，太白（金星）位焉。」

〔三〕飯：食。黄精：植物名，莖長二、三尺，花似鈴形，呈淡緑色，其地下根莖如嫩薑，可入藥。

〔四〕演：推衍。丹經：煉丹之書。

〔五〕短書：書信之稱。《文選》江淹《雜體詩》：「而我在萬里，結髮不相見。袖中有短書，願寄雙飛燕。」

長門怨〔一〕

君王嫌妾妒，閉妾在長門〔二〕。舞袖垂新寵，愁眉結舊恩。緑錢侵履跡〔三〕，紅粉濕啼痕。羞被桃花笑〔四〕，看春獨不言〔五〕。

【校注】

〔一〕長門怨：樂府相和歌辭楚調曲名，一名《阿嬌怨》。《樂府詩集》卷四二引《樂府解題》：「《長門怨》者，爲陳皇后作也。后退居長門宮，愁悶悲思，聞司馬相如工文章，奉黄金百斤，令爲解愁之辭。相如爲作《長門賦》，帝見而傷之，復得親幸。後人因其賦而爲《長門怨》也。」

〔二〕「君王」兩句：《文選·長門賦》序：「孝武皇帝陳皇后時得幸，頗妒，别在長門宮，愁悶悲思。」《漢書·外戚傳》：「孝武陳皇后……擅寵驕貴十餘年而無子，聞衛子夫得幸，幾死者數焉。……元光五年……罷退居長門宮。」在，底本、《全唐詩》均注：「一作向。」

〔三〕緑錢：指苔蘚。晉崔豹《古今注》卷下：「空室中無人行則生苔蘚，或紫或青，名曰圓蘚，又曰緑蘚，亦曰緑錢。」侵，底本原作「生」，此從《文苑英華》、《全唐詩》。履跡：鞋印。

〔四〕桃花：《文苑英華》、《全唐詩》作「夭桃」。

〔五〕春：底本作「君」，據明抄本、吴校、《全唐詩》改。

送李郎尉武康〔一〕

潘郎腰綬新〔二〕，霅上縣花春〔三〕。山色低官舍，湖光映吏人。不須嫌邑小，莫即恥家貧。更作《東征賦》〔四〕，知君有老親。

【校注】

〔一〕送李郎：底本作「餞李郎」，此從明抄本、《全唐詩》。尉：用如動詞，任縣尉之意。武康：唐縣名，屬湖州，在今浙江省湖州市南武康鎮。西北有莫干山，景色秀麗，清幽。

〔二〕潘郎：即晉潘岳。岳美姿容，少時常挾彈出洛陽道，「婦人遇之者皆連手縈繞，投之以果，遂滿車而歸」。事見《晉書》本傳。此借指李郎。腰綬新：指新授武康尉職。

〔三〕霅：霅溪，水名，流經武康縣。

〔四〕《東征賦》：參見《送李賓客荆南迎親》注〔九〕。

賦得孤島石送李卿 分得離字〔一〕

一片他山石，巉巉映小池〔二〕。緑窠攢剥蘚〔三〕，尖頂坐鸕鷀〔四〕。水底看常倒〔五〕，花邊勢欲攲〔六〕。君心能不轉〔七〕，卿月豈相離〔八〕！

【校注】

〔一〕詩題：宋本、明抄本、吴校、《全唐詩》作《送李卿賦得孤島石》，注語中均無「分」字。島：明抄本作「鳧」。

〔二〕巉巉：險峻貌。

〔三〕緑窠：指石上長緑蘚之處。攢：聚。剥蘚：剥落的苔蘚。

〔四〕頂：宋本、吴校、《全唐詩》作「碩」。鸕鷀：水鳥，善捕魚，俗稱魚鷹。

〔五〕倒：底本作「到」，據《全唐詩》改。

〔六〕攲：傾斜。

〔七〕「君心」句：《詩·邶風·柏舟》：「我心匪石，不可轉也。」

〔八〕卿月：指卿職，參見《送張郎中赴隴右覲省卿公》注〔五〕。卿，底本誤作「鄉」，據宋本、明抄本、吴校、《全唐詩》改。按，是時李已罷卿職，即將離京，因云。

送二十二兄北遊尋羅中〔一〕

斗柄欲東指〔二〕，吾兄方北遊。無媒謁明主〔三〕，失計干諸侯〔四〕。夜雪入穿履〔五〕，朝霜凝敝裘。遥知客舍飲，醉裏聞春鳩〔六〕。

【校注】

〔一〕二十二兄：生平未詳。或即嘗官單父令之岑況。羅中：生平未詳。

〔二〕斗柄：亦稱斗杓，指北斗七星之玉衡、開陽、摇光三星。古人根據初昏時斗柄所指的方嚮來定季節：斗柄東指爲春，南指爲夏，西指爲秋，北指爲冬。

〔三〕媒：底本注：「一作謀。」謁：進見。

〔四〕失計：失策。干：求。諸侯：指顯貴。

〔五〕穿履：破鞋。《史記·滑稽列傳》：「東郭先生……衣敝履不完，行雪中，履有上無下，足盡踐地。」

〔六〕春鳩：泛指春鳥。

送孟孺卿落第歸濟陽〔一〕

獻賦頭欲白，還家心已穿〔二〕。羞過灞陵樹〔三〕，歸種汶陽田〔四〕。客舍少鄉信，

牀頭無酒錢。聖朝徒側席，濟上獨遺賢〔五〕。

【校注】

〔一〕孟孺卿：生平未詳。濟陽：唐縣名，屬淄州，在今山東博興縣西南。

〔二〕獻賦：唐有進獻文章拜官之例，如杜甫嘗獻《三大禮賦》以求官。唐封演《封氏聞見記》卷三：「常舉外復有通五經、一史，及進獻文章並上著述之輩，或付本司，或付中書考試，亦同制舉。」心：明抄本、吴校、《全唐詩》作「衣」。兩句言孟獻賦費盡心血，結果落第，心已破碎。

〔三〕灞陵：參見《喜韓樽相過》注〔二〕。

〔四〕汶陽：汶水以北之地。《左傳》僖公元年：「公賜季友汶陽之田及費。」杜注：「汶陽田，汶水北地。」汶水源出山東萊蕪市東北原山，舊時西南流至東平縣南入濟水。濟陽在汶水之北。

〔五〕側席：《後漢書·章帝紀》：「朕思遲直士，側席異聞。」李賢注：「側席，謂不正坐，所以待賢良也。」濟：濟水，古四瀆之一，今下游故道已爲他河所奪。《元和郡縣志》卷十一：「濟水在（濟陽）縣南。」兩句意謂朝廷空説禮賢，而濟水上却遺落了孟孺卿這樣的賢才。

送楊千牛趁歲赴汝南郡覲省便成親 分得寒字〔一〕

問吉轉征鞍，安仁道姓潘〔二〕。歸期明主賜，別酒故人歡。珠箔障爐暖〔三〕，狐裘

耐臘寒〔四〕。汝南遥倚望〔五〕，早去及春盤〔六〕。

【校注】

〔一〕千牛：官名。唐左右千牛衛各置千牛備身十二人，掌宿衛侍從；太子左右内率府各置千牛備身十六人，掌東宫的宿衛侍從之事。「牛」下宋本、明抄本、吴校、《全唐詩》並注：「一作秋。」非是。歲：指歲除。汝南郡：即豫州，天寶元年改爲汝南郡，治所在今河南汝南縣。親：《全唐詩》作「婚」。分：宋本、明抄本等無。

〔二〕安仁：潘岳的字。《晉書·潘岳傳》：「岳美姿儀，辭藻絶麗，尤善爲哀誄之文。」此用以喻楊千牛。兩句言楊選好吉日赴汝南覲省、成親。

〔三〕珠箔：珠簾。

〔四〕臘：臘月，夏曆十二月。

〔五〕倚望：倚門而望、倚閭而望。參見《送裴校書從大夫淄川郡覲省》注〔四〕。

〔六〕及：底本作「入」，據宋本、明抄本、吴校、《全唐詩》改。春盤：舊俗於立春日取生菜、果品、餅、糖等，置於盤中爲食，並相互饋贈，號爲春盤。《唐四時寶鏡》：「立春日，食蘆菔、春餅、生菜，號春盤。」

送杜佐下第歸陸渾别業〔一〕

正月今欲半〔二〕，陸渾花未開。出關見青草〔三〕，春色正東來。夫子且歸去，明時方愛才〔四〕。還須及秋賦〔五〕，莫即隱蒿萊〔六〕。

【校注】

〔一〕杜佐：據《新唐書·宰相世系表》，唐有兩杜佐，一繁子，位終大理正；一殿中侍御史暐子，不詳歷官。杜甫有《示姪佐》，仇注：「《世系表》：佐，是襄陽房殿中侍御史暐之子。《舊唐書》：杜佐終大理正。」蓋誤合兩人爲一人。此處「杜佐」不詳所指。下：敦煌唐寫殘卷作「落」。陸渾：唐縣名，在今河南嵩縣東北。

〔二〕「今」下宋本、明抄本、吴校、《全唐詩》並注：「一作初」。

〔三〕關：指潼關。

〔四〕明時：政治清明之時。

〔五〕還須：底本作「須還」，今從宋本、明抄本、《全唐詩》。秋賦：秋貢之意。《漢書·鼂錯傳》：「今臣竊等迺以臣錯充賦，甚不稱明詔求賢之意。」賦，即貢士之意。《唐摭言》卷一：「始自武德辛巳歲四月一日，敕諸州學士及早有明經及秀才、俊士、進士，明於理體，爲鄉里所稱

者，委本縣考試，州長重複，取其合格，每年十月隨物入貢。」而始解送之日實在秋末，即所謂「秋貢春試」，「秋取解，冬集禮部，春考試」（《宋史·選舉志》）。

〔六〕隱蒿萊：隱於草野。參見《鞏北秋興寄崔明允》注〔五〕。蒿：敦煌唐寫殘卷作「蓬」。

送嚴詵擢第歸蜀〔一〕

巴江秋月新〔二〕，閣道發征輪〔三〕。戰勝真才子〔四〕，名高動世人。工文能似舅〔五〕，擢第去榮親。十月天官待〔六〕，應須早赴秦〔七〕。

【校注】

〔一〕嚴詵：生平未詳。

〔二〕巴江：見《奉和相公發益昌》注〔五〕。

〔三〕閣道：棧道。按，唐代科舉考試例於春二、三月間放榜，此詩應是放榜之後不久所作。

〔四〕戰勝：指在科舉考試中獲勝。

〔五〕似舅：據《晉書·何無忌傳》，無忌「少有大志」，其舅劉牢之爲鎮北將軍。何與劉裕等起兵討桓玄，玄之黨謂「劉裕烏合之衆，勢必無成」，玄曰：「劉裕勇冠三軍，當今無敵；……何無忌，劉牢之之甥，酷似其舅，共舉大事，何謂無成？」按，嚴舅爲何人，已不可考。

〔六〕天官：指吏部。唐武則天時，曾改吏部爲天官。

〔七〕秦：指長安。唐制，新及第進士，由吏部經銓選後授官。吏部銓選，始於每年十月，畢於第二年三月。句謂不要在家躭擱太久，十月吏部正待你去接受職務。

送張直公歸南鄭拜省〔一〕

夫子思何速，世人皆嘆奇。萬言不加點〔二〕，七步猶嫌遲〔三〕。對酒落日後〔四〕，還家飛雪時〔五〕。北堂應久待〔六〕，鄉夢促征期〔七〕。

【校注】

〔一〕南鄭：唐縣名，屬梁州（後改爲興元府），在今陝西漢中市。拜省：省視父母或尊親。

〔二〕點：塗抹、塗改的意思。

〔三〕「七步」句：《世説新語·文學》：「文帝嘗令東阿王（曹植）七步中作詩，不成者行大法。應聲便爲詩曰：『煮豆持作羹，漉菽以爲汁。萁在釜下燃，豆在釜中泣。本自同根生，相煎何太急！』帝深有慚色。」

〔四〕日：明抄本、吴校作「月」。

〔五〕雪：《文苑英華》作「絮」。

〔六〕北堂：母親的代稱。久待：《文苑英華》作「多望」。
〔七〕促：底本誤作「從」，今據明抄本、吴校、《全唐詩》改。征期：行期。

送張昇卿宰新淦〔一〕

官柳葉尚小〔二〕，長安春未濃。送君潯陽宰〔三〕，把酒青門鐘〔四〕。水驛楚雲冷〔五〕，山城江樹重〔六〕。遥知南湖上〔七〕，祇對香爐峯〔八〕。

【校注】

〔一〕宰：指擔任縣令。新淦：唐縣名，屬吉州，即今江西新干縣。
〔二〕官柳：官道（大道）旁的柳樹。
〔三〕潯陽：唐縣名，屬江州，即今江西九江市，是由長安赴新淦的必經之地。
〔四〕青門：借指唐長安東門。
〔五〕水驛：在水路設立的驛站。楚雲冷：潯陽春秋時屬楚地，故云。
〔六〕山城：指潯陽。《元和郡縣志》卷二十八：「廬山在（潯陽）縣東三十二里。」
〔七〕南湖：指彭蠡（鄱陽）南湖。鄱陽湖湖身之中爲細腰，因有南湖、北湖之分。古罌子口（今江西星子縣）以北爲北湖，以南爲南湖。

〔八〕香爐峯：廬山北峯，因其形圓聳，氣靄若煙，故名。

送陳子歸陸渾別業〔一〕

雖不舊相識，知君丞相家〔二〕。故園伊川上〔三〕，夜夢方山花〔四〕。種藥畏春過，出關愁路賖〔五〕。青門酒壚別〔六〕，日暮東城鴉〔七〕。

【校注】

〔一〕陸渾：在今河南嵩縣東北。

〔二〕「知君」句：據《新唐書·宰相世系表》，初盛唐時陳姓之丞相僅二人：陳叔達（相高祖）、陳希烈（相玄宗）。

〔三〕伊川：又稱伊河，發源於河南盧氏縣熊耳山，東北經陸渾流入洛河（水）。

〔四〕方山：山名。《元和郡縣志》卷五：「陸渾山俗名方山。」

〔五〕出：底本作「入」，此從《全唐詩》。關：潼關。賖：長，遠。

〔六〕青門：漢長安東面三城門之一。

〔七〕東城：即指長安東城。

送滕亢擢第歸蘇州拜覲〔一〕

送爾姑蘇客〔二〕，滄波秋正涼〔三〕。橘懷三個去〔四〕，桂折一枝香〔五〕。湖上山當舍〔六〕，天邊水是鄉。江村人事少，時作捕魚郎。

【校注】

〔一〕滕亢：生平未詳。亢，底本作「元」，此從宋本、明抄本、吴校、《全唐詩》。覲：宋本、明抄本等作「親」。

〔二〕姑蘇客：指滕亢。蘇州「因姑蘇山爲名，山在州西四十里」（《元和郡縣志》卷二十五），故以姑蘇爲蘇州别稱。

〔三〕波：底本作「浪」，此從宋本、明抄本、吴校、《全唐詩》。

〔四〕「橘懷」句：謂滕還家孝順父母。參見《送裴校書從大夫淄川郡覲省》注〔四〕。

〔五〕「桂折」句：謂滕應試得中。參見《送薛彦偉擢第東都覲省》注〔三〕、〔四〕。香，《全唐詩》作「將」。

〔六〕「湖上」句：蘇州瀕臨太湖，湖上有東西洞庭、馬蹟等山，故云。

送張子尉南海〔一〕

不擇南州尉，高堂有老親〔二〕。樓臺重蜃氣，邑里雜鮫人〔三〕。海暗三江雨〔四〕，花明五嶺春〔五〕。此鄉多寶玉，慎莫厭清貧〔六〕！

【校注】

〔一〕張子：《文苑英華》、《全唐詩》作「楊瑗」。南海：唐縣名，屬廣州，在今廣東廣州市。明抄本作「海南」。

〔二〕南州：泛指南方。高堂：父母所居之正室。《説苑·建本》：「子路曰：『負重道遠者不擇地而休，家貧親老者不擇禄而仕。』」兩句言張子家貧親老，故不嫌縣尉職卑、南海地遠而出仕。

〔三〕樓臺：《文苑英華》、《唐百家詩選》作「縣樓」。重：重叠。蜃氣：即海市蜃樓，古人誤以爲是蜃（傳説海中蛟一類動物）吐氣所成。《史記·天官書》：「海旁蜃氣象樓臺。」鮫人：《博物志》卷二謂：「南海外有鮫人，水居如魚，不廢織績，其眼能泣珠。」事又見《述異記》。兩句寫南海風物。

〔四〕三江：今廣東境内的西、北、東三江。明抄本、《全唐詩》作「三山」。

〔五〕花明：宋本、《文苑英華》作「江明」。五嶺：指大庾嶺、騎田嶺、都龐嶺、萌渚嶺、越城嶺，位於湘、贛、桂、粵交界處。以上兩句寫南海一帶的氣候特點和景色。

〔六〕鄉：《文苑英華》作「方」。寶玉：南海一帶出產珠、璣、象牙、犀革等珍物。《晉書·吴隱之傳》：「廣州包山帶海，珍異所出，一篋之寶，可資數世。」兩句囑友人保持清廉的節操。

送鄭少府赴滏陽〔一〕

子真河朔尉〔二〕，邑里帶清漳〔三〕。春草迎袍色〔四〕，晴花拂綬香〔五〕。青山入官舍，黃鳥度宮牆〔六〕。若到銅臺上〔七〕，應憐魏寢荒〔八〕。

【校注】

〔一〕滏陽：唐縣名，在今河北磁縣。

〔二〕真：實授官職，猶「真除」。河朔：黃河以北之地。滏陽在黃河之北，故云。

〔三〕帶：圍繞。清漳：清漳河，漳水兩源之一。漳水流經滏陽縣南。

〔四〕「春草」句：見《送楚丘麴少府赴官》注〔二〕。袍，官服。

〔五〕花：《文苑英華》作「光」。綬：漢縣尉用黃綬，見《送楚丘……》注〔三〕。

〔六〕度：《文苑英華》作「出」。宮牆：宮殿的圍牆。滏陽距古鄴城甚近，此指魏武帝曹操在古鄴

城所築宮殿。

〔七〕銅臺：即銅雀臺。見《登古鄴城》注〔四〕。

〔八〕魏寢：指魏武帝曹操陵墓。《元和郡縣志》卷十六：「魏武帝西陵在(鄴)縣西三十里。」銅臺又稱望陵臺，與西陵相對。

送顏少府投鄭陳州〔一〕

一尉便垂白，數年唯草玄〔二〕。出關策匹馬〔三〕，逆旅聞秋蟬〔四〕。愛客多酒債，罷官無俸錢。知君羈思少〔五〕，所適主人賢〔六〕。

【校注】

〔一〕鄭陳州：鄭姓陳州刺史，生平未詳。陳州，唐州名，屬河南道，治所在今河南淮陽。

〔二〕垂白：白髮下垂。草玄：草擬《太玄經》。《漢書·揚雄傳》説：「哀帝時，丁傅、董賢用事，諸附離(附著)之者，或起家至二千石，時雄方草《太玄》，有以自守，泊如也。」兩句言顏祇做一任縣尉，鬚髮便白了，數年內祇是像揚雄那樣淡於勢利，潛心著述。

〔三〕關：指潼關。

〔四〕逆旅：客舍，旅店。

〔五〕羈思：羈旅之思。

〔六〕適：往。主人：指鄭陳州。

送祕省虞校書赴虞鄉丞〔一〕

花綬傍腰新〔二〕，關東縣欲春〔三〕。殘書厭科斗，舊閣別麒麟〔四〕。虞坂臨官舍，條山映吏人〔五〕。看君有知己〔六〕，坦腹向平津〔七〕。

【校注】

〔一〕祕省：即祕書省，是朝廷主管圖書的官署。校書：即校書郎，爲祕書省屬官。虞鄉：唐縣名，屬蒲州，即今山西永濟市東虞鄉鎮。丞：縣丞，縣令佐吏。詩題，底本作「送祕書虞校書虞卿丞」，今據宋本、明抄本、《全唐詩》等改。

〔二〕花綬：繫官印的彩色絲帶。句謂虞新授虞鄉縣丞職務。

〔三〕關東：潼關以東。虞鄉縣在潼關之東。

〔四〕科斗：科斗文，見《送王伯倫應制授正字歸》注〔六〕。麒麟：麒麟閣，漢代閣名。見《送張祕書充劉相公通汴河判官便赴江外覲省》注〔五〕。兩句言虞校書厭棄校勘典籍工作，離開了祕書省。

〔五〕虞坂：又名虞山、吴山、吴坂，屬中條山脈，在今山西運城市安邑鎮東南。條山：中條山，主峯在今永濟市東南。兩句寫虞鄉地理環境。
〔六〕看：估量之辭。
〔七〕坦腹：猶寬心。平津：坦途，大道。

送樊侍御使丹陽便覲〔一〕

臥病窮巷晚，忽驚驄馬來〔二〕。知君京口去〔三〕，借問幾時回？驛舫江風引〔四〕，鄉書海雁催〔五〕。慈親應倍喜，愛子在霜臺〔六〕。

【校注】

〔一〕侍御：殿中侍御史或監察御史之别稱。使：底本作「歸」，今據明抄本、吴校、《全唐詩》改。丹陽：唐郡名，即潤州，天寶元年改名丹陽郡，治所在今江蘇鎮江市。便覲：乘便探視父母。
〔二〕晚：遲，久。驄馬：以物代人，此指御史。參見《青門歌……》注〔七〕。
〔三〕京口：古城名，即今江蘇鎮江市。
〔四〕驛舫：唐時水驛準備的供來往官吏使用的船隻。

〔五〕雁：底本作「燕」，據明抄本、《全唐詩》改。

〔六〕霜臺：即御史臺。

送張卿郎君赴硤石尉〔一〕

卿家送愛子，愁見灞頭春〔二〕。草羨青袍色〔三〕，花隨黄綬新〔四〕。縣西函谷關，城北大陽津〔五〕。日暮征鞍去，東郊一片塵。

【校注】

〔一〕卿：官名，見《奉陪封大夫宴》注〔五〕。郎君：對他人之子的稱呼。底本原作「郎中軍」，此從明抄本、《全唐詩》。硤石：唐縣名，在今河南陝縣東南。

〔二〕灞頭：一名灞上（又作「霸上」），在今陝西西安市東。唐時長安送别多於此。

〔三〕「草羨」句：見《送楚丘麴少府赴官》注〔二〕。

〔四〕黄綬：漢縣尉用黄綬。

〔五〕大陽津：即茅津渡口。大，同「太」，明抄本即作「太」。《元和郡縣志》卷六：「太陽故關在（陝）縣西北四里，後周大象元年（五七九）置，即茅津也。」大陽津在唐硤石縣西北。兩句寫硤石的地理位置。

送梁判官歸女几舊廬〔一〕

女几知君憶，春雲相送歸〔二〕。草堂開藥裹，苔壁取荷衣〔三〕。老竹移時小，新花舊處飛。可憐真傲吏，塵事到山稀〔四〕。

【校注】

〔一〕判官：唐節度、觀察、防禦等使的僚屬。女几：山名。《元和郡縣志》卷五：「女几山在縣（福昌縣，今河南宜陽縣）西南三十四里。」舊廬：舊居。

〔二〕送：明抄本、《全唐詩》作「逐」。

〔三〕草堂：指梁在女几山的舊居。藥裹：藥包。荷衣：荷葉作的衣裳，多用以指隱者之服。《離騷》：「製芰荷以爲衣兮，集芙蓉以爲裳。」孔稚圭《北山移文》：「焚芰製而裂荷衣，抗塵容而走俗狀。」兩句寫梁歸山後察看昔日舊物。

〔四〕傲吏：傲世之吏。郭璞《遊仙詩》：「漆園有傲吏。」謂莊周，周嘗爲蒙漆園吏。此指梁判官。塵事：世事。兩句言梁歸山後將不復過問世事。

送楊子〔一〕

斗酒渭城邊，壚頭耐醉眠〔二〕。梨花千樹雪，柳葉萬條煙〔三〕。惜别添壺酒，臨歧贈馬鞭。看君潁上去〔四〕，新月到家圓。

【校注】

〔一〕此詩底本未載，重見於《全唐詩·李白集》及單行《李太白全集》，題作《送别》。明抄本、吴校及《文苑英華》、《唐百家詩選》等均作岑詩。《滄浪詩話·考證》云：「太白詩『斗酒渭城邊，壚頭耐醉眠』，乃岑參之詩誤入。」因據補。楊：《文苑英華》作「陽」。

〔二〕渭城：見《首春渭西郊行呈藍田張主簿》注〔二〕。耐醉眠：值得一醉之意。

〔三〕柳：《全唐詩》作「楊」，注：「一作柳。」兩句寫送别時節。

〔四〕潁上：唐縣名，屬潁州，在今安徽省潁上縣西北。

登總持閣〔一〕

高閣逼諸天〔二〕，登臨近日邊。晴開萬井樹，愁看五陵煙〔三〕。檻外低秦嶺，窗中

小渭川〔四〕。早知清浄理，常願奉金仙〔五〕。

【校注】

〔一〕總持閣：總持寺之閣。寺在長安。唐韋述《兩京新記》卷三載：皇城西和平坊，「坊内南北街之東築大莊嚴寺，西□總持寺」。「大總持寺，隋大業元年煬帝爲父文帝立，初名禪定寺……亦有木浮圖。……武德元年改爲總持寺」。

〔二〕諸天：指天。參見《觀楚國寺璋上人寫一切經……》注〔一〇〕。

〔三〕五陵：見《與高適薛據同登慈恩寺浮圖》注〔一二〕。

〔四〕渭川：渭水。

〔五〕清浄理：參見《與高適薛據同登慈恩寺浮圖》注〔一三〕。金仙：佛。

晦日陪侍御泛北池 得寒字〔一〕

春池滿復寛，晦節耐邀歡〔二〕。月帶蝦蟆冷〔三〕，霜隨獬豸寒〔四〕。水雲低錦席〔五〕，岸柳拂金盤〔六〕。日暮舟中散，都人夾道看〔七〕。

【校注】

〔一〕晦日：指正月晦日。陰曆每月的最後一天爲晦日。舊俗重正月晦日，以爲令節，士女每於

是日泛舟或臨水宴樂。北池：其地未詳。《唐兩京城坊考》卷四：「清明渠……又北入（長安）宫城廣運門，注爲南海，又北注爲西海，又北注爲北海。」北海又稱「北海池」，北池或即指此。得寒字：底本無，據明抄本、吴校補。

〔二〕耐：適宜。

〔三〕「月帶」句：言月光清冷。俗傳月中有蟾蜍（蝦蟆），故云。

〔四〕獬豸：見《送韋侍御先歸京》注〔三〕。句言御史霜威，增添了夜晚的寒意。

〔五〕錦席：精美的宴席。

〔六〕金盤：指貴重的食器。

〔七〕都人：京都之人。

送楊録事充使 得江字〔一〕

夫子方寸裏〔二〕，清秋澄霽江〔三〕。關西望第一〔四〕，郡内政無雙。狹室下珠箔〔五〕，連宵傾玉缸〔六〕。使乎仍未醉〔七〕，斜月隱高囱〔八〕。

【校注】

〔一〕録事：録事參軍，州刺史之佐吏。詩題：底本作「送王録事充使」，《文苑英華》、《全唐詩》作「送楊

録事充潼關判官」，此從明抄本、吴校。按，據詩中「關西」句，知録事當爲楊姓；又據「使乎」句，知詩題當作「充使」。《岑詩繫年》：「案判官爲節度等使僚屬，潼關判官蓋謂鎮國節度判官。此當是上元二年詩。」依李説，岑作此詩時當在虢州，然詩中實找不到必作於虢州之根據。得江字：底本、明抄本均無，據《文苑英華》、《全唐詩》補。案，本詩寫作時間未詳。

〔二〕方寸：謂心。

〔三〕清秋：《文苑英華》、《全唐詩》作「秋天」。

〔四〕關西：潼關之西。望：名望。後漢楊震字伯起，宏農華陰人，博通儒學，時稱「關西孔子楊伯起」；自震至其曾孫彪，「四世太尉，德業相繼」，其門爲關西名族。事見《後漢書·楊震傳》。句指録事出自關西楊門。

〔五〕狹：底本作「俠」，注：「一作狹。」諸本均作「狹」，今從之。珠箔：珠簾。

〔六〕玉缸：指酒器。

〔七〕「使乎」句：《文苑英華》、《全唐詩》作「平明猶未醉」。使乎，見《青門歌……》注〔一四〕。

〔八〕月：《文苑英華》作「日」。高：明抄本、吴校作「吟」，《全唐詩》作「書」。囱：《文苑英華》、明抄本、吴校、《全唐詩》作「窗」。

雪後與羣公過慈恩寺〔一〕

乘興忽相招，僧房暮與朝。雪融雙樹濕〔二〕，紗閉一燈燒〔三〕。竹外山低塔，藤間

院隔橋。歸家如欲懶〔四〕，俗慮向來銷〔五〕。

【校注】

〔一〕《岑詩繫年》：「玩題意，當係永泰年前後公爲郎時作。考《舊書·代宗紀》，永泰元年正月及大曆元年正月皆大雪，此詩當即此二年間作。」其説根據不充分，録以備考。慈恩寺：參見《與高適薛據同登慈恩寺浮圖》注〔一〕。慈，《文苑英華》作「報」。

〔二〕雙樹：參見《出關經華嶽寺訪法華雲公》注〔七〕。此指寺中之樹。

〔三〕紗閉：指燈上罩着紗罩。有紗罩的燈，稱爲紗燈，舊時佛前多點此燈，李商隱《驕兒詩》：「又復紗燈旁，稽首禮夜佛。」隔：《文苑英華》作「接」。

〔四〕如：《文苑英華》作「好」。

〔五〕向來：立時。

送薛弁歸河東〔一〕

薛丈故鄉處，五老峯西頭〔二〕。歸路秦樹滅，到鄉河水流〔三〕。看君馬首去，滿耳蟬聲愁。獻賦今未售，讀書凡幾秋〔四〕。應過伯夷廟〔五〕，爲上關城樓〔六〕。樓上能相憶，西南指雍州〔七〕。

【校注】

〔一〕弁：據宋本、吴校、《全唐詩》改。底本原誤作「昪」，《新唐書》卷七三下《宰相世系表》：「（薛）弁，江州刺史。」弁官江州刺史約在大曆中，見《唐刺史考》卷一五八。河東：即蒲州，見《送祁樂歸河東》注〔一〕。

〔二〕丈：對長者或朋友的敬稱。底本注：「一作杖。」明抄本、吴校、《全唐詩》作「侯」。五老峯：參見《送祁樂歸河東》注〔一三〕。兩句言薛之故鄉在蒲州永樂縣。

〔三〕河：黄河。蒲州永樂縣南瀕黄河。

〔四〕獻賦：見後《送孟孺卿落第歸濟陽》注〔二〕。售：指得中。兩句謂薛讀書多年，却未登第。

〔五〕伯夷廟：《元和郡縣志》卷十二：「伯夷墓在縣（指蒲州河東縣）南三十五里雷首山。」雷首山即首陽山，在今山西永濟市南，伯夷、叔齊曾在此隱居。山上有夷齊廟（見《水經注》卷四）。伯夷，參見《東歸晚次潼關懷古》注〔三〕。

〔六〕關：指潼關。薛由長安歸鄉，需經潼關。

〔七〕雍州：唐初置雍州，治所在長安。開元元年（七一三）改爲京兆府。長安在潼關西南。

題梁鍠城中高居〔一〕

居住最高處〔二〕，千家恒眼前〔三〕。題詩飲酒後，衹對諸峯眠。

【校注】

〔一〕梁鍠：四十歲之前，嘗從軍，爲掌書記；後與軍帥不合，拂衣棄職。天寶初官執戟（掌殿門守衛）。有詩名，今存詩十五首，載《全唐詩》卷二〇二。事見李頎《別梁鍠》、《國秀集》目録、《唐詩紀事》卷二九。

〔二〕居：《全唐詩》作「高」。

〔三〕恒：《萬首唐人絶句》作「常」。

題三會寺蒼頡造字臺〔一〕

野寺荒臺晚，寒天古木悲。空階有鳥跡，猶似造書時。

【校注】

〔一〕三會寺：《長安志》卷十二：「三會寺在（長安）縣西南二十里宫張邨，唐景龍中中宗幸寺，其地本倉頡造書堂。」蒼頡：或作「倉頡」，傳爲漢字之創造者。漢許慎《説文解字》自序：「黄帝之史蒼頡，見鳥獸迒蹏之跡，知分理之可相別異也，初造書契。」

嘆白髮

白髮生偏速〔一〕，教人不奈何〔二〕。今朝兩鬢上，更覺數莖多〔三〕。

【校注】

〔一〕偏：甚，最；《全唐詩》注：「一作太。」

〔二〕教：《全唐詩》作「交」。不奈何：無奈何。

〔三〕更：《萬首唐人絶句》作「又」。覺：明抄本、吴校、《全唐詩》作「較」。

秋　思〔一〕

那知芳歲晚，坐見寒葉墮〔二〕。吾不如腐草，翻飛作螢火〔三〕。

【校注】

〔一〕思：底本注：「一作怨。」

〔二〕坐：因。

〔三〕螢火：即螢火蟲。此蟲産卵於水邊草根中，幼蟲冬伏土中，翌春始成蟲。《禮記·月令》：

「季夏之月……腐草爲螢。」晉崔豹《古今注》卷中：「螢火，……腐草爲之，食蚊蚋。」

春興戲贈李侯〔一〕

黄雀始欲銜花來，君家種桃花未開。長安二月眼看盡，寄報春風早爲催。

【校注】

〔一〕詩題：明抄本、吴校、《全唐詩》作「春興戲題贈李侯」。

送李明府赴睦州便拜覲太夫人〔一〕

手把銅章望海雲〔二〕，夫人江上泣羅裙〔三〕。嚴灘一點舟中月〔四〕，萬里煙波也夢君〔五〕。

【校注】

〔一〕明府：縣令别稱。睦州：唐州名，治所在今浙江建德市東北。太夫人：對官員之母的尊稱。

〔二〕銅章：漢縣令用銅印。望海雲：睦州近海，故云。

〔三〕江：吴校、《萬首唐人絶句》作「堂」。泣：明抄本、吴校、《萬首唐人絶句》作「絳」，宋本注：「一作紅。」
〔四〕嚴灘：在浙江桐廬縣富春江畔。見《宿關西客舍……》注〔五〕。李赴睦州需過嚴灘。
〔五〕夢：《萬首唐人絶句》作「勞」。

奉送賈侍御使江外〔一〕

新騎驄馬復承恩〔二〕，使出金陵過海門〔三〕。荆南渭北愁難見〔四〕，莫惜衫襟着淚痕〔五〕。

【校注】

〔一〕侍御：見《送韋侍御先歸京》注〔一〕。江外：指長江以南地區。
〔二〕新騎驄馬：指賈新任御史，參見《青門歌送東臺張判官》注〔七〕。復承恩：指賈受命出使江外。
〔三〕金陵、海門：參見《送許子擢第歸江寧拜親……》注〔二〕、〔一三〕。
〔四〕荆南：山名，在江蘇省宜興市南。山高而大，三國吴孫皓嘗封爲南嶽。山在長江之南，賈出使地當在其附近。渭北：指渭水以北，指長安附近地區。愁難見：明抄本、吴校、《全唐詩》

作「難相見」。

〔五〕淚：《萬首唐人絶句》、《全唐詩》作「酒」。

草堂邨尋羅生不遇〔一〕

數株溪柳色依依〔二〕，深巷斜陽暮鳥飛〔三〕。門前雪滿無人跡〔四〕，應是先生出未歸。

【校注】

〔一〕羅生：《萬首唐人絶句》作「人」。

〔二〕溪：《萬首唐人絶句》作「垂」。色：指形貌；明抄本、吴校、《萬首唐人絶句》作「欲」。依依：輕柔貌。

〔三〕陽：明抄本、吴校作「光」。

〔四〕雪：底本注：「一作雲。」人：《萬首唐人絶句》作「行」。

醉戲竇子美人〔一〕

朱唇一點桃花殷〔二〕，宿妝嬌羞偏髻鬟〔三〕。細看祗是陽臺女，醉着莫許歸

巫山〔四〕。

【校注】

〔一〕竇子美人：謂竇子家妓。詩題：原作「醉戲竇子絶句」，吴校作「醉戲竇子美人絶句」，此從明抄本、《全唐詩》、《萬首唐人絶句》。

〔二〕桃：《萬首唐人絶句》作「榴」。

〔三〕宿妝：平素之妝。偏髻鬟：謂髮髻不梳於正中，而梳在頭的兩邊。

〔四〕是：《全唐詩》作「似」，《萬首唐人絶句》作「在」。陽臺女、巫山：參見《送江陵泉少府赴任便呈衛荆州》注〔四〕。兩句戲言醉中願與美人歡聚。

秋夜聞笛

天門街西聞擣帛〔一〕，一夜愁殺江南客〔二〕。長安城中百萬家，不知何人夜吹笛。

【校注】

〔一〕天門街：即承天門街，北起長安宫城（西内）承天門外横街，南出皇城之朱雀門。參見徐松《唐兩京城坊考》卷一。擣帛：擣衣。

〔二〕江南客：指江南旅居長安的人。江，明抄本、吴校、《全唐詩》作「湘」。庾信《夜聽擣衣》詩：「秋夜擣衣聲，飛度長門城。……倡樓驚别怨，征客動愁心。」

山房春事二首〔一〕

風恬日暖蕩春光，戲蝶遊蜂亂入房。數枝門柳低衣桁〔二〕，一片山花落筆牀〔三〕。

【校注】

〔一〕詩題：明抄本、吴校、《全唐詩》均作「山房春事二首」，底本於第一首前題「山房春事」，第二首前則僅書一「同」字。第二首内容與題意不合，疑原題闕脱而爲後人誤冠以「同」字（也可能「同」字下有闕文），其後又據此「同」字而直改爲「山房春事二首」。《萬首唐人絶句》載此作「山房春事」，無第二首，可爲佐證。然第二首詩題已無從校補，故姑從明抄本等作「山房春事二首」。

〔二〕衣桁：即衣架。

〔三〕筆牀：筆架。

梁園日暮亂飛鴉〔一〕，極目蕭條三兩家。庭樹不知人去盡〔二〕，春來還發舊

時花〔三〕。

【校注】

〔一〕梁園：見《梁園歌送河南王説判官》注〔一〕。

〔二〕去：明抄本、《全唐詩》作「死」。

〔三〕發：底本作「落」，此從明抄本、吴校、《全唐詩》。

感舊賦 并序〔一〕

參，相門子。五歲讀書，九歲屬文〔二〕，十五隱於嵩陽〔三〕，二十獻書闕下〔四〕。嘗自謂曰：雲霄坐致〔五〕，青紫俯拾〔六〕。金盡裘敝〔七〕，蹇而無成，豈命之過歟？國家六葉〔八〕，吾門三相矣！江陵公爲中書令輔太宗〔九〕，鄧國公爲文昌右相輔高宗〔一〇〕，汝南公爲侍中輔睿宗〔一一〕，相承寵光〔一二〕，繼出輔弼〔一三〕。《易》曰：「物不可以終泰，故受之以否〔一四〕。」逮乎武后臨朝〔一五〕，鄧國公由是得罪〔一六〕，先天中，汝南公又得罪〔一七〕，朱輪華轂如夢中矣〔一八〕！今王道休明，噫世業淪替〔一九〕；猶欽若前德〔二〇〕，將施於後人。參年三十〔二一〕，未及一命〔二二〕，昔一何榮

矣，今一何悴矣〔二三〕！直念昔者爲賦云。其詞曰：

吾門之先世，克其昌赫矣〔二四〕！烈祖輔於周王，啓封受楚，佐命克商〔二五〕，二千餘載，六十餘代，繼厥美而有光〔二六〕。其後闢土宇於荆門，樹桑梓於棘陽〔二七〕；吞楚山之神秀，與漢水之靈長〔二八〕。猗盛德之不隕，諒嘉聲而允臧〔二九〕。慶延自遠，祐洽無疆〔三〇〕。自天命我唐，始滅暴隋，挺生江陵〔三一〕，傑出輔時〔三二〕。爲國之翰，斯文在兹〔三三〕；一入麟閣，三遷鳳池〔三四〕。調元氣以無忒〔三五〕，理蒼生而不虧；典絲言而作則〔三六〕，闡綿蕝以成規〔三七〕。革亡國之前政〔三八〕，贊聖代之新軌；捧堯日以雲從〔三九〕，扇舜風而草靡〔四〇〕，洋洋乎令問不已〔四一〕！

繼生鄧公，世實須才。盡忠致君〔四二〕，極武登台〔四三〕。朱門復啓，相府重開；川換新檝〔四四〕，羹傳舊梅〔四五〕。何糾纏以相軋，惡高門之禍來？當其武后臨朝，姦臣竊命，百川沸騰，四國無政〔四六〕。昊天降其薦瘥〔四七〕，靡風發於時令〔四八〕。藉小人之榮寵〔四九〕，墮賢良于檻穽〔五〇〕。苟惛怓以相蒙〔五一〕，胡醜厲以職競〔五二〕？既破我室，又壞我門〔五三〕。上帝懵懵，莫知我冤；衆人憒憒〔五四〕，不爲我言。泣賈誼於長沙，痛屈平於湘沅〔五五〕。

夫物極則變，感而遂通〔五六〕，於是日光迴照於覆盆之下，陽氣復暖於寒谷之

中〔五七〕。上天悔禍〔五八〕，贊我伯父〔五九〕，爲邦之傑，爲國之輔。又治陰陽〔六〇〕，更作霖雨〔六一〕；伊廊廟之故事〔六二〕，皆祖父之舊矩〔六三〕。朱門不改，畫戟重新〔六四〕；暮出黄閣〔六五〕，朝趨紫宸〔六六〕；繡轂照路〔六七〕，玉珂驚塵〔六八〕。列親戚以高會〔六九〕，沸歌鐘於上春〔七〇〕。無小無大，皆爲縉紳；顒顒卬卬，踰數十人〔七一〕。嗟乎！一心弼諧，多樹綱紀，羣小見醜，獨醒積毀，鑠於衆口，病於十指〔七二〕，由是我汝南公復得罪於天子。當是時也，偪側崩波〔七三〕，蒼黄反覆〔七四〕；去鄉離土，隳宗破族；雲雨流離，江山放逐。愁見蒼梧之雲〔七五〕，泣盡湘潭之竹〔七六〕；或投於黑齒之野，或竄於文身之俗〔七七〕。

嗚呼！天不可問，莫知其由，何先榮而後悴，曷曩樂而今憂？盡世業之陵替，念平昔之淹留〔七八〕。嗟予生之不造〔七九〕，常恐墮其嘉猷〔八〇〕。志學集其荼蓼〔八一〕，弱冠干於王侯。荷仁兄之教導〔八二〕，方勵己以增修。無負郭之數畝，有嵩陽之一丘〔八三〕。幸逢時主之好文，不學滄浪之垂鈎〔八四〕。我從東山〔八五〕，獻書西周〔八六〕，出入二郡〔八七〕，蹉跎十秋。多遭脱輻，累遇焚舟〔八八〕；雪凍穿屨，塵緇弊裘〔八九〕。嗟世路之其阻，恐歲月之不留。睠城闕以懷歸，將欲返雲林之舊遊〔九〇〕。遂撫劍而歌曰：

東海之水化爲田，北溟之魚飛上天，城有時而復，陵有時而遷〔九一〕，理固常矣，人亦其然。觀夫陌上豪貴，當年高位，歌鐘沸天，鞍馬照地；積黄金以自滿，矜青雲之

坐致；高館招其賓朋，重門叠其車騎。及其高堂傾〔九二〕，曲池平，雀羅空悲其處所，門客肯念其平生〔九三〕？已矣夫！世路崎嶇，孰爲後圖？豈無疇日之光榮，何今人之棄予！彼乘軒而不恤爾後〔九四〕，曾不愛我之羈孤〔九五〕。嘆君門兮何深〔九六〕，顧盛時而向隅〔九七〕。攬蕙草以惆悵〔九八〕，步衡門而踟躕〔九九〕。强學以待〔一〇〇〕，知音不無；思達人之惠顧〔一〇一〕，庶有望於亨衢〔一〇二〕。

【校注】

〔一〕作於天寶二年（七四三），時在長安。本篇録自《文苑英華》卷九一，《全唐文》卷三五八亦載。

感舊：感念舊事。

〔二〕屬文：爲文。

〔三〕隱於嵩陽：指隱於少室，説詳《年譜》。

〔四〕獻書：進獻文章。唐封演《封氏聞見記》卷三：「常舉外復有通五經、一史，及進獻文章並上著述之輩，或付本司，或付中書考試，亦同制舉。」闕下：宮闕之下，謂天子所居。

〔五〕雲霄：喻高位。坐致：言無須費力便可獲致。

〔六〕青紫：《漢書·夏侯勝傳》：「始，（夏侯）勝每講授，常謂諸生曰：士病不明經術，經術苟明，其取青紫如俛拾地芥耳。」顔師古注：「地芥謂草芥之横在地上者。俛而拾之，言其易而必

得也。青紫，卿大夫之服也。俛即俯字也。」按，漢丞相、太尉服紫綬，御史大夫、九卿服青綬，「青紫」即指公卿之高位。

〔七〕金盡裘敝：用蘇秦事，見《武威春暮聞宇文判官……》注〔五〕。謂潦倒失意。

〔八〕六葉：指唐高祖、太宗、高宗、中宗、睿宗及玄宗六代。葉，代。

〔九〕江陵公：指岑文本，岑參的曾祖父，嘗封江陵縣開國伯。貞觀十八年拜中書令，輔太宗。

〔一〇〕鄧國公：即岑長倩，岑參的伯祖父，「永淳中，累轉兵部侍郎，同中書門下平章事。垂拱初，自夏官尚書遷内史，知夏官事。俄拜文昌右相，封鄧國公」（《舊唐書・岑文本傳》）。文昌右相：即尚書右僕射，光宅元年（六八四）改名文昌右相。長倩爲文昌右相在天授元年（六九〇），時高宗已殁六年。

〔一一〕汝南公：指岑羲，岑參的堂伯父。「帝（中宗）崩，詔擢（羲）右散騎常侍，同中書門下三品。睿宗立，罷爲陝州刺史，再遷户部尚書。景雲初，復召同三品，進侍中，封南陽郡公」（《新唐書・岑文本傳》）。按，岑羲封汝南公，未見他書記載。

〔一二〕寵光：言君主寵異之榮光。

〔一三〕輔弼：謂宰相。《尚書大傳》卷二：「古者天子，必有四鄰：前曰疑，後曰丞，左曰輔，右曰弼。」

〔一四〕「物不」兩句：見《易經・序卦》：「泰者，通也。物不可終通，故受之以否。」泰、否爲卦名，二

者前後相承。否（pǐ痞），塞，不通的意思。因又用以稱命運之通塞。

〔一五〕武后：即高宗皇后武則天，名曌。光宅元年（六八四）臨朝稱制，天授元年（六九〇）九月廢睿宗自立，改國號爲周。

〔一六〕「鄧國」句：據《舊唐書·岑文本傳》：「天授二年，（長倩）加特進、輔國大將軍。其年鳳閣舍人張嘉福與洛州人王慶之等列名上表，請立武承嗣爲皇太子。長倩以皇嗣在東宮，不可更立承嗣，與地官尚書格輔元竟不署名，仍奏請切責上書者。由是大忤諸武意，乃斥令西征吐蕃，充武威道行軍大總管，中路召還，下制獄，被誅，仍發掘其父祖墳墓。」又，《新唐書·岑文本傳》：「和州浮屠上《大雲經》，著革命事，后喜，始詔天下立大雲寺，長倩争不可，繇是與諸武忤。」

〔一七〕「汝南」句：據《舊唐書·岑文本傳》：「先天元年（七一二），（岑羲）坐預太平公主謀逆伏誅，籍没其家。」《新唐書·宰相表》、《通鑒》稱羲於開元元年（七一三）七月被殺。

〔一八〕朱輪：貴顯者所乘之車。《文選》卷四一楊惲《報孫會宗書》：「惲家方隆興時，乘朱輪者十人。」李善注：「二千石皆得乘朱輪。」蓋漢制二千石以上官得乘朱輪。華轂：有畫飾的車子，亦貴顯者所乘。《漢書·劉向傳》：「今王氏一姓（指外戚王鳳家）乘朱輪華轂者二十三人。」華，原作「翠」，據《文苑英華》注語及《全唐文》改。

〔一九〕噫：嘆息。世業：祖先傳下的事業。業，原作「葉」，據《文苑英華》注語及《全唐文》改。淪

替：淪没，廢棄。

〔二〇〕欽若：敬順。《尚書·堯典》：「欽若昊天。」前德：祖先的功德，指江陵公、鄧國公、汝南公之功德。

〔二一〕三十：時參年二十七歲，此乃約舉成數。

〔二二〕一命：參見《初授官題高冠草堂》注〔一〕。

〔二三〕悴：衰敗之意。

〔二四〕克：能。昌赫：昌盛顯赫。

〔二五〕「烈祖」三句：《新唐書·宰相世系表》載，「周文王異母弟耀子渠，武王封爲岑子，其地梁國北岑亭是也。子孫因以爲氏，世居南陽棘陽」。張景毓《大唐朝散大夫潤州句容縣令岑君德政碑》（《續古文苑》卷十八）：「其先出自顓頊氏，后稷之後。周文王母弟輝尅定殷墟，封爲岑子，今梁國岑亭，即其地也。因以爲姓，代居南陽之棘陽。十三代孫善方，隨梁宣帝西上，因官投跡，寓居於荆州焉。」又曰：「梁亭漢室，先開佐命之封；吴郡荆門，晚葺因居之地。」岑門先世始受封之地（「岑」）在今何處，無從確知。根據上述記載，岑地原爲殷墟，春秋時當屬宋，漢爲梁國之地。蓋宋爲楚、齊、魏三國所滅後，其地入楚，故曰「啓封受楚」。烈祖，謂有功烈之祖。周王，指周文王、周武王。啓，開始。佐命，輔助創業之意。古謂王者創業，承天受命，故稱輔助創業爲佐命。

〔二六〕厥：其，指「烈祖」。

〔二七〕土宇：土地房屋。荆門：在荆州（今湖北江陵）之西，此即指荆州。參後《招北客文》注〔一一三〕。桑梓：桑樹、梓樹，古時種桑是爲了養蠶，種梓是爲了製棺木，故多種植在住宅附近。棘陽：漢縣名，在今河南新野縣東北。句言建住宅於棘陽。按，居荆門實在居棘陽之後，這裏爲押韻，未嚴格依時間先後來寫。

〔二八〕呑：吸取。與：類，如。靈長：廣遠綿長。兩句言先世居楚，得其地山川神秀之氣，族運像漢水一樣廣遠綿長。

〔二九〕猗：嘆美之詞。隕：落，衰。諒：信，誠。兩句言先世盛德不衰，嘉聲實美。

〔三〇〕慶：福。祐：福。《全唐文》作「祜」。洽：沾潤，滋潤。兩句言先世之福禄，綿延不絶。

〔三一〕挺：特出。江陵：指江陵公。

〔三二〕時：時世。《文苑英華》注：「一作持。」

〔三三〕翰：《詩・大雅・崧高》：「維申及甫，維周之翰。」翰，柱子。此言爲國之棟梁。斯文在兹：《論語・子罕》：「子畏于匡，曰：『文王既没，文不在兹乎？天之將喪斯文也，後死者不得與於斯文也；天之未喪斯文也，匡人其如予何！』」句謂岑文本極有文才。《舊唐書》本傳稱文本「博考經史，多所貫綜，美談論，善屬文」。任中書舍人時，「所草詔誥，或衆務繁湊，即命書僮六、七人隨口並寫，須臾悉成，亦殆盡其妙」。張景毓「德政碑」言其「藻翰之美，今古

絶倫」。

〔三四〕麟閣：即麟臺，指祕書省。唐天授初嘗改祕書省爲麟臺。鳳池：中書省。據兩《唐書》本傳載，岑文本「貞觀元年，除祕書郎，兼直中書省」。後擢拜中書舍人、中書侍郎、中書令，故云「一入麟閣，三遷鳳池」。

〔三五〕元氣：天地、宇宙的元始之氣。此言調元氣使之和順，寒暑、風雨以時。古謂「調元氣」爲宰相之事。參見本篇注〔六〇〕。以：而。忒：差錯。

〔三六〕典：主其事。絲言：《禮記・緇衣》：「王言如絲，其出如綸。」孔穎達疏：「王言初出微細如絲，及其出行于外，言更漸大如似綸也。」後因稱天子之諭旨爲絲言（亦稱「綸音」或「絲綸」）。則：準則。按，文本在中書省任職多年，「專典機密」（《舊唐書》本傳），主作詔策，故云。

〔三七〕綿蕝：指朝儀。《史記・叔孫通列傳》：「（叔孫通）遂與所徵（魯諸生）三十人西（言西行入關），及上左右爲學者，與其弟子百餘人，爲綿蕞野外習之。」蕞，同「蕝」。《集解》：「如淳曰：置設綿索，爲習肄處。」《索隱》：「韋昭云：引繩爲綿……賈逵云：束茅以表位爲蕝。」指在野外拉上繩子，把茅草綑成綑立在地上表示尊卑的位次，以習朝儀。句指文本明禮儀。

〔三八〕亡國：指隋朝。

〔三九〕捧堯日：謂尊奉聖君。《史記・五帝本紀》：「帝堯者……就之如日。」《索隱》：「如日之照臨，人咸依就之，若葵藿傾心以嚮日也。」雲從：言隨從的人很多。《詩經・齊風・敝笱》：

「其從如雲。」毛傳：「如雲，言盛也。」

〔四〇〕「扇舜」句：言播揚聖德之風，使小民受到感化。《禮記·樂記》：「昔者舜作五弦之琴以歌南風。」《論語·顏淵》：「君子之德風，小人之德草，草上之風，必偃。」偃、靡都是倒下之意。

〔四一〕洋洋：美盛貌。令問：即令聞，好名聲。

〔四二〕致君：言使君主達於極頂，成爲聖明天子。

〔四三〕極武：盡武，極盡武功。岑長倩累任兵部侍郎、夏官（兵部）尚書，故云。登台：指任宰相。「台」謂三台，引申爲三公之稱，參見《僕射裴公輓歌》其二注〔二〕。《晉書·郗鑒傳》贊：「奕世登台。」

〔四四〕川换新檝：指長倩新爲宰相。《尚書·説命上》載，殷高宗立傅説爲相，云：「若濟巨川，用汝作舟楫。」檝，同「楫」。此用以喻宰輔。

〔四五〕羹傳舊梅：指長倩繼承叔父文本的相職。《尚書·説命下》載，殷高宗對傅説説：「爾惟訓於朕志……若作和羹，爾惟鹽梅。」孔安國傳：「言汝當教訓於我，使我志通達。」「鹽，鹹。梅，醋。羹須鹹醋以和之。」羹梅，喻相職。

〔四六〕百川：《詩·小雅·十月之交》：「百川沸騰，山冢崒崩。」鄭箋：「百川沸出相乘陵者，由貴小人也。」四國：猶言「四方」。無政：無善政。語出《詩·小雅·十月之交》。兩句意謂國政欠安，天下騷動。指武后臨制造成天下不太平。

〔四七〕薦：重疊。瘥：病，災禍。《詩經·小雅·節南山》：「天方薦瘥，喪亂弘多。」毛傳：「薦，重。瘥，病。」

〔四八〕靡風：淫靡之風。時令：《禮記·月令》：「（季冬之月，）天子乃與公卿大夫，共飭國典，論時令，以待來歲之宜。」孫希旦《集解》引吴澄曰：「時令，隨時之政令也。」

〔四九〕藉：助。

〔五〇〕檻：檻車，囚車。穽：陷阱。

〔五一〕苟：誠。惛怓：好喧鬧争訟者。《詩經·大雅·民勞》：「無縱詭隨，以謹惛怓。」毛傳：「惛怓，大亂也。」鄭箋：「惛怓，猶讙譁也，謂好争者也。」蒙：犯。

〔五二〕醜厲：謂惡人。《詩經·大雅·民勞》：「無縱詭隨，以謹醜厲。」鄭箋：「厲，惡也。」職競：以争競爲職事。

〔五三〕室、門：合指家族。《新唐書·岑文本傳》：「來俊臣脅誣長倩與輔元、歐陽通數十族謀反，斬於市，五子同賜死，發暴先墓。」

〔五四〕憎憎：憎惡，可憎。

〔五五〕賈誼（前二〇〇——前一六八）：西漢思想家、文學家。二十餘歲被文帝召爲博士，後遷太中大夫。力主改革政制，受到守舊大臣的詆毁，被謫爲長沙王太傅。他赴長沙渡湘水時，寫《弔屈原賦》，以自傷悼。屈平（約前三四〇——前二七八）：字原，戰國時楚國著名詩人。

曾輔佐懷王，爲左徒。主張對内彰明法度，任用賢才，對外聯齊抗秦。頃襄王時，被放逐於湘、沅流域，後投汨羅江而死。兩句以屈、賈喻族中被謫遷之人。

〔五六〕感而遂通：謂上帝有所感而通曉天下之事（指察知岑家冤情），語本《易經·繫辭上》：「易，無思也，無爲也，寂然不動，感而遂通天下之故。」孔疏：「有感必應，萬事皆通，是感而遂通天下之故也。故謂事故，言通天下萬事也。」

〔五七〕覆盆：覆置的盆。喻黑暗籠罩。寒谷：《論衡·寒温篇》：「燕有寒谷，不生五穀，鄒衍吹律，寒谷可種。」兩句謂否極泰來，岑門得以復見天日。

〔五八〕悔禍：《左傳》隱公十一年：「天其以禮悔禍於許。」《全唐文》作「垂鑒」。

〔五九〕贊：助，《全唐文》作「佑」。伯父：即岑羲。

〔六〇〕治陰陽：指任宰相。《尚書·周官》：「兹惟三公，論道經邦，燮理陰陽。」後因謂宰相掌佐天子理陰陽。陰陽指生成萬物的陰陽二氣。古人認爲，天道與人事密切相關，政刑失中會導致陰陽失調，而陰陽調和則將帶來天下太平，所以理陰陽實際是「治天下」的換一種説法。

〔六一〕作霖雨：亦任宰相之意。《尚書·説命上》載，殷高宗立傅説爲相，云：「若歲大旱，用汝作霖雨。」孔傳：「霖，三日雨，霖以救旱。」

〔六二〕伊：語首助詞。廊廟：朝廷。

〔六三〕祖父：指岑羲的祖父岑文本。

〔六四〕畫戟：指門戟，以有畫飾，故名。參見《送裴校書從大夫……》注〔五〕。

〔六五〕黄閣：指宰相官署。漢丞相官署避用朱門，廳門塗黄色，以别於天子，故稱。《漢舊儀》卷上：「（丞相）聽事閣曰黄閣。」

〔六六〕紫宸：唐宫殿名。《資治通鑑》卷二〇一：「（龍朔三年四月）戊申，始御紫宸殿聽政。」胡注：「蓬萊宫正殿曰含元殿，含元之後曰宣政殿，宣政殿北曰紫宸門，内有紫宸殿，即内衙之正殿。」

〔六七〕繡轂：綺麗華美之車乘。

〔六八〕玉珂：馬籠頭上的玉飾。

〔六九〕高會：盛大的宴會。

〔七〇〕沸：謂樂聲騰起。歌鐘：樂器名。即編鐘。《左傳》襄公十一年：「鄭人賂晉侯……歌鐘二肆，女樂二八。」孔疏：「言歌鐘者，歌必先金奏，故鐘以歌名之。《晉語》孔晁注云：『歌鐘，鐘以節歌也。』」上春：正月，亦曰孟春。

〔七一〕「無小」四句：《舊唐書·岑文本傳》：「時羲兄獻爲國子司業，弟翔爲陝州刺史，休爲商州刺史，從族兄弟子姪因羲引用登清要者數十人。」縉紳，亦作「搢紳」，仕宦者之稱。顒顒卬卬，語出《詩經·大雅·卷阿》：「顒顒卬卬，如圭如璋，令聞令望。」毛傳：「顒顒，温貌。卬卬，盛貌。」朱熹注：「顒顒卬卬，尊嚴也。」踰，超過。

〔七二〕「一心」六句：意謂因一心一意整頓朝綱而得罪姦佞，受到讒毁。弼諧，弼，輔；諧，和。《尚書·皋陶謨》：「允廸厥德，謨明弼諧。」孔穎達疏：「以輔弼和諧其政。」醜，惡。言爲羣小所惡。獨醒積毁，言衆人皆醉，唯我獨醒，故讒毁之言極多。《楚辭·漁父》：「舉世皆濁我獨清，衆人皆醉我獨醒。」鑠，熔化，銷毁。《楚辭·九章·惜誦》：「故衆口其鑠金兮，初若是而逢殆。」病，困，辱。十指，謂十手所指。《禮記·大學》：「曾子曰：『十目所視，十手所指，其嚴乎！』」孔疏：「言所指、視者衆耳。十目，謂十人之目；十手，謂十人之手也。」鄭注：「嚴乎，言可畏敬也。」

〔七三〕偪側：相迫。偪，同「逼」。《文選》司馬相如《上林賦》：「偪側泌瀄。」李善注引司馬彪曰：「偪側，相迫也。」崩波：聯緜詞，同「崩剥」，謂紛亂。

〔七四〕蒼黄：喻指變化翻覆。孔稚珪《北山移文》：「豈期終始參差，蒼黄翻覆。」

〔七五〕蒼梧：山名，在今湖南寧遠縣東南。相傳舜死後葬於此。

〔七六〕湘潭之竹：指湘妃竹，亦稱斑竹。梁任昉《述異記》卷上：「昔舜南巡而葬於蒼梧之野，堯之二女娥皇、女英追之不及，相與慟哭，淚下沾竹，竹上文爲之斑斑然。」湘潭，唐縣名，其地瀕湘水，在今湖南湘潭市。

〔七七〕黑齒：傳説中南方種族名，其人以漆將牙齒染黑，故名。《山海經·大荒東經》：「有黑齒之國。」《楚辭·招魂》：「魂兮歸來，南方不可以止些；雕題黑齒，得人肉以祀，以其骨爲醢

些。」文身：在身上刺刻花紋或圖像。《春秋穀梁傳》哀公十三年：「吴，夷狄之國也，祝髮文身。」注：「文身，刻畫其身以爲文也。必自殘毁者，以辟（通「避」）蛟龍之害。」兩句言汝南公獲罪後，親族被放逐於南方僻遠之地。

〔七八〕平昔：往日。淹留：久留。

〔七九〕造：成就，作爲。潘岳《寡婦賦》：「嗟予生之不造兮，哀天難之匪忱。」

〔八〇〕猷：謀劃，打算。

〔八一〕荼蓼：皆穢草，荼生於陸地，蓼生於水中。比喻辛苦。《詩經·周頌·小毖》：「未堪家多難，予又集於蓼。」毛傳：「我又集於蓼，言辛苦也。」鄭箋：「集，會也。」孔疏：「會謂逢遇之也。」句謂己立志苦學。

〔八二〕仁兄：岑參有兄二，即岑渭及岑況。

〔八三〕負郭：背靠城郭。《史記·蘇秦列傳》：「且使我有洛陽負郭田二頃，吾豈能佩六國相印乎？」《索隱》：「負，背也，枕也。近城之地，沃潤流澤，最爲膏腴，故曰負郭。」嵩陽：嵩山之南。一丘：一個山丘。岑參早年居於少室山，故云。兩句言家境蕭然，徒存四壁。

〔八四〕「滄浪」句：漁父在滄浪水上垂釣，謂隱居。參見《至大梁却寄匡城主人》注〔五〕。

〔八五〕東山：謂隱居地，即嵩山少室，參見《還東山洛上作》注〔一〕。

〔八六〕西周：參見《冀州客舍酒酣貽王綺……》注〔三〕。

〔八七〕二郡：指長安、洛陽。長安東漢、魏、晉、隋時曰京兆郡，洛陽西漢時名河南郡，故云。

〔八八〕輻：當作「輹」，車伏兔。在車軸中央，使輿與軸相鈎連而不脱離。《易·大畜》：「輿説（脱）輹。」《左傳》僖公十五年：「車説其輹。」焚舟：謂水路行船，舟爲火所焚。兩句皆喻「世路之其阻」。

〔八九〕穿屨：破鞋。緇：黑，污。《莊子·山木》：「魏王曰：『何先生之憊邪？』莊子曰：『貧也，非憊也。士有道德不能行，憊也，衣弊履穿，貧也，非憊也，此所謂非（不）遭時也。』」《史記·滑稽列傳》：「東郭先生……衣敝履不完，行雪中，履有上無下，足盡踐地。」兩句喻貧困潦倒。

〔九〇〕睠：顧，回頭看。城闕：猶宫闕，帝王居所。兩句言雖戀長安，猶懷歸隱之志。

〔九一〕「東海」四句：言事物變化經常發生。《神仙傳》卷七《麻姑傳》：「麻姑自説云：『接侍以來，已見東海三爲桑田；向到蓬萊水淺，淺於往者會時略半也，豈將復還爲陵陸乎？』」又，《莊子·逍遥遊》：「北冥有魚，其名爲鯤。鯤之大，不知其幾千里也；化而爲鳥，其名爲鵬。鵬之背，不知其幾千里也；怒而飛，其翼若垂天之雲。」復，通「覆」，傾覆。《周易·泰卦》：「城復於隍。」遷，遷徙。

〔九二〕堂：《全唐文》作「臺」。

〔九三〕「雀羅」兩句：《史記·汲鄭列傳》：「始翟公爲廷尉，賓客闐門，及廢，門外可設雀羅（捕雀的羅網）。」此言「豪貴」失勢，空悲門庭冷落。

〔九四〕乘軒：謂貴顯者。軒，古大夫以上所乘車。不恤爾後：不顧惜你們的後人。指不行善事，爲子孫造福。《左傳》昭公二十年：「其適遇淫君，外内頗邪……不恤後人。」

〔九五〕愛：憐惜。羈孤：言羈泊於外，孤獨無依。

〔九六〕「嘆君」句：意本《楚辭·九辯》：「豈不鬱陶而思君兮？君之門以九重。」

〔九七〕向隅：《説苑·貴德》：「今有滿堂飲酒者，有一人獨索然向隅而泣，則一堂之人皆不樂矣。」隅，角落。

〔九八〕蕙草：香草名。《楚辭》中每以採集香草比喻修身，此用其意。

〔九九〕衡門：參見《還東山洛上作》注〔六〕。

〔一〇〇〕强學：勉力而學。

〔一〇一〕達人：指顯達之人。

〔一〇二〕亨衢：猶通衢，四通八達的路。這裏用來比喻仕途通達。

招北客文〔一〕

蜀之先曰蠶叢兮〔二〕，縱其目以稱王〔三〕，當周室陵頹兮，亂無紀綱〔四〕。洎乎杜宇從天而降，鱉靈溯江而上，相禪而帝，據有南國之九世〔五〕。蜀本南夷人也，皆左其

衽而椎其髻〔六〕。及通乎秦也，始於惠王之代〔七〕。五牛琢而秦女至，一蛇死而力士斃〔八〕。二江雙注〔九〕，羣山四蔽，其地卑濕〔一〇〕，其風勝脆〔一一〕。蠻貊雜處〔一二〕，滇僰爲鄰〔一三〕，地偏而兩儀不正〔一四〕，寒薄而四氣不均〔一五〕。花葉再榮，秋冬如春，暮夜多雨，朝旦多雲。陽景罕開〔一六〕，陰氣恒昏，以暑以濕〔一七〕，爲瘵爲癘。氣浥熱以中人〔一八〕，吾知重膇之疾兮〔一九〕，將嬰爾身〔二〇〕。蜀之不可往，北客歸去來兮！

其東則大江澐澐〔二一〕，下絶地垠〔二二〕，百谷相吞，出於荆門〔二三〕。突怒吼劃，附於太白〔二四〕；渤潏硼砰〔二五〕，會於滄溟。跳噴浩淼〔二六〕，上濺飛鳥；蹙縮盤渦，下漩黿鼉〔二七〕。三峽兩壁，亂峯如戟，槎枒屹崪，澒洞劃拆〔二八〕；高干天霓〔二九〕，雲外水積〔三〇〕，盡日無光，其下黑窄〔三一〕；瞿塘無底，淺處萬尺，啼猿哀哀，腸斷過客〔三二〕。復有千歲老蛟，能變其身，好飲人血，化爲婦人，衒服靚粧，遊於水濱〔三三〕。五月之間，白帝之下〔三四〕，洪濤塞峽，不見灩澦〔三五〕，翻天蹙地，霆吼雷怒〔三六〕。亦有行舟，突然而去，人未及顧，棹未及舉，瞥見陽臺，不辨雲雨〔三七〕，千里一歘，日未亭午〔三八〕。須臾黑風暴起〔三九〕，拔樹震山，石走沙飛，波騰浪翻，舟子失據，摧檣折竿，漩入九泉，没而不還，支體糜散〔四〇〕，蕩入石間，水族呀呀〔四一〕，撥剌争餐〔四二〕。蜀之東兮不可以往〔四三〕，北客歸去來兮！

其西則高山萬重，峻極屬天〔四四〕。西有崑崙，其峯相連，日月迴環，礙於山巔〔四五〕。巒崖盤嶔〔四六〕，天壁敻絶〔四七〕；陽和不入，陰氣固閉〔四八〕；千年增冰〔四九〕，萬谷積雪；溪寒地坼，谷涷石洌〔五〇〕；夏月草枯，春天木折〔五一〕。蒼煙凝兮黑霧結，人墮指兮馬傷骨。江水噴激〔五二〕，迴盤紆縈〔五三〕；棧壁緣雲〔五四〕，鈎連相撑〔五五〕。縄梁嶫虚〔五六〕，傍杳杳冥〔五七〕，下不見底，空聞波聲，過者矍然，亡魂喪精。復引一索，其名爲笮，人懸半空，度彼絶壑〔五八〕，或如鳥兮或如玃〔五九〕，倏往還來幸不落。或有豪猪千羣〔六〇〕，突出深榛，努鬣射人〔六一〕；寒熊孔碩〔六二〕，登樹自擲〔六三〕，見人則擘〔六四〕；巨麋如牛〔六五〕，修角如劍；餓虎争肉，吼怒闞闞〔六六〕。復有高崖墜石兮，聲如雷之軯轟〔六七〕；上敲下磕似火迸兮，滿山流星〔六八〕；磵溪忽兮倒流〔六九〕，林岸爲之頹傾〔七〇〕；碎騰狖與過鳥，駭木魅兮山精，飛石壓人兮不可行〔七一〕。西有犬戎〔七二〕，與此山通，行貌類人，言語不同；氈廬隆穹〔七三〕，毳裘蒙茸〔七四〕；啜酪啖肉，持槍挾弓；依草及泉〔七五〕，務戰與攻；其聲如犬，其聚如蜂〔七六〕。中國之人兮或流落於其中，豈只掘鼠茹雪以取活〔七七〕，終當皴其足而纍其胸〔七八〕！泣漢月於西海，思故鄉於北風〔七九〕。蜀之西不可往，北客歸去來兮！

其南則有邛峽之關〔八〇〕，天設險難〔八一〕，少有平地，連延長山；横亘瀘江〔八二〕，傍隔

百蠻〔八三〕。吁彼漢源〔八四〕，上當漏天〔八五〕，靡日不雨，四時霧然〔八六〕，其人如魚，爰處在泉〔八七〕；終年霖霪，時復日出，狺狺諸犬〔八八〕，向天吠日，人皆濕寢，偏死腰疾〔八九〕。復有陽山之路〔九〇〕，毒瘴下凝〔九一〕，白日無光，其氣瞢瞢；暑雨下濕，黄茅上蒸〔九二〕，南方之人兮不敢過，豈止走獸踣兮飛鳥墮！吾不知造化兮，何致此方些〔九三〕？蜀之南兮不可以居〔九四〕，北客歸去來兮！

其北則有劍山巉巉，天鑿之門〔九五〕，二壁谽谺〔九六〕，高崖嶙峋〔九七〕；上柱南斗〔九八〕，傍鎮於坤〔九九〕，下有長道，北達於秦。秦地神州，中有聖人，左右伊皋〔一〇〇〕，能致我君〔一〇一〕。雙闕峨峨〔一〇二〕，上覆慶雲〔一〇三〕；千官鏘鏘〔一〇四〕，朝於紫宸〔一〇五〕；玉樓鳳凰，金殿麒麟〔一〇六〕；布德垂澤，搜賢修文〔一〇七〕；皇化欣欣〔一〇八〕，煦然如春。蜀之北兮可以往〔一〇九〕，北客歸去來兮！

【校注】

〔一〕大曆四年（七六九）客居成都時作。本文録自《文苑英華》卷三五八，署岑參名，下注：「《文粹》作獨孤及。」《全唐文》卷三八九亦載此文，題獨孤及撰。杜確《岑嘉州詩集序》云：「時西川節度（崔旰），因亂授職，本非朝旨。其部統之内，文武衣冠，附會阿諛，以求自結，皆曰：中原多故，劍外小康，可以庇躬，無暇向闕。公乃著《招蜀客歸》一篇，申明逆順之理，抑挫佞

邪之計。」《考證》曰：「案《文苑英華》有岑參《招北客文》，即杜所云《招蜀客歸》也。《北夢瑣言》引『千歲老蛟』數句，亦作岑參。《文粹》三十三録《招北客文》作獨孤及撰，後人遂以爲岑作《招蜀客歸》別爲一文，今佚，其實非也。公《峨眉東脚臨江聽猿懷二室舊廬》詩曰『哀猿不可聽，北客欲流涕』，《巴南舟中思陸渾別業》詩曰『瀘水南州遠，巴山北客稀』，公詩屢用『北客』字，則文題當以『招北客歸』爲正，杜確誤憶，題爲《招蜀客歸》，後世因之，遂多異說。」又曰：「姚鉉以爲獨孤及作，不知何據。今趙懷玉刊本《毘陵集》實無此篇，惟補遺有之，云録自《文粹》，則以此文爲獨孤及作，《文粹》而外，亦別無佐證也。文末曰『蜀之北兮可以往，北客歸去來兮』，亦自述其將出劍門北歸長安之意，此與本年（按指大曆四年）《西蜀旅舍春嘆》詩『吾將税歸鞅，舊國如咫尺』之語正合。」按，聞説是。《唐文粹》卷三三於獨孤及《祭纛文》後收録《招北客文》，無撰人名，而目録署作獨孤及；又《太平廣記》卷四二五《武休潭》云：「愚爲誦岑參《招北客賦》云：瞿塘之東，下有千歲老蛟，化爲婦人，炫服靚粧，遊於水濱。」（按，出《北夢瑣言》，然今本逸此條）亦以本文爲岑參所作。北客：來自北方的旅居者。

〔二〕先：祖先。蠶叢：傳爲蜀地首位稱王者。揚雄《蜀王本紀》：「蜀之先稱王者，有蠶叢、柏濩、魚鳧、開明。」（見《經典集林》卷十四，下同）

〔三〕縱其目：謂其目直立，與衆不同。《華陽國志·蜀志》：「有蜀侯蠶叢，其目縱，始稱王。」「目」下《文苑英華》注：「一作號。」誤。

〔四〕「當周」兩句：言蠶叢稱王之日，正值周朝衰微、混亂之時。《華陽國志・蜀志》：「周失紀綱，蜀先稱王。」陵頽，猶陵替，衰敗之意。

〔五〕洎（jì技）：及，到。杜宇：蜀王名，即望帝。鱉靈：繼杜宇後稱王，號「開明帝」。南國：指蜀。九世：古以三十年爲一世。《文苑英華》注：「二字一作地。」《蜀王本紀》：「後有一男子，名曰杜宇，從天墮止。朱提有一女子名利，從江源井中出，爲杜宇妻，乃自立爲蜀王，號曰『望帝』。治汶山下邑，曰『郫』，化民往往復出。」又：「望帝積百餘歲，荆有一人名『鱉靈』，其尸亡去，荆人求之不得。鱉靈尸隨江水上至郫，遂活，與望帝相見，望帝以鱉靈爲相。時玉山出水，若堯之洪水，望帝不能治，使鱉靈決玉山，各得安處。鱉靈治水去後，望帝與其妻通，慚愧，自以德薄，不如鱉靈，乃委國授之而去，如堯之禪舜。鱉靈即位，號曰『開明帝』。」四句續寫蜀之歷史。

〔六〕南夷：《漢書・地理志》：「巴蜀廣漢，本南夷，秦並以爲郡。」左衽：衣襟向左開。這是當時「夷狄」的習俗，不同於華夏。衽，衣襟。椎髻：指髮髻梳成椎形。《蜀王本紀》：「是時人萌，椎髻左衽，不曉文字，未有禮樂。」

〔七〕通秦：《華陽國志・蜀志》載：「周顯王之世，蜀王有褒漢之地，因獵谷中，與秦惠王遇，惠王以金一笥遺蜀王，王報珍玩之物。」又：「周顯王二十二年，蜀侯使朝秦。秦惠王數以美女進，蜀王感之，故朝焉。」

〔八〕五牛琢：《蜀王本紀》：「秦惠王欲伐蜀，乃刻五石牛，置金其後。蜀人見之，以爲牛能大便金；牛下有養卒，以爲此天牛也，能便金。蜀王以爲然，即發卒千人，使五丁力士拖牛成道，致三枚於成都。秦道得通，石牛之力也。」琢，雕刻，雕琢。秦女至：《蜀王本紀》曰：「秦王知蜀王好色，乃獻美女五人於蜀王。蜀王愛之，遣五丁迎女。還至梓潼，見一大蛇入山穴中。一丁引其尾，不出；五丁共引蛇，山乃崩，壓五丁，五丁踏地大呼。秦王五女及迎送者，皆上山化爲石。」《華陽國志》亦有記載。兩句寫有關蜀之歷史傳説。

〔九〕二江：參見《陪狄員外早秋登府西樓……》注〔五〕。

〔一〇〕濕：《全唐文》作「陋」。

〔一一〕勝脆：輕薄。勝，瘦，瘠薄。《唐文粹》、《全唐文》作「胜」。脆，輕。

〔一二〕蠻貊：猶蠻夷，舊時對少數民族的蔑稱。

〔一三〕滇：古西南夷名，其地在今雲南昆明一帶。僰（bó博）：古西南夷名，在今四川宜賓以南。

〔一四〕兩儀：天地。不正：指不在天地的正中。

〔一五〕四氣：四時之氣。不均：言春夏長秋冬短。

〔一六〕陽景：謂日光。開：舒放。此指照耀。

〔一七〕濕：《全唐文》作「淫」。

〔一八〕浥：濕。熱：《唐文粹》、《全唐文》作「蟄」。中：傷。

〔一九〕重膇：《左傳》成公六年：「民愁則墊隘，於是乎有沈溺重膇之疾。」杜注：「墊隘，羸困也。」又：「沈溺，濕疾。重膇：足腫。」重，《文苑英華》作「虛」，此從《唐文粹》、《全唐文》。

〔二〇〕嬰：纏繞。此指得病。

〔二一〕則：其下《唐文粹》有「有」字。大江：長江。澐澐：水流洶湧貌。

〔二二〕絶：度，越過。地垠：地界，指蜀之地界。

〔二三〕荆門：山名，在湖北省宜都市西北長江南岸，與北岸虎牙山相對，山下水勢湍急，爲長江險要之處。《文選》郭璞《江賦》李善注：「盛弘之《荆州記》曰：郡西泝江六十里，南岸有山名曰荆門，北岸有山名曰虎牙，二山相對，楚之西塞也。」

〔二四〕突怒吼劃：形容江水騰湧怒激發出很大聲響。太白：即金星。兩句言水波高濺，幾近太白，與下「上濺飛鳥」句意近。

〔二五〕渤潏：同「浡潏」。水騰湧貌。《文選》木華《海賦》：「天綱浡潏。」李善注：「浡潏，沸湧貌。」硼砰：象水聲。

〔二六〕浩淼：水大貌。

〔二七〕蹙：縮小，收斂。盤渦：旋渦。漩：水流旋轉。黿：即鱉。鼉：俗稱「猪婆龍」，鰐魚的一種。兩句謂水勢凶險，連黿鼉遇到盤渦也會被旋入水底。

〔二八〕槎枒：即「楂枒」，又作「杈枒」、「查牙」，原謂樹枝分出很多岔，此指山峯歧出。《唐文粹》、

《全唐文》作「岋岈」。屹崪：山高峻貌。澒洞：即「鴻洞」，又作「洪洞」，廣漠無邊貌。劃拆：劃開，破裂。拆，《唐文粹》、《全唐文》作「坼」。四句言山峯高聳入雲，劃破天空。

〔二九〕干：犯，觸。天霓：天上的霓虹。

〔三〇〕水：指三峽之水。

〔三一〕「盡日」兩句：《水經・江水注》：「自三峽七百里中，兩岸連山，略無闕處。重巖疊嶂，隱天蔽日，自非亭午夜分，不見曦月。」盡，《唐文粹》、《全唐文》作「晝」。

〔三二〕「瞿塘」四句：「瞿塘峽」爲三峽之一，《水經・江水注》云三峽之中，「每至晴初霜旦，林寒澗肅，常有高猿長嘯，屬引淒異，空谷傳響，哀轉久絶」。

〔三三〕蛟：相傳是龍一類動物，常害人。衒服：當爲「袨服」之誤。靚粧：婦人脂粉之飾。《文選》左思《蜀都賦》：「都人士女，袨服靚粧。」李善注：「蘇林曰：袨服，謂盛服也。張揖曰：靚，謂粉白黛黑也。」舊傳蛟能變人，夏桀宮中有「蛟妾」，即蛟所化，能食人（見梁・任昉《述異記》卷上）。六句續寫大江傳聞，蜀地險惡。

〔三四〕白帝：白帝城，在今重慶市奉節縣東白帝山上。

〔三五〕灔澦：灔澦堆，長江瞿塘峽口的巨石。《水經注・江水》：「水門之西，江中有孤石，爲淫澦石。冬出水二十餘丈，夏則没，亦有裁出矣。」其地水勢湍急，爲行船之患。此言夏季水盛，灔澦堆被水淹没。

〔三六〕蹙：同「蹴」，躡。霆：《文苑英華》作「震」，據《唐文粹》、《全唐文》改。兩句寫夏日水盛波浪翻騰情狀。

〔三七〕行：《文苑英華》注：「一作巨。」棹：划船用具。陽臺、雲雨：見《送江陵泉少府赴任便呈衛荊州》注〔三〕。六句寫大江舟行甚速。盛弘之《荊州記》云：「或王命急宣，有時云：朝發白帝，暮至江陵，其間一千二百里，雖乘奔御風，不爲疾也。」（《太平御覽》卷五三引）

〔三八〕「千里」兩句：言水流湍急，行舟迅疾。亭午，正午。

〔三九〕黑：《文苑英華》注：「一作狂。」

〔四〇〕支：通「肢」。糜散：碎散。《楚辭・招魂》：「旋入雷淵，爢散而不可止些。」爢散，同「糜散」。

〔四一〕呀呀：張口。

〔四二〕撥剌：魚躍聲。

〔四三〕「蜀之」句：《唐文粹》、《全唐文》作「蜀之東不可往」。

〔四四〕則：其下《唐文粹》有「有」字。屬：連。

〔四五〕礙：《唐文粹》、《全唐文》作「閡」。

〔四六〕盤嶔：曲折高峻。

〔四七〕天壁：天然的崖壁。敻絶：極高遠。

〔四八〕固閉：指充塞四方。

〔四九〕增：同「層」，重疊累積之意。《招魂》：「增冰峨峨，飛雪千里些。」

〔五〇〕冽：寒。《唐文粹》、《全唐文》作「裂」。

〔五一〕折：短折，死。句下《文苑英華》注：「一作冬天水折。」

〔五二〕江：指岷江。

〔五三〕迴盤：迴旋。紆縈：繞彎。縈，《文苑英華》作「鬱」，此從《唐文粹》、《全唐文》。

〔五四〕棧壁：架設棧道的崖壁。緣：因，依。

〔五五〕鈎連相撐：指棧道連結架設。

〔五六〕繩梁：繩橋。見《送狄員外巡按西山軍》注〔五〕。嶫虚：言高而空虚，若有若無。

〔五七〕傍：《文苑英華》作「儔」，此從《唐文粹》、《全唐文》。杳杳冥：幽暗深遠貌。

〔五八〕絶：《文苑英華》作「城」，據《唐文粹》、《全唐文》改。

〔五九〕玃：大母猴。此泛指猴類。

〔六〇〕豪猪：動物名，俗稱箭猪。全身黑色，自肩部以下長着許多長而硬的刺，顔色黑白相雜。穴居，晝伏夜出。

〔六一〕努鬣：突起身上的長毛。「努」下《文苑英華》注：「一作怒。」

〔六二〕孔：甚。碩：肥大。

〔六三〕登樹自擲：熊能爬樹，見人則投地而下，故云。

〔六四〕擘：指用爪將人體掰開。
〔六五〕麋：野獸名，也稱「駝鹿」或「犴」。形狀畧像牛，比牛高大，全身赤褐色，大角。
〔六六〕闞闞：虎聲。
〔六七〕軯轟：雷聲。
〔六八〕流星：指石頭互相撞擊迸出的火星。
〔六九〕磵：同「澗」。
〔七〇〕岸：《全唐文》注：「一作崖。」
〔七一〕碎：《文苑英華》作「驚」，此從《唐文粹》、《全唐文》。狖：一種猴。以上十九句，《文苑英華》作：「後有豪猪千羣，突出如牛，修角如劍；餓虎争肉，吼怒闞闞。復有高崖墜石兮，聲如雷之軯轟；上敲下磕似火迸兮，滿山流星；磵溪忽兮倒流，林岸爲之頹傾；驚騰狖與過鳥，駭木魅兮山精。深榛努鬣射人，寒態孔碩，登樹自擲，見人則擘，巨麋飛石壓人兮不可行。」文不相屬，當係竄亂。「深榛」以下二十字應在「突出」二字之下，恰好錯一行。現據《全唐文》校正。《唐文粹》同《全唐文》，唯脱「突出」、「深榛」四字。
〔七二〕犬戎：古西戎種族名。《國語·周語》：「穆王將征犬戎。」韋昭注：「犬戎，西戎之别名，在荒服。」這裏借指吐蕃。
〔七三〕氈廬：氈帳，用氈子做的圓頂帳篷。隆穹：形容氈帳隆起的樣子。

〔七四〕毳裘：用帶毛的獸皮做的衣服。毳，鳥獸的細毛。蒙茸：毛亂貌。

〔七五〕依草及泉：指過着逐水草而居的遊牧生活。

〔七六〕如蜂：喻多而雜亂。

〔七七〕只：《文苑英華》作「知」。茹：食。《漢書·蘇武傳》：「單于愈益欲降之，乃幽武，置大窖中，絶不飲食。天雨雪，武臥齧雪，與旃毛並咽之，數日不死。……武既至海上，廩食不至，掘野鼠、去屮實而食之。」取活：《文苑英華》作「爲食」，此從《唐文粹》、《全唐文》。

〔七八〕鈹：兵器名，長矛。此用作動詞，以矛刺。纍：縛，綑。

〔七九〕西海：即青海，唐時在吐蕃境内。《文選·古詩十九首》：「胡馬依北風，越鳥巢南枝。」李善注引《韓詩外傳》曰：「《詩》云，代馬依北風，越鳥翔故巢，皆不忘本之謂也。」（今本《韓詩外傳》脱此）兩句言在西海對着故國之月哭泣，迎着北風思念故鄉。

〔八〇〕邛崍關：隋置，在滎經縣西南七十里，見《太平寰宇記》卷七七。唐僖宗時南詔入寇大渡河，陷邛崍關，即此。邛崍，山名，在四川省滎經縣西。《元和郡縣志》卷三十二：「邛來山在（雅州滎經）縣西五十里，本名邛筰山，故筰人之界也。山巖峻峭，出竹。」崍，《唐文粹》、《全唐文》作「筰」。

〔八一〕難：《唐文粹》、《全唐文》作「艱」。

〔八二〕瀘江：即瀘水，參見《巴南舟中思陸渾別業》注〔一一〕。

〔八三〕傍隔：《唐文粹》、《全唐文》作「隔閡」。百蠻：泛指南方的少數民族。
〔八四〕漢源：唐縣名，屬黎州，即今四川漢源縣。
〔八五〕漏天：言天多雨。《華陽國志·南中志》：「牂柯郡……上當天井，故多雨潦，今諺云『天無三日晴』，又曰之爲『漏天』。」
〔八六〕霶然：雨盛貌。霶，同「滂」。
〔八七〕爰：乃。
〔八八〕狺狺：同「狺狺」，狗吠聲。
〔八九〕偏死：半身不遂。
〔九〇〕陽山：即黎州通望縣，在今四川漢源縣東南。《元和郡縣志》卷三十二：「通望縣，本漢旄牛縣地。……大業二年改爲陽山鎮，武德元年改爲陽山縣，屬嶲州，天寶元年改名通望縣，屬黎州。」
〔九一〕瘴：瘴氣，熱帶山林中的濕熱空氣，從前認爲是瘧疾等傳染病的病源。《太平寰宇記》卷七七：「漢源縣……每至春冬，有瘴氣生，中人爲瘧疾。」
〔九二〕黄茅：謂黄茅瘴。唐房千里《投荒雜録》：「南方六、七月茅黄枯時，瘴大發，土人呼爲黄茅瘴。」蒸：氣上出。
〔九三〕致：授予，給與。《唐文粹》、《全唐文》作「知」，疑涉上句「知」字而誤。

〔九四〕「蜀之」句：《唐文粹》、《全唐文》作「蜀之南不可以往」。

〔九五〕劍山、天鑿之門：參見《送蜀郡李掾》注〔三〕。巉巉：高峻貌。

〔九六〕谽谺（hān yā 酣呀）：谷口張開貌。

〔九七〕嶙峋：山石突兀、重疊狀。

〔九八〕柱：支撑。南斗：星名，二十八宿之一，由六顆星組成。

〔九九〕傍：《文苑英華》作「榜」，此從《唐文粹》、《全唐文》。坤：地。

〔一〇〇〕伊臯：伊尹、臯陶。伊尹是商湯的相，臯陶是虞舜的臣，此言天子左右有伊尹、臯陶一類賢臣。

〔一〇一〕能致我君：見《感舊賦》注〔四二〕。

〔一〇二〕雙闕：皇宮門前兩邊供瞭望的樓。峨峨：高貌。

〔一〇三〕慶雲：見《尹相公京兆府中棠樹降甘露詩》注〔一〇〕。

〔一〇四〕鏘鏘：指官員上朝時身上所佩玉飾等物發出的聲響。

〔一〇五〕紫宸：見《感舊賦》注〔六六〕。

〔一〇六〕「玉樓」兩句：謂皇宮中有鳳凰和麒麟等祥瑞出現。

〔一〇七〕搜賢：搜求賢才。修：治。文：指禮樂制度。

〔一〇八〕皇化：天子之教化。

〔一九〕兮：《唐文粹》、《全唐文》無。

唐博陵郡安喜縣令岑府君墓銘〔一〕

涇水湯湯，漢陵蒼蒼〔二〕。木蕭蕭兮草自黄，門一閉兮夜何長〔三〕！

【校注】

〔一〕博陵郡：見《送郭乂雜言》注〔三〕。安喜縣：今河北定州市。唐博陵郡治所設此。府君：唐代墓誌通稱男姓死者爲府君。銘前疑原有墓誌。據《新唐書·宰相世系表》，岑棓（《考證》謂當作「棓」），安喜令，爲岑參之叔父。岑參《送郭乂雜言》曰：「去年四月初，我正在河朔。曾上君家縣北樓，樓上分明見恒嶽。」「中山明府待君來，須計行程及早回。」「中山明府」即指岑棓（參見《送郭乂雜言》注〔一〇〕），《送郭乂雜言》作於開元二十八年，時棓正任安喜令。棓之卒，疑在天寶中，本銘即作於是時。

〔二〕涇水：又稱涇河，有南北二源，南源出甘肅華亭縣西大關山，北源出寧夏固原市南笄頭山，兩源於甘肅涇川縣會合後東南流，至陝西高陵縣入渭河。湯湯：水盛大貌。漢陵：指西漢諸帝陵墓。《元和郡縣志》卷一：「畢原，即縣（京兆府咸陽縣，在今陝西咸陽市東）所理（治）也。……漢氏諸陵並在其上。」蒼蒼：言一片深緑。兩句寫岑府君墳墓附近景物。

〔三〕門：謂墓門。

果毅張先集墓銘〔一〕

茂陵南頭〔二〕，渭水東流。山原萬秋，兄弟一丘〔三〕。白楊翛翛〔四〕，祇令人愁。

【校注】

〔一〕作年無考。果毅：官名，唐行府兵制，諸府均置折衝都尉一人，左、右果毅都尉各一人，爲統兵官。張先集：生平未詳。

〔二〕茂陵：《元和郡縣志》卷二一：「漢茂陵在縣（京兆府興平縣，今陝西興平市）東北十七里，武帝陵也。在槐里之茂鄉，因以爲名。」

〔三〕丘：墓。

〔四〕翛翛：象聲詞，狀風吹樹葉聲。白居易《舟中雨夜》詩：「江雲暗悠悠，江風冷翛翛。」

附録

岑嘉州詩集序〔一〕

杜確

自古文體變易多矣。梁簡文帝及庾肩吾之屬，始爲輕浮、綺靡之詞，名曰「宫體」。自後沿襲，務於妖豔，謂之摛錦布綉焉。其有敦尚風格，頗存規正者，不復爲當時所重，諷諫比興，由是廢缺。物極則變，理之常也。聖唐受命，斵雕爲樸，開元之際，王綱復舉，淺薄之風，兹焉漸革。其時作者凡十數輩，頗能以雅參麗，以古雜今〔二〕，彬彬然，粲粲然，近建安之遺範矣。

南陽岑公，聲稱尤著〔三〕。公諱參，代爲本州冠族。曾大父文本，大父長倩，伯父羲，皆以學術、德望官至台輔。早歲孤貧，能自砥礪，遍覽史籍，尤工綴文。屬辭尚清，用意尚切，其有所得，多入佳境，迥拔孤秀，出於常情。每一篇絶筆，則人人傳寫，雖閭里士庶，戎夷蠻貊，莫不諷誦吟習焉。時議擬公於吴均、何遜，亦可謂精當矣。天寶三載，進士高第。解褐右内率府兵曹參軍。轉右威衛録事參軍，又遷大理評事，兼監察御史，充安西節度判官。入爲右補闕，頻上封章，指述權佞，改爲起居郎，尋出虢州長史。又改太子中允，兼殿中侍御史，充關西節度判官。

聖上潛龍藩邸，總戎陝服，參佐僚史，皆一時之選，由是委公以書奏之任。入爲祠部、考工二員外郎，轉虞部、庫部二正郎，又出爲嘉州刺史。副元帥、相國杜公鴻漸表公職方郎中兼侍御史，列於幕府。無幾使罷，寓居於蜀。時西川節度因亂受職，本非朝旨，其部統之内〔四〕，文武衣冠，附會阿諛，以求自結，皆曰：中原多故，劍外少康〔五〕，可以庇躬，無暇向闕〔六〕。公乃著《招蜀客歸》一篇〔七〕，申明逆順之理，抑挫佞邪之計〔八〕。有識者感嘆，姦謀者慚沮，播德澤於梁、益，暢皇風於邛、僰。旋軫有日，犯軷俟時〔九〕，吉往凶歸，嗚呼不禄〔一〇〕！

歲月逾邁，殆三十年。嗣子佐公，復纂前緒，亦以文采登名翰場。收公遺文〔一一〕，貯之筐篋〔一二〕。以確接通家餘烈，忝同聲後輩，命編次〔一三〕，因令繕録，區分類聚，勒成八卷〔一四〕。儻後之詞人，有所觀覽，亦由聆廣樂者識清商之韻，遊名山者仰翠微之色，足以瑩徹心府，發揮高致焉。京兆杜確序。

【校注】

〔一〕《全唐文》卷四五九無「詩」字，宋本、明抄本無「集」字。

〔二〕雜：明抄本、吴校作「參」。

〔三〕尤：宋本、《全唐文》作「老」。

〔四〕統：明抄本、吴校無。

〔五〕少：宋本、明抄本、吴校、《全唐文》並作「小」。
〔六〕暇：宋本、《全唐文》作「假」。
〔七〕句下底本、宋本、明抄本、吴校均注：「集中無此。」
〔八〕抑：宋本、《全唐文》作「折」。
〔九〕軷：當爲「軷」之誤。
〔一〇〕禄：底本空缺，今據《全唐文》校補。
〔一一〕收：宋本、明抄本、吴校、《全唐文》作「有」。
〔一二〕之：明抄本、吴校作「以」。 篚：宋本、明抄本、吴校、《全唐文》並作「篋」。
〔一三〕「命」上宋本、明抄本、吴校、《全唐文》並有「受」字。
〔一四〕八：宋本空缺。

歷代詩評

本附録依據下述原則收輯歷代有關岑參詩歌之評論資料：一、選取評述較爲切實、具有一定參考價值者。二、同一意見重複出現，原則上祇取最早的一種。三、對某一詩作的具體評論，一般不收入本附録。四、所收資料，俱以時代先後爲序。

參詩語奇體峻，意亦奇造。至如「長風吹白茅，野火燒枯桑」，可謂逸矣。又「山風吹空林，颯颯如有人」，宜稱幽致也。（唐殷璠《河嶽英靈集》卷上）

高岑殊緩步，沈鮑得同行。意愜關飛動，篇終接混茫。……詩好幾時見，書成無信將。……更得清新否？遥知對屬忙。（唐杜甫《寄彭州高三十五使君適虢州岑二十七長史參三十韻》）

不見故人十年餘，不道故人無素書。……謝脁每篇堪諷誦，馮唐已老聽吹噓。（杜甫《寄岑嘉州》）

童年未解讀書時，誦得郎中數首詩。四海煙塵猶隔闊，十年魂夢每相隨。雖披雲霧逢迎疾，已恨趨風拜德遲。天下無人鑒詩句，不尋詩伯更尋誰？（唐戎昱《贈岑郎中》）

南陽岑公，聲稱尤著。……早歲孤貧，能自砥礪，遍覽史籍，尤工綴文。屬辭尚清，用意尚切，其有所得，多入佳境，迥拔孤秀，出於常情。每一篇絶筆，則人人傳寫，雖閭里士庶，戎夷蠻

貊，莫不諷誦吟習焉。時議擬公於吴均、何遜，亦可謂精當矣。（唐杜確《岑嘉州詩集序》）

岑參詩亦自成一家，蓋嘗從封常清軍，其記西域異事甚多。如《優鉢羅花歌》、《熱海行》，古今傳記所不載者也。（宋許顗《彦周詩話》）

參博覽史籍，尤工綴文，屬辭清尚，用心良苦，其有所得，往往超拔孤秀，度越常情。每篇絶筆，人競傳諷。（宋晁公武《郡齋讀書志》卷四上）

予自少時，絶好岑嘉州詩。往在山中，每醉歸，倚胡床睡，輒令兒曹誦之，至酒醒，或睡熟，乃已。嘗以爲太白、子美之後，一人而已。今年自唐安別駕來攝犍爲，既畫公像齋壁，又雜取世所傳公遺詩八十餘篇刻之，以傳知詩律者，不獨備此邦故事，亦平生素意也。（宋陸游《渭南文集》卷二六《跋岑嘉州詩集》）

漢嘉山水邦，岑公昔所寓。公詩信豪偉，筆力追李杜。常想從軍時，氣無玉關路（公詩多從戎西邊時所作）。至今蠹簡傳，多昔横槊賦。零落纔百篇，崔嵬多傑句。工夫刮造化，音節配韶護。我後四百年，清夢奉巾屨。晚途有奇事，隨牒得補處。羣胡自魚肉，明主方北顧。誦公天山篇，流涕思一遇。（陸游《劍南詩稿》卷四《夜讀岑嘉州詩集》）

唐詩人與李、杜同時者，有岑參、高適、王維；後李、杜者，有韋、柳，中間有盧綸、李益、兩皇甫、五竇，最後有姚、賈諸人，學者學此足矣。長慶體太易，不必學。（宋劉克莊《後村詩話》前集卷一）

高適、岑參，開元、天寶以後大詩人，與杜公相頡頏，歌行皆流出肺肝，無斧鑿痕。……其近

體亦高簡清拔。……郊、島輩旬煅月煉者，參談笑得之。詞語壯浪，意象開闊。（同上後集卷二）

高、岑二公詩，氣魄力量，音調節奏，生逢開元承平之際，與李、杜二公更唱迭吟，所謂治世之音也。天寶亂離之後，所作率多窮愁感嘆意。録之以觀世變。（同上新集卷三）

以人而論，則有……岑嘉州體。岑參（宋嚴羽《滄浪詩話・詩體》）

高、岑之詩悲壯，讀之使人感慨。（同上《詩評》）

參累佐戎幕，往來鞍馬烽塵間十餘載，極征行離别之情，城障塞堡，無不經行。博覽史籍，尤工綴文，屬辭清尚，用心良苦。詩調尤高，唐興罕見此作。放情山水，故常懷逸念，奇造幽致，所得往往超拔孤秀，度越常情。與高適風骨頗同，讀之令人慷慨懷感。每篇絶筆，人輒傳詠。（元辛文房《唐才子傳》卷三）

七言長古篇法，分段如五言，過段亦如之。稍有異者，突兀萬仞，則不用過句，陡頓便説他事。杜如此，岑參專尚此法，爲一家數。字貫前後，重三疊四，用兩三字貫串，極精神好誦，岑參所長。（元范梈《木天禁語》）

樂府篇法，張籍爲第一，王建近體次之，長吉虚妄不必效，岑參有氣，惜語硬，又次之。（同上）

時天彝書《唐百家詩選》後曰：高適才高，頗有雄氣，其詩不習而能，雖乏小巧，終是大才；岑嘉州與子美遊，長於五言，皆唐詩巨擘也。（元吴師道《吴禮部詩話》）

高適詩尚質主理，岑參詩尚巧主景。（《唐音癸籤》卷五引《吟譜》）

開元、天寶中，杜子美復繼出……真所謂集大成者，而諸作皆廢矣。並時而作，有李太白，宗《風》、《騷》及建安七子，其格極高，其變化若神龍之不可羈。……他如岑參、高達夫、劉長卿、孟浩然、元次山之屬，咸以興寄相高，取法建安。（明宋濂《宋文憲公全集》卷三七《答章秀才論詩書》）

開元、天寶間，則有李翰林之飄逸，杜工部之沈鬱，孟襄陽之清雅，王右丞之精緻，儲光羲之真率，王昌齡之聲俊，高適、岑參之悲壯，李頎、常建之超凡，此盛唐之盛者也。（明高棅《唐詩品彙·總叙》）

夫詩莫盛於唐，莫備於盛唐，論者惟杜、李二家爲尤，其間又可名家者十數公。至如子美所贊詠者王維、孟浩然，所友善者高適、岑參，乾元以後，劉、錢接跡，韋、柳光前，人各鳴其所長。今觀襄陽之清雅……高達夫之氣骨，岑嘉州之奇逸……此皆宇宙山川，英靈間氣，萃於時以鍾乎人矣。嗚呼盛哉！今俱列之名家，第爲上下。（同上《五言古詩叙目》）

盛唐工七言古調者多，李、杜而下，論者推高、岑、王、李、崔顥數家爲勝。竊嘗評之，若夫張皇氣勢，陟頓始終，綜覈乎古今，博大其文辭，則李、杜尚矣；至於沉鬱頓挫，抑揚悲壯，法度森嚴，神情俱詣，一味妙悟，而佳句輒來，遠出常情之外，之數子者，誠與李、杜並驅而爭先矣，今俱列之於名家。（同上《七言古詩序目》）

盛唐律句之妙者，李翰林氣象雄逸，孟襄陽興致清遠，王右丞詞意雅秀，岑嘉州造語奇峻，

高常侍骨格渾厚，皆開元、天寶以來名家，今俱列之正宗。（同上《五言律詩敘目》）

盛唐作者雖不多，而聲調最遠，品格最高。……賈至、王維、岑參早朝唱和之什，當時各極其妙。王之衆作尤勝諸人。至於李頎、高適，當與並驅，未論先後，是皆足爲萬世程法。通得十四人……爲正宗。（同上《七言律詩敘目》）

（李白、王昌齡）正宗之外，同鳴於時者，王維、賈至、岑參亦盛。又如儲光羲、常建、高適之流，雖不多見，其興象聲律一致也。……得二十三人，爲羽翼。（同上《七言絶句敘目》）

唐詩李、杜之外，孟浩然、王摩詰足稱大家。王詩豐縟而不華靡，孟却專心古澹，而悠遠深厚，自無寒儉枯瘠之病。……儲光羲有孟之古，而深遠不及；岑參有王之縟，而又以華靡掩之。故杜子美稱「吾憐孟浩然」，稱「高人王右丞」，而不及儲、岑，有以也夫！（明李東陽《麓堂詩話》）

盛唐諸公，音固未嘗不諧，律亦未嘗大拘，猶有古人之遺意。若岑嘉州亦其一人也。予嘗慕其潔身於崔盱之義，及得其詩而讀之，清新、俊逸弗若李太白，而正大過之；視之老杜，奇且工弗若焉，冲淡、雄渾則有不相下者，故杜亦嘗稱之爲佳句。至於大曆以後諸子，不啻八十尋之木而視拱把之條耳。（明熊相《岑嘉州詩集後序》，見明正德濟南刊本《岑嘉州詩》）

台峯子（熊相）叙之，亟稱其近於李、杜，斯可謂知言者矣。夫俊也，逸也，是太白之長也；若奇焉而又悲且壯焉，非子美孰其當之！子美嘗曰：「岑生多新詩。」又曰：「篇章（終）接混茫。」又曰：「沈鮑得同行。」味斯言也，意未嘗不斂衽於嘉州也。……今誦其集，如所謂「山風吹

空林，颯颯如有人。」斯悲壯而奇矣。又如「長風吹白茅，野火燒枯桑」之句，不俊且逸也乎哉？夫俊也，逸也，奇也，悲也，壯也五者，李杜弗能兼也，而岑詩近焉。（明邊貢《刻岑詩成題其後》，出處同上）

世之言詩者，皆曰盛唐，余觀一時如王右丞之清深，李翰林之豪宕，王江寧之俊逸，常徵君之高曠，李頎之沉着，岑嘉州之精鍊，高常侍之老健，各有其妙，而其所造皆能登峯造極者也。然終輸杜少陵一籌。（明何良俊《四友齋叢説》卷二四）

高、岑一時不易上下。岑氣骨不如達夫遒上，而婉縟過之。選體時時入古，岑尤陟健。歌行磊落奇俊，高一起一伏，取是而已，尤爲正宗。五言近體，高、岑俱不能佳。七言，岑稍濃厚。（明王世貞《藝苑卮言》卷四）

盛唐七言律，老杜外，王維、李頎、岑參耳。李有風調而不甚麗，岑才甚麗而情不足，王差備美。（同上）

（律）詩至大曆，高、岑、王、李之徒，號爲已盛，然才情所發，偶與境會，了不自知其墮者。如「到來函谷愁中月，歸去蟠溪夢裏山」，「鴻雁不堪愁裏聽，雲山況是客中過」，「草色全經細雨濕，花枝欲動春風寒」，非不佳致，隱隱逗漏錢、劉出來。至「百年强半仕三已，五畝就荒天一涯」，便是長慶以後手段。吾故曰：衰中有盛，盛中有衰，各含機藏隙。盛者得衰而變之，功在創始；衰者自盛而沿之，弊繇趨下。（同上）

岑參、李益詩語不多，而結法撰意雷同者幾半，始信少陵如韓淮陰，多多益辦耳。（同上）

嘉州詩一以風骨爲主，故體裁峻整，語亦造奇，持意方嚴，竟鮮落韻。五言古詩從子建以上方足聯肩，古人渾厚，嘉州稍多瘦語，此其所不逮，亦一間耳。其他乃不盡人意。要之孤峯插天，淩拔霄漢，而華潤近人之態，終然一短。（明徐獻忠《唐詩品》）

唐初承襲梁隋，陳子昂獨開古雅之源，張子壽首創清澹之派。盛唐繼起……高適、岑參、王昌齡、李頎、孟雲卿，本子昂之古雅，而加以氣骨者也。（明胡應麟《詩藪・内編》卷二）

古詩自有音節，陸、謝體極俳偶，然音節與唐律迥不同。唐人李、杜外，惟嘉州最合。襄陽、常侍雖意調高遠，至音節時入近體矣。（同上）

常侍五言古，深婉有致，而格調音節，時有參差。嘉州清新奇逸，大是俊才，質力造詣，皆出高上。然高黯淡之内，古意猶存；岑英發之中，唐體大著。（同上）

高、岑並工起語，岑尤奇峭，然擬之宣城，格愈下矣。（同上）

高氣骨不逮嘉州，孟材具遠輸摩詰，然並驅者，高、岑悲壯爲宗，王、孟閒澹自得，其格調一也。（同上）

世多謂唐無五言古，篤而論之，才非魏、晉之下，而調雜梁、陳之際，截長絜短，蓋宋、齊之政耳。如……王摩詰之山莊，高常侍之紀行，岑補闕之覽勝……皆六朝之妙詣，兩漢之餘波也。（同上）

齊、梁、陳、隋五言古，唐律詩之未成者；七言古，唐歌行之未成者。王、盧出，而歌行咸中矩度矣。沈、宋出，而近體悉協宫商矣。至高、岑而後有氣，王、孟而後有韻，李、杜而後入化。（同上《内編》卷三）

盧、駱歌行，衍齊、梁而暢之，而富麗有餘。……沈、宋厭王、楊之靡縟，稍欲約以典實而未能也。李、杜一變，而雄逸豪宕，前無古人矣。盛唐高適之渾，岑參之麗，王維之雅，李頎之俊，皆鐵中錚錚者。（同上）

凡詩諸體皆有繩墨，惟歌行出自《離騷》、樂府，故極散漫縱横，初學當擇易下手者。今畧舉數篇：青蓮《擣衣曲》、《百囀歌》，杜陵《洗兵馬》、《哀江頭》，高適《燕歌行》，岑參《白雪歌》、《别獨孤漸》……皆脈落分明，句調婉暢。（同上）

唐五言古作者彌衆，至七言殊寡。初唐四子外，惟《汾陰》、《鄴都》。盛唐李、杜外，僅高、岑、王、李。（同上）

唐七言歌行，垂拱四子，詞極藻豔，然未脱梁、陳也。張、李、沈、宋，稍汰浮華，漸趨平實，唐體肇矣，然而未暢也。高、岑、王、李，音節鮮明，情致委折，濃纖修短，得衷合度，暢乎，然而未大也。太白、少陵，大而化矣，能事畢矣。（同上）

李、杜外，短歌可法者：岑參《蜀葵花》、《登鄴城》，李頎《送劉昱》、《古意》……雖筆力非二公比，皆初學易下手者。（同上）

唐人歌行烜赫者：郭元振《寶劍篇》，宋之問《龍門行》、《明河篇》，李嶠《汾陰行》，元稹《連昌辭》，白居易《長恨歌》、《琵琶行》，盧仝《月蝕》，李賀《高軒》，並驚絶一時。今讀諸作，往往不厭人意，而盧、駱、杜陵、高、岑、王、李，大家正統，俱不以是著稱。同時惟太白《蜀道難》等篇，爲世所慕，差不爽名實耳。（同上）

勝國歌行多學李長吉、温庭筠者，晦刻濃綺，而真景真情，往往失之目前。盛唐則不然，愈近愈遠，愈拙愈工，讀王、岑、高、李諸作可見。（同上）

主拾遺，賓供奉，左中允，右嘉州，則沈雄秀逸，短什宏章，諸體悉備。（同上）

五言律體，兆自梁、陳。唐初四子，靡縟相矜，時或拗澀，未堪正始。神龍以還，卓然成調，沈、宋、蘇、李，合軌於先，王、孟、高、岑，並馳於後，新製迭出，古體攸分，實詞章改變之大機，氣運推遷之一會也。（同上《内編》卷四）

五言律體，極盛於唐。要其大端，亦有二格。陳、杜、沈、宋，典麗精工；王、孟、儲、韋，清空閒遠，此其概也。然右丞贈送諸什，往往闌入高、岑。（同上）

學五言律……先取沈、宋、陳、杜、蘇、李諸集，朝夕臨摹，則風骨高華，句法宏贍，音節雄亮，比偶精嚴。次及盛唐王、岑、孟、李，永之以風神，暢之以才氣，和之以真澹，錯之以清新，然後歸宿杜陵，究竟絶軌，極深研幾，窮神知化，五言律法盡矣。（同上）

嘉州格調整嚴，音節宏亮，而集中排律甚稀。（同上）

初唐七言律縟靡，多謂應制使然，非也，時爲之耳。此後若《早朝》及王、岑、杜諸作，往往言宫掖事，而氣象神韻，迥自不同。（同上《内編》卷五）

王、岑、高、李，世稱正鵠。嘉州詞勝意，句格壯麗而神韻未揚。常侍意勝詞，情致纏綿而筋骨不逮。王、李二家，和平而不累氣，深厚而不傷格，濃麗而不乏情，幾於色相俱空，風雅備極。然制作不多，未足以盡其變。（同上）

唐七言律自杜審言、沈佺期首創工密，至崔顥、李白時出古意，一變也。高、岑、王、李，風格大備，又一變也。杜陵雄深浩蕩，超忽縱橫，又一變也。（同上）

盛唐七言律稱王、李。王才甚藻秀而篇法多重……李律僅七首，惟「物在人亡」不佳。……「遠公遁跡」之幽，「朝聞遊子」之婉，皆可獨步千載。岑調穩於王，才豪於李，而諸作咸出其下，以神韻不及二君故也。（同上）

盛唐膾炙佳作，如李頎：「朝聞遊子唱離歌，昨夜微霜初度河。」景聯復云：「關城曙色催寒近，御苑砧聲向晚多。」朝、曙、晚、暮四字重用，惟其詩工，故讀之不覺。……又如右丞《早朝》詩：絳幘、尚衣、冕旒、衮龍、珮聲，五用衣服字。……高岑即無此等而氣韻遠輸。兼斯二美，獨見杜陵。（同上）

七言律，唐以老杜爲主，參之李頎之神，王維之秀，岑參之麗。（同上）

高、岑明浄整齊，所乏遠韻。王、李精華秀朗，時覺小疵。學者步高、岑之格調，含王、李之

風神，加以工部之雄深變幻，七言能事極矣。（同上）

盛唐王、李、杜外，崔顥《華陰》，李白《送賀監》，賈至《早朝》，岑參《和大明宫》、《西掖》，高適《送李少府》，祖詠《望薊門》，皆可競爽。（同上）

初唐王、楊、盧、駱，盛唐王、孟、高、岑，雖品格差肩，亦微有上下。（同上）

七言絶以太白、江寧爲主，參以王維之俊雅，岑參之濃麗，高適之渾雄，韓翃之高華，李益之神秀，……集長舍短，足爲大家。（同上《内編》卷六）

七言絶太白、江寧爲最，右丞、嘉州、舍人、常侍次之。（同上）

偏精獨詣，名家也；具範兼鎔，大家也。……有衆體皆工，而不免爲名家者，右丞、嘉州是也。有律絶微减，而不失爲大家者，少陵、太白是也。（同上《外編》卷四）

唐人則王、楊之繁富，陳、杜之孤高，沈、宋之精工，儲、孟之閒曠，高、岑之渾厚，王、李之風華，昌齡之神秀，常建之幽玄，雲卿之古蒼，任華之拙樸，皆所專也，兼之者杜陵也。（同上）

詩最可貴者清，然有格清，有調清，有思清，有才清。才清者，王、孟、儲、韋之類是也。……王、楊之流麗，沈、宋之豐蔚，高、岑之悲壯，李、杜之雄大，其才不可概以清言，其格與調與思，則無不清者。（同上）

王、楊、盧、駱以詞勝，沈、宋、陳、杜以格勝，高、岑、王、孟以韻勝。詞勝而後有格，格勝而後有韻，自然之理也。（同上）

盛唐名家稱王、孟、高、岑，獨七言律祧孟，進李頎，應稱王、李、岑、高云。（明胡震亨《唐音癸籤》卷十）

七言律獨取王、李而絀老杜者，李于鱗也。夷王、李于岑、高而大家老杜者，高廷禮也。尊老杜而謂王不如李者，胡元瑞也。謂老杜即不無利鈍，終是上國武庫；又謂摩詰堪敵老杜，他皆莫及者，王弇州也。意見互殊，幾成諍論。雖然，吾終以弇州公之言爲衷。（同上）

岑詞勝意，句格壯麗而神韻未揚；高意勝詞，情致纏綿而筋骨不逮。岑之敗句，猶不失盛唐；高之合調，時隱逗中唐。（同上）

王風調正似雲卿，岑茂采堪追廷碩。李存藻不多，既同考功；高裁體欲變，亦類左相。以盛配初，約略不遠。惟杜子美無一家不備，亦無一家可方爾。（同上）

高、岑才力既大，而造詣實高，興趣實遠，故其五七言古，調多就純，語皆就暢，而氣象風格始備，爲唐人古詩正宗。……五七言律，體多渾圓，語多活潑，而氣象風格自在，多入於聖矣。（明許學夷《詩源辨體》卷十五）

唐人五七言古，高、岑爲正宗。然析而論之，高五言未得爲正宗，七言乃爲正宗耳。岑五言爲正宗，七言始能自騁矣。五言古，高、岑俱豪蕩，而高語多粗率，未盡調達；岑語雖調達，而意多顯直。高平韻者多雜用律體，仄韻者多忌鶴膝；岑平韻者於唐古爲純，仄韻者亦多忌鶴膝。胡元瑞云：「岑質力造詣，皆出高上。」是也。……七言歌行，高調合準繩，岑體多軼蕩。王元美

云：「岑磊落奇俊，高一起一伏，取是而已，猶爲正宗。」（同上）

漢、魏五言，體多委婉，語多悠圓。唐人五言古變於六朝，則以調純氣暢爲主。若高、岑豪蕩感激，則又以氣象勝；或欲以含蓄醞藉而少之，非所以論唐古也。歌行不必言矣。（同上）

五言古……岑如「揚旗拂崑崙，伐鼓震蒲昌。太白引官軍，天威臨大荒」，「容鬢老胡塵，衣裘脆邊風。忽來輪臺下，相見披心胸」，「狄生新相知，才調凌雲霄。賦詩折造化，入幕生風飈」；七言歌行……岑如「瀚海闌干百丈冰，愁雲慘淡萬里凝」，「四邊伐鼓雪海湧，三軍大呼陰山動」，「劍河風急雪片闊，沙口石凍馬蹄脱」，「無事垂鞭信馬頭，西來幾欲窮天盡」，「劍鋒可惜虚用盡，馬蹄無事今已穿」，《赤驃歌》云「待君東去掃胡塵，爲君一日行千里」等句，皆豪蕩感激以氣象勝，嚴滄浪云：「高、岑之詩悲壯，讀之令人感慨。」是也。（同上）

五言律，高語多蒼莽，岑語多藻麗，然高入録者氣格似勝，岑則句意多同。七言律岑實爲工。（同上）

五言律……岑如「聞説輪臺路」、「西邊虜方盡」、「野店臨官路」等篇，皆一氣渾成，既未可以句摘，亦未可以字求也。（同上）

盛唐五言律，惟岑嘉州用字間有涉新巧者，如「孤燈然客夢，寒杵搗鄉愁」、「澗水吞樵路，山花醉藥欄」、「塞花飄客淚，邊柳挂鄉愁」，大約不過數聯。然高、岑所貴，氣象不同，學者不得其氣象，而徒法其新巧，則終爲晚唐矣。（同上）

高、岑五言不拘律法者，猶子美七言以歌行入律，滄浪所謂古律是也。雖是變風，然豪曠磊落，乃才大而失之於放，蓋過而非不及也。（同上）

高、岑五言、子美七言不拘律法者，皆歌行體也。故意貴傾倒不貴含蓄，未可以常格論也。（同上）

盛唐七言絶，太白、少伯而下，高、岑、摩詰亦多入于聖矣。（同上）

高、岑之詩，才力勝於造詣，王、孟之詩，造詣勝於才力。（同上卷十六）

高、岑之詩有慷慨俠烈之氣，王、孟之詩有一丘一壑之風。（同上）

五言排律，有雙韻，無單韻；盛唐惟李、杜、高、岑、孟浩然極守此法，而浩然實不嚴整。摩詰而下，復多有單韻者矣。（同上）

五七言律，沈、宋爲正宗，至盛唐諸公而入於聖；五七言古，高、岑爲正宗，至李、杜而入於神。然沈、宋之於盛唐諸公，非才力不逮，蓋爲時代所限耳；高、岑之於李、杜二公，非時代不同，實爲才力所限也。故古詩以才力爲主，律詩以造詣爲先。（同上卷十八）

岑參好爲巧句，真不足而巧濟之，以此知其深淺矣。故曰「大巧若拙」。（明陸時雍《詩鏡總論》）

詩之所以病者，在過求之也，過求則真隱而僞行矣。然亦各有故在，太白之不真也爲材使，少陵之不真也爲意使，高、岑諸人之不真也爲習使，元、白之不真也爲詞使，昌黎之不真也爲氣使。人有外藉以爲之使者，則真相隱矣。（同上）

浩然山人之雄長，時有秀句，而輕飄短味，不得與高、岑、王、儲齒。（清王夫之《薑齋詩話》卷二）

嘉州於此體（指樂府歌行）中，即供奉亦當讓一席地。供奉不無仗氣，嘉州練氣歸神矣。（王夫之《唐詩評選》卷一）

高、岑以氣取篇，五言近體自非其長，句短氣浮，固必有趨蹶之患。排律於體以紆長爲優，則氣可相稱，則較之儲、孟尤足以盡其才矣！（同上卷三）

襄陽歌行，便已下右丞一格，無論高、岑、崔、李也。蓋全用姿勝，不復見氣，但未及雋語，爲能立足耳。（清毛先舒《詩辯坻》卷三）

（詩）小變於沈、宋、雲、龍之間，而大變於開元、天寶高、岑、王、孟、李。此數人者，雖各有所因，而實一一能爲創。而集大成如杜甫，傑出如韓愈，專家如柳宗元，如劉禹錫，如李賀，如李商隱，如杜牧，如陸龜蒙諸子，一一皆特立興起。（清葉燮《原詩·內篇》上）

變化而不失其正，千古詩人，惟杜甫爲能。高、岑、王、孟諸子，設色止矣，皆未可語以變化也。……杜甫，詩之神者也，夫惟神乃能變化。（同上《內篇》下）

盛唐大家，稱高、岑、王、孟。高、岑相似，而高爲稍優；孟則大不如王矣。高七古爲勝，時見沉雄，時見沖澹，不一色；其沉雄直不減杜甫。岑七古間有傑句，苦無全篇；且起結意調，往往相同，不見手筆。高、岑五七律相似，遂爲後人應酬活套作俑。如高七律一首中，疊用巫峽啼猿、衡陽歸雁、青楓江、白帝城；岑一首中疊用雲隨馬、雨洗兵、花迎蓋、柳拂旌，四語一意。高、

岑五律，如此尤多。後人行笈中携《廣輿記》一部，遂可吟詠遍九州，實高、岑啓之也。總之以月白、風清、鳥啼、花落等字，裝上地頭一名目，則一首詩成，可以活板印就也。……總而論之，高七古，王五律，可無遺議矣。（同上外篇下）

七言律詩，五言八句之變也。唐初始專此體，沈、宋精巧相尚，然六朝餘氣猶存。至盛唐聲調始遠，品格始高，如賈至、王維、岑參《早朝》倡和諸作，各臻其妙；李頎、高適皆足爲萬世法程。杜甫渾雄富麗，克集大成。（清張實居，見清郎廷槐編《師友詩傳録》）

鍾退谷惺論高岑云：「唐人如沈宋、王孟、李杜、錢劉，雖兩人竝稱，皆有不能强同處。唯高岑心手如出一人。」此語謬矣。所舉數家，唯李杜門庭判然，其他皆不甚相遠。推而至於元白、張王、温李、皮陸之流，莫不皆然。獨高岑迥不相似：五言古則高古樸，岑靈秀；七言古則高雄渾，多正調，岑奇峭，多變調。强而同之，不已疏乎？（清王士禛《帶經堂詩話》卷一《品藻類》）

（《唐詩品彙》）七言古詩以李太白爲正宗，杜子美爲大家，王摩詰、高達夫、李東川爲名家，則非。是三家者，皆當爲正宗，李、杜均之爲大家，岑嘉州而下爲名家，則確然不可易矣。（同上）

唐五言詩，開元、天寶間大匠同時竝出。王右丞而下，如孟浩然、王昌齡、岑參、常建、劉昚虚、李頎、綦毋潛、祖詠、盧象、陶翰，之數公者，皆與摩詰相頡頏。……高適質樸，不免笨伯。杜甫沉鬱，多出變調。李白、韋應物超然復古。（同上）

七言古詩，諸公一調，唯杜甫横絶古今，同時大匠，無敢抗行。李白、岑參二家，別出機杼，

語羞雷同，亦稱奇特。（同上）

七言歌行，至子美、子瞻二公，無以加矣。而子美同時，又有李供奉、岑嘉州之刱闢經奇；子瞻同時，又有黄太史之奇特，正如太華之有少華，太室之有少室。（同上）

開元、大曆諸作者，七言（古詩）始盛。王、李、高、岑四家，篇什尤多。李太白馳騁筆力，自成一家。大抵嘉州之奇峭，供奉之豪放，更爲刱獲。（同上卷四《纂輯類》）

平心而論，（七律）初唐如花始苞，英華未鬯；盛唐王維、李頎、岑參諸公，聲調氣格，種種超越，允爲正宗；中、晚之錢、劉、李義山、劉滄亦悠揚婉麗，渢渢乎雅人之致。……獨少陵包三唐，該正變，爲廣大教化主。（清宋犖《漫堂説詩》）

鍾氏曰：「唐人如沈宋、王孟、李杜、錢劉之類，雖兩人並稱，皆有不能强同處。惟高岑心手如出一人，其森秀之骨，澹遠之氣，既皆相敵。」余意亦終有别：高五言古勁渾樸厚耳，岑稍點染，遂饒穠色。高七言古最有氣力，李杜之下，即當首推。岑自膚立，然如崔季珪代魏王，雖雅望非常，真英雄尚屬捉刀人也。惟短律相匹，長律亦岑不如高。（清賀裳《載酒園詩話》又編）

（詩）至唐變爲近體，沈、宋、王、孟、高、岑諸公，昌明博大，自是盛世之音，未免文勝於質，故當以子美爲宗子也。（清龐塏《詩義固説》卷下）

《羽林郎》、《董嬌嬈》、《日出東南隅行》諸詩，情詞並麗，意旨殊工，皆詩家之正則，學者所當揣摩。唐之盧、駱、王、岑、錢、劉，皆於此數詩中得力。（清費錫璜《漢詩總説》）

（七古）高、岑、王、李頎四家，每段頓挫處，畧作對偶，於局勢散漫中求整飭也。（清沈德潛《說詩晬語》卷上）

（七律）王維、李頎、崔曙、張謂、高適、岑參諸人，品格既高，復饒遠韻，故爲正聲。老杜以宏才卓識，盛氣大力勝之。（同上）

（七古）初唐風調可歌，氣格未上。至王、李、高、岑四家，馳騁有餘，安詳合度，爲一體；李供奉鞭打海岳，驅走風霆，非人力可及，爲一體；杜工部沈雄激壯，奔放險幻，如萬寶雜陳，千車競逐，天地渾奥之氣，至此盡洩，爲一體。（沈德潛《唐詩别裁·凡例》）

七言律……初唐英華乍啓，門户未開，不用意而自勝。後此摩詰、東川，春容大雅，時崔司勳、高散騎、岑補闕諸公，實爲同調。（同上）

七言絶句……開元之時，龍標、供奉，允稱神品。外此高、岑起激壯之音，右丞作悽惋之調，以至「蒲桃美酒」之詞，「黄河遠上」之曲，皆擅場也。（同上）

徐文長有云：「高、岑、王、孟固布帛菽粟，韓愈、孟郊、盧仝、李賀却是龍肝鳳髓，能舍之耶？」此言當王、李盛行之時，真如清夜聞晨鐘矣。（清方世舉《蘭叢詩話》）

高、岑詩同而異：高詩渾樸，岑詩警動。（清喬億《劍溪説詩》卷上）

七言歌行欲氣勝易，欲氣古難，氣古而兼氣勝更難。王、楊、盧、駱氣古，非氣勝也。子瞻氣勝，非氣古也。退之短章氣古，長篇氣勝。王、李、高、岑並氣古氣勝而未至者。惟李、杜兼之，

各造其極，又加以變化神奇，錯綜斷亂也。（同上）

古人詩境不同，譬諸山川：杜詩如河嶽，李詩如海上十洲，孟襄陽詩如匡廬，王右丞詩如會稽諸山，高、岑詩如疏勒、祁連，名標塞上。（同上）

開、寶七律，王右丞之格韻，李東川之音調，並皆高妙。高常侍五言質樸，七律别有風味。岑嘉州微傷於巧，而體氣自厚。（同上卷下）

七言絶句，李供奉、王龍標神化至矣！……右丞氣韻，嘉州氣骨，非大曆諸公可到。（同上）

唐詩自李、杜而下，許彦周謂孟浩然、王維當爲第一，陸務觀曰岑參一人而已。余以爲岑之歌行，足當陸語，而諸體兼長，氣象宏遠，無過王維者。（同上《又編》）

王、孟，金石之音也。錢、劉，絲竹之音也。韋如古雅琴，其音澹泊。高岑則革木之音。兼之者其惟李、杜乎？（同上）

前輩論詩，往往有作踐古人處，如以「高達夫、岑嘉州五、七律相似，遂爲後人應酬活套」，是作踐高、岑語也。後人苟能師法高、岑，其應酬活套，必不致如近日之惡矣。（清薛雪《一瓢詩話》）

高、岑、王三家，均能刻意煉句，又不傷大雅，可謂文質彬彬。（清黄子雲《野鴻詩的》）

就有唐而論，其始也，尚多習用古詩，不樂束縛於規行矩步中，即用律亦多五言，而七言猶少，七言亦多絶句，而律詩猶少。……自高、岑、王、杜等《早朝》諸作，敲金戛玉，研鍊精切，杜寄高、岑詩所謂「遥知對屬忙」，可見是時求工律體也。格式既定，更如一朝令甲，莫不就其範圍。

然猶多寫景，而未及於指事言情，引用典故。少陵以窮愁寂寞之身，藉詩遣日，於是七律益盡其變，不惟寫景，兼復言情，不惟言情，兼復使典，七律之蹊徑，至是益大開。（清趙翼《甌北詩話》卷十二）

蓋終唐之世，稱大家者，以李、杜、韓三家爲宗。……律詩之稱正音者，王、孟二家爲宗，而高、岑、錢、劉諸人爲輔。（清魯九皋《詩學源流考》）

嘉州之奇峭，入唐以來所未有。又加以邊塞之作，奇氣益出。風會所感，豪傑挺生，遂不得不變出杜公矣。（清翁方綱《石洲詩話》卷一）

高常侍與岑嘉州不同，鍾退谷之論，阮亭已早辨之。然高之渾樸老成，亦杜陵之先鞭也。直至杜陵，遂合諸公爲一手耳。（同上）

高之渾厚，岑之奇峭，雖各自成家，然俱在少陵籠罩之中。至李東川，則不盡爾也。（同上）

《詩》三百篇有正有變，後人學焉而各得其性之所近。楚騷之幽怨，少陵之憂愁，太白之飄豔，昌谷、玉川之奇詭，東野、閬仙之寒儉，從乎變者也。陶靖節以下，至於王昌齡、王維、孟浩然、高適、岑參、韋應物、儲光羲、錢起輩，俱發言和易，近乎正者也。（清李調元《雨村詩話》卷下）

岑嘉州獨尚警拔，比於孤鶴出羣。陶員外、高常侍沉著高蹇，亦不與諸君一律。（清管世銘《讀雪山房唐詩凡例·五古凡例》）

高常侍豪宕感激，岑嘉州創闢經奇，各有「建大將旗鼓出井陘」之意。（同上《七古凡例》）

一人作一面目，王、李、高、岑、太白所能也。一篇出一面目，王、李、高、岑、太白所不能也。杜工部七言古詩……千態萬狀，不可殫名，悲喜無端，俯仰自失，觀止之嘆，意在斯乎？（同上）

唐七言古詩，整齊於高、岑、王、李，飄灑於太白，沉雄於少陵，崛强於昌黎，蓋猶七雄之並峙也。（同上）

孟襄陽佇興而就，摩詰、太白亦多得於自然，嘉州間出奇峭，究非倚以全力。（同上《五律凡例》）

高常侍律法稍疏，而彌見古意。岑嘉州始爲沉著凝鍊，稍異於王、李，而將入杜矣。（同上《七律凡例》）

王摩詰之春容，李青蓮之灑落，岑嘉州之奇警，高達夫之沉著，長律中缺一不可。（同上《五排凡例》）

王、李之外，岑嘉州獨推高步，惟去樂府意漸遠。（同上《七絶凡例》）

以唐而論，以長句擅長者，李、杜、韓而外，亦惟高、岑、王、李四家耳。（清洪亮吉《北江詩話》卷一）

有唐一代，詩文兼擅者，惟韓、柳、小杜三家。次則張燕公、元道州。……高、岑、王、李、杜、韋、孟、元、白，能爲詩而不能爲文，即有文亦不及其詩。（同上卷二）

詩奇而入理，乃謂之奇。若奇而不入理，非奇也。盧玉川、李昌谷之詩，可云奇而不入理者

矣。詩之奇而入理者，其惟岑嘉州乎！……嘗以己未冬杪，謫戍出關，祁連雪山，日在馬首，又晝夜行戈壁中，沙石嚇人，没及髁膝，而後知岑詩「一川碎石大如斗，隨風滿地石亂走」之奇而實確也。大抵讀古人之詩，又必身親其地，身歷其險，而後知心驚魄動者，實由於耳聞目見得之，非妄語也。（同上卷五）

若沈之與宋，高之與岑，王之與孟，韋之與柳，温之與李……措詞命意不同，而體格並同，所謂笙磬同音也。（同上卷六）

稱詩者莫盛於唐，惟去漢、魏日遠，古體遂乏渾厚之氣。擬古樂府，則以太白爲正宗，而少陵及元、白、張、王其變也。五古以子昂、太白、王、孟、韋、柳爲正，子昂復古之功尤大，少陵則變而不失其正也。至七古以高、岑、王、李頎及太白、少陵、昌黎爲正，而王、楊、盧、駱四傑其變也。（清冒春榮《葚原詩説》卷四）。

詩道性情，只貴説本分語。如右丞、東川、嘉州、常侍，何必深於義理，動關忠孝？然其言自足有味，説自家話也。不似放翁、山谷，矜持虚憍也。四大家絶無此病。（清方東樹《昭昧詹言》卷十一）

高、岑奇峭，自是有風骨，非低平庸淺所及；然學之者亦須韻句深長而闊遠不露，乃佳，不然，恐不免短急無餘韻，仍是俗手耳。（同上卷十二）

王、李、高、岑別有天授，自成一家。（同上）

右丞、東川、常侍、嘉州七古七律，往往以雄渾悲鬱，鏗鏘壯麗擅長，漁洋選入《三昧集》，十居其四五，與其初意主於鏡花水月，羚羊挂角，妙在酸鹹之外者，絶不相合。（清潘德輿《養一齋詩話》卷八）

問：七古之必由盛唐四家（按謂王、李、高、岑）入手者何道？盛唐四家，起訖承轉，開闔頓挫，處處有金針可度；用韻皆有法律，又每於筋節處，用對仗以止齊之，此孫、吴節制師也。學者從此問津，即不能窺李、杜之堂，亦不至有放縱顛蹶之病矣。（清陳僅《竹林答問》）

先輩論詩，五古以淵閎静雅，骨氣高妙爲上。三唐作者，無論李、杜，如王、孟之冲澹，高、岑之勁拔，韓、孟之奇奥，元、白之曉暢，皆足上薄漢、魏，下掩宋、元，故曰詩至唐而極盛。（清陸鎣《問花樓詩話》卷一）

宋、齊以後，綺麗則無風骨，雕刻則乏氣韻，工選句而不解謀篇，淺薄極矣。沿至唐初，積習未革。至盛唐，而射洪、曲江力起其衰，復歸於古。太白、子美，同時並駕中原。太白爲詩中仙，子美爲詩中聖，屹然兩大，狎主齊盟。而王、孟、高、岑、東川、左司諸家，並極一時之選，羽翼風雅，盛矣哉！其詩之中天乎？（清朱庭珍《筱園詩話》卷一）

七古以杜、韓、蘇三公爲法，而參以太白、達夫、嘉州、東川、長吉，及宋之六一、半山、山谷、劍南，金之遺山，明之青丘，皆有可採。揮灑凝鍊，整齊變化，備於以上各家，善取兼師，集衆妙以自成一家可也。五律以杜爲法，參以太白、襄陽、右丞、嘉州，已備其旨。七律以工部、右丞、

義山爲法，參以東川、嘉州、中山、牧之，須求高壯雄厚，不涉空腔，乃是方家正宗。（同上）

唐人七古，高、岑、王、李諸公規格最正，筆最雅鍊。散行中時作對偶警拔之句，以爲上下關鍵，非惟於散漫中求整齊，平正中求警策，而一篇之骨，即樹於此。兼以詞不欲盡，故意境寬然有餘；氣不欲放，故筆力鋭而時斂，最爲詞壇節制之師。（同上卷三）

漢、魏七古皆諧適條暢，至明遠獨爲亢音亮節，其間又迴闢一途。唐王、楊、盧、駱猶承奉初軌，及李、杜天才豪邁，自出機杼，然往往取法明遠，因此又變一格。李、杜外，高、岑、王、李亦擅盛名，惟右丞頗多弱調，常爲後人所議。吾謂其尚有初唐風味，於聲調似較近古耳。（清厲志《白華山人詩説》卷一）

高常侍、岑嘉州兩家詩，皆可亞匹杜陵。至岑超高實，則趣尚各有近焉。（清劉熙載《藝概》卷二《詩概》）

岑嘉州五言古源出鮑照，而魄力已大，至慈恩塔詩：「秋色從西來，蒼然滿關中。五陵北原上，萬古青濛濛。」雄勁之概，直與少陵匹敵矣。高達夫氣骨自遒，微失之窘。（清施補華《峴傭説詩》）

高達夫七古骨整氣遒，已變初唐之靡，特奇逸不如李，雄勁不如岑耳。岑嘉州七古勁骨奇翼，如霜天一鶚，故施之邊塞最宜。（同上）

岑參，五言源出於吴、何，疊藻綿聯，掞張典雅，如五絲織錦，裁縫滅跡。七言出没縱横，翱

翔孤秀，振音中律，行氣如虹，如觀公孫大娘舞劍器，渾脱瀏亮，令人神王心傾。邊塞蕭條，吹笳聲裂，劉越石幽燕之氣，自當擅絶一場，而格律謹遒，貴在放而不野。律體温和，亦兼綿麗。絶句猶七言本色，而神韻彌深。（民國宋育仁《三唐詩品》）

岑參年譜

岑參，荆州江陵人。曾祖父文本、伯祖父長倩、堂伯父羲皆官至宰相；父植，任仙、晉二州刺史。參誕生之前四年，羲得罪伏誅，親族放逐畧盡。自此家道中衰，朝中遽失依憑。

唐荆州江陵縣，即今湖北省荆州市。岑先世本居南陽，梁時始徙江陵，諸書稱岑爲南陽人，蓋從其郡望。説詳聞一多《岑嘉州繫年考證》（以下簡稱《考證》）注〔一〕。

文本相太宗，長倩相武后，羲相中宗、睿宗。長倩以反對立武承嗣爲皇太子，大忤諸武意，被戮。先天二年（七一三，《舊唐書·岑文本傳》誤作「先天元年」，此據《通鑑》），羲「坐預太平公主謀逆伏誅，籍没其家」。事見兩《唐書·岑文本傳》、岑參《感舊賦》。

參祖父景倩，武后時官麟臺少監、衛州刺史、昭文館學士（一作「太中大夫，行麟臺著作郎，兼宏文館學士」）。父植，字德茂，明經及第，官同州參軍，轉蒲州司户參軍；天授二年（六九一），長倩被戮，左遷夔州雲安縣丞；後調補衢州司倉參軍，擢授潤州句容縣令，有政聲；景龍二年（七〇八），源乾曜任江東黜陟使，薦舉某官，既去句容，縣人爲立德政碑；後終仙、晉二州刺史。植五子：渭、況、參、乘、垂。渭官澄城丞，況嘗任單父令（參見《梁園歌

送河南王説判官》)、湖州別駕，乘爲太子贊善大夫，垂官長葛丞。參見《新唐書・宰相世系表》、《元和姓纂》卷五、張景毓《大唐朝散大夫潤州句容縣令岑君德政碑》。

玄宗開元五年丁巳(七一七)　岑參生。

岑參生年，頗難確斷。岑參詩文雖數處述及年歲，但多約舉成數，每每互相牴牾，《考證》仔細對比了詩文中述及年歲的各例，定《初授官題高冠草堂》所云「三十始一命」之「三十」爲實數，並謂此詩當作於天寶三載，以此上推，則岑參應生於開元三年。按，杜確《岑嘉州詩集序》雖謂岑參天寶三載「進士高第」，然唐時及第進士，都須通過關試成爲吏部選人並經吏部銓選，纔得以授官，因此天寶三載未必就是岑參的授官之年。唐邵説《李湍墓誌銘》云：「公始以經術擢第，署滑州匡城尉，次補瀛州樂壽丞。……時新鄉尉李頎、前秀才岑參皆著盛名於世，特相友重。」(《唐代墓誌彙編》一七七一頁)「前秀才」猶言「前進士」，李肇《唐國史補》卷下：「進士爲時所尚久矣。……其都會謂之舉場，通稱謂之秀才。……得第謂之前進士。」唐時凡應進士試者，皆謂之進士，亦曰秀才，得第者通過關試後，則稱前進士。《蔡寬夫詩話》「唐制舉情形」：「關試後始稱前進士。」(《宋詩話輯佚》卷下)《通鑒》僖宗廣明元年：「從讜奏以……前進士劉崇魯爲推官。」胡注：「進士及第而於時無官，謂之前進士。」則據「前秀才」之稱，可知岑參登進士第之後，曾有一段時間等候吏部銓選授官，他的授官之年當晚於天寶三載，因此《考證》關於岑參應生於開元三年之説未確。

曹濟平《岑參生年的推測》(見《唐詩研究論文集》)認爲,《初授官題高冠草堂》之「三十」爲成數,《感舊賦》序所云「參年三十,未及一命」之「三十」則爲實數。此賦作於天寶二年,因此岑參應生於開元二年。曹文說:「賦序所說:『國家六葉,吾門三相矣。』這是很正確的;又說:『五歲讀書,九歲屬文,十五隱於嵩陽,二十獻書闕下,參年三十,未及一命。』當然,這也應該是確實可信的。」對此,我們有幾點不成熟意見,提出來同作者商榷:第一,從文義上看,「國家六葉,吾門三相」,顯然不可約舉成數;而古代詩文中之年歲,則多舉其成數,根據前者是實數,無法推斷出後者也是實數。第二,上述賦中所有數字,除「二十」、「三十」兩項外,都不是成數,當然也就不存在約舉成數的問題。能否根據賦序中其他數字不是約舉成數來推斷「二十」、「三十」也不是約舉成數?首先,必須弄清古文何以要約舉成數。簡言之,古文約舉成數是爲了求得字句的整齊。假設岑參二十一獻書闕下,如果據事直書爲「十五隱於嵩陽,二十一獻書闕下」,就破壞了字句的整齊,因此這裏的「二十」有可能是約舉成數,「三十」也是如此。第三,當然,假如沒有其他材料爲依據,我們還不能斷定賦序中的「二十」、「三十」就是約舉成數。岑參《秋夕讀書幽興獻兵部李侍郎》詩作於廣德元年(《考證》繫此詩於寶應元年,未確,說見後),詩曰:「年紀蹉跎四十强,自憐頭白始爲郎。」依曹說,廣德元年岑參已五十歲,這就與「四十强」之語不符。因此有理由說賦序之「三十」不是實數。

王勳成在《唐代銓選與文學》（中華書局二〇〇一年四月版）一書中提出，按唐銓選制，進士及第並經吏部關試後，必須先守選三年，纔能參加吏部的冬集銓選而授官；又在《岑參入仕年月及生年考》（《文學遺産》二〇〇三年第四期，以下簡稱「王文」）一文中説，岑參天寶三載進士及第後，守選三年，至天寶六載春守選期滿，同年十月參加吏部的銓選，在第二年春銓試畢後方授官，由天寶七載岑參初授官時年三十（見《初授官題高冠草堂》）逆推，他當生於開元七年。按，王勳成對銓選制的研究成績顯著，關於守選的論述亦道他人所未道，但經查閲資料，筆者以爲，唐代的守選制有其形成、發展過程，王氏稱進士及第必須守選三年纔能授官，大抵符合中、晚唐的實際，而初、盛唐時却未必如此，王氏用來證明初、盛唐時進士及第亦須守選三年的證據不充分，故而其得出的岑參當生於開元七年的結論未必可靠。由於此問題涉及唐代銓選制的許多複雜情況，沒有萬字的篇幅難以將其説清，所以此處只好存而不論。俟後筆者將另撰一《關於守選制與唐詩人登第後的釋褐時間》的文章詳論之。

前面談到，岑參的授官之年當晚於天寶三載，但究竟在哪一年，亦難確斷。今姑定爲天寶五載，由天寶五載年三十上推，岑參當生於開元五年。此説同岑參詩文中述及年歲的各例，皆不相抵觸（説詳後），因此它應當是可信的。

仙州開元三年（一説「二年」）始置，岑植任仙州刺史，至早當在此年，説見《考證》。植

本年當仍在仙州，岑參疑即生於仙州官廨。

開元九年辛酉（七二一） 五歲。始讀書。

《感舊賦》序曰：「五歲讀書。」

開元十年壬戌（七二二） 六歲。約在此年，隨父至晉州。

《題平陽郡汾橋邊柳樹》自注：「參曾居此郡八、九年。」平陽郡即晉州，天寶元年更名。「題平陽郡」詩約作於天寶三、四載間（說見後），岑居晉州當在此前。岑自十五歲至天寶三載登第，行跡皆可考知，則其居晉州宜在十五歲之前，蓋童年時隨父僑寓於此也。岑自注云「八、九年」，自十五歲上數九年，爲六歲；此年岑始居晉州，則岑父轉晉州刺史，亦宜在此年。

開元十三年乙丑（七二五） 九歲。始屬文。

《感舊賦》序：「九歲屬文。」

開元十九年辛未（七三一） 十五歲。移居嵩山少室。是時，其父已卒，家貧，從兄受業。

《自潘陵尖還少室居止秋夕憑眺》曰：「草堂近少室，夜静聞風松。」知岑嘗居少室。少室爲嵩山西峯，《藝文類聚》卷七引戴延之《西征記》曰：「嵩高，山巖中也，東謂太室，西謂

少室，相去七十里；嵩高，總名也。」岑詩中又屢言歸潁陽（參見《醉題匡城周少府廳壁》、《偃師東與韓樽同詣景雲暉上人即事》諸詩），潁陽（唐縣名，故治在今河南登封市西南七十里潁陽鎮）即指少室。《考證》曰：「潁陽即『少室居止』所在……登封縣在太室山下，其距潁陽道里，乃與太室距少室道里符合……韋莊《潁陽縣》詩曰：『琴堂連少室，故事即仙蹤。』此尤潁陽縣治在少室山下之明驗，然則潁陽亦即少室也。」又岑有《南溪別業》詩，「南溪別業」也即「少室居止」（參見該詩注釋）。《元和郡縣志》卷五、《唐會要》卷七十、《新唐書·地理志》皆曰武林縣開元十五年改名潁陽，《考證》曰：「集中凡言家園，絶無稱武林者，其稱潁陽者，數見不鮮，故移家潁陽，合在改名以後。」然自開元十年至十九年居晉州，則移居潁陽，至早應在本年。

《感舊賦》曰：「十五隱於嵩陽。」「無負郭之數畝，有嵩陽之一丘。」《考證》謂，嵩陽猶嵩南，謂嵩山之南，嵩山指太室，「隱於嵩陽」即隱於太室，岑十五歲居於太室，十六歲方移居少室。根據是：「公有《峨眉東脚臨江聽猿懷二室舊廬》詩，既曰二室，是公於太室少室，皆嘗居之矣。其居少室，有《自潘陵尖還少室居止秋夕憑眺》詩可證。少室之居，既別有徵，則諸言嵩陽嵩南者，非太室而何？李白《送楊山人歸嵩山詩》曰：『我有萬古宅，嵩陽玉女峯。』據《登封縣志》，太室二十四峯有玉女峯。玉女爲太室峯名而曰嵩陽，可證唐人稱嵩陽皆謂太室之陽矣。」按，《元和郡縣志》卷五曰：「東曰太室，西曰少室，嵩高，總名，即中嶽

也。」我們翻查了李白所有寫及嵩山之詩，也看不出有以嵩山專指太室的痕跡。如《贈嵩山焦鍊師》序曰：「嵩山有神人焦鍊師者……居少室廬……余訪道少室，盡登三十六峯，聞風有寄，灑翰遥贈。」詩曰：「二室淩青天，三花含紫煙。」《元丹邱歌》曰：「暮還嵩岑之紫煙，三十六峯常周旋。」三十六峯在少室，此處嵩山或單指少室，或兼指二室〔一〕。高適《别楊山人》：「不到嵩陽動十年，舊時心事已徒然；一二故人不復見，三十六峯猶眼前。」更可證《考證》所謂「唐人稱嵩陽皆謂太室之陽」是不正確的。岑參《初至西虢官舍南池呈左右省及南宫諸故人》曰：「他日能相訪，嵩南舊草堂。」《考證》謂嵩陽猶嵩南，指嵩山之南，這是對的；但嵩山是總名，可指太室，也可指少室，「隱於嵩陽」並不等於隱於太室。岑詩中從未單獨提過太室，所以没有足够證據可以證明岑曾在那裏隱居。所謂「二室舊廬」，猶言嵩山舊居（也即「少室居止」）；因太室、少室爲嵩山之東、西二峯，遂以「二室」代指嵩山。我們覺得，「十五隱於嵩陽」，指的應是作者十五至二十歲左右隱於少室的一段經歷。故或曰嵩陽，或曰潁陽，或曰少室，名雖不一，其實一也。

又岑詩中語及其早年所居之地者尚有：《緱山西峯草堂作》、《南池夜宿思王屋青蘿舊齋》、《巴南舟中思陸渾别業》。緱山、王屋、陸渾皆屬河南府，距少室山甚近，疑岑隱於少室時曾短期移居以上各地。而其遷徙年次，則並不詳。

杜確《岑嘉州詩集序》曰：「早歲孤貧，能自砥礪，遍覽史籍。」《感舊賦》曰：「志學集其

荼蓼，弱冠干於王侯；荷仁兄之教導，方勵己以增修。」岑植卒年不可考，據杜序「早歲孤貧」之語，疑岑移居少室時，植已早卒；蓋父卒，故從兄受業。

開元二十四年丙子（七三六）　二十歲。始至長安，獻書闕下。此後約十年，屢往返於京洛間。

《感舊賦》序曰：「二十獻書闕下。」賦曰：「弱冠干於王侯。」又曰：「我從東山，獻書西周。」知岑於此年由嵩陽至長安獻書。本年十月，玄宗自洛陽還長安，獻書當在十月以後進行。唐有獻書拜官之例，類如制舉，説見《考證》。

《感舊賦》又曰：「出入二郡，蹉跎十秋。」知獻書不第，此後約十年，屢出入京洛，奔波仕途，而一無所獲。二郡即指長安、洛陽，詳見《感舊賦》注。

《考證》曰：「《夜過盤石（當作「豆」）隔河望永樂寄閨中效齊梁體》詩有『春物知人意，桃花笑索居』之句，似其時去新婚未久。《會要》七〇，『天寶元年八月，易州永樂縣改爲滿城縣』。此詩稱永樂則當作於天寶元年八月以前。永樂在京洛道中，詩蓋即『出入二郡』途經永樂時所作也。」按，易州永樂在今河北滿城縣西，既未臨河，也不在京洛道中；此永樂乃蒲州河東郡之永樂（詳見《夜過盤豆……》詩注）。然稱此詩爲「出入二郡」途經永樂時所作，則大抵近之。據此詩，參成室約在「出入二郡」期間。

開元二十七年己卯（七三九）　二十三歲。是年遊河朔。春自長安經古鄴城至邯鄲，復由邯鄲抵貝丘。暮春自貝丘至冀州。四月由冀州抵定州。後到井陘。冬抵黎陽、新鄉。

《送郭乂雜言》詩曰：「去年四月初，我正在河朔。」集中又有河北詩數首，故知岑嘗遊河朔。關於此遊之年，《考證》曰：「《冀州客舍酒酣貽王綺寄題南樓》詩曰，『攜手到冀州』。冀州天寶元年改信都郡，至德二載復爲冀州。然公自至德二載歸自北庭，爾後在長安，在虢州，在蜀，遊蹤所届，歷歷可考，絶不見遊河朔之跡，且河北諸郡，自禄山叛命，逮於藩鎮，變亂相仍，迄無寧歲，其地亦斷非遊衍之所，故詩與題所稱冀州，必天寶元年未更郡名以前之冀州。」按，此詩又曰：「吾廬終南下，堪與王孫遊。」另《下外江舟中懷終南舊居》曰：「早年好金丹，方士傳口訣。敝廬終南下，久與真侣别。道書誰更開，藥竈煙遂滅。」是岑「早年」曾隱居終南，案之岑歷年的行事，宜在開元末年至天寶三載登第前之數年内，而遊河朔亦在此期間。又，岑天寶元、二兩年嘗在長安，不得有河朔之遊（説詳後），故此遊應在開元末年。

《考證》繫此遊於開元二十九年，我們則認爲應在開元二十七年，理由是：《冀州客舍酒酣貽王綺……》詩題下作者自注曰：「時王子應制舉欲西上。」據《册府元龜》卷六八及卷

六四五，開元二十七年正、二月有制舉（參見該詩注釋）。此詩寫春景，所紀時物，正與《册府元龜》的記載相符。而歷考諸書，則未見開元二十九年春有制舉。

「王文」説：「其實，開元二十七年的制舉，非王綺所應之制舉。《登科記考》卷八引《册府元龜》與《唐大詔令集》云：『正月，制令諸州刺史舉德行尤異，不求聞達者，特（陳按，當作「許」）乘傳赴京。』『二月己巳，加尊號，大赦天下，制曰「草澤間有殊才異行，文堪經國，爲衆所推，如不求聞達者，所由長官以禮徵送。」』正月、二月這兩次的制舉内容都是一樣的，所舉者爲不求聞達科人。不求聞達科是自己不能應舉，而由各地長官訪察舉薦，然後『以禮徵送』，『乘傳赴京』。王綺却是自己赴長安應試的，與開元二十七年制舉不符。由是可知此詩既不作於開元二十九年，也不作於開元二十七年，而是作於天寶六載（七四七）。《登科記考》卷九載：『（天寶）六載，正月戊子，南郊禮畢，大赦天下，制曰：「天下諸色人中，通明一藝以上，各任薦舉。仍委所在郡縣長官，精加試練，灼然超絶流輩，遠近所推者，具名送省。」』……此制舉所試爲詩、賦、論，與《冀州客舍》詩謂王綺『富學贍清詞，下筆不能休』相符。」按，首先，這兩次制舉除不求聞達科外，還有殊才異行文堪經國科，並非内容都是一樣的（制詞中之「如」字爲「和」意）；由岑詩題下「應制舉欲西上」的注語，不能證明王綺如果在開元二十七年春應制舉，他所應的必定是不求聞達科。其次，由「應制舉欲西上」的注語，亦不能證明王綺「是自己赴長安應試的」（即「自舉」）。唐時應制舉，有薦舉與自舉

兩途。某項制舉是否允許自舉，天子往往在下達的有關詔敕中加以規定，不求聞達、高蹈不仕等科，確乎如「王文」所説，是不允許自舉的（參見《唐代銓選與文學》第二三四、二三五頁），但規定不能自舉的制舉中的受薦者，也存在一個是否應薦、應舉的問題。如李白、趙蕤曾被薦舉赴制舉有道科，兩人皆不應。李白《上安州裴長史書》云：「又昔與逸人東嚴子隱於岷山之陽……廣漢太守聞而異之，詣廬親覩，因舉二人以有道，並不起。」高蹈不仕等科不允許自舉，但對於被薦赴舉的人，仍可説「應制舉」。《全唐文》卷三一玄宗《引見諸州高蹈不仕舉人詔》：「卿等來應辟命，遠致城闕……。」《職官分紀》卷十五引韋述《集賢記注》：「天寶二年，樊端應高道不仕試。」既稱「不仕」，豈能自舉自薦，求試作官？然在被薦後却可應試並稱「應制舉」，所以由「應制舉欲西上」的注語，無法證明王綺當時是屬於自舉的。「王文」將王綺應制舉的時間安排在天寶六載，但據《登科記考》所引制詞（見《册府元龜》卷六八），這年的制舉，實際上也是要求應舉者通過薦舉而不是聽任自舉的。第三，「王文」説，岑詩謂王綺學富詞贍，這同天寶六載制舉所試的内容相符；事實上，應舉者的才能同他所應的制舉科目不見得都相合，如被時人譽爲「詞宗」、「文伯」的著名文學家獨孤及，於天寶十三載應制舉，所選擇的科目却是洞曉玄經而非詞藻宏麗（是年制舉設博通墳典、洞曉玄經、詞藻宏麗、軍謀出衆四科），况且據岑詩所寫王綺的文才，應這一年的文堪經國科又有什麽不合適的呢。因此，説王綺所應之制舉，與開元二十七年的制舉不符，是缺乏

根據的。

又，《考證》曰：「王昌齡開元二十八年冬謫江寧丞（説詳後），有《留別岑參兄弟》詩，曰『長安故人宅，秣馬經前秋』。詩作於開元二十八年而曰『前秋』，則是二十七年秋也。此本年公在長安之證。」如本年公在長安，則不得有河朔之遊。但我們認爲，根據王詩，尚不足以證明岑本年在長安。由王詩只能説明本年秋王曾客居岑宅。岑「早年」隱居終南時，作有《還高冠潭口留別舍弟》一詩，從這首詩可以看出，岑參的弟弟當時在長安；又王詩題作「留別岑參兄弟」，亦可證其時岑之弟居長安。可見，即使岑本人不在長安，王亦得以客居岑宅；由王曾客居岑宅，不能推出岑當時必在長安。

另，《考證》將《醉題匡城周少府廳壁》、《至大梁却寄匡城主人》、《偃師東與韓樽同詣景雲暉上人即事》等定爲河朔詩，也值得商榷。首先，諸篇提及之地，如大梁、東郡（即滑州）、匡城、鐵丘、偃師等，唐均屬河南道（古黄河與今有異），所以没有理由説它們一定是河朔詩。其次，《醉題匡城周少府廳壁》曰，「潁陽秋草今黄盡，醉卧君家猶未還」，《偃師東與韓樽……》曰，「潁陽歸客遠相過」；而開元二十八年春作於長安之《送郭乂雜言》則曰，「去年四月初，我正在河朔」，説明河朔之行由長安首途，復歸長安，而未有歸潁陽之事。第三，《臨河客舍呈狄明府兄留題縣南樓》曰：「黎陽城南雪正飛，黎陽渡頭人未歸。……邑中雨雪偏着時，隔河東郡人遥羨。」詩寫冬景，係由河朔歸長安途經黎陽縣時所作；而上述三

詩，並寫秋景。如《至大梁却寄匡城主人》曰：「仲秋至東郡，遂見天雨霜。」所敘時序，兩不相合，也是上述三詩非作於遊河朔時的一個證明。

至此遊經行之地，根據各詩所紀時地，案之輿圖，大抵可作如下推斷：

《登古鄴城》曰：「下馬登鄴城，城空復何見？……武帝宮中人去盡，年年春色爲誰來？」《邯鄲客舍歌》曰：「客從長安來，驅馬邯鄲道。」古鄴城故址在今河北臨漳縣西，邯鄲即今河北邯鄲市，岑蓋於本年春由長安出發，經古鄴城至邯鄲。

《冀州客舍酒酣貽王綺……》曰：「憶昨始相值，值君客貝丘。相看復乘興，攜手到冀州。」貝丘在今山東高唐縣西南清平鎮附近，冀州在今河北冀州市，依路綫，當自邯鄲至貝丘，復由貝丘至冀州。此詩又曰：「客舍梨花繁，深花隱鳴鳩。」知抵冀州時，已届暮春。

《送郭乂雜言》曰：「博陵無近信，猶未换春衣。……去年四月初，我正在河朔。曾上君家縣北樓，樓上分明見恒嶽。」博陵即定州，在今河北定州市，爲郭之故鄉。據此，知岑於四月自冀州至定州。

《題井陘雙溪李道士所居》：「唯求縮却地，鄉路莫教賒。」兩句類歸途中語。井陘在今河北井陘縣北。疑岑至定州後，不復北去，後南行抵井陘，遂歸。

前已述及，岑歸途中於本年冬抵黎陽（今河南浚縣東）；《題新鄉王釜廳壁》曰：「城頭蘇門樹，陌上黎陽塵。」新鄉在黎陽西南，今河南新鄉市，亦岑歸途中經行之地。

開元二十八年庚辰（七四〇）　二十四歲。春，已自河朔歸長安。冬，王昌齡出爲江寧丞，岑有詩送别。

《送郭乂雜言》曰：「初行莫早發，且宿灞橋頭。……到家速覓長安使，待汝書封我自開。」知詩作於長安。詩又曰：「去年四月初，我正在河朔。」「地上青草出，經冬方始歸。」蓋開元二十七年在河朔，本年春已歸京也。

開元二十八年，王昌齡遊襄陽〔二〕，旋歸長安；冬，謫爲江寧丞，與岑在長安飲酒辭别，岑作《送王大昌齡赴江寧》詩，王作《留别岑參兄弟》詩。説見《考證》。

開元二十九年辛巳（七四一）　二十五歲。是年行事不詳，疑隱於終南。

如前所述，岑天寶三載登第前數年嘗隱居終南，然作於天寶二年之《感舊賦》又曰：「我從東山，獻書西周；出入二郡，蹉跎十秋。」「强學以待，知音不無；思達人之惠顧，庶有望於亨衢。」顯然，此種「隱居」並非一心歸隱，而是在隱居的同時，不斷地在尋找出仕的門路。

天寶元年壬午（七四二）　二十六歲。是夏，在長安。秋七月，自長安東行，八月，至滑州、匡城、鐵丘、大梁，復由大梁經偃師歸潁陽。

《送許子擢第歸江寧拜親因寄王大昌齡》曰：「玄元告靈符，丹洞獲其銘。皇帝受玉

册，羣臣羅天庭。喜氣薄太陽，祥光徹窅冥。」「六月槐花飛，忽思蓴菜羹。」知此詩作於天寶元年六月，時岑在長安（參見此詩注釋）。

《宿關西客舍寄東山嚴許二山人時天寶初七月初三日在内學見有高道舉徵》曰：「雲送關西雨，風傳渭北秋。孤燈然客夢，寒杵搗鄉愁。」知岑天寶元年七月初三日自長安東行宿於（潼）關西。蓋此行欲歸潁陽（其時岑家仍居潁陽，疑天寶三載登第後方移至長安），故有「客夢」、「鄉愁」之語。

《至大梁却寄匡城主人》曰：「一從棄魚釣，十載干明王。無由謁天階，却欲歸滄浪。」此即《感舊賦》所云「我從東山，獻書西周；出入二郡，蹉跎十秋」也。獻書事在開元二十四年，自彼年至天寶元年秋作此詩時，前後七載，「十載」乃舉成數言之。此詩曰：「仲秋至東郡，遂見天雨霜。昨夜夢故山，蕙草色已黃。平明辭鐵丘，薄暮遊大梁。」岑七月自長安東行，仲秋（八月）正可至東郡（即滑州，在今河南滑縣東），又「夢故山」云云，亦與「客夢」、「鄉愁」之語相合，可見此詩當作於天寶元年。另，《醉題匡城周少府廳壁》曰：「愁雲遮却望鄉處，數日不上西南樓。……潁陽秋草今黃盡，醉臥君家猶未還。」玩詩意，亦作於天寶元年秋；周少府即前詩之「匡城主人」。二詩提及的地名有：東郡、匡城（屬滑州，在今河南長垣縣西南）、鐵丘（今河南濮陽縣西南）、大梁（今河南開封市），作者抵大梁前在鐵丘，遊東郡、匡城亦在遊大梁之前，案之輿圖，此行大抵沿黃河先至滑州（在古黃河南岸），再到

匡城、鐵丘，復由鐵丘至大梁。

《偃師東與韓樽同詣景雲暉上人即事》曰：「山陰老僧解《楞伽》，潁陽歸客遠相過。煙深草濕昨夜雨，雨後秋風渡漕河。」偃師在今河南偃師市，爲岑自大梁歸潁陽途中經行之地。

天寶二年癸未（七四三）　二十七歲。在長安。作《感舊賦》。

《感舊賦》作於是年，《考證》論之甚詳，兹不復述。賦曰：「睠城闕以懷歸，將欲返雲林之舊遊。」「城闕」謂長安，爲本年岑在長安之證。然《考證》言，賦中有「雪凍穿屨」一語，明示此賦應作於冬日，則未確。賦曰：「我從東山，獻書西周；出入二郡，蹉跎十秋。多遭脱輻，累遇焚舟；雪凍穿屨，塵緇弊裘。」穿屨猶破履，「雪凍穿屨」及上下各句都用來比喻潦倒失意，並不能説明此賦應作於冬日。若此賦果作於冬日，則不可能作於天寶二年冬，而只能作於天寶元年冬。因爲岑天寶三載登第，照唐代一般考試常規，應舉者皆於前一年十月送尚書省（參見《唐摭言》卷一），就是説，天寶二年冬岑已隨各地舉子集禮部，不得復言「睠城闕以懷歸，將欲返雲林之舊遊」。

「王文」説：「《感舊賦》云：『參年三十，未及一命。』當爲岑參天寶七載正月初銓試授官前所作，按吏部授官，多在三月進行。……『一命』者，第一次命官，初次授職也。命官授職，屬吏部選事，與禮部貢舉考試無涉，這由唐人進士及第詩與落第詩均無『一命』之詞可

知。由是知，此賦必作於吏部選官前，而非進士舉試前。所謂《感舊賦》，也就是思昔賦，是作者即將步入仕途前，撫今思昔，感慨萬端，對以前十年生活的一次總結。若此賦作於天寶二載，時作者尚未登第，而且也不可能知道他第二年會登第，則『今』與『昔』並無不同，何以有『感舊』之歎？且此賦末句『思達人之惠顧，庶有望於亨衢』，明明是一副即將授官、有望仕途通達之口氣，這種口氣是進士及第之前絕不會有的。」按，「感舊」者，感念舊事也，即《賦序》所謂「直念昔者爲賦云」。全賦的主旨，可説是撫今追昔，抒發昔榮今悴的感慨：「參年三十，未及一命，昔一何榮矣，今一何悴矣！」（《賦序》）「嗚呼，天不可問，莫知其由，何先榮而後悴，曷曩樂而今憂？」（《賦》）「昔榮」指「國家六葉，吾門三相」（《賦序》），賦中詳細鋪寫了其曾祖父文本、伯祖父長倩、堂伯父羲相承爲相的榮光，如述羲爲相時之情狀云：「朱門不改，畫戟重新；暮出黃閣，朝趨紫宸；綉轂照路，玉珂驚塵。列親戚以高會，沸歌鐘於上春。無小無大，皆爲縉紳；顒顒卬卬，踰數十人。」「今悴」一指開元元年岑羲得罪被殺後家門衰敗：「去鄉離土，隳宗破族；雲雨流離，江山放逐。愁見蒼梧之雲，泣盡湘潭之竹；或投於黑齒之野，或竄於文身之俗。」（《賦》）二指近十年來個人奔波仕途「蹇而無成」（《賦序》）的潦倒：「我從東山，獻書西周，出入二郡，蹉跎十秋。多遭脱輻，累遇焚舟；雪凍穿屨，塵緇弊裘。嗟世路之其阻，恐歲月之不留。睠城闕以懷歸，將欲返雲林之舊遊。」「豈無疇日之光榮，何今人之棄予！彼乘軒而不恤爾後，曾不愛我之羈孤。嘆君門兮

何深，顧盛時而向隅。攬蕙草以惆悵，步衡門而踟躕。」（《賦》）由以上引文不難看出，賦中之「昔」指岑文本等相承爲相的時候，「今」則主要指開元年間，尤其是作者潦倒失意的近十年；而「王文」却將賦中的「今」説成是天寶七載正月岑參即將步入仕途之時，「昔」則指這以前的十年。這一説法與賦的原意相去甚遠，真不知作者是如何設想出來的。「王文」先對賦中的「今」「昔」作了違背原意的設想，然後斷言：「則『今』與『昔』並無不同，何以有『感舊』之嘆？」而實際上賦中所寫的「今」「昔」，差異極大，怎能不令作者深深感歎！又，所謂「未及一命」，是説三十歲尚未得一官半職（參見《賦》注），亦自歎失志之意，哪裏是談什麼吏部授官之事；「王文」據此一語，即斷定「此賦必作於吏部選官前，而非進士舉試前」，甚爲牽强〔三〕。事實上，此賦不可能作於作者進士及第後即將授官之時，而只能作於進士及第以前，理由是：第一，若賦作於進士及第後即將授官時，則作者之奔波仕途，已大有所獲，豈能説「蹇而無成」？第二，若作賦時作者即將步入仕途，何以又表示自己欲返回山林中舊遊之地（「將欲返雲林之舊遊」）？第三，若作賦時作者即將釋褐而又尚不知當授何官，那麼他當時的心情應是興奮緊張和充滿希望的，不會像賦中所寫的那樣，感到遭人遺棄、惆悵失望，以至於「顧盛時而向隅」。所以，《考證》將此賦繫於岑參登第之前的天寶二年。這是很正確的。此賦的結尾説：「强學以待，知音不無；思達人之惠顧，庶有望於亨衢。」這些話表明，詩人在求仕的道路上雖屢遭挫折，對前途却仍充滿信心，這是盛唐士人普遍

的精神狀態；「强學」兩句也説明，詩人擬應舉赴試，而非已應試及第了；「王文」稱「思達人」兩句的口氣「是進士及第之前絶不會有的」，實難使人信服。另外，詩人本年二十七歲，約舉成數正可稱「參年三十」，而依「王文」所定的生年推算，詩人本年只有二十五歲，不宜稱「參年三十」。由此亦可見，「王文」所定的生年未必可靠。

本年十月，在長安作《僕射裴公輓歌》（參見此詩注釋）。

天寶三載甲申（七四四） 二十八歲。在長安。是年舉進士，以第二人及第。遊絳、晉疑在本年末、下年初。

杜確《岑嘉州詩集序》：「天寶三載，進士高第。解褐右内率府兵曹參軍。」《唐才子傳・岑參傳》：「天寶三年趙岳榜第二人及第。」

據《驪姬墓下作》、《題平陽郡汾橋邊柳樹》，知岑曾往遊絳（絳州，今山西新絳縣）、晉（晉州，今山西臨汾市）。《岑詩繫年》曰：「案《新書・地理志》，河中府有永樂縣。以下列諸篇（指《題永樂韋少府廳壁》、《驪姬墓下作》、《題平陽郡汾橋邊柳樹》、《宿蒲關東店憶杜陵別業》）考之，公此遊蓋自陝虢一帶渡河，歷永樂、絳州、平陽等地，入蒲關以返京師。復由《題平陽郡汾橋邊柳樹》一詩驗之，平陽郡天寶元年以前曰晉州（見《舊唐書・地理志》），此曰平陽，當作於天寶元年以後。天寶五、六兩年公行事不明，遊永樂平陽疑即在此二年

間。又案此篇（指《夜過盤豆隔河望永樂……》）曰『春物知人意』，《宿蒲關東店憶杜陵別業》曰『長安二月歸正好』，蓋此遊始於春日，至翌春乃歸。」按，岑此遊自京師出發，依最近路綫當出蒲關，而無必要自陝虢一帶渡河，歷永樂而至絳、晉。且永樂在黄河北岸、京洛道中，岑「出入二郡」期間隨時有經過之可能，不一定非此遊方經過。故《夜過盤豆隔河望永樂……》、《題永樂韋少府廳壁》疑非遊絳、晉途中所作。如前所述，岑參登第後，約在天寶五載春授官，此後他因限於官守，不大可能隨意出遊，故其遊絳、晉，似不應在天寶五、六載，而應在五載春授官以前；又，《繫年》謂「此遊始於春日，至翌春乃歸」，似亦未確。絳、晉距長安不甚遠，疑岑於本年末出遊，翌年二月即歸長安。

天寶四載乙酉（七四五）　二十九歲。遊淇上疑在本年三月。五月以後，在長安。

《敬酬杜華淇上見贈兼呈熊曜》曰：「我從京師來，到此喜相見，共論窮途事，不覺淚滿面！」知岑嘗遊淇上。詩又曰：「憶昨癸未歲，吾兄自江東……。」《岑詩繫年》：「癸未謂天寶二年，則此當作於天寶三載。」按，此詩又曰：「縣樓壓春岸，戴勝鳴花枝。……三月猶未還，客愁滿春草。」知詩乃春三月作於淇上。然岑於天寶三載正月就禮部之試，二三月間正等候放榜，怎麽能到淇上去作詩？所以《繫年》的説法顯然有問題。其實，「昨」猶「昔」也（岑蜀中詩《東歸發犍爲至泥溪舟中作》：「憶昨在西掖，復曾入南宫。」「昨」即「昔」也），此詩不可能作於天寶三載，只能作於天寶四載之後〔四〕。又天寶八載後岑行事歷歷可考，故

遊淇上疑在天寶八載以前，今姑繫於天寶四載。

有《送裴校書從大夫淄川郡覲省》、《登千福寺楚金禪師法華院多寶塔》詩，可證本年五月以後岑在長安（參見二詩注釋）。

天寶五載丙戌（七四六）　三十歲。是春釋褐，授右内率府兵曹參軍。

《初授官題高冠草堂》云：「三十始一命，宦情都欲闌。……澗水吞樵路，山花醉藥欄。」杜確《序》：「解褐右内率府兵曹參軍。」

天寶六載丁亥（七四七）　三十一歲。在長安任右内率府兵曹參軍。

天寶七載戊子（七四八）　三十二歲。仍在長安爲右内率府兵曹參軍。是年顔真卿使赴河隴，岑有詩送之。

《考證》曰：「殷亮《顔魯公行狀》（《全文》五四一），『（天寶）七載，又充河西隴右軍試覆屯交兵使』，留元剛《顔魯公年譜》同。公有《胡笳歌送顔真卿使赴河隴》詩。」按，留元剛《年譜》載此事於天寶七載八月。

天寶八載己丑（七四九）　三十三歲。是冬赴安西，在高仙芝幕府任職。

《考證》曰：「安西四鎮節度使高仙芝入朝，表公爲右威衛録事參軍，充節度使幕掌書記，遂赴安西。」又曰：「公有《武威送劉單判官赴安西行營便呈高開府》詩，可證公嘗佐高

仙芝幕。然始入高幕之年，載籍不詳。考仙芝天寶六載十二月代夫蒙靈詧爲安西四鎮節度使，十載入爲右金吾大將軍。此四年中，七載公在長安，則七載尚未受辟也，八載九載，於詩無徵，在長安與否不可知。至十載，始有《武威送劉單便呈高開府》詩（此詩當作於十載，説詳後），知其年已至邊地。然十載在邊，未必即十載始至邊地也。竊意仙芝居節鎮之四年中，嘗兩度入朝，一在八載，一在十載，其辟公爲幕僚，似在八載入朝之頃。」按，謂岑於天寶八載赴安西極是，兹以岑詩證之。據《初過隴山途中呈宇文判官》、《寄宇文判官》、《武威春暮聞宇文判官西使還已到晋昌》三詩，知宇文氏時任安西節度使高仙芝屬下判官。《初過隴山途中呈宇文判官》曰：「西來誰家子，自道新封侯。前月發安西，路上無停留，都護猶未到，來時在西州。」知岑赴安西過隴山時遇宇文判官，時宇文氏偕安西都護（即高仙芝）入朝而爲之先行。考《舊唐書·高仙芝傳》，天寶八載仙芝曾入朝，則岑赴安西無疑亦在此年。然《考證》謂高仙芝八載入朝後方辟岑爲幕僚，則未確。

岑此行之節候，似爲冬日。根據是：《經火山》曰：「火山今始見，突兀蒲昌東。……我來嚴冬時，山下多炎風。」《宿鐵關西館》曰：「雪中行地角，火處宿天倪。塞迥心常怯，鄉遥夢亦迷。」《歲暮磧外寄元撝》曰：「别家逢逼歲，出塞獨離羣。」《磧中作》曰：「走馬西來欲到天，辭家見月兩回圓。」蓋途中歷時二月，初冬離京，歲暮抵安西也。

岑赴安西所行路綫，似亦可考。唐時赴西域有二道，一出玉門關，一出陽關。唐玉門

關闕址東移至晉昌城，在今甘肅安西縣雙塔堡附近（參見《贈酒泉韓太守》注釋）。案之輿圖，赴北庭當出玉門關，赴安西則二道皆可行。岑此行疑走陽關。岑有《燉煌太守後庭歌》，疑赴安西途中過敦煌時作，陽關在敦煌西南，走陽關需過敦煌，走玉門關則毋需也；又《過酒泉憶杜陵別業》曰：「陽關萬里夢，知處杜陵田。」《歲暮磧外寄元撝》曰：「髮到陽關白，書今遠報君。」《寄宇文判官》曰：「二年領公事，兩度過陽關。」益可證岑此行蓋出陽關。出陽關後，疑經蒲昌海（今新疆羅布泊）北行至西州（今吐魯番），復由西州西南行，經銀山磧（今托克遜西南）、鐵門關（今庫爾勒北）抵安西（今庫車），有《經火山》、《銀山磧西館》、《題鐵門關樓》、《宿鐵關西館》諸詩爲證。

《考證》曰：「杜《序》於『解褐右内率府兵曹參軍』下曰『轉右威衛録事參軍』。右威衛録事參軍疑爲高仙芝辟公時所爲表請之官。其在安西幕中所守職事，據《銀山磧西館》詩『丈夫三十未富貴，安能終日守筆硯』之語，則似爲掌書記。」按，「守筆硯」乃用後漢班超投筆從戎典故（見《銀山磧西館》注釋），言已年三十而功名未就，怎能不到邊地作一番事業，並非説作者在邊地幹的是「守筆硯」營生，聞説未確。其在安西幕中所守職事，載籍不詳，姑闕疑。又，本年岑參三十三歲，舉其成數可稱爲「三十」。

天寶九載庚寅（七五〇）　三十四歲。在安西。

《安西館中思長安》曰：「彌年但走馬，終日隨飄蓬。」《寄宇文判官》曰：「二年領公事，

兩度過陽關。」可證岑是年仍在安西。

天寶十載辛卯（七五一）　三十五歲。暮春自安西至武威。六月東歸次臨洮，初秋抵長安。

《武威送劉單判官赴安西行營便呈高開府》詩曰：「都護新出師，五月發軍裝。」《通鑒》天寶十載正月：「安西節度使高仙芝入朝……加仙芝開府儀同三司。尋以仙芝爲河西節度使，代安思順；思順諷羣胡割耳剺面請留己，制復留思順於河西。」四月：「諸胡……潛引大食欲共攻四鎮。仙芝聞之，將蕃、漢三萬衆擊大食……仙芝大敗，士卒死亡畧盡，所餘纔數千人。……還至安西……以秀實兼都知兵馬使，爲己判官。」《新唐書・玄宗紀》：天寶十載「七月，高仙芝及大食戰於怛羅斯城，敗績」。又《舊唐書・封常清傳》曰：「（天寶）十載，仙芝改河西節度使，奏常清爲判官。王正見爲安西節度，奏常清爲四鎮支度營田副使、行軍司馬。十一載，正見死，乃以常清……持節充安西四鎮節度、經略、支度、營田副大使，知節度事〔五〕。」綜觀上述各種記載，知本年仙芝除河西，而未嘗赴鎮，四月復回安西，五月率師西征，七月敗績，還至安西。及兵敗事奏聞朝廷，乃入爲右羽林大將軍（《舊唐書・高仙芝傳》：「……制復留安思順，以仙芝爲右羽林大將軍。」），計其時約當本年八月也。此詩既稱「高開府」，又曰「安西行營」，無疑當作於天寶十載五月。是時岑在武威。

岑又有《武威送劉判官赴磧西行軍》、《武威春暮聞宇文判官西使還已到晉昌》、《河西春暮憶秦中》、《登涼州尹臺寺》（詩曰：「胡地三月半，梨花今始開。」）諸詩，似並爲天寶十載居武威時所作。詩云「春暮」，又曰「三月」，則三月已至武威矣。《考證》曰：「綜觀各詩，知仙芝僚屬之至武威者，公與劉單外，又有宇文判官……總之，仙芝僚佐之在武威者頗多，而其時則在天寶十載之三月至五月間。仙芝征大食，據《通鑒》在四月，而幕僚則三月已到武威，此必諸人聞仙芝除河西之命，即趨赴武威，其後雖安思順復來，仙芝不果就鎮，然諸人既已來武威，即暫留其地，直至仙芝征大食還，始同歸長安也。」

《考證》又曰：「知公東歸以六月次臨洮者，《臨洮客舍留別祁四》詩曰『六月未春衣』，《臨洮龍興寺玄上人院同詠青木香叢》詩曰『六月花新吐』，可證。六月至臨洮，初秋應抵長安。」按，本年武威詩《送韋侍御先歸京》曰：「風霜隨馬去，炎暑爲君寒。……先憑報親友，後月到長安。」亦可證岑約於初秋至長安。而高仙芝兵敗還朝之期，則似畧晚於岑。

天寶十一載壬辰（七五二）　三十六歲。在長安。是秋，與杜甫等同登慈恩寺塔。

是春，薛播擢第歸鄉覲省，岑作《送薛播擢第歸河東》詩贈行（參見該詩注釋）。

是秋，與杜甫、高適、儲光羲、薛據同登慈恩寺塔，賦《與高適薛據同登慈恩寺浮圖》詩。諸人並有同賦，今惟薛詩不存。登塔事在本年秋，《考證》論之甚詳，茲不復述。又，孫欽善《高適年譜》（載《北京大學學報》一九六三年第六期）以爲本年秋高適在河西，不得有長安

慈恩寺塔之遊，遂繫此事於天寶十載秋。按，孫説不盡確，説見陳鐵民《高適何時入河西幕》（載《中華文史論叢》一九七九年第三輯）。

天寶十二載癸巳（七五三）　三十七歲。在長安。是夏，顏真卿出爲平原太守，岑有詩送之。

據岑《送顏平原》詩，本年夏顏真卿出爲平原太守（參見此詩注釋）。

《終南雙峯草堂作》曰：「斂跡歸山田，息心謝時輩。晝還草堂臥，但見雙峯對。……曩爲世人誤，遂負平生愛。久與林壑辭，及來松杉大。」似此年前後之二、三年内，岑曾隱居終南。然杜確序未嘗提及岑出仕後曾歸隱，作於本年或下年之《太一石鼈崖口潭舊廬招王學士》又曰：「偶逐干禄徒，十年皆小官。」故此種「隱居」，或是一種亦官亦隱。又，自天寶五載春授官至此詩之作，歷時八、九年，「十年」乃約舉成數而言。

天寶十三載甲午（七五四）　三十八歲。是年夏秋間赴北庭，在封常清幕中任職。

《舊唐書·封常清傳》：「十三載入朝，攝御史大夫，……俄而北庭都護程千里入爲右金吾大將軍，仍令常清權知北庭都護，持節充伊西節度等使。」《舊唐書·玄宗紀》：「（十三載）三月乙丑，左羽林上將軍封常清權北庭都護、伊西節度使。」岑北庭詩中，無一詩語及程，而語及封者則甚多，故知岑至北庭，應在本年三月封兼任北庭節度使之後。又《首秋輪

臺》曰：「輪臺萬里地，無事歷三年。」至德二載六月岑已自北庭歸抵鳳翔，故此詩當作於至德元載秋。其時岑在輪臺已歷三年，則本年必已自長安至北庭矣。

《考證》説岑赴北庭的具體時間是三月；《岑詩繫年》則謂《送魏升卿擢第歸東都因懷魏校書陸渾喬潭》詩作於本年秋，時岑在長安，而赴北庭尚在其後。按，《送魏升卿擢第歸東都……》詩非必作於本年秋（説見此詩注釋），李説不盡確。《涼州館中與諸判官夜集》曰：「河西幕中多故人，故人別來三五春。花門樓前見秋草，豈能貧賤相看老。」玩詩意當作於別後乍逢之際，《繫年》謂作於天寶十載。按，岑自天寶八載冬途經涼州赴安西，至十載三月自安西回涼州，相隔不到二年，這就與「故人別來三五春」之語不合；且十載六月岑已離涼州東歸，不得於秋日復在涼州作此詩，故此詩應作於天寶十三載赴北庭途中〔六〕。據詩中「秋草」之語，知岑此行約於夏末自長安首途，至初秋時抵涼州。

《考證》又言岑三月赴北庭後，於是秋自北庭至輪臺，「爾後居輪臺時多」。按，北庭節度使治庭州，輪臺爲庭州屬縣〔七〕，岑集中既有北庭詩，又有輪臺詩，疑其時岑屢往返於北庭、輪臺之間。又岑詩中常將輪臺與北庭同用，如《赴北庭度隴思家》：「西向輪臺萬里餘。」《發臨洮將赴北庭留別》：「聞説輪臺路，連年見雪飛。」《臨洮泛舟趙仙舟自北庭罷使還京》：「白髮輪臺使，邊功竟不成。」《北庭西郊候封大夫受降回軍獻上》：「輪臺征馬肥。」《北庭貽宗學士道別》：「忽來輪臺下，相見披心胸。」故把居北庭同居輪臺截然分開，似無

必要。

關於岑在北庭所任職事，《考證》曰：「《優鉢羅花歌》序曰：『天寶景申歲（案即丙申，天寶十五載），參忝大理評事，攝監察御史，領伊西北庭支度副使。』杜序曰『又遷大理評事，兼監察御史，充安西節度判官』。案《新唐書·百官志》，節度使幕屬，有副大使知節度事、行軍司馬、副使、判官、支使、掌書記、巡官、衙推各一人。其兼支度營田招討經畧使者，則又有副使、判官各一人。副使位在判官上，則充判官宜在初應辟時，支度副使乃後此升遷之職也。」又曰：「又案十三載以後，安西節度復兼北庭，則公是時所守之職銜，當稱『安西北庭節度判官』，不當但如杜《序》所云『安西節度判官』也。」按，節度判官爲節度使佐吏，支度副使掌協助支度使（節度使兼任）管理軍資糧仗，支度副使是否位在節度判官上，史籍未載，《舊唐書·職官志》曰：「（節度使及其僚屬）皆天寶後置，檢討未見品秩。」按，實際是幕職本身本無品秩。考《舊唐書·封常清傳》所載：「（高）仙芝代夫蒙靈詧爲安西四鎮節度使，更奏常清爲慶王府録事參軍，充節度判官……專知四鎮倉庫屯田甲仗支度營田事。仙芝每出征，常令常清知留後事。」似支度副使位不在節度判官上。《玉門關蓋將軍歌》（約作於天寶十四載，説見後）曰：「我來塞外按邊儲。」疑岑十五載領支度副使前爲支度判官，支度副使位在支度判官上。

本年或下年秋，常清嘗率軍「西征」，出師時，岑獻《輪臺歌奉送封大夫出師西征》、《走馬

川行奉送出師西征》；回軍時，又獻《北庭西郊候封大夫受降回軍獻上》（説見此詩注釋）。

本年冬，常清破播仙，師還，岑作《獻封大夫破播仙凱歌六章》。

上述兩次出師，史傳並失載。《考證》謂「西征」即指破播仙，未確，説見《輪臺歌》注釋。

天寶十四載乙未（七五五） 三十九歲。在北庭。十一月，安禄山反，常清適自北庭入朝，遂留禦賊。歲末，行役經玉門關，作《玉門關蓋將軍歌》。

有《北庭作》、《登北庭北樓呈幕中諸公》、《奉陪封大夫九日登高》諸詩，爲本年岑在北庭之證。《北庭作》曰：「秋雪春仍下，朝風夜不休。可知年四十，猶自未封侯！」本年作者三十九歲，約舉成數宜稱「四十」。

《考證》謂《玉門關蓋將軍歌》作於至德元載十二月東歸途中，根據是：「《通鑑》，至德二載正月，『河西兵馬使蓋庭倫與武威九姓商胡安門物等殺節度使周佖。』案《元和郡縣志》，玉門關在瓜州晉昌縣東二十步，屬河西節度管内。此蓋將軍在玉門關，當即河西兵馬使蓋庭倫也。公本年（至德元載）始領伊西北庭支度副使，詩曰『我來塞外按邊儲』，是至早當作於本年。……詩既作於本年，而蓋庭倫本年適在河西，則蓋將軍爲庭倫益無疑矣。」按，《通鑑》卷二一五胡三省注：「兵馬使，節鎮衙前軍職也，總兵權，任甚重。至德以後，都知兵馬使率爲藩鎮儲帥。」《新唐書·方鎮表》：「（河西節度）副使治甘州（今甘肅張掖），領

都知河西兵馬使。」知河西兵馬使不當居玉門關。且蓋將軍至德元載臘日在玉門關（詩曰：「臘日射殺千年狐。」），如何二載正月忽然帶兵到千餘里外的涼州去殺節度使？故蓋將軍當非河西兵馬使蓋庭倫。據《通鑒》卷二一五載，河西節度統八軍三守捉，其中「玉門軍，在肅州西二百里，管兵五千二百人」（胡三省注）。此詩曰：「五千甲兵膽力粗。」所領兵數恰同玉門軍，疑蓋將軍就是河西玉門軍使。又，據記載，河西八軍三守捉均不駐玉門關，可見玉門關原來不會有很多守軍；唐玉門軍駐今甘肅安西東玉門鎮附近，西距玉門關約二百六十里（據《元和郡縣志》卷四十），「開元中，玉門縣爲吐蕃所陷，因於縣城置玉門軍。天寶十四年，哥舒翰奏廢軍重置縣」（同上）。疑十四載玉門重置縣後，玉門軍即移駐玉門關，遂使玉門關守軍增至五千。另《玉關寄長安李主簿》曰：「玉關西望堪腸斷，況復明朝是歲除。」詩當與《蓋將軍歌》作於同時而稍後。然至德元載十二月長安已失陷，其時岑不當有《寄長安李主簿》之作，故知《蓋將軍歌》亦不應作於至德元載，疑同爲天寶十四載行役經玉門關時所作。岑首次出塞居安西時曾因公事兩度出入陽關（見《寄宇文判官》），此則爲「按邊儲」而經玉門關也。

肅宗至德元載丙申（七五六）　四十歲。在北庭，領伊西北庭支度副使。

是年領支度副使，見《優鉢羅花歌》序。又，有《送張都尉東歸》、《與獨孤漸道別長句兼呈嚴八侍御》、《首秋輪臺》、《送郭司馬赴伊吾郡請示李明府》、《醉裏送裴子赴鎮西》諸詩，

均可證岑是年居北庭。

至德二載丁酉（七五七） 四十一歲。二月，肅宗至鳳翔。六月，爲杜甫等舉薦，授右補闕。十月，隨肅宗還長安。

杜確《序》：「入爲右補闕，頻上封章，指述權佞……」杜甫、裴薦等《爲補遺薦岑參狀》：「宣議郎試大理評事攝監察御史賜緋魚袋岑參：右臣等竊見岑參識度清遠，議論雅正，佳名蚤立，時輩所仰；今諫諍之路大開，獻替之官未備，恭惟近侍，實藉茂材，臣等謹詣閤門，奉狀陳薦以聞，伏聽進止。」狀署「至德二載六月十二日」。知本年六月杜甫等薦岑可備諫職，詔即授右補闕。岑自北庭東歸時日，於詩無徵，似去任諫職前未久也。《行軍二首》曰：「我皇在行軍，兵馬日浩浩。」「偶從諫官列，謬向丹墀趨。」蓋拜右補闕後作於鳳翔，《鳳翔府行軍送程使君赴成州》、《宿岐州北郭嚴給事別業》、《行軍九日思長安故園》、《行軍雪後月夜宴王卿家》諸詩亦皆作於鳳翔。《行軍二首》又云：「吾竊悲此生，四十幸未老。」本年岑參四十一歲，「四十」係約舉成數。

十月，肅宗還長安，《考證》曰：「公既爲朝臣，理當扈從還京。」

乾元元年戊戌（七五八） 四十二歲。在長安，任右補闕。

與杜甫、王維、賈至等並爲兩省僚友，相互唱和。賈賦《早朝大明宮呈兩省僚友》，杜、

王、岑並有《奉和中書賈至舍人早朝大明宮》之作；岑作《寄左省杜拾遺》，杜有《奉答岑參補闕見贈》；岑作《送許拾遺恩歸江寧拜親》，杜有同賦之作《送許八拾遺歸江寧覲省》。

乾元二年己亥（七五九）　四十三歲。春在長安。三月轉起居舍人。四月署虢州長史，五月之任。

《佐郡思舊遊》詩序曰：「己亥歲春三月，參自補闕轉起居舍人。夏四月，署虢州長史。」杜確序曰：「入爲右補闕……改爲起居郎，尋出虢州長史。」按，《初至西虢官舍南池呈左右省及南宮諸故人》曰：「黜官自西掖，待罪臨下陽。」西掖即中書省，知岑出爲虢州長史前在中書省任職。唐起居舍人屬中書省，起居郎屬門下省（參見《佐郡思舊遊》注釋），然則杜序作「起居郎」者誤矣。

《考證》曰：「知五月始到官所者，《出關經華嶽寺訪法華雲公》詩曰，『謫宦忽東走，王程苦相仍』，又曰『五月山雨熱』，則是五月始出關之任也。」

上元元年庚子（七六〇）　四十四歲。在虢州。

是春，有《虢中酬陝西甄判官見贈》詩，甄判官即甄濟，説見此詩注釋。

上元二年辛丑（七六一）　四十五歲。在虢州。

《虢州送鄭興宗弟歸扶風別廬》曰：「佐郡已三載，豈能長後時？」自乾元二年至本年

爲「三載」，故知本年猶在虢州。是春，在虢州迎候河南尹嚴武，並送其赴長水，參見《虢州南池候嚴中丞不至》、《使君席夜送嚴河南赴長水》等詩注釋。九月九日，在虢州送神策軍節度使衛伯玉出師長水，參見《九日使君席奉餞衛中丞赴長水》注釋。

代宗寶應元年壬寅（七六二） 四十六歲。是春，改太子中允，兼殿中侍御史，充關西節度判官。十月，天下兵馬元帥雍王适會諸道節度使於陝州，進討史朝義，以岑爲掌書記。

杜確《序》：「又改太子中允，兼殿中侍御史，充關西節度判官。」《考證》曰：「《新書·方鎮表》一，上元二年，華州置鎮國節度，亦曰關東節度，廣德元年，鎮國節度使李懷讓自殺，罷鎮國節度，置同華節度使。案鎮國節度治華州，乃潼關之西，宜稱關西節度，表作關東，疑爲字訛。公有《潼關鎮國軍句覆使院早春寄王同州》、《潼關使院懷王七季友》二詩，蓋即爲關西節度判官時所作。《寄王同州》詩曰『昨從關東來』，謂自虢州來也。」聞說是。關西節度去年始置，明年已罷，去年岑在虢州，則爲關西節度判官應在本年。又《寄王同州》詩題曰「早春」，《懷王七季友》詩曰「滿目徒春華」，則本年早春已入使幕矣。另，鎮國節度兼掌潼關防禦，故岑入使幕後嘗居潼關。

杜確《序》：「聖上潛龍藩邸，總戎陝服，參佐僚史，皆一時之選，由是委公以書奏之

任。」按，杜確卒於貞元時，「聖上」應指德宗（即雍王适）。《通鑑》寶應元年十月：「以雍王适爲天下兵馬元帥。辛酉，辭行……會諸道節度使及回紇於陝州，進討史朝義。」《考證》曰：「《新書·百官志》，天下兵馬元帥幕屬有掌書記一人，杜序所謂委以書奏之任，蓋即此官。」岑居陝州時，作有《陝州月城樓送辛判官入奏》詩。

廣德元年癸卯（七六三）　四十七歲。在長安。正月入京，在御史臺供職。秋，任祠部員外郎。

據《通鑑》載，本年正月，史朝義敗死，「僕固懷恩（時領陝州諸軍節度行營，爲雍王适之副）與諸軍皆還」。岑入京宜在是時。有《劉相公中書江山畫障》、《尹相公京兆府中棠樹降甘露詩》、《暮秋會嚴京兆後廳竹齋》諸詩，爲本年岑在京師之證（參見各詩注釋）。

杜確《序》：「入爲祠部、考功二員外郎。」《考證》曰：「案拜祠部員外郎，不知在何時，姑以意定爲本年（指寶應元年）十月雍王收東京、河陽、汴、鄭、滑、相、魏等州後，《秋夕讀書幽興獻兵部李侍郎》詩曰『年紀蹉跎四十强，自憐頭白始爲郎』。本年四十八歲，詩蓋即作於此時。」按，聞説未確。《秋夕讀書幽興獻兵部李侍郎》詩作於秋日，時岑初爲郎官；而寶應元年秋，岑正任關西節度判官，初冬（十月），轉雍王幕爲掌書記，安得入爲祠部員外郎？又，「兵部李侍郎」即李進，進上年冬署雍王元帥府行軍司馬，本年遷兵部侍郎（説見此詩注

釋），則岑拜祠部員外郎應在本年秋。本年岑四十七歲，故詩云「四十强」（四十有餘，「强」字本爲取韻，不必過於拘泥）。

岑本年拜祠部員外郎前在長安任何職，載籍不詳。《和刑部成員外秋夜寓直寄臺省知己》曰：「列宿光三署，仙郎直五宵。……粉署榮新命，霜臺憶舊僚。……微才喜同舍，何幸忽聞《韶》。」詩爲本年秋初爲郎官時所作。粉署謂尚書省，霜臺即御史臺，「粉署」兩句言其由御史臺屬官新遷爲尚書郎。「唐御史以擢省郎爲美遷」（《唐音癸籤》卷十七），故曰「榮新命」。據此，知岑本年拜祠部員外郎前在御史臺供職。

廣德二年甲辰（七六四）　四十八歲。在長安。改考功員外郎。尋轉虞部郎中。

有《送嚴黄門拜御史大夫再鎮蜀川兼覲省》、《送許員外江外置常平倉》、《奉送李太保兼御史大夫充渭北節度使》、《盛王輓歌》、《送張祕書充劉相公通汴河判官便赴江外覲省》諸詩，可證本年岑在長安（參見各詩注釋）。

改考功員外郎在轉虞部郎中之前。去秋始爲祠部員外郎，本年已轉虞部郎中，則改考功亦當在本年。

《考證》曰：「杜序於『入爲祠部、考功二員外郎』後云『轉虞部、庫部二正郎』。案轉虞部郎中不知在何年月，今據《送祁四再赴江南别詩》，定爲本年。祁四即畫家祁岳。于邵《送家令祁丞序》，稱善畫能詩，則家令丞即祁岳。序曰『去年八月，閩越納貢，而吾子實董

斯役，水陸萬里，寒暄浹年。三江五湖，夐然復遊。遠與爲别，故人何情？」虞部郎中岑公贈詩一篇，情言兼至，當時之絶也。』案岑公所贈詩當即《送祁四再赴江南别詩》，『三江五湖，夐然復遊』即『再赴江南』也。《舊書》一八八《于邵傳》：『轉巴州刺史，夷獠圍州掠衆，邵與賊約，出城受降而圍解。節度使李抱玉以聞，超遷梓州，以疾不至，遷兵部郎中。』《舊書》一八三《李抱玉傳》：『廣德元年冬，兼山南西道節度使』，則其表奏于邵受降解圍，及邵辭梓州，遷兵部事，至早當在本年。本年于邵始至京師，序稱公爲虞部郎中，則本年公已轉此官矣。」按，此處引書有誤。《舊唐書·李抱玉傳》：「廣德元年冬，吐蕃寇京師，乘輿幸陝，諸軍潰卒及材閭亡命相聚爲盜，……乃詔抱玉兼鳳翔節度使討之。……以功遷司空。……時吐蕃每歲犯境，上以岐陽國之西門寄在抱玉，恩寵無比，遷同中書門下平章事，又兼山南西道節度使。」抱玉兼山南西道節度使顯非廣德元年事。《舊唐書·代宗紀》：大曆五年正月，「鳳翔節度使李抱玉判梁州事，充山南西道節度使。」六年二月，抱玉上書讓山南西道節度使，許之（參見《唐刺史考》卷二〇五）。《舊唐書·于邵傳》：「……節度使李抱玉以聞，超遷梓州，以疾不至，遷兵部郎中，西川節度使崔寧請留爲支度副使。」《通鑑》謂大曆二年七月崔寧始爲西川節度使。可知于邵「辭梓州遷兵部事」當在大曆五、六年。其實，《送家令祁丞序》應是于邵出任巴州刺史前在長安爲比部郎中時所作，其作年無從確斷。然明年已轉庫部郎中，則爲虞部郎中宜在本年。

永泰元年乙巳（七六五） 四十九歲。在長安。轉庫部郎中。十一月，出爲嘉州刺史。因蜀中亂，行至梁州而還。

有《韋員外家花樹歌》、《送盧郎中除杭州赴任》、《苗侍中輓歌》、《送郭僕射節制劍南》、《送韓巽入都覲省便赴舉》諸詩，爲本年岑在長安之證（參見各詩注釋）。

獨孤及有《同岑郎中屯田韋員外花樹歌》與《韋員外家花樹歌》並七言八句，係同賦，均作於本年春（説見《韋員外家花樹歌》注釋）。本年，岑又有《送羽林長孫將軍赴歙州》、《送江陵黎少府》、《送李賓客荆南迎親》諸詩，獨孤及皆有同賦之作（參見各詩注釋）。

杜確《序》：「……轉虞部、庫部二正郎，又出爲嘉州刺史。」則本年十一月出刺嘉州之前，已轉庫部郎中。《考證》曰：「知本年十一月出刺嘉州者，《酬成少尹駱谷行見呈》諸詩可證。《酬成》詩曰：『憶昨蓬萊宮，新授刺史符，……何幸承命日，得與夫子俱。攜手出華省，連鑣赴長途，五馬當路嘶，按節投蜀都。』知公與成同日受命，且同行入蜀也。獨孤及《送成少尹赴蜀序》曰，『歲次乙巳，定襄郡王英乂出鎮庸蜀，謀亞尹。僉曰，「左司郎中成公可。温良而文，貞固能幹，力足以參大畧，弼成務。」既條奏，詔曰，「俞往」。公朝受命而夕撰日，卜十一月癸巳出車吉。』據此，則公實以本年十一月被命，即以同月之官，故其《酬成》詩又曰『飛雪縮馬毛，烈風擘我膚』，而《赴嘉州過城固縣尋永安超禪師房》詩亦曰『滿樹枇

杷冬着花』，『漢王城北雪初霽』耳。」

《舊唐書・代宗紀》：「（永泰元年）閏十月，……劍南節度使郭英乂爲其檢校西川兵馬使崔旰所殺，邛州柏茂林、瀘州楊子琳、劍南李昌巙皆起兵討旰，蜀中亂。」岑此行蓋因蜀中之亂，未嘗赴任而返（説詳下年）。

大曆元年丙午（七六六）　五十歲。歲初在長安。二月，詔相國杜鴻漸爲山南西道、劍南東西川副元帥，劍南西川節度使，以平蜀亂。杜表岑爲職方郎中，兼侍御史，列於幕府，遂同入蜀。二月至四月留滯梁州，四月南行入蜀，六月過劍門，七月抵成都。

杜確《序》：「又出爲嘉州刺史；副元帥、相國杜公鴻漸表公職方郎中，兼侍御史，列於幕府。」《通鑑》：大曆元年二月「壬子，以杜鴻漸爲山南西道、劍南東西川副元帥，劍南西川節度使，以平蜀亂」。「秋，八月，……杜鴻漸至蜀境。」《考證》曰：「據郎士元《和杜相公益昌路作》詩『春半梁山正落花，台衡受律向天涯』句，及錢起《賦得青城山歌送楊杜二郎中赴蜀軍》詩『緑蘿春月營門近』句，知鴻漸等二月實已就道。」岑有《奉和杜相公初發京城作》，詩曰：「叨陪幕中客，敢和《出車》詩。」知岑蓋與鴻漸同發京師。據此，則岑本年歲初當在長安，而去年十一月出刺嘉州，必未嘗之任而返也。

岑有《過梁州奉贈張尚書大夫公》詩，張尚書即張獻誠，永泰元年正月加檢校工部尚

書，大曆元年正月封鄧國公（參見此詩注釋）。詩曰：「春景透高戟，江雲簪長麾。」知岑入蜀抵梁州時在春日。又《通鑒》大曆元年：「（二月）癸丑，以山南西道節度使張獻誠兼劍南東川節度使。……三月，癸未，獻誠與旰戰於梓州，獻誠軍敗，僅以身免，旌節皆爲旰所奪。」本年三月張獻誠已入蜀，岑不當有過梁州奉贈獻誠之作，故此詩宜作於春二月，其時岑已抵梁州。《梁州對雨懷麴二秀才便呈麴大判官時疾贈余新詩》曰：「水惡平明飛，雨從嶓冢來。……隔簾濕衣巾，當暑涼幽齋。」則時已入夏，岑猶在梁州也。杜鴻漸之留滯梁州，疑同獻誠入蜀與旰交戰失利相關。

《早上五盤嶺》曰：「松疏露孤驛，花密藏迴灘。棧道溪雨滑，畬田原草乾。」《與鮮于庶子自梓州成都少尹自褒城同行至利州道中作》曰：「水種新插秧，山田正燒畬。夜猿嘯山雨，曙鳥鳴江花。」《赴犍爲經龍閣道》曰：「驟雨暗溪谷，歸雲網松蘿。」《奉和相公發益昌》曰：「山花萬朵迎征蓋，川柳千條拂去旌。」諸詩皆自梁州南行入蜀途中所作（參見各詩注釋）。諸詩所寫，似爲初夏四月物候。又，《入劍門作寄杜楊二郎中時二公並爲杜元帥判官》曰：「凛凛三伏寒。」則抵劍門時已六月也。

《考證》曰：「知七月抵成都者，《陪狄員外早秋登府西樓因呈院中諸公》詩可證。詩曰『常愛張儀樓，西山正相當』。知題中府字謂成都府也。杜鴻漸本年至成都，明年四月入朝。詩曰『亞相自登壇，時危安此方。聲威振蠻貊，惠化鍾華陽。旌節羅廣庭，戈鋋凛秋

霜。階下貔虎士，幕中鵷鷺行。』明鴻漸尚在成都，則此早秋謂本年七月也。史稱八月鴻漸至蜀境，失之誣矣。」

《通鑑》大曆元年八月：「杜鴻漸至蜀境，聞張獻誠敗而懼，使人先達意於崔旰，許以萬全。旰卑辭重賂以迎之，鴻漸喜；進至成都，見旰，但接以温恭，無一言責其干紀，州府事悉以委旰。……以柏茂琳、楊子琳、李昌巎各爲本州刺史。上不得已從之。壬寅，以旰爲成都尹、西川節度行軍司馬。」蜀亂於是平息。

大曆二年丁未（七六七）　五十一歲。在成都。四月，杜鴻漸入朝奏事，以崔旰知西川留後。六月，鴻漸至長安，薦旰才堪寄任，上乃留鴻漸復知政事，岑遂於是時赴嘉州刺史之任。

《通鑑》大曆二年四月：「杜鴻漸請入朝奏事，以崔旰知西川留後。六月，甲戌，鴻漸來自成都，廣爲貢獻，因盛陳利害，薦旰才堪寄任；上亦務姑息，乃留鴻漸復知政事。秋，七月，丙寅，以旰爲西川節度使。」自春徂夏，岑在成都，有《早春陪崔中丞泛浣花溪宴》、《送崔員外入奏因訪故園》、《送趙侍御歸上都》、《過王判官西津所居》諸詩可證（見各詩注釋）。

岑何時赴嘉州刺史任，載籍不詳。明年七月，岑已自嘉州罷官東歸，則赴嘉州刺史任，當在本年。岑永泰元年十一月除嘉州刺史，雖未嘗之任，而朝廷亦不曾收回成命，故於翌

年復行，然爲鴻漸表置幕府，又不得之任。本年四月，鴻漸入朝，六月，鴻漸復知政事，幕府解散，則岑離成都赴嘉州之任最晚當在本年六月。

岑至嘉州後，作有《初至犍爲作》、《登嘉州淩雲寺作》、《上嘉州青衣山中峯題惠浄上人幽居寄兵部楊郎中》諸詩。

大曆三年戊申（七六八）　五十二歲。在嘉州。七月，罷官東歸，阻戎瀘間羣盜，淹泊戎州。後改計北行，却至成都。

《阻戎瀘間羣盜》作者自注：「戊申歲，余罷官東歸。」《東歸發犍爲至泥溪舟中作》曰：「前日解侯印，泛舟歸山東。平旦發犍爲，逍遥信回風。七月江水大，滄波漲秋空。」知本年七月岑自嘉州罷官東歸。所謂「東歸」，指順長江東行，而後沿汴河北歸。岑此行欲歸何地？《東歸發犍爲至泥溪舟中作》曰：「泛舟歸山東。」《巴南舟中思陸渾別業》曰：「夢魂知憶處，無夜不先歸！」似欲歸河南舊居；《阻戎瀘間羣盜》曰：「帝鄉北近日，瀘口南連蠻。何當遇長房，縮地到京關。」《下外江舟中懷終南舊居》曰：「早年好金丹，方士傳口訣。敝廬終南下，久與真侶別。道書誰更開，藥竈煙遂滅。……巖壑歸去來，公卿是何物！」又似欲回長安終南舊居。綜合言之，蓋欲先歸河南，而後歸長安也。

《阻戎瀘間羣盜》自注又曰：「屬斷江路，時淹泊戎州作。」「戎瀘間羣盜」指楊子琳等。

《通鑒》大曆三年四月：「壬寅，西川節度使崔旰入朝。……以弟寬爲留後，瀘州刺史楊子琳帥精騎數千乘虚突入成都……崔寬與楊子琳戰，數不利。秋，七月，崔寧（即崔旰）妾任氏出家財數十萬，募兵得數千人，帥以擊子琳，破之；子琳走。」大曆四年二月：「楊子琳既敗還瀘州，招聚亡命，得數千人，沿江東下，聲言入朝。」此雖爲大曆四年二月之文，實追叙去年七月初敗時事。《阻戎瀘間羣盜》曰：「南州林莽深，亡命聚其間。」正謂東歸時遇楊子琳於戎瀘間招聚亡命。《考證》曰：「公旅泊巴南似爲時頗久。《青山峽口泊舟懷狄侍御》詩曰『往來巴山道，三見秋草彫』。自大曆元年初秋入蜀至本年秋爲三年，則詩當爲本年所作。詩又曰『九月蘆花新，彌令客心焦』，則本年九月猶在巴南也。」又曰：「淹泊江干，既非長策，則不得不却回成都……明年又有成都詩，可證其回至成都矣。」

大曆四年己酉（七六九）　五十三歲。客居成都。歲末，東歸不遂，卒於成都旅舍。

杜確《序》：「無幾使罷，寓居於蜀。」《考證》曰：「《西蜀旅舍春嘆寄朝中故人呈狄評事》，詩題曰『旅舍』，則非佐幕時，亦非守郡時，此當爲本年春作，……他篇（《阻戎瀘間羣盜》）曰『罷官自南蜀』，指嘉州，此曰『西蜀旅舍』，則當指成都，故知本年春已至成都。……《客舍悲秋有懷兩省舊遊呈幕中諸公》詩曰『三度爲郎便白頭，一從出守五經秋』，自永泰元年出守，至本年爲五年。題曰幕中諸公，則與前詩曰『西蜀旅舍』者正合。據此，則本年秋公乃在成都。」

杜確《序》：「時西川節度，因亂受職，本非朝旨。其部統之内，文武衣冠，附會阿諛，以求自結，皆曰：中原多故，劍外少康，可以庇躬，無暇向闕。公乃著《招蜀客歸》一篇，申明逆順之理，抑挫佞邪之計。」《招蜀客歸》即《文苑英華》所載《招北客文》，疑作於本年。説見《考證》。

岑旅寓成都時，屢欲北歸，《西蜀旅舍春嘆寄朝中故人呈狄評事》曰：「吾先税歸鞅，舊國如咫尺。」《送綿州李司馬秩滿歸京因呈李兵部》曰：「久客厭江月，罷官思早歸。」岑又有《東歸留題太常徐卿草堂》之詩，曰：「復居少城北，遥對岷山陽。車馬日盈門，賓客常滿堂。曲池蔭高樹，小徑穿叢篁。江鳥飛入簾，山雲來到牀。」此數句叙徐卿草堂。少城又稱小城，在成都大城之西，可見徐卿草堂在成都。詩疑爲本年歲末決計東歸時作於成都〔八〕。杜確《序》曰：「旋軫有日，犯軾俟時，吉往兇歸，嗚呼不禄！」旋軫猶還車，犯軾當爲犯軷之誤，謂出行前祭路神也。此四句謂岑已作歸計，未及成行而卒。大約東歸前忽然染病，不久便在成都去世了。

關於岑參去世的年月，學者間有不同看法。賴義輝《岑參年譜》（載《嶺南學報》一卷二期）定岑卒於大曆四年，根據是杜甫《追酬故高蜀州（適）人日見寄》詩的序文：「今海内忘形故人，獨漢中王（李）瑀與昭州敬使君超先在。」未提及岑參，可見其時岑參已歿。詩序署明作於「大曆五年正月二十一日」，故賴譜推定岑卒於大曆四年。

《考證》曰：「據《舊書・代宗紀》，本年十二月戊戌，左僕射冀國公裴冕薨，公有《故僕射裴公輓歌三首》，則本年十二月，公猶健在也。」「賴譜定公卒於大曆四年，此因不知《裴公輓歌》作於四年十二月而致誤。」因此《考證》將岑參逝世的年月改訂爲大曆五年正月。按，唐時輓歌皆作於下葬時，而非作於卒時（二者往往相距數月）；《裴公輓歌》之裴公，實即裴耀卿而非裴冕，詩乃天寶二年十月作於長安（參見此詩注釋），聞説非是。此處從賴義輝之説，定岑參卒於本年歲末。

【校注】

〔一〕再如《送於十八應四子舉落第還嵩山》：「勸君還嵩邱，開酌盼庭柯，三花如未落，乘興一來過。」三花即貝多花，生於少室，《太平御覽》卷九六〇引《魏王花木志》曰：「漢時有道人自西域持貝多子植於嵩之西峯下，後極高大，有四樹，樹一年三花。」嵩之西峯即少室，則此「嵩邱」亦不得專指太室矣。

〔二〕王士源《孟浩然集序》：「開元二十八年，王昌齡遊襄陽，時浩然疾疹發背且愈，相得歡甚，浪情宴謔，食鮮疾動，終於冶城南園。」

〔三〕如「王文」説，「命官授職……與禮部貢舉考試無涉」，所以賦非作於進士舉試前。事實上，命官授職是以進士舉試及第爲前提的，兩者有因果關係。

〔四〕此外，《繫年》又謂：「（詩）又曰『熊生尉淇上』，淇上謂淇水之上；《元和姓纂》一『開元臨清尉熊曜』，《新書·地理志》貝州有臨清縣，臨清與淇水爲近，淇上殆即謂臨清。《姓纂》云熊曜開元時尉臨清，必開元末初授官，至天寶三載猶未罷也。」按，臨清在今山東臨清市附近，並不與淇水爲近；熊曜開元時尉臨清，此時改尉淇上，二者當非一事。

〔五〕《考證》曰：「據《新書·方鎮表》，天寶十載王正見代高仙芝爲安西四鎮節度使，十一載正見死，封常清代之。……是十載以後，仙芝不復在安西也。」按，《方鎮表》無此記載，《新書·方鎮表》應是《唐方鎮年表》之誤。

〔六〕岑天寶十載滯留涼州達三月之久，理應在河西節度使幕中結識一些朋友，故曰「河西幕中多故人」；又岑十載離涼州，十三載復至涼州，故曰「故人别來三五春」。

〔七〕輪臺庭州相距里數，《元和郡縣志》言四十二里，《新唐書·地理志》言三百二十里，《太平寰宇記》則言四百二十里，其説不一。

〔八〕《繫年》稱此爲「大曆三年七月自嘉州罷官東歸詩」，蓋不知少城在成都，不在嘉州也。

版本源流考

岑參是盛唐著名詩人，生前「每一篇絶筆，則人人傳寫，雖閭里士庶，戎夷蠻貊，莫不諷誦吟習焉」（杜確《岑嘉州詩集序》）。岑參詩集現存明以前的本子，僅國家圖書館和北京大學圖書館所藏，就有以下十餘種：

a.《岑嘉州詩集》，八卷，存前四卷，宋刊本。每半頁十行，行十八字。前有杜確序。現藏國家圖書館。

b.《岑嘉州詩集》，八卷，明抄本。半頁十行，行二十字。有杜確序及目録。原係黄丕烈藏書，現存國家圖書館。

c.《岑嘉州集》，八卷，明銅活字本。半頁九行，行十七字。有杜確序，現藏國家圖書館。

d.《岑嘉州集》，二卷，明張遜業輯《十二家唐詩》本。嘉靖三十一年（一五五二）江都黄埻東壁圖書府刊。每半頁九行，行十九字。無杜確序，書藏國家圖書館。

e.《岑參集》，一卷，明楊一統刊《唐十二家詩》本。萬曆十二年（一五八四）刻。半頁九行，行二十字。有目録，無杜確序。書藏北大圖書館。

f.《岑嘉州集》，二卷，明許自昌輯《前唐十二家詩》本。萬曆三十一年（一六〇三）刊。半

頁九行，行十九字。無杜確序，書藏北大圖書館。

g.《岑嘉州集》，八卷，明刊《唐十二家詩》本。半頁十行，行十八字。有杜確序，書藏北大圖書館。

h.《岑嘉州集》，八卷，明刊本。半頁十行，行十八字。有杜確序。有吴慈培校並補目，周叔弢校並跋。書藏國家圖書館。

i.《岑嘉州集》，二卷，明鄭能刊《前唐十二家詩》（國家圖書館善本室目録署作《唐四家詩》，當誤，説見後）本。每半頁九行，行十九字。無杜確序。原爲鄭振鐸藏書，現存國家圖書館。

j.《岑嘉州詩》，七卷，明正德十五年（一五二〇）熊相濟南刊本。半頁十行，行十七字。前有杜確序，後有邊貢、熊相二序。《四部叢刊》影印，國家圖書館藏有原刊本。

k.《岑嘉州詩》，七卷，明刊黑口本。半頁十行，行十七字。無杜確序，書藏北大圖書館。

l.《岑嘉州詩》，八卷，明正德十五年謝元良嘉州刊本。半頁十行，行二十字。無杜確序，有安磐《岑嘉州詩引》。書藏國家圖書館。

m.《岑嘉州詩》，四卷，明正德十五年沈恩蜀中刊本。半頁十一行，行二十字。無杜確序，前有楊慎《新刊岑嘉州詩序》，後有沈恩跋。《四部叢刊》初編影印，國家圖書館藏有原刊本。

由於客觀條件的限制，筆者未能看到北京之外各地所藏岑詩的善本，但查過全國一些大圖

書館的善本書目，似乎未見超出上述各本範圍以外的善本。下面就上述諸本的相互關係和岑詩的版本源流，談一些不成熟的意見。

一

岑參詩集最初由杜確編成，《岑嘉州詩集序》説：「嗣子佐公……收公遺文，貯之篋笥。以確接通家餘烈，忝同聲後輩，命編次，因令繕録，區分類聚，勒成八卷。」杜確之後，有幾種不同的岑詩版本流傳。一種是十卷本，一種是宋刊八卷本，此外，可能還有一種宋刊七卷本。十卷本已失傳，其餘二種本子，分别爲後人所輾轉翻刻，於是形成岑詩的兩個不同的版本系統。

《新唐書・藝文志》、《宋史・藝文志》、《崇文總目》、《通志・藝文畧》、晁公武《郡齋讀書志》、《文獻通考・經籍考》、明焦竑《國史經籍志》並著録：「岑參集十卷。」錢謙益《絳雲樓書目》也著録：「岑嘉州集十卷。」錢氏還見過十卷本，不知何時失傳。此本面貌，無從得知，筆者推測，可能是在杜編詩集八卷本的基礎上，外加文、賦各一卷，成爲十卷。杜確序名曰「岑嘉州詩集序」，則所編八卷本當是詩集無疑。上述各書著録「岑參集十卷」、「岑嘉州集十卷」，則有可能收録除詩之外的其他作品。今傳岑參的其他作品，有《招北客文》（載《文苑英華》，《唐文粹》録此文作獨孤及撰，當誤，説見聞一多《岑嘉州繫年考證》）、《感舊賦》（見《文苑英華》），現存岑詩

的各種本子均不載，當年的十卷本，疑載有這類作品。又宋陳振孫《直齋書録解題》卷十九詩集類上著録「岑嘉州集八卷」，編者稱：「凡無他文而獨有詩及雖有他文而詩集復獨行者，别爲一類。」則宋時除收有文、賦的十卷本外，尚有八卷的詩集單獨流傳。

宋刊八卷的詩集，一直傳留至今，這就是前面所列的第一個本子。楊紹和《楹書隅録》卷四曰：「右宋槧四家詩集，不詳何人所編，無刊書年月。首常尉（常建），次杜必簡（杜審言），次岑嘉州，次皇甫茂政（皇甫冉），常、杜二集爲一册，岑集二册，皇甫集一册。卷末有明人題識，版刻頗精，古香可挹，余從都中故家得之，從事裝池，並考各本異同，附諸於後。……岑嘉州集，晁、鄭二家作十卷，陳氏作八卷，明正德熊相刊徐氏藏本作七卷，前有杜確序，此本四卷，不分體，首尾完具，蓋趙宋時别本也。……四集同出一版，每半葉十行，行十八字，有克承、安雅生、元甫、停雲生……陳崇本書畫印、崇本私印……袁褧之印、袁氏尚之……吴郡顧元慶氏珍藏印、顧千里經眼記各印記。」按，楊氏海源閣所藏這一本子，後爲周暹叔弢所得，解放後捐贈北京圖書館。此本實存八卷之半，並非「首尾完具」，亦非「趙宋時别本」。由於此本不分體，每卷中幾乎各種體裁的作品都有，因此不易看出殘缺的痕跡，遂被誤認爲「首尾完具」。其實衹要把這個本子同明抄本作一比較，就能看出它是一個僅存前四卷的殘本。此本雖然殘缺，却是今存最古的岑詩刊本，且版刻較精，所以值得珍視。此本頗有佳字，如《夜過磐石隔河望永樂寄閨中效齊梁體》，「石」此本作「豆」，極是。「磐豆」即「盤豆」，在今河南靈寶市西盤豆鎮，位於黄河南岸，與黄河北

岸的永樂（今山西芮城縣西南永樂鎮）隔河相望。又如《寄韓樽》，各本題下多無注語，此本注曰：「韓時使在北庭，以詩代書干時使。」爲這首詩的編年提供了一些綫索。此本各詩的序次很混亂，同杜確序所云「區分類聚」的話不合，可能和杜編八卷本的面貌已有差別。

錢曾《述古堂藏書目》著録：「岑參集，四卷，一本，宋本影抄。」根據這段記載，能否説明宋時有四卷本别行？黄丕烈《蕘圃藏書題識》曰：「考諸家書目，……有四卷者，以爲宋本影鈔，則《述古堂書目》云□□，余以宋人《書録解題》及《文獻通考》證之，則八卷爲舊，若影鈔四卷，未知其又爲何時本矣，宋刻而已移八卷□□次，吾烏敢信之哉？」對是否有宋刊四卷本提出了懷疑。這個本子完全有可能是根據海源閣所藏四卷本影抄的。因此根據這段記載，不足以證明宋時有四卷本别行。又陸游《跋岑嘉州詩集》曰：「今年自唐安别駕來攝犍爲，既畫公像齋壁，又雜取世所傳公遺詩八十餘篇刻之。」（《渭南文集》卷二十六）陸游所刻的本子今不傳。

明抄八卷本（前面所列第二個本子），不分體，上有黄丕烈跋語：「《岑嘉州集》八卷，舊抄本。余向藏唐人岑嘉州詩，以正德刻者爲最舊，古鹽官張氏藏書也。頃書友攜此書鈔本來，以五百青蚨得之，可謂好書而賤，直者矣！較正德刻，殊不同，序後多目録，分卷爲八，與杜序合；明刻分卷爲七，兼分體，非復舊觀矣。」此本凡收詩三九六首，比《四部叢刊》影印七卷本多以下四首：《送楊子》、《送人赴安西》、《送蕭李二郎中兼中丞充京西京北覆糧使》、《同羣公題張處士菜園》。其中第三首爲現存諸本所無，第四首《全唐詩》編入高適集中，疑非岑參所作。此本前

四卷，收詩的篇目及序次，全同宋刊本，唯卷四最後增收《奉和春日幸望春宮應制》（此首《全唐詩》作岑羲詩，是）一首，可能是根據别的本子補入的，文字和宋刊本很接近，但亦有不同之處，如上面所説的「磐豆」，此本即誤作「磐石」。它大約以宋刊八卷本爲底子，又參照過别的本子，在篇目、文字上畧有更動。此本亦頗有佳字，如《崔倉曹席上送殷寅充石相判官赴淮南》，唐代宰相無石姓，「石」字當誤，李嘉言《岑詩繫年》謂「石相疑當作元相，謂元載也」。岑仲勉《讀全唐詩札記》則曰「石相乃右相之訛」，此本「石」正作「右」，證明岑仲勉的推斷是正確的。總之，這是一個現存最接近宋刊八卷本的本子，由於宋刊八卷本已經殘缺，通過它可以瞭解到宋刊八卷本的全貌。

明刊八卷本《岑嘉州集》（前面所列第八個本子），這是一個明刊《唐十二家詩》（前面所列第七個本子）的單行本，後面再詳細談它。這裏要介紹的是，此本經吴慈培、周叔弢手校，過録了不少異文，有一定參考價值。書末有周叔弢跋語：「此吴佩伯（慈培）手校岑嘉州詩集，不知所據，精審爲余所藏諸本冠，己巳二月初二日，余復取海源閣藏宋本四卷對勘一過，宋本序次與吴氏所鈔目録正同，唯卷四末無《奉和春日幸望春宮應制》一首。」周校所據本，上面已經談及。吴氏所校，周云「不知所據」，據我看，是一個和明抄本極相近的本子。理由是：第一，根據吴氏鈔補的目録，知吴校所據本收詩的篇目、序次和明抄本完全一樣。第二，吴校所據本的文字和明抄本十分接近。如《送蕭李二郎中兼中丞充京西京北覆糧使》一詩，吴校所據本亦收，第五句兩

本並缺一字；《灃頭送蔣侯》，吴氏校：「灃作澧，頭字闕。」明抄本正作「澧□送蔣侯」。兩本文字也有少數不同之處，如《送祁樂歸河東》，「河東」明抄本作「河南」，吴校所據本作「江東」。

張遜業輯《十二家唐詩》本（前面所列第四個本子），上、下二卷，分體。卷上五古、七古，卷下其餘各體。十二家序次爲：王勃、楊炯、陳子昂、駱賓王、盧照鄰、杜審言、沈佺期、宋之問、孟浩然、王維、高適、岑參。各集均無序跋，唯《王勃集》前有張遜業撰《王勃集序》，序末署「時嘉靖壬子歲秋日」八字。此本凡收詩三九〇首，比《四部叢刊》影印七卷本少四首：《送鄭侍御謫閩中》（此首《全唐詩》編入高適集中）、《奉和春日幸望春宫應制》、《銘二首》，增一首：《同羣公題張處士菜園》、《酒泉太守席上醉後作》。此本與明鈔本，一分體，一不分體，一分卷爲二，一分卷爲八，看去似乎差别較大，但經過仔細比較，却發現此本每體中各首的序次，同明鈔本（也即宋刊八卷本）有極密切的關係，可以説，是從明鈔本那裏來的。例如，此本卷一五古部分的序次是這樣形成的：編輯者先把明鈔本卷一中的五言古詩照原序次一一抄出，緊接着又把後面各卷的五古照原序次一一抄出，此本卷一五古部分的序次，與明抄本全書五古部分的序次相同。其他各體的序次也是如此，祇有極少數幾首詩的序次例外。應當説，編者是拿了一個各體混編的宋刊八卷本，由卷一至卷八，依原順序將各體分别抄出，編成新的分體本的。或許張遜業不是最早的改編者，然而他所沿用的本子，最初也必定是根據宋刊八卷本改編的。此本文字，大體同明抄本。也有不同之處，如明抄本《□郡守邊》，此本作《衙郡守還》，改正了明鈔本的脱誤。據載，乾元二年岑參出爲虢

州長史，這首詩就是初到虢州時寫的。衙者，衙參也，言參謁郡守而歸也。這種情況説明，編者在改編時作過校勘。此本各卷前均署「永嘉張遜業有功校正」，卷下末頁又署有方九叔等十一個「同閲」者姓名。總之，此本是以宋刊八卷本爲底子重編的，屬於宋刊八卷本系統的本子。

楊一統刊《唐十二家詩》本（前面所列第五個本子），一卷，分體。十二家序次爲：王、楊、盧、駱、陳、杜、沈、宋、孟、王、高、岑，同張遜業本稍異。《王勃集》前有合肥黄道日序、東郡孫仲逸序、楊一統自序。孫仲逸《刻唐十二家詩序》曰：「都有唐諸作而隲之，則兹集數人爲首。今海内人士，不翅沈酣枕藉之，故江都之刻（即張遜業本），不數載已復初木。余友人楊允大（一統）再刊於白下，而校加精焉，屬不佞序之首簡。」知此集是以張遜業本爲底子，經校勘而後刊行的。全書的校勘，由楊一統、孫伯履、丘陵、孫仲逸、李本芳分工擔負，其中岑集爲李本芳所校。此本與張遜業本，雖分卷不同，而收詩的篇目、序次却都一樣，衹是比張本少五律三首：《送裴校書從大夫淄川郡覲省》、《送楊千牛趁歲赴汝南郡覲省便成親》、《送胡象落第歸王屋别業》。此本文字，大致同張本，但也間有歧異。

許自昌輯《前唐十二家詩》本（前面所列第六個本子），上下二卷，分體。《王勃集》前有許自昌《新刻前唐十二家詩叙》，未説明係據何本翻雕。此本刊刻年代晚於張遜業本及楊一統本，書名、分卷、收詩篇目及序次、行款全同張本，十二家之序次則同楊本。文字上，此本與張、楊二本大同小異，當是參照這兩個本子刊刻的。

鄭能刊《前唐十二家詩》本（前面所列第九個本子），未署刊書年月。北京圖書館所藏，僅餘孟、王、高、岑四集，故目録上署作《唐四家詩》，其實卷内並無「唐四家詩」之標誌。各集卷首均署「晉安鄭能拙卿重鐫」，岑集卷後且有「閩城琅嬛齋板　坊間不許重刻」十二個大字。鄭振鐸《劫中得書記》曰：「合刻初盛唐十二家者，有嘉靖壬子永嘉張遜業本，有晉安鄭能本，余皆未見。此本（楊一統刊本）題爲重刻，却未説明係覆刊何家者（按孫序已言據張本重刊），三家所選十二家，名目皆相同，未知張鄭二家孰爲祖本。」然則北京圖書館所藏，爲鄭能刊《前唐十二家詩》的殘本無疑。此係鄭氏藏書，何鄭云「未見」？蓋鄭作《劫中得書記》後，方得此書也。王重民《中國善本書提要》著録，美國國會圖書館藏有兩種鄭能刊《前唐十二家詩》，皆題「晉安鄭能拙卿重鐫」，俱録有萬曆三十一年許自昌序。則此本應該是根據許自昌本翻刻的。此本書名、分卷、收詩篇目及序次、行款全同張遜業本、許自昌本，在文字上，與張本、許本異處亦頗少。

明刊《唐十二家詩》本（前面所列第七個本子），八卷，分體。無刊書年代及刊刻者姓名。據書前墨筆抄補總目，十二家之序次爲：王維、宋之問、孟浩然、盧照鄰、駱賓王、高適、陳子昂、杜審言、沈佺期、岑參、王勃、楊炯。除抄補總目外，卷内無任何「唐十二家詩」之標誌，故可分可合，合之爲「唐十二家詩」，分之則爲單集别行，前面所列第八個本子，就是這部書的一個單行本。北大圖書館也另藏有一個這樣的單行本，它據「唐十二家詩」書版翻印，而以單集名義發行，裝訂上同「唐十二家詩」畧有不同。當然，也有另一種可能，即先刊刻若干部唐詩别集單行，

然後利用這些别集的書版，合印成「唐十二家詩」。這些詩集的刊刻年代不易確斷，版本學家們認爲大抵當刊於正德、嘉靖間。此本分卷如下：卷一、二、三，五古；卷四，七古；卷五、六，五律；卷七，五律、五言長律；卷八，七律、五絶、七絶。此本與張遜業本，雖分卷不同，而收詩的篇目及序次却都一樣，衹是比張本少五古四首：《峨眉東脚臨江聽猿懷二室舊廬》、《春半與羣公同遊元處士别業》、《陪羣公龍岡寺泛舟》、《終南雙峯草堂作》。又張本五言長律置於七律之後，此本則置於五律之後。從文字上看，此本和張本、楊本很接近，當係同一系統。

明刊八卷分體本，在明清諸藏書家的書目中，頗多著録，明銅活字本（前面所列第三個本子）就是其中的一種。此本無刊書年月及刊刻者姓名，其年代亦不易確斷。《中國版刻圖録》於明銅活字本《岑嘉州集》下云：「銅活字本唐人集，傳世頗罕，前人多誤認爲宋刻本。原書全目，已不可考。范氏天一閣藏三十四家，北京圖書館藏四十六家。覩字體紙墨，疑弘（治）、正（德）間蘇州地區印本。」此本書名、分卷、收詩篇目及序次均同前本，衹是《林臥》一首，前本置於第二卷末，此本則置於第一卷末。又前本比起張本，缺五古四首，此本不缺。在文字上，此本與十二家唐詩諸本基本一致，當是同屬一個源流系統的。如《初過隴山途中呈宇文判官》：「光照關城樓。」十二家唐詩諸本「光」並作「先」，此本亦作「先」；《武威送劉單判官赴安西行營便呈高開府》：「邊烽互相望。」宋刊殘本「互」寫作「㸦」，十二家唐詩諸本多誤作「牙」，此本亦作「牙」。

以上是宋刊八卷本系統的本子。下面談談《全唐詩》本。它基本上也是屬於這一源流系統

的。此本四卷，分體，卷一五古，卷二七古，卷三五律，卷四其餘各體。凡收詩四〇一首，比四部叢刊影印七卷本少四首：《送鄭侍御謫閩中》、《奉和春日幸望春宮應制》、《銘二首》。增十二首：《送楊子》、《送人赴安西》、《漢上題韋氏莊》、《西河郡太守張夫人輓歌》、《南溪別業》、《酬暢當嵩山尋麻道士見寄》、《送陶銑棄舉荆南覲省》、《送史司馬赴崔相公幕》、《失題》、《過磧》、《酒泉太守席上醉後作》、《冬夕》。所增各首中，第三、六兩首係僞詩，《失題》、《冬夕》爲重出詩。據載，《全唐詩》「以震亨書（胡震亨《唐音統籤》）爲稿本，而益以内府所藏全唐詩集（即季振宜《全唐詩》），又旁采殘碑、斷碣、稗史、雜書之所載，補苴所遺」（《四庫全書總目提要》）。有同志指出，《全唐詩》實際是以季振宜《全唐詩》爲稿本編寫的，《提要》的説法把主次給顛倒了（見周勳初《叙〈全唐詩〉成書經過》，載《文史》第八輯）。此本之分卷及序次，同各本都不一樣。但經過比較，仍可看出，它是以一個同十二家唐詩諸本、銅活字本很接近的八卷分體本作底子改編的。理由是：第一，此本仍有部分詩的序次同十二家唐詩諸本、銅活字本一致。如此本五律自《南樓送衛憑》（第十三首）起至《送趙侍御歸上都》止，凡七十餘首，序次同十二家唐詩諸本、銅活字本，衹是《送張直公歸南鄭拜省》下此本無《臨洮泛舟趙仙舟自北庭罷使還京》一首。第二，在文字上，此本與十二家唐詩諸本、銅活字本有很多相同之處。如《四部叢刊》影印七卷本《酒泉太守席上醉後作》：「交河美酒金叵羅。」十二家唐詩各本、銅活字本「金」並作「歸」，此本亦作「歸」；又此詩《四部叢刊》影印七卷本、明鈔本均作七古一首，十二家唐詩諸本、銅活字本則析爲七古、七絶各一首（分出前四句，另爲七

絶一首），此本同；《四部叢刊》影印七卷本《終南兩峯草堂》，十二家唐詩諸本、銅活字本「兩」並作「雙」，此本亦作「雙」。少數字諸本並同，銅活字本獨異，此本則從之。如《初過隴山途中呈宇文判官》「暮到隴山頭」，銅活字本「到」獨作「及」，此本同；《與獨孤漸道別長句兼呈嚴八侍御》「高齋清晝卷羅幕」，銅活字本「羅」別作「帷」，此本亦然。當然，此本並不局限於一種本子，而是參校了較多的本子，表現如下：第一，十二家唐詩諸本及銅活字本多不載注語，不但無異文注語，甚至連作者自注也删去了，而此本却保存了宋刊殘本及明鈔本的一些注語。如《送張郎中赴隴右覲省卿公》，宋刊殘本及明鈔本題下注曰：「時張卿亦充節度留後。」諸本均無，此本則有；《同劉郎將歸河東》，宋刊殘本及明鈔本末句下注：「參曾北庭事趙中丞，故有下句。」亦然。第二，有些文字，諸本並同，此本獨異，如《武威春暮聞宇文判官西使還已到晉昌》「片雲過城頭」，「片雲」他本或作「片雨」，此本獨作「岸雨」；《涼州館中與諸判官夜集》「花樓門前見秋草」，諸本並然，此本獨作「花門樓前見秋草」。又此本所注異文，有的是各本所没有的，如《涼州館中與諸判官夜集》「涼州七里十萬家」，此本「七里」下注曰：「一作七城。」這個異文爲各本所無，《通鑒》卷二一九：「武威（即涼州）大城之中，小城有七。」説明這個異文頗有價值。第三，此本收詩最多，有的詩是各本所没有的。此外，此本還參校過一些總集類及詩文評類書，如《文苑英華》、《唐詩紀事》等。由於此本參校過較多的本子，因而具有較大的參考價值。

二

下面談另一個源流系統的本子。

《四部叢刊》影印熊相濟南刊本（前面所列第十個本子），七卷，分體，每體一卷。凡收詩三九二首（包括銘二首），其中《送鄭侍御謫閩中》、《奉和春日幸望春宮應制》兩首爲僞詩。瞿鏞《鐵琴銅劍樓藏書目録》卷十九著録此本，曰：「此正德刻本，分七卷，原出華泉邊貢所藏，猶是宋元以來相傳之舊本，較别本爲勝。如卷二中《酒泉太守席上醉後作》一首，别本以起四句爲另一首，編入七絶，大誤。又《優鉢羅花歌》序云，『天寶景申歲，參忝大理評事』云云，按景申即丙申，唐人諱丙爲景，是爲天寶十五載，七月肅宗改元至德，七月以前猶是天寶紀年，此詩蓋作於是時，别本改景爲庚，不知天寶無庚申也。即此二條，可知此本之善矣。」阮元《四庫未收書目提要》亦曰：「是集有正德中熊相所刻七卷本，猶是宋元相傳舊帙。」此本確實來源較早，有些地方比起他本更接近原著面貌。如《行軍二首》，此本於「無處豁懷抱」句下空十格，明闕一句待補，而明鈔本以下諸本（宋刊殘本無此首）並直下聯録，不空十字，掩蓋了闕脱的痕跡；又如《山房春事二首》，此本第一首題作「山房春事」，第二首僅署一「同」字。按第二首曰：「梁園日暮亂飛鴉，極目蕭條三兩家；庭樹不知人去盡，春來還發舊時花。」詩意同題意不合，疑「同」字下有闕

文，非謂同前題也，明鈔本以下各本（宋刊殘本亦無此首）直作「山房春事二首」，那就反而離原著面貌更遠一些了。又張金吾《愛日精廬藏書志》卷二十九曰：「《岑嘉州詩》七卷，明初刊本，岑參撰。金吾初藏明刊八卷本，繼得此本，反覆考核，確知此本爲原本，而八卷本爲重編本也。何以言之？歷考《唐書·藝文志》、《崇文總目》、《郡齋讀書志》、《通志》、《通考》、焦氏《經籍志》並云十卷，從無作八卷者；此本分類編次，與確序所云『區分類聚』合，始五言古詩，終七言絶句，首尾完具，似無脱佚，意者詩七卷，文三卷，合十卷歟？此本或止刊詩集，或並刊文集，而後經散佚，均未可知。確序『勒成□卷』，卷字上一字刓去；或者原作十卷，書賈得七卷本，疑係不全，故刓去十字，以泯其跡歟？刊八卷本者既析七卷爲八卷，又改『勒成十卷』爲『勒成八卷』，而原書面目遂致不可復識。通人碩彦，且有以善本許之者，非未見原書之過歟？排律之名，始於楊士宏，八卷本有排律一類，而此本無之，則此本在八卷本前尤顯然者也。卷四有《唐博陵郡安喜縣令岑府君墓銘》、《果毅張先集墓銘》二首，八卷本俱未載，餘與八卷本互異者甚夥。」張氏未見宋刊八卷本，遂以七卷分體本爲原本，而謂杜序「勒成八卷」乃後人所刓改，這當然是不正確的。但他認爲七卷分體本早於八卷分體本，却值得我們考慮。張氏所著録的這一本子，同我們今天所看到的熊相正德刊本極一致（兩書均七卷，分體，始五古，終七絶，卷四並載有銘二首），可見七卷分體本明初已經刊行。另外《季滄葦書目》於「宋元雜版書」詩集部下著録「《岑嘉州詩》七卷」。朱學勤《別刻結一廬書目》云：「《岑嘉州集》七卷，影宋鈔本，二册。」根據這兩種記

載，則七卷本宋代已經有了。

此本比起明鈔本、十二家唐詩各本、銅活字本，不但分卷不同，序次多不一致，文字上的差異也比較大。如此本《初過隴山途中呈宇文判官》「不肯前路修」，「肯」明抄本、十二家唐詩各本、銅活字本、《全唐詩》並作「愁」；《宿關西客舍寄山東嚴許二山人時天寶高道舉徵》，宋刊本、明鈔本、十二家唐詩諸本、銅活字本並作「七月三日在内學見有高近道舉徵宿關西客舍寄東山嚴許二山人」；《胡歌》「黑姓賢王貂鼠裘」，「賢王」十二家唐詩諸本、銅活字本、《全唐詩》並作「蕃王」。再如，《灃頭送蔣侯》、《送永壽王贊府徑歸縣》、《宿東溪懷王屋李隱者》、《聞崔十三侍御灌口夜宿報恩寺》、《尋鞏縣南李處士別業》，此本編於五律部分，十二家唐詩各本、銅活字本、《全唐詩》則編於五古部分；《陪羣公龍岡寺泛舟》，此本編於五言長律部分，十二家唐詩各本、銅活字本、《全唐詩》則編於五古部分；又《佐郡思舊遊》一詩則正好相反。這説明，此本同明鈔本以下諸本，不是一個源流系統的本子。另，此本刊刻時作過校勘，版框上端載有不少校語，這對於校定岑參詩具有一定的參考價值。

明刊黑口本（前面所列第十一個本子），七卷，分體。無刊書年代及刊刻者姓名。此本書名、分卷、序次、行款均同上本，衹是不完整，有殘闕。五古、七古部分收詩篇目及序次同上本，是完整的；五律則僅有前五十四首，下闕；其餘五言長律僅有前六首，七律僅有前十首，五絶僅有前九首，七絶僅有前十三首（《獻封大夫破播仙凱歌六章》算作六首）。凡收詩二三八首，比

上本少一五四首。此本文字絶大部分同上本，異處極少。如《行軍二首》，此本亦空十字；《入劍門作寄杜楊二郎中時二公並爲杜元帥判官》「作固或順逆」，「或」字上本空缺，此本同；《優鉢羅花歌》序曰：「駢葉外包，異香□□。」上本缺二字，此本亦然。因此，此本與上本，無疑是同一源流系統的本子。至於此本的刊刻年代，估計早於上本。

沈恩蜀中刊本（前面所列第十三個本子），四卷，分體。卷一五古，卷二七古，卷三五律、五言長律，卷四七律、五絶、七絶。收詩數目同上本。沈恩《書新刊岑嘉州詩集後》曰：「《岑嘉州詩》，故集凡六卷，予乃縮之爲四卷，總若干萬言……予莅蜀數月，獲斯集於王浚川子，甚珍之，尚惜魯魚亥豕，或不能無，乃參訂而翻刻之。」此本書名、收詩篇目及序次全同上本，卷末「附録」一則，也和上本一樣，過録了一段《文獻通考·經籍考》裏的話。所以沈氏據以翻刻的本子，恐怕不是一個六卷本，而是一個同上本一致的七卷分體殘闕本。從文字上看，此本絶大部分同上本，祇是個别地方，沈氏畧下了一點「參訂」功夫。如《入劍門作寄杜楊二郎中時二公並爲杜元帥判官》「作固□順逆」，闕字沈氏參以己意，校改爲「隨」（他本並無作「隨」字者）；《優鉢羅花歌》序「異香□□」，闕字沈氏校補爲「襲人」，而他本或作「騰風」，亦無作「襲人」者。

謝元良嘉州刊本（前面所列第十二個本子），八卷，分體。卷一至卷三五古，卷四、卷五七古，卷六、卷七五律，卷八其餘各體。此本雖分卷爲八，而收詩篇目及序次却和明刊八卷分體本有很大差異，同四部叢刊影印七卷分體本也不一樣。卷首安磐《岑嘉州詩引》曰：「州舊有刻

本，止七卷，近見別本，亦止七卷，首卷至百篇，六卷、七卷僅八、九篇，何多寡不倫也？閑中頗加類次，散出諸集中《題關門》、《古興》等詩三十五篇，舊本所無者，悉收之；其岑羲應制之詩誤入者，削去，於是嘉州之詩，凡八卷，凡二百七十一篇云。」那麽此本是用一個七卷本作底子重加編定的。這個七卷本，據我看，和明刊黑口本很接近。理由是：第一，明刊黑口本首卷九十七篇，卷六九篇，卷七八篇（《獻封大夫破播仙凱歌六章》算作一篇），與安磐序所稱「首卷至百篇，六卷、七卷僅八、九篇」相合。第二，據《岑嘉州詩引》，安氏增收三十五篇，削去岑羲應制詩《奉和春日幸望春宮應制》一篇（明刊黑口本正有此篇），編定爲二百七十一篇，則原本僅有二百三十七篇，明刊黑口本收詩二三八篇，二者僅相差一篇（據安磐序，原本無《古興》，即《楚夕旅泊古興》，而明刊黑口本有，所差一篇即此也）。以上兩點是很能説明問題的，並非偶合。第三，此本同明刊黑口本文字上的差異很小。又此本書名同明刊黑口本一致。但由於此本經過安氏重編，所以分卷及序次同明刊黑口本都不一樣。另外，安磐序稱此本凡二百七十一篇，實際衹有二五八篇，尚缺十三篇，或許是刻版時遺漏了。

《四部叢刊》影印七卷本、沈恩刻本及謝元良刻本都是明正德十五年刊刻的，沈、謝二本都源於一個同明刊黑口本很一致的七卷分體殘闕本，由此看來，明刊黑口本的刊刻年代大體早於沈、謝二本和《四部叢刊》影印本的底本。

根據上述看法，岑嘉州詩的版本源流，大致可用下圖來表示：

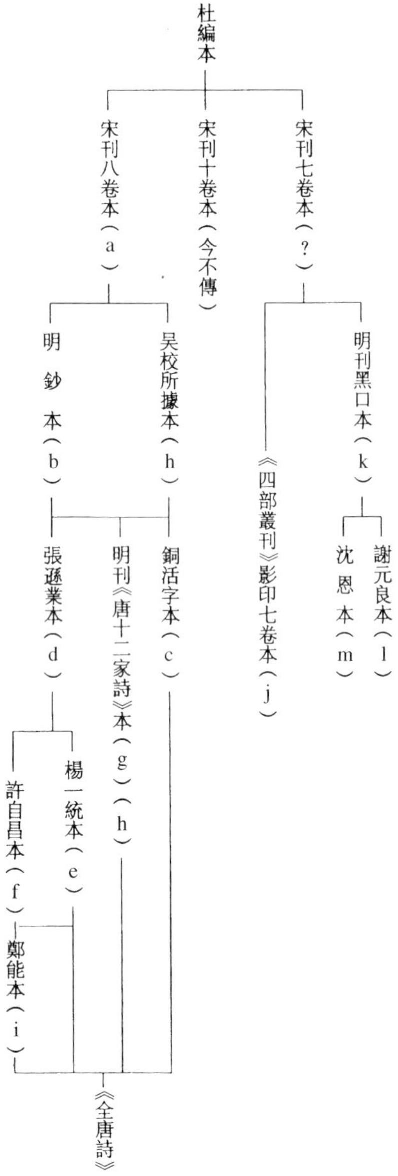
杜編本
宋刊七卷本（？）
宋刊十卷本（今不傳）
宋刊八卷本（a）
明刊黑口本（k）
《四部叢刊》影印七卷本（j）
吳校所據本（h）
明鈔本（b）
謝元良本（l）
沈恩本（m）
銅活字本（c）
明刊《唐十二家詩》本（g）（h）
張遜業本（d）
楊一統本（e）
許自昌本（f）
鄭能本（i）
《全唐詩》